कर्मभूमि

कर्मभूमि

मुंशी प्रेमचंद

रुद्र

First published in India in 2022 by
Rudra Publishers & Distributors

ISBN: 978-93-93458-07-0

Rudra Publishers & Distributors
S-1, 5/587, Sector-5, Vaishali,
Ghaziabad- 201002, Mobile: 8447279204
Email: rudrapubdis@gmail.com

Printed and Bound in
Delhi

₹ 999/-

अनुक्रम

पहला अध्याय

एक

हमारे स्कूलों और कॉलेजों में जिस तत्परता से फीस वसूल की जाती है, शायद मालगुजारी भी उतनी सख्ती से नहीं वसूल की जाती। महीने में एक दिन नियत कर दिया जाता है। उस दिन फीस का दाखिला होना अनिवार्य है। या तो फीस दीजिए, या नाम कटवाइए, या जब तक फीस न दाखिल हो, रोज कुछ जुर्माना दीजिए। कहीं–कहीं ऐसा भी नियम है कि उसी दिन फीस दुगुनी कर दी जाती है, और किसी दूसरी तारीख को दुगुनी फीस न दी तो नाम कट जाता है। काशी के क्वीन्स कॉलेज में यही नियम था। सातवीं तारीख को फीस न दो, तो इक्कीसवीं तारीख को दुगुनी फीस देनी पड़ती थी, या नाम कट जाता था। ऐसे कठोर नियमों का उद्देश्य इसके सिवा और क्या हो सकता था, कि गरीबों के लड़के स्कूल छोड़कर भाग जाएं– वही हृदयहीन दफ्तरी शासन, जो अन्य विभागों में है, हमारे शिक्षालयों में भी है। वह किसी के साथ रियायत नहीं करता। चाहे जहां से लाओ, कर्ज लो, गहने गिरवी रखो, लोटा–थाली बेचो, चोरी करो, मगर फीस जरूर दो, नहीं दूनी फीस देनी पड़ेगी, या नाम कट जाएगा। जमीन और जायदाद के कर वसूल करने में भी कुछ रियायत की जाती है। हमारे शिक्षालयों में नर्मी को घुसने ही नहीं दिया जाता। वहां स्थायी रूप से मार्शल–लॉ का व्यवहार होता है। कचहंरी में पैसे का राज है, हमारे स्कूलों में भी पैसे का राज है, उससे कहीं कठोर, कहीं निर्दय। देर में आइए तो जुर्माना न आइए तो जुर्माना सबक न याद हो तो जुर्माना किताबें न खरीद सकिए तो जुर्माना कोई अपराध हो जाए तो जुर्माना शिक्षालय क्या है, जुर्मानालय है। यही हमारी पश्चिमी शिक्षा का आदर्श है, जिसकी तारीफों के

पुल बांधे जाते हैं। यदि ऐसे शिक्षालयों से पैसे पर जान देने वाले, पैसे के लिए गरीबों का गला काटने वाले, पैसे के लिए अपनी आत्मा बेच देने वाले छात्र निकलते हैं, तो आश्चर्य क्या है–

आज वही वसूली की तारीख है। अधयापकों की मेजों पर रुपयों के ढेर लगे हैं। चारों तरफ खनाखन की आवाजें आ रही हैं। सराफे में भी रुपये की ऐसी झंकार कम सुनाई देती है। हरेक मास्टर तहसील का चपरासी बना बैठा हुआ है। जिस लड़के का नाम पुकारा जाता है, वह अधयापक के सामने आता है, फीस देता है और अपनी जगह पर आ बैठता है। मार्च का महीना है। इसी महीने में अप्रैल, मई और जून की फीस भी वसूल की जा रही है। इम्तहान की फीस भी ली जा रही है। दसवें दर्जे में तो एक–एक लड़के को चालीस रुपये देने पड़ रहे हैं।

अधयापक ने बीसवें लड़के का नाम पुकारा–अमरकान्त

अमरकान्त गैरहाजिर था।

अधयापक ने पूछा–क्या अमरकान्त नहीं आया?

एक लड़के ने कहा–आए तो थे, शायद बाहर चले गए हों।

'क्या फीस नहीं लाया है?'

किसी लड़के ने जवाब नहीं दिया।

अधयापक की मुद्रा पर खेद की रेखा झलक पड़ी। अमरकान्त अच्छे लड़कों में था। बोले–शायद फीस लाने गया होगा। इस घंटे में न आया, तो दूनी फीस देनी पड़ेगी। मेरा क्या अख्तियार है– दूसरा लड़का चले–गोवर्धनदास

सहसा एक लड़के ने पूछा–अगर आपकी इजाजत हो, तो मैं बाहर जाकर देखूं?

अधयापक ने मुस्कराकर कहा–घर की याद आई होगी। खैर, जाओ मगर दस मिनट के अंदर आ जाना। लडकों को बुला–बुलाकर फीस लेना मेरा काम नहीं है।

लड़के ने नम्रता से कहा–अभी आता हूं। कसम ले लीजिए, जो हाते के बाहर जाऊं।

यह इस कक्षा के संपन्न लड़कों में था, बड़ा खिलाड़ी, बड़ा बैठकबाज। हाजिरी देकर गायब हो जाता, तो शाम की खबर लाता। हर महीने फीस की दूनी रकम जुर्माना दिया करता था। गोरे रंग का, लंबा, छरहरा शौकीन युवक था। जिसके प्राण खेल में बसते थे। नाम था मोहम्मद सलीम।

सलीम और अमरकान्त दोनों पास–पास बैठते थे। सलीम को हिसाब लगाने या तर्जुमा करने में अमरकान्त से विशेष सहायता मिलती थी। उसकी कापी से नकल कर लिया करता था। इससे दोनों में दोस्ती हो गई थी। सलीम कवि था। अमरकान्त उसकी गजलें बड़े चाव से सुनता था। मैत्री का यह एक और कारण था।

सलीम ने बाहर जाकर इधर–उधर निगाह दौड़ाई, अमरकान्त का कहीं पता न था। जरा और आगे बढे।, तो देखा, वह एक वृक्ष की आड़ में खड़ा है। पुकारा–अमरकान्त ओ बुद्धू लाल चलो, फीस जमा कर। पंडितजी बिगड़ रहे हैं।

अमरकान्त ने अचकन के दामन से आंखें पोंछ लीं और सलीम की तरफ आता हुआ बोला–क्या मेरा नंबर आ गया?

सलीम ने उसके मुंह की तरफ देखा, तो उसकी आंखें लाल थीं। वह अपने जीवन में शायद ही कभी रोया हो चौंककर बोला–अरे तुम रो रहे हो क्या बात है–

अमरकान्त सांवले रंग का, छोटा–सा दुबला–पतला कुमार था। अवस्था बीस की हो गई थी पर अभी मसें भी न भीगी थीं। चौदह–पंद्रह साल का किशोर–सा लगता था। उसके मुख पर एक वेदनामय दृढ़ता, जो निराशा से बहुत कुछ मिलती–जुलती थी, अंकित हो रही थी, मानो संसार में उसका कोई नहीं है। इसके साथ ही उसकी मुद्रा पर कुछ ऐसी प्रतिभा, कुछ ऐसी मनस्विता थी कि एक बार उसे देखकर फिर भूल जाना कठिन था।

उसने मुस्कराकर कहा–कुछ नहीं जी, रोता कौन है–

'आप रोते हैं, और कौन रोता है। सच बताओ क्या हुआ?'

अमरकान्त की आंखें फिर भर आईं। लाख यत्न करने पर भी आंसू न रूक सके। सलीम समझ गया। उसका हाथ पकड़कर बोला–क्या फीस के लिए रो रहे हो– भले आदमी, मुझसे क्यों न कह दिया– तुम मुझे भी गैर समझते हो। कसम खुदा की, बड़े नालायक आदमी हो तुम। ऐसे आदमी को गोली मार देनी चाहिए दोस्तों से भी यह गैरियत चलो क्लास में, मैं फीस दिए देता हूं। जरा–सी बात के लिए घंटे–भर से रो रहे हो। वह तो कहो मैं आ गया, नहीं तो आज जनाब का नाम ही कट गया होता।

अमरकान्त को तसल्ली तो हुई पर अनुग्रह के बोझ से उसकी गर्दन दब गई। बोला–पंडितजी आज मान न जाएंगे?

सलीम ने खड़े होकर कहा—पंडितजी के बस की बात थोड़े ही है। यही सरकारी कायदा है। मगर हो तुम बड़े शैतान, वह तो खैरियत हो गई, मैं रुपये लेता आया था, नहीं खूब इम्तहान देते। देखो, आज एक ताजा गजल कही है। पीठ सहला देना रू

आपको मेरी वफा याद आई,

खैर है आज यह क्या याद आई।

अमरकान्त का व्यथित चित्ता इस समय गजल सुनने को तैयार न था पर सुने बगैर काम भी तो नहीं चल सकता। बोला—नाजुक चीज है। खूब कहा है। मैं तुम्हारी जबान की सफाई पर जान देता हूं।

सलीम—यही तो खास बात है, भाई साहब लफ्जों की झंकार का नाम गजल नहीं है। दूसरा शेर सुनो।

फिर मेरे सीने में एक हूक उठी,

फिर मुझे तेरी अदा याद आई।

अमरकान्त ने फिर तारीफ की—लाजवाब चीज है। कैसे तुम्हें ऐसे शेर सूझ जाते हैं—

सलीम हंसा—उसी तरह, जैसे तुम्हें हिसाब और मजमून सूझ जाते हैं। जैसे एसोसिएशन में स्पीचें दे लेते हो। आओ, पान खाते चलें।

दोनों दोस्तों ने पान खाए और स्कूल की तरफ चले। अमरकान्त ने कहा—पंडितजी बड़ी डांट बताएंगे।

'फीस ही तो लेंगे'

'और जो पूछें, अब तक कहां थे?'

'कह देना, फीस लाना भूल गया था।'

'मुझसे न कहते बनेगा। मैं साफ—साफ कह दूंगा।'

तो तुम पिटोगे भी मेरे हाथ से'

संध्या समय जब छुट्टी हुई और दोनों मित्र घर चले, अमरकान्त ने कहा—तुमने आज मुझ पर जो एहसान किया है...

सलीम ने उसके मुंह पर हाथ रखकर कहा—बस खबरदार, जो मुंह से एक आवाज भी निकाली। कभी भूलकर भी इसका जिक्र न करना।

'आज जलसे में आओगे?'

'मजमून क्या है, मुझे तो याद नहीं?'

'अजी वही पश्चिमी सभ्यता है।'

'तो मुझे दो–चार प्वाइंट बता दो, नहीं तो मैं वहां कहूंगा क्या?'

'बताना क्या है– पश्चिमी सभ्यता की बुराइयां हम सब जानते ही हैं। वही बयान कर देना।'

'तुम जानते होगे, मुझे तो एक भी नहीं मालूम।'

'एक तो यह तालीम ही है। जहां देखो वहीं दूकानदारी। अदालत की दूकान, इल्म की दूकान, सेहत की दूकान। इस एक प्वाइंट पर बहुत कुछ कहा जा सकता है।'

'अच्छी बात है, आऊंगा।'

दो

अमरकान्त के पिता लाला समरकान्त बड़े उद्योगी पुरुष थे। उनके पिता केवल एक झोंपडी छोड़कर मरे थे मगर समरकान्त ने अपने बाहुबल से लाखों की संपत्ति जमा कर ली थी। पहले उनकी एक छोटी–सी हल्दी की आढ़त थी। हल्दी से गुड़ और चावल की बारी आई। तीन बरस तक लगातार उनके व्यापार का क्षेत्र बढ़ता ही गया। अब आढ़तें बंद कर दी थीं। केवल लेन–देन करते थे। जिसे कोई महाजन रुपये न दे, उसे वह बेखटके दे देते और वसूल भी कर लेते उन्हें आश्चर्य होता था कि किसी के रुपये मारे कैसे जाते हैं– ऐसा मेहनती आदमी भी कम होगा। घड़ी रात रहे गंगा–स्नान करने चले जाते और सूर्योदय के पहले विश्वनाथजी के दर्शन करके दूकान पर पहुंच जाते। वहां मुनीम को जरूरी काम समझाकर तगादे पर निकल जाते और तीसरे पहर लौटते। भोजन करके फिर दूकान आ जाते और आधी रात तक डटे रहते। थे भी भीमकाय। भोजन तो एक ही बार करते थे, पर खूब डटकर। दो–ढाई सौ मुग्दर के हाथ अभी तक फेरते थे। अमरकान्त की माता का उसके बचपन ही में देहांत हो गया था। समरकान्त ने मित्रों के कहने–सुनने से दूसरा विवाह कर लिया था। उस सात साल के बालक ने नई मां का बड़े प्रेम से स्वागत किया लेकिन उसे जल्द मालूम हो गया कि उसकी नई माता उसकी जिद और शरारतों को उस क्षमा–दृष्टि से नहीं देखतीं, जैसे उसकी मां देखती थीं। वह अपनी मां का अकेला लाड़ला लड़का था, बड़ा जिद्दी, बड़ा नटखट। जो बात मुंह से निकल जाती, उसे पूरा करके ही छोड़ता। नई माताजी बात–बात पर डांटती थीं। यहां तक कि उसे माता से द्वेष हो गया। जिस बात को वह मना

करतीं, उसे वह अदबदाकर करता। पिता से भी ढीठ हो गया। पिता और पुत्र में स्नेह का बंधन न रहा। लालाजी जो काम करते, बेटे को उससे अरुचि होती। वह मलाई के प्रेमी थे बेटे को मलाई से अरुचि थी। वह पूजा–पाठ बहुत करते थे, लड़का इसे ढोंग समझता था। वह पहले सिरे के लोभी थे लड़का पैसे को ठीकरा समझता था।

मगर कभी–कभी बुराई से भलाई पैदा हो जाती है। पुत्र सामान्य रीति से पिता का अनुगामी होता है। महाजन का बेटा महाजन, पंडित का पंडित, वकील का वकील, किसान का किसान होता है मगर यहां इस द्वेष ने महाजन के पुत्र को महाजन का शत्रु बना दिया। जिस बात का पिता ने विरोध किया, वह पुत्र के लिए मान्य हो गई, और जिसको सराहा, वह त्याज्य। महाजनी के हथकंडे और षडयंत्र उसके सामने रोज ही रचे जाते थे। उसे इस व्यापार से घृणा होती थी। इसे चाहे पूर्व संस्कार कह लो पर हम तो यही कहेंगे कि अमरकान्त के चरित्र का निर्माण पिता–द्वेष के हाथों हुआ।

खैरियत यह हुई कि उसके कोई सौतेला भाई न हुआ। नहीं शायद वह घर से निकल गया होता। समरकान्त अपनी संपत्ति को पुत्र से ज्यादा मूल्यवान समझते थे। पुत्र के लिए तो संपत्ति की कोई जरूरत न थी पर संपत्ति के लिए पुत्र की जरूरत थी। विमाता की तो इच्छा यही थी कि उसे वनवास देकर अपनी चहेती नैना के लिए रास्ता साफ कर दे पर समरकान्त इस विषय में निश्चल रहे। मजा यह था कि नैना स्वयं भाई से प्रेम करती थी, और अमरकान्त के हृदय में अगर घर वालों के लिए कहीं कोमल स्थान था, तो वह नैना के लिए था। नैना की सूरत भाई से इतनी मिलती–जुलती थी, जैसे सगी बहन हो। इस अनुरूपता ने उसे अमरकान्त के और भी समीप कर दिया था। माता–पिता के इस दुर्वव्यहवार को वह इस स्नेह के नशे में भुला दिया करता था। घर में कोई बालक न था और नैना के लिए किसी साथी का होना अनिवार्य था। माता चाहती थीं, नैना भाई से दूर–दूर रहे। वह अमरकान्त को इस योग्य न समझती थीं कि वह उनकी बेटी के साथ खेले। नैना की बाल–प्रकृति इस कूटनीति के झुकाए न झुकी। भाई–बहन में यह स्नेह यहां तक बढ़ा कि अंत में विमातृत्व ने मातृत्व को भी परास्त कर दिया। विमाता ने नैना को भी आंखों से गिरा दिया और पुत्र की कामना लिए संसार से विदा हो गईं।

अब नैना घर में अकेली रह गई। समरकान्त बाल–विवाह की बुराइयां समझते थे। अपना विवाह भी न कर सके। वृद्ध–विवाह की बुराइयां भी समझते थे। अमरकान्त का विवाह करना जरूरी हो गया। अब इस प्रस्ताव का विरोध

कौन करता—अमरकान्त की अवस्था उन्नीस साल से कम न थी पर देह और बुद्धि को देखते हुए, अभी किशोरावस्था ही में था।

देह का दुर्बल, बुद्धि का मंद। पौधे को कभी मुक्त प्रकाश न मिला, कैसे बढ़ता, कैसे फैलता— बढ़ने और फैलने के दिन कुसंगति और असंयम में निकल गए। दस साल पढ़ते हो गए थे और अभी ज्यों—त्यों आठवें में पहुंचा था। किंतु विवाह के लिए यह बातें नहीं देखी जातीं। देखा जाता है धान, विशेषकर उस बिरादरी में, जिसका उ?म ही व्यवसाय हो। लखनऊ के एक धानी परिवार से बातचीत चल पड़ी। समरकान्त की तो लार टपक पड़ी। कन्या के घर में विधावा माता के सिवा निकट का कोई संबधी न था, और धान की कहीं थाह नहीं। ऐसी कन्या बड़े भागों से मिलती है। उसकी माता ने बेटे की साधा बेटी से पूरी की थी। त्याग की जगह भोग, शील की जगह तेज, कोमल की जगह तीव्र का संस्कार किया था। सिकुड़ने और सिमटने का उसे अभ्यास न था। और वह युवक—प्रकृति की युवती ब्याही गई युवती—प्रकृति के युवक से, जिसमें पुरुषार्थ का कोई गुण नहीं। अगर दोनों के कपड़े बदल दिए जाते, तो एक—दूसरे के स्थानापन्न हो जाते। दबा हुआ पुरुषार्थ ही स्त्रीत्व है।

विवाह हुए दो साल हो चुके थे पर दोनों में कोई सामंजस्य न था। दोनों अपने—अपने मार्ग पर चले जाते थे। दोनों के विचार अलग, व्यवहार अलग, संसार अलग। जैसे दो भिन्न जलवायु के जंतु एक पिंजरे में बंद कर दिए गए हों। हां, तभी अमरकान्त के जीवन में संयम और प्रयास की लगन पैदा हो गई थी। उसकी प्रकृति में जो ढीलापन, निर्जीवता और संकोच था वह कोमलता के रूप में बदलता जाता था। विद्याभ्यास में उसे अब रुचि हो गई थी। हालांकि लालाजी अब उसे घर के धंधो में लगाना चाहते थे—वह तार—वार पढ़ लेता था और इससे अधिक योग्यता की उनकी समझ में जरूरत न थी—पर अमरकान्त उस पथिक की भांति, जिसने दिन विश्राम में काट दिया हो, अब अपने स्थान पर पहुंचने के लिए दूने वेग से कदम बढ़ाए चला जाता था।

तीन

स्कूल से लौटकर अमरकान्त नियमानुसार अपनी छोटी कोठरी में जाकर चरखे पर बैठ गया। उस विशाल भवन में, जहां बारात ठहर सकती थी, उसने अपने लिए यही छोटी—सी कोठरी पसंद की थी। इधर कई महीने से उसने दो घंटे रोज सूत कातने की प्रतिज्ञा कर ली थी और पिता के विरोध करने पर भी उसे निभाए जाता था।

मकान था तो बहुत बड़ा मगर निवासियों की रक्षा के लिए उतना उपयुक्त न था, जितना धान की रक्षा के लिए। नीचे के तल्ले में कई बड़े–बड़े कमरे थे, जो गोदाम के लिए बहुत अनुकूल थे। हवा और प्रकाश का कहीं रास्ता नहीं। जिस रास्ते से हवा और प्रकाश आ सकता है, उसी रास्ते से चोर भी तो आ सकता है। चोर की शंका उसकी एक–एक ईंट से टपकती थी। ऊपर के दोनों तल्ले हवादार और खुले हुए थे। भोजन नीचे बनता था। सोना–बैठना ऊपर होता था। सामने सड़क पर दो कमरे थे। एक में लालाजी बैठते थे, दूसरे में मुनीम। कमरों के आगे एक सायबान था, जिसमें गाय बंधाती थी। लालाजी पक्के गोभक्त थे।

अमरकान्त सूत कातने में मग्न था कि उसकी छोटी बहन नैना आकर बोली–क्या हुआ भैया, फीस जमा हुई या नहीं– मेरे पास बीस रुपये हैं, यह ले लो। मैं कल और किसी से मांग लाऊंगी।

अमर ने चरखा चलाते हुए कहा–आज ही तो फीस जमा करने की तारीख थी। नाम कट गया। अब रुपये लेकर क्या करूंगा–

नैना रूप–रंग में अपने भाई से इतनी मिलती थी कि अमरकान्त उसकी साड़ी पहन लेता, तो यह बतलाना मुश्किल हो जाता कि कौन यह है कौन वह हां, इतना अंतर अवश्य था कि भाई की दुर्बलता यहां सुकुमारता बनकर आकर्षक हो गई थी।

अमर ने दिल्लगी की थी पर नैना के चेहरे रंग उड़ गया। बोली–तुमने कहा नहीं, नाम न काटो, मैं दो–एक दिन में दे दूंगा–

अमर ने उसकी घबराहट का आनंद उठाते हुए कहा–कहने को तो मैंने सब कुछ कहा लेकिन सुनता कौन था–

नैना ने रोष के भाव से कहा–मैं तो तुम्हें अपने कड़े दे रही थी, क्यों नहीं लिए–

अमर ने हंसकर पूछा–और जो दादा पूछते, तो क्या होता–

'दादा से बतलाती ही क्यों?'

अमर ने मुंह लंबा करके कहा–मैं चोरी से कोई काम नहीं करना चाहता, नैना अब खुश हो जाओ, मैंने फीस जमा कर दी।

नैना को विश्वास न आया, बोली–फीस नहीं, वह जमा कर दी। तुम्हारे पास रुपये कहां थे?'

'नहीं नैना, सच कहता हूं, जमा कर दी।'

'रुपये कहां थे?'

'एक दोस्त से ले लिए।'

'तुमने मांगे कैसे?'

'उसने आप–ही–आप दे दिए, मुझे मांगने न पड़े।'

'कोई बड़ा सज्जन होगा।'

'हां, है तो सज्जन, नैना जब फीस जमा होने लगी तो मैं मारे शर्म के बाहर चला गया। न जाने क्यों उस वक्त मुझे रोना आ गया। सोचता था, मैं ऐसा गया–बीता हूं कि मेरे पास चालीस रुपये नहीं। वह मित्र जरा देर में मुझे बुलाने आया। मेरी आंखें लाल थीं। समझ गया। तुरंत जाकर फीस जमा कर दी। तुमने कहां पाए ये बीस रुपये?'

'यह न बताऊंगी।'

नैना ने भाग जाना चाहा। बारह बरस की यह लज्जाशील बालिका एक साथ ही सरल भी थी और चतुर भी। उसे ठगना सहज न था। उससे अपनी चिंताओं को छिपाना कठिन था।

अमर ने लपककर उसका हाथ पकड़ लिया और बोला–जब तक बताओगी नहीं, मैं जाने न दूंगा। किसी से कहूंगा नहीं, सच कहता हूं।

नैना झेंपती हुई बोली–दादा से लिए।

अमरकान्त ने बेदिली के साथ कहा–तुमने उनसे नाहक मांगे, नैना जब उन्होंने मुझे इतनी निर्दयता से दुत्कार दिया, तो मैं नहीं चाहता कि उनसे एक पैसा भी मांगूं। मैंने तो समझा था, तुम्हारे पास कहीं पड़े होंगे अगर मैं जानता कि तुम भी दादा से ही मांगोगी तो साफ कह देता, मुझे रुपये की जरूरत नहीं। दादा क्या बोले–

नैना सजल नेत्र होकर बोली–बोले तो नहीं। यही कहते रहे कि करना–धारना तो कुछ नहीं, रोज रुपये चाहिए, कभी फीस कभी किताब कभी चंदा। फिर मुनीमजी से कहा, बीस रुपये दे दो। बीस रुपये फिर देना।

अमर ने उत्तोजित होकर कहा–तुम रुपये लौटा देना, मुझे नहीं चाहिए।

नैना सिसक–सिसककर रोने लगी। अमरकान्त ने रुपये जमीन पर फेंक दिए थे और वह सारी कोठरी में बिखरे पड़े थे। दोनों में से एक भी चुनने का नाम न लेता था। सहसा लाला समरकान्त आकर द्वार पर खड़े हो गए। नैना

की सिसकियां बंद हो गई और अमरकान्त मानो तलवार की चोट खाने के लिए अपने मन को तैयार करने लगा। लाला जो दोहरे बदन के दीर्घकाय मनुष्य थे। सिर से पांव तक सेठ–वही खल्वाट मस्तक, वही फूले हुए कपोल, वही निकली हुई तोंद। मुख पर संयम का तेज था, जिसमें स्वार्थ की गहरी झलक मिली हुई थी। कठोर स्वर में बोले–चरखा चला रहा है। इतनी देर में कितना सूत काता–होगा दो–चार रुपये का–

अमरकान्त ने गर्व से कहा–चरखा रुपये के लिए नहीं चलाया जाता।

'और किसलिए चलाया जाता है।'

'यह आत्म–शुद्धि का एक साधन है।'

समरकान्त के घाव पर जैसे नमक पड़ गया। बोले–यह आज नई बात मालूम हुई। तब तो तुम्हारे ऋषि होने में कोई संदेह नहीं रहा, मगर साधन के साथ कुछ घर–गृहस्थी का काम भी देखना होता है। दिन–भर स्कूल में रहो, वहां से लौटो तो चरखे पर बैठो, रात को तुम्हारी स्त्री–पाठशाला खुले, संध्या समय जलसे हों, तो घर का धंधा कौन करे– मैं बैल नहीं हूं। तुम्हीं लोगों के लिए इस जंजाल में फंसा हुआ हूं। अपने ऊपर लाद न ले जाऊंगा। तुम्हें कुछ तो मेरी मदद करनी चाहिए। बड़े नीतिवान बनते हो, क्या यह नीति है कि बूढ़ा बाप मरा करे और जवान बेटा उसकी बात भी न पूछे–

अमरकान्त ने उदडंता से कहा–मैं तो आपसे बार–बार कह चुका, आप मेरे लिए कुछ न करें। मुझे धान की जरूरत नहीं। आपकी भी वृद्धावस्था है। शांतचित्त होकर भगवत–भजन कीजिए।

समरकान्त तीखे शब्दों में बोले–धान न रहेगा लाला, तो भीख मांगोगे। यों चौन से बैठकर चरखा न चलाओगे। यह तो न होगा, मेरी कुछ मदद करो, पुरुषार्थहीन मनुष्यों की तरह कहने लगे, मुझे धान की जरूरत नहीं। कौन है, जिसे धान की जरूरत नहीं– साधु–संन्यासी तक तो पैसों पर प्राण देते हैं। धान बड़े पुरुषार्थ से मिलता है। जिसमें पुरुषार्थ नहीं, वह क्या धान कमाएगा–बड़े–बड़े तो धान की उपेक्षा कर ही नहीं सकते, तुम किस खेत की मूली हो।

अमर ने उसी वितंडा भाव से कहा–संसार धान के लिए प्राण दे, मुझे धन की इच्छा नहीं। एक मजूर भी धर्म और आत्मा की रक्षा करते हुए जीवन का निर्वाह कर सकता है। कम–से–कम मैं अपने जीवन में इसकी परीक्षा करना चाहता हूं।

लालाजी को वाद–विवाद का अवकाश न था। हारकर बोले–अच्छा बाबा, कर लो खूब जी भरकर परीक्षा लेकिन रोज–रोज रुपये के लिए मेरा सिर न खाया करो। मैं अपनी गाढ़ी कमाई तुम्हारे व्यसन के लिए नहीं लुटाना चाहता।

लालाजी चले गए। नैना कहीं एकांत में जाकर खूब रोना चाहती थी पर हिल न सकती थी और अमरकान्त ऐसा विरक्त हो रहा था, मानो जीवन उसे भार हो रहा है।

उसी वक्त महरी ने ऊपर से आकर कहा–भैया, तुम्हें बहूजी बुला रही हैं।

अमरकान्त ने बिगड़कर कहा–जा कह दे, फुर्सत नहीं है। चली वहां से–बहूजी बुला रही हैं।

लेकिन जब महरी लौटने लगी, तो उसने अपने तीखेपन पर लज्जित होकर कहा–मैंने तुम्हें कुछ नहीं कहा है सिल्लो कह दो, अभी आता हूं। तुम्हारी रानीजी क्या कर रही हैं–

सिल्लो का पूरा नाम था कौशल्या। सीतला में पति, पुत्र और एक आंख जाती रही थी, तब से विक्षिप्त–सी हो गई थी। रोने की बात पर हंसती, हंसने की बात पर रोती। घर के और सभी प्राणी, यहां तक की नौकर–चाकर तक उसे डांटते रहते थे। केवल अमरकान्त उसे मनुष्य समझता था। कुछ स्वस्थ होकर बोली–बैठी कुछ लिख रही हैं। लालाजी चीखते थे इसी से तुम्हें बुला भेजा।

अमर जैसे गिर पड़ने के बाद गर्द झाड़ता हुआ, प्रसन्न मुख ऊपर चला। सुखदा अपने कमरे के द्वार पर खड़ी थी। बोली–तुम्हारे तो दर्शन ही दुर्लभ हो जाते हैं। स्कूल से आकर चरखा ले बैठते हो। क्यों नहीं मुझे घर भेज देते– जब मेरी जरूरत समझना, बुला भेजना। अबकी आए मुझे छरू महीने हुए। मीयाद पूरी हो गई। अब तो रिहाई हो जानी चाहिए।

यह कहते हुए उसने एक तश्तरी में कुछ नमकीन और कुछ मिठाई लाकर मेज पर रख दी और अमर का हाथ पकड़ कमरे में ले जाकर कुरसी पर बैठा दिया।

यह कमरा और सब कमरों से बड़ा, हवादार और सुसज्जित था। दरी का गर्श था, उस पर करीने से कई गद्दादार और सादी कुरसियां लगी हुई थीं। बीच में एक छोटी–सी नक्काशीदार गोल मेज थी। शीशे की आल्मारियों में सजिल्द पुस्तकें सजी हुई थीं। आलों पर तरह–तरह के खिलौने रखे हुए थे। एक कोने में मेज पर हारमोनियम रखा हुआ था। दीवारों पर धुरंधर, रवि वर्मा और कई चित्रकारों की तस्वीरें शोभा दे रही थीं। दो–तीन पुराने चित्र भी थे। कमरे की सजावट से सुरुचि और संपन्नता का आभास होता था।

अमरकान्त का सुखदा से विवाह हुए दो साल हो चुके थे। सुखदा दो बार तो एक–एक महीना रहकर चली गई थी। अबकी उसे आए छरू महीने हो गए थे मगर उनका स्नेह अभी तक ऊपर–ही–ऊपर था। गहराइयों में दोनों एक–दूसरे से अलग–अलग थे। सुखदा ने कभी अभाव न जाना था, जीवन की कठिनाइयां न सही थीं। वह जाने–माने मार्ग को छोड़कर अनजान रास्ते पर पांव रखते डरती थी। भोग और विलास को वह जीवन की सबसे मूल्यवान वस्तु समझती थी और उसे हृदय से लगाए रहना चाहती थी। अमरकान्त को वह घर के कामकाज की ओर खींचने का प्रयास करती रहती थी। कभी समझाती थी, कभी रूठती थी, कभी बिगड़ती थी। सास के न रहने से वह एक प्रकार से घर की स्वामिनी हो गई थी। बाहर के स्वामी लाला समरकान्त थे पर भीतर का संचालन सुखदा ही के हाथों में था। किंतु अमरकान्त उसकी बातों को हंसी में टाल देता। उस पर अपना प्रभाव डालने की कभी चेष्टा न करता। उसकी विलासप्रियता मानो खेतों में हौवे की भांति उसे डराती रहती थी। खेत में हरियाली थी, दाने थे, लेकिन वह हौवा निश्चल भाव से दोनों हाथ फैलाए खड़ा उसकी ओर घूरता रहता था। अपनी आशा और दुराशा, हार और जीत को वह सुखदा से बुराई की भांति छिपाता था। कभी–कभी उसे घर लौटने में देर हो जाती, तो सुखदा व्यंग्य करने से बाज न आती थी–हां, यहां कौन अपना बैठा हुआ है बाहर के मजे घर मेंकहां और यह तिरस्कार, किसान की कड़े–कड़े की भांति हौवे के भय को और भी उत्तोजित कर देती थी। वह उसकी खुशामद करता, अपने सिद्धांतों को लंबी–से–लंबी रस्सी देता पर सुखदा इसे उसकी दुर्बलता समझकर ठुकरा देती थी। वह पति को दया–भाव से देखती थी, उसकी त्यागमयी प्रवृत्ति का अनादर न करती थी पर इसका तथ्य न समझ सकती थी। वह अगर सहानुभूति की भिक्षा मांगता, उसके सहयोग के लिए हाथ फैलाता, तो शायद वह उसकी उपेक्षा न करती। अपनी मुठठी बंद करके, अपनी मिठाई आप खाकर, वह उसे रूला देता। वह भी अपनी मुठठी बंद कर लेती थी और अपनी मिठाई आप खाती थी। दोनों आपस में हंसते–बोलते थे, साहित्य और इतिहास की चर्चा करते थे लेकिन जीवन के गूढ़ व्यापारों में पृथक् थे। दूध और पानी का मेल नहीं, रेत और पानी का मेल था जो एक क्षण के लिए मिलकर पृथक् हो जाता था।

अमर ने इस शिकायत की कोमलता या तो समझी नहीं, या समझकर उसका रस न ले सका। लालाजी ने जो आघात किया था, अभी उसकी आत्मा उस वेदना से तड़प रही थी। बोला–मैं भी यही उचित समझता हूं। अब मुझे पढ़ना छोड़कर जीविका की फिक्र करनी पड़ेगी।

सुखदा ने खीझकर कहा–हां, ज्यादा पढ़ लेने से सुनती हूं, आदमी पागल हो जाता है।

अमर ने लड़ने के लिए यहां भी आस्तीनें चढ़ा लीं–तुम यह आक्षेप व्यर्थ कर रही हो। पढ़ने से मैं जी नहीं चुराता लेकिन इस दशा में पढ़ना नहीं हो सकता। आज स्कूल में मुझे जितना लज्जित होना पड़ा, वह मैं ही जानता हूं। अपनी आत्मा की हत्या करके पढ़ने से भूखा रहना कहीं अच्छा है।

सुखदा ने भी अपने शस्त्र संभाले। बोली–मैं तो समझती हूं कि घड़ी–दो घड़ी दूकान पर बैठकर भी आदमी बहुत कुछ पढ़ सकता है। चरखे और जलसों में जो समय देते हो, वह दूकान पर दो, तो कोई बुराई न होगी। फिर जब तुम किसी से कुछ कहोगे नहीं तो कोई तुम्हारे दिल की बातें कैसे समझ लेगा– मेरे पास इस वक्त भी एक हजार रुपये से कम नहीं। वह मेरे रुपये हैं, मैं उन्हें उड़ा सकती हूं। तुमने मुझसे चर्चा तक न की। मैं बुरी सही, तुम्हारी दुश्मन नहीं। आज लालाजी की बातें सुनकर मेरा रक्त खौल रहा था। चालीस रुपये के लिए इतना हंगामा तुम्हें जितनी जरूरत हो, मुझसे लो, मुझसे लेते तुम्हारे आत्म–सम्मान को चोट लगती हो, अम्मां से लो। वह अपने को धान्य समझेंगी। उन्हें इसका अरमान ही रह गया कि तुम उनसे कुछ मांगते। मैं तो कहती हूं, मुझे लेकर लखनऊ चले चलो और निश्चिंत होकर पढ़ो। अम्मां तुम्हें इंग्लैंड भेज देंगी। वहां से अच्छी डिग्री ला सकते हो।

सुखदा ने निष्कपट भाव से यह प्रस्ताव किया था। शायद पहली बार उसने पति से अपने दिल की बात कही अमरकान्त को बुरा लगा। बोला–मुझे डिग्री इतनी प्यारी नहीं है कि उसके लिए ससुराल की रोटियां तोड़ूं अगर मैं अपने परिश्रम से धानोपार्जन करके पढ़ सकूंगा, तो पढ़ूंगा नहीं कोई धंधा देखूंगा। मैं अब तक व्यर्थ ही शिक्षा के मोह में पड़ा हुआ था। कॉलेज के बाहर भी अधययनशील आदमी बहुत–कुछ सीख सकता है। मैं अभिमान नहीं करता लेकिन साहित्य और इतिहास की जितनी पुस्तकें इन दो–तीन सालों में मैंने पढ़ी हैं, शायद ही मेरे कॉलेज में किसी ने पढ़ी हों

सुखदा ने इस अप्रिय विषय का अंत करने के लिए कहा–अच्छा, नाश्ता तो कर लो। आज तो तुम्हारी मीटिंग है। नौ बजे के पहले क्यों लौटने लगे– मैं तो टाकीज में जाऊंगी। अगर तुम ले चलो, तो मैं तुम्हारे साथ चलने को तैयार हूं।

अमर ने रूखेपन से कहा–मुझे टाकीज जाने की फुरसत नहीं है। तुम जा सकती हो।

'फिल्मों से भी बहुत–कुछ लाभ उठाया जा सकता है।'

'तो मैं तुम्हें मना तो नहीं करता।'

'तुम क्यों नहीं चलते?'

'जो आदमी कुछ उपार्जन न करता हो, उसे सिनेमा देखने का अधिकार नहीं। मैं उसी संपत्ति को अपना समझता हूं, जिसे मैंने परिश्रम से कमाया है।'

कई मिनट तक दोनों गुम बैठे रहे। जब अमर जलपान करके उठा, तो सुखदा ने सप्रेम आग्रह से कहा–कल से संध्या समय दूकान पर बैठा करो। कठिनाइयों पर विजय पाना पुरुषार्थी मनुष्यों का काम है अवश्य मगर कठिनाइयों की सृष्टि करना, अनायास पांव में कांटे चुभाना कोई बुद्धिमानी नहीं है।

अमरकान्त इस आदेश का आशय समझ गया पर कुछ बोला नहीं। विलासिनी संकटों से कितना डरती है यह चाहती है, मैं भी गरीबों का खून चूसूं उनका गला काटूं यह मुझसे न होगा।

सुखदा उसके दृष्टिकोण का समर्थन करके कदाचित् उसे जीत सकती थी। उधर से हटाने की चेष्टा करके वह उसके संकल्प को और भी दृढ़ कर रही थी। अमरकान्त उससे सहानुभूति करके अपने अनुकूल बना सकता था पर शुष्क त्याग का रूप दिखाकर उसे भयभीत कर रहा था।

चार

अमरकान्त मैटिश्कुलेशन की परीक्षा में प्रांत में सर्वप्रथम आया पर अवस्था अधिक होने के कारण छात्रवृत्ति न पा सका। इससे उसे निराशा की जगह एक तरह का संतोष हुआ क्योंकि वह अपने मनोविकारों को कोई टिकौना न देना चाहता था। उसने कई बड़ी–बड़ी कोठियों में पत्र–व्यवहार करने का काम उठा लिया। धानी पिता का पुत्र था, यह काम उसे आसानी से मिल गया। लाला समरकान्त की व्यवसाय–नीति से प्रायरू उनकी बिरादरी वाले जलते थे और पिता–पुत्र के इस वैमनस्य का तमाशा देखना चाहते थे। लालाजी पहले तो बहुत बिगड़े। उनका पुत्र उन्हीं के सहवर्गियों की सेवा करे, यह उन्हें अपमानजनक जान पड़ा पर अमर ने उन्हें सुझाया कि वह यह काम केवल व्यावसायिक ज्ञानोपार्जन के भाव से कर रहा है। लालाजी ने भी समझा, कुछ–न–कुछ सीख ही जाएगा। विरोध करना छोड़ दिया। सुखदा इतनी आसानी से मानने वाली न थी। एक दिन दोनों में इसी बात पर झड़प हो गई।

सुखदा ने कहा–तुम दस–दस, पांच–पांच रुपये के लिए दूसरों की खुशामद करते फिरते हो तुम्हें शर्म भी नहीं आती

अमर ने शांतिपूर्वक कहा–काम करके कुछ उपार्जन करना शर्म की बात नहीं रू दूसरों का मुंह ताकना शर्म की बात है।

'तो ये धानियों के जितने लड़के हैं, सभी बेशर्म हैं?'

'हैं ही, इसमें आश्चर्य की कोई बात नहीं। अब तो लालाजी मुझे खुशी से भी रुपये दें तो न लूं। जब तक अपनी सामर्थ्य का ज्ञान न था, तब तक उन्हें कष्ट देता था। जब मालूम हो गया कि मैं अपने खर्च भर को कमा सकता हूं, तो किसी के सामने हाथ क्यों फैलाऊं?'

सुखदा ने निर्दयता के साथ कहा–तो जब तुम अपने पिता से कुछ लेना अपमान की बात समझते हो, तो मैं क्यों उनकी आश्रित बनकर रहूं– इसका आशय तो यही हो सकता है कि मैं भी किसी पाठशाला में नौकरी करूं या सीने–पिरोने का धंधा उठाऊं–

अमरकान्त ने संकट में पड़कर कहा–तुम्हारे लिए इसकी जरूरत नहीं।

'क्यों मैं खाती–पहनती हूं, गहने बनवाती हूं, पुस्तकें लेती हूं, पत्रिकाएं मंगवाती हूं, दूसरों ही की कमाई पर तो– इसका तो यह आशय भी हो सकता है कि मुझे तुम्हारी कमाई पर भी कोई अधिकार नहीं। मुझे खुद परिश्रम करके कमाना चाहिए।'

अमरकान्त को संकट से निकलने की एक युक्ति सूझ गई–अगर दादा, या तुम्हारी अम्मांजी तुमसे चिढ़ें और मैं भी ताने दूं, तब निस्संदेह तुम्हें खुद धान कमाने की जरूरत पड़ेगी।

'कोई मुंह से न कहे पर मन में तो समझ सकता है। अब तक तो मैं समझती थी, तुम पर मेरा अधिकार है। तुमसे जितना चाहूंगी, लड़कर ले लूंगी लेकिन अब मालूम हुआ, मेरा कोई अधिकार नहीं। तुम जब चाहो, मुझे जवाब दे सकते हो। यही बात है या कुछ और?'

अमरकान्त ने हारकर कहा–तो तुम मुझे क्या करने को कहती हो– दादा से हर महीने रुपये के लिए लड़ता रहूं–

सुखदा बोली–हां, मैं यही चाहती हूं। यह दूसरों की चाकरी छोड़ दो और घर का धंधा देखो। जितना समय उधर देते हो उतना ही समय घर के कामों में दो।

'मुझे इस लेन–देन, सूद–ब्याज से घृणा है।'

सुखदा मुस्कराकर बोली–यह तो तुम्हारा अच्छा तर्क है। मरीज को छोड़ दो, वह आप–ही–आप अच्छा हो जाएगा। इस तरह मरीज मर जाएगा, अच्छा न

होगा। तुम दूकान पर जितनी देर बैठोगे, कम–से–कम उतनी देर तो यह घृणित व्यापार न होने दोगे। यह भी तो संभव है कि तुम्हारा अनुराग देखकर लालाजी सारा काम तुम्हीं को सौंप दें। तब तुम अपनी इच्छानुसार इसे चलाना। अगर अभी इतना भार नहीं लेना चाहते, तो न लो लेकिन लालाजी की मनोवृत्ति पर तो कुछ–न–कुछ प्रभाव डाल ही सकते हो। वह वही कर रहे हैं जो अपने–अपने ढंग से सारा संसार कर रहा है। तुम विरक्त होकर उनके विचार और नीति को नहीं बदल सकते। और अगर तुम अपना ही राग अलापोगे, तो मैं कहे देती हूं, अपने घर चली जाऊंगी। तुम जिस तरह जीवन व्यतीत करना चाहते हो, वह मेरे मन की बात नहीं। तुम बचपन से ठुकराए गए हो और कष्ट सहने में अभ्यस्त हो। मेरे लिए यह नया अनुभव है।

अमरकान्त परास्त हो गया। इसके कई दिन बाद उसे कई जवाब सूझे पर इस वक्त वह कुछ जवाब न दे सका। नहीं, उसे सुखदा की बातें न्याय–संगत मालूम हुईं। अभी तक उसकी स्वतंत्र कल्पना का आधार पिता की कृपणता थी। उसका अंकुर विमाता की निर्ममता ने जमाया था। तर्क या सिद्धांत पर उसका आधार न था और वह दिन तो अभी दूर, बहुत दूर था, जब उसके चित्ता की वृत्ति ही बदल जाए। उसने निश्चय किया–पत्र–व्यवहार का काम छोड़ दूंगा। दूकान पर बैठने में भी उसकी आपत्ति उतनी तीव्र न रही। हां, अपनी शिक्षा का खर्च वह पिता से लेने पर किसी तरह अपने मन को न दबा सका। इसके लिए उसे कोई दूसरा ही गुप्त मार्ग खोजना पड़ेगा। सुखदा से कुछ दिनों के लिए उसकी संधि–सी हो गई।

इसी बीच में एक और घटना हो गई, जिसने उसकी स्वतन्त्र कल्पना को भी शिथिल कर दिया।

सुखदा इधर साल भर से मैके न गई थी। विधावा माता बार–बार बुलाती थीं, लाला समरकान्त भी चाहते थे कि दो–एक महीने के लिए हो आए पर सुखदा जाने का नाम न लेती थी। अमरकान्त की ओर से निश्चिंत न हो सकती थी। वह ऐसे घोड़े पर सवार थी, जिसे नित्य फेरना लाजिमी था, दस–पांच दिन बंधा रहा, तो फिर पुट्ठे पर हाथ ही न रखने देगा। इसीलिए वह अमरकान्त को छोड़कर न जाती थी।

अंत में माता ने स्वयं काशी आने का निश्चय किया। उनकी इच्छा अब काशीवास करने की भी हो गई। एक महीने तक अमरकान्त उनके स्वागत की तैयारियों में लगा रहा। गंगातट पर बड़ी मुश्किल से पसंद का घर मिला, जो न बहुत बड़ा था न बहुत छोटा। उसकी सफाई और सफेदी में कई दिन लगे।

गृहस्थी की सैकड़ों ही चीजें जमा करनी थीं। उसके नाम सास ने एक हजार का बीमा भेज दिया था। उसने कतरब्योंत से उसके आधो ही में सारा प्रबंध कर दिया। पाई–पाई का हिसाब लिखा तैयार था। जब सास जी प्रयाग का स्नान करती हुईं, माघ में काशी पहुंचीं, तो वहां का सुप्रबंध देखकर बहुत प्रसन्न हुईं।

अमरकान्त ने बचत के पांच सौ रुपये उनके सामने रख दिए।

रेणुकादेवी ने चकित होकर कहा–क्या पांच सौ ही में सब कुछ हो गया– मुझे तो विश्वास नहीं आता।

'जी नहीं, पांच सौ ही खर्च हुए।'

'यह तो तुमने इनाम देने का काम किया है। यह बचत के रुपये तुम्हारे हैं।'

अमर ने झेंपते हुए कहा–जब मुझे जरूरत होगी, आपसे मांग लूंगा। अभी तो कोई ऐसी जरूरत नहीं है।

रेणुकादेवी रूप और अवस्था से नहीं, विचार और व्यवहार से वृद्धा थीं। ज्ञान और व्रत में उनकी आस्था न थी लेकिन लोकमत की अवहेलना न कर सकती थीं। विधावा का जीवन तप का जीवन है। लोकमत इसके विपरीत कुछ नहीं देख सकता। रेणुका को विवश होकर धर्म का स्वांग भरना पड़ता था किंतु जीवन बिना किसी आधार के तो नहीं रह सकता। भोग–विलास, सैर–तमाशे से आत्मा उसी भांति संतुष्ट नहीं होती, जैसे कोई चटनी और अचार खाकर अपनी क्षुधा को शांत नहीं कर सकता। जीवन किसी तथ्य पर ही टिक सकता है। रेणुका के जीवन में यह आधार पशु–प्रेम था। वह अपने साथ पशु–पक्षियों का एक चिड़ियाघर लाई थीं। तोते, मैने, बंदर, बिल्ली, गाएं, हिरन, मोर, कुत्ते आदि पाल रखे थे और उन्हीं के सुख–दुख में सम्मिलित होकर जीवन में सार्थकता का अनुभव करती थीं। हरएक का अलग–अलग नाम था, रहने का अलग–अलग स्थान था, खाने–पीने के अलग–अलग बर्तन थे। अन्य रईसों की भांति उनका पशु–प्रेम नुमायशी, व्शनेबल या मनोरंजक न था। अपने पशु–पक्षियों में उनकी जान बसती थी। वह उनके बच्चों को उसी मातत्व –भरे स्नेह से खेलाती थीं मानो अपने नाती–पोते हों। ये पशु भी उनकी बातें, उनके इशारे, कुछ इस तरह समझ जाते थे कि आश्चर्य होता था।

दूसरे दिन मां–बेटी में बातें होने लगीं।

रेणुका ने कहा–तुझे ससुराल इतनी प्यारी हो गई–

सुखदा लज्जित होकर बोली–क्या करूं अम्मां, ऐसी उलझन में पड़ी हूं कि कुछ सूझता ही नहीं। बाप–बेटे में बिलकुल नहीं बनती। दादाजी चाहते हैं,

वह घर का धंधा देखें। वह कहते हैं, मुझे इस व्यवसाय से घृणा है। मैं चली जाती, तो न जाने क्या दशा होती। मुझे बराबर खटका लगा रहता है कि वह देश–विदेश की राह न लें। तुमने मुझे कुएं में ढकेल दिया और क्या कहूं?

रेणुका चिंतित होकर बोलीं–मैंने तो अपनी समझ में घर–वर दोनों ही देखभाल कर विवाह किया था मगर तेरी तकदीर को क्या करती– लड़के से तेरी अब पटती है, या वही हाल है–

सुखदा फिर लज्जित हो गई। उसके दोनों कपोल लाल हो गए। सिर झुकाकर बोली–उन्हें अपनी किताबों और सभाओं से छुट्टी नहीं मिलती।

'तेरी जैसी रूपवती एक सीधे–सादे छोकरे को भी न संभाल सकी– चाल–चलन का कैसा है?'

सुखदा जानती थी, अमरकान्त में इस तरह की कोई दुर्वासना नहीं है पर इस समय वह इस बात को निश्चयात्मक रूप से न कह सकी। उसके नारीत्व पर धब्बा आता था। बोली–मैं किसी के दिल का हाल क्या जानूं, अम्मां इतने दिन हो गए, एक दिन भी ऐसा न हुआ होगा कि कोई चीज लाकर देते। जैसे चाहूं रहूं, उनसे कोई मतलब ही नहीं।

रेणुका ने पूछा–तू कभी कुछ पूछती है, कुछ बनाकर खिलाती है, कभी उसके सिर में तेल डालती है–

सुखदा ने गर्व से कहा–जब वह मेरी बात नहीं पूछते तो मुझे क्या गरज पड़ी है वह बोलते हैं, तो मैं बोलती हूं। मुझसे किसी की गुलामी नहीं होगी।

रेणुका ने ताड़ना दी–बेटी, बुरा न मानना, मुझे बहुत–कुछ तेरा ही दोष दीखता है। तुझे अपने रूप का गर्व है। तू समझती है, वह तेरे रूप पर मुग्धा होकर तेरे पैरों पर सिर रगड़ेगा। ऐसे मर्द होते हैं, यह मैं जानती हूं पर वह प्रेम टिकाऊ नहीं होता। न जाने तू क्यों उससे तनी रहती है– मुझे तो वह बड़ा गरीब और बहुत ही विचारशील मालूम होता है। सच कहती हूं, मुझे उस पर दया आती है। बचपन में तो बेचारे की मां मर गई। विमाता मिली, वह डाइन। बाप हो गया शत्रु। घर को अपना घर न समझ सका। जो हृदय चिंता–भार से इतना दबा हुआ हो, उसे पहले स्नेह और सेवा से पोला करने के बाद तभी प्रेम का बीज बोया जा सकता है।

सुखदा चिढ़कर बोली–वह चाहते हैं, मैं उनके साथ तपस्विनी बनकर रहूं। रूखा–सूखा खाऊं, मोटा–झोटा पहनूं और वह घर से अलग होकर मेहनत और मजूरी करें। मुझसे यह न होगा, चाहे सदैव के लिए उनसे नाता ही टूट जाए।

वह अपने मन की करेंगे, मेरे आराम–तकलीफ की बिलकुल परवाह न करेंगे, तो मैं भी उनका मुंह न जोहूंगी।

रेणुका ने तिरस्कार भरी चितवनों से देखा और बोली–और अगर आज लाला समरकान्त का दीवाला पिट जाए–

सुखदा ने इस संभावना की कभी कल्पना ही न की थी।

विमूढ़ होकर बोली–दीवाला क्यों पिटने लगा–

'ऐसा संभव तो है।'

सुखदा ने मां की संपत्ति का आश्रय न लिया। वह न कह सकी, 'तुम्हारे पास जो कुछ है, वह भी तो मेरा ही है।' आत्म–सम्मान ने उसे ऐसा न कहने दिया। मां के इस निर्दय प्रश्न पर झुंझलाकर बोली–जब मौत आती है, तो आदमी मर जाता है। जान–बूझकर आग में नहीं कूदा जाता।

बातों–बातों में माता को ज्ञात हो गया कि उनकी संपत्ति का वारिस आने वाला है। कन्या के भविष्य के विषय में उन्हें बड़ी चिंता हो गई थी। इस संवाद ने उस चिंता का शमन कर दिया।

उन्होंने आनंद विह्वल होकर सुखदा को गले लगा लिया।

पांच

अमरकान्त ने अपने जीवन में माता के स्नेह का सुख न जाना था। जब उसकी माता का अवसान हुआ, तब वह बहुत छोटा था। उस दूर अतीत की कुछ धुंधाली–सी और इसीलिए अत्यंत मनोहर और सुखद स्मृतियां शेष थीं। उसका वेदनामय बाल–रूदन सुनकर जैसे उसकी माता ने रेणुकादेवी के रूप में स्वर्ग से आकर उसे गोद में उठा लिया। बालक अपना रोना–धोना भूल गया और उस ममता–भरी गोद में मुंह छिपाकर दैवी–सुख लूटने लगा। अमरकान्त नहीं–नहीं करता रहता और माता उसे पकड़कर उसके आगे मेवे और मिठाइयां रख देतीं। उसे इंकार न करते बनता। वह देखता, माता उसके लिए कभी कुछ पका रही हैं, कभी कुछ, और उसे खिलाकर कितनी प्रसन्न होती हैं, तो उसके हृदय में श्रद्धा की एक लहर–सी उठने लगती है। वह कॉलेज से लौटकर सीधे रेणुका के पास जाता। वहां उसके लिए जलपान रखे हुए रेणुका उसकी बाट जोहती रहती। प्रातरू का नाश्ता भी वह वहीं करता। इस मात–स्नेह से उसे तृप्ति ही न होती थी। छुट्टियों के दिन वह प्रायरू दिन–भर रेणुका ही के यहां रहता। उसके साथ कभी–कभी नैना भी चली जाती। वह खासकर पशु–पक्षियों की क्रीड़ा देखने जाती थी।

अमरकान्त के कोष में स्नेह आया, तो उसकी वह कृपणता जाती रही। सुखदा उसके समीप आने लगी। उसकी विलासिता से अब उसे उतना भय न रहा। रेणुका के साथ उसे लेकर वह सैर–तमाशे के लिए भी जाने लगा। रेणुका दसवें–पांचवें उसे दस–बीस रुपये जरूर दे देतीं। उसके सप्रेम आग्रह के सामने अमरकान्त की एक न चलती। उसके लिए नए–नए सूट बने, नए–नए जूते आए, मोटर साइकिल आई, सजावट के सामान आए। पांच ही छरू महीने में वह विलासिता का द्रोही, वह सरल जीवन का उपासक, अच्छा–खास रईसजादा बन बैठा, रईसजादों के भावों और विचारों से भरा हुआ उतना ही निद्वऊद्व और स्वार्थी। उसकी जेब में दस–बीस रुपये हमेशा पड़े रहते। खुद खाता, मित्रों को खिलाता और एक की जगह दो खर्च करता। वह अधययनशीलता जाती रही। ताश और चौसर में ज्यादा आनंद आता। हां, जलसों में उसे अब और अधिक उत्साह हो गया। वहां उसे कीर्ति–लाभ का अवसर मिलता था। बोलने की शक्ति उसमें पहले भी बुरी न थी। अभ्यास से और भी परिमार्जित हो गई। दैनिक समाचार और सामयिक साहित्य से भी उसे रुचि थी, विशेषकर इसलिए कि रेणुका रोज–रोज की खबरें उससे पढ़वाकर सुनती थीं।

दैनिक समाचार–पत्रों के पढ़ने से अमरकान्त के राजनैतिक ज्ञान का विकास होने लगा। देशवासियों के साथ शासक मंडल की कोई अनीति देखकर उसका खून खौल उठता था। जो संस्थाएं राष्ट्रीय उत्थान के लिए उद्योग कर रही थीं, उनसे उसे सहानुभूति हो गई। वह अपने नगर की कांग्रेस–कमेटी का मेम्बर बन गया और उसके कार्यक्रम में भाग लेने लगा।

एक दिन कॉलेज के कुछ छात्र देहातों की आर्थिक–दशा की जांच–पड़ताल करने निकले। सलीम और अमर भी चले। अधयापक डॉ. शान्तिकुमार उनके नेता बनाए गए। कई गांवों की पड़ताल करने के बाद मंडली संध्या समय लौटने लगी, तो अमर ने कहा–मैंने कभी अनुमान न किया था कि हमारे कृषकों की दशा इतनी निराशाजनक है।

सलीम बोला–तालाब के किनारे वह जो चार–पांच घर मल्लाहों के थे, उनमें तो लोहे के दो–एक बर्तन के सिवा कुछ था ही नहीं। मैं समझता था, देहातियों के पास अनाज की बखारें भरी होंगी लेकिन यहां तो किसी घर में अनाज के मटके तक न थे।

शान्तिकुमार बोले–सभी किसान इतने गरीब नहीं होते। बड़े किसानों के घर में बखारें भी होती हैं लेकिन ऐसे किसान गांव में दो–चार से ज्यादा नहीं होते।

अमरकान्त ने विरोध किया—मुझे तो इन गांवों में एक भी ऐसा किसान न मिला। और महाजन और अमले इन्हीं गरीबों को चूसते हैं मैं चाहता हूं उन लोगों को इन बेचारों पर दया भी नहीं आती शान्तिकुमार ने मुस्कराकर कहा—दया और धर्म की बहुत दिनों परीक्षा हुई और यह दोनों हल्के पड़े। अब तो न्याय—परीक्षा का युग है।

शान्तिकुमार की अवस्था कोई पैंतीस की थी। गोरे—चिट्टे, रूपवान आदमी थे। वेश—भूषा अंग्रेजी थी, और पहली नजर में अंग्रेज ही मालूम होते थे क्योंकि उनकी आंखें नीली थीं, और बाल भी भूरे थे। आक्सफोर्ड से डॉक्टर की उपाधि प्राप्त कर लाए थे। विवाह के कट्टर विरोधी, स्वतंत्रता—प्रेम के कट्टर भक्त, बहुत ही प्रसन्न मुख, सहृदय, सेवाशील व्यक्ति थे। मजाक का कोई अवसर पाकर न चूकते थे। छात्रों से मित्र भाव रखते थे। राजनैतिक आंदोलनों में खूब भाग लेते पर गुप्त रूप से। खुले मैदान में न आते। हां, सामाजिक क्षेत्र में खूब गरजते थे।

अमरकान्त ने करूण स्वर में कहा—मुझे तो उस आदमी की सूरत नहीं भूलती, जो छरू महीने से बीमार पड़ा था और एक पैसे की भी दवा न ली थी। इस दशा में जमींदार ने लगान की डिगरी करा ली और जो कुछ घर में था, नीलाम करा लिया। बैल तक बिकवा लिए। ऐसे अन्यायी संसार की नियंता कोई चेतन शक्ति है, मुझे तो इसमें संदेह हो रहा है। तुमने देखा नहीं सलीम, गरीब के बदन पर चिथड़े तक न थे। उसकी वृद्धा माता कितना ठ्टट—ठ्टटकर रोती थीं।

सलीम की आंखों में आंसू थे। बोला—तुमने रुपये दिए, तो बुढ़िया कैसे तुम्हारे पैरों पर गिर पड़ी। मैं तो अलग मुंह फेरकर रो रहा था।

मंडली यों ही बातचीत करती चली जाती थी। अब पक्की सड़क मिल गई थी। दोनों तरफ ऊंचे वृक्षों ने मार्ग को अंधोरा कर दिया था। सड़क के दाहिने—बाएं—नीचे ऊख, अरहर आदि के खेत खड़े थे। थोड़ी—थोड़ी दूर पर दो—एक मजूर या राहगीर मिल जाते थे।

सहसा एक वृक्ष के नीचे दस—बारह स्त्री—पुरुष सशंकित भाव से दुबके हुए दिखाई दिए। सब—के—सब सामने वाले अरहर के खेत की ओर ताकते और आपस में कनफुसकियां कर रहे थे। अरहर के खेत की मेड़ पर दो गोरे सैनिक हाथ में बेंत लिए अकड़े खड़े थे। छात्र—मंडली को कौतूहल हुआ। सलीम ने एक आदमी से पूछा—क्या माजरा है, तुम लोग क्यों जमा हो—

अचानक अरहर के खेत की ओर से किसी औरत का चीत्कार सुनाई पड़ा। छात्र वर्ग अपने डंडे संभालकर खेत की तरफ लपका। परिस्थिति उनकी समझ में आ गई थी।

एक गोरे सैनिक ने आंखें निकालकर छड़ी दिखाते हुए कहा—भाग जाओ नहीं हम ठोकर मारेगा।

इतना उसके मुंह से निकलना था कि डॉ. शान्तिकुमार ने लपककर उसके मुंह पर घूंसा मारा। सैनिक के मुंह पर घूंसा पड़ा, तिलमिला उठा पर था घूंसेबाजी में मंजा हुआ। घूंसे का जवाब जो दिया, तो डॉक्टर साहब गिर पड़े। उसी वक्त सलीम ने अपनी हाकी—स्टिक उस गोरे के सिर पर जमाई। वह चौंधिया गया, जमीन पर गिर पड़ा और जैसे मूर्छित हो गया। दूसरे सैनिक को अमर और एक दूसरे छात्र ने पीटना शुरू कर दिया था पर वह इन दोनों युवकों पर भारी था। सलीम इधर से फुर्सत पाकर उस पर लपका। एक के मुकाबले में तीन हो गए। सलीम की स्टिक ने इस सैनिक को भी जमीन पर सुला दिया। इतने में अरहर के पौधों को चीरता हुआ तीसरा गोरा आ पहुंचा। डॉक्टर शान्तिकुमार संभलकर उस पर लपके ही थे कि उसने रिवाल्वर निकलकर दाग दिया। डॉक्टर साहब जमीन पर गिर पड़े। अब मामला नाजुक था। तीनों छात्र डॉक्टर साहब को संभालने लगे। यह भय भी लगा हुआ था कि वह दूसरी गोली न चला दे। सबके प्राण नहों में समाए हुए थे।

मजूर लोग अभी तक तो तमाशा देख रहे थे। मगर डॉक्टर साहब को गिरते देख उनके खून में भी जोश आया। भय की भांति साहस भी संक्रामक होता है। सब—के—सब अपनी लकड़ियां संभालकर गोरे पर दौड़े। गोरे ने रिवाल्वर दागी पर निशाना खाली गया। इसके पहले कि वह तीसरी गोली चलाए, उस पर डंडों की वर्षा होने लगी और एक क्षण में वह भी आहत होकर गिर पड़ा।

खैरियत यह हुई कि जख्म डॉक्टर साहब की जांघ में था। सभी छात्र 'तत्कालधर्म' जानते थे। घाव का खून बंद किया और पट्टी बंधा दी।

उसी वक्त एक युवती खेत से निकली और मुंह छिपाए, लंगड़ाती, कपड़े संभालती, एक तरफ चल पड़ी। अबला लज्जावश, किसी से कुछ कहे बिना, सबकी नजरों से दूर निकल जाना चाहती थी। उसकी जिस अमूल्य वस्तु का अपहरण किया गया था, उसे कौन दिला सकता था— दुष्टों को मार डालो, इससे तुम्हारी न्याय—बुद्धि को संतोष होगा, उसकी तो जो चीज गई, वह गई। वह अपना दुख क्यों रोए— क्यों फरियाद करे— सारे संसार की सहानुभूति, उसके किस काम की है।

सलीम एक क्षण तक युवती की ओर ताकता रहा। फिर स्टिक संभालकर उन तीनों को पीटने लगा ऐसा जान पड़ता था कि उन्मत्ता हो गया है।

डॉक्टर साहब ने पुकारा–क्या करते हो सलीम इससे क्या फायदा– यह इंसानियत के खिलाफ है कि गिरे हुओं पर हाथ उठाया जाए।

सलीम ने दम लेकर कहा–मैं एक शैतान को भी जिंदा न छोडूंगा। मुझे फांसी हो जाए, कोई गम नहीं। ऐसा सबक देना चाहिए कि फिर किसी बदमाश को इसकी जुर्रत न हो।

फिर मजूरों की तरफ देखकर बोला–तुम इतने आदमी खड़े ताकते रहे और तुमसे कुछ न हो सका। तुममें इतनी गैरत भी नहीं– अपनी बहू–बेटियों की आबरू की हिफाजत भी नहीं कर सकते– समझते होंगे कौन हमारी बहू–बेटी हैं। इस देश में जितनी बेटियां हैं, जितनी बहुएं हैं, सब तुम्हारी बहुएं हैं, जितनी मांएं हैं, सब तुम्हारी मांएं हैं। तुम्हारी आंखों के सामने यह अनर्थ हुआ और तुम कायरों की तरह खड़े ताकते रहे क्यों सब–के–सब जाकर मर नहीं गए।

सहसा उसे खयाल आ गया कि मैं आवेश में आकर इन गरीबों को फटकार बताने की अनाधिकार चेष्टा कर रहा हूं। वह चुप हो गया और कुछ लज्जित भी हुआ।

समीप के एक गांव से बैलगाड़ी मंगाई गई। शान्तिकुमार को लोगों ने उठाकर उस पर लेटा दिया और गाड़ी चलने को हुई कि डॉक्टर साहब ने चौंककर पूछा–और उन तीनों आदमियों को क्या यहीं छोड़ जाओगे–

सलीम ने मस्तक सिकोड़कर कहा–हम उनको लादकर ले जाने के जिम्मेदार नहीं हैं। मेरा तो जी चाहता है, उन्हें खोदकर दफन कर दूं।

आखिर डॉक्टर के बहुत समझाने के बाद सलीम राजी हुआ। तीनों गोरे भी गाड़ी पर लादे गए और गाड़ी चली। सब–के–सब मजूर अपराधियों की भांति सिर झुकाए कुछ दूर तक गाड़ी के पीछे–पीछे चले। डॉक्टर ने उनको बहुत धान्यवाद देकर विदा किया। नौ बजते–बजते समीप का रेलवे स्टेशन मिला। इन लोगों ने गोरों को तो वहीं पुलिस के चार्ज में छोड़ दिया और आप डॉक्टर साहब के साथ गाड़ी पर बैठकर घर चले।

सलीम और अमर तो जरा देर में हंसने–बोलने लगे। इस संग्राम की चर्चा करते उनकी जबान न थकती थी। स्टेशन–मास्टर से कहा, गाड़ी में मुसाफिरों से कहा, रास्ते में जो मिला उससे कहा। सलीम तो अपने साहस और शौर्य की खूब डींगें मारता था, मानो कोई किला जीत आया है और जनता को चाहिए कि उसे मुकुट पहनाए, उसकी गाड़ी खींचे, उसका जुलूस निकाले किंतु अमरकान्त चुपचाप डॉक्टर साहब के पास बैठा हुआ था। आज के अनुभव ने उसके हृदय पर ऐसी चोट लगाई थी, जो कभी न भरेगी। वह मन–ही–मन इस घटना की

व्याख्या कर रहा था। इन टके के सैनिकों की इतनी हिम्मत क्यों हुई– यह गोरे सिपाही

इंग्लैंड के निम्नतम श्रेणी के मनुष्य होते हैं। इनका इतना साहस कैसे हुआ– इसीलिए कि भारत पराधीन है। यह लोग जानते हैं कि यहां के लोगों पर उनका आतंक छाया हुआ है। वह जो अनर्थ चाहें, करें। कोई चूं नहीं कर सकता। यह आतंक दूर करना होगा। इस पराधीनता की जंजीर को तोड़ना होगा।

इस जंजीर को तोड़ने के लिए वह तरह–तरह के मंसूबे बंधाने लगा, जिनमें यौवन का उन्माद था, लड़कपन की उग्रता थी और थी कच्ची बुद्धि की बहक।

छह

डॉ. शान्तिकुमार एक महीने तक अस्पताल में रहकर अच्छे हो गए। तीनों सैनिकों पर क्या बीती, नहीं कहा जा सकता पर अच्छे होते ही पहला काम जो डॉक्टर साहब ने किया, वह तांगे पर बैठकर छावनी में जाना और उन सैनिकों की कुशल पूछना था। मालूम हुआ कि वह तीनों भी कई–कई दिन अस्पताल में रहे, फिर तबदील कर दिए गए। रेजिमेंट के कप्तान ने डॉक्टर साहब से अपने आदमियों के अपराध की क्षमा मांगी और विश्वास दिलाया कि भविष्य में सैनिकों पर ज्यादा कड़ी निगाह रखी जाएगी। डॉक्टर साहब की इस बीमारी में अमरकान्त ने तन–मन से उनकी सेवा की, केवल भोजन करने और रेणुका से मिलने के लिए घर जाता, बाकी सारा दिन और सारी रात उन्हीं की सेवा में व्यतीत करता। रेणुका भी दो–तीन बार डॉक्टर साहब को देखने गईं।

इधर से फुरसत पाते ही अमरकान्त कांग्रेस के कामों में ज्यादा उत्साह से शरीक होने लगा। चंदा देने में तो बस संस्था में कोई उसकी बराबरी न कर सकता था।

एक बार एक आम जलसे में वह ऐसी उदडंता से बोला कि पुलिस के सुपरिंटेंडेंट ने लाला समरकान्त को बुलाकर लड़के को संभालने की चेतावनी दे डाली। लालाजी ने वहां से लौटकर खुद तो अमरकान्त से कुछ न कहा, सुखदा और रेणुका दोनों से जड़ दिया। अमरकान्त पर अब किसका शासन है, वह खुद समझते थे। इधर बेटे से वह स्नेह करने लगे थे। हर महीने पढ़ाई का खर्च देना पड़ता था, तब उसका स्कूल जाना उन्हें जहर लगता था, काम में लगाना चाहते थे और उसके काम न करने पर बिगड़ते थे। अब पढ़ाई का कुछ खर्च न

देना पड़ता था। इसलिए कुछ न बोलते थे बल्कि कभी–कभी संदूक की कुंजी न मिलने या उठकर संदूक खोलने के कष्ट से बचने के लिए, बेटे से रुपये उधर ले लिया करते। अमरकान्त न मांगता, न वह देते।

सुखदा का प्रसवकाल समीप आता जाता था। उसका मुख पीला पड़ गया था। भोजन बहुत कम करती थी और हंसती–बोलती भी बहुत कम थी। वह तरह–तरह के दुरूस्वप्न देखती रहती थी, इससे चित्ता और भी सशंकित रहता था। रेणुका ने जनन–संबधी कई पुस्तकें उसको मंगा दी थीं। इन्हें पढ़कर वह और भी चिंतित रहती थी। शिशु की कल्पना से चित्ता में एक गर्वमय उल्लास होता था पर इसके साथ ही ह्रदय में कंपन भी होता था न जाने क्या होगा?

उस दिन संध्या समय अमरकान्त उसके पास आया, तो वह जली बैठी थी। तीक्ष्ण नेत्रों से देखकर बोली–तुम मुझे थोड़ी–सी संखिया क्यों नहीं दे देते– तुम्हारा गला भी छूट जाए, मैं भी जंजाल से मुक्त हो जाऊं।

अमर इन दिनों आदर्श पति बना हुआ था। रूप–ज्योति से चमकती हुई सुखदा आंखों को उन्मत्ता करती थी पर मातत्व के भार से लदी हुई यह पीले मुख वाली रोगिणी उसके ह्रदय को ज्योति से भर देती थी। वह उसके पास बैठा हुआ उसके रूखे केशों और सूखे हाथों से खेला करता। उसे इस दशा में लाने का अपराधी वह है इसलिए इस भार को सह्य बनाने के लिए वह सुखदा का मुंह जोहता रहता था। सुखदा उससे कुछ फरमाइश करे, यही इन दिनों उसकी सबसे बड़ी कामना थी। वह एक बार स्वर्ग के तारे तोड़ लाने पर भी उताई हो जाता। बराबर उसे अच्छी–अच्छी किताबें सुनाकर उसे प्रसन्न करने का प्रयत्न करता रहता था। शिशु की कल्पना से उसे जितना आनंद होता था उससे कहीं अधिक सुखदा के विषय में चिंता थी–न जाने क्या होगा– घबराकर भारी स्वर में बोला–ऐसा क्यों कहती हो सुखदा, मुझसे गलती हुई हो तो, बता दो?

सुखदा लेटी हुई थी। तकिए के सहारे टेक लगाकर बोली–तुम आम जलसों में कड़ी–कड़ी स्पीचें देते फिरते हो, इसका इसके सिवा और क्या मतलब है कि तुम पकड़े जाओ और अपने साथ घर को भी ले डूबो। दादा से पुलिस के किसी बड़े अफसर ने कहा है। तुम उनकी कुछ मदद तो करते नहीं, उल्टे और उनके किए–कराए को धूल में मिलाने को तुले बैठे हो। मैं तो आप ही अपनी जान से मर रही हूं, उस पर तुम्हारी यह चाल और भी मारे डालती है। महीने भर डॉक्टर साहब के पीछे हलकान हुए। उधर से छुट्टी मिली तो यह पचड़ा ले बैठे। क्या तुमसे शांतिपूर्वक नहीं बैठा जाता– तुम अपने मालिक नहीं हो, कि जिस राह चाहो, जाओ। तुम्हारे पांव में बेड़ियाँ हैं। क्या अब भी तुम्हारी आंखें नहीं खुलतीं–

अमरकान्त ने अपनी सफाई दी—मैंने तो कोई ऐसी स्पीच नहीं दी जो कड़ी कही जा सके।

'तो दादा झूठ कहते थे?'

'इसका तो यह अर्थ है कि मैं अपना मुंह सी लूं?'

'हां, तुम्हें अपना मुंह सीना पड़ेगा।'

दोनों एक क्षण भूमि और आकाश की ओर ताकते रहे। तब अमरकान्त ने परास्त होकर कहा—अच्छी बात है। आज से अपना मुंह सी लूंगा। फिर तुम्हारे सामने ऐसी शिकायत आए, तो मेरे कान पकड़ना।

सुखदा नरम होकर बोली—तुम नाराज होकर यह प्रण नहीं कर रहे हो—मैं तुम्हारी अप्रसन्नता से थर–थर कांपती हूं। मैं भी जानती हूं कि हम लोग पराधीन हैं। पराधीनता मुझे भी उतनी ही अखरती है जितनी तुम्हें। हमारे पांवों में तो दोहरी बेड़ियां हैं—समाज की अलग, सरकार की अलग लेकिन आगे–पीछे भी तो देखना होता है। देश के साथ हमारा जो धर्म है, वह और प्रबल रूप में पिता के साथ है, और उससे भी प्रबल रूप में अपनी संतान के साथ। पिता को दुखी और संतान को निस्सहाय छोड़कर देश धर्म का पालन ऐसा ही है जैसे कोई अपने घर में आग लगाकर खुले आकाश में रहे। जिस शिशु को मैं अपना हृदय–रक्त पिला–पिलाकर पाल रही हूं, उसे मैं चाहती हूं, तुम भी अपना सर्वस्व समझो। तुम्हारे सारे स्नेह और निष्ठा का मैं एकमात्र उसी को अधिकारी देखना चाहती हूं।

अमरकान्त सिर झुकाए यह उपदेश सुनता रहा। उसकी आत्मा लज्जित थी और उसे धिक्कार रही थी। उसने सुखदा और शिशु दोनों ही के साथ अन्याय किया है। शिशु का कल्पना–चित्र उसी आंखों में खींच गया। वह नवनीत–सा कोमल शिशु उसकी गोद में खेल रहा था। उसकी संपूर्ण चेतना इसी कल्पना में मग्न हो गई। दीवार पर शिशु कृष्ण का एक सुंदर चित्र लटक रहा था। उस चित्र में आज उसे जितना मार्मिक आनंद हुआ, उतना और कभी न हुआ था। उसकी आंखें सजल हो गईं।

सुखदा ने उसे एक पान का बीड़ा देते हुए कहा—अम्मां कहती हैं, बच्चे को लेकर मैं लखनऊ चली जाऊंगी। मैंने कहा—अम्मां, तुम्हें बुरा लगे या भला, मैं अपना बालक न दूंगी।

अमरकान्त ने उत्सुक होकर पूछा—तो बिगड़ी होंगी—

'नहीं जी, बिगड़ने की क्या बात थी— हां, उन्हें कुछ बुरा जरूर लगा होगा लेकिन मैं दिल्लगी में भी अपने सर्वस्व को नहीं छोड़ सकती।'

'दादा ने पुलिस कर्मचारी की बात अम्मां से भी कही होगी?'

'हां, मैं जानती हूं कही है। जाओ, आज अम्मां तुम्हारी कैसी खबर लेती हैं।'

'मैं आज जाऊंगा ही नहीं।'

'चलो, मैं तुम्हारी वकालत कर दूंगी।'

'मुआफ कीजिए। वहां मुझे और भी लज्जित करोगी।'

'नहीं सच कहती हूं। अच्छा बताओ, बालक किसको पड़ेगा, मुझे या तुम्हें। मैं कहती हूं तुम्हें पड़ेगा।'

'मैं चाहता हूं तुम्हें पड़े।'

'यह क्यों– मैं तो चाहती हूं तुम्हें पड़े।'

'तुम्हें पड़ेगा, तो मैं उसे और ज्यादा चाहूंगा।'

'अच्छा, उस स्त्री की कुछ खबर मिली जिसे गोरों ने सताया था?'

'नहीं, फिर तो कोई खबर न मिली।'

'एक दिन जाकर सब कोई उसका पता क्यों नहीं लगाते, या स्पीच देकर ही अपने 'कर्तव्य से मुक्त हो गए?'

अमरकान्त ने झेंपते हुए कहा–कल जाऊंगा।

'ऐसी होशियारी से पता लगाओ कि किसी को कानों–कान खबर न हो अगर घर वालों ने उसका बहिष्कार कर दिया हो, तो उसे लाओ। अम्मां को उसे अपने साथ रखने में कोई आपत्ति न होगी, और यदि होगी तो मैं अपने पास रख लूंगी।'

अमरकान्त ने श्रद्धा–पूर्ण नेत्रों से सुखदा को देखा। इसके हृदय में कितनी दया, कितना सेवा–भाव, कितनी निर्भीकता है। इसका आज उसे पहली बार ज्ञान हुआ।

उसने पूछा–तुम्हें उससे जरा भी घृणा न होगी?

सुखदा ने सकुचाते हुए कहा–अगर मैं कहूं, न होगी, तो असत्य होगा। होगी अवश्य पर संस्कारों को मिटाना होगा। उसने कोई अपराध नहीं किया, फिर सजा क्यों दी जाए–

अमरकान्त ने देखा, सुखदा निर्मल नारीत्व की ज्योति में नहा उठी है। उसका देवीत्व जैसे प्रस्फुटित होकर उससे आलिंगन कर रहा है।

सात

अमरकान्त ने आम जलसों में बोलना तो दूर रहा, शरीक होना भी छोड़ दिया पर उसकी आत्मा इस बंधन से छटपटाती रहती थी और वह कभी–कभी सामयिक पत्र–पत्रिकाओं में अपने मनोविकारों को प्रकट करके संतोष लाभ करता था। अब वह कभी–कभी दूकान पर भी आ बैठता। विशेषकर छुट्टियों के दिन तो वह अधिकतर दूकान पर रहता था। उसे अनुभव हो रहा था कि मानवी प्रकृति का बहुत–कुछ ज्ञान दूकान पर बैठकर प्राप्त किया जा सकता है। सुखदा और रेणुका दोनों के स्नेह और प्रेम ने उसे जकड़ लिया था। हृदय की जलन जो पहले घर वालों से, और उसके फलस्वरूप, समाज से विद्रोह करने में अपने को सार्थक समझती थी, अब शांत हो गई थी। रोता हुआ बालक मिठाई पाकर रोना भूल गया।

एक दिन अमरकान्त दूकान पर बैठा था कि एक असामी ने आकर पूछा–भैया कहां हैं बाबूजी, बड़ा जरूरी काम था–

अमर ने देखा–अधोड़, बलिष्ठ, काला, कठोर आकृति का मनुष्य है। नाम है काले खां। रूखाई से बोला–वह कहीं गए हुए हैं। क्या काम है–

'बड़ा जरूरी काम था। कुछ कह नहीं गए, कब तक आएंगे?'

अमर को शराब की ऐसी दुर्फंधा आई कि उसने नाक बंद कर ली और मुंह फेरकर बोला–क्या तुम शराब पीते हो–

काले खां ने हंसकर कहा–शराब किसे मयस्सर होती है लाला, रूखी रोटियां तो मिलती नहीं– आज एक नातेदारी में गया था, उन लोगों ने पिला दी।

वह और समीप आ गया और अमर के कान के पास मुंह लगाकर बोला–एक रकम दिखाने लाया था। कोई दस तोले की होगी। बाजार में ढाई सौ से कम नहीं है लेकिन मैं तुम्हारा पुराना असामी हूं। जो कुछ दे दोगे, ले लूंगा।

उसने कमर से एक जोड़ा सोने के कड़े निकाले और अमर के सामने रख दिए। अमर ने कड़ों को बिना उठाए हुए पूछा–यह कड़े तुमने कहां पाए–

काले खां ने बेहयाई से मुस्कराकर कहा–यह न पूछो राजा, अल्लाह देने वाला है।

अमरकान्त ने घृणा का भाव दिखाकर कहा–कहीं से चुरा लाए होगे–

काले खां फिर हंसा–चोरी किसे कहते हैं राजा, यह तो अपनी खेती है। अल्लाह ने सबके पीछे हीला लगा दिया है। कोई नौकरी करके लाता है, कोई मजूरी करता है, कोई रोजगार करता है, देता सबको वही खुदा है। तो फिर निकलो रुपये, मुझे देर हो रही है। इन लाल पगड़ी वालों की बड़ी खातिर करनी पड़ती है भैया, नहीं एक दिन काम न चले।

अमरकान्त को यह व्यापार इतना जघन्य जान पड़ा कि जी में आया काले खां को दुत्कार दे। लाला समरकान्त ऐसे समाज के शत्रुओं से व्यवहार रखते हैं, यह खयाल करके उसके रोएं खड़े हो गए। उसे उस दूकान से, उस मकान से, उस वातावरण से, यहां तक कि स्वयं अपने आपसे घृणा होने लगी। बोला–मुझे इस चीज की जरूरत नहीं है। इसे ले जाओ, नहीं मैं पुलिस में इत्तिला कर दूंगा। फिर इस दूकान पर ऐसी चीज लेकर न आना, कहे देता हूं।

काले खां जरा भी विचलित न हुआ, बोला–यह तो तुम बिलकुल नई बात कहते हो भैया लाला इस नीति पर चलते, तो आज महाजन न होते। हजारों रुपये की चीज तो मैं ही दे गया हूंगा। अंगनू, महाजन, भिखारी, हींगन, सभी से लाला का व्यवहार है। कोई चीज हाथ लगी और आंख बंद करके यहां चले आए, दाम लिया और घर की राह ली। इसी दूकान से बाल–बच्चों का पेट चलता है। कांटा निकलकर तौल लो। दस तोले से कुछ ऊपर ही निकलेगा मगर यहां पुरानी जजमानी है, लाओ डेढ़ सौ ही दो, अब कहां दौड़ते फिरें–

अमर ने दृढ़ता से कहा–मैंने कह दिया मुझे इसकी जरूरत नहीं।

'पछताओगे लाला, खड़े–खड़े ढ़ाई सौ में बेच लोगे।'

'क्यों सिर खा रहे हो, मैं इसे नहीं लेना चाहता?'

'अच्छा लाओ, सौ ही रुपये दे दो। अल्लाह जानता है, बहुत बल खाना पड़ रहा है पर एक बार घाटा ही सही।'

'तुम व्यर्थ मुझे दिख रहे हो। मैं चोरी का माल नहीं लूंगा, चाहे लाख की चीज धोले में मिले। तुम्हें चोरी करते शर्म भी नहीं आती ईश्वर ने हाथ–पांव दिए हैं, खासे मोटे–ताजे आदमी हो, मजदूरी क्यों नहीं करते– दूसरों का माल उड़ाकर अपनी दुनिया और आकबत दोनों खराब कर रहे हो।'

काले खां ने ऐसा मुंह बनाया, मानो ऐसी बकवास बहुत सुन चुका है और बोला–तो तुम्हें नहीं लेना है–

'नहीं।'

'पचास देते हो?'

'एक कौड़ी नहीं।'

काले खां ने कड़े उठाकर कमर में रख लिए और दूकान के नीचे उतर गया। पर एक क्षण में फिर लौटकर बोला–अच्छा तीस रुपये ही दे दो। अल्लाह जानता है, पगड़ी वाले आधा ले लेंगे।

अमरकान्त ने उसे धाक्का देकर कहा–निकल जा यहां से सूअर, मुझे क्यों हैरान कर रहा है–

काले खां चला गया, तो अमर ने उस जगह को झाड़ू से साफ कराया और अगरबत्ती जलाकर रख दी। उसे अभी तक शराब की दुर्गंधा आ रही थी। आज उसे अपने पिता से जितनी अभक्ति हुई, उतनी कभी न हुई थी। उस घर की वायु तक उसे दूषित लगने लगी। पिता के हथकंडों से वह कुछ–कुछ परिचित तो था पर उनका इतना पतन हो गया है, इसका प्रमाण आज ही मिला। उसने मन में निश्चय किया आज पिता से इस विषय में खूब अच्छी तरह शास्त्रार्थ करेगा। उसने खड़े होकर अधीर नेत्रों से सड़क की ओर देखा। लालाजी का पता न था। उसके मन में आया, दूकान बंद करके चला जाए और जब पिताजी आ जाए तो साफ–साफ कह दे, मुझसे यह व्यापार न होगा। वह दूकान बंद करने ही जा रहा था कि एक बुढ़िया लाठी टेकती हुई आकर सामने खड़ी हो गई और बोली–लाला नहीं हैं क्या, बेटा –

बुढ़िया के बाल सन हो गए थे। देह की हड्डियां तक सूख गई थीं। जीवन–यात्रा के उस स्थान पर पहुंच गई थी, जहां से उसका आकार मात्र दिखाई देता था, मानो दो–एक क्षण में वह अदृश्य हो जाएगी।

अमरकान्त के जी में पहले तो आया कि कह दे, लाला नहीं हैं, वह आएं तब आना लेकिन बुढ़िया के पिचके हुए मुख पर ऐसी करूण याचना, ऐसी शून्य निराशा छाई हुई थी कि उसे उस पर दया आ गई। बोला–लालाजी से क्या काम है– वह तो कहीं गए हुए हैं।

बुढ़िया ने निराश होकर कहा–तो कोई हरज नहीं बेटा, मैं फिर आ जाऊंगी।

अमरकान्त ने नम्रता से कहा–अब आते ही होंगे, माता। ऊपर चली जाओ।

दूकान की कुरसी ऊंची थी। तीन सीढ़ियां चढ़नी पड़ती थीं। बुढ़िया ने पहली पट्टी पर पांव रखा पर दूसरा पांव ऊपर न उठा सकी। पैरों में इतनी शक्ति न थी। अमर ने नीचे आकर उसका हाथ पकड़ लिया और उसे सहारा देकर दूकान पर चढ़ा दिया। बुढ़िया ने आशीर्वाद देते हुए कहा–तुम्हारी बड़ी

उम्र हो बेटा, मैं यही डरती हूं कि लाला देर में आएं और अंधोरा हो गया, तो मैं घर कैसे पहुंचूंगी– रात को कुछ नहीं सूझता बेटा।

'तुम्हारा घर कहां है माता?'

बुढ़िया ने ज्योतिहीन आंखों से उसके मुख की ओर देखकर कहा–गोवर्धन की सराय पर रहती हूं, बेटा।

'तुम्हारे और कोई नहीं है?'

'सब हैं भैया, बेटे हैं, पोते हैं, बहुएं हैं, पोतों की बहुएं हैं पर जब अपना कोई नहीं, तो किस काम का– नहीं लेते मेरी सुधा, न सही। हैं तो अपने। मर जाऊंगी, तो मिट्टी तो ठिकाने लगा देंगे।'

'तो वह लोग तुम्हें कुछ देते नहीं?'

बुढ़िया ने स्नेह मिले हुए गर्व से कहा–मैं किसी के आसरे–भरोसे नहीं हूं बेटा जीते रहें मेरा लाला समरकान्त, वह मेरी परवरिश करते हैं। तब तो तुम बहुत छोटे थे भैया, जब मेरा सरदार लाला का चपरासी था। इसी कमाई में खुदा ने कुछ ऐसी बरक्कत दी कि घर–द्वार बना, बाल–बच्चों का ब्याह–गौना हुआ, चार पैसे हाथ में हुए। थे तो पांच रुपये के प्यादे, पर कभी किसी से दबे नहीं, किसी के सामने गर्दन नहीं झुकाई। जहां लाला का पसीना गिरे, वहां अपना खून बहाने को तैयार रहते थे। आधी रात, पिछली रात, जब बुलाया, हाजिर हो गए। थे तो अदना–से नौकर, मुदा लाला ने कभी शतुमश कहकर नहीं पुकारा। बराबर खां साहब कहते थे। बड़े–बड़े सेठिए कहते–खां साहब, हम इससे दूनी तलब देंगे, हमारे पास आ जाओ पर सबको यही जवाब देते कि जिसके हो गए उसके हो गए। जब तक वह दुत्कार न देगा, उसका दामन न छोडेगें। लाला ने भी ऐसा निभाया कि क्या कोई निभाएगा– उन्हें मरे आज बीसवां साल है, वही तलब मुझे देते जाते हैं। लड़के पराए हो गए, पोते बात नहीं पूछते पर अल्लाह मेरे लाला को सलामत रखे, मुझे किसी के सामने हाथ फैलाने की नौबत नहीं आई।

अमरकान्त ने अपने पिता को स्वार्थी, लोभी, भावहीन समझ रखा था। आज उसे मालूम हुआ, उनमें दया और वात्सल्य भी है। गर्व से उसका हृदय पुलकित हो उठा। बोला–तो तुम्हें पांच रुपये मिलते हैं–

'हां बेटा, पांच रुपये महीना देते जाते हैं।'

'तो मैं तुम्हें रुपये दिए देता हूं, लेती जाओ। लाला शायद देर में आएं।'

वृद्धा ने कानों पर हाथ रखकर कहा–नहीं बेटा, उन्हें आ जाने दो। लठिया टेकती चली जाऊंगी। अब तो यही आंख रह गई है।

'इसमें हर्ज क्या है– मैं उनसे कह दूंगा, पठानिन रुपये ले गई। अंधोरे में कहीं गिर–गिरा पड़ोगी।'

'नहीं बेटा, ऐसा काम नहीं करती, जिसमें पीछे से कोई बात पैदा हो। फिर आ जाऊंगी।'

'नहीं, मैं बिना लिए न जाने दूंगा।'

बुढ़िया ने डरते–डरते कहा–तो लाओ दे दो बेटा, मेरा नाम टांक लेना पठानिन।

अमरकान्त ने रुपये दे दिए। बुढ़िया ने कांपते हाथों से रुपये लेकर गिरह बांधो और दुआएं देती हुई, धीरे–धीरे सीढ़ियों से नीचे उतरी मगर पचास कदम भी न गई होगी कि पीछे से अमरकान्त एक इक्का लिए हुए आया और बोला–बूढ़ी माता, आकर इक्के पर बैठ जाओ, मैं तुम्हें पहुंचा दूं।

बुढ़िया ने आश्चर्यचकित नेत्रों से देखकर कहा–अरे नहीं, बेटा तुम मुझे पहुंचाने कहां जाओगे मैं लठिया टेकती हुई चली जाऊंगी। अल्लाह तुम्हें सलामत रखे।

अमरकान्त इक्का ला चुका था। उसने बुढ़िया को गोद में उठाया और इक्के पर बैठाकर पूछा–कहां चलूं–

बुढ़िया ने इक्के के डंडों को मजबूती से पकड़कर कहा–गोवर्धन की सराय चलो बेटा, अल्लाह तुम्हारी उम्र दराज करे। मेरा बच्चा इस बुढ़िया के लिए इतना हैरान हो रहा है। इत्ती दूर से दौड़ा आया। पढ़ने जाते हो न बेटा, अल्लाह तुम्हें बड़ा दरजा दे।

पंद्रह–बीस मिनट में इक्का गोवर्धन की सराय पहुंच गया। सड़क के दाहिने हाथ एक गली थी। वहीं बुढ़िया ने इक्का रूकवा दिया, और उतर पड़ी। इक्का आगे न जा सकता था। मालूम पड़ता था, अंधोरे ने मुंह पर तारकोल पोत लिया है।

अमरकान्त ने इक्के को लौटाने के लिए कहा, तो बुढ़िया बोली–नहीं मेरे लाल, इत्ती दूर आए हो, तो पल–भर मेरे घर भी बैठ लो, तुमने मेरा कलेजा ठंडा कर दिया।

गली में बड़ी दुर्गंधा थी। गंदे पानी के नाले दोनों तरफ बह रहे थे। घर प्रायरू सभी कच्चे थे। गरीबों का मुहल्ला था। शहरों के बाजारों और गलियों

में कितना अंतर है एक फूल है–सुंदर, स्वच्छ, सुगंधामय दूसरी जड़ है–कीचड़ और दुर्गन्ध से भरी, टेढ़ी–मेढ़ी लेकिन क्या फूल को मालूम है कि उसकी हस्ती जड़ से है–

बुढ़िया ने एक मकान के सामने खड़े होकर धीरे से पुकारा–सकीना अंदर से आवाज आई–आती हूं अम्मां इतनी देर कहां लगाई–

एक क्षण में सामने का द्वार खुला और एक बालिका हाथ में मिट्टी के तेल की कुप्पी लिए द्वार पर खड़ी हो गई। अमरकान्त बुढ़िया के पीछे खड़ा था, उस पर बालिका की निगाह न पड़ी लेकिन बुढ़िया आगे बढ़ी, तो सकीना ने अमर को देखा। तुरंत ओढ़नी में मुंह छिपाती हुई पीछे हट गई और धीरे से पूछा–यह कौन हैं, अम्मां?

बुढ़िया ने कोने में अपनी लकड़ी रख दी और बोली–लाला का लड़का है, मुझे पहुंचाने आया है। ऐसा नेक–शरीफ लड़का तो मैंने देखा ही नहीं।

उसने अब तक का सारा वृत्तांत अपने आशीर्वादों से भरी भाषा में कह सुनाया और बोली–आंगन में खाट डाल दे बेटी, जरा बुला लूं। थक गया होगा।

सकीना ने एक टूटी–सी खाट आंगन में डाल दी और उस पर एक सड़ी–सी चादर बिछाती हुई बोली–इस खटोले पर क्या बिठाओगी अम्मां, मुझे तो शर्म आती है–

बुढ़िया ने जरा कड़ी आंखों से देखकर कहा–शर्म की क्या बात है इसमें–हमारा हाल क्या इनसे छिपा है–

उसने बाहर जाकर अमरकान्त को बुलाया। द्वार एक परदे की दीवार में था। उस पर एक टाट का गटा–पुराना परदा पड़ा हुआ था। द्वार के अंदर कदम रखते ही एक आंगन था, जिसमें मुश्किल से दो खटोले पड़ सकते थे। सामने खपरैल का एक नीचा सायबान था और सायबान के पीछे एक कोठरी थी, जो इस वक्त अंधोरी पड़ी हुई थी। सायबान में एक किनारे चूल्हा बना हुआ था और टीन और मिट्टी के दो–चार बर्तन, एक घड़ा और एक मटका रखे हुए थे। चूल्हे में आग जल रही थी और तवा रखा हुआ था।

अमर ने खाट पर बैठते हुए कहा–यह घर तो बहुत छोटा है। इसमें गुजर कैसे होती है–

बुढ़िया खाट के पास जमीन पर बैठ गई और बोली–बेटा, अब तो दो ही आदमी हैं, नहीं, इसी घर में एक पूरा कुनबा रहता था। मेरे दो बेटे, दो बहुएं, उनके बच्चे, सब इसी घर में रहते थे। इसी में सबों के शादी–ब्याह

हुए और इसी में सब मर भी गए। उस वक्त यह ऐसा गुलजार लगता था कि तुमसे क्या कहूं– अब मैं हूं और मेरी यह पोती है। और सबको अल्लाह ने बुला लिया। पकाते हैं और पड़े रहते हैं। तुम्हारे पठान के मरते ही घर में जैसे झाड़ू फिर गई। अब तो अल्लाह से यही दुआ है कि मेरे जीते–जी यह किसी भले आदमी के पाले पड़ जाए, तब अल्लाह से कहूंगी कि अब मुझे उठा लो। तुम्हारे यार–दोस्त तो बहुत होंगे बेटा, अगर शर्म की बात न समझो, तो किसी से जिक्र करना। कौन जाने तुम्हारे ही हीले से कहीं बातचीत ठीक हो जाए।

सकीना कुरता–पाजामा पहने, ओढ़नी से माथा छिपाए सायबान में खड़ी थी। बुढ़िया ने ज्योंही उसकी शादी की चर्चा छेड़ी, वह चूल्हे के पास जा बैठी और आटे को अंगुलियों से गोदने लगी। वह दिल में झुंझला रही थी कि अम्मां क्यों इनसे मेरा दुखड़ा ले बैठी– किससे कौन बात कहनी चाहिए, कौन बात नहीं, इसका इन्हें जरा भी लिहाज नहीं– जो ऐरा–गैरा आ गया, उसी से शादी का पचड़ा गाने लगीं। और सब बातें गईं, बस एक शादी रह गई।

उसे क्या मालूम कि अपनी संतान को विवाहित देखना बुढ़ापे की सबसे बड़ी अभिलाषा है।

अमरकान्त ने मन में मुसलमान मित्रों का सिंहावलोकन करते हुए कहा–मेरे मुसलमान दोस्त ज्यादा तो नहीं हैं लेकिन जो दो–एक हैं, उनसे मैं जिक्र करूंगा।

वृद्धा ने चिंतित भाव से कहा–वह लोग धानी होंगे–

'हां, सभी खुशहाल हैं।'

'तो भला धानी लोग गरीबों की बात क्यों पूछेंगे– हालांकि हमारे नबी का हुक्म है कि शादी–ब्याह में अमीर–गरीब का विचार न होना चाहिए, पर उनके हुक्म को कौन मानता है नाम के मुसलमान, नाम के हिन्दू रह गए हैं। न कहीं सच्चा मुसलमान नजर आता है, न सच्चा हिन्दू। मेरे घर का तो तुम पानी भी न पियोगे बेटा, तुम्हारी क्या खातिर करूं (सकीना से) बेटी, तुमने जो रूमाल काढ़ा है वह लाकर भैया को दिखाओ। शायद इन्हें पसंद आ जाए। और हमें अल्लाह ने किस लायक बनाया है–

सकीना रसोई से निकली और एक ताक पर से सिगरेट का एक बड़ा–सा बक्स उठा लाई और उसमें से वह रूमाल निकालकर सिर झुकाए, झिझकती हुई, बुढ़िया के पास आ, रूमाल रख, तेजी से चली गई। अमरकान्त आंखें झुकाए हुए था पर सकीना को सामने देखकर आंखें नीची न रह सकीं। एक

रमणी सामने खड़ी हो, तो उसकी ओर से मुंह फेर लेना कितनी भली बात है। सकीना का रंग सांवला था और रूप–रेखा देखते हुए वह सुंदरी न कही जा सकती थी अंग–प्रत्यंग का गठन भी कवि–वर्णित उपमाओं से मेल न खाता था पर रंग–रूप, चाल–ढाल, शील–संकोच, इन सबने मिल–जुलकर उसे आकर्षक शोभा प्रदान कर दी थी। वह बड़ी–बड़ी पलकों से आंखें छिपाए, देह चुराए, शोभा की सुगंधा और ज्योति फैलाती हुई इस तरह निकल गई, जैसे स्वप्न–चित्र एक झलक दिखाकर मिट गया हो।

अमरकान्त ने रूमाल उठा लिया और दीपक के प्रकाश में उसे देखने लगा। कितनी सफाई से बेल–बूटे बनाए गए थे। बीच में एक मोर का चित्र था। इस झोंपडे। में इतनी सुरुचि–

चकित होकर बोला–यह तो खूबसूरत रूमाल है, माताजी सकीना काढ़ने के काम में बहुत होशियार मालूम होती है।

बुढ़िया ने गर्व से कहा–यह सभी काम जानती है भैया, न जाने कैसे सीख लिया– मुहल्ले की दो–चार लड़कियां मदरसे पढ़ने जाती हैं। उन्हीं को काढ़ते देखकर इसने सब कुछ सीख लिया। कोई मर्द घर में होता, तो हमें कुछ काम मिल जाए करता। गरीबों के मुहल्ले में इन कामों की कौन कदर कर सकता है– तुम यह रूमाल लेते जाओ बेटा, एक बेकस की नजर है।

अमर ने रूमाल को जेब में रखा तो उसकी आंखें भर आईं। उसका बस होता तो इसी वक्त सौ–दो सौ रूमालों की फरमाइश कर देता। फिर भी यह बात उसके दिल में जम गई। उसने खड़े होकर कहा–मैं इस रूमाल को हमेशा तुम्हारी दुआ समझूंगा। वादा तो नहीं करता लेकिन मुझे यकीन है कि मैं अपने दोस्तों से आपको कुछ काम दिला सकूंगा।

अमरकान्त ने पहले पठानिन के लिए श्तुमश का प्रयोग किया था। चलते समय तक वह तुम आप में बदल गया था। सुरुचि, सुविचार, सद्भाव उसे यहां सब कुछ मिला। हां, उस पर विपन्नता का आवरण पड़ा हुआ था। शायद सकीना ने यह श्आपश और श्तुमश का विवेक उत्पन्न कर दिया था।

अमर उठ खड़ा हुआ। बुढ़िया आंचल फैलाकर उसे दुआएं देती रही।

आठ

अमरकान्त नौ बजते–बजते लौटा तो लाला समरकान्त ने पूछा–तुम दूकान बंद करके कहां चले गए थे– इसी तरह दूकान पर बैठा जाता है–

अमर ने सफाई दी–बुढ़िया पठानिन रुपये लेने आई थी। बहुत अंधेरा हो गया था। मैंने समझा कहीं गिर–गिरा पड़े इसलिए उसे घर तक पहुंचाने चला गया था। वह तो रुपये लेती ही न थी पर जब बहुत देर हो गई तो मैंने रोकना उचित न समझा।

'कितने रुपये दिए?'

'पांच।'

लालाजी को कुछ धैर्य हुआ।

'और कोई असामी आया था– किसी से कुछ रुपये वसूल हुए?'

'जी नहीं।'

'आश्चर्य है।'

'और तो कोई नहीं आया, हां, वही बदमाश काले खां सोने की एक चीज बेचने लाया था। मैंने लौटा दिया।'

समरकान्त की त्योरियां बदलीं–क्या चीज थी–

'सोने के कड़े थे। दस तोले बताता था।'

'तुमने तौला नहीं?'

'मैंने हाथ से छुआ तक नहीं।'

'हां, क्यों छूते, उसमें पाप लिपटा हुआ था न कितना मांगता था?'

'दो सौ।'

'झूठ बोलते हो।'

'शुरू दो सौ से किए थे, पर उतरते–उतरते तीस रुपये तक आया था।'

लालाजी की मुद्रा कठोर हो गई–फिर भी तुमने लौटा दिए–

'और क्या करता– मैं तो उसे सेंत में भी न लेता। ऐसा रोजगार करना मैं पाप समझता हूं।'

समरकान्त क्रोध से विकृत होकर बोले–चुप रहो, शरमाते तो नहीं, ऊपर से बातें बनाते हो। डेढ़ सौ रुपये बैठे–बैठाए मिलते थे, वह तुमने धर्म के घमंड में खो दिए, उस पर से अकड़ते हो। जानते भी हो, धर्म है क्या चीज– साल में एक बार भी गंगा–स्नान करते हो– एक बार भी देवताओं को जल चढ़ाते हो– कभी राम का नाम लिया है जिंदगी में– कभी एकादशी या कोई दूसरा व्रत रखा है– कभी कथा–पुराण पढ़ते या सुनते हो– तुम क्या जानो धर्म किसे कहते हैं–

धर्म और चीज है, रोजगार और चीज। छिरू साफ डेढ़ सौ फेंक दिए।

अमरकान्त धर्म की इस व्याख्या पर मन–ही–मन हंसकर बोला–आप गंगा–स्नान, पूजा–पाठ को मुख्य धर्म समझते हैं मैं सच्चाई, सेवा और परोपकार को मुख्य धर्म समझता हूं। स्नान–धयान, पूजा–व्रत धर्म के साधन मात्र हैं, धर्म नहीं।

समरकान्त ने मुंह चिढ़ाकर कहा–ठीक कहते हो, बहुत ठीक अब संसार तुम्हीं को धर्म का आचार्य मानेगा। अगर तुम्हारे धर्म–मार्ग पर चलता, तो आज मैं भी लंगोटी लगाए घूमता होता, तुम भी यों महल में बैठकर मौज न करते होते। चार अक्षर अंग्रेजी पढ़ ली न, यह उसी की विभूति है लेकिन मैं ऐसे लोगों को भी जानता हूं, जो अंग्रेजी के विद्वान् होकर अपना धर्म–कर्म निभाए जाते हैं। साफ डेढ़ सौ पानी में डाल दिए।

अमरकान्त ने अधीर होकर कहा–आप बार–बार, उसकी चर्चा क्यों करते हैं– मैं चोरी और डाके के माल का रोजगार न करूंगा, चाहे आप खुश हों या नाराज। मुझे ऐसे रोजगार से घृणा होती है।

'तो मेरे काम में वैसी आत्मा की जरूरत नहीं। मैं ऐसी आत्मा चाहता हूं, जो अवसर देखकर, हानि–लाभ का विचार करके काम करे।'

'धर्म को मैं हानि–लाभ की तराजू पर नहीं तौल सकता।'

इस वज्र–मूर्खता की दवा, चांटे के सिवा और कुछ न थी। लालाजी खून का घूंट पीकर रह गए। अमर हष्ट–पुष्ट न होता, तो आज उसे धर्म की निंदा करने का मजा मिल जाता। बोले–बस, तुम्हीं तो संसार में एक धर्म के ठेकेदार रह गए हो, और सब तो अधर्मी हैं। वही माल जो तुमने अपने घमंड में लौटा दिया, तुम्हारे किसी दूसरे भाई ने दो–चार रुपये कम–बेश देकर ले लिया होगा। उसने तो रुपये कमाए, तुम नींबू–नोन चाटकर रह गए। डेढ़–सौ रुपये तब मिलते हैं, जब डेढ़ सौ थान कपड़ा या डेढ़ सौ बोरे चीनी बिक जाए। मुंह का कौर नहीं है। अभी कमाना नहीं पड़ा है, दूसरों की कमाई से चौन उड़ा रहे हो, तभी ऐसी बातें सूझती हैं। जब अपने सिर पड़ेगी, तब आंखें खुलेंगी।

अमर अब भी कायल न हुआ। बोला–मैं कभी यह रोजगार न करूंगा।

लालाजी को लड़के की मूर्खता पर क्रोध की जगह क्रोध–मिश्रित दया आ गई। बोले–तो फिर कौन रोजगार करोगे– कौन रोजगार है, जिसमें तुम्हारी आत्मा की हत्या न हो, लेन–देन, सूद–बक्रा, अनाज–कपड़ा, तेल–घी, सभी रोजगारों में दांव–घात है। जो दांव–घात समझता है, वह नगा उठाता है, जो

नहीं समझता, उसका दिवाला पिट जाता है। मुझे कोई ऐसा रोजगार बता दो, जिसमें झूठ न बोलना पड़े, बेईमानी न करनी पड़े। इतने बड़े–बड़े हाकिम हैं, बताओ कौन घूस नहीं लेता– एक सीधी–सी नकल लेने जाओ, तो एक रुपया लग जाता है। बिना तहरीर लिए थानेदार रपट तक नहीं लिखता। कौन वकील है, जो झूठे गवाह नहीं बनाता– लीडरों ही में कौन है, जो चंदे के रुपये में नोच–खसोट न करता हो– माया पर तो संसार की रचना हुई है, इससे कोई कैसे बच सकता है–

अमर ने उदासीन भाव से सिर हिलाकर कहा–अगर रोजगार का यह हाल है, तो मैं रोजगार करूंगा ही नहीं।

'तो घर–गिरस्ती कैसे चलेगी– कुएं में पानी की आमद न हो, तो कै दिन पानी निकले?'

अमरकान्त ने इस विवाद का अंत करने के इरादे से कहा–मैं भूखों मर जाऊंगा, पर आत्मा का गला न घोंटूंगा।

'तो क्या मजूरी करोगे?'

'मजूरी करने में कोई शर्म नहीं है।'

समरकान्त ने हथौड़े से काम चलते न देखकर घन चलाया–शर्म चाहे न हो पर तुम कर न सकोगे, कहो लिख दूं– मुंह से बक देना सरल है, कर दिखाना कठिन होता है। चोटी का पसीना एड़ी तक आता है, तब चार गंडे पैसे मिलते हैं। मजूरी करेंगे एक घड़ा पानी तो अपने हाथों खींचा नहीं जाता, चार पैसे की भाजी लेनी होती है, तो नौकर लेकर चलते हैं, यह मजूरी करेंगे। अपने भाग्य को सराहो कि मैंने कमाकर रख दिया है। तुम्हारा किया कुछ न होगा। तुम्हारी इन बातों से ऐसा जी जलता है कि सारी जायदाद कृष्णार्पण कर दूं फिर देखूं तुम्हारी आत्मा किधर जाती है–

अमरकान्त पर उनकी इस चोट का भी कोई असर न हुआ–आप खुशी से अपनी जायदाद कृष्णार्पण कर दें। मेरे लिए रत्ती भर भी चिंता न करें। जिस दिन आप यह पुनीत कार्य करेंगे, उस दिन मेरा सौभाग्य–सूर्य उदय होगा। मैं इस मोह से मुक्त होकर स्वाधीन हो जाऊंगा। जब तक मैं इस बंधन में पड़ा रहूंगा, मेरी आत्मा का विकास होगा।

समरकान्त के पास अब कोई शस्त्र न था। एक क्षण के लिए क्रोध ने उनकी व्यवहार–बुद्धि को भ्रष्ट कर दिया। बोले–तो क्यों इस बंधन में पड़े हो– क्यों अपनी आत्मा का विकास नहीं करते– महात्मा ही हो जाओ। कुछ करके

दिखाओ तो जिस चीज की तुम कदर नहीं कर सकते, वह मैं तुम्हारे गले नहीं मढ़ना चाहता।

यह कहते हुए वह ठाकुरद्वारे में चले गए, जहां इस समय आरती का घंटा बज रहा था। अमर इस चुनौती का जवाब न दे सका। वे शब्द जो बाहर न निकल सके, उसके हृदय में फोड़े की तरह टीसने लगे–मुझ पर अपनी संपत्ति की धौंस जमाने चले हैं– चोरी का माल बेचकर, जुआरियों को चार आने रुपये ब्याज पर रुपये देकर, गरीब मजूरों और किसानों को ठगकर तो रुपये जोड़े हैं, उस पर आपको इतना अभिमान है ईश्वर न करे कि मैं उस धान का गुलाम बनूं।

वह इन्हीं उत्तेजना से भरे हुए विचारों में डूबा बैठा था कि नैना ने आकर कहा–दादा बिगड़ रहे थे, भैयाजी।

अमरकान्त के एकांत जीवन में नैना ही स्नेह और सांत्वना की वस्तु थी। अपना सुख–दुख अपनी विजय और पराजय, अपने मंसूबे और इरादे वह उसी से कहा करता था। यद्यपि सुखदा से अब उसे उतना विराग न था, अब उससे प्रेम भी हो गया था पर नैना अब भी उसमें निकटतर थी। सुखदा और नैना दोनों उसके अंतस्थल के दो कूल थे। सुखदा ऊंची, दुर्गम और विशाल थी। लहरें उसके चरणों ही तक पहुंचकर रह जाती थीं। नैना समतल, सुलभ और समीप। वायु का थोड़ा वेग पाकर भी लहरें उसके मर्मस्थल तक पहुँचती थीं।

अमर अपनी मनोव्यथा मंद मुस्कान की आड़ में छिपाता हुआ बोला–कोई नई बात नहीं थी नैना। वही पुराना पचड़ा था। तुम्हारी भाभी तो नीचे नहीं थीं–

'अभी तक तो यहीं थीं। जरा देर हुई ऊपर चली गईं।'

'तो आज उधर से भी शस्त्र–प्रहार होंगे। दादा ने तो आज मुझसे साफ कह दिया, तुम अपने लिए कोई राह निकालो, और मैं भी सोचता हूं, मुझे अब कुछ–न–कुछ करना चाहिए। यह रोज–रोज की फटकार नहीं सही जाती। मैं कोई बुराई करूं, तो वह मुझे दस जूते भी जमा दें, चूं न करूंगा लेकिन अधर्म पर मुझसे न चला जाएगा।'

नैना ने इस वक्त मीठी पकौड़ियां, नमकीन पकौड़ियां और न जाने क्या–क्या पका रखे थे। उसका मन उन पदार्थों को खिलाने और खाने के आनंद में बसा हुआ था। यह धर्म–अधर्म के झगड़े उसे व्यर्थ–से जान पड़े। बोली–पहले चलकर पकौड़ियां खा लो, फिर इस विषय पर सलाह होगी।

अमर ने वितष्णा के भाव से कहा–ब्यालू करने की मेरी इच्छा नहीं है। लात की मारी रोटियां कंठ के नीचे न उतरेंगी। दादा ने आज फैसला कर दिया।

'अब तुम्हारी यही बात मुझे अच्छी नहीं लगती। आज की–सी मजेदार पकौड़ियां तुमने कभी न खाई होंगी। तुम न खाओगे, तो मैं न खाऊंगी।'

नैना की इस दलील ने उसके इंकार को कई कदम पीछे धाकेल दिया–तू मुझे बहुत दिख करती है नैना, सच कहता हूं, मुझे बिलकुल इच्छा नहीं है।

'चलकर थाल पर बैठो तो, पकौड़ियां देखते ही टूट न पड़ो, तो कहना।'

'तू जाकर खा क्यों नहीं लेती– मैं एक दिन न ख़ाने से मर तो न जाऊंगा।'

'तो क्या मैं एक दिन न खाने से मर जाऊंगी– मैं निर्जला शिवरात्रि रखती हूं, तुमने तो कभी व्रत नहीं रखा।'

नैना के आग्रह को टालने की शक्ति अमरकान्त में न थी।

लाला समरकान्त रात को भोजन न करते थे। इसलिए भाई, भावज, बहन साथ ही खा लिया करते थे। अमर आंगन में पहुंचा, तो नैना ने भाभी को बुलाया। सुखदा ने ऊपर ही से कहा–मुझे भूख नहीं है।

मनावन का भार अमरकान्त के सिर पड़ा। वह दबे पांव ऊपर गया। जी में डर रहा था कि आज मुआमला तूल खींचेगा पर इसके साथ ही दृढ़ भी था। इस प्रश्न पर दबेगा नहीं। यह ऐसा मार्मिक विषय था, जिस पर किसी प्रकार का समझौता हो ही न सकता था।

अमरकान्त की आहट पाते ही सुखदा संभल बैठी। उसके पीले मुख पर ऐसी करूण वेदना झलक रही थी कि एक क्षण के लिए अमरकान्त चंचल हो गया।

अमरकान्त ने उसका हाथ पकड़कर कहा–चलो, भोजन कर लो। आज बहुत देर हो गई।

'भोजन पीछे करूंगी, पहले मुझे तुमसे एक बात का फैसला करना है। तुम आज फिर दादाजी से लड़ पड़े?'

'दादाजी से मैं लड़ पड़ा, या उन्हीं ने मुझे अकारण डांटना शुरू किया?'

सुखदा ने दार्शनिक निरपेक्षता के स्वर में कहा–तो उन्हें डांटने का अवसर ही क्यों देते हो– मैं मानती हूं कि उनकी नीति तुम्हें अच्छी नहीं लगती। मैं भी उसका समर्थन नहीं करती लेकिन अब इस उम्र में तुम उन्हें नए रास्ते पर नहीं चला सकते। वह भी तो उसी रास्ते पर चल रहे हैं, जिस पर सारी दुनिया चल रही है। तुमसे जो कुछ हो सके, उनकी मदद करो जब वह न रहेंगे उस वक्त

अपने आदर्शों का पालन करना। तब कोई तुम्हारा हाथ न पकड़ेगा। इस वक्त तुम्हें अपने सिद्धांतों के विरूद्वद्वश भी कोई बात करनी पड़े, तो बुरा न मानना चाहिए। उन्हें कम–से–कम इतना संतोष तो दिला दो कि उनके पीछे तुम उनकी कमाई लुटा न दोगे। मैं आज तुम दोनों की बातें सुन रही थी। मुझे तो तुम्हारी ही ज्यादती मालूम होती थी।

अमरकान्त उसके प्रसव–भार पर चिंता–भार न लादना चाहता था पर प्रसंग ऐसा आ पड़ा था कि वह अपने को निर्दोष ही करना आवश्यक समझता था। बोला–उन्होंने मुझसे साफ–साफ कह दिया, तम अपनी फिक्र करो। उन्हें अपना धान मुझसे ज्यादा प्यारा है।

यही कांटा था, जो अमरकान्त के ह्रदय में चुभ रहा था।

सुखदा के पास जवाब तैयार था–तुम्हें भी तो अपना सिद्धांत अपने बाप से ज्यादा प्यारा है– उन्हें तो मैं कुछ नहीं कहती। अब साठ बरस की उम्र में उन्हें उपदेश नहीं दिया जा सकता। कम–से–कम तुमको यह अधिकार नहीं है। तुम्हें धान काटता हो लेकिन मनस्वी, वीर पुरुषों ने सदैव लक्ष्मी की उपासना की है। संसार को पुरुषार्थियों ने ही भोगा है और हमेशा भोगेंगे। त्याग गृहस्थों के लिए नहीं है, संन्यासियों के लिए है। अगर तुम्हें त्यागव्रत लेना था तो विवाह करने की जरूरत न थी, सिर मुड़ाकर किसी साधु–संत के चेले बन जाते। फिर मैं तुमसे झगड़ने न आती। अब ओखली में सिर डाल कर तुम मूसलों से नहीं बच सकते। गृहस्थी के चरखे में पड़कर बड़े–बड़ों की नीति भी स्खलित हो जाती है। कृष्ण और अर्जुन तक को एक नए तर्क की शरण लेनी पड़ी।

अमरकान्त ने इस ज्ञानोपदेश का जवाब देने की जरूरत न समझी। ऐसी दलीलों पर गंभीर विचार किया ही नहीं जा सकता था। बोला–तो तुम्हारी सलाह है कि संन्यासी हो जाऊं–

सुखदा चिढ़ गई। अपनी दलीलों का यह अनादर न सह सकी। बोली–कायरों को इसके सिवाय और सूझ ही क्या सकता है– धान कमाना आसान नहीं है। व्यवसायियों को जितनी कठिनाइयों का सामना करना पड़ता है, वह अगर संन्यासियों को झेलनी पड़ें, तो सारा संन्यास भूल जाए। किसी भले आदमी के द्वार पर जाकर पड़े रहने के लिए बल, बुद्धि विद्या, साहस किसी की भी जरूरत नहीं। धानोपार्जन के लिए खून जलाना पड़ता है मांस सुखाना पड़ता है। सहज काम नहीं है। धान कहीं पड़ा नहीं है कि जो चाहे बटोर लाए।

अमरकान्त ने उसी विनोदी भाव से कहा–मैं तो दादा को गद्‌दी पर बैठे रहने के सिवाय और कुछ करते नहीं देखता। और भी जो बड़े–बड़े

सेठ–साहूकार हैं उन्हें भी फूलकर कुप्पा होते ही देखा है। रक्त और मांस तो मजदूर ही जलाते हैं। जिसे देखो कंकाल बना हुआ है।

सुखदा ने कुछ जवाब न दिया। ऐसी मोटी अक्ल के आदमी से ज्यादा बकवास करना व्यर्थ था।

नैना ने पुकारा–तुम क्या करने लगे, भैया आते क्यों नहीं– पकौड़ियां ठंडी हुई जाती हैं।

सुखदा ने कहा–तुम जाकर खा क्यों नहीं लेते– बेचारी ने दिन–भर तैयारियां की हैं।

'मैं तो तभी जाऊंगा, जब तुम भी चलोगी।'

'वादा करो कि फिर दादाजी से लड़ाई न करोगे।'

अमरकान्त ने गंभीर होकर कहा–सुखदा, मैं तुमसे सत्य कहता हूं, मैंने इस लड़ाई से बचने के लिए कोई बात उठा नहीं रखी। इन दो सालों में मुझमें कितना परिवर्तन हो गया है, कभी–कभी मुझे इस पर स्वयं आश्चर्य होता है। मुझे जिन बातों से घृणा थी, वह सब मैंने अंगीकार कर लीं लेकिन अब उस सीमा पर आ गया हूं कि जौ भर भी आगे बढ़ा, तो ऐसे गर्त में जा गिरूंगा, जिसकी थाह नहीं है। उस सर्वनाश की ओर मुझे मत ढकेलो।

सुखदा को इस कथन में अपने ऊपर लांछन का आभास हुआ। इसे वह कैसे स्वीकार करती– बोली–इसका तो यही आशय है कि मैं तुम्हारा सर्वनाश करना चाहती हूं। अगर अब तक मेरे व्यवहार का यही तत्व तुमने निकाला है, तो तुम्हें इससे बहुत पहले मुझे विष दे देना चाहिए था। अगर तुम समझते हो कि मैं भोग–विलास की दासी हूं और केवल स्वार्थवश तुम्हें समझाती हूं तो तुम मेरे साथ घोरतम अन्याय कर रहे हो। मैं तुमको बता देना चाहती हूं, कि विलासिनी सुखदा अवसर पड़ने पर जितने कष्ट झेलने की सामर्थ्य रखती है, उसकी तुम कल्पना भी नहीं कर सकते। ईश्वर वह दिन न लाए कि मैं तुम्हारे पतन का साधन बनूं। हां, जलने के लिए स्वयं चिता बनाना मुझे स्वीकार नहीं। मैं जानती हूं कि तुम थोड़ी बुद्धि से काम लेकर अपने सिद्धांत और धर्म की रक्षा भी कर सकते हो और घर की तबाही को भी रोक सकते हो। दादाजी पढ़े–लिखे आदमी हैं, दुनिया देख चुके हैं। अगर तुम्हारे जीवन में कुछ सत्य है, तो उसका उन पर प्रभाव पड़े बगैर नहीं रह सकता। आए दिन की झौड़ से तुम उन्हें और भी कठोर बनाए देते हो। बच्चे भी मार से जिद्दी हो जाते हैं। बूढ़ों की प्रकृति कुछ बच्चों की–सी होती है। बच्चों की भांति उन्हें भी तुम सेवा और भक्ति से ही अपना सकते हो।

अमर ने पूछा–चोरी का माल खरीदा करूं–

'कभी नहीं।'

'लड़ाई तो इसी बात पर हुई।'

'तुम उस आदमी से कह सकते थे–दादा आ जाएं तब लाना।'

'और अगर वह न मानता– उसे तत्काल रुपये की जरूरत थी।'

'आपधर्म भी तो कोई चीज है?'

'वह पाखंडियों का पाखंड है।'

'तो मैं तुम्हारे निर्जीव आदर्शवाद को भी पाखंडियों का पाखंड समझती हूं।'

एक मिनट तक दोनों थके हुए योद्धाओं की भांति दम लेते रहे। तब अमरकान्त ने कहा–नैना पुकार रही है।

'मैं तो तभी चलूंगी, जब तुम वह वादा करोगे।'

अमरकान्त ने अविचल भाव से कहा–तुम्हारी खातिर से कहो वादा कर लूं पर मैं उसे पूरा नहीं कर सकता। यही हो सकता है कि मैं घर की किसी बात से सरोकार न रखूं।

सुखदा निश्चयात्मक रूप से बोली–यह इससे कहीं अच्छा है कि रोज घर में लड़ाई होती रहे। जब तक इस घर में हो, इस घर की हानि–लाभ का तुम्हें विचार करना पड़ेगा।

अमर ने अकड़कर कहा–मैं आज इस घर को छोड़ सकता हूं।

सुखदा ने बम–सा फेंका–और मैं–

अमर विस्मय से सुखदा का मुंह देखने लगा।

सुखदा ने उसी स्वर में कहा–इस घर से मेरा नाता तुम्हारे आधार पर है जब तुम इस घर में न रहोगे, तो मेरे लिए यहां क्या रखा है– जहां तुम रहोगे, वहीं मैं भी रहूंगी।

अमर ने संशयात्मक स्वर में कहा–तुम अपनी माता के साथ रह सकती हो।

'माता के साथ क्यों रहूं– मैं किसी की आश्रित नहीं रह सकती। मेरा दुरूख–सुख तुम्हारे साथ है। जिस तरह रखोगे, उसी तरह रहूंगी। मैं भी देखूंगी, तुम अपने सिद्धांतों के कितने पक्के हो– मैं प्रण करती हूं कि तुमसे कुछ न

मांगूंगी। तुम्हें मेरे कारण जरा भी कष्ट न उठाना पड़ेगा। मैं खुद भी कुछ पैदा कर सकती हूं, थोड़ा मिलेगा, थोड़े में गुजर कर लेंगे, बहुत मिलेगा तो पूछना ही क्या। जब एक दिन हमें अपनी झोंपड़ी बनानी ही है तो क्यों न अभी से हाथ लगा दें। तुम कुएं से पानी लाना, मैं चौका–बर्तन कर लूंगी। जो आदमी एक महल में रहता है, वह एक कोठरी में भी रह सकता है। फिर कोई धौंस तो न जमा सकेगा।

अमरकान्त पराभूत हो गया। उसे अपने विषय में तो कोई चिंता नहीं लेकिन सुखदा के साथ वह यह अत्याचार कैसे कर सकता था–

खिसियाकर बोला–वह समय अभी नहीं आया है, सुखदा।

'क्यों झूठ बोलते हो तुम्हारे मन में यही भाव है और इससे बड़ा अन्याय तुम मेरे साथ नहीं कर सकते कष्ट सहने में, या सिद्धांत की रक्षा के लिए स्त्रियां कभी पुरुषों से पीछे नहीं रहीं। तुम मुझे मजबूर कर रहे हो कि और कुछ नहीं तो लांछन से बचने के लिए मैं दादाजी से अलग रहने की आज्ञा मांगू। बोलो?'

अमर लज्जित होकर बोला–मुझे क्षमा करो सुखदा मैं वादा करता हूं कि दादाजी जैसा कहेंगे, वैसा ही करूंगा।

'इसलिए कि तुम्हें मेरे विषय में संदेह है?'

'नहीं, केवल इसलिए कि मुझमें अभी उतना बल नहीं है।'

इसी समय नैना आकर दोनों को पकौड़ियां खिलाने के लिए घसीट ले गई। सुखदा प्रसन्न थी। उसने आज बहुत बड़ी विजय पाई थी। अमरकान्त झेंपा हुआ था। उसके आदर्श और धर्म की आज परीक्षा हो गई थी और उसे अपनी दुर्बलता का ज्ञान हो गया था। ऊंट पहाड़ के नीचे आकर अपनी ऊंचाई देख चुका था।

नौ

जीवन में कुछ सार है, अमरकान्त को इसका अनुभव हो रहा है। वह एक शब्द भी मुंह से ऐसा नहीं निकालना चाहता, जिससे सुखदा को दुख हो क्योंकि वह गर्भवती है। उसकी इच्छा के विरूद्वद्वश वह छोटी–से–छोटी बात भी नहीं कहना चाहता। वह गर्भवती है। उसे अच्छी–अच्छी किताबें पढ़कर सुनाई जाती हैं रामायण, महाभारत और गीता से अब अमर को विशेष प्रेम है क्योंकि सुखदा गर्भवती है। बालक के संस्कारों का सदैव धयान बना रहता है। सुखदा को प्रसन्न रखने की निरंतर चेष्टा की जाती है। उसे थिएटर, सिनेमा दिखाने में अब अमर को संकोच नहीं होता। कभी फूलों के गजरे आते हैं, कभी कोई

मनोरंजन की वस्तु। सुबह–शाम वह दूकान पर भी बैठता है। सभाओं की ओर उसकी रुचि नहीं है। वह पुत्र का पिता बनने जा रहा है। इसकी कल्पना से उसमें ऐसा उत्साह भर जाता है कि कभी–कभी एकांत में नतमस्तक होकर कृष्ण के चित्र के सामने सिर झुका लेता है। सुखदा तप कर रही है। अमर अपने को नई जिम्मेदारियों के लिए तैयार कर रहा है। अब तक वह समतल भूमि पर था, बहुत संभलकर चलने की उतनी जरूरत न थी। अब वह ऊंचाई पर जा पहुंचा है। वहां बहुत संभलकर पांव रखना पड़ता है।

लाला समरकान्त भी आजकल बहुत खुश नजर आते हैं। बीसों ही बार अंदर आकर सुखदा से पूछते हैं, किसी चीज की जरूरत तो नहीं है– अमर पर उनकी विशेष कृपा–दृष्टि हो गई है। उसके आदर्शवाद को वह उतना बुरा नहीं समझते। एक दिन काले खां को उन्होंने दूकान से खड़े–खड़े निकाल दिया। असामियों पर वह उतना नहीं बिगड़ते, उतनी मालिशें नहीं करते। उनका भविष्य उज्ज्वल हो गया है। एक दिन उनकी रेणुका से बातें हो रही थीं। अमरकान्त की निष्ठा की उन्होंने दिल खोलकर प्रशंसा की।

रेणुका उतनी प्रसन्न न थीं। प्रसव के कष्टों को याद करके वह भयभीत हो जाती थीं। बोलीं–लालाजी, मैं तो भगवान् से यही मनाती हूं कि जब हंसाया है, तो बीच में रूलाना मत। पहलौंठी में बड़ा संकट रहता है। स्त्री का दूसरा जन्म होता है। समरकान्त को ऐसी कोई शंका न थी। बोले–मैंने तो बालक का नाम सोच लिया है। उसका नाम होगा–रेणुकान्त।

रेणुका आशंकित होकर बोली–अभी नाम–वाम न रखिए, लालाजी इस संकट से उबर हो जाए, तो नाम सोच लिया जाएगा। मैं सोचती हूं, दुर्गा–पाठ बैठा दीजिए। इस मुहल्ले में एक दाई रहती है, उसे अभी से रख लिया जाए, तो अच्छा हो। बिटिया अभी बहुत–सी बातें नहीं समझती। दाई उसे संभालती रहेगी।

लालाजी ने इस प्रस्ताव को हर्ष से स्वीकार कर लिया। यहां से जब वह घर लौटे तो देखा–दूकान पर दो गोरे और एक मेम बैठे हुए हैं और अमरकान्त उनसे बातें कर रहा है। कभी–कभी नीचे दर्जे के गोरे यहां अपनी घड़ियां या और कोई चीज बेचने के लिए आ जाते थे। लालाजी उन्हें खूब ठगते थे। वह जानते थे कि ये लोग बदनामी के भय से किसी दूसरी दुकान पर न जाएंगे। उन्होंने जाते–ही–जाते अमरकान्त को हटा दिया और खुद सौदा पटाने लगे। अमरकान्त स्पष्टवादी था और यह स्पष्टवादिता का अवसर न था। मेम साहब को सलाम करके पूछा–कहिए मेम साहब, क्या हुक्म है–

तीनों शराब के नशे में चूर थे। मेम साहब ने सोने की एक जंजीर निकालकर कहा –सेठजी, हम इसको बेचना चाहता है। बाबा बहुत बीमार है। उसका दवाई में बहुत खर्च हो गया।

समरकान्त ने जंजीर लेकर देखा और हाथ में तौलते हुए बोले–इसका सोना तो अच्छा नहीं है, मेम साहब आपने कहां बनवाया था–

मेम हंसकर बोली–ओ तुम बराबर यही बात कहता है। सोना बहुत अच्छा है। अंग्रेजी दूकान का बना हुआ है। आप इसको ले लें।

समरकान्त ने अनिच्छा का भाव दिखाते हुए कहा–बड़ी–बड़ी दूकानें ही तो ग्राहकों को उलटे छुरे से मूंड़ती हैं। जो कपड़ा यहां बाजार में छह आने गज मिलेगा, वही अंग्रेजी दूकानों पर बारह आने गज से नीचे न मिलेगा। मैं तो दस रुपये तोले से बेशी नहीं दे सकता।

'और कुछ नहीं देगा?'

'कुछ और नहीं। यह भी आपकी खातिर है।'

यह गोरे उस श्रेणी के थे, जो अपनी आत्मा को शराब और जुए के हाथों बेच देते हैं, बे–टिकट गर्स्ट क्लास में सफर करते हैं, होटल वालों को धोखा देकर उड़ जाते हैं और जब कुछ बस नहीं चलता, तो बिगड़े हुए शरीफ बनकर भीख मांगते हैं। तीनों ने आपस में सलाह की और जंजीर बेच डाली। रुपये लेकर दूकान से उतरे और तांगे पर बैठे ही थे कि एक भिखारिन तांगे के पास आकर खड़ी हो गई। वे तीनों रुपये पाने की खुशी में भूले हुए थे कि सहसा उस भिखारिन ने छुरी निकालकर एक गोरे पर वार किया। छुरी उसके मुंह पर आ रही थी। उसने घबराकर मुंह पीछे हटाया तो छाती में चुभ गई। वह तो तांगे पर ही हाय–हाय करने लगा। शेष दोनों गोरे तांगे से उतर पड़े और दूकान पर आकर प्राणरक्षा मांफना चाहते थे कि भिखारिन ने दूसरे गोरे पर वार कर दिया। छुरी उसकी पसली में पहुंच गई। दूकान पर चढ़ने न पाया था, धाड़ाम से गिर पड़ा। भिखारिन लपककर दूकान पर चढ़ गई और मेम पर झपटी कि अमरकान्त हां–हां करके उसकी छुरी छीन लेने को बढ़ा। भिखारिन ने उसे देखकर छुरी फेंक दी और दूकान के नीचे कूदकर खड़ी हो गई। सारे बाजार में हलचल मच गई–एक गोरे ने कई आदमियों को मार डाला है, लाला समरकान्त मार डाले गए, अमरकान्त को भी चोट आई है। ऐसी दशा में किसे अपनी जान भारी थी, जो वहां आता। लोग दूकानें बंद करके भागने लगे।

दोनों गोरे जमीन पर पड़े तड़प रहे थे, ऊपर मेम सहमी हुई खड़ी थी और लाला समरकान्त अमरकान्त का हाथ पकड़कर अंदर घसीट ले जाने की

चेष्टा कर रहे थे। भिखारिन भी सिर झुकाए जड़वत् खड़ी थी–ऐसी भोली–भाली जैसे कुछ किया नहीं है।

वह भाग सकती थी, कोई उसका पीछा करने का साहस न करता पर भागी नहीं। वह आत्मघात कर सकती थी। उसकी छुरी अब भी जमीन पर पड़ी हुई थी पर उसने आत्मघात भी न किया। वह तो इस तरह खड़ी थी, मानो उसे यह सारा दृश्य देखकर विस्मय हो रहा हो।

सामने के कई दूकानदार जमा हो गए। पुलिस के दो जवान भी आ पहुँचे। चारों तरफ से आवाज आने लगी–यही औरत है यही औरत है पुलिस वालों ने उसे पकड़ लिया।

दस मिनट में सारा शहर और सारे अधिकारी वहां आकर जमा हो गए। सब तरफ लाल पगड़ियां दीख पड़ती थीं। सिविल सर्जन ने आकर आहतों को उठवाया और अस्पताल ले चले। इधर तहकीकात होने लगी। भिखारिन ने अपना अपराध स्वीकार किया।

पुलिस सुपरिंटेंडेंट ने पूछा–तेरी इन आदमियों से कोई अदावत थी–

भिखारिन ने कोई जवाब न दिया।

सैकड़ों आवाजें आईं–बोलती क्यों नहीं हत्यारिन।

भिखारिन ने दृढ़ता से कहा–मैं हत्यारिन नहीं हूं।

'इन साहबों को तूने नहीं मारा?'

'हां, मैंने मारा है।'

'तो तू हत्यारिन कैसे नहीं है?'

'मैं हत्यारिन नहीं हूं। आज से छरू महीने पहले ऐसे ही तीन आदमियों ने मेरी आबरू बिगाड़ी थी। मैं फिर घर नहीं गई। किसी को अपना मुंह नहीं दिखाया। मुझे होश नहीं कि मैं कहां–कहां फिरी, कैसे रही, क्या–क्या किया– इस वक्त भी मुझे होश तब आया, जब मैं इन दोनों गोरों को घायल कर चुकी थी। तब मुझे मालूम हुआ कि मैंने क्या किया– मैं बहुत गरीब हूं। मैं नहीं कह सकती, मुझे छुरी किसने दी, कहां से मिली और मुझमें इतनी हिम्मत कहां से आई– मैं यह इसलिए नहीं कह रही हूं कि मैं फांसी से डरती हूं। मैं तो भगवान् से मनाती हूं कि जितनी जल्द हो सके, मुझे संसार से उठा लो। जब आबरू लुट गई, तो जीकर क्या करूंगी?'

इस कथन ने जनता की मनोवृत्ति बदल दी। पुलिस ने जिन–जिन लोगों के बयान लिए, सबने यही कहा–यह पगली है। इधर–उधर मारी–मारी फिरती

थी। खाने को दिया जाता था, तो कुत्तों के आगे डाल देती थी। पैसे दिए जाते थे, तो फेंक देती थी।

एक तांगे वाले ने कहा—यह बीच सड़क पर बैठी हुई थी। कितनी ही घंटी बजाई, पर रास्ते से हटी नहीं। मजबूर होकर पटरी से तांगा निकाल लाया।

एक पान वाले ने कहा—एक दिन मेरी दूकान पर आकर खड़ी हो गई। मैंने एक बीड़ा दिया। उसे जमीन पर डालकर पैरों से कुचलने लगी, फिर गाती हुई चली गई।

अमरकान्त का बयान भी हुआ। लालाजी तो चाहते थे कि वह इस झंझट में न पड़े पर अमरकान्त ऐसा उत्तोजित हो रहा था कि उन्हें दुबारा कुछ कहने का हौसला न हुआ। अमर ने सारा वृत्तांत कह सुनाया। रंग को चोखा करने के लिए दो—चार बातें अपनी तरफ से जोड़ दीं।

पुलिस के अफसर ने पूछा—तुम कह सकते हो, यह औरत पागल है—

अमरकान्त बोला—जी हां, बिलकुल पागल। बीसियों ही बार उसे अकेले हंसते या रोते देखा है। कोई कुछ पूछता, तो भाग जाती थी।

यह सब झूठ था। उस दिन के बाद आज यह औरत यहां पहली बार उसे नजर आई थी। संभव है उसने कभी, इधर—उधर भी देखा हो पर वह उसे पहचान न सका था।

जब पुलिस पगली को लेकर चली तो दो हजार आदमी थाने तक उसके साथ गए। अब वह जनता की दृष्टि में साधारण स्त्री न थी। देवी के पद पर पहुंच गई थी। किसी दैवी शक्ति के बगैर उसमें इतना साहस कहां से आ जाता रात—भर शहर के अन्य भागों में आ—आकर लोग घटना—स्थल का मुआयना करते रहे। दो—एक आदमी उस कांड की व्याख्या करने में हार्दिक आनंद प्राप्त कर रहे थे। यों आकर तांगे के पास खड़ी हो गई, यों छुरी निकाली, यों झपटी, यों दोनों दूकान पर चढ़े, यों दूसरे गोरे पर टूटी। भैया अमरकान्त सामने न जाएं, तो मेम का काम भी तमाम कर देती। उस समय उसकी आंखों से लाल अंगारे निकल रहे थे। मुख पर ऐसा तेज था, मानो दीपक हो।

अमरकान्त अंदर गया तो देखा, नैना भावज का हाथ पकड़े सहमी खड़ी है और सुखदा राजसी करूणा से आंदोलित सजल नेत्र चारपाई पर बैठी हुई है। अमर को देखते ही वह खड़ी हो गई और बोली—यह वही औरत थी न—

'हां, वही तो मालूम होती है।'

'तो अब यह फांसी पा जाएगी?'

'शायद बच जाए, पर आशा कम है।'

'अगर इसको फांसी हो गई तो मैं समझूंगी, संसार से न्याय उठ गया। उसने कोई अपराध नहीं किया। जिन दुष्टों ने उस पर ऐसा अत्याचार किया, उन्हें यही दंड मिलना चाहिए था। मैं अगर न्याय के पद पर होती, तो उसे बेदाग छोड़ देती। ऐसी देवी की तो प्रतिमा बनाकर पूजना चाहिए। उसने अपनी सारी बहनों का मुख उज्ज्वल कर दिया।'

अमरकान्त ने कहा–लेकिन यह तो कोई न्याय नहीं कि काम कोई करे सजा कोई पाए।

सुखदा ने उग्र भाव से कहा–वे सब एक हैं। जिस जाति में ऐसे दुष्ट हों उस जाति का पतन हो गया है। समाज में एक आदमी कोई बुराई करता है, तो सारा समाज बदनाम हो जाता है और उसका दंड सारे समाज को मिलना चाहिए। एक गोरी औरत को सरहद का कोई आदमी उठा ले गया था। सरकार ने उसका बदला लेने के लिए सरहद पर चढ़ाई करने की तैयारी कर दी थी। अपराधी कौन है, इसे पूछा भी नहीं। उसकी निगाह में सारा सूबा अपराधी था। इस भिखारिन का कोई रक्षक न था। उसने अपनी आबरू का बदला खुद लिया। तुम जाकर वकीलों से सलाह लो, फांसी न होने पाए चाहे कितने ही रुपये खर्च हो जाएं। मैं तो कहती हूं, वकीलों को इस मुकदमे की पैरवी मुर्ति करनी चाहिए। ऐसे मुआमले में भी कोई वकील मेहनताना मांगे, तो मैं समझूंगी वह मनुष्य नहीं। तुम अपनी सभा में आज जलसा करके चंदा लेना शुरू कर दो। मैं इस दशा में भी इसी शहर से हजारों रुपये जमा कर सकती हूं। ऐसी कौन नारी है, जो उसके लिए नाहीं कर दे।

अमरकान्त ने उसे शांत करने के इरादे से कहा–जो कुछ तुम चाहती हो वह सब होगा। नतीजा कुछ भी हो पर हम अपनी तरफ से कोई बात उठा न रखेंगे। मैं जरा प्रो शान्तिकुमार के पास जाता हूं। तुम जाकर आराम से लेटो।

'मैं भी अम्मां के पास जाऊंगी। तुम मुझे उधर छोड़कर चले जाना।'

अमर ने आग्रहपूर्वक कहा–तुम चलकर शांति से लेटो, मैं अम्मां से मिलता चला जाऊंगा।

सुखदा ने चिढ़कर कहा–ऐसी दशा में जो शांति से लेटे वह मृतक है। इस देवी के लिए तो मुझे प्राण भी देने पड़ें, तो खुशी से दूं। अम्मां से मैं जो कहूंगी, वह तुम नहीं कह सकते। नारी के लिए नारी के हृदय में जो तड़प होगी, वह पुरुषों के हृदय में नहीं हो सकती। मैं अम्मां से इस मुकदमे के लिए पांच

हजार से कम न लूंगी। मुझे उनका धान न चाहिए। चंदा मिले तो वाह–वाह, नहीं तो उन्हें खुद निकल आना चाहिए। तांगा बुलवा लो।

अमरकान्त को आज ज्ञात हुआ, विलासिनी के ह्दय में कितनी वेदना, कितना स्वजाति–प्रेम, कितना उत्सर्ग है।

तांगा आया और दोनों रेणुकादेवी से मिलने चले।

दस

तीन महीने तक सारे शहर में हलचल रही। रोज आदमी सब काम–धांधो छोड़कर कचहरी जाते। भिखारिन को एक नजर देख लेने की अभिलाषा सभी को खींच ले जाती। महिलाओं की भी खासी संख्या हो जाती थी। भिखारिन ज्योंही लारी से उतरती, श्जय–जयश की गगन–भेदी ध्वनि और पुष्प–वर्षा होने लगती। रेणुका और सुखदा तो कचहरी के उठने तक वहीं रहतीं।

जिला मैजिस्ट्रेट ने मुकदमे को जजी में भेज दिया और रोज पेशियां होने लगीं। पंच नियुक्त हुए। इधर सफाई के वकीलों की एक फौज तैयार की गई। मुकदमे को सबूत की जरूरत न थी। अपराधिनी ने अपराध स्वीकार ही कर लिया था। बस, यही निश्चय करना था कि जिस वक्त उसने हत्या की उस वक्त होश में थी या नहीं। शहादतें कहती थीं, वह होश में न थी। डॉक्टर कहता था, उसमें अस्थिरचित्त होने के कोई चिह्न नहीं मिलते। डॉक्टर साहब बंगाली थे। जिस दिन वह बयान देकर निकले, उन्हें इतनी धिक्कारें मिलीं कि बेचारे को घर पहुंचना मुश्किल हो गया। ऐसे अवसरों पर जनता की इच्छा के विरूद्वद्वश किसी ने चूं किया और उसे धिक्कार मिली। जनता आत्म–निश्चय के लिए कोई अवसर नहीं देती। उसका शासन किसी तरह की नर्मी नहीं करता।

रेणुका नगर की रानी बनी हुई थीं। मुकदमे की पैरवी का सारा भार उनके ऊपर था। शान्तिकुमार और अमरकान्त उनकी दाहिनी और बाईं भुजाएं थे। लोग आ–आकर खुद चंदा दे जाते। यहां तक कि लाला समरकान्त भी गुप्त रूप से सहायता कर रहे थे।

एक दिन अमरकान्त ने पठानिन को कचहरी में देखा। सकीना भी चादर ओढ़े उसके साथ थी।

अमरकान्त ने पूछा–बैठने को कुछ लाऊं, माताजी– आज आपसे भी न रहा गया–

पठानिन बोली–मैं तो रोज आती हूं बेटा, तुमने मुझे न देखा होगा। यह लड़की मानती ही नहीं।

अमरकान्त को रूमाल की याद आ गई, और वह अनुरोध भी याद आया, जो बुढ़िया ने उससे किया था पर इस हलचल में वह कॉलेज तक तो जा न पाता था, उन बातों का कहां से खयाल रखता।

बुढ़िया ने पूछा–मुकदमे में क्या होगा बेटा– वह औरत छूटेगी कि सजा हो जायगी–

सकीना उसके और समीप आ गई।

अमर ने कहा–कुछ कह नहीं सकता, माता। छूटने की कोई उम्मीद नहीं मालूम होती मगर हम प्रीवी–कौंसिल तक जाएंगे।

पठानिन बोली–ऐसे मामले में भी जज सजा कर दे, तो अंधेर है।

अमरकान्त ने आवेश में कहा–उसे सजा मिले चाहे रिहाई हो, पर उसने दिखा दिया कि भारत की दरिद्र औरतें भी अपनी आबरू की कैसे रक्षा कर सकती हैं।

सकीना ने पूछा तो अमर से, पर दादी की तरफ मुंह करके–हम दर्शन कर सकेंगे अम्मां–

अमर ने तत्परता से कहा–हां, दर्शन करने में क्या है– चलो पठानिन, मैं तुम्हें अपने घर की स्त्रियों के साथ बैठा दूं। वहां तुम उन लोगों से बातें भी कर सकोगी।

पठानिन बोली–हां, बेटा, पहले ही दिन से यह लड़की मेरी जान खा रही है। तुमसे मुलाकात ही न होती थी कि पूछूं। कुछ रूमाल बनाए थे। उनसे दो रुपये मिले। वह दोनों रुपये तभी से संचित कर रखे हुए हैं। चंदा देगी। न हो तो तुम्हीं ले लो बेटा, औरतों को दो रुपये देते हुए शर्म आएगी।

अमरकान्त गरीबों का त्याग देखकर भीतर–ही–भीतर लज्जित हो गया। वह अपने को कुछ समझने लगा था। जिधर निकल जाता, जनता उसका सम्मान करती लेकिन इन फाकेमस्तों का यह उत्साह देखकर उसकी आंखें खुल गईं। बोला–चंदे की तो अब कोई जरूरत नहीं है, अम्मां रुपये की कमी नहीं है। तुम इसे खर्च कर डालना। हां, चलो मैं उन लोगों से तुम्हारी मुलाकात करा दूं।

सकीना का उत्साह ठंडा पड़ गया। सिर झुकाकर बोली–जहां गरीबों के रुपये नहीं पूछे जाते, वहां गरीबों को कौन पूछेगा– वहां जाकर क्या करोगी, अम्मां आएगी तो यहीं से देख लेना।

अमरकान्त झेंपता हुआ बोला–नहीं–नहीं, ऐसी कोई बात नहीं है अम्मां, वहां तो एक पैसा भी हाथ फैलाकर लिया जाता है। गरीब–अमीर की कोई

बात नहीं है। मैं खुद गरीब हूं। मैंने तो सिर्फ इस खयाल से कहा था कि तुम्हें तकलीफ होगी।

दोनों अमरकान्त के साथ चलीं, तो रास्ते में पठानिन ने धीरे से कहा—मैंने उस दिन तुमसे एक बात कही थी, बेटा शायद तुम भूल गए।

अमरकान्त ने शरमाते हुए कहा—नहीं—नहीं, मुझे याद है। जरा आजकल इसी झंझट में पड़ा रहा। ज्योंही इधर से फुरसत मिली, मैं अपने दोस्तों से जिक्र करूंगा।

अमरकान्त दोनों स्त्रियों का रेणुका से परिचय कराके बाहर निकला, तो प्रो शान्ति कुमार से मुठभेड़ हुई। प्रोफ़ेसर ने पूछा—तुम कहां इधर—उधर घूम रहे हो जी— किसी वकील का पता नहीं। मुकदमा पेश होने वाला है। आज मुलजिमा का बयान होगा, इन वकीलों से खुदा समझे। जरा—सा इजलास पर खड़े क्या हो जाते हैं, गोया सारे संसार को उनकी उपासना करनी चाहिए। इससे कहीं अच्छा था कि दो—एक वकीलों को मेहनताने पर रख लिया जाता। मुर्ति का काम बेगार समझा जाता है। इतनी बेदिली से पैरवी की जा रही है कि मेरा खून खौलने लगता है। नाम सब चाहते हैं, काम कोई नहीं करना चाहता।अगर अच्छी जिरह होती, तो पुलिस के सारे गवाह उखड़ जाते। पर यह कौन करता— जानते हैं कि आज मुलजिमा का बयान होगा, फिर भी किसी को फिक्र नहीं।

अमरकान्त ने कहा—मैं एक—एक को इत्तिला दे चुका। कोई न आए तो मैं क्या करूं—

शान्तिकुमार—मुकदमा खतम हो जाए, तो एक—एक की खबर लूंगा।

इतने में लारी आती दिखाई दी। अमरकान्त वकीलों को इत्ताला करने दौड़ा। दर्शक चारों ओर से दौड़—दौड़कर अदालत के कमरे में आ पहुँचे। भिखारिन लारी से उतरी और कटघरे के सामने आकर खड़ी हो गई। उसके आते ही हजारों की आंखें उसकी ओर उठ गईं पर उन आंखों में एक भी ऐसी न थी, जिसमें श्रद्धा न भरी हो। उसके पीले, मुरझाए हुए मुख पर आत्मगौरव की ऐसी कांति थी जो कुत्सित दृष्टि के उठने के पहले ही निराश और पराभूत करके उसमें श्रद्धा को आरोपित कर देती थी।

जज साहब सांवले रंग के नाटे, चकले, वृहदाकार मनुष्य थे। उनकी लंबी नाक और छोटी—छोटी आंखें अनायास ही मुस्कराती मालूम देती थीं। पहले यह महाशय राष्टश के उत्साही सेवक थे और कांग्रेस के किसी प्रांतीय जलसे के

सभापति हो चुके थे पर इधर तीन साल से वह जज हो गए थे। अतएव अब राष्ट्रीय आंदोलन से पृथक् रहते थे, पर जानने वाले जानते थे कि वह अब भी पत्रों में नाम बदलकर अपने राष्ट्रीय विचारों का प्रतिपादन करते रहते हैं। उनके विषय में कोई शत्रु भी यह कहने का साहस नहीं कर सकता था कि वह किसी दबाव या भय से न्याय–पथ से जौ–भर विचलित हो सकते हैं। उनकी यही न्यायपरता इस समय भिखारिन की रिहाई में बाधाक हो रही थी।

जज साहब ने पूछा–तुम्हारा नाम–

भिखारिन ने कहा–भिखारिन।

'तुम्हारे पिता का नाम?'

'पिता का नाम बताकर उन्हें कलंकित नहीं करना चाहती।'

'घर कहां है?'

भिखारिन ने दुरूखी कंठ से कहा–पूछकर क्या कीजिएगा– आपको इससे क्या काम है–

'तुम्हारे ऊपर यह अभियोग है कि तुमने तीन तारीख को दो अंग्रेजों को छुरी से ऐसा जख्मी किया कि दोनों उसी दिन मर गए। तुम्हें यह अपराध स्वीकार है?'

भिखारिन ने निशंक भाव से कहा–आप उसे अपराध कहते हैं मैं अपराध नहीं समझती।

'तुम मारना स्वीकार करती हो?'

'गवाहों ने झूठी गवाही थोड़े ही दी होगी।'

'तुम्हें अपने विषय में कुछ कहना है?'

भिखारिन ने स्पष्ट स्वर में कहा–मुझे कुछ नहीं कहना है। अपने प्राणों को बचाने के लिए मैं कोई सफाई नहीं देना चाहती। मैं तो यह सोचकर प्रसन्न हूं कि जल्द जीवन का अंत हो जाएगा। मैं दीन, अबला हूं। मुझे इतना ही याद है कि कई महीने पहले मेरा सर्वस्व लूट लिया गया और उसके लुट जाने के बाद मेरा जीना वृथा है। मैं उसी दिन मर चुकी। मैं आपके सामने खड़ी बोल रही हूं, पर इस देह में आत्मा नहीं है। उसे मैं जिंदा नहीं कहती, जो किसी को अपना मुंह न दिखा सके। मेरे इतने भाई–बहन व्यर्थ मेरे लिए इतनी दौड़–धूप और खर्च–वर्च कर रहे हैं। कलंकित होकर जीने से मर जाना कहीं अच्छा है। मैं न्याय नहीं मांगती, दया नहीं मांगती, मैं केवल प्राण–दंड मांगती हूं। हां, अपने

भाई–बहनों से इतनी विनती करूंगी कि मेरे मरने के बाद मेरी काया का निरादर न करना, उसे छूने से घिन मत करना, भूल जाना कि वह किसी अभागिन पतिता की लाश है। जीते–जी मुझे जो चीज नहीं मिल सकती, वह मुझे मरने के पीछे दे देना। मैं साफ कहती हूं कि मुझे अपने किए पर रंज नहीं है, पछतावा नहीं है। ईश्वर न करे कि मेरी किसी बहन की ऐसी गति हो लेकिन हो जाए तो उसके लिए इसके सिवाय कोई राह नहीं है। आप सोचते होंगे, अब यह मरने के लिए इतनी उतावली है, तो अब तक जीती क्यों रही– इसका कारण मैं आपसे क्या बताऊं– जब मुझे होश आया और अपने सामने दो आदमियों को तड़पते देखा, तो मैं डर गई। मुझे कुछ सूझ ही न पड़ा कि मुझे क्या करना चाहिए। उसके बाद भाइयों–बहनों की सज्जनता ने मुझे मोह के बंधन में जकड़ दिया, और अब तक मैं अपने को इस धोखे में डाले हुए हूं कि शायद मेरे मुख से कालिख छूट गई और अब मुझे भी और बहनों की तरह विश्वास और सम्मान मिलेगा लेकिन मन की मिठाई से किसी का पेट भरा है– आज अगर सरकार मुझे छोड़ भी दे, मेरे भाई–बहनें मेरे गले में फूलों की माला भी डाल दें, मुझ पर अशर्फियों की बरखा भी की जाए, तो क्या यहां से मैं अपने घर जाऊंगी– मैं विवाहिता हूं। मेरा एक छोटा–सा बच्चा है। क्या मैं उस बच्चे को अपना कह सकती हूं– क्या अपने पति को अपना कह सकती हूं– कभी नहीं। बच्चा मुझे देखकर मेरी गोद के लिए हाथ फैलाएगा पर मैं उसके हाथों को नीचा कर दूंगी और आंखों में आंसू भरे मुंह फेरकर चली जाऊंगी। पति मुझे क्षमा भी कर दे। मैंने उसके साथ कोई विश्वासघात नहीं किया है। मेरा मन अब भी उसके चरणों से लिपट जाना चाहता है लेकिन मैं उसके सामने ताक नहीं सकती। वह मुझे खींच भी ले जाए, तब भी मैं उस घर में पांव न रखूंगी। इस विचार से मैं अपने मन को संतोष नहीं दे सकती कि मेरे मन में पाप न था। इस तरह तो अपने मन को वह समझाए, जिसे जीने की लालसा हो। मेरे ह्रदय से यह बात नहीं जा सकती कि तू अपवित्र है, अछूत है। कोई कुछ कहे, कोई कुछ सुने। आदमी को जीवन क्यों प्यारा होता है– इसलिए नहीं कि वह सुख भोगता है। जो सदा दुख भोगा करते हैं और रोटियों को तरसते हैं, उन्हें जीवन कुछ कम प्यारा नहीं होता। हमें जीवन इसलिए प्यारा होता है कि हमें अपनों का प्रेम और दूसरों का आदर मिलता है। जब इन दो में से एक के मिलने की भी आशा नहीं तो जीना वृथा है। अपने मुझसे अब भी प्रेम करें लेकिन वह दया होगी, प्रेम नहीं। दूसरे अब भी मेरा आदर करें लेकिन वह भी दया होगी, आदर नहीं। वह आदर और प्रेम अब मुझे मरकर ही मिल सकता है। जीवन में तो मेरे लिए निंदा, और बहिष्कार के सिवा कुछ नहीं है। यहां मेरी जितनी बहनें और भाई हैं, उन सबसे मैं यही

भिक्षा मांगती हूं कि उस समाज के उबर के लिए भगवान् से प्रार्थना करें, जिसमें ऐसे नर–पिशाच उत्पन्न होते हैं।

भिखारिन का बयान समाप्त हो गया। अदालत के उस बड़े कमरे में सन्नाटा छाया हुआ था। केवल दो–चार महिलाओं की सिसकियों की आवाज सुनाई देती थी। महिलाओं के मुख गर्व से चमक रहे थे। पुरुषों के मुख लज्जा से मलिन थे। अमरकान्त सोच रहा था, गोरों को ऐसा दुस्साहस इसीलिए तो हुआ कि वह अपने को इस देश का राजा समझते हैं। शान्तिकुमार ने मन–ही–मन एक व्याख्यान की रचना कर डाली थी, जिसका विषय था–स्त्रियों पर पुरुषों के अत्याचार। सुखदा सोच रही थी–यह छूट जाती, तो मैं इसे अपने घर में रखती और इसकी सेवा करती। रेणुका उसके नाम पर एक स्त्री–औषधालय बनवाने की कल्पना कर रही थी।

सुखदा के समीप ही जज साहब की धर्मपत्नी बैठी हुई थीं। वह बड़ी देर से इस मुकदमे के संबंधा में कुछ बातचीत करने को उत्सुक हो रही थीं, पर अपने समीप बैठी हुई स्त्रियों की अविश्वास–पूर्ण दृष्टि देखकर–जिससे वे उन्हें देख रही थीं, उन्हें मुंह खोलने का साहस न होता था।

अंत में उनसे न रहा गया। सुखदा से बोलीं–यह स्त्री बिलकुल निरपराध है।

सुखदा ने कटाक्ष किया–जब जज साहब भी ऐसा समझें।

'मैं तो आज उनसे साफ–साफ कह दूंगी कि अगर तुमने इस औरत को सजा दी, तो मैं समझूंगी, तुमने अपने प्रभुओं का मुंह देखा।'

सहसा जज साहब ने खड़े होकर पंचों को थोड़े शब्दों में इस मुकदमे में अपनी सम्मति देने का आदेश दिया और खुद कुछ कागजों को उलटने–पलटने लगे। पंच लोग पीछे वाले कमरे में जाकर थोड़ी देर बातें करते रहे और लौटकर अपनी सम्मति दे दी। उनके विचार में अभियुक्त निरपराध थी। जज साहब जरा–सा मुस्कराए और कल फैसला सुनाने का वादा करके उठ खड़े हुए।

ग्यारह

सारे शहर में कल के लिए दोनों तरह की तैयारियां होने लगीं–हाय–हाय की भी और वाह–वाह की भी। काली झंडियां भी बनीं और फलों की डालियां भी जमा की गईं, पर आशावादी कम थे, निराशावादी ज्यादा। गोरों का खून हुआ है। जज ऐसे मामले में भला क्या इंसाफ करेगा, क्या बचा हुआ है– शान्तिकुमार और सलीम तो खुल्लमखुल्ला कहते फिरते थे कि जज ने फांसी की सजा दे

दी। कोई खबर लाता था–फौज की एक पूरी रेजीमेंट कल अदालत में तलब की गई है। कोई फौज तक न जाकर, सशस्त्र पुलिस तक ही रह जाता था। अमरकान्त को फौज के बुलाए जाने का विश्वास था।

दस बजे रात को अमरकान्त सलीम के घर पहुंचा। अभी यहां घंटे ही भर पहले आया था। सलीम ने चिंतित होकर पूछा–कैसे लौट पड़े भाई, क्या कोई नई बात हो गई–

अमर ने कहा–एक बात सूझ गई। मैंने कहा, तुम्हारी राय भी ले लूं। फांसी की सजा पर खामोश रह जाना, तो बुजदिली है। किचलू साहब (जज) को सबक देने की जरूरत होगी ताकि उन्हें भी मालूम हो जाए कि नौजवान भारत इंसाफ का खून देखकर खामोश नहीं रह सकता। सोशल बायकाट कर दिया जाए। उनके महाराज को मैं रख लूंगा, कोचमैन को तुम रख लेना। बच्चा को पानी भी न मिले। जिधार से निकलें, उधर तालियां बजें।

सलीम ने मुस्कराकर कहा–सोचते–सोचते सोची भी तो वही बनियों की बात।

'मगर और कर ही क्या सकते हो?'

'इस बायकाट से क्या होगा– कोतवाली को लिख देगा, बीस महाराज और कोचवान हाजिर कर दिए जाएंगे।'

'दो–चार दिन परेशान तो होंगे हजरत।'

'बिलकुल फजूल–सी बात है। अगर सबक ही देना है, तो ऐसा सबक दो, जो कुछ दिन हजरत को याद रहे। एक आदमी ठीक कर लिया जाए तो ऐन उस वक्त, जब हजरत फैसला सुनाकर बैठने लगें, एक जूता ऐसे निशाने से चलाए कि उनके मुंह पर लगे।'

अमरकान्त ने कहकहा मारकर कहा–बड़े मसखरे हो यार।

'इसमें मसखरेपन की क्या बात है?'

'तो क्या सचमुच तुम जूते लगवाना चाहते हो?'

'जी हां, और क्या मजाक कर रहा हूं– ऐसा सबक देना चाहता हूं कि फिर हजरत यहां मुंह न दिखा सकें।'

अमरकान्त ने सोचा–कुछ भला काम तो है ही, पर बुराई क्या है– लातों के देवता कहीं बातों से मानते हैं– बोला–अच्छी बात है, देखी जाएगी पर ऐसा आदमी कहां मिलेगा?

सलीम ने उसकी सरलता पर मुस्कराकर कहा–आदमी तो ऐसे मिल सकते हैं जो राह चलते गरदन काट लें। यह कौन–सी बड़ी बात है– किसी बदमाश को दो सौ रुपये दे दो, बस। मैंने तो काले खां को सोचा है।

'अच्छा वह उसे तो मैं एक बार अपनी दूकान पर फटकार चुका हूं।'

'तुम्हारी हिमाकत थी। ऐसे दो–चार आदमियों को मिलाए रहना चाहिए। वक्त पर उनसे बड़ा काम निकलता है। मैं और सब बातें तय कर लूंगा पर रुपये की फिक्र तुम करना। मैं तो अपना बजट पूरा कर चुका।'

'अभी तो महीना शुरू हुआ है, भाई।'

'जी हां, यहां शुरू ही में खत्म हो जाते हैं। फिर नोच–खसोट पर चलती है। कहीं अम्मां से दस रुपये उड़ा लाए, कहीं अब्बाजान से किताब के बहाने से दस–पांच ऐंठ लिए। पर दो सौ की थैली जरा मुश्किल से मिलेगी। हां, तुम इंकार कर दोगे, तो मजबूर होकर अम्मां का गला दबाऊंगा।'

अमर ने कहा–रुपये का गम नहीं। मैं जाकर लिए आता हूं।

सलीम ने इतनी रात गए रुपये लाना मुनासिब ना समझा। बात कल के लिए उठा रखी गई। प्रातरूकाल अमर रुपये लाएगा और कालेखां से बातचीत पक्की कर ली जाएगी।

अमर घर पहुंचा तो साढ़े दस बज रहे थे। द्वार पर बिजली जल रही थी। बैठक में लालाजी दो–तीन पंडितों के साथ बैठे बातें कर रहे थे। अमरकान्त को शंका हुई, इतनी रात गए यह जग–जग किस बात के लिए है। कोई नया शिगूगा तो नहीं खिला।

लालाजी ने उसे देखते ही डांटकर कहा–तुम कहां घूम रहे हो जी दस बजे के निकले–निकले आधी रात को लौटे हो। जरा जाकर लेडी डॉक्टर को बुला लो, वही जो बड़े अस्पताल में रहती है। अपने साथ लिए हुए आना।

अमरकान्त ने डरते–डरते पूछा–क्या किसी की तबीयत...

समरकान्त ने बात काटकर कड़े स्वर में कहा–क्या बक–बक करते हो, मैं जो कहता हूं, वह करो। तुम लोगों ने तो व्यर्थ ही संसार में जन्म लिया। यह मुकदमा क्या हो गया, सारे घर के सिर जैसे भूत सवार हो गया। चटपट जाओ।

अमर को फिर कुछ पूछने का साहस न हुआ। घर में भी न जा सका, धीरे से सड़क पर आया और बाइसिकल पर बैठ ही रहा था कि भीतर से सिल्लो निकल आई। अमर को देखते ही बोली–अरे भैया, सुनो, कहां जाते हो– बहूजी

बहुत बेहाल हैं, कब से तुम्हें बुला रही हैं– सारी देह पसीने से तर हो रही है। देखो भैया, मैं सोने की कंठी लूंगी। पीछे से हीला–हवाला न करना।

अमरकान्त समझ गया। बाइसिकल से उतर पड़ा और हवा की भांति झपटता हुआ अंदर जा पहुंचा। वहां रेणुका, एक दाई, पड़ोस की एक ब्राह्मणी और नैना आंगन में बैठी हुई थीं। बीच में एक ढोलक रखी हुई थी। कमरे में सुखदा प्रसव–वेदना से हाय–हाय कर रही थी।

नैना ने दौड़कर अमर का हाथ पकड़ लिया और रोती हुई बोली–तुम कहां थे भैया, भाभी बड़ी देर से बेचौन हैं।

अमर के हृदय में आंसुओं की ऐसी लहर उठी कि वह रो पड़ा। सुखदा के कमरे के द्वार पर जाकर खड़ा हो गया पर अंदर पांव न रख सका। उसका हृदय गटा जाता था।

सुखदा ने वेदना–भरी आंखों से उसकी ओर देखकर कहा–अब नहीं बचूंगी हाय पेट में जैसे कोई बर्छी चुभो रहा है। मेरा कहा–सुना माग करना।

रेणुका ने दौड़कर अमरकान्त से कहा–तुम यहां से जाओ, भैया तुम्हें देखकर वह और भी बेचौन होगी। किसी को भेज दो, लेडी डॉक्टर को बुला लाए। जी कड़ा करो, समझदार होकर रोते हो–

सुखदा बोली–नहीं अम्मां, उनसे कह दो जरा यहां बैठ जाएं। मैं अब न बचूंगीं। हाय भगवान्।

रेणुका ने अमर को डांटकर कहा–मैं तुमसे कहती हूं, यहां से चले जाओ और तुम खड़े रो रहे हो। जाकर लेडी डॉक्टर को बुलवाओ।

अमरकान्त रोता हुआ बाहर निकला और जनाने अस्पताल की ओर चला पर रास्ते में भी रह–रहकर उसके कलेजे में हूक–सी उठती रही। सुखदा की वह वेदनामयी मूर्ति आंखों के सामने फिरती रही।

लेडी डॉक्टर मिस हूपर को अक्सर कुसमय बुलावे आते रहते थे। रात की उसकी फीस दुगुनी थी। अमरकान्त डर रहा था कि कहीं बिगड़े न कि इतनी रात गए क्यों आए लेकिन मिस हूपर ने सहर्ष उसका स्वागत किया और मोटर लाने की आज्ञा देकर उससे बातें करने लगी।

'यह पहला ही बच्चा है?'

'जी हां।'

'आप रोएं नहीं। घबराने की कोई बात नहीं। पहली बार ज्यादा दर्द होता है। औरत बहुत दुर्बल तो नहीं है?'

'आजकल तो बहुत दुबली हो गई है।'

'आपको और पहले आना चाहिए था।'

अमर के प्राण सूख गए। वह क्या जानता था, आज ही यह आफत आने वाली है, नहीं तो कचहरी से सीधे घर आता।

मेम साहब ने फिर कहा–आप लोग अपनी लेडियों को कोई एक्सरसाइज नहीं करवाते। इसलिए दर्द ज्यादा होता है। अंदर के स्नायु बंधे रह जाते हैं न।

अमरकान्त ने सिसककर कहा–मैडम, अब तो आप ही की दया का भरोसा है।

'मैं तो चलती हूं लेकिन शायद सिविल सर्जन को बुलाना पड़े।'

अमर ने भयातुर होकर कहा–कहिए तो उनको लेता चलूं।

मेम ने उसकी ओर दयाभाव से देखा–नहीं, अभी नहीं। पहले मुझे चलकर देख लेन दो।

अमरकान्त को आश्वासन न हुआ। उसने भय–कातर स्वर में कहा–मैडम, अगर सुखदा को कुछ हो गया, तो मैं भी मर जाऊंगा।

मेम ने चिंतित होकर पूछा–तो क्या हालत अच्छी नहीं है–

'दर्द बहुत हो रहा है।'

'हालत तो अच्छी है?'

'चेहरा पीला पड़ गया है, पसीनाझ।'

'हम पूछते हैं हालत कैसी है– उसका जी तो नहीं डूब रहा है– हाथ–पांव तो ठंडे नहीं हो गए हैं?'

मोटर तैयार हो गई। मेम साहब ने कहा–तुम भी आकर बैठ जाओ। साइकिल कल हमारा आदमी दे आएगा।

अमर ने दीन आग्रह के साथ कहा–आप चलें, मैं जरा सिविल सर्जन के पास होता आऊं। बुलानाले पर लाला समरकान्त का मकान...

'हम जानते हैं।'

मेम साहब तो उधर चली, अमरकान्त सिविल सर्जन को बुलाने चला। ग्यारह बज गए थे। सड़कों पर भी सन्नाटा था। और पूरे तीन मील की मंजिल

थी। सिविल सर्जन छावनी में रहता था। वहां पहुंचते–पहुंचते बारह का अमल हो आया। सदर फाटक खुलवाने, फिर साहब को इत्ताला कराने में एक घंटे से ज्यादा लग गया। साहब उठे तो, पर जामे से बाहर। गरजते हुए बोले–हम इस वक्त नहीं जा सकता।

अमर ने निशंक होकर कहा–आप अपनी फीस ही तो लेंगे–

'हमारा रात का फीस सौ रुपये है।'

'कोई हरज नहीं है।'

'तुम फीस लाया है?'

अमर ने डांट बताई–आप हरेक से पेशगी फीस नहीं लेते। लाला समरकान्त उन आदमियों में नहीं हैं जिन पर सौ रुपये का भी विश्वास न किया जा सके। वह इस शहर के सबसे बड़े साहूकार हैं। मैं उनका लड़का हूं।

साहब कुछ ठंडे पड़े अमर ने उनको सारी कैफियत सुनाई तो चलने पर तैयार हो गए, अमर ने साइकिल वहीं छोड़ी और साहब के साथ मोटर में जा बैठा। आधा घंटे में मोटर बुलानाले जा पहुंची। अमरकान्त को कुछ दूर से ही शहनाई की आवाज सुनाई दी। बंदूकें छूट रही थीं। उसका हृदय आनंद से फूल उठा।

द्वार पर मोटर रुकी, तो लाला समरकान्त ने आकर डॉक्टर को सलाम किया और बोले–हुजूर के इकबाल से सब चौन–चान है। पोते ने जन्म लिया है।

उनके जाने के बाद लालाजी ने अमरकान्त को आड़े हाथों लिया–मुर्ति में सौ रुपये की चपत पड़ी। अमरकान्त ने झल्लाकर कहा–मुझसे रुपये ले लीजिएगा। आदमी से भूल हो ही जाती है। ऐसे अवसर पर मैं रुपये का मुंह नहीं देखता।

किसी दूसरे अवसर पर अमरकान्त इस फटकार पर घंटों बिसूरा करता, पर इस वक्त उसका मन उत्साह और आनंद में भरा हुआ था। भरे हुए गेंद पर ठोकरों का क्या असर– उसके जी में तो आ रहा था, इस वक्त क्या लुटा दूं। वह अब एक पुत्र का पिता है। अब कौन उससे हेकड़ी जता सकता है वह नवजात शिशु जैसे स्वर्ग से उसके लिए आशा और अमरता का आशीर्वाद लेकर आया है। उसे देखकर अपनी आंखें शीतल करने के लिए वह विकल हो रहा था। ओहो इन्हीं आंखों से वह उस देवता के दर्शन करेगा

लेडी हूपर ने उसे प्रतीक्षा भरी आंखों से ताकते देखकर कहा–बाबूजी, आप यों बालक को नहीं देख सकेंगे। आपको बड़ा–सा इनाम देना पड़ेगा।

अमर ने संपन्न नम्रता के साथ कहा–बालक तो आपका है। मैं तो केवल आपका सेवक हूं। जच्चा की तबीयत कैसी है–

'बहुत अच्छी। अभी सो गई है।'

'बालक खूब स्वस्थ है?'

'हां, अच्छा है। बहुत सुंदर। गुलाब का पुतला–सा।'

यह कहकर सौरगृह में चली गई। महिलाएं तो गाने–बजाने में मग्न थीं। मुहल्ले की पचासों स्त्रियां जमा हो गई थीं और उनका संयुक्त स्वर, जैसे एक रस्सी की भांति स्थूल होकर अमर के गले को बांधो लेता था। उसी वक्त लेडी हूपर ने बालक को गोद में लेकर उसे सौरगृह की तरफ आने का इशारा किया। अमर उमंग से भरा हुआ चला, पर सहसा उसका मन एक विचित्र भय से कातर हो उठा। वह आगे न बढ़ सका। वह पापी मन लिए हुए इस वरदान को कैसे ग्रहण कर सकेगा। वह इस वरदान के योग्य है ही कब– उसने इसके लिए कौन–सी तपस्या की है– यह ईश्वर की अपार दया है–जो उन्होंने यह विभूति उसे प्रदान की। तुम कैसे दयालु हो, भगवान्।

'यामल क्षितिज के गर्भ से निकलने वाली बाल–ज्योति की भांति अमरकान्त को अपने अंतरूकरण की सारी क्षुद्रता, सारी कलुषता के भीतर से एक प्रकाश–सा निकलता हुआ जान पड़ा, जिसने उसके जीवन की रजत–शोभा प्रदान कर दी। दीपकों के प्रकाश में, संगीत के स्वरों में, गगन की तारिकाओं में उसी शिशु की छवि थी। उसी का माधुर्य था, उसी का न!त्य था।

सिल्लो आकर रोने लगी। अमर ने पूछा–तुझे क्या हुआ है– क्यों रोती है–

सिल्लो बोली–मेम साहब ने मुझे भैया को नहीं देखने दिया, दुत्कार दिया। क्या मैं बच्चे को नजर लगा देती– मेरे बच्चे थे, मैंने भी बच्चे पाले हैं। मैं जरा देख लेती तो क्या होता–

अमर ने हंसकर कहा–तू कितनी पागल है, सिल्लो उसने इसलिए मना किया होगा कि कहीं बच्चे को हवा न लग जाए। इन अंग्रेज डॉक्टरनियों के नखरे भी तो निराले होते हैं। समझती–समझाती नहीं, तरह–तरह के नखरे बघारती हैं, लेकिन उनका राज तो आज ही के दिन है न। फिर तो अकेली दाई रह जाएगी। तू ही तो बच्चे को पालेगी, दूसरा कौन पालने वाला बैठा हुआ है–

सिल्लो की आंसू–भरी आंखें मुस्करा पड़ीं। बोली–मैंने दूर से देख लिया। बिलकुल तुमको पड़ा है। रंग बहूजी का है मैं कंठी ले लूंगी, कहे देती हूं।

दो बज रहे थे। उसी वक्त लाला समरकान्त ने अमर को बुलाया और बोले–नींद तो अब क्या आएगी– बैठकर कल के उत्सव का एक तखमीना बना लो। तुम्हारे जन्म में तो कारबार फैला न था, नैना कन्या थी। पच्चीस वर्ष के बाद भगवान् ने यह दिन दिखाया है। कुछ लोग नाच–मुजरे का विरोध करते हैं। मुझे तो इसमें कोई हानि नहीं दीखती। खुशी के यही अवसर हैं, चार भाई–बंद, यार–दोस्त आते हैं, गाना–बजाना सुनते हैं, प्रीति–भोज में शरीक होते हैं। यही जीवन के सुख हैं। और इस संसार में क्या रखा है।

अमर ने आपत्ति की–लेकिन रंडियों का नाच तो ऐसे शुभ अवसर पर कुछ शोभा नहीं देता।

लालाजी ने प्रतिवाद किया–तुम अपना विज्ञान यहां न घुसेड़ो। मैं तुमसे सलाह नहीं पूछ रहा हूं। कोई प्रथा चलती है, तो उसका आधार भी होता है। श्रीरामचन्द्र के जन्मोत्सव में अप्सराओं का नाच हुआ था। हमारे समाज में इसे शुभ माना गया है।

अमर ने कहा–अंग्रेजों के समाज में तो इस तरह के जलसे नहीं होते।

लालाजी ने बिल्ली की तरह चूहे पर झपटकर कहा–अंग्रेजों के यहां रंडियां नहीं, घर की बहू–बेटियां नाचती हैं, जैसे हमारे चमारों में होता है। बहू–बेटियों को नचाने से तो यह कहीं अच्छा है कि रंडियां नाचें। कम–से–कम मैं और मेरी तरह के और बुड्ढे अपनी बहू–बेटियों को नचाना कभी पसंद न करेंगे।

अमरकान्त को कोई जवाब न सूझा। सलीम और दूसरे यार–दोस्त आएंगे। खासी चहल–पहल रहेगी। उसने जिद भी की तो क्या नतीजा। लालाजी मानने के नहीं। फिर एक उसके करने से तो नाच का बहिष्कार हो नहीं जाता।

वह बैठकर तखमीना लिखने लगा।

सलीम ने मामूल से कुछ पहले उठकर काले खां को बुलाया और रात का प्रस्ताव उसके सामने रखा। दो सौ रुपये की रकम कुछ कम नहीं होती। काले खां ने छाती ठोंककरर कहा–भैया, एक–दो जूते की क्या बात है, कहो तो इजलास पर पचास गिनकर लगाऊं। छरू महीने से बेसी तो होती नहीं। दो सौ रुपये बाल–बच्चों के खाने–पीने के लिए बहुत हैं।

बारह

सलीम ने सोचा अमरकान्त रुपये लिए आता होगा पर आठ बजे, नौ का अमल हुआ और अमर का कहीं पता नहीं। आया क्यों नहीं– कहीं बीमार तो

नहीं पड़ गया। ठीक है, रुपये का इंतजाम कर रहा होगा। बाप तो टका न देंगे। सास से जाकर कहेगा, तब मिलेंगे। आखिर दस बज गए। अमरकान्त के पास चलने को तैयार हुआ कि प्रो शान्तिकुमार आ पहुँचे। सलीम ने द्वार तक जाकर उनका स्वागत किया। डॉ. शान्तिकुमार ने कुर्सी पर लेटते हुए पंखा चलाने का इशारा करके कहा–तुमने कुछ सुना, अमर के घर लड़का हुआ है। वह आज कचहरी न जा सकेगा। उसकी सास भी वहीं हैं। समझ में नहीं आता आज का इंतजाम कैसे होगा– उसके बगैर हम किसी तरह का डिमांस्ट्रेशन (प्रदर्शन) न कर सकेंगे। रेणुकादेवी आ जातीं, तो बहुत–कुछ हो जाता, पर उन्हें भी फुर्सत नहीं है।

सलीम ने काले खां की तरफ देखकर कहा–यह तो आपने बुरी खबर सुनाई। उसके घर में आज ही लड़का भी होना था। बोलो काले खां, अब–

काले खां ने अविचलित भाव से कहा–तो कोई हर्ज नहीं, भैया तुम्हारा काम मैं कर दूंगा। रुपये फिर मिल जाएंगे। अब जाता हूं, दो–चार रुपये का सामान लेकर घर में रख दूं। मैं उधर ही से कचहरी चला जाऊंगा ज्योंही तुम इशारा करोगे, बस।

वह चला गया, तो शान्तिकुमार ने संदेहात्मक स्वर में पूछा–यह क्या कह रहा था, मैं न समझा–

सलीम ने इस अंदाज से कहा मानो यह विषय गंभीर विचार के योग्य नहीं है–कुछ नहीं, जरा काले खां की जवांमर्दी का तमाशा देखना है। अमरकान्त की यह सलाह है कि जज साहब आज फैसला सुना चुकें, तो उन्हें थोड़ा–सा सबक दे दिया जाए।

डॉक्टर साहब ने लंबी सांस खींचकर कहा–तो कहो, तुम लोग बदमाशी पर उतर आए। अमरकान्त की यह सलाह है, यह और भी अफसोस की बात है। वह तो यहां है ही नहीं मगर तुम्हारी सलाह से यह तजवीज हुई है, इसीलिए तुम्हारे ऊपर भी इसकी उतनी ही जिम्मेदारी है। मैं इसे कमीनापन कहता हूं तुम्हें यह समझने का कोई हक नहीं है कि जज साहब अपने अफसरों को खुश करने के लिए इंसाफ का खून कर देंगे। जो आदमी इल्म में, अक्ल में, तजुर्बे में, इज्जत में तुमसे कोसों आगे है, वह इंसाफ में तुमसे पीछे नहीं रह सकता। मुझे इसलिए और भी ज्यादा रंज है कि मैं तुम दोनों को शरीफ और बेलौस समझता था।

सलीम का मुंह जरा–सा निकल आया। ऐसी लताड़ उसने उम्र में कभी न पाई थी। उसके पास अपनी सफाई देने के लिए एक भी तर्क, एक भी शब्द

न था। अमरकान्त के सिर इसका भार डालने की नीयत से बोला—मैंने तो अमरकान्त को मना किया था पर जब वह न माने तो मैं क्या करता—

डॉक्टर साहब ने डांटकर कहा—तुम झूठ बोलते हो। मैं यह नहीं मान सकता। यह तुम्हारी शरारत है।

'आपको मेरा यकीन ही न आए, तो क्या इलाज?'

'अमरकान्त के दिल में ऐसी बात हर्गिज नहीं पैदा हो सकती।'

सलीम चुप हो गया। डॉक्टर साहब कह सकते—थे मान लें, अमरकान्त ही ने यह प्रस्ताव पास किया तो तुमने इसे क्यों मान लिया— इसका उसके पास कोई जवाब न था।

एक क्षण के बाद डॉक्टर साहब घड़ी देखते हुए बोले—आज इस लौंडे पर ऐसी गुस्सा आ रही है कि गिनकर पचास हंटर जमाऊं। इतने दिनों तक इस मुकदमे के पीछे सिर पटकता फिरा, और आज जब फैसले का दिन आया तो लड़के का जन्मोत्सव मनाने बैठ रहा। न जाने हम लोगों में अपनी जिम्मेदारी का खयाल कब पैदा होगा— पूछो, इस जन्मोत्सव में क्या रखा है— मर्द का काम है संग्राम में डटे रहना खुशियां मनाना तो विलासियों का काम है। मैंने फटकारा तो हंसने लगा। आदमी वह है जो जीवन का एक लक्ष्य बना ले और जिंदगी—भर उसके पीछे पड़ा रहे। कभी 'कर्तव्य से मुंह न मोड़े। यह क्या कि कटे हुए पतंग की तरह जिधर हवा उड़ा ले जाए, उधर चला जाए। तुम तो कचहरी चलने को तैयार हो— हमें और कुछ नहीं कहना है। अगर फैसला अनुकूल है, तो भिखारिन को जुलूस के साथ गंगा—तट तक लाना होगा। वहां सब लोग स्नान करेंगे और अपने घर चले जाएंगे। सजा हो गई तो उसे बधाई देकर विदा करना होगा। आज ही शाम को श्तालीमी इसलाहश पर मेरी स्पीच होगी। उसकी भी फिक्र करनी है। तुम भी कुछ बोलोगे—

सलीम ने सकुचाते हुए कहा—मैं ऐसे मसले पर क्या बोलूंगा—

'क्यों, हर्ज क्या है— मेरे खयालात तुम्हें मालूम हैं। यह किराए की तालीम हमारे कैरेक्टर को तबाह किए डालती है। हमने तालीम को भी एक व्यापार बना लिया है। व्यापार में ज्यादा पूंजी लगाओ, ज्यादा नगा होगा। तालीम में भी खर्च ज्यादा करो, ज्यादा ऊंचा ओहदा पाओगे। मैं चाहता हूं, ऊंची—से—ऊंची तालीम सबके लिए मुआफ हो ताकि गरीब—से—गरीब आदमी भी ऊंची—से—ऊंची लियाकत हासिल कर सके और ऊंचे—से—ऊंचा ओहदा पा सके। यूनिवर्सिटी के दरवाजे मैं सबके लिए खुले रखना चाहता हूं। सारा खर्च गवर्नमेंट पर पड़ना चाहिए। मुल्क को तालीम की उससे कहीं ज्यादा जरूरत है, जितनी फौज की।'

सलीम ने शंका की–फौज न हो, तो मुल्क की हिगाजत कौन करे–

डॉक्टर साहब ने गंभीरता के साथ कहा–मुल्क की हिगाजत करेंगे हम और तुम और मुल्क के दस करोड़ जवान जो अब बहादुरी और हिम्मत में दुनिया की किसी कौम से पीछे नहीं हैं। उसी तरह, जैसे हम और तुम रात को चोरों के आ जाने पर पुलिस को नहीं पुकारते बल्कि अपनी–अपनी लकड़ियां लेकर घरों से निकल पड़ते हैं।

सलीम ने पीछा छुड़ाने के लिए कहा–मैं बोल तो न सकूंगा, लेकिन आऊंगा जरूर।

सलीम ने मोटर मंगवाई और दोनों आदमी कचहरी चले। आज वहां और दिनों से कहीं ज्यादा भीड़ थींपर जैसे बिन दूल्हा की बारात हो। कहीं कोई शं!खला न थी। सौ सौ, पचास–पचास की टोलियां जगह–जगह खड़ी या बैठी शून्य–दृष्टि से ताक रही थीं। कोई बोलने लगता था, तो सौ–दो सौ आदमी इधर–उधर से आकर उसे घर लेते थे। डॉक्टर साहब को देखते ही हजारों आदमी उनकी तरफ दौड़े। डॉक्टर साहब मुख्य कार्यकर्ताओं को आवश्यक बातें समझाकर वकालतखाने की तरफ चले, तो देखा लाला समरकान्त सबको निमंत्रण–पत्र बांट रहे हैं। वह उत्सव उस समय वहां सबसे आकर्षक विषय था। लोग बड़ी उत्सुकता से पूछ रहे थे, कौन–कौन सी तवायफें बुलाई गई हैं– भांड़ भी हैं या नहीं– मांसाहारियों के लिए भी कुछ प्रबंध है– एक जगह दस–बारह सज्जन नाच पर वाद–विवाद कर रहे थे। डॉक्टर साहब को देखते ही एक महाशय ने पूछा–कहिए आप उत्सव में आएंगे, या आपको कोई आपत्ति है–

डॉ. शान्तिकुमार ने उपेक्षा–भाव से कहा–मेरे पास इससे ज्यादा जरूरी काम है।

एक साहब ने पूछा–आखिर आपको नाच से क्यों एतराज है–

डॉक्टर ने अनिच्छा से कहा–इसलिए कि आप और हम नाचना ऐब समझते हैं। नाचना विलास की वस्तु नहीं, भक्ति और आधयात्मिक आनंद की वस्तु है पर हमने इसे लज्जास्पद बना रखा है। देवियों को विलास और भोग की वस्तु बनाना अपनी माताओं और बहनों का अपमान करना है। हम सत्य से इतनी दूर हो गए हैं कि उसका यथार्थ रूप भी हमें नहीं दिखाई देता। न!त्य जैसे पवित्र...

सहसा एक युवक ने समीप आकर डॉक्टर साहब को प्रणाम किया। लंबा, दुबला–पतला आदमी था, मुख सूखा हुआ, उदास, कपड़े मैले और जीर्ण, बालों

पर गर्द पड़ी हुई। उसकी गोद में एक साल भर का हष्ट–पुष्ट बालक था, बड़ा चंचल लेकिन कुछ डरा हुआ।

डॉक्टर ने पूछा–तुम कौन हो– मुझसे कुछ काम है–

युवक ने इधर–उधर संशय–भरी आंखों से देखा मानो इन आदमियों के सामने वह अपने विषय में कुछ कहना नहीं चाहता, और बोला–मैं तो ठाकुर हूं। यहां से छरू सात कोस पर एक गांव है महुली, वहीं रहता हूं।

डॉक्टर साहब ने उसे तीव्र नेत्रों से देखा, और समझ गए। बोले–अच्छा, वही गांव, जो सड़क के पश्चिम तरफ है। आओ मेरे साथ।

डॉक्टर साहब उसे लिए पास वाले बगीचे में चले गए और एक बेंच पर बैठकर उसकी ओर प्रश्नवाचक निगाहों से देखा कि अब वह उसकी कथा सुनने को तैयार है।

युवक ने सकुचाते हुए कहा–इस मुकदमे में जो औरत है, वह इसी बालक की मां है। घर में हम दो प्राणियों के सिवा कोई और नहीं है। मैं खेती–बाड़ी करता हूं। वह बाजार में कभी–कभी सौदा–सुलुग लाने चली जाती थी। उस दिन गांव वालों के साथ अपने लिए एक साड़ी लेने गई थी। लौटती बार वह वारदात हो गई गांव के सब आदमी छोड़कर भाग गए। उस दिन से वह घर नहीं गई। मैं कुछ नहीं जानता, कहां घूमती रही मैंने भी उसकी खोज नहीं की। अच्छा ही हुआ कि वह उस समय घर नहीं गई, नहीं हम दोनों में एक की या दोनों की जान जाती। इस बच्चे के लिए मुझे विशेष चिंता थी। बार–बार मां को खोजता पर मैं इसे बहलाता रहता। इसी की नींद सोता और इसी की नींद जागता। पहले तो मालूम होता था, बचेगा नहीं लेकिन भगवान् की दया थी। धीरे–धीरेमां को भूल गया। पहले मैं इसका बाप था, अब तो मां–बाप दोनों मैं ही हूं। बाप कम, मां ज्यादा। मैंने मन में समझा था, वह कहीं डूब मरी होगी। गांव के लोग कभी–कभी कहते–उसकी तरह की एक औरत छावनी की ओर है पर मैं कभी उन पर विश्वास न करता।

जिस दिन मुझे खबर मिली कि लाला समरकान्त की दूकान पर एक औरत ने दो गोरों को मार डाला और उस पर मुकदमा चल रहा है, तब मैं समझ गया कि वही है। उस दिन से हर पेशी पर आता हूं और सबके पीछे खड़ा रहता हूं। किसी से कुछ कहने की हिम्मत नहीं होती। आज मैंने समझा, अब उससे सदा के लिए नाता टूट रहा है इसलिए बच्चे को लेता आया कि इसके देखने की उसे लालसा न रह जाए। आप लोगों ने तो बहुत खरच–बरच किया पर भाग्य में जो लिखा था, वह कैसे टलता– आपसे यही कहना है कि जज

साहब फैसला सुना चुकें तो एक छिन के लिए उससे मेरी भेंट करा दीजिएगा। मैं आपसे सत्य कहता हूं बाबूजी, वह अगर बरी हो जाऐ तो मैं उसके चरण धो–धोकर पीऊं और घर ले जाकर उसकी पूजा करूं। मेरे भाई–बंद अब भी नाक–भौं सिकोड़ेंगे पर जब आप लोग जैसे बड़े–बड़े आदमी मेरे पक्ष में हैं, तो मुझे बिरादरी की परवाह नहीं।

शान्तिकुमार ने पूछा–जिस दिन उसका बयान हुआ, उस दिन तुम थे–

युवक ने सजल नेत्र होकर कहा–हां बाबूजी, था। सबके पीछे द्वार पर खड़ा रो रहा था। यही जी में आता था कि दौड़कर चरणों से लिपट जाऊं और कहूं–मुन्नी, मैं तेरा सेवक हूं, तू अब तक मेरी स्त्री थी आज से मेरी देवी है। मुन्नी ने मेरे पुरखों को तार दिया बाबूजी, और क्या कहूं–

शान्तिकुमार ने फिर पूछा–मान लो, आज वह छूट जाए, तो तुम उसे घर ले जाओगे–

युवक ने पुलकित कंठ से कहा–यह पूछने की बात नहीं है, बाबूजी मैं उसे आंखों पर बैठाकर ले जाऊंगा और जब तक जिऊंगा, उसका दास बना रहकर अपना जनम सफल करूंगा।

एक क्षण के बाद उसने बड़ी उत्सुकता से पूछा–क्या छूटने की कुछ आशा है, बाबूजी–

'औरों को तो नहीं है पर मुझे है।'

युवक डॉक्टर साहब के चरणों पर गिरकर रोने लगा। चारों ओर निराशा की बातें सुनने के बाद आज उसने आशा का शब्द सुना है और वह निधि पाकर उसके हृदय की समस्त भावनाएं मानो मंगलगान कर रही हैं। और हर्ष के अतिरेक में मनुष्य क्या आंसुओं को संयत रख सकता है–

मोटर का हार्न सुनते ही दोनों ने कचहरी की तरफ देखा। जज साहब आ गए। जनता का वह अपार साफर चारों ओर से उमड़कर अदालत के कमरे के सामने जा पहुंचा। फिर भिखारिन लाई गई। जनता ने उसे देखकर जय–घोष किया। किसी–किसी ने पुष्प–वर्षा भी की। वकील, बैरिस्टर, पुलिस–कर्मचारी, अफसर सभी आ–आकर यथास्थान बैठ गए।

सहसा जज साहब ने एक उड़ती हुई निगाह से जनता को देखा। चारों तरफ सन्नाटा हो गया। असंख्य आंखें जज साहब की ओर ताकने लगीं, मानो कह रही थीं–आप ही हमारे भाग्य विधाता हैं।

जज साहब ने संदूक से टाइप किया हुआ फैसला निकाला और एक बार खांसकर उसे पढ़ने लगे। जनता सिमटकर और समीप आ गई। अधिकांश लोग फैसले का एक शब्द भी समझते न थे पर कान सभी लगाए हुए थे। चावल और बताशों के साथ न जाने कब रुपये भी लूट में मिल जाएं।

कोई पंद्रह मिनट तक जज साहब फैसला पढ़ते रहे, और जनता चिंतामय प्रतीक्षा से तन्मय होकर सुनती रही।

अंत में जज साहब के मुख से निकला–यह ही है कि मुन्नी ने हत्या की...

कितनों ही के दिल बैठ गए। एक–दूसरे की ओर पराधीन नेत्रों से देखने लगे–

जज ने वाक्य की पूर्ति की–लेकिन यह भी ही है कि उसने यह हत्या मानसिक अस्थिरता की दशा में की–इसलिए मैं उसे मुक्त करता हूं।

वाक्य का अंतिम शब्द आनंद की उस तूफानी उमंग में डूब गया। आनंद, महीनों चिंता के बंधनों में पड़े रहने के बाद आज जो छूटा, तो छूटे हुए बछड़े की भांति कुलांचें मारने लगा। लोग मतवाले हो–होकर एक–दूसरे के गले मिलने लगे। घनिष्ठ मित्रों में धौल–धाप्पा होने लगा। कुछ लोगों ने अपनी–अपनी टोपियां उछालीं। जो मसखरे थे, उन्हें जूते उछालने की सूझी। सहसा मुन्नी, डॉक्टर शान्तिकुमार के साथ गंभीर हास्य से अलंकृत, बाहर निकली, मानो कोई रानी अपने मंत्री के साथ आ रही है। जनता की वह सारी उदडंता शांत हो गई। रानी के सम्मुख बेअदबी कौन कर सकता है।

प्रोग्राम पहले ही निश्चित था। पुष्प–वर्षा के पश्चात् मुन्नी के गले में जयमाल डालना था। यह गौरव जज साहब की धर्मपत्नी को प्राप्त हुआ, जो इस फैसले के बाद जनता की श्रद्धा–पात्री हो चुकी थीं। फिर बैंड बजने लगा। सेवा–समिति के दो सौ युवक केसरिए बाने पहने जुलूस के साथ चलने के लिए तैयार थे। राष्ट्रीय सभा के सेवक भी खाकी वर्दियां पहने झंडियां लिए जमा हो गए। महिलाओं की संख्या एक हजार से कम न थी। निश्चित किया गया था कि जुलूस गंगा–तट तक जाए, वहां एक विराट् सभा हो, मुन्नी को एक थैली भेंट की जाए और सभा भंग हो जाए।

मुन्नी कुछ देर तक तो शांत भाव से यह समारोह देखती रही, फिर शान्तिकुमार से बोली –बाबूजी, आप लोगों ने मेरा जितना सम्मान किया, मैं उसके योग्य नहीं थी अब मेरी आपसे यही विनती है कि मुझे हरिद्वार या किसी दूसरे तीर्थ–स्थान में भेज दीजिए। वहीं भिक्षा मांगकर, यात्रियों की सेवा करके

दिन काटूंगी। यह जुलूस और यह धूम–धाममुझ–जैसी अभागिन के लिए शोभा नहीं देता। इन सभी भाई–बहनों से कह दीजिए, अपने–अपने घर जाएं। मैं धूल में पड़ी हुई थी। आप लोगों ने मुझे आकाश पर चढ़ा दिया। अब उससे ऊपर जाने की मुझमें सामर्थ्य नहीं है, सिर में चक्कर आ जाएगा। मुझे यहीं से स्टेशन भेज दीजिए। आपके पैरों पड़ती हूं।

शान्तिकुमार इस आत्म–दमन पर चकित होकर बोले–यह कैसे हो सकता है, बहन। इतने स्त्री–पुरुष जमा हैं इनकी भक्ति और प्रेम का तो विचार कीजिए। आप जुलूस में न जाएंगी, तो इन्हें कितनी निराशा होगी। मैं तो समझता हूं कि यह लोग आपको छोड़कर कभी न जाएंगे।

'आप लोग मेरा स्वांग बना रहे हैं।'

'ऐसा न कहो बहन तुम्हारा सम्मान करके हम अपना सम्मान कर रहे हैं। और तुम्हें हरिद्वार जाने की जरूरत क्या है– तुम्हारा पति तुम्हें अपने साथ ले जाने के लिए आया हुआहै।'

मुन्नी ने आश्चर्य से डॉक्टर की ओर देखा–मेरा पति मुझे अपने साथ ले जाने के लिए आया हुआ है– आपने कैसे जाना–

'मुझसे थोड़ी देर पहले मिला था।'

'क्या कहता था?'

'यही कि मैं उसे अपने साथ ले जाऊंगा और उसे अपने घर की देवी समझूंगा।'

'उसके साथ कोई बालक भी था?'

'हां, तुम्हारा छोटा बच्चा उसकी गोद में था।'

'बालक बहुत दुबला हो गया होगा?'

'नहीं, मुझे वह हृष्ट–पुष्ट दीखता था।'

'प्रसन्न भी था?'

'हां, खूब हंस रहा था।'

'अम्मां–अम्मां तो न करता होगा?'

'मेरे सामने तो नहीं रोया।'

'अब तो चाहे चलने लगा हो?'

'गोद में था पर ऐसा मालूम होता था कि चलता होगा।'

'अच्छा, उसके बाप की क्या हालत थी– बहुत दुबले हो गए हैं?'

'मैंने उन्हें पहले कब देखा था– हां, दुरूखी जरूर थे। यहीं कहीं होंगे, कहो तो तलाश करूं। शायद खुद आते हों।'

मुन्नी ने एक क्षण के बाद सजल नेत्र होकर कहा–उन दोनों को मेरे पास न आने दीजिएगा, बाबूजी मैं आपके पैरों पड़ती हूं। इन आदमियों से कह दीजिए अपने–अपने घर जाएं। मुझे आप स्टेशन पहुंचा दीजिए। मैं आज ही यहां से चली जाऊंगी। पति और पुत्र के मोह में पड़कर उनका सर्वनाश न करूंगी। मेरा यह सम्मान देखकर पतिदेव मुझे ले जाने पर तैयार हो गए होंगे पर उनके मन में क्या है, यह मैं जानती हूं। वह मेरे साथ रहकर संतुष्ट नहीं रह सकते। मैं अब इसी योग्य हूं कि किसी ऐसी जगह चली जाऊं, जहां मुझे कोई न जानता हो वहीं मजूरी करके या भिक्षा मांगकर अपना पेट पालूंगी।

वह एक क्षण चुप रही। शायद देखती कि डॉक्टर साहब क्या जवाब देते हैं। जब डॉक्टर साहब कुछ न बोले तो उसने ऊंचे, कांपते स्वर में लोगों से कहा–बहनो और भाइयो आपने मेरा जो सत्कार किया है, उसके लिए आपकी कहां तक बड़ाई करूं– आपने एक अभागिनी को तार दिया। अब मुझे जाने दीजिए। मेरा जुलूस निकालने के लिए हठ न कीजिए। मैं इसी योग्य हूं कि अपना काला मुंह छिपाए किसी कोने में पड़ी रहूं। इस योग्य नहीं हूं कि मेरी दुर्गति का माहात्म्य किया जाए।

जनता ने बहुत शोर–गुल मचाया, लीडरों ने समझाया, देवियों ने आग्रह किया पर मुन्नी जुलूस पर राजी न हुई और बराबर यही कहती रही कि मुझे स्टेशन पर पहुंचा दो। आखिर मजबूर होकर डॉक्टर साहब ने जनता को विदा किया और मुन्नी को मोटर पर बैठाया।

मुन्नी ने कहा–अब यहां से चलिए और किसी दूर के स्टेशन पर ले चलिए, जहां यह लोग एक भी न हों।

शान्तिकुमार ने इधर–उधर प्रतीक्षा की आंखों से देखकर कहा–इतनी जल्दी न करो बहन, तुम्हारा पति आता ही होगा। जब यह लोग चले जाएंगे, तब वह जरूर आएगा।

मुन्नी ने अशांत भाव से कहा–मैं उनसे नहीं मिलना चाहती बाबूजी, कभी नहीं। उनके मेरे सामने आते ही मारे लज्जा के मेरे प्राण निकल जाएंगे। मैं कह सकती हूं, मैं मर जाऊंगी। आप मुझे जल्दी से ले चलिए। अपने बालक को देखकर मेरे हृदय में मोह की ऐसी आंधी उठेगी कि मेरा सारा विवेक और

विचार उसमें तृण के समान उड़ जाएगा। उस मोह में मैं भूल जाऊंगी कि मेरा कलंक उनके जीवन का सर्वनाश कर देगा। मेरा मन न जाने कैसा हो रहा है– आप मुझे जल्दी यहां से ले चलिए। मैं उस बालक को देखना नहीं चाहती, मेरा देखना उसका विनाश है।

शान्तिकुमार ने मोटर चला दी पर दस ही बीस गज गए होंगे कि पीछे से मुन्नी का पति बालक को गोद में लिए दौड़ता और श्मोटर रोको मोटर रोको।श पुकारता चला आता था। मुन्नी की उस पर नजर पड़ी। उसने मोटर की खिड़की से सिर निकालकर हाथ से मना करते हुए चिल्लाकर कहा–नहीं–नहीं, तुम जाओ, मेरे पीछे मत आओ ईश्वर के लिए मत आओ।

फिर उसने दोनों बांहें फैला दीं, मानो बालक को गोद में ले रही हो और मूर्छित होकर गिर पड़ी।

मोटर तेजी से चली जा रही थी, युवक ठाकुर बालक को लिए खड़ा रो रहा था। कई हजार स्त्री–पुरुष मोटर की तरफ ताक रहे थे।

तेरह

मुन्नी के बरी होने का समाचार आनन–फानन सारे शहर में फैल गया। इस फैसले की आशा बहुत कम आदमियों को थी। कोई कहता था–जज साहब की स्त्री ने पति से लड़कर फैसला लिखाया। रूठकर मैके चली जा रही थीं। स्त्री जब किसी बात पर अड़ जाए, तो पुरुष कैसे नहीं कर दे– कुछ लोगों का कहना था–सरकार ने जज साहब को हुक्म देकर फैसला कराया है क्योंकि भिखारिन को सजा देने से शहर में दंगा हो जाने का भय था। अमरकान्त उस समय भोज के सरंजाम करने में व्यस्त था पर यह खबर पा जरा देर के लिए सब कुछ भूल गया और इस फैसले का सारा श्रेय खुद लेने लगा। भीतर जाकर रेणुकादेवी से बोला–आपने देखा अम्मांजी, मैं कहता न था, उसे बरी कराके दम लूंगा, वही हुआ। वकीलों और गवाहों के साथ कितनी माथा–पच्ची करनी पड़ी है कि मेरा दिल ही जानता है। बाहर आकर मित्रों से और सामने के दूकानदारों से भी उसने यही डींग मारी।

एक मित्र ने कहा–औरत है बड़ी धुन की पक्की। शौहर के साथ न गई न गई बेचारा पैरों पड़ता रह गया।

अमरकान्त ने दार्शनिक विवेचना के भाव से कहा–जो काम खुद न देखो, वही चौपट हो जाता है। मैं तो इधर फंस गया। उधर किसी से इतना भी न हो सका कि उस औरत को समझाता। मैं होता तो मजाल थी कि वह यों चली

जाती। मैं जानता कि यह हाल होगा, तो सब काम छोड़कर जाता और उसे समझाता। मैंने तो समझा डॉक्टर साहब और बीसों आदमी हैं, मेरे न रहने से ऐसा क्या घी का घड़ा लुढ़का जाता है, लेकिन वहां किसी को क्या परवाह नाम तो हो गया। काम हो या जहन्नुम में जाए।

लाला समरकान्त ने नाच–तमाशे और दावत में खूब दिल खोलकर खर्च किया। वही अमरकान्त जो इन मिथ्या व्यवहारों की आलोचना करते कभी न थकता था, अब मुंह तक न खोलता था बल्कि उलटे और बढ़ावा देता था–जो संपन्न हैं, वह ऐसे शुभ अवसर पर न खर्च करेंगे, तो कब करेंगे– धान की यही शोभा है। हां, घर ठ्ठंककर तमाशा न देखना चाहिए।

अमरकान्त को अब घर से विशेष घनिष्ठता होती जाती थी। अब वह विद्यालय तो जाने लगा था, पर जलसों और सभाओं से जी चुराता रहता था। अब उसे लेन–देन से उतनी घृणा न थी। शाम–सबेरे बराबर दूकान पर आ बैठता और बड़ी तंदेही से काम करता। स्वभाव में कुछ कृपणता भी आ चली थी। दुरूखी जनों पर अब भी दया आती थी पर वह दूकान की बंधी हुई कौड़ियों का अतिक्रमण न करने पाती। इस अल्पकाय शिशु ने ऊंट के नन्हे–से नकेल की भांति उसके जीवन का संचालन अपने हाथ में ले लिया था। मानो दीपक के सामने एक भुनगे ने आकर उसकी ज्योति को संकुचित कर दिया था।

तीन महीने बीत गए थे। संध्या का समय था। बच्चा पालने में सो रहा था। सुखदा हाथ में पंखिया लिए एक मोढ़े पर बैठी हुई थी। कृशांगी गर्भिणी मातत्व के तेज और शक्ति से जैसे खिल उठी थी। उसके माधुर्य में किशोरी की चपलता न थी, गर्भिणी की आलस्यमय कातरता न थी, माता का शांत संतप्त मंगलमय विलास था।

अमरकान्त कॉलेज से सीधे घर आया और बालक को संचित नेत्रों से देखकर बोला–अब तो ज्वर नहीं है।

सुखदा ने धीरे से शिशु के माथे पर हाथ रखकर कहा–नहीं, इस समय तो नहीं जान पड़ता। अभी गोद में सो गया था, तो मैंने लिटा दिया।

अमर ने कुर्ते के बटन खोलते हुए कहा–मेरा तो आज वहां बिलकुल जी न लगा। मैं तो ईश्वर से यह प्रार्थना करता हूं कि मुझे संसार की और कोई वस्तु न चाहिए, यह बालक कुशल से रहे। देखो कैसे मुस्करा रहा है।

सुखदा ने मीठे तिरस्कार से कहा–तुम्हीं ने देख–देखकर नजर लगा दी है।

'मेरा जी तो चाहता है, उसका चुंबन ले लूं।'

'नहीं—नहीं, सोते हुए बच्चों का चुंबन न लेना चाहिए।'

सहसा किसी ने डयोढी में आकर पुकारा। अमर ने जाकर देखा, तो बुढ़िया पठानिन लठिया के सहारे खड़ी है। बोला—आओ पठानिन, तुमने तो सुना होगा, घर में बच्चा हुआ है—

पठानिन ने भीतर आकर कहा—अल्लाह करे जुग—जुग जिए और मेरी उम्र पाए। क्यों बेटा सारे शहर को नेवता हुआ और हम पूछे तक न गए। क्या हमीं सबसे गैर थे— अल्लाह जानता है, जिस दिन यह खुशखबरी सुनी, दिल से दुआ निकली कि अल्लाह इसे सलामत रखे।

अमर ने लज्जित होकर कहा—हां, यह गलती मुझसे हुई पठानिन, मुआफ करो। आओ, बच्चे को देखो। आज इसे न जाने क्यों बुखार हो आया है—

बुढ़िया दबे पांव आंगन में होती हुई सामने के बरामदे में पहुंची और बहू को दुआएं देती हुई बच्चे को देखकर बोली—कुछ नहीं बेटा नजर का फसाद है। मैं एक ताबीज दिए देती हूं, अल्लाह चाहेगा, अभी हंसने—खेलने लगेगा।

सुखदा ने मातत्व —जनित नम्रता से बुढ़िया के पैरों को आंचल से स्पर्श किया और बोली—चार दिन भी अच्छी तरह नहीं रहता, माता घर में कोई बड़ी—बूढ़ी तो है नहीं। मैं क्या जानूं, कैसे क्या होता है— मेरी अम्मां हैं पर वह रोज तो यहां नहीं आ सकतीं, न मैं ही रोज उनके पास जा सकती हूं।

बुढ़िया ने फिर आशीर्वाद दिया और बोली—जब काम पड़े, मुझे बुला लिया करो बेटा, मैं और किस दिन के लिए जीती हूं— जरा तुम मेरे साथ चले चलो भैया, मैं ताबीज दे दूं।

बुढ़िया ने अपने सलूके की जेब से एक रेशमी कुर्ता और टोपी निकाली और शिशु के सिराहने रखते हुए बोली—यह मेरे लाल की नजर है बेटा, इसे मंजूर करो। मैं और किस लायक हूं— सकीना कई दिन से सीकर रखे हुए थी, चला नहीं जाता बेटा, आज बड़ी हिम्मत करके आई हूं।

सुखदा के पास संबंधियों से मिले हुए कितने अच्छे—से—अच्छे कपड़े रखे हुए थे पर इस सरल उपहार से उसे जो हार्दिक आनंद प्राप्त हुआ वह और किसी उपहार से न हुआ था, क्योंकि इसमें अमीरी का गर्व, दिखावे की इच्छा या प्रथा की शुष्कता न थी। इसमें एक शुभचिंतक की आत्मा थी, प्रेम था और आशीर्वाद था।

बुढ़िया चलने लगी, तो सुखदा ने उसे एक पोटली में थोड़ी—सी मिठाई दी, पान खिलाए और बरौठे तक उसे विदा करने आई। अमरकान्त ने बाहर आकर एक इक्का किया और बुढ़िया के साथ बैठकर ताबीज लेने चला।

गंडे–ताबीज पर उसे विश्वास न था पर वृद्धजनों के आशीर्वाद पर था, और उस ताबीज को वह केवल आशीर्वाद समझ रहा था।

रास्ते में बुढ़िया ने कहा–मैंने तुमसे कहा था वह तुम भूल गए, बेटा–

अमर सचमुच भूल गया था। शरमाता हुआ बोला–हां, पठानिन, मुझे याद नहीं आया। मुआफ करो।

'वही सकीना के बारे में।'

अमर ने माथा ठोककर कहा–हां माता, मुझे बिलकुल खयाल न रहा।

'तो अब खयाल रखो, बेटा मेरे और कौन बैठा हुआ है जिससे कहूं– इधर सकीना ने कई रूमाल बनाए हैं। कई टोपियों के पल्ले भी काढ़े हैं पर जब चीज बिकती नहीं, तो दिल नहीं बढ़ता।'

'मुझे वह सब चीजें दे दो। मैं बेचवा दूंगा।'

'तुम्हें तकलीफ न होगी?'

'कोई तकलीफ नहीं। भला इसमें क्या तकलीफ?'

अमरकान्त को बुढ़िया घर में न ले गई। इधर उसकी दशा और भी हीन हो गई थी। रोटियों के भी लाले थे। घर की एक–एक अंगुल जमीन पर उसकी दरिद्रता अंकित हो रही थी। उस घर में अमर को क्या ले जाती– बुढ़ापा निस्संकोच होने पर भी कुछ परदा रखना ही चाहता है। यह उसे इक्के ही पर छोड़कर अंदर गई, और थोड़ी देर में ताबीज और रूमालों की बकची लेकर आ पहुंची।

'ताबीज उसके गले में बंधा देना। फिर कल मुझसे हाल कहना।'

'कल मेरी तातील है। दो–चार दोस्तों से बात करूंगा। शाम तक बन पड़ा तो आऊंगा, नहीं फिर किसी दिन आ जाऊंगा।'

घर आकर अमर ने ताबीज बच्चे के गले में बंधी और दूकान पर जा बैठा। लालाजी ने पूछा–कहां गए थे– दूकान के वक्त कहीं मत जाए करो।

अमर ने क्षमा–प्रार्थना के भाव से कहा–आज पठानिन आ गई। बच्चे के लिए ताबीज देने को कहा था, वही लेने चला गया था।

'मैंने अभी देखा। अब तो अच्छा मालूम होता है। दुष्ट ने मेरी मूंछें पकड़कर खींच लीं। मैंने भी कसकर एक घूंसा जमाया बच्चा को। हां, खूब याद आई, तुम बैठो, मैं जरा शास्त्रीजी के पास से जन्म–पत्री लेता आऊं। आज उन्होंने देने का वादा किया था।'

लालाजी चले गए, तो अमर फिर घर में जा पहुंचा और बच्चे को गोद में लेकर बोला—क्यों जी तुम हमारे बापू की मूंछें उखाड़ते हो खबरदार, जो फिर उनकी मूंछें छुईं, नहीं दांत तोड़ दूंगा।

बालक ने उसकी नाक पकड़ ली और उसे निगल जाने की चेष्टा करने लगा, जैसे हनुमान सूर्य को निगल रहे हों।

सुखदा हंसकर बोली—पहले अपनी नाक बचाओ, फिर बाप की मूंछें बचाना।

सलीम ने इतने जोर से पुकारा कि सारा घर हिल उठा।

अमरकान्त ने बाहर आकर कहा—तुम बड़े शैतान हो यार, ऐसा चिल्लाए कि मैं घबरा गया। किधर से आ रहे हो— आओ, कमरे में चलो।

दोनों आदमी बगल वाले कमरे में गए। सलीम ने रात को एक गजल कही थी। वही सुनाने आया था। गजल कह लेने के बाद जब तक वह अमर को सुना न ले, उसे चौन न आता था।

अमर ने कहा—मगर मैं तारीफ न करूंगा, यह समझ लो।

शर्त तो जब है कि तुम तारीफ न करना चाहो, फिर भी करो रू

यही दुनियाए उलगत में, हुआ करता है होने दो।

तुम्हें हंसना मुबारक हो, कोई रोता है रोने दो।

अमर ने झूमकर कहा—लाजवाब शेर है, भई बनावट नहीं, दिल से कहता हूं। कितनी मजबूरी है—वाह।

सलीम ने दूसरा शेर पढ़ा रू

कसम ले लो जो शिकवा हो तुम्हारी बेवफाई का

किए को अपने रोता हूं मुझे जी भर के रोने दो।

अमर—बड़ा दर्दनाक शेर है, रोंगटे खड़े हो गए। जैसे कोई अपनी बीती गा रहा हो। इस तरह सलीम ने पूरी गजल सुनाई और अमर ने झूम—झूमकर सुनी फिर बातें होने लगीं। अमर ने पठानिन के रूमाल दिखाने शुरू किए।

'एक बुढ़िया रख गई है। गरीब औरत है। जी चाहे दो—चार ले लो।'

सलीम ने रूमालों को देखकर कहा—चीज तो अच्छी है यार, लाओ एक दर्जन लेता जाऊं। किसने बनाए हैं—

'उसी बुढ़िया की एक पोती है।'

'अच्छा, वही तो नहीं, जो एक बार कचहरी में पगली के मुकदमे में गई थी– माशूक तो यार तुमने अच्छा छांटा।'

अमरकान्त ने अपनी सफाई दी–कसम ले लो, जो मैंने उसकी तरफ देखा भी हो।

'मुझे कसम लेने की जरूरत नहीं तुम्हें वह मुबारक हो, मैं तुम्हारा रकीब नहीं बनना चाहता। दर्जन रूमाल कितने के हैं–

'जो मुनासिब समझो दे दो।'

'इसकी कीमत बनाने वाले के ऊपर मुनहसर है। अगर उस हसीना ने बनाए हैं, तो फी रूमाल पांच रुपये। बुढ़िया या किसी और ने बनाए हैं, तो फी रूमाल चार आने।'

'तुम मजाक करते हो। तुम्हें लेना मंजूर नहीं।'

'पहले यह बताओ किसने बनाए हैं?'

'बनाए हैं सकीना ही ने।'

'अच्छा उसका नाम सकीना है। तो मैं फी रूमाल पांच रुपये दे दूंगा। शर्त यह कि तुम मुझे उसका घर दिखा दो।'

'हां शौक से लेकिन तुमने कोई शरारत की तो मैं तुम्हारा जानी दुश्मन हो जाऊंगा। अगर हमदर्द बनकर चलना चाहो तो चलो। मैं तो चाहता हूं, उसकी किसी भले आदमी से शादी हो जाए। है कोई तुम्हारी निगाह में ऐसा आदमी– बस, यही समझ लो कि उसकी तकदीर खुल जाएगी। मैंने ऐसी हयादार और सलीकेमंद लड़की नहीं देखी। मर्द को लुभाने के लिए औरत में जितनी बातें हो सकती हैं, वह सब उसमें मौजूद हैं।'

सलीम ने मुस्कराकर कहा–मालूम होता है, तुम खुद उस पर रीझ चुके। हुस्न में तो वह तुम्हारी बीवी के तलवों के बराबर भी नहीं।

अमरकान्त ने आलोचक के भाव से कहा–औरत में रूप ही सबसे प्यारी चीज नहीं है। मैं तुमसे सच कहता हूं, अगर मेरी शादी न हुई होती और मजहब की रूकावट न होती तो मैं उससे शादी करके अपने को भाग्यवान समझता।

'आखिर उसमें ऐसी क्या बात है, जिस पर तुम इतने लट्टू हो?'

'यह तो मैं खुद नहीं समझ रहा हूं। शायद उसका भोलापन हो। तुम खुद क्यों नहीं कर लेते– मैं यह कह सकता हूं कि उसके साथ तुम्हारी जिंदगी जन्नत बन जाएगी।'

सलीम ने संदिग्धा भाव से कहा–मैंने अपने दिल में जिस औरत का नक्शा खींच रखा है वह कुछ और ही है। शायद वैसी औरत मेरी खयाली दुनिया के बाहर कहीं होगी भी नहीं। मेरी निगाह में कोई आदमी आएगा, तो बताऊंगा। इस वक्त तो मैं ये रूमाल लिए लेता हूं। पांच रुपये से कम क्या दूं– सकीना कपड़े भी सी लेती होगी– मुझे उम्मीद है कि मेरे घर से उसे काफी काम मिल जाएगा। तुम्हें भी एक दोस्ताना सलाह देता हूं। मैं तुमसे बदगुमानी नहीं करता लेकिन वहां बहुत आमदोरर्ति न रखना, नहीं बदनाम हो जाओगे। तुम चाहे कम बदनाम हो, उस गरीब की तो जिंदगी ही खराब हो जाएगी। ऐसे भले आदमियों की कमी भी नहीं है, जो इस मुआमले को मजहबी रंग देकर तुम्हारे पीछे पड़ जाएंगे। उसकी मदद तो कोई न करेगा तुम्हारे ऊपर उंगली उठाने वाले बहुतेरे निकल आएंगे।

अमरकान्त में उदडंता न थी पर इस समय वह झल्लाकर बोला–मुझे ऐसे कमीने आदमियों की परवाह नहीं है। अपना दिल साफ रहे, तो किसी बात का गम नहीं।

सलीम ने जरा भी बुरा न मानकर कहा–तुम जरूरत से ज्यादा सीधे हो यार, खौफ है, किसी आफत में न फंस जाओ।

दूसरे दिन अमरकान्त ने दूकान बढ़ाकर जेब में पांच रुपये रखे, पठानिन के घर पहुंचा और आवाज दी। वह सोच रहा था–सकीना रुपये पाकर कितनी खुश होगी

अंदर से आवाज आई–कौन है–

अमरकान्त ने अपना नाम बताया।

द्वार तुरंत खुल गए और अमरकान्त ने अंदर कदम रखा पर देखा तो चारों तरफ अंधोरा। पूछा–आज दिया नहीं जलाया, अम्मां–

सकीना बोली–अम्मां तो एक जगह सिलाई का काम लेने गई हैं।

अंधोरा क्यों हैं– चिराग में तेल नहीं है–

सकीना धीरे से बोली–तेल तो है।

'फिर दिया क्यों नहीं जलाती, दियासलाई नहीं है?'

'दियासलाई भी है।'

'तो फिर चिराग जलाओ। कल जो रूमाल मैं ले गया था, वह पांच रुपये पर बिक गए हैं, ये रुपये ले लो। चटपट चिराग जलाओ।'

सकीना ने कोई जवाब न दिया। उसकी सिसकियों की आवाज सुनाई दी। अमर ने चौंककर पूछा—क्या बात है सकीना— तुम रो क्यों रही हो—

सकीना ने सिसकते हुए कहा—कुछ नहीं, आप जाइए। मैं अम्मां को रुपये दे दूंगी।

अमर ने व्याकुलता से कहा—जब तक तुम बता न दोगी, मैं न जाऊंगा। तेल न हो तो मैं ला दूं, दियासलाई न हो तो मैं ला दूं, कल एक लैंप लेता आऊंगा। कुप्पी के सामने बैठकर काम करने से आंखें खराब हो जाती हैं। घर के आदमी से क्या परदा— मैं अगर तुम्हें गैर समझता, तो इस तरह बार—बार क्यों आता—

सकीना सामने के सायबान में जाकर बोली—मेरे कपड़े गीले हैं। आपकी आवाज सुनकर मैंने चिराग बुझा दिया।

'तो गीले कपड़े क्यों पहन रखे हैं?'

'कपड़े मैले हो गए थे। साबुन लगाकर रख दिए थे। अब और कुछ न पूछिए। कोई दूसरा होता, तो मैं किवाड़ न खोलती।'

अमरकान्त का कलेजा मसोस उठा। उफ इतनी घोर दरिद्रता पहनने को कपड़े तक नहीं। अब उसे ज्ञात हुआ कि कल पठानिन ने रेशमी कुर्ता और टोपी उपहार में दी थी, उसके लिए कितना त्याग किया था। दो रुपये से कम क्या खर्च हुए होंगे— दो रुपये में दो पाजामे बन सकते थे। इन गरीब प्राणियों में कितनी उदारता है। जिसे ये अपना धर्म समझते हैं, उसके लिए कितना कष्ट झेलने को तैयार रहते हैं।

उसने सकीना से कांपते स्वर में कहा—तुम चिराग जला लो। मैं अभी आता हूं।

गोवरधान सराय से चौक तक वह हवा के वेग से गया पर बाजार बंद हो चुका था। अब क्या करे— सकीना अभी तक गीले कपड़े पहने बैठी होगी। आज इन सबों ने इतनी जल्द क्यों दूकान बंद कर दी— वह यहां से उसी वेग के साथ घर पहुंचा। सुखदा के पास पचासों साड़ियां हैं। कई मामूली भी हैं। क्या वह उनमें से साड़ियां न दे देगी— मगर वह पूछेगी—क्या करोगे, तो क्या जवाब देगा— साफ—साफ कहने से तो वह शायद संदेह करने लगे। नहीं, इस वक्त सफाई देने का अवसर न था। सकीना गीले कपड़े पहने उसकी प्रतीक्षा कर रही होगी। सुखदा नीचे थी। वह चुपके से ऊपर चला गया, गठरी खोली और उसमें से चार साड़ियां निकालकर दबे पांव चल दिया।

सुखदा ने पूछा–अब कहां जा रहे हो– भोजन क्यों नहीं कर लेते–

अमर ने बरोठे से जवाब दिया–अभी आता हूं।

कुछ दूर जाने पर उसने सोचा–कल कहीं सुखदा ने अपनी गठरी खोली और साड़ियां न मिलीं तो बड़ी मुश्किल पड़ेगी। नौकरों के सिर जाएगी। क्या वह उस वक्त यह कहने का साहस रखता था कि वे साड़ियां मैंने एक गरीब औरत को दे दी हैं– नहीं, वह यह नहीं कह सकता, तो साड़ियां ले जाकर रख दे– मगर वहां सकीना गीले कपड़े पहने बैठी होगी। फिर खयाल आया–सकीना इन साड़ियों को पाकर कितनी प्रसन्न होगी इस खयाल ने उसे उन्मत्त कर दिया। जल्द–जल्द कदम बढ़ाता हुआ सकीना के घर जा पहुंचा।

सकीना ने उसकी आवाज सुनते ही द्वार खोल दिया। चिराग जल रहा था। सकीना ने इतनी देर में आग जलाकर कपड़े सुखा लिए थे और कुरता–पाजामा पहने, ओढ़नी ओढ़े खड़ी थी अमर ने साड़ियां खाट पर रख दीं और बोला–बाजार में तो न मिलीं, घर जाना पड़ा। हमदर्दों से परदा न रखना चाहिए।

सकीना ने साड़ियों को लेकर देखा और सकुचाती हुई बोली–बाबूजी, आप नाहक साड़ियां लाए। अम्मां देखेंगी, तो जल उठेंगी। फिर शायद आपका यहां आना मुश्किल हो जाए। आपकी शराफत और हमदर्दी की जितनी तारीफ अम्मां करती थीं, उससे कहीं ज्यादा पाया। आप यहां ज्यादा आया भी न करें, नहीं ख्वामख्वाह लोगों को शुबहा होगा। मेरी वजह से आपके ऊपर कोई शुबहा करे, यह मैं नहीं चाहती।

आवाज कितनी मीठी थी। भाव में कितनी नम्रता, कितना विश्वास। पर उसमें वह हर्ष न था, जिसकी अमर ने कल्पना की थी। अगर बुढ़िया इस सरल स्नेह को संदेह की दृष्टि से देखे, तो निश्चय ही उसका आना–जाना बंद हो जाएगा। उसने अपने मन को टटोलकर देखा, उस प्रकार के संदेह का कोई कारण नहीं है। उसका मन स्वच्छ था। वहां किसी प्रकार की कुत्सित भावना न थी। फिर भी सकीना से मिलना बंद हो जाने की संभावना उसके लिए असह्य थी। उसका शासित, दलित पुरुषत्व यहां अपने प्राकृतिक रूप में प्रकट हो सकता था। सुखदा की प्रतिभा, प्रगल्भता और स्वतंत्रता, जैसे उसके सिर पर सवार रहती थी। वह उसके सामने अपने को दबाए रखने पर मजबूर था। आत्मा में जो एक प्रकार के विकार और व्यक्तीकरण की आकांक्षा होती है, वह अपूर्ण रहती थी। सुखदा उसे पराभूत कर देती थी, सकीना उसे गौरवान्वित करती थी। सुखदा उसका दफ्तर थी, सकीना घर। वहां वह दास था, यहां स्वामी।

उसने साड़ियां उठा लीं और व्यथित कंठ से बोला—अगर यह बात है, तो मैं इन साड़ियों को लिए जाता हूं सकीना लेकिन मैं कह नहीं सकता, मुझे इससे कितना रंज होगा। रहा मेरा आना—जाना, अगर तुम्हारी इच्छा है कि मैं न आऊं, तो मैं भूलकर भी न आऊंगा लेकिन पड़ोसियों की मुझे परवाह नहीं है।

सकीना ने करूण स्वर में कहा—बाबूजी, मैं आपसे हाथ जोड़ती हूं, ऐसी बात मुंह से न निकालिए। जब से आप आने—जाने लगे हैं, मेरे लिए दुनिया कुछ और हो गई है। मैं अपने दिल में एक ऐसी ताकत, ऐसी उमंग पाती हूं, जिसे एक तरह का नशा कह सकती हूं, लेकिन बदगोई से तो डरना ही पड़ता है।

अमर ने उन्मत्ता होकर कहा—मैं बदगोई से नहीं डरता, सकीना रत्ती भर भी नहीं।

लेकिन एक ही पल में वह समझ गया—मैं बहका जाता हूं बोला—मगर तुम ठीक कहती हो। दुनिया और चाहे कुछ न करे, बदनाम तो कर ही सकती है।

दोनों एक मिनट शांत बैठे रहे, तब अमर ने कहा—और रूमाल बना लेना। कपड़ों का प्रबंध भी हो रहा है। अच्छा अब चलूंगा। लाओ, साड़ियां लेता जाऊं।

सकीना ने अमर की मुद्रा देखी। मालूम होता था, रोना ही चाहता है। उसके जी में आया, साड़ियां उठाकर छाती से लगा ले, पर संयम ने हाथ न उठाने दिया। अमर ने साड़ियां उठा लीं और लड़खड़ाता हुआ द्वार से निकल गया, मानो अब गिरा, अब गिरा।

चौदह

अमरकान्त का मन फिर से उचाट होने लगा। सकीना उसकी आंखों में बसी हुई थी। सकीना के ये शब्द उनके कानों में गूंज रहे थे...मेरे लिए दुनिया कुछ और हो गई है। मैं अपने दिल में ऐसी ताकत, ऐसी उमंग पाती हूं इन शब्दों में उसकी पुरुष कल्पना को ऐसी आनंदप्रद उत्तेजना मिलती थी कि वह अपने को भूल जाता था। फिर दूकान से उसकी रुचि घटने लगी। रमणी की नम्रता और सलज्ज अनुरोधा का स्वाद पा जाने के बाद अब सुखदा की प्रतिभा और गरिमा उसे बोझ—सी लगती थी। वहां हरे—भरे पत्तों में रूखी—सूखी सामग्री थी यहां सोने—चांदी के थालों में नाना व्यंजन सजे हुए थे। वहां सरल स्नेह था, यहां गर्व का दिखावा था। वह सरल स्नेह का प्रसाद उसे अपनी ओर खींचता था, यह अमीरी ठाट अपनी ओर से हटाता था। बचपन में ही वह माता के स्नेह से वंचित हो गया था। जीवन के पंद्रह साल उसने शुष्क शासन में काटे। कभी मां डांटती, कभी बाप बिगड़ता, केवल नैना की कोमलता उसके भग्न हृदय पर

गाहा रखती रहती थी। सुखदा भी आई, तो वही शासन और गरिमा लेकर स्नेह का प्रसाद उसे यहां भी न मिला। वह चिरकाल की स्नेह–त्ष्णा किसी प्यासे पक्षी की भांति, जो कई सरोवरों के सूखे तट से निराश लौट आया हो, स्नेह की यह शीतल छाया देखकर विश्राम और त्प्तिके लोभ से उसकी शरण में आई। यहां शीतल छाया ही न थी, जल भी था, पक्षी यहीं रम जाए तो कोई आश्चर्य है।

उस दिन सकीना की घोर दरिद्रता देखकर वह आहत हो उठा था। वह विद्रोह जो कुछ दिनों उसके मन में शांत हो गया था फिर दूने वेग से उठा। वह धर्म के पीछे लाठी लेकर दौड़ने लगा। धान के इस बंधन का उसे बचपन से ही अनुभव होता आया था। धर्म का बंधन उससे कहीं कठोर, कहीं असहाय, कहीं निरर्थक था। धर्म का काम संसार में मेल और एकता पैदा करना होना चाहिए। यहां धर्म ने विभिन्नता और द्वेष पैदा कर दिया है। क्यों खान–पान में, रस्म–रिवाज में धर्म अपनी टांगें अड़ाता है– मैं चोरी करूं, खून करूं, धोखा दूं, धर्म मुझे अलग नहीं कर सकता। अछूत के हाथ से पानी पी लूं, धर्म छूमंतर हो गया। अच्छा धर्म है हम धर्म के बाहर किसी से आत्मा का संबंधा भी नहीं कर सकते– आत्मा को भी धर्म ने बंधा रखा है, प्रेम को भी जकड़ रखा है। यह धर्म नहीं, धर्म का कलंक है।

अमरकान्त इसी उधोड़–बुन में पड़ा रहता। बुढ़िया हर महीने, और कभी–कभी महीने में दो–तीन बार, रूमालों की पोटलियां बनाकर लाती और अमर उसे मुंह मांगे दाम देकर ले लेता। रेणुका, उसको जेब खर्च के लिए जो रुपये देतीं, वह सब–के–सब रूमालों में जाते। सलीम का भी इस व्यवसाय में साझा था। उसके मित्रों में ऐसा कोई न था, जिसने एक–आधा दर्जन रूमाल न लिए हों। सलीम के घर से सिलाई का काम भी मिल जाता। बुढ़िया का सुखदा और रेणुका से भी परिचय हो गया था। चिकन की साड़ियां और चादरें बनाने का काम भी मिलने लगा उस दिन से अमर बुढ़िया के घर न गया। कई बार वह मजबूत इरादा करके चला पर आधो रास्ते से लौट आया।

विद्यालय में एक बार श्धर्मश पर विवाद हुआ। अमर ने उस अवसर पर जो भाषण किया, उसने सारे शहर में धाूम मचा दी। वह अब क्रांति ही में देश का उबर समझता था–ऐसी क्रांति में, जो सर्वव्यापक हो, जो जीवन के मिथ्या आदर्शों का, झूठे सिद्धांतों का, परिपाटियों का अंत कर दे, जो एक नए युग की प्र्रवत्ताक हो, एक नई सृष्टि खड़ी कर दे, जो मिट्टी के असंख्य देवताओं को तोड़–फोड़कर चकनाचूर कर दे, जो मनुष्य को धान और धर्म के आधार पर टिकने वाले राज्य के पंजे से मुक्त कर दे। उसके एक–एक अणु से क्रान्ति क्रान्ति।श की आवाज सदा निकलती रहती थी लेकिन उदार हिन्दू–समाज उस

वक्त तक किसी से नहीं बोलता, जब तक उसके लोकाचार पर खुल्लम–खुल्ला आघात न हो। कोई क्रांति नहीं, क्रांति के बाबा का ही उपदेश क्यों न करे, उसे परवाह नहीं होती लेकिन उपदेश की सीमा के बाहर व्यवहार क्षेत्र में किसी ने पांव निकाला और समाज ने उसकी गर्दन पकड़ी। अमर की क्रांति अभी तक व्याख्यानों और लेखों तक सीमित थी। डिग्री की परीक्षा समाप्त होते ही वह व्यवहार–क्षेत्र में उतरना चाहता था। पर अभी परीक्षा को एक महीना बाकी ही था कि एक ऐसी घटना हो गई, जिसने उसे मैदान में आने को मजबूर कर दिया। यह सकीना की शादी थी।

एक दिन संध्या समय अमरकान्त दूकान पर बैठा हुआ था कि बुढ़िया सुखदा की चिकनी की साड़ी लेकर आई और अमर से बोली–बेटा, अल्ला के गजल से सकीना की शादी ठीक हो गई है आठवीं को निकाह हो जाएगा। और तो मैंने सब सामान जमा कर लिया है पर कुछ रुपयों से मदद करना।

अमर की नाड़ियों में जैसे रक्त न था। हकलाकर बोला–सकीना की शादी ऐसी क्या जल्दी थी–

'क्या करती बेटा, गुजर तो नहीं होता, फिर जवान लड़की बदनामी भी तो है।'

'सकीना भी राजी है?'

बुढ़िया ने सरल भाव से कहा–लड़कियां कहीं अपने मुंह से कुछ कहती हैं बेटा– वह तो नहीं–नहीं किए जाती है।

अमर ने गरजकर कहा–फिर भी तुम शादी किए देती हो– फिर संभलकर बोला– रुपये के लिए दादा से कहो।

'तुम मेरी तरफ से सिफारिश कर देना बेटा, कह तो मैं आप लूंगी।'

'मैं सिफारिश करने वाला कौन होता हूं– दादा तुम्हें जितना जानते हैं, उतना मैं नहीं जानता।'

बुढ़िया को वहीं खड़ी छोड़कर, अमर बदहवास सलीम के पास पहुंचा। सलीम ने उसकी बौखलाई हुई सूरत देखकर पूछा–खैर तो है– बदहवास क्यों हो–

अमर ने संयत होकर कहा–बदहवास तो नहीं हूं। तुम खुद बदहवास होगे।

'अच्छा तो आओ, तुम्हें अपनी ताजी गजल सुनाऊं। ऐसे–ऐसे शैर निकाले हैं कि गड़क न जाओ तो मेरा जिम्मा।'

अमरकान्त की गर्दन में जैसे फांसी पड़ गई, पर कैसे कहे—मेरी इच्छा नहीं है। सलीम ने मतला पढ़ा रू

बहला के सवेरा करते हैं इस दिल को उन्हीं की बातों में,

दिल जलता है अपना जिनकी तरह, बरसात की भीगी रातों में।

अमर ने ऊपरी दिल से कहा—अच्छा शेर है।

सलीम हतोत्साह न हुआ। दूसरा शेर पढ़ा रू

कुछ मेरी नजर ने उठ के कहा कुछ उनकी नजर ने झुक के कहा,

झगड़ा जो न बरसों में चुकता, तय हो गया बातों—बातों में।

अमर झूम उठा—खूब कहा है भई वाह वाह लाओ कलम चूम लूं। सलीम ने तीसरा शेर सुनाया रू

यह यास का सन्नाटा तो न था, जब आस लगाए सुनते थे,

माना कि था धोखा ही धोखा, उन मीठी—मीठी बातों में।

अमर ने कलेजा थाम लिया—गजब का दर्द है भई दिल मसोस उठा।

एक क्षण के बाद सलीम ने छेड़ा—इधर एक महीने से सकीना ने कोई रूमाल नहीं भेजा क्या—

अमर ने गंभीर होकर कहा—तुम तो यार, मजाक करते हो। उसकी शादी हो रही है। एक ही हतर्ी और है।

'तो तुम दुल्हिन की तरफ से बारात में जाना। मैं दूल्हे की तरफ से जाऊंगा।'

अमर ने आंखें निकलाकर कहा—मेरे जीते—जी यह शादी नहीं हो सकती। मैं तुमसे कहता हूं सलीम, मैं सकीना के दरवाजे पर जान दे दूंगा, सिर पटक—पटककर मर जाऊंगा।

सलीम ने घबराकर पूछा—यह तुम कैसी बातें कर रहे हो, भाईजान—सकीना पर आशिक तो नहीं हो गए— क्या सचमुच मेरा गुमान सही था—

अमर ने आंखों में आंसू भरकर कहा—मैं कुछ नहीं कह सकता, मेरी क्यों ऐसी हालत हो रही है सलीम पर जब से मैंने यह खबर सुनी है मेरे जिगर में जैसे आरा—सा चल रहाहै।

'आखिर तुम चाहते क्या हो— तुम उससे शादी तो नहीं कर सकते।'

'क्यों नहीं कर सकता?'

'बिलकुल बच्चे न बन जाओ। जरा अक्ल से काम लो।'

'तुम्हारी यही तो मंशा है कि वह मुसलमान है, मैं हिन्दू हूं। मैं प्रेम के समने मजहब की हकीकत नहीं समझता, कुछ भी नहीं।'

सलीम ने अविश्वास के भाव से कहा–तुम्हारे खयालात तकरीरों में सुन चुका हूं, अखबारों में पढ़ चुका हूं। ऐसे खयालात बहुत ऊंचे, बहुत पाकीजा, दुनिया में इंकलाब पैदा करने वाले हैं और कितनों ने ही इन्हें जाहिर करके नामवरी हासिल की है, लेकिन इल्मी बहस दूसरी चीज है, उस पर अमल करना दूसरी चीज है। बगावत पर इल्मी बहस कीजिए, लोग शौक से सुनेंगे। बगावत करने के लिए तलवार उठाइए और आप सारी सोसाइटी के दुश्मन हो जाएंगे। इल्मी बहस से किसी को चोट नहीं लगती। बगावत से गरदनें कटती हैं। मगर तुमने सकीना से भी पूछा, वह तुमसे शादी करने पर राजी है–

अमर कुछ झिझका। इस तरफ उसने धयान ही न दिया था। उसने शायद दिल में समझ लिया था, मेरे कहने की देर है, वह तो राजी ही है। उन शब्दों के बाद अब उसे कुछ पूछने की जरूरत न मालूम हुई।

'मुझे यकीन है कि वह राजी है।'

'यकीन कैसे हुआ?'

'उसने ऐसी बातें की हैं, जिनका मतलब इसके सिवा और कुछ हो ही नहीं सकता।'

'तुमने उससे कहा–मैं तुमसे शादी करना चाहता हूं?'

'उससे पूछने की मैं जरूरत नहीं समझता।'

'तो एक ऐसी बात को, जो तुमसे एक हमदर्द के नाते कही थी, तुमने शादी का वादा समझ लिया। वाह री आपकी अक्ल मैं कहता हूं, तुम भंग तो नहीं खा गए हो, या बहुत पढ़ने से तुम्हारा दिमाग तो नहीं खराब हो गया है– परी से ज्यादा हसीन बीबी, चांद–सा बच्चा और दुनिया की सारी नेमतों को आप तिलांजलि देने पर तैयार हैं, उस जुलाहे की नमकीन और शायद सलीकेदार छोकरी के लिए तुमने इसे भी कोई तकरीर या मजमून समझ रखा है– सरे शहर में तहलका पड़ जाएगा जनाब, भूचाल आ जाएगा, शहर ही में नहीं, सूबे भर में, बल्कि शुमाली हिन्दोस्तान भर में। आप हैं किस फेर में– जान से हाथ धोना पड़े, तो ताज्जुब नहीं।'

अमरकान्त इन सारी बाधाओं को सोच चुका था। इनसे वह जरा भी विचलित न हुआ था। और अगर इसके लिए समाज उसे दंड देता है, तो उसे

परवाह नहीं। वह अपने हक के लिए मर जाना इससे कहीं अच्छा समझता है कि उसे छोड़कर कायरों की जिंदगी काटे। समाज उसकी जिंदगी को तबाह करने का कोई हक नहीं रखता। बोला—मैं यह सब जानता हूं सलीम, लेकिन मैं अपनी आत्मा को समाज का गुलाम नहीं बनाना चाहता। नतीजा जो कुछ भी हो उसके लिए मैं तैयार हूं। यह मुआमला मेरे और सकीना के दरमियान है। सोसाइटी को हमारे बीच में दखल देने का कोई हक नहीं।

सलीम ने संदिग्धा भाव से सिर हिलाकर कहा—सकीना कभी मंजूर न करेगी, अगर उसे तुमसे मुहब्बत है। हां, अगर वह तुम्हारी मुहब्बत का तमाशा देखना चाहती है, तो शायद मंजूर कर ले मगर मैं पूछता हूं, उसमें क्या खूबी है, जिसके लिए तुम खुद इतनी बड़ी कुर्बानी करने और कई जिंदगियों को खाक में मिलाने पर आमादा हो—

अमर को यह बात अप्रिय लगी। मुंह सिकोड़कर बोला—मैं कोई कुर्बानी नहीं कर रहा हूं और न किसी की जिंदगी को खाक में मिला रहा हूं। मैं सिर्फ उस रास्ते पर जा रहा हूं, जिधार मेरी आत्मा मुझे ले जा रही है। मैं किसी रिश्ते या दौलत को अपनी आत्मा के गले की जंजीर नहीं बना सकता। मैं उन आदमियों में नहीं हूं, जो जिंदगी की जंजीरों को ही जिंदगी समझते हैं। मैं जिंदगी की आरजुओं को जिंदगी समझता हूं। मुझे जिंदा रहने के लिए एक ऐसे दिल की जरूरत है, जिसमें आरजुएं हों, दर्द हो, त्याग हो, सौदा हो। जो मेरे साथ रो सकता हो मेरे साथ जल सकता हो। महसूस करता हूं कि मेरी जिंदगी पर रोज—ब—रोज जंग लगता जा रहा है। इन चंद सालों में मेरा कितना ईहानी जवाल हुआ, इसे मैं ही समझता हूं। मैं जंजीरों में जकड़ा जा रहा हूं। सकीना ही मुझे आजाद कर सकती है, उसी के साथ मैं ईहानी बुलंदियों पर उड़ सकता हूं, उसी के साथ मैं अपने को पा सकता हूं। तुम कहते हो—पहले उससे पूछ लो। तुम्हारा खयाल है—वह कभी मंजूर न करेगी। मुझे यकीन है—मुहब्बत जैसी अनमोल चीज पाकर कोई उसे रप्र नहीं कर सकता।

सलीम ने पूछा—अगर वह कहे तुम मुसलमान हो जाओ—

'वह यह नहीं कह सकती।'

'मान लो, कहे।'

'तो मैं उसी वक्त एक मौलवी को बुलाकर कलमा पढ़ लूंगा। मुझे इस्लाम में ऐसी कोई बात नहीं नजर आती, जिसे मेरी आत्मा स्वीकार न करती हो। धर्म—तत्व सब एक हैं। हजरत मुहम्मद को खुदा का रसूल मानने में मुझे कोई आपत्ति नहीं। जिस सेवा, त्याग, दया, आत्म—शुद्धि पर हिन्दू—धर्म की बुनियाद

कायम है, उसी पर इस्लाम की बुनियाद भी कायम है। इस्लाम मुझे बुद्ध और कृष्ण और राम की ताजीम करने से नहीं रोकता। मैं इस वक्त अपनी इच्छा से हिन्दू नहीं हूं बल्कि इसलिए कि हिन्दू घर में पैदा हुआ हूं। तब भी मैं अपनी इच्छा से मुसलमान न हूंगा बल्कि इसलिए कि सकीना की मरजी है। मेरा अपना ईमान यह है कि मजहब आत्मा के लिए बंधन है। मेरी अक्ल जिसे कबूल करे, वही मेरा मजहब है। बाकी खुरागात।'

सलीम इस जवाब के लिए तैयार न था। इस जवाब ने उसे निश्शस्त्र कर दिया। ऐसे मनोद्‌गारों ने उसके अंतरूकरण को कभी स्पर्श न किया था। प्रेम को वह वासना मात्र समझता था। जरा–से उद्‌गार को इतना वृहद् रूप देना, उसके लिए इतनी कुर्बानियां करना, सारी दुनिया में बदनाम होना और चारों ओर एक तहलका मचा देना, उसे पागलपन मालूम होता था।

उसने सिर हिलाकर कहा–सकीना कभी मंजूर न करेगी।

अमर ने शांत भाव से कहा–तुम ऐसा क्यों समझते हो–

'इसलिए कि अगर उसे जरा भी अक्ल है, तो वह एक खानदान को कभी तबाह न करेगी।'

'इसके यह माने हैं कि उसे मेरे खानदान की मुहब्बत मुझसे ज्यादा है। फिर मेरी समझ में नहीं आता कि मेरा खानदान क्या तबाह हो जाएगा– दादा को और सुखदा को दौलत मुझसे ज्यादा प्यारी है। बच्चे को तब भी मैं इसी तरह प्यार कर सकता हूं। ज्यादा–से–ज्यादा इतना होगा कि मैं घर में न जाऊंगा और उनके घडे।–मटके न छूऊंगा।'

सलीम ने पूछा–डॉक्टर शान्तिकुमार से भी इसका जिक्र किया है–

अमर ने जैसे मित्र की मोटी अक्ल से हताश होकर कहा–नहीं, मैंने उनसे जिक्र करने की जरूरत नहीं समझी। तुमसे भी सलाह लेने नहीं आया हूं सिर्फ दिल का बोझ हल्का करने के लिए। मेरा इरादा पक्का हो चुका है। अगर सकीना ने मायूस कर दिया, तो जिंदगी का खात्मा कर दूंगा। राजी हुई, तो हम दोनों चुपके से कहीं चले जाएंगे। किसी को खबर भी न होगी। दो–चार महीने बाद घर वालों को सूचना दे दूंगा। न कोई तहलका मचेगा, न कोई तूफान आएगा। यह है मेरा प्रोग्राम। मैं इसी वक्त उसके पास जाता हूं, अगर उसने मंजूर कर लिया, तो लौटकर फिर यहीं आऊंगा, और मायूस किया तो तुम मेरी सूरत न देखोगे।

यह कहता हुआ वह उठ खड़ा हुआ और तेजी से गोवर्धन सराय की तरफ चला। सलीम उसे रोकने का इरादा करके भी न रोक सका। शायद वह समझ गया था कि इस वक्त इसके सिर पर भूत सवार है, किसी की न सुनेगा।

माघ की रात। कड़ाके की सर्दी। आकाश पर धुआं छाया हुआ था। अमरकान्त अपनी धुन में मस्त चला जाता था। सकीना पर क्रोध आने लगा। मुझे पत्र तक न लिखा। एक कार्ड भी न डाला। फिर उसे एक विचित्र भय उत्पन्न हुआ। सकीना कहीं बुरा न मान जाए। उसके शब्दों का आशय यह तो नहीं था कि वह उसके साथ कहीं जाने पर तैयार है। संभव है उसकी रजामंदी से बुढ़िया ने विवाह ठीक किया हो। संभव है, उस आदमी की उसके यहां आमदरर्ति भी हो। वह इस समय वहां बैठा हो। अगर ऐसा हुआ, तो अमर वहां से चुपचाप चला आएगा। बुढ़िया आ गई होगी तो उसके सामने उसे और भी संकोच होगा। वह सकीना से एकांत में वार्तालाप का अवसर चाहता था।

सकीना के द्वार पर पहुंचा, तो उसका दिल धाड़क रहा था। उसने एक क्षण कान लगाकर सुना। किसी की आवाज न सुनाई दी। आंगन में प्रकाश था। शायद सकीना अकेली है। मुंह मांगी मुराद मिली। आहिस्ता से जंजीर खटखटाई। सकीना ने पूछकर तुरंत द्वार खोल दिया और बोली—अम्मां तो आप ही के यहां गई हुई हैं।।

अमर ने खड़े—खड़े जवाब दिया—हां, मुझसे मिली थीं, और उन्होंने जो खबर सुनाई, उसने मुझे दीवाना बना रखा है। अभी तक मैंने अपने दिल का राज तुमसे छिपाया था सकीना, और सोचा था कि उसे कुछ दिन और छिपाए रहूंगा लेकिन इस खबर ने मुझे मजबूर कर दिया है कि तुमसे वह राज कहूं। तुम सुनकर जो फैसला करोगी, उसी पर मेरी जिंदगी का दारोमदार है। तुम्हारे पैरों पर पड़ा हुआ हूं, चाहे ठुकरा दो, या उठाकर सीने से लगा लो। कह नहीं सकता यह आग मेरे दिल में क्योंकर लगी लेकिन जिस दिन तुम्हें पहली बार देखा, उसी दिन से एक चिंगारी—सी अंदर बैठ गई और अब वह एक शोला बन गई है। और अगर उसे जल्द बुझाया न गया, तो मुझे जलाकर खाक कर देगी। मैंने बहुत जब्त किया है सकीना, घुट—घुटकर रह गया हूं मगर तुमने मना कर दिया था, आने का हौसला न हुआ तुम्हारे कदमों पर मैं अपना सब कुछ कुर्बान कर चुका हूं। वह घर मेरे लिए जेलखाने से बदतर है। मेरी हसीन बीवी मुझे संगमरमर की मूरत—सी लगती है, जिसमें दिल नहीं दर्द नहीं। तुम्हें पाकर मैं सब कुछ पा जाऊंगा।

सकीना जैसे घबरा गई। जहां उसने एक चुटकी आटे का सवाल किया था, वहां दाता ने ज्योनार का एक भरा थाल लेकर उसके सामने रख दिया। उसके छोटे–से पात्र में इतनी जगह कहां है– उसकी समझ में नहीं आता कि उस विभूति को कैसे समेटे– आंचल और दामन सब कुछ भर जाने पर भी तो वह उसे समेट न सकेगी। आंखें सजल हो गईं, ह्रदय उछलने लगा। सिर झुकाकर संकोच–भरे स्वर में बोली–बाबूजी, खुदा जानता है, मेरे दिल में तुम्हारी कितनी इज्जत और कितनी मुहब्बत है। मैं तो तुम्हारी एक निगाह पर कुर्बान हो जाती। तुमने तो भिखारिन को जैसे तीनों लोक का राज्य दे दिया लेकिन भिखारिन राज लेकर क्या करेगी– उसे तो एक टुकड़ा चाहिए। मुझे तुमने इस लायक समझा, यही मेरे लिए बहुत है। मैं अपने को इस लायक नहीं समझती। सोचो, मैं कौन हूं– एक गरीब मुसलमान औरत, जो मजदूरी करके अपनी जिंदगी बसर करती है। मुझमें न वह नगासत है, न वह सलीका, न वह इल्म। मैं सुखदादेवी के कदमों की बराबरी भी नहीं कर सकती। मेढ़की उड़कर ऊंचे दरख्त पर तो नहीं जा सकती। मेरे कारण आपकी रूसवाई हो, उसके पहले मैं जान दे दूंगी। मैं आपकी जिंदगी में दाग न लगाऊंगी।

ऐसे अवसरों पर हमारे विचार कुछ कवितामय हो जाते हैं। प्रेम की गहराई कविता की वस्तु है और साधारण बोल–चाल में व्यक्त नहीं हो सकती। सकीना जरा दम लेकर बोली– तुमने एक यतीम, गरीब लड़की को खाक से उठाकर आसमान पर पहुंचाया–अपने दिल में जगह दी–तो मैं भी जब तक जिऊंगी इस मुहब्बत के चिराग को अपने दिल के खून से रोशन रखूंगी।

अमर ने ठंडी सांस खींचकर कहा–इस खयाल से मुझे तस्कीन न होगा, सकीना यह चिराग हवा के झोंके से बुझ जाएगा और वहां दूसरा चिराग रोशन होगा। फिर तुम मुझे कब याद करोगी– यह मैं नहीं देख सकता। तुम इस खयाल को दिल से निकाल डालो कि मैं कोई बड़ा आदमी हूं और तुम बिलकुल नाचीज हो। मैं अपना सब कुछ तुम्हारे कदमों पर निसार कर चुका और मैं तुम्हारे पुजारी के सिवा और कुछ नहीं। बेशक सुखदा तुमसे ज्यादा हसीन है लेकिन तुममें कुछ बात तो है, जिसने मुझे उधर से हटाकर तुम्हारे कदमों पर गिरा दिया। तुम किसी गैर की हो जाओ, यह मैं नहीं सह सकता। जिस दिन यह नौबत आएगी, तुम सुन लोगी कि अमर इस दुनिया में नहीं है अगर तुम्हें मेरी वफा के सबूत की जरूरत हो तो उसके लिए खून की यह बूंदें हाजिर हैं।

यह कहते हुए उसने जेब से छुरी निकाल ली। सकीना ने झपटकर छुरी उसके हाथ से छीन ली और मीठी झिड़की के साथ बोली–सबूत की जरूरत उन्हें होती है, जिन्हें यकीन न हो, जो कुछ बदले में चाहते हों। मैं तो सिर्फ

तुम्हारी पूजा करना चाहती हूं। देवता मुंह से कुछ नहीं बोलता तो क्या पुजारी के दिल में उसकी भक्ति कुछ कम होती है– मुहब्बत खुद अपना इनाम है। नहीं जानती जिंदगी किस तरफ जाएगी लेकिन जो कुछ भी हो, जिस्म चाहे किसी का हो जाए, यह दिल हमेशा तुम्हारा रहेगा। इस मुहब्बत की गरज से पाक रखना चाहती हूं। सिर्फ यह यकीन कि मैं तुम्हारी हूं, मेरे लिए काफी है। मैं तुमसे सच कहती हूं प्यारे, इस यकीन ने मेरे दिल को इतना मजबूत कर दिया है कि वह बड़ी–से–बड़ी मुसीबत भी हंसकर झेल सकता है। मैंने तुम्हें यहां आने से रोका था। तुम्हारी बदनामी के सिवा, मुझे अपनी बदनामी का भी खौफ था पर अब मुझे जरा भी खौफ नहीं है। मैं अपनी ही तरफ से बेफिक्र नहीं हूं, तुम्हारी तरफ से भी बेफिक्र हूं। मेरी जान रहते कोई तुम्हारा बाल भी बांका नहीं कर सकता।

अमर की इच्छा हुई कि सकीना को गले लगाकर प्रेम से छक जाए पर सकीना के ऊंचे प्रेमादर्श ने उसे शांत कर दिया। बोला–लेकिन तुम्हारी शादी तो होने जा रही है–

'मैं अब इंकार कर दूंगी।'

'बुढ़िया मान जाएगी?'

'मैं कह दूंगी–अगर तुमने मेरी शादी का नाम भी लिया तो मैं जहर खा लूंगी।'

'क्यों न इसी वक्त हम और तुम कहीं चले जाएं?'

'नहीं, वह जाहिरी मुहब्बत है। असली मुहब्बत वह है, जिसकी जुदाई में भी विसाल है, जहां जुदाई है ही नहीं, जो अपने प्यारे से एक हजार कोस पर होकर भी अपने को उसके गले से मिला हुआ देखती है।'

सहसा पठानिन ने द्वार खोला। अमर ने बात बनाई–मैं तो समझा था, तुम कबकी आ गई होगी। बीच में कहां रह गईं–

बुढ़िया ने खट्टे मन से कहा–तुमने तो आज ऐसा रूखा जवाब दिया भैया, कि मैं रो पड़ी। तुम्हारा ही तो मुझे भरोसा था और तुम्हीं ने मुझे ऐसा जवाब दिया पर अल्लाह का गजल है, बहूजी ने मुझसे वादा किया–जितने रुपये चाहना ले जाना। वहीं देर हो गई। तुम मुझसे किसी बात पर नाराज तो नहीं हो, बेटा–

अमर ने उसकी दिलजोई की–नहीं अम्मां, आपसे भला क्या नाराज होता। उस वक्त दादा से एक बात पर झक–झक हो गई थी उसी का खुमार था।

मैं बाद को खुद शर्मिऊदा हुआ और तुमसे मुआफी मांगने दौड़ा। सारी खता मुआफ करती हो–

बुढ़िया रोकर बोली–बेटा, तुम्हारे टुकड़ों पर तो जिंदगी कटी, तुमसे नाराज होकर खुदा को क्या मुंह दिखाऊंगी– इस खाल से तुम्हारे पांव की जूतियों बनें, तो भी दरेग न करूं।

'बस, मुझे तस्कीन हो गई अम्मां। इसीलिए आया था।'

अमर द्वार पर पहुंचा, तो सकीना ने द्वार बंद करते हुए कहा–कल जरूर आना।

अमर पर एक गैलन का नशा चढ़ गया–जरूर आऊंगा।

'मैं तुम्हारी राह देखती रहूंगी।'

'कोई चीज तुम्हारी नजर करूं, तो नाराज तो न होगी?'

'दिल से बढ़कर भी कोई नजर हो सकती है?'

'नजर के साथ कुछ शीरीनी होनी जरूरी है।'

'तुम जो कुछ दो, वह सिर–आंखों पर।'

अमर इस तरह अकड़ता हुआ जा रहा था गोया दुनिया की बादशाही पा गया है।

सकीना ने द्वार बंद करके दादी से कहा–तुम नाहक दौड़–धूप कर रही हो अम्मां। मैं शादी न करूंगी।

'तो क्या यों ही बैठी रहेगी?'

'हां, जब मेरी मर्जी होगी, तब कर लूंगी।'

'तो क्या मैं हमेशा बैठी रहूंगी?'

'हां, जब तक मेरी शादी न हो जाएगी, आप बैठी रहेंगी।'

'हंसी मत कर। मैं सब इंतजाम कर चुकी हूं।'

'नहीं अम्मां, मैं शादी न करूंगी और मुझे दिख करोगी तो जहर खा लूंगी। शादी के खयाल से मेरी ईह फना हो जाती है।'

'तुम्हें क्या हो गया सकीना?'

'मैं शादी नहीं करना चाहती, बस। जब तक कोई ऐसा आदमी न हो, जिसके साथ मुझे आराम से जिंदगी बसर होने का इत्मीनान हो मैं यह दर्द सर

नहीं लेना चाहती। तुम मुझे ऐसे घर में डालने जा रही हो, जहां मेरी जिंदगी तल्ख हो जाएगी। शादी की मंशा यह नहीं है कि आदमी रो–रोकर दिन काटे।'

पठानिन ने अंगीठी के सामने बैठकर सिर पर हाथ रख लिया और सोचने लगी–लड़की कितनी बेशर्म है।

सकीना बाजरे की रोटियां मसूर की दाल के साथ खाकर, टूटी खाट पर लेटी और पुराने गटे हुए लिहाफ में सर्दी के मारे पांव सिकोड़ लिए, पर उसका हृदय आनंद से परिपूर्ण था। आज उसे जो विभूति मिली थी, उसके सामने संसार की संपदा तुच्छ थी, नगण्य थी।

पंद्रह

अमरकान्त के जीवन में एक नई स्फूर्ति का संचार होने लगा। अब तक घरवालों ने उसके हरेक काम की अवहेलना ही की थी। सभी उसकी लगाम खींचते रहते थे। घोड़े में न वह दम रहा, न वह उत्साह लेकिन अब एक प्राणी बढ़ावा देता था उसकी गर्दन पर हाथ फेरता था। जहां उपेक्षा, या अधिक–से–अधिक शुष्क उदासीनता थी, वहां अब एक रमणी का प्रोत्साहन था, जो पर्वतों को हिला सकता है, मुर्दों को जिला सकता है। उसकी साधन, जो बंधनों में पड़कर संकुचित हो गई थी, प्रेम का आश्रय पाकर प्रबल और उग्र हो गई है अपने अंदर ऐसी आत्मशक्ति उसने कभी न पाई थी। सकीना अपने प्रेमस्रोत से उसकी साधन को सींचती रहती है यह स्वयं अपनी रक्षा नहीं कर सकती पर उसका प्रेम उसऋषि का वरदान है जो आप भिक्षा मांगकर भी दूसरों पर विभूतियों की वर्षा करता है। अमर बिना किसी प्रयोजन के सकीना के पास नहीं जाता। उसमें वह उप्रण्डता भी नहीं रही। समय और अवसर देखकर काम करता है। जिन वृक्षों की जड़ें गहरी होती हैं, उन्हें बार–बार सींचने की जरूरत नहीं होती। वह जमीन से ही आर्द्रता खींचकर बढ़ते और फलते–फूलते हैं। सकीना और अमर का प्रेम वही वृक्ष है। उसे सजग रखने के लिए बार–बार मिलने की जरूरत नहीं।

डिग्री की परीक्षा हुई पर अमरकान्त उसमें बैठा नहीं। अधयापकों को विश्वास था, उसे छात्रवृत्ति मिलेगी। यहां तक कि डॉ. शान्तिकुमार ने भी उसे बहुत समझाया पर वह अपनी जिद पर अड़ा रहा। जीवन को सफल बनाने के लिए शिक्षा की जरूरत है, डिग्री की नहीं। हमारी डिग्री है–हमारा सेवा–भाव, हमारी नम्रता, हमारे जीवन की सरलता। अगर यह डिग्री नहीं मिली, अगर हमारी आत्मा जागृत नहीं हुई, तो कागज की डिग्री व्यर्थ है। उसे इस शिक्षा ही से

घृणा हो गई थी। जब वह अपने अधयापकों को ट्यूशन की गुलामी करते, स्वार्थ के लिए नाक रगड़ते, कम–से–कम करके अधिक–से–अधिक लाभ के लिए हाथ पसारते देखता, तो उसे घोर मानसिक वेदना होती थी, और इन्हीं महानुभावों के हाथ में राष्टश की बागडोर है। यही कौम के विधाता हैं। इन्हें इसकी परवाह नहीं कि भारत की जनता दो आने पैसों पर गुजर करती है। एक साधारण आदमी को साल–भर में पचास से ज्यादा नहीं मिलते। हमारे अधयापकों को पचास रुपये रोज चाहिए। तब अमर को उस अतीत की याद आती, जब हमारे गुरूजन झोंपड़ों में रहते थे, स्वार्थ से अलग, लोभ से दूर, सात्विक जीवन के आदर्श, निष्काम सेवा के उपासक। वह राष्टश से कम–से–कम लेकर अधिक–से–अधिक देते थे। वह वास्तव में देवता थे और एक यह अधयापक हैं, जो किसी अंश में भी एक मामूली व्यापारी या राज्य–कर्मचारी से पीछे नहीं। इनमें भी वही दंभ है, वही धान–मद है, वही अधिकार–मद है। हमारे विद्यालय क्या हैं, राज्य के विभाग हैं, और हमारे अधयापक उसी राज्य के अंश हैं। ये खुद अंधकार में पड़े हुए हैं, प्रकाश क्या फैलाएंगे– वे आप अपने मनोविकारों के कैदी हैं, आप अपनी इच्छाओं के गुलाम हैं, और अपने शिष्यों को भी उसी कैद और गुलामी में डालते हैं। अमर की युवक–कल्पना फिर अतीत का स्वप्न देखने लगती। परिस्थतियों को वह बिलकुल भूल जाता। उसके कल्पित राष्टश के कर्मचारी सेवा के पुतले होते, अधयापक झोंपडी में रहने वाले बल्कलधारी, कंदमूल–फल–भोगी संन्यासी, जनता द्वेष और लोभ से रहित, न यह आए दिन के टंटे, न बखेड़े। इतनी अदालतों की ज़रूरत क्या– यह बड़े–बड़े महकमे किसलिए– ऐसा मालूम होता है, गरीबों की लाश नोचने वाले गिरोह का समूह है। जिसके पास जितनी ही बड़ी डिग्री है, उसका स्वार्थ भी उतना ही बढ़ा हुआ है। मानो लोभ और स्वार्थ ही विद्वता का लक्षण है गरीबों को रोटियां मयस्सर न हों, कपड़ों को तरसते हों, पर हमारे शिक्षित भाइयों को मोटर चाहिए, बंगला चाहिए, नौकरों की एक पलटन चाहिए। इस संसार को अगर मनुष्य ने रचा है तो अन्यायी है, ईश्वर ने रचा है तो उसे क्या कहें।

यही भावनाएं अमर के अंतस्थल में लहरों की भांति उठती रहती थीं।

वह प्रातरूकाल उठकर शान्तिकुमार के सेवाश्रम में पहुंच जाता और दोपहर तक वहां लड़कों को पढ़ाता रहता। पाठशाला डॉक्टर साहब के बंगले में थी। नौ बजे तक डॉक्टर साहब भी पढ़ाते थे। फीस बिलकुल न ली जाती थी फिर भी लड़के बहुत कम आते थे। सरकारी स्कूलों में जहां फीस और जुर्माने और चंदों की भरमार रहती थी, लड़कों को बैठने की जगह न मिलती थी। यहां कोई झांकता भी न था। मुश्किल से दो–ढाई सौ लड़के आते थे। छोटे–छोटे

भोले–भाले निष्कपट बालकों का कैसे स्वाभाविक विकास हो कैसे वे साहसी, संतोषी, सेवाशील नागरिक बन सकें, यही मुख्य उद्देश्य था। सौंदर्य–बोधा जो मानव–प्रकृति का प्रधान अंग है, कैसे दूषित वातावरण से अलग रहकर अपनी पूर्णता पाए, संघर्ष की जगह सहानुभूति का विकास कैसे हो, दोनों मित्र यही सोचते रहते थे। उनके पास शिक्षा की कोई बनी–बनाई प्रणाली न थी। उद्देश्य को सामने रखकर ही वह साधानों की व्यवस्था करते थे। आदर्श महापुरुषों के चरित्र, सेवा और त्याग की कथाएं, भक्ति और प्रेम के पद, यही शिक्षा के आधार थे। उनके दो सहयोगी और थे। एक आत्मानन्द संन्यासी थे, जो संसार से विरक्त होकर सेवा में जीवन सार्थक करना चाहते थे, दूसरे एक संगीत के आचार्य थे, जिनका नाम था ब्रजनाथ। इन दोनों सहयोगियों के आ जाने से शाला की उपयोगिता बहुत बढ़ गई थी।

एक दिन अमर ने शान्तिकुमार से कहा–आप आखिर कब तक प्रोसरी करते चले जाएंगे– जिस संस्था को हम जड़ से काटना चाहते हैं, उसी से चिमटे रहना तो आपको शोभा नहीं देता।

शान्तिकुमार ने मुस्कराकर कहा–मैं खुद यही सोच रहा हूं भई पर सोचता हूं, रुपये कहां से आएंगे– कुछ खर्च नहीं है, तो भी पांच सौ में तो संदेह है ही नहीं।

'आप इसकी चिंता न कीजिए। कहीं–न–कहीं से रुपये आ ही जाएंगे। फिर रुपये की जरूरत क्या है?'

'मकान का किराया है, लड़कों के लिए किताबें हैं, और बीसों ही खर्च हैं। क्या–क्या गिनाऊं?'

'हम किसी वृक्ष के नीचे तो लड़कों को पढ़ा सकते हैं।'

'तुम आदर्श की धुन में व्यावहारिकता का बिलकुल विचार नहीं करते। कोरा आदर्शवाद खयाली पुलाव है।'

अमर ने चकित होकर कहा–मैं तो समझता था, आप भी आदर्शवादी हैं।

शान्तिकुमार ने मानो इस चोट को ढाल पर रोककर कहा–मेरे आदर्शवाद में व्यावहारिकता का भी स्थान है।

'इसका अर्थ यह है कि आप गुड़ खाते हैं, गुलगुले से परहेज करते हैं।'

'जब तक मुझे रुपये कहीं से मिलने न लगें, तुम्हीं सोचो, मैं किस आधार पर नौकरी का परित्याग कर दूं– पाठशाला मैंने खोली है। इसके संचालने का दायित्व मुझ पर है। इसके बंद हो जाने पर मेरी बदनामी होगी। अगर तुम

इसके संचालन का कोई स्थायी प्रबंध कर सकते हो, तो मैं आज इस्तीफा दे सकता हूं लेकिन बिना किसी आधार के मैं कुछ नहीं कर सकता। मैं इतना पक्का आदर्शवादी नहीं हूं।'

अमरकान्त ने अभी सिद्धांत से समझौता करना न सीखा था। कार्यक्षेत्र में कुछ दिन रह जाने और संसार के कडुवे अनुभव हो जाने के बाद हमारी प्रकृति में जो ढीलापन आ जाता है, उस परिस्थिति में वह न पड़ा था। नवदीक्षितों को सिद्धांत में जो अटल भक्ति होती है वह उसमें भी थी। डॉक्टर साहब में उसे जो श्रद्धा थी, उसे जोर का धाक्का लगा। उसे मालूम हुआ कि यह केवल बातों के वीर हैं, कहते कुछ हैं करते कुछ हैं। जिसका खुले शब्दों में यह आशय है कि यह संसार को धोखा देते हैं। ऐसे मनुष्य के साथ वह कैसे सहयोग कर सकता है–

उसने जैसे धमकी दी–तो आप इस्तीफा नहीं दे सकते–

'उस वक्त तक नहीं, जब तक धान का कोई प्रबंध न हो।'

'तो ऐसी दशा में मैं यहां काम नहीं कर सकता।'

डॉक्टर साहब ने नम्रता से कहा–देखो अमरकान्त, मुझे संसार का तुमसे ज्यादा तजुर्बा है, मेरा इतना जीवन नए–नए परीक्षणों में ही गुजरा है। मैंने जो तत्व निकाला है, यह है कि हमारा जीवन समझौते पर टिका हुआ है। अभी तुम मुझे जो चाहे समझो पर एक समय आएगा, जब तुम्हारी आंखें खुलेंगी और तुम्हें मालूम होगा कि जीवन में यथार्थ का महत्व आदर्श से जौ–भर भी कम नहीं।

अमर ने जैसे आकाश में उड़ते हुए कहा–मैदान में मर जाना मैदान छोड़ देने से कहीं अच्छा है। और उसी वक्त वहां से चल दिया।

पहले सलीम से मुठभेड़ हुई। सलीम इस शाला को मदारी का तमाशा कहा करता था, जहां जादू की लकड़ी छुआ देने ही से मिट्टी सोना बन जाती है। वह एमए की तैयारी कर रहा था। उसकी अभिलाषा थी कोई अच्छा सरकारी पद पा जाए और चौन से रहे। सुधार और संगठन और राष्ट्रीय आंदोलन से उसे विशेष प्रेम न था। उसने यह खबर सुनी तो खुश होकर कहा–तुमने बहुत अच्छा किया, निकल आए। मैं डॉक्टर साहब को खूब जानता हूं, वह उन लोगों में हैं, जो दूसरों के घर में आग लगाकर अपना हाथ सेंकते हैं। कौम के नाम पर जान देते हैं, मगर जबान से।

सुखदा भी खुश हुई। अमर का शाला के पीछे पागल हो जाना उसे न सोहाता था। डॉक्टर साहब से उसे चिढ़ थी। वही अमर को उंगलियों पर नचा रहे हैं। उन्हीं के फेर में पड़कर अमर घर से उदासीन हो गया है।

पर जब संध्या समय अमर ने सकीना से जिक्र किया, तो उसने डॉक्टर का पक्ष लिया—मैं समझती हूं, डॉक्टर साहब का खयाल ठीक है। भूखे पेट खुदा की याद भी नहीं हो सकता। जिसके सिर रोजी की फिक्र सवार है, वह कौम की क्या खिदमत करेगा, और करेगा तो अमानत में खयानत करेगा। आदमी भूखा नहीं रह सकता। फिर मदरसे का खर्च भी तो है। माना कि दरख्तों के नीचे ही मदरसा लगे लेकिन वह बाग कहां है— कोई ऐसी जगह तो चाहिए ही जहां लड़के बैठकर पढ़ सकें। लड़कों को किताबें, कागज चाहिए, बैठने को गर्श चाहिए, डोल—रस्सी चाहिए। या तो चंदे से आए, या कोई कमाकर दे। सोचो, जो आदमी अपने उसूल के खिलाग नौकरी करके एक काम की बुनियाद डालता है वह उसके लिए कितनी कुरबानी कर रहा है तुम अपने वक्त की कुरबानी करते हो। वह अपने जमीर तक की कुरबानी कर देता है। मैं तो ऐसे आदमी को कहीं ज्यादा इज्जत के लायक समझती हूं।

पठानिन ने कहा—तुम इस छोकरी की बातों में न आ जाना बेटा, जाकर घर का धंधा देखो, जिससे गृहस्थी का निर्वाह हो। यह सैलानीपन उन लोगों को चाहिए, जो घर के निखट्टू हैं। तुम्हें अल्लाह ने इज्जत दी है, मर्तबा दिया है, बाल—बच्चे दिए हैं। तुम इन खुरागातों में न पड़ो।

अमर को अब टोपियां बेचने से फुर्सत मिल गई थी। बुढ़िया को रेणुकादेवी के द्वारा चिकन का काम इतना ज्यादा मिल जाता था कि टोपियां कौन काढ़ता— सलीम के घर से कोई—न—कोई काम आता ही रहता था। उसके जरिए से और घरों से भी काफी काम मिल जाता था। सकीना के घर में कुछ खुशहाली नजर आती थी। घर की पुताई हो गई थी, द्वार पर नया परदा पड़ गया था, दो खाटें नई आ गई थीं, खाटों पर दरियां भी नई थीं, कई बरतन नए आ गए थे। कपड़े—लत्तो की भी कोई शिकायत न थी। उर्दू का एक अखबार भी खाट पर रखा हुआ था। पठानिन को अपने अच्छे दिनों में भी इससे ज्यादा समृशि न हुई थी। बस, उसे अगर कोई गम था, तो यह कि सकीना शादी करने पर राजी न होती थी।

अमर यहां से चला, तो अपनी भूल पर लज्जित था। सकीना के एक ही वाक्य ने उसके मन की सारी शंका शांत कर दी थी। डॉक्टर साहब से उसकी श्रद्धा फिर उतनी ही गहरी हो गई थी। सकीना की बुद्धिमत्ताा, विचार—सौष्ठव, सूझ और निर्भीकता ने तो चकित और मुग्ध कर दिया था। सकीना उसका परिचय जितना ही गहरा होता था, उतना ही उसका असर भी गहरा होता था। सुखदा अपनी प्रतिभा और गरिमा से उस पर शासन करती थी। वह शासन उसे अप्रिय था। सकीना अपनी नम्रता और मधुरता से उस पर शासन करती थी।

वह शासन उसे प्रिय था। सुखदा में अधिकार का गर्व था। सकीना में समर्पण की दीनता थी। सुखदा अपने को पति से बुद्धिमान् और कुशल समझती थी। सकीना समझती थी, मैं इनके आगे क्या हूं–

डॉक्टर साहब ने मुस्कराकर पूछा–तो तुम्हारा यही निश्चय है कि मैं इस्तीफा दे दूं– वास्तव में मैंने इस्तीफा लिख रखा है और कल दे दूंगा। तुम्हारा सहयोग मैं नहीं खो सकता। मैं अकेला कुछ भी न कर सकूंगा। तुम्हारे जाने के बाद मैंने ठंडे दिल से सोचा तो मालूम हुआ, मैं व्यर्थ के मोह में पड़ा हुआ हूं। स्वामी दयानन्द के पास क्या था जब उन्होंने आर्यसमाज की बुनियाद डाली–

अमरकान्त भी मुस्कराया–नहीं, मैंने ठंडे दिल से सोचा तो मालूम हुआ कि मैं गलती पर था। जब तक रुपये का कोई माकूल इंतजाम न हो जाए, आपको इस्तीफा देने की जरूरत नहीं।

डॉक्टर साहब ने विस्मय से कहा–तुम व्यंग्य कर रहे हो–

'नहीं, मैंने आपसे बेअंदबी की थी उसे क्षमा कीजिए।'

सोलह

इधर कुछ दिनों से अमरकान्त म्युनिसिपल बोर्ड का मेंबर हो गया था। लाला समरकान्त का नगर में इतना प्रभाव था और जनता अमरकान्त को इतना चाहती थी कि उसे धोला भी नहीं खर्च करना पड़ा और वह चुन लिया गया। उसके मुकाबले में एक नामी वकील साहब खड़े थे। उन्हें उसके चौथाई वोट भी न मिले। सुखदा और लाला समरकान्त दोनों ही ने उसे मना किया था। दोनों ही उसे घर के कामों में फंसाना चाहते थे। अब वह पढ़ना छोड़ चुका था और लालाजी उसके माथे सारे भार डालकर खुद अलग हो जाना चाहते थे। इधर–उधर के कामों में पड़कर वह घर का काम क्या कर सकेगा। एक दिन घर में छोटा–मोटा तूफान आ गया। लालाजी और सुखदा एक तरफ थे, अमर दूसरी तरफ और नैना मधयस्थ थी।

लालाजी ने तोंद पर हाथ फेरकर कहा–धोबी का कुत्ता, घर का न घाट का। भोर से पाठशाला जाओ, सांझ हो तो कांग्रेस में बैठो अब यह नया रोग और बेसाहने को तैयार हो। घर में लगा दो आग।

सुखदा ने समर्थन किया–हां, अब तुम्हें घर का काम–धंधा देखना चाहिए या व्यर्थ के कामों में फंसना– अब तक तो यह था कि पढ़ रहे हैं। अब तो पढ़–लिख चुके हो। अब तुम्हें अपना घर संभालना चाहिए। इस तरह के काम

तो वे उठावें, जिनके घर दो–चार आदमी हों। अकेले आदमी को घर से ही फुर्सत नहीं मिल सकती। ऊपर के काम कहां से करे–

अमर ने कहा–जिसे आप लोग रोग और ऊपर का काम और व्यर्थ का झंझट कह रहे हैं, मैं उसे घर के काम से कम जरूरी नहीं समझता। फिर जब तक आप हैं, मुझे क्या चिंता– और सच तो यह है कि मैं इस काम के लिए बनाया ही नहीं गया। आदमी उसी काम में सफल होता है, जिसमें उसका जी लगता हो। लेन–देन, बनिज–व्यापार में मेरा जी बिलकुल नहीं लगता। मुझे डर लगता है कि कहीं बना–बनाया काम बिगाड़ न बैठूं।

लालाजी को यह कथन सारहीन जान पड़ा। उनका पुत्र बनिज–व्यवसाय के काम में कच्चा हो, यह असंभव था। पोपले मुंह से पान चबाते हुए बोले–यह सब तुम्हारी मुटमरदी है। और कुछ नहीं, मैं न होता, तो तुम क्या अपने बाल–बच्चों का पालन–पोषण न करते– तुम मुझी को पीसना चाहते हो। एक लड़के वह होते हैं, जो घर संभालकर बाप को छुट्टी देते हैं। एक तुम हो कि बाप की हड़डियां तक नहीं छोड़ना चाहते।

बात बढ़ने लगी। सुखदा ने मामला गर्म होते देखा, तो चुप हो गई। नैना उंगलियों से दोनों कान बंद करके घर में आ बैठी। यहां दोनों पहलवानों में मल्लयुश होता रहा। युवक में चुस्ती थी, फुर्ती थी, लचक थी बूढ़े में पेंच था, दम था, रोब था। पुराना फिकैत बार–बार उसे दबाना चाहता था पर जवान पट्ठा नीचे से सरक जाता था। कोई हाथ, कोई घात न चलता था।

अंत में लालाजी ने जामे से बाहर होकर कहा–तो बाबा, तुम अपने बाल–बच्चे लेकर अलग हो जाओ, मैं तुम्हारा बोझ नहीं संभाल सकता। इस घर में रहोगे, तो किराया और घर में जो कुछ खर्च पड़ेगा उसका आधा चुपके से निकालकर रख देना पड़ेगा। मैंने तुम्हारी जिंदगी भर का ठेका नहीं लिया है। घर को अपना समझो, तो तुम्हारा सब कुछ है। ऐसा नहीं समझते, तो यहां तुम्हारा कुछ नहीं है। जब मैं मर जाऊं, तो जो कुछ हो आकर ले लेना।

अमरकान्त पर बिजली–सी गिर पड़ी। जब तक बालक न हुआ था और वह घर से फटा–फटा रहता था, तब उसे आघात की शंका दो–एक बार हुई थी, पर बालक के जन्म के बाद से लालाजी के व्यवहार और स्वभाव में वात्सल्य की स्निग्धता आ गई थी। अमर को अब इस कठोर आघात की बिलकुल शंका न रही थी। लालाजी को जिस खिलौने की अभिलाषा थी, उन्हें वह खिलौना देकर अमर निश्चिंत हो गया था, पर आज उसे मालूम हुआ वह खिलौना माया की जंजीरों को तोड़ न सका।

पिता पुत्र की टालमटोल पर नाराज हो घुड़के–झिड़के, मुंह फुलाए, यह तो उसकी समझ में आता था, लेकिन पिता पुत्र से घर का किराया और रोटियों का खर्च मांगे, यह तो माया–लिप्सा की–निर्मम माया–लिप्सा की–पराकाष्ठा थी। इसका एक ही जवाब था कि वह आज ही सुखदा और उसके बालक को लेकर कहीं और जा टिके। और फिर पिता से कोई सरोकार न रखे। और अगर सुखदा आपत्ति करे तो उसे भी तिलांजलि दे दे।

उसने स्थिर भाव से कहा–अगर आपकी यही इच्छा है तो यही सही।

लालाजी ने कुछ खिसियाकर पूछा–सास के बल पर कूद रहे होगे–

अमर ने तिरस्कार भरे स्वर में कहा–दादा, आप घाव पर नमक न छिड़कें। जिस पिता ने जन्म दिया, जब उसके घर में मेरे लिए स्थान नहीं है, तो क्या आप समझते हैं मैं सास और ससुर की रोटियां तोडूंगा– आपकी दया से इतना नीच नहीं हूं। मैं मजदूरी कर सकता हूं और पसीने की कमाई खा सकता हूं। मैं किसी प्राणी से दया की भिक्षा मांफना अपने आत्म–सम्मान के लिए घातक समझता हूं। ईश्वर ने चाहा तो मैं आपको दिखा दूंगा कि मैं मजदूरी करके भी जनता की सेवा कर सकता हूं।

समरकान्त ने समझा, अभी इसका नशा नहीं उतरा। महीना गृहस्थी के चरखे में पड़ेगा तो आंखें खुल जाएंगी। चुपचाप बाहर चले गए। और अमर उसी वक्त एक मकान की तलाश करने चला।

उसके चले जाने के बाद लालाजी फिर अंदर गए। उन्हें आशा थी कि सुखदा उनके घाव पर मरहम रखेगी पर सुखदा उन्हें अपने द्वार के सामने देखकर भी बाहर न निकली। कोई पिता इतना कठोर हो सकता है, इसकी वह कल्पना भी न कर सकती थी। आखिर यह लाखों की संपत्ति किस काम आएगी – अमर घर के काम–काज से अलग रहता है, यह सुखदा को खुद बुरा मालूम होता था। लालाजी इसके लिए पुत्र को ताड़ना देते हैं, यह भी उचित ही था लेकिन घर का और भोजन का खर्च मांफना यह तो नाता ही तोड़ना था। तो जब वह नाता तोड़ते हैं तो वह रोटियों के लिए उनकी खुशामद न करेगी। घर में आग लग जाए, उससे कोई मतलब नहीं। उसने अपने सारे गहने उतार डाले। आखिर यह गहने भी तो लालाजी ही ने दिए हैं। मां की दी हुई चीजें भी उतार फेंकी। मां ने भी जो कुछ दिया था, दहेज की पुरौती ही में तो दिया था। उसे भी लालाजी ने अपनी बही में टांक लिया होगा। वह इस घर से केवल एक साड़ी पहनकर जाएगी। भगवान् उसके मुन्ने को कुशल से रखें, उसे किसी की क्या परवाह यह अमूल्य रत्न तो कोई उससे छीन नहीं सकता।

अमर के प्रति इस समय उसके मन में सच्ची सहानुभूति उत्पन्न हुई। आखिर म्युनिसिपैलिटी के लिए खड़े होने में क्या बुराई थी– मान और प्रतिष्ठा किसे प्यारी नहींहोती – इसी मेंबरी के लिए लोग लाखों खर्च करते हैं। क्या वहां जितने मेंबर हैं, वह सब घर के निखट्टू ही हैं – कुछ नाम करने की, कुछ काम करने की लालसा प्राणी मात्र को होती है। अगर वह स्वार्थ साधन पर अपना समर्पण नहीं करते, तो कोई ऐसा काम नहीं करते, जिसका यह दंड दिया जाए। कोई दूसरा आदमी पुत्र के इस अनुराग पर अपने को धान्य मानता, अपने भाग्य को सराहता।

सहसा अमर ने आकर कहा–तुमने आज दादा की बातें सुन लीं – अब क्या सलाह है –

'सलाह क्या है, आज ही यहां से विदा हो जाना चाहिए। यह फटकार पाने के बाद तो मैं इस घर में पानी पीना हराम समझती हूं। कोई घर ठीक कर लो।'

'वह तो ठीक कर आया। छोटा–सा मकान है, साफ–सुथरा, नीचीबाग में। दस रुपये किराया है।'

'मैं भी तैयार हूं।'

'तो एक तांगा लाऊं ?'

'कोई जरूरत नहीं। पांव–पांव चलेंगे।'

'संदूक, बिछावन यह सब तो ले चलना ही पड़ेगा ?'

'इस घर में हमारा कुछ नहीं है। मैंने तो सब गहने भी उतार दिए। मजदूरों की स्त्रियां गहने पहनकर नहीं बैठा करतीं।'

स्त्री कितनी अभिमानिनी है, यह देखकर अमरकान्त चकित हो गया। बोला–लेकिन गहने तो तुम्हारे हैं। उन पर किसी का दावा नहीं है। फिर आधो से ज्यादा तो तुम अपने साथ लाई थीं।

'अम्मां ने जो कुछ दिया, दहेज की पुरौती में दिया। लालाजी ने जो कुछ दिया, वह यह समझकर दिया कि घर ही में तो है। एक–एक चीज उनकी बही में दर्ज है। मैं गहनों को भी दया की भिक्षा समझती हूं। अब तो हमारा उसी चीज पर दावा होगा, जो हम अपनी कमाई से बनवाएंगे।'

अमर गहरी चिंता में डूब गया। यह तो इस तरह नाता तोड़ रही है कि एक तार भी बाकी न रहे। गहने औरतों को कितने प्रिय होते हैं, यह वह जानता था। पुत्र और पति के बाद अगर उन्हें किसी वस्तु से प्रेम होता है, तो वह गहने

हैं। कभी–कभी तो गहनों के लिए वह पुत्र और पति से भी तन बैठती हैं। अभी घाव ताजा है, कसक नहीं है। दो–चार दिन के बाद यह वितृष्णा जलन और असंतोष के रूप में प्रकट होगी। फिर तो बात–बात पर ताने मिलेंगे, बात–बात पर भाग्य का रोना होगा। घर में रहना मुश्किल हो जाएगा।

बोला–मैं तो यह सलाह दूंगा सुखदा, जो चीज अपनी है, उसे अपने साथ ले चलने में मैं कोई बुराई नहीं समझता।

सुखदा ने पति को सगर्व दृष्टि से देखकर कहा–तुम समझते होगे, मैं गहनों के लिए कोने में बैठकर रोऊंगी और अपने भाग्य को कोसूंगी। स्त्रियां अवसर पड़ने पर कितना त्याग कर सकती हैं, यह तुम नहीं जानते। मैं इस फटकार के बाद इन गहनों की ओर ताकना भी पाप समझती हूं, इन्हें पहनना तो दूसरी बात है। अगर तुम डरते हो कि मैं कल ही से तुम्हारा सिर खाने लगूंगी, तो मैं तुम्हें विश्वास दिलाती हूं कि अगर गहनों का नाम मेरी जबान पर आए, तो जबान काट लेना। मैं यह भी कहे देती हूं कि मैं तुम्हारे भरोसे पर नहीं जा रही हूं। अपनी गुजर भर को आप कमा लूंगी। रोटियों में ज्यादा खर्च नहीं होता। खर्च होता है आडंबर में। एक बार अमीरी की शान छोड़ दो, फिर चार आने पैसे में काम चलता है।

नैना भाभी को गहने उतारकर रखते देख चुकी थी। उसके प्राण निकले जा रहे थे कि अकेली इस घर में कैसे रहेगी– बच्चे के बिना तो वह घड़ी भर भी नहीं रह सकती। उसे पिता, भाई, भावज सभी पर क्रोध आ रहा था। दादा को क्या सूझी– इतना धान तो घर में भरा हुआ है, वह क्या होगा– भैया ही घड़ी भर दूकान पर बैठ जाते, तो क्या बिगड़ जाता था– भाभी को भी न जाने क्या सनक सवार हो गई। वह न जातीं, तो भैया दो–चार दिन में फिर लौट ही आते। भाभी के साथ वह भी चली जाए, तो दादा को भोजन कौन देगा– किसी और के हाथ का बनाया खाते भी तो नहीं। वह भाभी को समझाना चाहती थी पर कैसे समझाए– यह दोनों तो उसकी तरफ आंखें उठाकर देखते भी नहीं। भैया ने अभी से आंखें फेर लीं। बच्चा भी कैसा खुश है– नैना के दुरूख का पारावार नहीं है।

उसने जाकर बाप से कहा–दादा, भाभी तो सब गहने उतारकर रखे देती हैं।

लालाजी चिंतित थे। कुछ बोले नहीं। शायद सुना ही नहीं।

नैना ने जरा और जोर से कहा–भाभी अपने सब गहने उतारकर रखे देती हैं।

लालाजी ने अनमने भाव से सिर उठाकर कहा–गहने क्या कर रही हैं–उतार–उतारकर रखे देती हैं।'

'तो मैं क्या करूं?'

'तुम जाकर उनसे कहते क्यों नहीं?'

'वह नहीं पहनना चाहती, तो मैं क्या करूं।'

'तुम्हीं ने उनसे कहा होगा, गहने मत ले जाना। क्या तुम उनके ब्याह के गहने भी ले लोगे?'

'हां, मैं सब ले लूंगा। इस घर में उसका कुछ भी नहीं है।'

'यह तुम्हारा अन्याय है।'

'जा अंदर बैठ, बक–बक मत कर।'

'तुम जाकर उन्हें समझाते क्यों नहीं?'

'तुझे बड़ा दर्द आ रहा है, तू ही क्यों नहीं समझाती?'

'मैं कौन होती हूं समझाने वाली– तुम अपने गहने ले रहे हो, तो वह मेरे कहने से क्यों पहनने लगीं?'

दोनों कुछ देर तक चुपचाप रहे। फिर नैना ने कहा–मुझसे यह अन्याय नहीं देखा जाता। गहने उनके हैं। ब्याह के गहने तुम उनसे नहीं ले सकते।

'तू यह कानून कब से जान गई।'

'न्याय क्या है और अन्याय क्या है, यह सिखाना नहीं पड़ता। बच्चे को भी बेकसूर सजा दो तो वह चुपचाप न सहेगा।'

'मालूम होता है, भाई से यही विद्या सीखती है।'

'भाई से अगर न्याय–अन्याय का ज्ञान सीखती हूं, तो कोई बुराई नहीं।'

'अच्छा भाई, सिर मत खा, कह दिया अंदर जा। मैं किसी को मनाने–समझाने नहीं जाता। मेरा घर है, इसकी सारी संपदा मेरी है। मैंने इसके लिए जान खपाई है। किसी को क्यों ले जाने दूं?'

नैना ने सहसा सिर झुका लिया और जैसे दिल पर जोर डालकर कहा–तो फिर मैं भी भाभी के साथ चली जाऊंगी।

लालाजी की मुद्रा कठोर हो गई–चली जा, मैं नहीं रोकता। ऐसी संतान से बेसंतान रहना ही अच्छा। खाली कर दो मेरा घर, आज ही खाली कर दो।

खूब टांगें फैलाकर सोऊंगा। कोई चिंता तो न होगी। आज यह नहीं है, आज वह नहीं है, यह तो न सुनना पड़ेगा। तुम्हारे रहने से कौन सुख था मुझे–

नैना लाल आंखें किए सुखदा से जाकर बोली–भाभी, मैं भी तुम्हारे साथ चलूंगी।

सुखदा ने अविश्वास के स्वर में कहा–हमारे साथ हमारा तो अभी कहीं घर–द्वार नहीं है। न पास पैसे हैं, न बरतन–भांडे, न नौकर–चाकर। हमारे साथ कैसे चलोगी– इस महल में कौन रहेगा–

नैना की आंखें भर आईं–जब तुम्हीं जा रही हो, तो मेरा यहां क्या है–

पगली सिल्लो आई और ठट्ठा मारकर बोली–तुम सब जने चले जाओ, अब मैं इस घर की रानी बनूंगी। इस कमरे में इसी पलंग पर मजे से सोऊंगी। कोई भिखारी द्वार पर आएगा तो झाड़ू लेकर दौड़ूंगी।

अमर पगली के दिल की बात समझ रहा था पर इतना बड़ा खटला लेकर कैसे जाए घर में एक ही तो रहने लायक कोठरी है। वहां नैना कहां रहेगी और यह पगली तो जीना मुहाल कर देगी। नैना से बोला–तुम हमारे साथ चलोगी, तो दादा का खाना कौन बनाएगा, नैना– फिर हम कहीं दूर तो नहीं जाते। मैं वादा करता हूं, एक बार रोज तुमसे मिलने आया करूंगा। तुम और सिल्लो दोनों रहो। हमें जाने दो।

नैना रो पड़ी–तुम्हारे बिना मैं इस घर में कैसे रहूंगी भैया, सोचो दिन–भर पड़े–पड़े क्या करूंगी– मुझसे तो छिन भर भी न रहा जाएगा। मुन्ने की याद कर–करके रोया करूंगी। देखते हो भाभी, मेरी ओर ताकता भी नहीं।

अमर ने कहा–तो मुन्ने को छोड़ जाऊं– तेरे ही पास रहेगा।

सुखदा ने विरोध किया–वाह कैसी बात कर रहे हो– रो–रोकर जान दे देगा। फिर मेरा जी भी तो न मानेगा।

शाम को तीनों आदमी घर से निकले। पीछे–पीछे सिल्लो भी हंसती हुई चली जाती थी। सामने के दूकानदार ने समझा, कहीं नेवते जाती हैं पर क्या बात है, किसी के देह पर छल्ला भी नहीं न चादर, न धाराऊ कपड़े।

लाला समरकान्त अपने कमरे में बैठे हुक्का पी रहे थे। आंखें उठाकर भी न देखा। एक घंटे के बाद वह उठे, घर में ताला डाल दिया और फिर कमरे में आकर लेट रहे।

एक दूकानदार ने आकर पूछा–भैया और बीवी कहां गए, लालाजी–

लालाजी ने मुंह फेरकर जवाब दिया—मुझे नहीं मालूम—मैंने सबको घर से निकाल दिया। मैंने धान इसलिए नहीं कमाया है कि लोग मौज उड़ाएं। जो धान को मिट्टी समझे, उसे धान का मूल्य सीखना होगा। मैं आज भी अट्ठारह घंटे रोज काम करता हूं। इसलिए नहीं कि लड़के धान को मिट्टी समझें। मेरी ही गोद के लड़के मुझे ही आंखें दिखाएं। धान का धान दूं, ऊपर से धौंस भी सुनूं। बस, जबान न खोलूं, चाहे कोई घर में आग लगा दे। घर का काम चूल्हे में जाए, तुम्हें सभाओं में, जलसों में आनंद आता है, तो जाओ, जलसों से अपना निबाह भी करो। ऐसों के लिए मेरा घर नहीं। लड़का वही है, जो कहना सुने। जब लड़का अपने मन का हो गया तो कैसा लड़का।

रेणुका को ज्योंही सल्लो ने खबर दी, वह बदहवास दौड़ी आईं, मानो बेटी और दामाद पर कोई बड़ा संकट आ गया है। वह क्या गैर थीं, उनसे क्या कोई नाता ही नहीं— उनको खबर तक न दी और अलग मकान ले लिया। वाह यह भी कोई लड़कों का खेल है। दोनों बिलल्ले। छोकरी तो ऐसी न थी, पर लौंडे के साथ उसका भी सिर फिर गया।

रात के आठ बज गए थे। हवा अभी तक गर्म थी। आकाश के तारे गर्द से धुंधाले हो रहे थे। रेणुका पहुंचीं, तो तीनों निकलुए कोठे की एक चारपाई पर बराबर छत पर मन मारे बैठे थे। सारे घर में अंधकार छाया हुआ था। बेचारों पर गृहस्थी की नई विपत्ति पड़ी थी। पास एक पैसा नहीं। कुछ न सूझता था, क्या करें।

अमर ने उन्हें देखते ही कहा—अरे तुम्हें कैसे खबर मिल गई अम्मांजी अच्छा, इस चुड़ैल सिल्लो ने जाकर कहा होगा। कहां है अभी खबर लेता हूं।

रेणुका अंधोरे में जीने पर चढ़ने से हांग गई थीं। चादर उतारती हुई बोलीं—मैं क्या दुश्मन थी कि मुझसे उसने कह दिया तो बुराई की— क्या मेरा घर न था, या मेरे घर रोटियां न थीं— मैं यहां एक क्षण—भर तो रहने न दूंगी। वहां पहाड़—सा घर पड़ा हुआ है, यहां तुम सब—के—सब एक बिल में घुसे बैठे हो। उठो अभी। बच्चा मारे गर्मी के कुम्हला गया होगा। यहां खाटें भी तो नहीं हैं और इतनी—सी जगह में सोओगे कैसे— तू तो ऐसी न थी सुखदा, तुझे क्या हो गया— बड़े—बूढ़े दो बात कहें, तो गम खाना होता है कि घर से निकल खड़े होते हैं— क्या इनके साथ तेरी बुद्धि भी भ्रष्ट हो गई—

सुखदा ने सारा वृतांत कह सुनाया और इस ढंग से कि रेणुका को भी लाला समरकान्त की ही ज्यादती मालूम हुई। उन्हें अपने धान का घमंड है तो उसे लिए बैठे रहें। मरने लगें, तो साथ लेते जाएं।

अमर ने कहा–दादा को यह खयाल न होगा कि ये सब घर से चले जाएंगे।

सुखदा का क्रोध इतनी जल्द शांत होने वाला न था। बोली–चलो, उन्होंने साफ कहा, यहां तुम्हारा कुछ नहीं है। क्या वह एक दफे भी आकर न कह सकते थे, तुम लोग कहां जा रहे हो– हम घर से निकले। वह कमरे में बैठे टुकुर–टुकुर देखा किए। बच्चे पर भी उन्हें दया न आई। जब इतना घमंड है, तो यहां क्या आदमी ही नहीं हैं– वह अपना महल लेकर रहें, हम अपनी मेहनत–मजूरी कर लेंगे। ऐसा लोभी आदमी तुमने कभी देखा था अम्मां, बीवी गई, तो इन्हें भी डांट बतलाई। बेचारी रोती चली आई।

रेणुका ने नैना का हाथ पकड़कर कहा–अच्छा, जो हुआ अच्छा ही हुआ, चलो देर हो रही है। मैं महराजिन से भोजन को कह आई हूं। खाटें भी निकलवा आई हूं। लाला का घर न उजड़ता, तो मेरा कैसे बसता–

नीचे प्रकाश हुआ। सिल्लो ने कड़वे तेल का चिराग जला दिया था। रेणुका को यहां पहुंचाकर बाजार दौड़ी गई। चिराग, तेल और एक झाड़ू लाई। चिराग जलाकर घर में झाड़ू लगा रही थी।

सुखदा ने बच्चे को रेणुका की गोद में देकर कहा–आज तो क्षमा करो अम्मां, फिर आगे देखा जाएगा। लालाजी को यह कहने का मौका क्यों दें कि आखिर ससुराल भागा। उन्होंने पहले ही तुम्हारे घर का द्वार बंद कर दिया है। हमें दो–चार दिन यहां रहने दो, फिर तुम्हारे पास चले जाएंगे। जरा हम देख तो लें, अपने बूते पर रह सकते हैं या नहीं–

अमर की नानी मर रही थी। अपने लिए तो उसे चिंता न थी। सलीम या डॉक्टर के यहां चला जाएगा। यहां सुखदा और नैना दोनों बे–खाट के कैसे सोएंगी– कल ही कहां से धान बरस जाएगा– मगर सुखदा की बात की बात कैसे काटे।

रेणुका ने बच्चे की मुच्छियां लेकर कहा–भला, देख लेना जब मैं मर जाऊं। अभी तो मैं जीती ही हूं। वह घर भी तो तेरा ही है। चल जल्दी कर।

सुखदा ने दृढ़ता से कहा–अम्मां, जब तक हम अपनी कमाई से अपना निबाह न करने लगेंगे, तब तक तुम्हारे यहां न जाएंगे जाएंगे पर मेहमान की तरह। घंटे–दो घंटे बैठे और चले आए।

रेणुका ने अमर से अपील की–देखते हो बेटा, इसकी बातें। यह मुझे भी गैर समझती है।

सुखदा ने व्यथित कंठ से कहा–अम्मां, बुरा न मानना आज दादाजी का बर्ताव देखकर मुझे मालूम हो गया कि धानियों को अपना धान कितना प्यारा होता है– कौन जाने कभी तुम्हारे मन में भी ऐसे ही भाव पैदा हों तो ऐसा अवसर आने ही क्यों दिया जाए– जब हम मेहमान की तरह...

अमर ने बात काटी। रेणुका के कोमल हृदय पर कितना कठोर आघात था।

'तुम्हारे जाने में तो ऐसा कोई हर्ज नहीं है सुखदा तुम्हें बड़ा कष्ट होगा।'

सुखदा ने तीव्र स्वर में कहा–तो क्या तुम्हीं कष्ट सह सकते हो– मैं नहीं सह सकती– तुम अगर कष्ट से डरते हो, तो जाओ। मैं तो अभी कहीं नहीं जाने की।

नतीजा यह हुआ कि रेणुका ने सिल्लो को घर भेजकर अपने बिस्तर मंगवाए। भोजन पक चुका था इसलिए भोजन भी मंगवा लिया गया। छत पर झाड़ू दी गई और जैसे धर्मशाला में यात्री ठहरते हैं, उसी तरह इन लोगों ने भोजन करके रात काटी। बीच–बीच में मजाक भी हो जाता था। विपत्ति में जो चारों ओर अंधकार दीखता है, वह हाल न था। अंधकार था, पर ऊषाकाल का। विपत्ति थी पर सिर पर नहीं, पैरों के नीचे।

दूसरे दिन सवेरे रेणुका घर चली गईं। उन्होंने फिर सबको साथ ले चलने के लिए जोर लगाया पर सुखदा राजी न हुई। कपड़े–लत्तो, बरतन–भांड़े, खाट–खटोली कोई चीज लेने पर राजी न हुई। यहां तक रेणुका नाराज हो गईं। और अमरकान्त को भी बुरा मालूम हुआ। वह इस अभाव में भी उस पर शासन कर रही थी।

रेणुका के जाने के बाद अमरकान्त सोचने लगा–रुपये–पैसे का कैसे प्रबंध हो– यह समय प्री पाठशाला का था। वहां जाना लाजमी था। सुखदा अभी सवेरे की नींद में मग्न थी, और नैना चिंतातुर बैठी सोच रही थी–कैसे घर का काम चलेगा– उस वक्त अमर पाठशाला चला गया पर आज वहां उसका जी बिलकुल न लगा। कभी पिता पर क्रोध आता, कभी सुखदा पर, कभी अपने आप पर। उसने अपने निर्वासन के विषय में डॉक्टर साहब से कुछ न कहा। वह किसी की सहानुभूति न चाहता था। आज अपने मित्रों में से वह किसी के पास न गया। उसे भय हुआ, लोग उसका हाल–सुनकर दिल में यही समझेंगे। मैं उनसे कुछ मदद चाहता हूं।

दस बजे घर लौटा, तो देखा सिल्लो आटा गूंथ रही है और नैना चौके में बैठी तरकारी पका रही है। पूछने की हिम्मत न पड़ी, पैसे कहां से आए– नैना

ने आप ही कहा–सुनते हो भैया, आज सिल्लो ने हमारी दावत की है। लकड़ी, घी, आटा, दाल सब बाजार से लाई है। बर्तन भी किसी अपने जान–पहचान के घर से मांग लाई है।

सिल्लो बोल उठी–मैं दावत नहीं करती हूं। मैं अपने पैसे जोड़कर ले लूंगी।

नैना हंसती हुई बोली–यह बड़ी देर से मुझसे लड़ रही है। यह कहती है–मैं पैसे ले लूंगी मैं कहती हूं–तू तो दावत कर रही है। बताओ भैया, दावत ही तो कर रही है–

'हां और क्या दावत तो है ही।'

अमरकान्त पगली सिल्लो के मन का भाव ताड़ गया। वह समझती है, अगर यह न कहूंगी, तो शायद यह लोग उसके रुपयों की लाई हुई चीज लेने से इंकार कर देंगे।

सिल्लो का पोपला मुंह खिल गया। जैसे वह अपनी दृष्टि में कुछ ऊंची हो गई है, जैसे उसका जीवन सार्थक हो गया है। उसकी रूपहीनता और शुष्कता मानो माधुर्य में नहा उठी। उसने हाथ धोकर अमरकान्त के लिए लोटे का पानी रख दिया, तो पांव जमीन पर न पड़ते थे।

अमर को अभी तक आशा थी कि दादा शायद सुखदा और नैना को बुला लेंगे पर जब अब कोई बुलाने न आया और न वह खुद आए तो उसका मन खक्रा हो गया।

उसने जल्दी से स्नान किया पर याद आया, धोती तो है ही नहीं। गले की चादर पहन ली, भोजन किया और कुछ कमाने की टोह में निकला।

सुखदा ने मुंह लटकाकर पूछा–तुम तो ऐसे निंश्चित होकर बैठ रहे, जैसे यहां सारा इंतजाम किए जा रहे हो। यहां लाकर बिठाना ही जानते हो। सुबह से गायब हुए तो दोपहर को लौटे। किसी से कुछ काम–धान्धो के लिए कहा, या खुदा छप्पर गाड़कर देगा– यों काम न चलेगा, समझ गए–

चौबीस घंटे के अंदर सुखदा के मनोभावों में यह परिवर्तन देखकर अमर का मन उदास हो गया। कल कितने बढ़–बढ़कर बातें कर रही थी, आज शायद पछता रही है कि क्यों घर से निकले।

ईखे स्वर में बोला–अभी तो किसी से कुछ नहीं कहा। अब जाता हूं किसी काम की तलाश में।

'मैं जरा जज साहब की स्त्री के पास जाऊंगी। उनसे किसी काम को कहूंगी। उन दिनों तो मेरा बड़ा आदर करती थीं। अब का हाल नहीं जानती।'

अमर कुछ नहीं बोला–यह मालूम हो गया कि उसकी कठिन परीक्षा के दिन आ गए।

अमरकान्त को बाजार के सभी लोग जानते थे। उसने एक खद्दर की दूकान से कमीशन पर बेचने के लिए कई थान खद्दर की साड़ियां, जंफर, कुर्ते, चादरें आदि ले लीं और उन्हें खुद अपनी पीठ पर लादकर बेचने चला।

दूकानदार ने कहा–यह क्या करते हो बाबू, एक मजूर ले लो। लोग क्या कहेंगे– भला लगता है।

अमर के अंतरूकरण में क्रांति का तूफान उठ रहा था। उसका बस चलता तो आज धानवानों का अंत कर देता, जो संसार को नरक बनाए हुए हैं। वह बोझ उठाकर दिखाना चाहता था, मैं मजूरी करके निबाह करना इससे कहीं अच्छा समझता हूं कि हराम की कमाई खाऊं। तुम सब मोटी तोंद वाले हरामखोर हो, पक्के हरामखोर हो। तुम मुझे नीच समझते हो इसलिए कि मैं अपनी पीठ पर बोझ लादे हुए हूं। क्या यह बोझ तुम्हारी अनीति और अधर्म के बोझ से ज्यादा लज्जास्पद है, जो तुम अपने सिर पर लादे फिरते हो और शरमाते जरा भी नहीं– उलटे और घमंड करते हो–

इस वक्त अगर कोई धानी अमरकान्त को छेड़ देता, तो उसकी शामत ही आ जाती। वह सिर से पांव तक बाईद बना हुआ था, बिजली का जिंदा तार।

सत्रह

अमरकान्त खादी बेच रहा है। तीन बजे होंगे, लू चल रही है, बगूले उठ रहे हैं। दूकानदार दूकानों पर सो रहे हैं, रईस महलों में सो रहे हैं मजूर पेड़ों के नीचे सो रहे हैं और अमर खादी का गट्ठा लादे, पसीने में तर, चेहरा सुर्ख, आंखें लाल, गली–गली घूमता फिरता है।

एक वकील साहब ने खस का परदा उठाकर देखा और बोले–अरे यार, यह क्या गजब करते हो, म्युनिसिपल कमिश्नरी की तो लाज रखते, सारा भप्र कर दिया। क्या कोई मजूर नहीं मिलता था–

अमर ने गट्ठा लिए–लिए कहा–मजूरी करने से म्युनिसिपल कमिश्नरी की शान में बट्टा नहीं लगता। बक्रा लगता है–धोखे–धाड़ी की कमाई खाने से।

'वहां धोखे–धाड़ी की कमाई खाने वाला कौन है, भाई–क्या वकील, डॉक्टर, प्रोफेसर, सेठ–साहूकार धोखे–धाड़ी की कमाई खाते हैं?'

'यह उनके दिल से पूछिए। मैं किसी को क्यों बुरा कहूं?'

'आखिर आपने कुछ समझकर ही तो फिकरा चुस्त किया?'

'अगर आप मुझसे पूछना ही चाहते हैं तो मैं कह सकता हूं, हां, खाते हैं। एक आदमी दस रुपये में गुजर करता है, दूसरे को दस हजार क्यों चाहिए–यह धांधाली उसी वक्त तक चलेगी, जब तक जनता की आंखें बंद हैं। क्षमा कीजिएगा, एक आदमी पंखे की हवा खाए और खसखाने में बैठे, और दूसरा आदमी दोपहर की धूप में तपे, यह न न्याय है, न धर्म–यह धांधाली है।'

'छोटे–बड़े तो भाई साहब हमेशा रहे हैं और हमेशा रहेंगे। सबको आप बराबर नहीं कर सकते।'

'मैं दुनिया का ठेका नहीं लेता अगर न्याय अच्छी चीज है तो वह इसलिए खराब नहीं हो सकती कि लोग उसका व्यवहार नहीं करते।'

'इसका आशय यह है कि आप व्यक्तिवाद को नहीं मानते, समष्टिवाद के कायल हैं।'

'मैं किसी वादे का कायल नहीं। केवल न्यायवाद का पुजारी हूं।'

'तो अपने पिताजी से बिलकुल अलग हो गए?'

'पिताजी ने मेरी जिंदगी भर का ठेका नहीं लिया।'

'अच्छा लाइए, देखें आपके पास क्या–क्या चीजें हैं?'

अमरकान्त ने इन महाशय के हाथ दस रुपये के कपड़े बेचे।

अमर आजकल बड़ा क्रोधी, बड़ा कटुभाषी, बड़ा उप्रंड हो गया है। हरदम उसकी तलवार म्यान से बाहर रहती है। बात–बात पर उलझता है। फिर भी उसकी बिक्री अच्छी होती है। रुपया–सवा रुपया रोज मिल जाता है।

त्यागी दो प्रकार के होते हैं। एक वह जो त्याग में आनंद मानते हैं, जिनकी आत्मा को त्याग में संतोष और पूर्णता का अनुभव होता है, जिनके त्याग में उदारता और सौजन्य है। दूसरे वह, जो दिलजले त्यागी होते हैं, जिनका त्याग अपनी परिस्थितियों से विद्रोह–मात्र है, जो अपने न्यायपथ पर चलने का तावान संसार से लेते हैं, जो खुद जलते हैं इसलिए दूसरों को भी जलाते हैं। अमर इसी तरह का त्यागी था।

स्वस्थ आदमी अगर नीम की पत्ती चबाता है, तो अपने स्वास्थ्य को बढ़ाने के लिए वह शौक से पत्तियां तोड़ लाता है, शौक से पीसता और शौक से पीता है, पर रोगी वही पत्तियां पीता है तो नाक सिकोड़कर, मुंह बनाकर, झुंझलाकर और अपनी तकदीर को रोकर।

सुखदा जज साहब की पत्नी की सिफारिश से बालिका–विद्यालय में पचास रुपये पर नौकर हो गई है। अमर दिल खोलकर तो कुछ कह नहीं सकता, पर मन में जलता रहता है। घर का सारा काम, बच्चे को संभालना, रसोई पकाना, जरूरी चीज बाजार से मंगाना–यह सब उसके मत्थे है। सुखदा घर के कामों के नगीच नहीं जाती। अमर आम कहता है, तो सुखदा इमली कहती है। दोनों में हमेशा खट–पट होती रहती है। सुखदा इस दरिद्रावस्था में भी उस पर शासन कर रही है। अमर कहता है, आधा सेर दूध काफी है सुखदा कहती है, सेर भर आएगा, और सेर भर ही मंगाती है। वह खुद दूध नहीं पीता, इस पर भी रोज लड़ाई होती है। वह कहता है, गरीब हैं, मजूर हैं, हमें मजूरों की तरह रहना चाहिए। वह कहती है, हम मजूर नहीं हैं, न मजूरों की तरह रहेंगे। अमर उसको अपने आत्मविकास में बाधाक समझता है और उस बाधा को हटा न सकने के कारण भीतर–ही–भीतर कुढ़ता है।

एक दिन बच्चे को खांसी आने लगी। अमर बच्चे को लेकर एक होमियोपैथ के पास जाने को तैयार हुआ। सुखदा ने कहा–बच्चे को मत ले जाओ, हवा लगेगी। डॉक्टर को बुला लाओ। फीस ही तो लेगा।

अमर को मजबूर होकर डॉक्टर बुलाना पड़ा। तीसरे दिन बच्चा अच्छा हो गया।

एक दिन खबर मिली, लाला समरकान्त को ज्वर आ गया है। अमरकान्त इस महीने भर में एक बार भी घर नहीं गया था। यह खबर सुनकर भी न गया। वह मरें या जिएं, उसे क्या करना है– उन्हें अपना धान प्यारा है, उसे छाती से लगाए रखें। और उन्हें किसी की जरूरत ही क्या–

पर सुखदा से न रहा गया। वह उसी वक्त नैना को साथ लेकर चल दी। अमर मन में जल–भुनकर रह गया।

समरकान्त घर वालों के सिवा और किसी के हाथ का भोजन न ग्रहण करते थे। कई दिनों तो उन्होंने दूध पर काटे, फिर कई दिन फल खाकर रहे, लेकिन रोटी–दाल के लिए जी तरसता रहता था। नाना पदार्थ बाजार में भरे थे, पर रोटियां कहां– एक दिन उनसे न रहा गया। रोटियां पकाईं और हौके में आकर कुछ ज्यादा खा गए। अजीर्ण हो गया। एक दिन दस्त आए। दूसरे दिन

ज्वर हो आया। फलाहार से कुछ तो पहले गल चुके थे, दो दिन की बीमारी ने लस्त कर दिया।

सुखदा को देखकर बोले–अभी क्या आने की जल्दी थी बहू, दो–चार दिन और देख लेतीं– तब तक यह धान का सांप उड़ गया होता। वह लौंडा समझता है, मुझे अपने बाल–बच्चों से धान प्यारा है। किसके लिए इसका संचय किया था– अपने लिए– तो बाल–बच्चों को क्यों जन्म दिया– उसी लौंडे को, जो आज मेरा शत्रु बना हुआ है, छाती से लगाए क्यों ओझे–सयानों, वै?ों–हकीमों के पास दौड़ा फिरा– खुद कभी अच्छा नहीं खाया, अच्छा नहीं पहना, किसके लिए– कृपण बना, बेईमानी की, दूसरों की खुशामद की, अपनी आत्मा की हत्या की, किसके लिए– जिसके लिए चोरी की, वही आज मुझे चोर कहता है।

सुखदा सिर झुकाए खड़ी रोती रही।

लालाजी ने फिर कहा–मैं जानता हूं, जिसे ईश्वर ने हाथ दिए हैं, वह दूसरों का मुहताज नहीं रह सकता। इतना मूर्ख नहीं हूं, लेकिन मां–बाप की कामना तो यही होती है कि उनकी संतान को कोई कष्ट न हो। जिस तरह उन्हें मरना पड़ा, उसी तरह उनकी संतान को मरना न पड़े। जिस तरह उन्हें धाक्के खाने पड़े, कर्म–अकर्म सब करने पड़े वे कठिनाइयां उनकी संतान को न झेलनी पड़ें। दुनिया उन्हें लोभी, स्वार्थी कहती है, उनको परवाह नहीं होती, लेकिन जब अपनी ही संतान अपना अनादर करे, तब सोचो अभागे बाप के दिल पर क्या बीतती है– उससे मालूम होता है, सारा जीवन निष्फल हो गया। जो विशाल भवन एक–एक ईंट जोड़कर खड़ा किया था, जिसके लिए क्वार की धूप और माघ की वर्षा सब झेली, वह ढह गया, और उसके ईंट–पत्थर सामने बिखरे पड़े हैं। वह घर नहीं ढह गया वह जीवन ढह गया, संपूर्ण जीवन की कामना ढह गई।

सुखदा ने बालक को नैना की गोद से लेकर ससुर की चारपाई पर सुला दिया और पंखा झलने लगी। बालक ने बड़ी–बड़ी सजग आंखों से बूढ़े दादा की मूंछें देखीं, और उनके यहां रहने का कोई विशेष प्रयोजन न देखकर उन्हें उखाड़कर फेंक देने के लिए उ?त हो गया। दोनों हाथों से मूंछ पकड़कर खींची। लालाजी ने श्सी–सीश तो की पर बालक के हाथों को हटाया नहीं। हनुमान ने भी इतनी निर्दयता से लंका के उपवनोंका विधवंस न किया होगा। फिर भी लालाजी ने बालक के हाथों से मूंछें नहीं छुड़ाईं। उनकी कामनाएं जो पड़ी एड़ियां रगड़ रही थीं, इस स्पर्श से जैसे संजीवनी पा गईं। उस स्पर्श में

कोई ऐसा प्रसाद, कोई ऐसी विभूति थी। उनके रोम–रोम में समाया हुआ बालक जैसे मथित होकर नवनीत की भांति प्रत्यक्ष हो गया हो।

दो दिन सुखदा अपने नए घर न गई, पर अमरकान्त पिता को देखने एक बार भी न आया। सिल्लो भी सुखदा के साथ चली गई थी। शाम को आता, रोटियां पकाता, खाता और कांग्रेस–दफ्तर या नौजवान–सभा के कार्यालय में चला जाता। कभी किसी आम जलसे में बोलता, कभी चंदा उगाहता।

तीसरे दिन लालाजी उठ बैठे। सुखदा दिन भर तो उनके पास रही। संध्या समय उनसे विदा मांगी। लालाजी स्नेह–भरी आंखों से देखकर बोले–मैं जानता कि तुम मेरी तीमारदारी ही के लिए आई हो, तो दस–पांच दिन और पड़ा रहता, बहू मैंने तो जान–बूझकर कोई अपराध नहीं किया लेकिन कुछ अनुचित हुआ हो तो उसे क्षमा करो।

सुखदा का जी हुआ मान त्याग दे पर इतना कष्ट उठाने के बाद जब अपनी गृहस्थी कुछ–कुछ जम चली थी, यहां आना कुछ अच्छा न लगता था। फिर, वहां वह स्वामिनी थी। घर का संचालन उसके अधीन था। वहां की एक–एक वस्तु में अपनापन भरा हुआ था। एक–एक तृण में उसका स्वाभिमान झलक रहा था। एक–एक वस्तु में उसका अनुराग अंकित था। एक–एक वस्तु पर उसकी आत्मा की छाप थी मानो उसकी आत्मा ही प्रत्यक्ष हो गई हो। यहां की कोई वस्तु उसके अभिमान की वस्तु न थी उसकी स्वाभिमानी कल्पना सब कुछ होने पर भी तुष्टि का आनंद न पाती थी। पर लालाजी को समझाने के लिए किसी युक्ति की जरूरत थी। बोली–यह आप क्या कहते हैं दादा, हम लोग आपके बालक हैं। आप जो कुछ उपदेश या ताड़ना देंगे, वह हमारे ही भले के लिए देंगे। मेरा जी तो जाने को नहीं चाहता लेकिन अकेले मेरे चले आने से क्या होगा– मुझे खुद शर्म आती है कि दुनिया क्या कह रही होगी। मैं जितनी जल्दी हो सकेगी सबको घसीट लाऊंगी। जब तक आदमी कुछ दिन ठोकरें नहीं खा लेता, उसकी आंखें नहीं खुलतीं। मैं एक बार रोज आकर आपका भोजन बना जाए करूंगी। कभी बीबी चली आएंगी, कभी मैं चली आऊंगी।

उस दिन से सुखदा का यही नियम हो गया। वह सबेरे यहां चली आती और लालाजी को भोजन कराके लौट जाती। फिर खुद भोजन करके बालिका विद्यालय चली जाती। तीसरे पहर जब अमरकान्त खादी बेचने चला जाता, तो वह नैना को लेकर फिर आ जाती, और दो–तीन घंटे रहकर चली जाती। कभी–कभी खुद रेणुका के पास जाती तो नैना को यहां भेज देती। उसके

स्वाभिमान में कोमलता थी अगर कुछ जलन थी तो वह कब की शीतल हो चुकी थी। वृद्ध पिता को कोई कष्ट हो, यह उससे न देखा जाता था।

इन दिनों उसे जो बात सबसे ज्यादा खटकती थी, वह अमरकान्त का सिर पर खादी लादकर चलना था। वह कई बार इस विषय पर उससे झगड़ा कर चुकी थी पर उसके कहने से वह और जिद पकड़ लेता था। इसलिए उसने कहना–सुनना छोड़ दिया था पर एक दिन घर जाते समय उसने अमरकान्त को खादी का गट्ठर लिए देख लिया। उस मुहल्ले की एक महिला भी उसके साथ थी। सुखदा मानो धरती में गड़ गई।

अमर ज्योंही घर आया, उसने यही विषय छेड़ दिया–मालूम तो हो गया, कि तुम बड़े सत्यवादी हो। दूसरों के लिए भी कुछ रहने दोगे, या सब तुम्हीं ले लोगे। अब तो संसार में परिश्रम का महत्व ही हो गया। अब तो बकचा लादना छोड़ो। तुम्हें शर्म न आती हो, लेकिन तुम्हारी इज्जत के साथ मेरी इज्जत भी तो बंधी हुई है। तुम्हें कोई अधिकार नहीं कि तुम यों मुझे अपमानित करते फिरो।

अमर तो कमर कसे तैयार था ही। बोला–यह तो मैं जानता हूं कि मेरा अधिकार कहीं कुछ नहीं है लेकिन क्या पूछ सकता हूं कि तुम्हारे अधिकारों की भी कहीं सीमा है, या वह असीम है –

'मैं ऐसा कोई काम नहीं करती, जिसमें तुम्हारा अपमान हो।'

'अगर मैं कहूं कि जिस तरह मेरे मजदूरी करने से तुम्हारा अपमान होता है, उसी तरह तुम्हारे नौकरी करने से मेरा अपमान होता है, शायद तुम्हें विश्वास न आएगा।'

'तुम्हारे मान–अपमान का कांटा संसार भर से निराला हो, तो मैं लाचार हूं।'

'मैं संसार का गुलाम नहीं हूं। अगर तुम्हें यह गुलामी पसंद है, तो शौक से करो। तुम मुझे मजबूर नहीं कर सकतीं।'

'नौकरी न करूं, तो तुम्हारे रुपये बीस आने रोज में घर–खर्च निभेगा?'

'मेरा खयाल है कि इस मुल्क में नब्बे फीसदी आदमियों को इससे भी कम में गुजर करना पड़ता है।'

'मैं उन नब्बे फीसदी वालों में नहीं, शेष दस फीसदी वालों में हूं। मैंने अंतिम बार कह दिया कि तुम्हारा बकचा ढोना मुझे असह्य है और अगर तुमने न माना, तो मैं अपने हाथों वह बकचा जमीन पर गिरा दूंगी। इससे ज्यादा मैं कुछ कहना या सुनना नहीं चाहती।'

इधर डेढ़ महीने से अमरकान्त सकीना के घर न गया था। याद उसकी रोज आती पर जाने का अवसर न मिलता। पंद्रह दिन गुजर जाने के बाद उसे शर्म आने लगी कि वह पूछेगी—इतने दिन क्यों नहीं आए, तो क्या जवाब दूंगा—इस शरमा—शरमी में वह एक महीना और न गया। यहां तक कि आज सकीना ने उसे एक कार्ड लिखकर खैरियत पूछी थी और फुरसत हो, तो दस मिनट के लिए बुलाया था। आज अम्मीजान बिरादरी में जाने वाली थीं। बातचीत करने का अच्छा मौका था। इधर अमरकान्त भी इस जीवन से ऊब उठा था। सुखदा के साथ जीवन कभी सुखी नहीं हो सकता, इधर इन डेढ़—दो महीनों में उसे काफी परिचय मिल गया था। वह जो कुछ है, वही रहेगा ज्यादा तबदील नहीं हो सकता। सुखदा भी जो कुछ है वही रहेगी। फिर सुखी जीवन की आशा कहां—दोनों की जीवन—धारा अलग, आदर्श अलग, मनोभाव अलग। केवल विवाह—प्रथा की मर्यादा निभाने के लिए वह अपना जीवन धूल में नहीं मिला सकता, अपनी आत्मा के विकास को नहीं रोक सकता। मानव—जीवन का उद्देश्य कुछ और भी है खाना, कमाना और मर जाना नहीं।

वह भोजन करके आज कांग्रेस—दफ्तर न गया। आज उसे अपनी जिंदगी की सबसे महत्वपूर्ण समस्या को हल करना था। इसे अब वह और नहीं टाल सकता। बदनामी की क्या चिंता— दुनिया अंधी है और दूसरों को अंधा बनाए रखना चाहती है। जो खुद अपने लिए नई राह निकालेगा, उस पर संकीर्ण विचार वाले हंसें, तो क्या आश्चर्य— उसने खद्दर की दो साड़ियां उसे भेंट देने के लिए ले लीं और लपका हुआ जा पहुंचा।

सकीना उसकी राह देख रही थी। कुंडी खनकते ही द्वार खोल दिया और हाथ पकड़कर बोली—तुम तो मुझे भूल ही गए। इसी का नाम मुहब्बत है—

अमर ने लज्जित होकर कहा—यह बात नहीं है, सकीना एक लमहे के लिए भी तुम्हारी याद दिल से नहीं उतरती, पर इधर बड़ी परेशानियों में फंसा रहा।

'मैंने सुना था। अम्मां कहती थीं। मुझे यकीन न आता था कि तुम अपने अब्बाजान से अलग हो गए। फिर यह भी सुना कि तुम सिर पर खद्दर लादकर बेचते हो। मैं तो तुम्हें कभी सिर पर बोझ न लादने देती। मैं वह गठरी अपने सिर पर रखती और तुम्हारे पीछे—पीछे चलती। मैं यहां आराम से पड़ी थी और तुम इस धूप में कपड़े लादे फिरते थे। मेरा दिल तड़प—तड़पकर रह जाता था।'

कितने प्यारे, मीठे शब्द थे कितने कोमल स्नेह में डूबे हुए सुखदा के मुख से भी कभी यह शब्द निकले— वह तो केवल शासन करना जानती है उसको

अपने अंदर ऐसी शक्ति का अनुभव हुआ कि वह उसका चौगुना बोझ लेकर चल सकता है, लेकिन वह सकीना के कोमल हृदय को आघात नहीं पहुंचाएगा। आज से वह गट्ठर लादकर नहीं चलेगा। बोला—दादा की खुदगरजी पर दिल जल रहा था, सकीना वह समझते होंगे, मैं उनकी दौलत का भूखा हूं। मैं उन्हें और उनके दूसरे भाइयों को दिखा देना चाहता था कि मैं कड़ी—से—कड़ी मेहनत कर सकता हूं। दौलत की मुझे परवाह नहीं है। सुखदा उस दिन मेरे साथ आई थी, लेकिन एक दिन दादा ने झूठ—मूठ कहला दिया, मुझे बुखार हो गया है। बस वहां पहुंच गई। तब से दोनों वक्त उनका खाना पकाने जाती है।

सकीना ने सरलता से पूछा—तो क्या यह भी तुम्हें बुरा लगता है— बूढ़े आदमी अकेले घर में पड़े रहते हैं। अगर वह चली जाती हैं, तो क्या बुराई करती हैं— उनकी इस बात से तो मेरे दिल में उनकी इज्जत हो गई।

अमर ने खिसियाकर कहा—यह शराफत नहीं है सकीना, उनकी दौलत है, मैं तुमसे सच कहता हूं, जिसने कभी झूठों मुझसे नहीं पूछा, तुम्हारा जी कैसा है, वह उनकी बीमारी की खबर पाते ही बेकरार हो जाए, यह बात समझ में नहीं आती। उनकी दौलत उसे खींच ले जाती है, और कुछ नहीं। मैं अब इस नुमायश की जिंदगी से तंग आ गया हूं, सकीना मैं सच कहता हूं, पागल हो जाऊंगा। कभी—कभी जी में आता है, सब छोड़—छाड़कर भाग जाऊं, ऐसी जगह भाग जाऊं, जहां लोगों में आदमियत हो। आज तुझे फैसला करना पड़ेगा सकीना, चलो कहीं छोटी—सी कुटी बना लें और खुदगरजी की दुनिया से अलग मेहनत—मजदूरी करके जिंदगी बसर करें। तुम्हारे साथ रहकर फिर मुझे किसी चीज की आरजू नहीं रहेगी। मेरी जान मुहब्बत के लिए तड़प रही है, उस मुहब्बत के लिए नहीं, जिसकी जुदाई में भी विसाल है, बल्कि जिसकी विसाल में भी जुदाई है। मैं वह मुहब्बत चाहता हूं, जिसमें ख्वाहिश है, लज्जत है। मैं बोतल की सुर्ख शराब पीना चाहता हूं, शायरों की खयाली शराब नहीं।

उसने सकीना को छाती से लगा लेने के लिए अपनी तरफ खींचा। उसी वक्त द्वार खुला और पठानिन अंदर आई। सकीना एक कदम पीछे हट गई। अमर भी जरा पीछे खसक गया।

सहसा उसने बात बनाई—आज कहां चली गई थीं, अम्मां — मैं यह साड़ियां देने आया था। तुम्हें मालूम तो होगा ही, मैं अब खद्दर बेचता हूं।

पठानिन ने साड़ियों का जोड़ा लेने के लिए हाथ नहीं बढ़ाया। उसका सूखा, पिचका हुआ मुंह तमतमा उठा सारी झुर्रियां, सारी सिकुड़नें जैसे भीतर की गर्मी से तन उठीं गली—बुझी हुई आंखें जैसे जल उठीं। आंखें निकालकर

बोली–होश में आ, छोकरे यह साड़ियां ले जा, अपनी बीवी–बहन को पहना, यहां तेरी साड़ियों के भूखे नहीं हैं। तुझे शरीफजादा और साफ–दिल समझकर तुझसे अपनी गरीबी का दुखड़ा कहती थी। यह न जानती थी कि तू ऐसे शरीफ बाप का बेटा होकर शोहदापन करेगा। बस, अब मुंह न खोलना, चुपचाप चला जा, नहीं आंखें निकलवा लूंगी। तू है किस घमंड में– अभी एक इशारा कर दूं, तो सारा मुहल्ला जमा हो जाए। हम गरीब हैं, मुसीबत के मारे हैं, रोटियों के मुहताज हैं। जानता है क्यों– इसलिए कि हमें आबरू प्यारी है, खबरदार जो कभी इधर का रूख किया। मुंह में कालिख लगाकर चला जा।

अमर पर फालिज गिर गया, पहाड़ टूट पड़ा, वज्रपात हो गया। इन वाक्यों से उसके मनोभावों का अनुमान हम नहीं कर सकते। जिनके पास कल्पना है, वह कुछ अनुमान कर सकते हैं। जैसे संज्ञा–शून्य हो गया, मानो पाषाण प्रतिमा हो। एक मिनट तक वह इसी दशा में खड़ा रहा। फिर दोनों साड़ियां उठा लीं और गोली खाए जानवर की भांति सिर लटकाए, लड़खड़ाता हुआ द्व ार की ओर चला।

सहसा सकीना ने उसका हाथ पकड़कर रोते हुए कहा–बाबूजी, मैं तुम्हारे साथ चलती हूं। जिन्हें अपनी आबरू प्यारी है, वह अपनी आबरू लेकर चाटें। मैं बेआबरू ही रहूंगी।

अमरकान्त ने हाथ छुड़ा लिया और आहिस्ता से बोला–जिंदा रहेंगे, तो फिर मिलेंगे, सकीना इस वक्त जाने दो। मैं अपने होश में नहीं हूं।

यह कहते हुए उसने कुछ समझकर दोनों साड़ियां सकीना के हाथ में रख दीं और बाहर चला गया।

सकीना ने सिसकियां लेते हुए पूछा–तो आओगे कब –

अमर ने पीछे फिरकर कहा–जब यहां मुझे लोग शोहदा और कमीना न समझेंगे।

अमर चला गया और सकीना हाथों में साड़ियां लिए द्वार पर खड़ी अंधकार में ताकती रही।

सहसा बुढ़िया ने पुकारा–अब आकर बैठेगी कि वहीं दरवाजे पर खड़ी रहेगी– मुंह में कालिख तो लगा दी। अब और क्या करने पर लगी हुई है–

सकीना ने क्रोध भरी आंखों से देखकर कहा–अम्मां, आकबत से डरो, क्यों किसी भले आदमी पर तोहमत लगाती हो। तुम्हें ऐसी बात मुंह से निकालते

शर्म भी नहीं आती। उनकी नेकियों का यह बदला दिया है तुमने तुम दुनिया में चिराग लेकर ढूंढ़ आओ, ऐसा शरीफ तुम्हें न मिलेगा।

पठानिन ने डांट बताई–चुप रह, बेहया कहीं की शरमाती नहीं, ऊपर से जबान चलाती है। आज घर में कोई मर्द होता, तो सिर काट लेता। मैं जाकर लाला से कहती हूं। जब तक इस पाजी को शहर से न निकाल दूंगी, मेरा कलेजा न ठंडा होगा। मैं उसकी जिंदगी गारत कर दूंगी।

सकीना ने निशंक भाव से कहा–अगर उनकी जिंदगी गारत हुई, तो मेरी भी गारत होगी। इतना समझ लो।

बुढ़िया ने सकीना का हाथ पकड़कर इतने जोर से अपनी तरफ घसीटा कि वह गिरते–गिरते बची और उसी दम घर से बाहर निकलकर द्वार की जंजीर बंद कर दी।

सकीना बार–बार पुकारती रही, पर बुढ़िया ने पीछे फिरकर भी न देखा। वह बेजान बुढ़िया जिसे एक–एक पग रखना दूभर था, इस वक्त आवेश में दौड़ी लाला समरकान्त के पास चली जा रही थी।

अठारह

अमरकान्त गली के बाहर निकलकर सड़क पर आया। कहां जाए– पठानिन इसी वक्त दादा के पास जाएगी। जरूर जाएगी। कितनी भंयकर स्थिति होगी कैसा कुहराम मचेगा– कोई धर्म के नाम को रोएगा, कोई मर्यादा के नाम को रोएगा। दगा, फरेब, जाल, विश्वासघात हराम की कमाई सब मुआफ हो सकती है। नहीं, उसकी सराहना होती है। ऐसे महानुभाव समाज के मुखिया बने हुए हैं। वेश्यागामियों और व्यभिचारियों के आगे लोग माथा टेकते हैं, लेकिन शुश्र हृदय और निष्कपट भाव से प्रेम करना निं? है, अक्षम्य है। नहीं अमर घर नहीं जा सकता। घर का द्वार उसके लिए बंद है। और वह घर था ही कब–केवल भोजन और विश्राम का स्थान था। उससे किसे प्रेम है–

वह एक क्षण के लिए ठिठक गया। सकीना उसके साथ चलने को तैयार है, तो क्यों न उसे साथ ले ले। फिर लोग जी भरकर रोएं और पीटें और कोसें। आखिर यही तो वह चाहता था लेकिन पहले दूर से जो पहाड़ टीला–सा नजर आता था, अब सामने देखकर उस पर चढ़ने की हिम्मत न होती थी। देश भर में कैसा हाहाकर मचेगा। एक म्युनिसिपल कमिश्नर एक मुसलमान लड़की को लेकर भाग गया। हरेक जबान पर यही चर्चा होगी। दादा शायद जहर खा लें। विरोधियों को तालियां पीटने का अवसर मिल जाएगा। उसे टालस्टाय की एक

कहानी याद आई, जिसमें एक पुरुष अपनी प्रेमिका को लेकर भाग जाता है पर उसका कितना भीषण अंत होता है। अमर खुद किसी के विषय में ऐसी खबर सुनता, तो उससे घृणा करता। मांस और रक्त से ढका हुआ कंकाल कितना सुंदर होता है। रक्त और मांस का आवरण हट जाने पर वही कंकाल कितना भयंकर हो जाता है। ऐसी अगवाहें सुंदर और सरस को मिटाकर बीभत्स को मूर्तिमान कर देती हैं। नहीं, अमर अब घर नहीं जा सकता।

अकस्मात् बच्चे की याद आ गई। उसके जीवन के अंधकार में वही एक प्रकाश था उसका मन उसी प्रकाश की ओर लपका। बच्चे की मोहिनी मूर्ति सामने आकर खड़ी हो गई।

किसी ने पुकारा–अमरकान्त, यहां कैसे खड़े हो–

अमर ने पीछे फिरकर देखा तो सलीम था। बोला–तुम किधर से–

'जरा चौक की तरफ गया था।'

'यहां कैसे खड़े हो– शायद माशूक से मिलने जा रहे हो?'

वहीं से आ रहा हूं यार, आज गजब हो गया। वह शैतान की खाला बुढ़िया आ गई। उसने ऐसी–ऐसी सलावतें सुनाईं कि बस कुछ न पूछो।'

दोनों साथ–साथ चलने लगे। अमर ने सारी कथा कह सुनाई।

सलीम ने पूछा–तो अब घर जाओगे ही नहीं यह हिमाकत है। बुढ़िया को बकने दो। हम सब तुम्हारी पाकदामनी की गवाही देंगे। मगर यार हो तुम अहमक। और क्या कहूं– बिच्छू का मंत्र न जाने, सांप के मुंह में उंगली डाले। वही हाल तुम्हारा है। कहता था, उधर ज्यादा न आओ–जाओ। आखिर हुई वही बात। खैरियत हुई कि बुढ़िया ने मुहल्ले वालों को नहीं बुलाया, नहीं तो खून हो जाता।

अमर ने दार्शनिक भाव से कहा–खैर, जो कुछ हुआ अच्छा ही हुआ। अब तो यही जी चाहता है कि सारी दुनिया से अलग किसी गोशे में पड़ा रहूं और कुछ खेती–बारी करके गुजर करूं। देख ली दुनिया, जी तंग आ गया।

'तो आखिर कहां जाओगे?'

'कह नहीं सकता। जिधर तकदीर ले जाए।'

'मैं चलकर बुढ़िया को समझा दूं?'

'फिजूल है। शायद मेरी तकदीर में यही लिखा था। कभी खुशी न नसीब हुई। और न शायद होगी। जब रो–रोकर ही मरना है, तो कहीं भी रो सकता हूं।'

'चलो मेरे घर, वहां डॉक्टर साहब को भी बुला लें, फिर सलाह करें। यह क्या कि एक बुढ़िया ने फटकार बताई और आप घर से भाग खड़े हुए। यहां तो ऐसी कितनी ही फटकारें सुन चुका, पर कभी परवाह नहीं की।'

'मुझे तो सकीना का खयाल आता है कि बुढ़िया उसे कोस–कोसकर मार डालेगी।'

'आखिर तुमने उसमें ऐसी क्या बात देखी, जो लट्टू हो गए ?'

अमर ने छाती पर हाथ रखकर कहा–तुम्हें क्या बताऊं, भाईजान– सकीना असमत और वफा की देवी है। गूदड़ में यह रत्न कहां से आ गया, यह तो खुदा ही जाने, पर मेरी गमनसीब जिंदगी में वही चंद लम्हे यादगार हैं, जो उसके साथ गुजरे। तुमसे इतनी ही अर्ज है कि जरा उसकी खबर लेते रहना। इस वक्त दिल की जो कैफियत है, वह बयान नहीं कर सकता। नहीं जानता जिंदा रहूंगा, या मरूंगा। नाव पर बैठा हूं। कहां जा रहा हूं, खबर नहीं। कब, कहां नाव किनारे लगेगी, मुझे कुछ खबर नहीं। बहुत मुमकिन है मझधार ही में डूब जाए। अगर जिंदगी के तजरबे से कोई बात समझ में आई, तो यह कि संसार में किसी न्यायी ईश्वर का राज्य नहीं है। जो चीज जिसे मिलनी चाहिए उसे नहीं मिलती। इसका उल्टा ही होता है। हम जंजीरों में जकड़े हुए हैं। खुद हाथ–पांव नहीं हिला सकते। हमें एक चीज दे दी जाती है और कहा जाता है, इसके साथ तुम्हें जिंदगी भर निर्वाह करना होगा हमारा धर्म है कि उस चीज पर कनाअत करें। चाहे हमें उससे नफरत ही क्यों न हो। अगर हम अपनी जिंदगी के लिए कोई दूसरी राह निकालते हैं तो हमारी गरदन पकड़ ली जाती है, हमें कुचल दिया जाता है। इसी को दुनिया इंसाफ कहती है। कम–से–कम मैं इस दुनिया में रहने के काबिल नहीं हूं।

सलीम बोला–तुम लोग बैठे–बैठाए अपनी जान जहमत में डालने की फिक्रें किया करते हो, गोया जिंदगी हजार–दो हजार साल की है। घर में रुपये भरे हुए हैं, बाप तुम्हारे ऊपर जान देता है, बीवी परी जैसी बैठी है, और आप एक जुलाहे की लड़की के पीछे घर–बार छोड़े भागे जा रहे हैं। मैं तो इसे पागलपन कहता हूं। ज्यादा–से–ज्यादा यही तो होगा कि तुम कुछ कर जाओगे, यहां पड़े सोते रहेंगे। पर अंजाम दोनों का एक है। तुम रामनाम सत्ता हो जाओगे, मैं इन्नल्लाह राजेऊन।

अमर ने विषाद भरे स्वर में कहा–जिस तरह तुम्हारी जिंदगी गुजरी है, उस तरह मेरी जिंदगी भी गुजरती, तो शायद मेरे भी यही खयाल होते। मैं वह दरख्त हूं, जिसे कभी पानी नहीं मिला। जिंदगी की वह उम्र, जब इंसान को

मुहब्बत की सबसे ज्यादा जरूरत होती है, बचपन है। उस वक्त पौधो को तरी मिल जाए तो जिंदगी भर के लिए उसकी जड़ें मजबूत हो जाती हैं। उस वक्त खुराक न पाकर उसकी जिंदगी खुश्क हो जाती है। मेरी माता का उसी जमाने में देहांत हुआ और तब से मेरी ईह को खुराक नहीं मिली। वही भूख मेरी जिंदगी हैं। मुझे जहां मुहब्बत का एक रेजा भी मिलेगा, मैं बेअख्तियार उसी तरफ जाऊंगा। कुदरत का अटल कानून मुझे उस तरफ ले जाता है। इसके लिए अगर मुझे कोई खतावार कहे, तो कहे। मैं तो खुदा ही को जिम्मेदार कहूंगा।

बातें करते–करते सलीम का मकान आ गया।

सलीम ने कहा–आओ, खाना तो खा लो। आखिर कितने दिनों तक जलावतन रहने का इरादा है–

दोनों आकर कमरे में बैठे। अमर ने जवाब दिया–यहां अपना कौन बैठा हुआ है, जिसे मेरा दर्द हो– बाप को मेरी परवाह नहीं, शायद और खुश हों कि अच्छा हुआ बला टली। सुखदा मेरी सूरत से बेजार है। दोस्तों में ले–दे के एक तुम हो। तुमसे कभी–कभी मुलाकात होती रहेगी। मां होती तो शायद उसकी मुहब्बत खींच लाती। तब जिंदगी की यह रतर्रि ही क्यों होती दुनिया में सबसे बदनसीब वह है, जिसकी मां मर गई हो।

अमरकान्त मां की याद करके रो पड़ा। मां का वह स्मृति–चित्र उसके सामने आया, जब वह उसे रोते देखकर गोद में उठा लेती थीं, और माता के आंचल में सिर रखते ही वह निहाल हो जाता था।

सलीम ने अंदर जाकर चुपके से अपने नौकर को लाला समरकान्त के पास भेजा कि जाकर कहना, अमरकान्त भागे जा रहे हैं। जल्दी चलिए। साथ लेकर फौरन आना। एक मिनट की देर हुई, तो गोली मार दूंगा।

फिर बाहर आकर उसने अमरकान्त को बातों में लगाया–लेकिन तुमने यह भी सोचा है, सुखदादेवी का क्या हाल होगा– मान लो, वह भी अपनी दिलबस्तगी का कोई इंतजाम कर लें, बुरा न मानना।

अमर ने अनहोनी बात समझते हुए कहा–हिन्दू औरत इतनी बेहया नहीं होती।

सलीम ने हंसकर कहा–बस, आ गया हिन्दूपन। अरे भाईजान, इस मुआमले में हिन्दू और मुसलमान की कैद नहीं। अपनी–अपनी तबियत है। हिन्दुओं में भी देवियां हैं, मुसलमानों में भी देवियां हैं। हरजाइयां भी दोनों ही में हैं। फिर तुम्हारी बीवी तो नई औरत है, पढ़ी–लिखी, आजाद खयाल, सैर–सपाटे

करने वाली, सिनेमा देखने वाली, अखबार और नावल पढ़ने वाली। ऐसी औरतों से खुदा की पनाह। यह यूरोप की बरकत है। आजकल की देवियां जो कुछ न कर गुजरें वह थोड़ा है। पहले लौंडे पेशकदमी किया करते थे। मरदों की तरफ से छेड़छाड़ होती थी, अब जमाना पलट गया है। अब स्त्रियों की तरफ से छेड़छाड़ शुरू होती है।

अमरकान्त बेशर्मी से बोला–इसकी चिंता उसे हो जिसे जीवन में कुछ सुख हो। जो जिंदगी से बेजार है, उसके लिए क्या– जिसकी खुशी हो रहे, जिसकी खुशी हो जाए। मैं न किसी का गुलाम हूं, न किसी को गुलाम बनाना चाहता हूं।

सलीम ने परास्त होकर कहा–तो फिर हद हो गई। फिर क्यों न औरतों का मिजाज आसमान पर चढ़ जाए। मेरा खून तो इस खयाल ही से उबल आता है।

'औरतों को भी तो बेवफा मरदों पर इतना ही क्रोध आता है।'

'औरतों–मरदों के मिजाज में, जिस्म की बनावट में, दिल के जज्बात में फर्क है। औरत एक ही की होकर रहने के लिए बनाई गई है। मरद आजाद रहने के लिए बनाया है।'

'यह मरदों की खुदगरजी है।'

'जी नहीं, यह हैवानी जिंदगी का उसूल है।'

बहस में शाखें निकलती गईं। विवाह का प्रश्न आया, फिर बेकारी की समस्या पर विचार होने लगा। फिर भोजन आ गया। दोनों खाने लगे।

अभी दो–चार कौर ही खाए होंगे कि दरबान ने लाला समरकान्त के आने की खबर दी। अमरकान्त झट मेज पर से उठ खड़ा हुआ, कुल्ला किया, अपने प्लेट मेज के नीचे छिपाकर रख दिए और बोला–इन्हें कैसे मेरी खबर मिल गई– अभी तो इतनी देर भी नहीं हुई। जरूर बुढ़िया ने आग लगा दी।

सलीम मुस्करा रहा था।

अमर ने त्यौरियां चढ़ाकर कहा–यह तुम्हारी शरारत मालूम होती है। इसीलिए तुम मुझे यहां लाए थे– आखिर क्या नतीजा होगा– मुर्ति की जिल्लत होगी मेरी। मुझे जलील कराने से तुम्हें कुछ मिल जाएगा– मैं इसे दोस्ती नहीं, दुश्मनी कहता हूं।

तांगा द्वार पर रूका और लाला समरकान्त ने कमरे में कदम रखा।

सलीम इस तरह लालाजी की ओर देख रहा था, जैसे पूछ रहा हो, मैं यहां रहूं या जाऊं– लालाजी ने उसके मन का भाव ताड़कर कहा–तुम क्यों खड़े हो बेटा, बैठ जाओ। हमारी और हाफिजजी की पुरानी दोस्ती है। उसी तरह तुम और अमर भाई–भाई हो। तुमसे क्या परदा है– मैं सब सुन चुका हूं लल्लू बुढ़िया रोती हुई आई थी। मैंने बुरी तरह फटकारा। मैंने कह दिया, मुझे तेरी बात का विश्वास नहीं है। जिसकी स्त्री लक्ष्मी का रूप हो, वह क्यों चुड़ैलों के पीछे प्राण देता फिरेगा लेकिन अगर कोई बात ही है, तो उसमें घबराने की कोई बात नहीं, बेटा। भूल–चूक सभी से होती है। बुढ़िया को दो–चार सौ रुपये दे दिए जाएंगे। लड़की की किसी भर ले घर में शादी हो जाएगी। चलो झगड़ा पाक हुआ। तुम्हें घर से भागने और शहर में ढिंढोरा पीटने की क्या जरूरत है– मेरी परवाह मत करो लेकिन तुम्हें ईश्वर ने बाल–बच्चे दिए हैं। सोचो, तुम्हारे चले जाने से कितने प्राणी अनाथ हो जाएंगे– स्त्री तो स्त्री ही है, बहन है वह रो–रोकर मर जाएगी। रेणुकादेवी हैं, वह भी तुम्हीं लोगों के प्रेम से यहां पड़ी हुई हैं। जब तुम्हीं न होगे, तो वह सुखदा को लेकर चली जाएंगी, मेरा घर चौपट हो जाएगा। मैं घर में अकेला भूत की तरह पड़ा रहूंगा। बेटा सलीम, मैं कुछ बेजा तो नहीं कह रहा हूं– जो कुछ हो गया, सो हो गया। आगे के लिए ऐहतियात रखो। तुम खुद समझदार हो, मैं तुम्हें क्या समझाऊं– मन को कर्तव्य की डोरी से बंधाना पड़ता है, नहीं तो उसकी चंचलता आदमी को न जाने कहां लिए–लिए फिरे– तुम्हें भगवान् ने सब कुछ दिया है। कुछ घर का काम देखो, कुछ बाहर का काम देखो। चार दिन की जिंदगी है, इसे हंस–खेलकर काट देना चाहिए। मारे–मारे फिरने से क्या फायदा–

अमर इस तरह बैठा रहा, मानो कोई पागल बक रहा है। आज तुम यहां चिकनी–चुपड़ी बातें कहके मुझे फंसाना चाहते हो। मेरी जिंदगी तुम्हीं ने खराब की। तुम्हारे ही कारण मेरी यह दशा हुई। तुमने मुझे कभी अपने घर को घर न समझने दिया। तुम मुझे चक्की का बैल बनाना चाहते हो। वह अपने बाप का अदब उतना न करता था, जितना दबता था, फिर भी उसकी कई बार बीच में टोकने की इच्छा हुई। ज्योंही लालाजी चुप हुए, उसने दृढ़ता के साथ कहा–दादा, आपके घर में मेरा इतना जीवन नष्ट हो गया, अब मैं उसे और नष्ट नहीं करना चाहता। आदमी का जीवन खाने और मर जाने के लिए नहीं होता, न धान–संचय उसका उद्देश्य है। जिस दशा में मैं हूं, वह मेरे लिए असहनीय हो गई है। मैं एक नए जीवन का सूत्रपात करने जा रहा हूं, जहां मजदूरी लज्जा की वस्तु नहीं, जहां स्त्री पति को केवल नीचे नहीं घसीटती, उसे पतन की ओर नहीं ले जाती बल्कि उसके जीवन में आनंद और प्रकाश का संचार करती

है। मैं रूढ़ियों और मर्यादाओं का दास बनकर नहीं रहना चाहता। आपके घर में मुझे नित्य बाधाओंका सामना करना पड़ेगा और उसी संघर्ष में मेरा जीवन समाप्त हो जाएगा। आप ठंडे दिल से कह सकते हैं, आपके घर में सकीना के लिए स्थान है–

लालाजी ने भीत नेत्रों से देखकर पूछा–किस रूप में–

'मेरी पत्नी के रूप में।'

'नहीं, एक बार नहीं, सौ बार नहीं।'

'तो फिर मेरे लिए भी आपके घर में स्थान नहीं है।'

'और तो तुम्हें कुछ नहीं कहना है?'

'जी नहीं।'

लालाजी कुर्सी से उठकर द्वार की ओर बढ़े। फिर पलटकर बोले–बता सकते हो, कहां जा रहे हो–

'अभी तो कुछ ठीक नहीं है।'

'जाओ, ईश्वर तुम्हें सुखी रखे। अगर कभी किसी चीज की जरूरत हो, तो गुझे लिखने में संकोच न करना।'

'मुझे आशा है, मैं आपको कोई कष्ट न दूंगा।'

दूसरा अध्याय

एक

लालाजी ने सजल नेत्र होकर कहा–चलते–चलते घाव पर नमक न छिड़को, लल्लू बाप का हृदय नहीं मानता। कम–से–कम इतना तो करना कि कभी–कभी पत्र लिखते रहना। तुम मेरा मुंह न देखना चाहो लेकिन मुझे कभी–कभी आने–जाने से न रोकना। जहां रहो, सुखी रहो, यही मेरा आशीर्वाद है।

उत्तर की पर्वत–श्रेणियों के बीच एक छोटा–सा रमणीक गांव है। सामने गंगा किसी बालिका की भांति हंसती, उछलती, नाचती, गाती, दौड़ती चली जाती है। पीछे ऊंचा पहाड़ किसी वृद्ध योगी की भांति जटा बढ़ाए शांत, गंभीर, विचारमग्न खड़ा है। यह गांव मानो उसकी बाल–स्मृति है, आमोद–विनोद से रंजित, या कोई युवावस्था का सुनहरा मधुर स्वप्न। अब भी उन स्मृतियों को हृदय में सुलाए हुए, उस स्वप्न को छाती से चिपकाए हुए है।

इस गांव में मुश्किल से बीस–पच्चीस झोंपड़े होंगे। पत्थर के रोड़ों को तले–ऊपर रखकर दीवारें बना ली गई हैं। उन पर छप्पर डाल दिया गया है। द्वारों पर बनकट की टट्टियां हैं। इन्हीं काबुकों में इस गांव की जनता अपने गाय–बैलों, भेड़–बकरियों को लिए अनंत काल से विश्राम करती चली आती है।

एक दिन संध्या समय एक सांवला–सा, दुबला–पतला युवक मोटा कुर्ता, ऊंची धोती और चमरौधो जूते पहने, कंधो पर लुटिया–डोर रखे बगल में एक पोटली दबाए इस गांव में आया और एक बुढ़ियां से पूछा–क्यों माता, यहां परदेशी को रात भर रहने का ठिकाना मिल जाएगा–

बुढ़ियां सिर पर लकड़ी का गट्ठा रखे, एक बूढ़ी गाय को हार की ओर से हांकती चली आती थी। युवक को सिर से पांव तक देखा, पसीने में तर, सिर और मुंह पर गर्द जमी हुई, आंखें भूखी, मानो जीवन में कोई आश्रय ढूंढ़ता फिरता हो। दयार्द्र होकर बोली–यहां तो सब रैदास रहते हैं, भैया।

अमरकान्त इसी भांति महीनों से देहातों का चक्कर लगाता चला आ रहा है। लगभग पचास छोटे–बड़े गांवों को वह देख चुका है, कितने ही आदमियों से उसकी जान–पहचान हो गई है, कितने ही उसके सहायक हो गए हैं, कितने ही भक्त बन गए हैं। नगर का वह सुकुमार युवक दुबला तो हो गया है पर धूप और लू, आंधी और वर्षा, भूख और प्यास सहने की शक्ति उसमें प्रखर हो गई है। भावी जीवन की यही उसकी तैयारी है, यही तपस्या है। वह ग्रामवासियों की सरलता और सहृदयता, प्रेम और संतोष से मुग्ध हो गया है। ऐसे सीधे–सादे, निष्कपट मनुष्यों पर आए दिन जो अत्याचार होते रहते हैं उन्हें देखकर उसका खून खौल उठता है। जिस शांति की आशा उसे देहाती जीवन की ओर खींच लाई थी, उसका यहां नाम भी न था। घोर अन्याय का राज्य था और झंडा उठाए फिरती थी।

अमर ने नम्रता से कहा–मैं जात–पांत नहीं मानता, माताजी जो सच्चा है, वह चमार भी हो, तो आदर के योग्य है जो दगाबाज, झूठा, लंपट हो वह ब्राह्मण भी हो तो आदर के योग्य नहीं। लाओ, लकड़ियों का गट्ठा मैं लेता चलूं।

उसने बुढ़ियां के सिर से गट्ठा उतारकर अपने सिर पर रख लिया।

बुढ़ियां ने आशीर्वाद देकर पूछा–कहां जाना है, बेटा–

'यों ही मांगता–खाता हूं माता, आना–जाना कहीं नहीं है। रात को सोने की जगह तो मिल जाएगी?'

'जगह की कौन कमी है भैया, मंदिर के चौंतरे पर सो रहना। किसी साधु–संत के फेरे में तो नहीं पड़ गए हो– मेरा भी एक लड़का उनके जाल में फंस गया। फिर कुछ पता न चला। अब तक कई लड़कों का बाप होता।'

दोनों गांव में पहुंच गए। बुढ़ियां ने अपनी झोपडी की टट्टी खोलते हुए कहा–लाओ, लकड़ी रख दो यहां। थक गए हो, थोड़ा–सा दूध रखा है, पी लो। और सब गोई तो मर गए, बेटा यही गाय रह गई है। एक पाव भर दूध दे देती है। खाने को तो पाती नहीं, दूध कहां से दे।

अमर ऐसे सरल स्नेह के प्रसाद को अस्वीकार न कर सका। झोपडी में गया तो उसका हृदय कांप उठा। मानो दरिद्रता छाती पीट–पीटकर रो रही

है। और हमारा उन्नत समाज विलास में मग्न है। उसे रहने को बंगला चाहिए सवारी को मोटर। इस संसार का विधवंस क्यों नहीं हो जाता।

बुढ़ियां ने दूध एक पीतल के कटोरे मे उंड़ेल दिया और आप घड़ा उठाकर पानी लाने चली। अमर ने कहा–मैं खींचे लाता हूं माता, रस्सी तो कुएं पर होगी–

'नहीं बेटा, तुम कहां जाओगे पानी भरने– एक रात के लिए आ गए, तो मैं तुमसे पानी भराऊं?'

बुढ़ियां हां, हां, करती रह गई। अमरकान्त घड़ा लिए कुएं पर पहुंच गया। बुढ़ियां से न रहा गया। वह भी उसके पीछे–पीछे गई।

कुएं पर कई औरतें पानी खींच रही थीं। अमरकान्त को देखकर एक युवती ने पूछा–कोई पाहुने हैं क्या, सलोनी काकी–

बुढ़ियां हंसकर बोली–पाहुने होते, तो पानी भरने कैसे आते तेरे घर भी ऐसे पाहुने आते हैं–

युवती ने तिरछी आंखों से अमर को देखकर कहा–हमारे पाहुने तो अपने हाथ से पानी भी नहीं पीते, काकी ऐसे भोले–भाले पाहुने को मैं अपने घर ले जाऊंगी।

अमरकान्त का कलेजा धक–धक–से हो गया। वह युवती वही मुन्नी थी, जो खून के मुकदमे से बरी हो गई थी। वह अब उतनी दुर्बल, उतनी चिंतित नहीं है। रूप माधुर्य है, अंगों में विकास, मुख पर हास्य की मधुर छवि। आनंद जीवन का तत्व है। वह अतीत की परवाह नहीं करता पर शायद मुन्नी ने अमरकान्त को नहीं पहचाना। उसकी सूरत इतनी बदल गई है। शहर का सुकुमार युवक देहात का मजूर हो गया है।

अमर झेंपते हुए कहा–मैं पाहुना नहीं हूं देवी, परदेशी हूं। आज इस गांव में आ निकला। इस नाते सारे गांव का अतिथि हूं।

युवती ने मुस्कराकर कहा–तब एक–दो घड़ों से पिंड न छूटेगा। दो सौ घड़े भरने पड़ेंगे, नहीं तो घड़ा इधर बढ़ा दो। झूठ तो नहीं कहती, काकी।

उसने अमरकान्त के हाथ से घड़ा ले लिया और चट फंदा लगा, कुंए में डाल, बात–की–बात में घड़ा खींच लिया।

अमरकान्त घड़ा लेकर चला गया, तो मुन्नी ने सलोनी से कहा–किसी भले घर का आदमी है, काकी देखा कितना शरमाता था। मेरे यहां से अचार मंगवा लीजियो, आटा–वाटा तो है–

सलोनी ने कहा–बाजरे का है, गेहूं कहां से लाती–

'तो मैं आटा लिए आती हूं। नहीं, चलो दे दूं। वहां काम–धंधो में लग जाऊंगी, तो सुरति न रहेगी।'

मुन्नी को तीन साल हुए मुखिया का लड़का हरिद्वार से लाया था। एक सप्ताह से एक धर्मशाला के द्वार पर जीर्ण दशा में पड़ी थी। बड़े–बड़े आदमी धर्मशाला में आते थे, सैकड़ों–हजारों दान करते थे पर इस दुखिया पर किसी को दया न आती थी। वह चमार युवक जूते बेचने आता था। इस पर उसे दया आ गई। गाड़ी पर लाद कर घर लाया। दवा–दारू होने लगी। चौधरी बिगड़े, यह मुर्दा क्यों लाया पर युवक बराबर दौड़–धूप करता रहा। वहां डॉक्टर–वै? कहां थे– भभूत और आशीर्वाद का भरोसा था। एक ओझे की तारीफ सुनी, मुर्दों को जिला देता है। रात को उसे बुलाने चला, चौधरी ने कहा–दिन होने दो तब जाना। युवक न माना, रात को ही चल दिया। गंगा चढ़ी हुई थी उसे पार जाना था। सोचा, तैरकर निकल जाऊंगा, कौन बहुत चौड़ा पाट है। सैकड़ों ही बार इस तरह आ–जा चुका था। निशंक पानी में घुस पड़ा पर लहरें तेज थीं, पांव उखड़ गए, बहुत संभलना चाहा पर न संभल सका। दूसरे दिन दो कोस पर उसकी लाश मिली एक चट्टान से चिमटी पड़ी थी। उसके मरते ही मुन्नी जी उठी और तब से यहीं है। यही घर उसका घर है। यहां उसका आदर है, मान है। वह अपनी जात–पांत भूल गई, आचार–विचार भूल गई, और ऊंच जाति ठकुराइन अछूतों के साथ अछूत बनकर आनंदपूर्वक रहने लगी। वह घर की मालकिन थी। बाहर का सारा काम वह करती, भीतर की रसोई–पानी, कूटना–पीसना दोनों देवरानियां करती थीं। वह बाहरी न थी। चौधरी की बड़ी बहू हो गई थी।

सलोनी को ले जाकर मुन्नी ने थाल में आटा, अचार और दही रखकर दिया पर सलोनी को यह थाल लेकर घर जाते लाज आती थी। पाहुना द्वार पर बैठा हुआ है। सोचेगा, इसके घर में आटा भी नहीं है– जरा और अंधेरा हो जाय, तो जाऊं।

मुन्नी ने पूछा–क्या सोचती हो काकी–

'सोचती हूं, जरा और अंधेरा हो जाय तो जाऊं। अपने मन में क्या कहेगा?'

'चलो, मैं पहुंचा देती हूं। कहेगा क्या, क्या समझता है यहां धान्नासेठ बसते हैं– मैं तो कहती हूं, देख लेना, वह बाजरे की ही रोटियां खाएगा। गेहूं की छुएगा भी नहीं।'

दोनों पहुंचीं तो देखा अमरकान्त द्वार पर झाड़ू लगा रहा है। महीनों से झाड़ू न लगी थी। मालूम होता था, उलझे–बिखरे बालों पर कंघी कर दी गई है।

सलोनी थाली लेकर जल्दी से भीतर चली गई। मुन्नी ने कहा–अगर ऐसी मेहमानी करोगे, तो यहां से कभी न जाने पाओगे।

उसने अमर के पास जाकर उसके हाथ से झाड़ू छीन ली। अमर ने कूडे। को पैरों से एक जगह बटोर कर कहा–सगाई हो गई, तो द्वार कैसा अच्छा लगने लगा–

'कल चले जाओगे, तो यह बातें याद आएंगी। परदेसियों का क्या विश्वास– फिर इधर क्यों आओगे?'

मुन्नी के मुख पर उदासी छा गई।

'जब कभी इधर आना होगा, तो तुम्हारे दर्शन करने अवश्य आऊंगा। ऐसा सुंदर गांव मैंने नहीं देखा। नदी, पहाड़, जंगल, इसकी भी छटा निराली है। जी चाहता है यहीं रह जाऊं और कहीं जाने का नाम न लूं।'

मुन्नी ने उत्सुकता से कहा–तो यहीं रह क्यों नहीं जाते– मगर फिर कुछ सोचकर बोली–तुम्हारे घर में और लोग भी तो होंगे, वह तुम्हें यहां क्यों रहने देंगे–

'मेरे घर में ऐसा कोई नहीं है, जिसे मेरे मरने–जीने की चिंता हो। मैं संसार में अकेला हूं।'

मुन्नी आग्रह करके बोली–तो यहीं रह जाओ, कौन भाई हो तुम–

'यह तो मैं बिलकुल भूल गया, भाभी जो बुलाकर प्रेम से एक रोटी खिला दे वही मेरा भाई है।'

'तो कल मुझे आ लेने देना। ऐसा न हो, चुपके से भाग जाओ।'

अमरकान्त ने झोपडी में आकर देखा, तो बुढ़ियां चूल्हा जला रही थी। गीली लकड़ी, आग न जलती थी। पोपले मुंह में ठ्ठंक भी न थी। अमर को देखकर बोली–तुम यहां धुएं में कहां आ गए, बेटा– जाकर बाहर बैठो, यह चटाई उठा ले जाओ।

अमर ने चूल्हे के पास जाकर कहा–तू हट जा, मैं आग जलाए देता हूं।

सलोनी ने स्नेहमय कठोरता से कहा–तू बाहर क्यों नहीं जाता– मरदों का इस तरह रसोई में घुसना अच्छा नहीं लगता। बुढ़ियां डर रही थी कि कहीं अमरकान्त दो प्रकार के आटे न देख ले। शायद वह उसे दिखाना चाहती थी

कि मैं भी गेहूं का आटा खाती हूं। अमर यह रहस्य क्या जाने– बोला– अच्छा तो आटा निकाल दे, मैं गूंथ दूं।

सलोनी ने हैरान होकर कहा–तू कैसा लड़का है, भाई बाहर जाकर क्यों नहीं बैठता–

उसे वह दिन याद आए, जब उसके बच्चे उसे अम्मां–अम्मां कहकर घेर लेते थे और वह उन्हें डांटती थी। उस उजड़े हुए घर में आज एक दिया जल रहा था पर कल फिर वही अंधेरा हो जाएगा। वही सन्नाटा। इस युवक की ओर क्यों उसकी इतनी ममता हो रही थी– कौन जाने कहां से आया है, कहां जाएगा पर यह जानते हुए भी अमर का सरल बालकों का–सा निष्कपट व्यवहार, उसका बार–बार घर में आना और हरेक काम करने को तैयार हो जाना, उसकी भूखी मात्–भावना को सींचता हुआ–सा जान पड़ता था, मानो अपने ही सिधारे हुए बालकों की प्रतिध्वनि कहीं दूर से उसके कानों में आ रही है।

एक बालक लालटेन लिए कंधो पर एक दरी रखे आया और दोनों चीजें उसके पास रखकर बैठ गया। अमर ने पूछा–दरी कहां से लाए–

'काकी ने तुम्हारे लिए भेजी है। वही काकी, जो अभी आई थीं।'

अमर ने प्यार से उसके सिर पर हाथ फेरकर कहा–अच्छा, तुम उनके भतीजे हो तुम्हारी काकी कभी तुम्हें मारती तो नहीं

बालक सिर हिलाकर बोला–कभी नहीं। वह तो हमें खेलाती है। दुरजन को नहीं खेलाती वह बड़ा बदमाश है।

अमर ने मुस्कराकर पूछा–कहां पढ़ने जाते हो–

बालक ने नीचे का होंठ सिकोड़कर कहा–कहां जाएं, हमें कौन पढ़ाए– मदरसे में कोई जाने तो देता नहीं। एक दिन दादा दोनों को लेकर गए थे। पंडितजी ने नाम लिख लिया पर हमें सबसे अलग बैठाते थे सब लड़के हमें श्चमार–चमारश कहकर चिढ़ाते थे। दादा ने नाम कटा लिया।

अमर की इच्छा हुई, चौधरी से जाकर मिले। कोई स्वाभिमानी आदमी मालूम होता है। पूछा–तुम्हारे दादा क्या कर रहे हैं–

बालक ने लालटेन से खेलते हुए कहा–बोतल लिए बैठे हैं। भुने चने धारे हैं, बस अभी बक–झक करेंगे, खूब चिल्लाएंगे, किसी को मारेंगे, किसी को गालियां देंगे। दिन भर कुछ नहीं बोलते। जहां बोतल चढ़ाई कि बक चले।

अमर ने इस वक्त उनसे मिलना उचित न समझा।

सलोनी ने पुकारा–भैया, रोटी तैयार है, आओ गरम–गरम खा लो।

अमरकान्त ने हाथ–मुंह धोया और अंदर पहुंचा। पीतल की थाली में रोटियां थीं, पथरी में दही, पत्तो पर आचार, लोटे में पानी रखा हुआ था। थाली पर बैठकर बोला–तुम भी क्यों नहीं खातीं–

'तुम खा लो बेटा, मैं फिर खा लूंगी।'

'नहीं, मैं यह न मानूंगा। मेरे साथ खाओ।'

'रसोई जूठी हो जाएगी कि नहीं?'

'हो जाने दो। मैं ही तो खाने वाला हूं।'

'रसोई में भगवान् रहते हैं। उसे जूठी न करनी चाहिए।'

'तो मैं भी बैठा रहूंगा।'

'भाई, तू बड़ा खराब लड़का है।'

रसोई में दूसरी थाली कहां थी– सलोनी ने हथेली पर बाजरे की रोटियां ले लीं और रसोई के बाहर निकल आई। अमर ने बाजरे की रोटियां देख लीं। बोला–यह न होगा, काकी। मुझे तो यह फुलके दे दिए, आप मजेदार रोटियां उड़ा रही हैं।

'तू क्या बाजरे की रोटियां खाएगा बेटा– एक दिन के लिए आ पड़ा, तो बाजरे की रोटियां खिलाऊं?'

'मैं तो मेहमान नहीं हूं। यही समझ लो कि तुम्हारा खोया हुआ बालक आ गया है।'

'पहले दिन उस लड़के की भी मेहमानी की जाती है। मैं तुम्हारी क्या मेहमानी करूंगी, बेटा रूखी रोटियां भी कोई मेहमानी है– न दारू, न सिकार।'

'मैं तो दारू–शिकार छूता भी नहीं, काकी।'

अमरकान्त ने बाजरे की रोटियों के लिए ज्यादा आग्रह न किया। बुढ़ियां को और दुरूख होता। दोनों खाने लगे। बुढ़ियां यह बात सुनकर बोली–इस उमिर में तो भगतई नहीं अच्छी लगती, बेटा यही तो खाने–पीने के दिन हैं। भगतई के लिए तो बुढ़ापा है ही।'

'भगत नहीं हूं, काकी मेरा मन नहीं चाहता।'

'मां–बाप भगत रहे होंगे।'

'हां, वह दोनों जने भगत थे।'

'अभी दोनों हैं न?'

'अम्मां तो मर गईं, दादा हैं। उनसे मेरी नहीं पटती।'

'तो घर से रूठकर आए हो?'

'एक बात पर दादा से कहा–सुनी हो गई। मैं चला आया।'

'घरवाली तो है न?'

'हां, वह भी है।'

'बेचारी रो–रोकर मरी जाती होगी। कभी चिट्ठी–पत्तार लिखते हो?'

'उसे भी मेरी परवाह नहीं है, काकी बड़े घर की लड़की है, अपने भोग–विलास में मग्न है। मैं कहता हूं, चल किसी गांव में खेती–बारी करें। उसे शहर अच्छा लगता है।'

अमरकान्त भोजन कर चुका, तो अपनी थाली उठा ली और बाहर आकर मांजने लगा। सलोनी भी पीछे–पीछे आकर बोली–तुम्हारी थाली मैं मांज देती, तो छोटी हो जाती–

अमर ने हंसकर कहा–तो क्या मैं अपनी थाली मांजकर छोटा हो जाऊंगा–

'यह तो अच्छा नहीं लगता कि एक दिन के लिए कोई आया तो थाली मांजने लगे। अपने मन में सोचते होगे, कहां इस भिखारिन के यहां ठहरा?'

अमरकान्त के दिल पर चोट न लगे, इसलिए वह मुस्कराई।

अमर ने मुग्ध होकर कहा–भिखारिन के सरल, पवित्र स्नेह में जो सुख मिला, वह माता की गोद के सिवा और कहीं नहीं मिल सकता था, काकी।

उसने थाली धो धाकर रख दी और दरी बिछाकर जमीन पर लेटने ही जा रहा था कि पंद्रह–बीस लड़कों का एक दल आकर खड़ा हो गया। दो–तीन लड़कों के सिवाय और किसी की देह पर साबुत कपड़े न थे। अमरकान्त कौतूहल से उठ बैठा, मानो कोई तमाशा होने वाला है।

जो बालक अभी दरी लेकर आया था, आगे बढ़कर बोला–इतने लड़के हैं हमारे गांव में। दो–तीन लड़के नहीं आए, कहते थे वह कान काट लेंगे।

अमरकान्त ने उठकर उन सभी को कतार में खड़ा किया और एक–एक का नाम पूछा। फिर बोले–तुममें से जो–जो रोज हाथ–मुंह धोता है, अपना हाथ उठाए।

किसी लड़के ने हाथ न उठाया। यह प्रश्न किसी की समझ में न आया।

अमर ने आश्चर्य से कहा—ऐ तुममें से कोई रोज हाथ—मुंह नहीं धोता—

सभी ने एक—दूसरे की ओर देखा। दरी वाले लड़के ने हाथ उठा दिया। उसे देखते ही दूसरों ने भी हाथ उठा दिए।

अमर ने फिर पूछा—तुम में से कौन—कौन लड़के रोज नहाते हैं, हाथ उठाएं।

पहले किसी ने हाथ न उठाया। फिर एक—एक करके सबने हाथ उठा दिए। इसलिए नहीं कि सभी रोज नहाते थे, बल्कि इसलिए कि वे दूसरों से पीछे न रहें।

सलोनी खड़ी थी। बोली—तू तो महीने भर में भी नहीं नहाता रे, जंगलिया तू क्यों हाथ उठाए हुए है—

जंगलिया ने अपमानित होकर कहा—तो गूदड़ ही कौन रोज नहाता है। भुलई, पुन्नू, घसीटे, कोई भी तो नहीं नहाता।

सभी एक—दूसरे की कलई खोलने लगे।

अमर ने डांटा—अच्छा, आपस में लड़ो मत। मैं एक बात पूछता हूं, उसका जवाब दो। रोज मुंह—हाथ धोना अच्छी बात है या नहीं—

सभी ने कहा—अच्छी बात है।

'और नहाना?'

सभी ने कहा—अच्छी बात है।

'मुंह से कहते हो या दिल से?'

'दिल से।'

'बस जाओ। मैं दस—पांच दिन में फिर आऊंगा और देखूंगा कि किन लड़कों ने झूठा वादा किया था, किसने सच्चा।'

लड़के चले गए, तो अमर लेटा। तीन महीने लगातार घूमते—घूमते उसका जी ऊब उठा था। कुछ विश्राम करने का जी चाहता था। क्यों न वह इसी गांव में टिक जाय— यहां उसे कौन जानता है— यहीं उसका छोटा—सा घर बन गया। सकीना उस घर में आ गई, गाय—बैल और अंत में नींद भी आ गई।

दो

अमरकान्त सवेरे उठा, मुंह—हाथ धोकर गंगा—स्नान किया और चौधरी से मिलने चला। चौधरी का नाम गूदड़ था। इस गांव में कोई—जमींदार न रहता

था। गूदड़ का द्वार ही चौपाल का काम देता था। अमर ने देखा, नीम के पेड़ के नीचे एक तख्त पड़ा हुआ है। दो–तीन बांस की खाटें, दो–तीन पुआल के गद्दे। गूदड़ की उम्र साठ के लगभग थी मगर अभी टांठा था। उसके सामने उसका बड़ा लड़का पयाग बैठा एक जूता सी रहा था। दूसरा लड़का काशी बैलों को सानी–पानी कर रहा था। मुन्नी गोबर निकाल रही थी। तेजा और दुरजन दौड़–दौड़कर कुएं से पानी ला रहे थे। जरा पूरब की ओर हटकर दो औरतें बरतन मांज रही थीं। यह दोनों गूदड़ की बहुएं थीं।

अमर ने चौधरी को राम–राम किया और एक पुआल की गद्दी पर बैठ गया। चौधरी ने पितभाव से उसका स्वागत किया–मजे में खाट पर बैठो, भैया मुन्नी ने रात ही कहा था। अभी आज तो नहीं जा रहे हो– दो–चार दिन रहो, फिर चले जाना। मुन्नी तो कहती थी, तुमको कोई काम मिल जाय तो यहीं टिक जाओगे।

अमर ने सकुचाते हुए कहा–हां, कुछ विचार तो ऐसा मन में आया था।

गूदड़ ने नारियल से धुआं निकालकर कहा–काम की कौन कमी है– घास भी कर लो, तो रुपये रोज की मजूरी हो जाए। नहीं जूते का काम है। तलियां बनाओ, चरसे बनाओ, मेहनत करने वाला आदमी भूखों नहीं मरता। धोली की मजूरी कहीं नहीं गई।

यह देखकर कि अमर को इन दोनों में कोई तजबीज पसंद नहीं आई, उसने एक तीसरी तजबीज पेश की–खेती–बारी की इच्छा हो तो कर लो। सलोनी भाभी के खेत हैं। तब तक वही जोतो।

पयाग ने सूआ चलाते हुए कहा–खेती की झंझट में न पड़ना, भैया चाहे खेत में कुछ हो या न हो, लगान जरूर दो। कभी ओला–पाला कभी सूखा–बूड़ा। एक–न–एक बला सिर पर सवार रहती है। उस पर कहीं बैल मर गया या खलिहान में आग लग गई तो सब कुछ स्वाहा। घास सबसे अच्छी। न किसी के नौकर न चाकर, न किसी का लेना न देना। सबेरे खुरपी उठाई और दोपहर तक लौट आए।

काशी बोला–मजूरी, मजूरी है किसानी, किसानी है, मजूर लाख हो, तो मजूर कहलाएगा। सिर पर घास लिए चले जा रहे हैं। कोई इधर से पुकारता है–ओ घासवाले कोई उधर से। किसी की मेंड़ पर घास कर लो, तो गालियां मिलें। किसानी में मरजाद है।

पयाग का सूआ चलना बंद हो गया–मरजाद ले के चाटो। इधर–उधर से कमा के लाओ वह भी खेती में झोंक दो।

चौधरी ने फैसला किया–घाटा–नफा तो हर एक रोजगार में है, भैया बड़े–बड़े सेठों का दिवाला निकल जाता है। खेती बराबर कोई रोजगार नहीं जो कमाई और तकदीर अच्छी हो। तुम्हारे यहां भी नजर–नजराने का यही हाल है, भैया–

अमर बोला–हां, दादा सभी जगह यही हाल है कहीं ज्यादा कहीं कम। सभी गरीबों का लहू चूसते हैं।

चौधरी ने स्नेह का सहारा लिया–भगवान् ने छोटे–बड़े का भेद क्यों लगा दिया, इसका मरम समझ में नहीं आता– उनके तो सभी लड़के हैं। फिर सबको एक आंख से क्यों नहीं देखते–

पयाग ने शंका–समाधन की–पूरब जनम का संसकार है। जिसने जैसे करम किए, वैसे फल पा रहा है।

चौधरी ने खंडन किया–यह सब मन को समझाने की बातें हैं बेटा, जिसमें गरीबों को अपनी दसा पर संतोष रहे और अमीरों के राग–रंग में किसी तरह की बाधा न पड़े। लोग समझते रहें कि भगवान् ने हमको गरीब बना दिया, आदमी का क्या दोस पर यह कोई न्याय नहीं है कि हमारे बाल–बच्चे तक काम में लगे रहें और पेट भर भोजन न मिले और एक–एक अफसर को दस–दस हजार की तलब मिले। दस तोड़े रुपये हुए। गधो से भी न उठे।

अमर ने मुस्कराकर कहा–तुम तो दादा नास्तिक हो।

चौधरी ने दीनता से कहा–बेटा, चाहे नास्तिक कहो, चाहे मूरख कहो पर दिल पर चोट लगती है, तो मुंह से आह निकलती ही है। तुम तो पढ़े–लिखे हो जी–

'हां, कुछ पढ़ा तो है।'

'अंगरेजी तो न पढ़ी होगी?'

'नहीं, कुछ अंग्रेजी भी पढ़ी है।'

चौधरी प्रसन्न होकर बोले–तब तो भैया, हम तुम्हें न जाने देंगे। बाल–बच्चों को बुला लो और यहीं रहो। हमारे बाल–बच्चे भी कुछ पढ़ जाएंगे। फिर सहर भेज देंगे। वहां जात–पांत–बिरादरी कौन पूछता है। लिखा दिया हम छत्तारी हैं।

अमर मुस्कराया–और जो पीछे से भेद खुल गया–

चौधरी का जवाब तैयार था–तो हम कह देंगे, हमारे पुरबज छत्तारी थे, हालांकि अपने को छत्तारी–बंस कहते लाज आती है। सुनते हैं, छत्तारी लोगों

ने मुसलमान बादशाहों को अपनी बेटियां ब्याही थीं। अभी कुछ जलपान तो न किया होगा, भैया– कहां गया तेजा जा, बहू से कुछ जलपान करने को ले आ। भैया, भगवान् का नाम लेकर यहीं टिक जाओ। तीन–चार बीघे सलोनी के पास है। दो बीघे हमारे साझे कर लेना। इतना बहुत है। भगवान् दें तो खाए न चुके।

लेकिन जब सलोनी बुलाई गई और उससे चौधरी ने यह प्रस्ताव किया, तो वह बिचक उठी। कठोर मुद्रा से बोली–तुम्हारी मंसा है, अपनी जमीन इनके नाम करा दूं और मैं हवा खाऊं, यही तो–

चौधरी ने हंसकर कहा–नहीं–नहीं, जमीन तेरे ही नाम रहेगी, पगली यह तो खाली जोतेंगे। यही समझ ले कि तू इन्हें बटाई पर दे रही है।

सलोनी ने कानों पर हाथ रखकर कहा–भैया, अपनी जगह–जमीन मैं किसी के नाम नहीं लिखती। यों हमारे पाहुने हैं, दो–चार–दस दिन रहें। मुझसे जो कुछ होगा, सेवा–सत्कार करूंगी। तुम बटाई पर लेते हो, तो ले लो। जिसको कभी देखा न सुना, न जान न पहचान, उसे कैसे बटाई पर दे दूं–

पयाग ने चौधरी की ओर तिरस्कार–भाव से देखकर कहा–भर गया मन, या अभी नहीं। कहते हो औरतें मूरख होती हैं। यह चाहें हमको–तुमको खड़े–खड़े बेच लावें। सलोनी काकी मुंह की ही मीठी हैं।

सलोनी तिनक उठी–हां जी, तुम्हारे कहने से अपने पुरखों की जमीन छोड़ दूं। मेरे ही पेट का लड़का, मुझी को चराने चला है।

काशी ने सलोनी का पक्ष लिया–ठीक तो कहती हैं, बेजाने–सुने आदमी को अपनी जमीन कैसे सौंप दें–

अमरकान्त को इस विवाद में दार्शनिक आनंद आ रहा था। मुस्कराकर बोला–हां, काकी, तुम ठीक कहती हो। परदेसी आदमी का क्या भरोसा–

मुन्नी भी द्वार पर खड़ी यह बातें सुन रही थी, बोली–पगला गई हो क्या, काकी– तुम्हारे खेत कोई सिर पर उठा ले जाएगा– फिर हम लोग तो हैं ही। जब तुम्हारे साथ कोई कपट करेगा, तो हम पूछेंगे नहीं–

किसी भड़के हुए जानवर को बहुत से आदमी घेरने लगते हैं, तो वह और भी भड़क जाता है। सलोनी समझ रही थी, यह सब–के–सब मिलकर मुझे लुटवाना चाहते हैं। एक बार नाहीं करके, फिर हां न की। वेग से चल खड़ी हुई।

पयाग बोला–चुड़ैल है, चुड़ैल।

अमर ने खिसियाकर कहा–तुमने नाहक उससे कहा, दादा मुझे क्या, यह गांव न सही और गांव सही।

मुन्नी का चेहरा फक हो गया।

गूदड़ बोले–नहीं भैया, कैसी बातें करते हो तुम। मेरे साझीदार बनकर रहो। महन्तजी से कहकर दो–चार बीघे का और बंदोबस्त करा दूंगा। तुम्हारी झोंपड़ी अलग बन जाएगी। खाने–पीने की कोई बात नहीं। एक भला आदमी तो गांव में हो जायेगा। नहीं, कभी एक चपरासी गांव में आ गया, तो सबकी सांस नीचे–ऊपर होने लगती है।

आधा घंटे में सलोनी फिर लौटी और चौधरी से बोली–तुम्हीं मेरे खेत क्यों बटाई पर नहीं ले लेते–

चौधरी ने घुड़ककर कहा–मुझे नहीं चाहिए। धारे रह अपने खेत।

सलोनी ने अमर से अपील की–भैया, तुम्हीं सोचो, मैंने कुछ बेजा कहा–बेजाने–सुने किसी को कोई अपनी चीज दे देता है–

अमर ने सांत्वना दी–नहीं काकी, तुमने बहुत ठीक किया। इस तरह विश्वास कर लेने से धोखा हो जाता है।

सलोनी को कुछ ढाढ़स हुआ–तुमसे तो बेटा, मेरी रात ही भर की जान–पहचान है न– जिसके पास मेरे खेत हैं, वह तो मेरा ही भाई–बंद है। उससे छीनकर तुम्हें दे दूं, तो वह अपने मन में क्या कहेगा– सोचो, अगर मैं अनुचित कहती हूं तो मेरे मुंह पर थप्पड़ मारो। वह मेरे साथ बेईमानी करता है, यह जानती हूं, पर है तो अपना ही हाड़–मांस। उसके मुंह की रोटी छीनकर तुम्हें दे दूं तो तुम मुझे भला कहोगे, बोलो–

सलोनी ने यह दलील खुद सोच निकाली थी या किसी ने सुझा दी थी पर इसने गूदड़ को लाजवाब कर दिया।

तीन

दो महीने बीत गए।

पूस की ठंडी रात काली कमली ओढ़े पड़ी हुई थी। ऊंचा पर्वत किसी विशाल महत्तवाकांक्षी की भांति, तारिकाओं का मुकुट पहने खड़ा था। झोंपड़ियां जैसे उसकी वह छोटी–छोटी अभिलाषाएं थीं, जिन्हें वह ठुकरा चुका था।

अमरकान्त की झोपडी में एक लालटेन जल रही है। पाठशाला खुली हुई है। पंद्रह–बीस लड़के खड़े अभिमन्यु की कथा सुन रहे हैं। अमर खड़ा कथा कह रहा है। सभी लड़के कितने प्रसन्न हैं। उनके पीले कपड़े चमक रहे हैं, आंखें जगमगा रही हैं। शायद वे भी अभिमन्यु जैसे वीर, वैसे ही कर्तव्यपरायण होने

का स्वप्न देख रहे हैं। उन्हें क्या मालूम, एक दिन उन्हें दुर्योधनों और जरासंघो के सामने घुटने टेकने पड़ेंगे कितनी बार वे चक्रव्यूहों से भागने की चेष्टा करेंगे, और भाग न सकेंगे।

गूदड़ चौधरी चौपाल में बोतल और कुंजी लिए कुछ देर तक विचार में डूबे बैठे रहे। फिर कुंजी फेंक दी। बोतल उठाकर आले पर रख दी और मुन्नी को पुकारकर कहा–अमर भैया से कह, आकर खाना खा ले। इस भले आदमी को जैसे भूख ही नहीं लगती, पहर रात गई अभी तक खाने–पीने की सुधि नहीं।

मुन्नी ने बोतल की ओर देखकर कहा–तुम जब तक पी लो। मैंने तो इसीलिए नहीं बुलाया।

गूदड़ ने अरुचि से कहा–आज तो पीने को जी नहीं चाहता, बेटी कौन बड़ी अच्छी चीज है–

मुन्नी आश्चर्य से चौधरी की ओर ताकने लगी। उसे आए यहां तीन साल से अधिक हुए। कभी चौधरी को नागा करते नहीं देखा, कभी उनके मुंह से ऐसी विराग की बात नहीं सुनी। सशंक होकर बोली–आज तुम्हारा जी अच्छी नहीं है क्या, दादा–

चौधरी ने हंसकर कहा–जी क्यों नहीं अच्छा है– मंगाई तो थी पीने ही के लिए पर अब जी नहीं चाहता। अमर भैया की बात मेरे मन में बैठ गई। कहते हैं–जहां सौ में अस्सी आदमी भूखों मरते हों, वहां दारू पीना गरीब का रकत पीने के बराबर है। कोई दूसरा कहता, तो न मानता पर उनकी बात न जाने क्यों दिल में बैठ जाती है–

मुन्नी चिंतित हो गई–तुम उनके कहने में न आओ, दादा अब छोड़ना तुम्हें अवगुन करेगा। कहीं देह में दरद न होने लगे।

चौधरी ने इन विचारों को जैसे तुच्छ समझकर कहा–चाहे दरद हो, चाहे बाई हो, अब पीऊंगा नहीं। जिंदगी में हजारों रुपये की दारू पी गया। सारी कमाई नसे में उड़ा दी। उतने रुपये से कोई उपकार का काम करता, तो गांव का भला होता और जस भी मिलता। मूरख को इसी से बुरा कहा है। साहब लोग सुना है, बहुत पीते हैं पर उनकी बात निराली है। यहां राज करते हैं। लूट का धन मिलता है, वह न पिएं, तो कौन पीए– देखती है, अब कासी और पयाग को भी कुछ लिखने–पढ़ने का चस्का लगने लगा है।

पाठशाला बंद हुई। अमर तेजा और दुरजन की उंगली पकड़े हुए आकर चौधरी से बोला–मुझे तो आज देर हो गई है दादा, तुमने खा–पी लिया न–

चौधरी स्नेह में डूब गए—हां, और क्या, मैं ही तो पहर रात से जुता हुआ हूं मैं ही तो जूते लेकर रिसीकेस गया था। इस तरह जान दोगे, तो मुझे तुम्हारी पाठसाला बंद करनी पड़ेगी।

अमर की पाठशाला में अब लड़कियां भी पढ़ने लगी थीं। उसके आनंद का पारावार न था।

भोजन करके चौधरी सोए। अमर चलने लगा, तो मुन्नी ने कहा—आज तो लाला तुमने बड़ा भारी पाला मारा। दादा ने आज एक घूंट भी नहीं पी।

अमर उछलकर बोला—कुछ कहते थे—

'तुम्हारा जस गाते थे, और क्या कहते— में तो समझती थी, मरकर ही छोड़ेंगे पर तुम्हारा उपदेस काम कर गया।'

अमर के मन में कई दिन से मुन्नी का वृत्तांत पूछने की इच्छा हो रही थी पर अवसर न पाता था। आज मौका पाकर उसने पूछा—तुम मुझे नहीं पहचानती हो लेकिन मैं तुम्हें पहचानता हूं।

मुन्नी के मुख का रंग उड़ गया। उसने चुभती हुई आंखों से अमर को देखकर कहा—तुमने कह दिया, तो मुझे याद आ रहा है। तुम्हें कहीं देखा है।

'काशी के मुकदमे की बात याद करो।'

'अच्छा, हां, याद आ गया। तुम्हीं डॉक्टर साहब के साथ रुपये जमा करते फिरते थे मगर तुम यहां कैसे आ गए?'

'पिताजी से लड़ाई हो गई। तुम यहां कैसे पहुंचीं और इन लोगों के बीच में कैसे आ पड़ीं?'

मुन्नी घर में जाती हुई बोली—फिर कभी बताऊंगी पर तुम्हारे हाथ जोड़ती हूं, यहां किसी से कुछ न कहना।

अमर ने अपनी कोठरी में जाकर बिछावन के नीचे से धोतियों का एक जोड़ा निकाला और सलोनी के घर पहुंचा। सलोनी भीतर पड़ी नींद को बुलाने के लिए गा रही थी। अमर की आवाज सुनकर टट्टी खोल दी और बोली—क्या है बेटा— आज तो बड़ा अंधेरा है। खाना खा चुके— मैं तो अभी चरखा कात रही थी। पीठ दुखने लगी, तो आकर पड़ रही।

अमर ने धोतियों का जोड़ा निकालकर कहा—मैं यह जोड़ा लाया हूं। इसे ले लो। तुम्हारा सूत पूरा हो जाएगा, तो मैं ले लूंगा।

सलोनी उस दिन अमर पर अविश्वास करने के कारण उससे सकुचाती थी। ऐसे भले आदमी पर उसने क्यों अविश्वास किया। लजाती हुई बोली–अभी तुम क्यों लाए भैया, सूत कत जाता, तो ले आते।

अमर के हाथ में लालटेन थी। बुढ़ियां ने जोड़ा ले लिया और उसकी तहों को खोलकर ललचाई हुई आंखों से देखने लगी। सहसा वह बोल उठी–यह तो दो हैं बेटा, मैं दो लेकर क्या करूंगी। एक तुम ले जाओ।

अमरकान्त ने कहा–तुम दोनों रख लो, काकी एक से कैसे काम चलेगा–

सलोनी को अपने जीवन के सुनहरे दिनों में भी दो धोतियां मयस्सर न हुई थीं। पति और पुत्र के राज में भी एक धोती से ज्यादा कभी न मिली। और आज ऐसी सुंदर दो–दो साड़ियां मिल रही हैं, जबरदस्ती दी जा रही हैं। उसके अंतरूकरण से मानो दूध की धारा बहने लगी। उसका सारा वैधाव्य, सारा मात्त्व आशीर्वाद बनकर उसके एक–एक रोम को स्पंदित करने लगा।

अमरकान्त कोठरी से बाहर निकल आया। सलोनी रोती रही।

अपनी झोंपड़ी में आकर अमर कुछ अनिश्चित दशा में खड़ा रहा। फिर अपनी डायरी लिखने बैठ गया। उसी वक्त चौधरी के घर का द्वार खुला और मुन्नी कलसा लिए पानी भरने निकली। इधर लालटेन जलती देखकर वह इधर चली आई, और द्वार पर खड़ी होकर बोली–अभी सोए नहीं लाला, रात तो बहुत हो गई।

अमर बाहर निकलकर बोला–हां अभी नींद नहीं आई। क्या पानी नहीं था–

'हां, आज सब पानी उठ गया। अब जो प्यास लगी, तो कहीं एक बूंद नहीं।'

'लाओ, मैं खींच ला दूं। तुम इस अंधेरी रात में कहां जाओगी?'

'अंधेरी रात में शहर वालों को डर लगता है। हम तो गांव के हैं।'

'नहीं मुन्नी, मैं तुम्हें न जाने दूंगा।'

'तो क्या मेरी जान तुम्हारी जान से प्यारी है?'

'मेरी जैसी एक लाख जानें तुम्हारी जान पर न्यौछावर हैं।'

मुन्नी ने उसकी ओर अनुरक्त नेत्रों से देखा–तुम्हें भगवान् ने मेहरिया क्यों नहीं बनाया, लाला– इतना कोमल ह्रदय तो किसी मर्द का नहीं देखा। मैं तो कभी–कभी सोचती हूं, तुम यहां न आते, तो अच्छा होता।

अमर मुस्कराकर बोला—मैंने तुम्हारे साथ बुराई की है, मुन्नी—

मुन्नी कांपते हुए स्वर में बोली—बुराई नहीं की— जिस अनाथ बालक का कोई पूछने वाला न हो, उसे गोद और खिलौने और मिठाइयों का चस्का डाल देना क्या बुराई नहीं है— यह सुख पाकर क्या वह बिना लाड़—प्यार के रह सकता है—

अमर ने करूण स्वर में कहा—अनाथ तो मैं था, मुन्नी तुमने मुझे गोद और प्यार का चस्का डाल दिया। मैंने तो रो—रोकर तुम्हें दिक ही किया है।

मुन्नी ने कलसा जमीन पर रख दिया और बोली—मैं तुमसे बातों में न जीतूंगी लाला लेकिन तुम न थे, तब मैं बड़े आनंद से थी। घर का धंधा करती थी, रूखा—सूखा खाती थी और सो रहती थी। तुमने मेरा वह सुख छीन लिया। अपने मन में कहते होंगे, बड़ी निर्लज्ज नार है। कहो, जब मर्द औरत हो जाए, तो औरत को मर्द बनना ही पड़ेगा। जानती हूं, तुम मुझसे भागे—भागे फिरते हो, मुझसे गला छुड़ाते हो। यह भी जानती हूं, तुम्हें पा नहीं सकती। मेरे ऐसे भाग्य कहां— पर छोडूंगी नहीं। मैं तुमसे और कुछ नहीं मांगती। बस, इतना ही चाहती हूं कि तुम मुझे अपनी समझो। मुझे मालूम हो कि मैं भी स्त्री हूं, मेरे सिर पर भी कोई है, मेरी जिंदगी भी किसी के काम आ सकती है।

अमर ने अब तक मुन्नी को उसी तरह देखा था, जैसे हरेक युवक किसी सुंदरी युवती को देखता है—प्रेम से नहीं, केवल रसिक भाव से पर आत्म—समर्पण ने उसे विचलित कर दिया। दुधार गाय के भरे हुए थनों को देखकर हम प्रसन्न होते हैं—इनमें कितना दूध होगा केवल उसकी मात्रा का भाव हमारे मन में आ जाता है। हम गाय को पकड़कर दुहने के लिए तैयार नहीं हो जाते लेकिन कटोरे में दूध का सामने आ जाना दूसरी बात है। अमर ने दूध के कटोरे की ओर हाथ बढ़ा दिया—आओ, हम—तुम कहीं चलें, मुन्नी वहां मैं कहूंगा यह मेरी...

मुन्नी ने उसके मुंह पर हाथ रख दिया और बोली—बस, और कुछ न कहना। मर्द सब एक—से होते हैं। मैं क्या कहती थी, तुम क्या समझ गए— मैं तुमसे सगाई नहीं करूंगी, तुम्हारी रखेली भी नहीं बनूंगी। तुम मुझे अपनी चेरी समझते रहो, यही मेरे लिए बहुत है।

मुन्नी ने कलसा उठा लिया और कुएं की ओर चल दी। अमर रमणी—हृदय का यह अद्‌भुत रहस्य देखकर स्तंभित हो गया था।

सहसा मुन्नी ने पुकारा—लाला, ताजा पानी लाई हूं। एक लोटा लाऊं—

पीने की इच्छा होने पर भी अमर ने कहा—अभी तो प्यास नहीं है, मुन्नी।

चार

तीन महीने तक अमर ने किसी को खत न लिखा। कहीं बैठने की मुहलत ही न मिली। सकीना का हाल जानने के लिए हृदय तड़प–तड़पकर रह जाता था। नैना की भी याद आ जाती थी। बेचारी रो–रोकर मरी जाती होगी। बच्चे का हंसता हुआ फूल–सा मुखड़ा याद आता रहता था पर कहीं अपना पता–ठिकाना हो तब तो खत लिखे। एक जगह तो रहना नहीं होता था। यहां आने के कई दिन बाद उसने तीन खत लिखे–सकीना, सलीम और नैना के नाम। सकीना का पत्र सलीम के लिफाफे में बंद कर दिया था। आज जवाब आ गए हैं। डाकिया अभी दे गया है। अमर गंगा–तट पर एकांत में जाकर इन पत्रों को पढ़ रहा है। वह नहीं चाहता, बीच में कोई बाधा हो, लड़के आ–आकर पूछें–किसका खत है।

नैना लिखती है–'भला, आपको इतने दिनों के बाद मेरी याद तो आई। मैं आपको इतना कठोर न समझती थी। आपके बिना इस घर में कैसे रहती हूं, इसकी आप कल्पना भी नहीं कर सकते, क्योंकि आप, आप हैं, और मैं, मैं साढ़े चार महीने और आपका एक पत्र नहीं कुछ खबर नहीं आंखों से कितना आंसू निकल गया, कह नहीं सकती। रोने के सिवा आपने और काम ही क्या छोड़ा आपके बिना मेरा जीवन इतना सूना हो जाएगा, मुझे यह न मालूम था।

'आपके इतने दिनों की चुप्पी का कारण मैं समझती हूं, पर वह आपका भ्रम है भैया आप मेरे भाई हैं। मेरे वीरन हैं। राजा हों तो मेरे भाई हैं, रंक हों तो मेरे भाई हैं संसार आप पर हंसे, सारे देश में आपकी निंदा हो, पर आप मेरे भाई हैं। आज आप मुसलमान या ईसाई हो जाएं, तो क्या आप मेरे भाई न रहेंगे– जो नाता भगवान् ने जोड़ दिया है, क्या उसे आप तोड़ सकते हैं– इतना बलवान् मैं आपको नहीं समझती। इससे भी प्यारा और कोई नाता संसार में है, मैं नहीं समझती। मां में केवल वात्सल्य है। बहन में क्या है, नहीं कह सकती, पर वह वात्सल्य से कोमल अवश्य है। मां अपराध का दंड भी देती है। बहन क्षमा का रूप है। भाई न्याय करे, अन्याय करे, डांटे या प्यार करे, मान करे, अपमान करे, बहन के पास क्षमा के सिवा और कुछ नहीं है। वह केवल उसके स्नेह की भूखी है।

'जब से आप गए हैं, किताबों की ओर ताकने की इच्छा नहीं होती। रोना आता है। किसी काम में जी नहीं लगता। चरखा भी पड़ा मेरे नाम को रो रहा है। बस, अगर कोई आनंद की वस्तु है तो वह मुन्नू है। वह मेरे गले का हार हो गया है। क्षण–भर को भी नहीं छोड़ता। इस वक्त सो गया है, तब यह पत्र

लिख सकी हूं, नहीं उसने चित्रलिपि में वह पत्र लिखा होता, जिसको बड़े–बड़े विद्वान् भी नहीं समझ सकते। भाभी को उससे अब उतना स्नेह नहीं रहा। आपकी चर्चा वह कभी भूलकर भी नहीं करतीं। धर्म–चर्चा और भक्ति से उन्हें विशेष प्रेम हो गया है। मुझसे भी बहुत कम बोलती हैं। रेणुकादेवी उन्हें लेकर लखनऊ जाना चाहती थीं, पर वहां नहीं गईं। एक दिन उनकी गऊ का विवाह था। शहर के हजारों देवताओं का भोज हुआ। हम लोग भी गए थे। यहां के गऊशाले के लिए उन्होंने दस हजार रुपये दान किए हैं।

'अब दादाजी का हाल सुनिए वह आजकल एक ठाकुरद्वारा बनवा रहे हैं। जमीन तो पहले ही ले चुके थे। पत्थर जमा हो रहा है। ठाकुरद्वारे की बुनियाद रखने के लिए राजा साहब को निमंत्रण दिया जाएगा। न जाने क्यों दादा अब किसी पर क्रोध नहीं करते। यहां तक कि जोर से बोलते भी नहीं। दाल में नमक तेज हो जाने पर जो थाली पटक देते थे, अब चाहे कितना ही नमक पड़ जाय, बोलते भी नहीं। सुनती हूं, असामियों पर भी उतनी सख्ती नहीं करते। जिस दिन बुनियाद पड़ेगी, बहुत से असामियों का बकाया मुआफ भी करेंगे। पठानिन को अब पांच की जगह पच्चीस रुपये मिलने लगे हैं। लिखने को तो बहुत–सी बातें हैं पर लिखूंगी नहीं। आप अगर यहां आएं तो छिपकर आइएगा क्योंकि लोग झल्लाए हुए हैं। हमारे घर कोई नहीं आता–जाता।'

दूसरा खत सलीम का है रू श्मैंने तो समझा था, तुम गंगाजी में डूब मरे और तुम्हारे नाम को, प्याज की मदद से, दो–तीन कतरे आंसू बहा दिए थे और तुम्हारी देह की नजात के लिए एक बरहमन को एक कौड़ी खैरात भी कर दी थी मगर यह मालूम करके रंज हुआ कि आप जिंदा हैं और मेरा मातम बेकार हुआ। आंसुओं का तो गम नहीं, आंखों को कुछ फायदा ही हुआ, मगर उस कौड़ी का जरूर गम है। भले आदमी, कोई पांच–पांच महीने तक यों खामोशी अख्तियार करता है खैरियत यही है कि तुम मौजूद नहीं हो। बड़े कौमी खादिम की दुम बने हो। जो आदमी अपने प्यारे दोस्तों से इतनी बेवफाई करे, वह कौम की खिदमत क्या खाक करेगा–

'खुदा की कसम रोज तुम्हारी याद आती थी। कॉलेज जाता हूं, जी नहीं लगता। तुम्हारे साथ कॉलेज की रौनक चली गई। उधर अब्बाजान सिविल सर्विस की रट लगा–लगाकर और भी जान लिए लेते हैं। आखिर कभी आओगे भी, या काले पानी की सजा भोगते रहोगे–

'कॉलेज के हाल साबिक दस्तूर हैं–वही ताश हैं, वही लेक्चरों से भागना है, वही मैच हैं। हां, कन्वोकेशन का ऐड्रेस अच्छा रहा। वाइस चांलसर ने सादा जिंदगी पर जोर दिया। तुम होते, तो उस ऐड्रेस का मजा उठाते। मुझे फीका

मालूम होता था। सादा जिंदगी का सबक तो सब देते हैं पर कोई नमूना बनकर दिखाता नहीं। यह जो अनगिनती लेक्चरार और प्रोफेसर हैं, क्या सब–के–सब सादा जिंदगी के नमूने हैं– वह तो लिविंग का स्टैंडर्ड ऊंचा कर रहे हैं, तो फिर लड़के भी क्यों न ऊंचा करें, क्यों न बहती गंगा में हाथ धोवें–वाइस चांसलर साहब, मालूम नहीं सादगी का सबक अपने स्टाफ को क्यों नहीं देते–प्रोफेसर भाटिया के पास तीस जोड़े जूते हैं और बाज–बाज पचास रुपये के हैं। खैर, उनकी बात छोड़ो। प्रोफेसर चक्रवर्ती तो बड़े किफायतशार मशहूर हैं। जोई न जांता, अल्ला मियां से नाता। फिर भी जानते हो कितने नौकर हैं उनके पास–कुल बारह तो भाई, हम लोग तो नौजवान हैं, हमारे दिलों में नया शौक है, नए अरमान हैं। घर वालों से मागेंगे न देंगे, तो लड़ेंगे, दोस्तों से कर्ज लेंगे, दूकानदारों की खुशामद करेंगे, मगर शान से रहेंगे जरूर। वह जहन्नुम में जा रहे हैं, तो हम भी जहन्नुम जाएंगे मगर उनके पीछे–पीछे।

'सकीना का हाल भी कुछ सुनना चाहते हो–मामा को बीसों ही बार भेजा, कपड़े भेजे, रुपये भेजे पर कोई चीज न ली। मामा कहती हैं, दिन–भर एकाध चपाती खा ली, तो खा ली, नहीं चुपचाप पड़ी रहती है। दादी से बोलचाल बंद है। कल तुम्हारा खत पाते ही उसके पास भेज दिया था। उसका जवाब जो आया, उसकी हू–ब–हू नकल यह है। असली खत उस वक्त देखने को पाओगे, जब यहां आओगे।

'बाबूजी, आपको मुझ बदनसीब के कारण यह सजा मिली, इसका मुझे बड़ा रंज है। और क्या कहूं– जीती हूं और आपको याद करती हूं। इतना अरमान है कि मरने के पहले एक बार आपको देख लेती लेकिन इसमें भी आपकी बदनामी ही है, और मैं तो बदनाम हो ही चुकी। कल आपका खत मिला, तब से कितनी बार सौदा उठ चुका है कि आपके पास चली जाऊं। क्या आप नाराज होंगे– मुझे तो यह खौफ नहीं है। मगर दिल को समझाऊंगी और शायद कभी मरूंगी भी नहीं। कुछ देर तो गुस्से के मारे तुम्हारा खत न खोला। पर कब तक– खत खोला, पढ़ा, रोई, फिर पढ़ा, फिर रोई। रोने में इतना मजा है कि जी नहीं भरता। अब इंतजार की तकलीफ नहीं झेली जाती। खुदा आपको सलामत रखे।

'देखा, यह खत कितना दर्दनाक है मेरी आंखों में बहुत कम आंसू आते हैं लेकिन यह खत देखकर जब्त न कर सका। कितने खुशनसीब हो तुम।'

अमर ने सिर उठाया तो उसकी आंखों में नशा था वह नशा जिसमें आलस्य नहीं, स्ठ्ठर्ति है लालिमा नहीं, दीप्ति है उन्माद नहीं, विस्मृति नहीं,

जागृति है। उसके मनोजगत में ऐसा भूकंप कभी न आया था। उसकी आत्मा कभी इतनी उदार इतनी विशाल, इतनी प्रफुल्ल न थी। आंखों के सामने दो मूर्तियां खड़ी हो गईं, एक विलास में डूबी हुई, रत्नों से अलंकृत, गर्व में चूर दूसरी सरल माधुर्य से भूषित, लज्जा और विनय से सिर झुकाए हुए। उसका प्यासा हृदय उस खुशबूदार मीठे शरबत से हटकर इस शीतल जल की ओर लपका। उसने पत्र के उस अंश को फिर पढ़ा, फिर आवेश में जाकर गंगा–तट पर टहलने लगा। सकीना से कैसे मिले– यह ग्रामीण जीवन उसे पसंद आएगा– कितनी सुकुमार है, कितनी कोमल वह और कठोर जीवन– कैसे आकर उसकी दिलजोई करे। उसकी वह सूरत याद आई, जब उसने कहा था–बाबूजी, मैं भी चलती हूं। ओह कितना अनुराग था। किसी मजूर को गड़डा खोदते–खोदते जैसे कोई रत्न मिल जाए और वह अपने अज्ञान में उसे कांच का टुकड़ा ही समझ रहा हो।

इतना अरमान है कि मरने के पहले आपको देख लेतीश–यह वाक्य जैसे उसके हृदय में चिमट गया था। उसका मन जैसे गंगा की लहरों पर तैरता हुआ सकीना को खोज रहा था। लहरों की ओर तन्मयता से ताकते–ताकते उसे मालूम हुआ मैं बहा जा रहा हूं। वह चौंककर घर की तरफ चला। दोनों आंखें तर, नाक पर लाली और गालों पर आर्द्रता।

पांच

गांव में एक आदमी सगाई लाया है। उस उत्सव में नाच, गाना, भोज हो रहा है। उसके द्वार पर नगड़ियां बज रही है गांव भर के स्त्री, पुरुष, बालक जमा हैं और नाच शुरू हो गया है। अमरकान्त की पाठशाला आज बंद है। लोग उसे भी खींच लाए हैं।

पयाग ने कहा–चलो भैया, तुम भी कुछ करतब दिखाओ। सुना है, तुम्हारे देस में लोग खूब नाचते हैं।

अमर ने जैसे क्षमा–सी मांगी–भाई, मुझे तो नाचना नहीं आता।

उसकी इच्छा हो रही है कि नाचना आता, तो इस समय सबको चकित कर देता।

युवकों और युवतियों के जोड़ बंधो हुए हैं। हरेक जोड़ दस–पंद्रह मिनट तक थिरककर चला जाता है। नाचने में कितना उन्माद, कितना आनंद है, अमर ने न समझा था। एक युवती घूंघट बढ़ाए हुए रंगभूमि में आती है इधर से पयाग निकलता है। दोनों नाचने लगते हैं। युवती के अंगों में इतनी लचक है, उसके

अंग–विलास में भावों की ऐसी व्यंजना है कि लोग मुग्ध हुए जाते हैं। इस जोड़ के बाद दूसरा जोड़ आता है। युवक गठीला जवान है, चौड़ी छाती, उस पर सोने की मुहर, कछनी काछे हुए।

युवती को देखकर अमर चौंक उठा। मुन्नी है। उसने घेरदार लहंगा पहना है, गुलाबी ओढ़नी ओढ़ी है, और पांव में पैजनियां बंध ली हैं। गुलाबी घूंघट में दोनों कपोल फूलों की भांति खिले हुए हैं। दोनों कभी हाथ–में–हाथ मिलाकर, कभी कमर पर हाथ रखकर, कभी कूल्हों को ताल से मटकाकर नाचने में उन्मत्ता हो रहे हैं। सभी मुग्ध नेत्रों से इन कलाविदों की कला देख रहे हैं। क्या फुरती है, क्या लचक है और उनकी एक–एक लचक में, एक–एक गति में कितनी मार्मिकता, कितनी मादकता दोनों हाथ–में–हाथ मिलाए, थिरकते हुए रंगभूमि के उस सिरे तक चले जाते हैं और क्या मजाल कि एक गति भी बेताल हो।

पयाग ने कहा–देखते हो भैया, भाभी कैसा नाच रही है– अपना जोड़ नहीं रखती।

अमर ने विरक्त मन से कहा–हां, देख तो रहा हूं।

'मन हो, तो उठो, मैं उस लौंडे को बुला लूं।'

'नहीं, मुझे नहीं नाचना है।'

मुन्नी नाच रही थी कि अमर उठकर घर चला आया। यह बेशर्मी अब उससे नहीं सही जाती।

एक क्षण के बाद मुन्नी ने आकर कहा–तुम चले क्यों आए, लाला– क्या मेरा नाचना अच्छा न लगा–

अमर ने मुंह फेरकर कहा–क्या मैं आदमी नहीं हूं कि अच्छी चीज को बुरा समझूं–

मुन्नी और समीप आकर बोली–तो फिर चले क्यों आए–

अमर ने उदासीन भाव से कहा–मुझे एक पंचायत में जाना है। लोग बैठे मेरी राह देख रहे होंगे। तुमने क्यों नाचना बंद कर दिया–

मुन्नी ने भोलेपन से कहा–तुम चले आए, तो नाचकर क्या करती–

अमर ने उसकी आंखों में आंखें डालकर कहा–सच्चे मन से कह रही हो मुन्नी–

मुन्नी उससे आंखें मिलाकर बोली–मैं तो तुमसे कभी झूठ नहीं बोली।

'मेरी एक बात मानो। अब फिर कभी मत नाचना।'

मुन्नी उदास होकर बोली–तो तुम इतनी जरा–सी बात पर रूठ गए–जरा किसी से पूछो, मैं आज कितने दिनों के बाद नाची हूं। दो साल से मैं नफाड़े के पास नहीं गई। लोग कह–कहकर हार गए। आज तुम्हीं ले गए, और अब उलटे तुम्हीं नाराज होते हो।

मुन्नी घर में चली गई। थोड़ी देर बाद काशी ने आकर कहा–भाभी, तुम यहां क्या कर रही हो– वहां सब लोग तुम्हें बुला रहे हैं।

मुन्नी ने सिरदर्द का बहाना किया।

काशी आकर अमर से बोला–तुम क्यों चले आए, भैया– क्या गंवारों का नाच–गाना अच्छा न लगा।

अमर ने कहा–नहीं जी, यह बात नहीं। एक पंचायत में जाना है देर हो रही है।

काशी बोला–भाभी नहीं जा रही है। इसका नाच देखने के बाद अब दूसरों का रंग नहीं जम रहा है। तुम चलकर कह दो, तो साइत चली जाए। कौन रोज–रोज यह दिन आता है। बिरादरी वाली बात है। लोग कहेंगे, हमारे यहां काम आ पड़ा, तो मुंह छिपाने लगे।

अमर ने धर्म–संकट में पड़कर कहा–तुमने समझाया नहीं–

फिर अंदर जाकर कहा–मुझसे नाराज हो गई, मुन्नी–

मुन्नी आंगन में आकर बोली–तुम मुझसे नाराज हो गए हो कि मैं तुमसे नाराज हो गई–

'अच्छा, मेरे कहने से चलो।'

'जैसे बच्चे मछलियों को खेलाते हैं, उसी तरह तुम मुझे खेला रहे हो, लाला जब चाहा रूला दिया जब चाहा हंसा दिया।'

'मेरी भूल थी, मुन्नी क्षमा करो।'

'लाला, अब तो मुन्नी तभी नाचेगी, जब तुम उसका हाथ पकड़कर कहोगे–चलो हम–तुम नाचें। वह अब और किसी के साथ न नाचेगी।'

'तो अब नाचना सीखूं?'

मुन्नी ने अपनी विजय का अनुभव करके कहा–मेरे साथ नाचना चाहोगे, तो आप सीखोगे।

'तुम सिखा दोगी?'

'तुम मुझे रोना सिखा रहे हो, मैं तुम्हें नाचना सिखा दूंगी।'

'अच्छा चलो।'

कॉलेज के सम्मेलनों में अमर कई बार ड्रामा खेल चुका था। स्टेज पर नाचा भी था, गाया भी था पर उस नाच और इस नाच में बड़ा अंतर था। वह विलासियों की कर्म–क्रीड़ा थी, यह श्रमिकों की स्वच्छंद केलि। उसका दिल सहमा जाता था।

उसने कहा–मुन्नी, तुमसे एक वरदान मांगता हूं।

मुन्नी ने ठिठककर कहा–तो तुम नाचोगे नहीं–

'यही तो तुमसे वरदान मांग रहा हूं।'

अमर श्ठहरो–ठहरोश कहता रहा पर मुन्नी लौट पड़ी।

अमर भी अपनी कोठरी में चला आया, और कपड़े पहनकर पंचायत में चला गया। उसका सम्मान बढ़ रहा है। आस–पास के गांवों में भी जब कोई पंचायत होती है, तो उसे अवश्य बुलाया जाता है।

छह

सलोनी काकी ने अपने घर की जगह पाठशाले के लिए दे दी है। लड़के बहुत आने लगे हैं। उस छोटी–सी कोठरी में जगह नहीं है। सलोनी से किसी ने जगह मांगी नहीं, कोई दबाव भी नहीं डाला गया। बस, एक दिन अमर और चौधरी बैठे बातें कर रहे थे कि नई शाला कहां बनाई जाए, गांव में तो बैलों के बंधने की जगह नहीं। सलोनी उनकी बातें सुनती रही। फिर एकाएक बोल उठी–मेरा घर क्यों नहीं ले लेते– बीस हाथ पीछे खाली जगह पड़ी है। क्या इतनी जमीन में तुम्हारा काम नहीं चलेगा–

दोनों आदमी चकित होकर सलोनी का मुंह ताकने लगे।

अमर ने पूछा–और तू रहेगी कहां, काकी–

सलोनी ने कहा–उंह मुझे घर–द्वार लेकर क्या करना है बेटा– तुम्हारी ही कोठरी में आकर एक कोने में पड़ी रहूंगी।

गूदड़ ने मन में हिसाब लगाकर कहा–जगह तो बहुत निकल आएगी।

अमर ने सिर हिलाकर कहा–मैं काकी का घर नहीं लेना चाहता। महन्तजी से मिलकर गांव के बाहर पाठशाला बनवाऊंगा।

काकी ने दुरूखित होकर कहा–क्या मेरी जगह में कोई छूत लगी है, भैया–

गूदड़ ने फैसला कर दिया। काकी का घर मदरसे के लिए ले लिया जाए। उसी में एक कोठरी अमर के लिए भी बना दी जाय। काकी अमर की झोंपड़ी में रहेगी। एक किनारे गाय–बैल बंध लेगी। एक किनारे पडे। रहेंगी।

आज सलोनी जितनी खुश है, उतनी शायद और कभी न हुई हो। वही बुढ़ियां, जिसके द्वार पर कोई बैल बंध देता, तो लड़ने को तैयार हो जाती, जो बच्चों को अपने द्वार पर गोलियां न खेलने देती, आज अपने पुरखों का घर देकर अपना जीवन सफल समझ रही है। यह कुछ असंगत–सी बात है पर दान कृपण ही दे सकता है। हां, दान का हेतु ऐसा होना चाहिए जो उसकी नजर में उसके मर–मर संचे हुए धन के योग्य हो।

चटपट काम शुरू हो जाता है। घरों से लकड़ियां निकल आईं, रस्सी निकल आई, मजूर निकल आए, पैसे निकल आए। न किसी से कहना पड़ा, न सुनना। वह उनकी अपनी शाला थी। उन्हीं के लड़के–लड़कियां तो पढ़ती थीं। और इन छरू–सात महीने में ही उन पर शिक्षा का कुछ असर भी दिखाई देने लगा था। वह अब साफ रहते हैं, झूठ कम बोलते हैं, झूठे बहाने कम करते हैं, गालियां कम बकते हैं, और घर से कोई चीज चुरा कर नहीं ले जाते। न उतनी जिद ही करते हैं। घर का जो कुछ काम होता है, उसे शौक से करते हैं। ऐसी शाला की कौन मदद न करेगा–

फागुन का शीतल प्रभात सुनहरे वस्त्र पहने पहाड़ पर खेल रहा था। अमर कई लड़कों के साथ गंगा–स्नान करके लौटा पर आज अभी तक कोई आदमी काम करने नहीं आया। यह बात क्या है– और दिन तो उसके स्नान करके लौटने के पहले ही कारीगर आ जाते थे। आज इतनी देर हो गई और किसी का पता नहीं।

सहसा मुन्नी सिर पर कलसा रखे आकर खड़ी हो गई। वही शीतल, सुनहरा प्रभात उसके गेहुएं मुखड़े पर मचल रहा था।

अमर ने मुस्कराकर कहा–यह देखो, सूरज देवता तुम्हें घूर रहे हैं।

मुन्नी ने कलसा उतारकर हाथ में ले लिया और बोली–और तुम बैठे देख रहे हो–

फिर एक क्षण के बाद उसने कहा–तुम तो जैसे आजकल गांव में रहते ही नहीं हो। मदरसा क्या बनने लगा, तुम्हारे दर्शन ही दुर्लभ हो गए। मैं डरती हूं, कहीं तुम सनक न जाओ।

'मैं तो दिन–भर यहीं रहता हूं, तुम अलबत्ता जाने कहां रहती हो–आज यह सब आदमी कहां चले गए– एक भी नहीं आया।'

'गांव में है ही कौन?'

'कहां चले गए सब?'

'वाह तुम्हें खबर ही नहीं– पहर रात सिरोमनपुर के ठाकुर की गाय मर गई, सब लोग वहीं गए हैं। आज घर–घर सिकार बनेगा।'

'अमर ने घृणा–सूचक भाव से कहा–मरी गाय?'

'हमारे यहां भी तो खाते हैं, यह लोग।'

'क्या जाने– मैंने कभी नहीं देखा। तुम तो...'

मुन्नी ने घृणा से मुंह बनाकर कहा–मैं तो उधर ताकती भी नहीं।

'समझाती नहीं इन लोगों को?'

'उंह समझाने से माने जाते हैं, और मेरे समझाने से।'

अमरकान्त की वंशगत वैष्णव वृत्ति इस घृणित, पिशाच कर्म से जैसे मतलाने लगी। उसे सचमुच मतली हो आई। उसने छूत–छात और भेदभाव को मन से निकाल डाला था पर अखा? से वही पुरानी घृणा बनी हुई थी। और वह दस–ग्यारह महीने से इन्हीं मुरदाखोरों के घर भोजन कर रहा है।

'आज मैं खाना नहीं खाऊंगा, मुन्नी।'

'मैं तुम्हारा भोजन अलग पका दूंगी।'

'नहीं मुन्नी जिस घर में वह चीज पकेगी, उस घर में मुझसे न खाया जायेगा।'

सहसा शोर सुनकर अमर ने आंखें उठाईं, तो देखा कि पंद्रह–बीस आदमी बांस की बल्लियों पर उस मृतक गाय को लादे चले आ रहे हैं। सामने कई लड़के उछलते–कूदते तालियां बजाते चले आते थे।

कितना बीभत्स दृश्य था। अमर वहां खड़ा न रह सका। गंगा–तट की ओर भागा।

मुन्नी ने कहा–तो भाग जाने से क्या होगा– अगर बुरा लगता है तो जाकर समझाओ।

'मेरी बात कौन सुनेगा, मुन्नी?'

'तुम्हारी बात न सुनेंगे, तो और किसकी बात सुनेंगे, लाला?'

'और जो किसी ने न माना?'

'और जो मान गए आओ, कुछ–कुछ बद लो।'

'अच्छा क्या बदती हो?'

'मान जायें तो मुझे एक अच्छी–सी साड़ी ला देना।'

'और न माने, तो तुम मुझे क्या दोगी?'

'एक कौड़ी।'

इतनी देर में वह लोग और समीप आ गए। चौधरी सेनापति की भांति आगे–आगे लपके चले आते थे।

मुन्नी ने आगे बढ़कर कहा–ला तो रहे हो लेकिन लाला भागे जा रहे हैं।

गूदड़ ने कौतूहल से पूछा–क्यों क्या हुआ है–

'यही गाय की बात है। कहते हैं, मैं तुम लोगों के हाथ का पानी न पिऊंगा।'

पयाग ने अकड़कर कहा–बकने दो। न पिएंगे हमारे हाथ का पानी, तो हम छोटे न हो जाएंगे।

काशी बोला–आज बहुत दिनों के बाद सिकार मिला उसमें भी यह बाधा!

गूदड़ ने समझौते के भाव से कहा–आखिर कहते क्या हैं–

मुन्नी झुंझलाकर बोली–अब उन्हीं से जाकर पूछो। जो चीज और किसी ऊंची जात वाले नहीं खाते, उसे हम क्यों खाएं, इसी से तो लोग हमें नीच समझते हैं।

पयाग ने आवेश में कहा–तो हम कौन किसी बाम्हन–ठाकुर के घर बेटी ब्याहने जाते हैं– बाम्हनों की तरह किसी के द्वार पर भीख मांगने तो नहीं जाते यह तो अपना–अपना रिवाज है।

मुन्नी ने डांट बताई–यह कोई अच्छी बात है कि सब लोग हमें नीच समझें, जीभ के सवाद के लिए–

गाय वहीं रख दी गई। दो–तीन आदमी गंडासे लेने दौड़े। अमर खड़ा देख रहा था कि मुन्नी मना कर रही है पर कोई उसकी सुन नहीं रहा। उसने उधर से मुंह फेर लिया जैसे उसे कै हो जाएगी। मुंह फेर लेने पर भी वही दृश्य उसकी आंखों में फिरने लगा। इस सत्य को वह कैसे भूल जाय कि उससे पचास कदम पर मुरदा गाय की बोटियां की जा रही हैं। वह उठकर गंगा की ओर भागा।

गूदड़ ने उसे गंगा की ओर जाते देखकर चिंतित भाव से कहा–वह तो सचमुच गंगा की ओर भागे जा रहे हैं। बड़ा सनकी आदमी है। कहीं डूब–डाब न जाय।

पयाग बोला–तुम अपना काम करो, कोई नहीं डूबे–डाबेगा। किसी को जान इतनी भारी नहीं होती।

मुन्नी ने उसकी ओर कोप–दृष्टि से देखा–जान उन्हें प्यारी होती है, जो नीच हैं और नीच बने रहना चाहते हैं। जिसमें लाज है, जो किसी के सामने सिर नहीं नीचा करना चाहता, वह ऐसी बात पर जान भी दे सकता है।

पयाग ने ताना मारा–उनका बड़ा पच्छ कर रही हो भाभी, क्या सगाई की ठहर गई है–

मुन्नी ने आहत कंठ से कहा–दादा, तुम सुन रहे हो इनकी बातें, और मुंह नहीं खोलते। उनसे सगाई ही कर लूंगी, तो क्या तुम्हारी हंसी हो जाएगी–और जब मेरे मन में वह बात आ जाएगी, तो कोई रोक भी न सकेगा। अब इसी बात पर मैं देखती हूं कि कैसे घर में सिकार जाता है। पहले मेरी गर्दन पर गंडासा चलेगा।

मुन्नी बीच में घुसकर गाय के पास बैठ गई और ललकार बोली–अब जिसे गंडासा चलाना हो चलाए, बैठी हूं।

पयाग ने कातर भाव से कहा–हत्या के बल खेलती–खाती हो और क्या।

मुन्नी बोली–तुम्हीं जैसों ने बिरादरी को इतना बदनाम कर दिया है उस पर कोई समझाता है, तो लड़ने को तैयार होते हो।

गूदड़ चौधरी गहरे विचार में डूबे खड़े थे। दुनिया में हवा किस तरफ चल रही है, इसकी भी उन्हें कुछ खबर थी। कई बार इस विषय पर अमरकान्त से बातचीत कर चुके थे। गंभीर भाव से बोले–भाइयो, यहां गांव के सब आदमी जमा हैं। बताओ, अब क्या सलाह है–

एक चौड़ी छाती वाला युवक बोला–सलाह जो तुम्हारी है, वही सबकी है। चौधरी तो तुम हो।

पयाग ने अपने बाप को विचलित होते देख, दूसरों को ललकारकर कहा–खड़े मुंह क्या ताकते हो, इतने जने तो हो। क्यों नहीं मुन्नी का हाथ पकड़कर हटा देते– मैं गंडासा लिए खड़ा हूं।

मुन्नी ने क्रोध से कहा–मेरा ही मांस खा जाओगे, तो कौन हर्ज है– वह भी तो मांस ही है।

और किसी को आगे बढ़ते न देखकर पयाग ने खुद आगे बढ़कर मुन्नी का हाथ पकड़ लिया और उसे वहां से घसीटना चाहता था कि काशी ने उसे जोर से धक्का दिया और लाल आंखें करके बोला–भैया, अगर उसकी देह पर हाथ रखा, तो खून हो जाएगा–कहे देता हूं। हमारे घर में इस गऊ मांस की गंध तक न जाने पाएगी। आए वहां से बड़े वीर बनकर।

चौड़ी छाती वाला युवक मधयस्थ बनकर बोला–मरी गाय के मांस में ऐसा कौन–सा मजा रखा है, जिसके लिए सब जने मरे जा रहे हो। गड्ढा खोदकर मांस फाड़ दो, खाल निकाल लो। वह भी जब अमर भैया की सलाह हो तो। सारी दुनिया हमें इसीलिए तो अछूत समझती है कि हम दारू–सराब पीते हैं, मुरदा मांस खाते हैं और चमड़े का काम करते हैं। और हममें क्या बुराई है– दारू–सराब हमने छोड़ दी है– रहा चमड़े का काम, उसे कोई बुरा नहीं कह सकता, और अगर कहे भी तो हमें उसकी परवाह नहीं। चमड़ा बनाना–बेचना कोई बुरा काम नहीं है।

गूदड़ ने युवक की ओर आदर की दृष्टि से देखा–तुम लोगों ने भूरे की बात सुन ली। तो यही सबकी सलाह है–

भूरे बोला–अगर किसी को उजर करना हो तो करे।

एक बूढ़े ने कहा–एक तुम्हारे या हमारे छोड़ देने से क्या होता है– सारी बिरादरी तो खाती है।

भूरे ने जवाब दिया–बिरादरी खाती है, बिरादरी नीच बनी रहे। अपना–अपना धरम अपने–अपने साथ है।

गूदड़ ने भूरे को संबोधित किया–तुम ठीक कहते हो, भूरे लड़कों का पढ़ना ही ले लो। पहले कोई भेजता था अपने लड़कों को – मगर जब हमारे लड़के पढ़ने लगे, तो दूसरे गांवों के लड़के भी आ गए।

काशी बोला–मुरदा मांस न खाने के अपराध का दंड बिरादरी हमें न देगी। इसका मैं जुम्मा लेता हूं। देख लेना आज की बात सांझ तक चारों ओर फैल जाएगी, और वह लोग भी यही करेंगे। अमर भैया का कितना मान है। किसकी मजाल है कि उनकी बात को काट दे।

पयाग ने देखा, अब दाल न गलेगी, तो सबको धिक्कारकर बोला–अब मेहरियों का राज है, मेहरियां जो कुछ न करें वह थोड़ा।

यह कहता हुआ वह गंडासा लिए घर चला गया।

गूदड़ लपके हुए गंगा की ओर चले और एक गोली के टप्पे से पुकारकर बोले–यहां क्यों खड़े हो भैया, चलो घर, सब झगड़ा तय हो गया।

अमर विचार–मग्न था। आवाज उसके कानों तक न पहुंची।

चौधरी ने और समीप जाकर कहा–यहां कब तक खड़े रहोगे भैया–

'नहीं दादा, मुझे यहीं रहने दो। तुम लोग वहां काट–कूट करोगे, मुझसे देखा न जाएगा। जब तुम फुर्सत पा जाओगे, तो मैं आ जाऊंगा।'

'बहू कहती थी, तुम हमारे घर खाने को भी नाहीं कहते हो?'

'हां दादा, आज तो न खाऊंगा, मुझे कै हो जाएगी।'

'लेकिन हमारे यहां तो आए दिन यही धंधा लगा रहता है।'

'दो–चार दिन के बाद मेरी भी आदत पड़ जाएगी।'

'तुम हमें मन में राक्षस समझ रहे होगे?'

अमर ने छाती पर हाथ रखकर कहा–नहीं दादा, मैं तो तुम लोगों से कुछ सीखने, तुम्हारी कुछ सेवा करके अपना उधार करने आया हूं। यह तो अपनी–अपनी प्रथा है। चीन एक बहुत बड़ा देश है। वहां बहुत से आदमी बुद्ध भगवान् को मानते हैं। उनके धर्म में किसी जानवर को मारना पाप है। इसलिए वह लोग मरे हुए जानवर ही खाते हैं। कुत्तो, बिल्ली, गीदड़ किसी को भी नहीं छोड़ते। तो क्या वह हमसे नीच हैं– कभी नहीं। हमारे ही देश में कितने ही ब्राह्मण, क्षत्री मांस खाते हैं– वह जीभ के स्वाद के लिए जीव–हत्या करते हैं। तुम उनसे तो कहीं अच्छे हो।

गूदड़ ने हंसकर कहा–भैया, तुम बड़े बुद्धिमान हो, तुमसे कोई न जीतेगा चलो, अब कोई मुरदा नहीं खाएगा। हम लोगों ने तय कर लिया। हमने क्या तय किया, बहू ने तय किया। मगर खाल तो न फेंकनी होगी–

अमर ने प्रसन्न होकर कहा–नहीं दादा, खाल क्यों फेंकोगे– जूते बनाना तो सबसे बड़ी सेवा है। मगर क्या भाभी बहुत बिगड़ी थीं–

गूदड़ बोला–बिगड़ी ही नहीं थी भैया, वह तो जान देने को तैयार थी। गाय के पास बैठ गई और बोली–अब चलाओ गंडासा, पहला गंडासा मेरी गर्दन पर होगा फिर किसकी हिम्मत थी कि गंडासा चलाता।

अमर का हृदय जैसे एक छलांग मारकर मुन्नी के चरणों पर लोटने लगा।

सात

कई महीने गुजर गए। गांव में फिर मुरदा मांस न आया। आश्चर्य की बात तो यह थी कि दूसरे गांव के चमारों ने भी मुरदा मांस खाना छोड़ दिया। शुभ उद्योग कुछ संक्रामक होता है।

अमर की शाला अब नई इमारत में आ गई थी। शिक्षा का लोगों को कुछ ऐसा चस्का पड़ गया था कि जवान तो जवान, बूढ़े भी आ बैठते और कुछ न कुछ सीख जाते। अमर की शिक्षा–शैली आलोचनात्मक थी। अन्य देशों की सामाजिक और राजनैतिक प्रगति, नए–नए आविष्कार, नए–नए विचार, उसके मुख्य विषय थे। देख–देशांतरों के रस्मो–रिवाज, आचार–विचार की कथा सभी चाव से सुनते थे। उसे यह देखकर कभी–कभी विस्मय होता था कि ये निरक्षर लोग जटिल सामाजिक सिद्धांतों को कितनी आसानी से समझ जाते हैं। सारे गांव में एक नया जीवन प्रवाहित होता हुआ जान पड़ता। छूत–छात का जैसे लोप हो गया था। दूसरे गांवों की ऊंची जातियों के लोग भी अक्सर आ जाते थे।

दिन–भर के परिश्रम के बाद अमर लेटा हुआ एक उपन्यास पढ़ रहा था कि मुन्नी आकर खड़ी हो गई। अमर पढ़ने में इतना लिप्त था कि मुन्नी के आने की उसको खबर न हुई। राजस्थान की वीर नारियों के बलिदान की कथा थी, उस उज्ज्वल बलिदान की जिसकी संसार के इतिहास में कहीं मिसाल नहीं है, जिसे पढ़कर आज भी हमारी गर्दन गर्व से उठ जाती है। जीवन को किसने इतना तुच्छ समझा होगा कुल–मर्यादा की रक्षा का ऐसा अलौकिक आदर्श और कहां मिलेगा– आज का बुद्धिवाद उन वीर माताओं पर चाहे जितना कीचड़ फेंक ले, हमारी श्रद्धा उनके चरणों पर सदैव सिर झुकाती रहेगी।

मुन्नी चुपचाप खड़ी अमर के मुख की ओर ताकती रही। मेघ का वह अल्पांश जो आज एक साल हुए उसके हृदय–आकाश में पंक्षी की भांति उड़ता हुआ आ गया था, धीरे–धीरे संपूर्ण आकाश पर छा गया था। अतीत की ज्वाला में झुलसी हुई कामनाएं इस शीतल छाया में फिर हरी होती जाती थीं। वह शुष्क जीवन उ?ान की भांति सौरभ और विकास से लहराने लगा है। औरों के लिए तो उसकी देवरानियां भोजन पकातीं, अमर के लिए वह खुद पकाती। बेचारे दो तो रोटियां खाते हैं, और यह गंवारिनें मोटे–मोटे लिक्र बनाकर रख देती हैं। अमर उससे कोई काम करने को कहता, तो उसके मुख पर आनंद की ज्योति–सी झलक उठती। वह एक नए स्वर्ग की कल्पना करने लगती–एक नए आनंद का स्वप्न देखने लगती।

एक दिन सलोनी ने उससे मुस्कराकर कहा–अमर भैया तेरे ही भाग से यहां आ गए, मुन्नी अब तेरे दिन फिरेंगे।

मुन्नी ने हर्ष को जैसे मुट्ठी में दबाकर कहा–क्या कहती हो काकी, कहां मैं, कहां वह। मुझसे कई साल छोटे होंगे। फिर ऐसे विद्वान; ऐसे चतुर मैं तो उनकी जूतियों के बराबर भी नहीं।

काकी ने कहा था–यह सब ठीक है मुन्नी, पर तेरा जादू उन पर चल गया है यह मैं देख रही हूं। संकोची आदमी मालूम होते हैं, इससे तुझसे कुछ कहते नहीं पर तू उनके मन में समा गई है, विश्वास मान। क्या तुझे इतना भी नहीं सूझता– तुझे उनकी शर्म दूर करनी पड़ेगी।

मुन्नी ने पुलकित होकर कहा था–तुम्हारी असीस है काकी, तो मेरा मनोरथ भी पूरा हो जाएगा।

मुन्नी एक क्षण अमर को देखती रही, तब झोपडी में जाकर उसकी खाट निकाल लाई। अमर का ध्यान टूटा। बोला–रहने दो, मैं अभी बिछाए लेता हूं। तुम मेरा इतना दुलार करोगी मुन्नी, तो मैं आलसी हो जाऊंगा। आओ, तुम्हें हिन्दू–देवियों की कथा सुनाऊं।

'कोई कहानी है क्या?'

'नहीं, कहानी नहीं, सच्ची बात है।'

अमर ने मुसलमानों के हमले, क्षत्राणियों के जुहार और राजपूत वीरों के शौर्य की चर्चा करते हुए कहा–उन देवियों को आग में जल मरना मंजूर था पर यह मंजूर न था कि परपुरुष की निगाह भी उन पर पड़े। अपनी आन पर मर मिटती थीं। हमारी देवियों का यह आदर्श था। आज यूरोप का क्या आदर्श है– जर्मन सिपाही फ्रांस पर चढ़ आए और पुरुषों से गांव खाली हो गए, तो फ्रांस की नारियां जर्मन सैनिकों ही से प्रेम क्रीड़ा करने लगीं।

मुन्नी नाक सिकोड़कर बोली–बड़ी चंचल हैं सब लेकिन उन स्त्रियों से जीते जी कैसे जला जाता था–

अमर ने पुस्तक बंद कर दी–बड़ा कठिन है, मुन्नी यहां तो जरा–सी चिंगारी लग जाती है, तो बिलबिला उठते हैं। तभी तो आज सारा संसार उनके नाम के आगे सिर झुकाता है। मैं तो जब यह कथा पढ़ता हूं तो रोएं खड़े हो जाते हैं। यही जी चाहता है कि जिस पवित्र–भूमि पर उन देवियों की चिताएं बनीं, उसकी राख सिर पर चढ़ाऊं, आंखों में लगाऊं और वहीं मर जाऊं।

मुन्नी किसी विचार में डूबी भूमि की ओर ताक रही थी।

अमर ने फिर कहा–कभी–कभी तो ऐसा हो जाता था कि पुरुषों को घर के माया–मोह से मुक्त करने के लिए स्त्रियां लड़ाई के पहले ही जुहार कर लेती थीं। आदमी की जान इतनी प्यारी होती है कि बूढ़े भी मरना नहीं चाहते। हम नाना कष्ट झेलकर भी जीते हैं, बड़े–बड़े ऋषि–महात्मा भी जीवन का मोह नहीं छोड़ सकते पर उन देवियों के लिए जीवन खेल था।

मुन्नी अब भी मौन खड़ी थी। उसके मुख का रंग उड़ा हुआ था, मानो कोई दुस्सह अंतर्वेदना हो रही है।

अमर ने घबराकर पूछा–कैसा जी है, मुन्नी– चेहरा क्यों उतरा हुआ है–

मुन्नी ने क्षीण मुस्कान के साथ कहा–मुझसे पूछते हो– क्या हुआ है–

'कुछ बात तो है मुझसे छिपाती हो?'

'नहीं जी, कोई बात नहीं।'

एक मिनट के बाद उसने फिर कहा–तुमसे आज अपनी कथा कहूं, सुनोगे–

'बड़े हर्ष से मैं तो तुमसे कई बार कह चुका। तुमने सुनाई ही नहीं।'

'मैं तुमसे डरती हूं। तुम मुझे नीच और क्या–क्या समझने लगोगे।'

अमर ने मानो क्षुब्धा होकर कहा–अच्छी बात है, मत कहो। मैं तो जो कुछ हूं वही रहूंगा, तुम्हारे बनाने से तो नहीं बन सकता।

मुन्नी ने हारकर कहा–तुम तो लाला, जरा–सी बात पर चिढ़ जाते हो, जभी स्त्री से तुम्हारी नहीं पटती। अच्छा लो, सुनो। जो जी में आए समझना–मैं जब काशी से चली, तो थोड़ी देर तक तो मुझे होश ही न रहा–कहां जाती हूं, क्यों जाती हूं, कहां से आती हूं– फिर मैं रोने लगी। अपने प्यारों का मोह सफर की भांति मन में उमड़ पड़ा। और मैं उसमें डूबने–उतराने लगी। अब मालूम हुआ, क्या कुछ खोकर चली जा रही हूं। ऐसा जान पड़ता था कि मेरा बालक मेरी गोद में आने के लिए हुमक रहा है। ऐसा मोह मेरे मन में कभी न जागा था। मैं उसकी याद करने लगी। उसका हंसना और रोना, उसकी तोतली बातें, उसका लटपटाते हुए चलना। उसे चुप कराने के लिए चंदा मामू को दिखाना, सुलाने के लिए लोरियां सुनाना, एक–एक बात याद आने लगी। मेरा वह छोटा–सा संसार कितना सुखमय था उस रत्न को गोद में लेकर मैं कितनी निहाल हो जाती थी, मानो संसार की संपत्ति मेरे पैरों के नीचे है। उस सुख के बदले में स्वर्ग का सुख भी न लेती। जैसे मन की सारी अभिलाषाएं उसी बालक में आकर जमा हो गई हों। अपना टूटा–ठ्ठटा झोंपड़ा, अपने

मैले–कुचैले कपड़े, अपना नंगा–बूचापन, कर्ज–दाम की चिंता, अपनी दरिद्रता, अपना दुर्भाग्य, ये सभी पैने कांटे जैसे फूल बन गए। अगर कोई कामना थी, तो यह कि मेरे लाल को कुछ न होने पाए। और आज उसी को छोड़कर मैं न जाने कहां चली जा रही थी– मेरा चित्त चंचल हो गया। मन की सारी स्मृतियां सामने दौड़ने वाले वृक्षों की तरह, जैसे मेरे साथ दौड़ी चली आ रही थीं, और उन्हीं के साथ मेरा बालक भी जैसे मुझे दौड़ता चला आता था। आखिर मैं आगे न जा सकी। दुनिया हंसती है, हंसे। बिरादरी निकालती है, निकाल दे, मैं अपने लाल को छोड़कर न जाऊंगी। मेहनत–मजदूरी करके भी तो अपना निबाह कर सकती हूं। अपने लाल को आंखों से देखती तो रहूंगी। उसे मेरी गोद से कौन छीन सकता है मैं उसके लिए मरी हूं, मैंने उसे अपने रक्त से सिरजा है। वह मेरा है। उस पर किसी का अधिकार नहीं।

ज्योंही लखनऊ आया, मैं गाड़ी से उतर पड़ी। मैंने निश्चय कर लिया, लौटती गाड़ी से काशी चली जाऊंगी। जो कुछ होना होगा, होगा।

मैं कितनी देर प्लेटगार्म पर खड़ी रही, मालूम नहीं। बिजली की बत्तियों से सारा स्टेशन जगमगा रहा था। मैं बार–बार कुलियों से पूछती थी, काशी की गाड़ी कब आएगी– कोई दस बजे मालूम हुआ, गाड़ी आ रही है। मैंने अपना सामान संभाला। दिल धड़कने लगा। गाड़ी आ गई। मुसाफिर चढ़ने–उतरने लगे। कुली ने आकर कहा–असबाब जनाने डिब्बे में रखें कि मर्दाने में–

मेरे मुंह से आवाज न निकली।

कुली ने मेरे मुंह की ओर ताकते हुए फिर पूछा–जनाने डिब्बे में रख दूं असबाब–

मैंने कातर होकर कहा–मैं इस गाड़ी से न जाऊंगी।

'अब दूसरी गाड़ी दस बजे दिन को मिलेगी।'

'मैं उसी गाड़ी से जाऊंगी।'

'तो असबाब बाहर ले चलूं या मुसाफिरखाने में?'

'मुसाफिरखाने में।'

अमर ने पूछा–तुम उस गाड़ी से चली क्यों न गईं–

मुन्नी कांपते हुए स्वर में बोली–न जाने कैसा मन होने लगा– जैसे कोई मेरे हाथ–पांव बांधे लेता हो। जैसे मैं गऊ–हत्या करने जा रही हूं। इन कोढ़ भरे हाथों से मैं अपने लाल को कैसे उठाऊंगी। मुझे अपने पति पर क्रोध आ

रहा था। वह मेरे साथ आया क्यों नहीं– अगर उसे मेरी परवाह होती, तो मुझे अकेली आने देता– इस गाड़ी से वह भी आ सकता था। जब उसकी इच्छा नहीं है, तो मैं भी न जाऊंगी। और न जाने कौन–कौन–सी बातें मन में आकर मुझे जैसे बलपूर्वक रोकने लगीं। मैं मुसाफिरखाने में मन मारे बैठी थी कि एक मर्द अपनी औरत के साथ आकर मेरे ही समीप दरी बिछाकर बैठ गया। औरत की गोद में लगभग एक साल का बालक था। ऐसा सुंदर बालक ऐसा गुलाबी रंग, ऐसी कटोरे–सी आंखें, ऐसी मक्खन–सी देह मैं तन्मय होकर देखने लगी और अपने–पराए की सुधि भूल गई। ऐसा मालूम हुआ यह मेरा बालक है। बालक मां की गोद से उतरकर धीरे–धीरे रेंगता हुआ मेरी ओर आया। मैं पीछे हट गई। बालक फिर मेरी तरफ चला। मैं दूसरी ओर चली गई। बालक ने समझा, मैं उसका अनादर कर रही हूं। रोने लगा। फिर भी मैं उसके पास न आई। उसकी माता ने मेरी ओर रोष–भरी आंखों से देखकर बालक को दौड़कर उठा लिया पर बालक मचलने लगा और बार–बार मेरी ओर हाथ बढ़ाने लगा। पर मैं दूर खड़ी रही। ऐसा जान पड़ता था, मेरे हाथ कट गए हैं। जैसे मेरे हाथ लगाते ही वह सोने–सा बालक कुछ और हो जाएगा, उसमें से कुछ निकल जाएगा।

स्त्री ने कहा–लड़के को जरा उठा लो देवी, तुम तो ऐसे भाग रही हो जैसे वह अछूत है। जो दुलार करते हैं, उनके पास तो अभागा जाता नहीं, जो मुंह फेर लेते हैं, उनकी ओर दौड़ता है।

बाबूजी, मैं तुमसे नहीं कह सकती कि इन शब्दों ने मेरे मन को कितनी चोट पहुंचाई। कैसे समझा दूं कि मैं कलंकिनी हूं, पापिष्ठा हूं, मेरे छूने से अनिष्ट होगा, अमंगल होगा। और यह जानने पर क्या वह मुझसे फिर अपना बालक उठा लेने को कहेगी।

मैंने समीप आकर बालक की ओर स्नेह–भरी आंखों से देखा और डरते–डरते उसे उठाने के लिए हाथ बढ़ाया। सहसा बालक चिल्लाकर मां की तरफ भागा, मानो उसने कोई भयानक रूप देख लिया हो। अब सोचती हूं, तो समझ में आता है–बालकों का यही स्वभाव है पर उस समय मुझे ऐसा मालूम हुआ कि सचमुच मेरा रूप पिशाचिनी का–सा होगा। मैं लज्जित हो गई।

माता ने बालक से कहा–अब जाता क्यों नहीं रे, बुला तो रही हैं। कहां जाओगी बहन– मैंने हरिद्वार बता दिया। वह स्त्री–पुरुष भी हरिद्वार ही जा रहे थे। गाड़ी छूट जाने के कारण ठहर गए थे। घर दूर था। लौटकर न जा सकते थे। मैं बड़ी खुश हुई कि हरिद्वार तक साथ तो रहेगा लेकिन फिर वह बालक मेरी ओर न आया।

थोड़ी देर में स्त्री–पुरुष तो सो गए पर मैं बैठी ही रही। मां से चिमटा हुआ बालक भी सो रहा था। मेरे मन में बड़ी प्रबल इच्छा हुई कि बालक को उठाकर प्यार करूं, पर दिल कांप रहा था कि कहीं बालक रोने लगे, या माता जाग जाए, तो दिल में क्या समझे– मैं बालक का फूल–सा मुखड़ा देख रही थी। वह शायद कोई स्वप्न देखकर मुस्करा रहा था। मेरा दिल काबू से बाहर हो गया। मैंने सोते हुए बालक को उठाकर छाती से लगा लिया। पर दूसरे ही क्षण मैं सचेत हो गई और बालक को लिटा दिया। उस क्षणिक प्यार में कितना आनंद था जान पड़ता था, मेरा ही बालक यह रूप धरकर मेरे पास आ गया है।

देवीजी का हृदय बड़ा कठोर था। बात–बात पर उस नन्हें–से बालक को झिड़क देतीं, कभी–कभी मार बैठती थीं। मुझे उस वक्त ऐसा क्रोध आता था कि उसे खूब डांटूं। अपने बालक पर माता इतना क्रोध कर सकती है, यह मैंने आज ही देखा।

जब दूसरे दिन हम लोग हरिद्वार की गाड़ी में बैठे, तो बालक मेरा हो चुका था। मैं तुमसे क्या कहूं बाबूजी, मेरे स्तनों में दूध भी उतर आया और माता को मैंने इस भार से भी मुक्त कर दिया।

हरिद्वार में हम लोग एक धर्मशाला में ठहरे। मैं बालक के मोह–पाश में बंधी हुई उस दंपत्ति के पीछे–पीछे फिरा करती। मैं अब उसकी लौंडी थी। बच्चे का मल–मूत्र धोना मेरा काम था, उसे दूध पिलाती, खिलाती। माता का जैसे गला छूट गया लेकिन मैं इस सेवा में मगन थी। देवीजी जितनी आलसिन और घमंडिन थीं, लालाजी उतने ही शीलवान् और दयालु थे। वह मेरी तरफ कभी आंख उठाकर भी न देखते। अगर मैं कमरे में अकेली होती, तो कभी अंदर न जाते। कुछ–कुछ तुम्हारे ही जैसा स्वभाव था। मुझे उन पर दया आती थी। उस कर्कशा के साथ उनका जीवन इस तरह कट रहा था, मानो बिल्ली के पंजे में चूहा हो। वह उन्हें बात–बात पर झिड़कती। बेचारे खिसियाकर रह जाते।

पंद्रह दिन बीत गए थे। देवजी ने घर लौटने के लिए कहा। बाबूजी अभी वहां कुछ दिन और रहना चाहते थे। इस बात पर तकरार हो गई। मैं बरामदे में बालक को लिए खड़ी थी। देवीजी ने गरम होकर कहा–तुम्हें रहना हो तो रहो, मैं तो आज जाऊंगी। तुम्हारी आंखों रास्ता नहीं देखा है।

पति ने डरते–डरते कहा–यहां दस–पांच दिन रहने में हरज ही क्या है– मुझे तो तुम्हारे स्वास्थ्य में अभी कोई तबदीली नहीं दिखती।

'आप मेरे स्वास्थ्य की चिंता छोड़िए। मैं इतनी जल्द नहीं मरी जा रही हूं। सच कहते हो, तुम मेरे स्वास्थ्य के लिए यहां ठहरना चाहते हो?'

'और किसलिए आया था।'

'आए चाहे जिस काम के लिए हो पर तुम मेरे स्वास्थ्य के लिए नहीं ठहर रहे हो। यह पक्रियां उन स्त्रियों को पढ़ाओ, जो तुम्हारे हथकंडे न जानती हों। मैं तुम्हारी नस–नस पहचानती हूं। तुम ठहरना चाहते हो विहार के लिए, क्रीड़ा के लिए...'

बाबूजी ने हाथ जोड़कर कहा–अच्छा, अब रहने दो बिन्नी, कलंकित न करो। मैं आज ही चला जाऊंगा।

देवीजी इतनी सस्ती विजय पाकर प्रसन्न न हुईं। अभी उनके मन का गुबार तो निकलने ही नहीं पाया था। बोली–हां, चले क्यों न चलोगे, यही तो तुम चाहते थे। यहां पैसे खर्च होते हैं न ले जाकर उसी काल–कोठरी में डाल दो। कोई मरे या जिए, तुम्हारी बला से। एक मर जाएगी, तो दूसरी फिर आ जाएगी, बल्कि और नई–नवेली। तुम्हारी चांदी ही चांदी है। सोचा था, यहां कुछ दिन रहूंगी पर तुम्हारे मारे कहीं रहने पाऊं। भगवान् भी नहीं उठा लेते कि गला छूट जाए।

अमर ने पूछा–उन बाबूजी ने सचमुच कोई शरारत की थी, या मिथ्या आरोप था–

मुन्नी ने मुंह फेरकर मुस्कराते हुए कहा–लाला, तुम्हारी समझ बड़ी मोटी है। वह डायन मुझ पर आरोप कर रही थी। बेचारे बाबूजी दबे जाते थे कि कहीं वह चुड़ैल बात खोलकर न कह दे, हाथ जोड़ते थे, मिन्नतें करते थे पर वह किसी तरह रास न होती थी।

आंखें मटकाकर बोली–भगवान् ने मुझे भी आंखें दी हैं, अंधी नहीं हूं। मैं तो कमरे में पड़ी–पड़ी कराहूं और तुम बाहर गुलछर्रे उड़ाओ दिल बहलाने को कोई शगल चाहिए।

धीरे–धीरे मुझ पर रहस्य खुलने लगा। मन में ऐसी ज्वाला उठी कि अभी इसका मुंह नोच लूं। मैं तुमसे कोई परदा नहीं रखती लाला, मैंने बाबूजी की ओर कभी आंख उठाकर देखा भी न था पर यह चुड़ैल मुझे कलंक लगा रही थी। बाबूजी का लिहाज न होता, तो मैं उस चुड़ैल का मिजाज ठीक कर देती, जहां सुई न चुभे, वहां गाल चुभाए देती।

आखिर बाबूजी को भी क्रोध आया।

'तुम बिलकुल झूठ बोलती हो। सरासर झूठ।'

'मैं सरासर झूठ बोलती हूं?'

'हां, सरासर झूठ बोलती हो।'

'खा जाओ अपने बेटे की कसम।'

मुझे चुपचाप वहां से टल जाना चाहिए था लेकिन अपने इस मन को क्या करूं, जिससे अन्याय नहीं देखा जाता। मेरा चेहरा मारे क्रोध के तमतमा उठा। मैंने उसके सामने जाकर कहा–बहूजी, बस अब जबान बंद करो, नहीं तो अच्छा न होगा। मैं तरह देती जाती हूं और तुम सिर चढ़ती जाती हो। मैं तुम्हें शरीफ समझकर तुम्हारे साथ ठहर गई थी। अगर जानती कि तुम्हारा स्वभाव इतना नीच है, तो तुम्हारी परछाईं से भागती। मैं हरजाई नहीं हूं, न अनाथ हूं ,भगवान् की दया से मेरे भी पति हैं, पुत्र है। किस्मत का खेल है कि यहां अकेली पड़ी हूं। मैं तुम्हारे पति को पैर धोने के जोग भी नहीं समझती। मैं उसे बुलाए देती हूं, तुम भी देख लो, बस आज और कल रह जाओ।

अभी मेरे मुंह से पूरी बात भी न निकलने पाई थी कि मेरे स्वामी मेरे लाल को गोद में लिए आकर आंगन में खड़े हो गए और मुझे देखते ही लपककर मेरी तरफ चले। मैं उन्हें देखते ही ऐसी घबरा गई, मानो कोई सिंह आ गया हो, तुरंत अपनी कोठरी में जाकर भीतर से द्वार बंद कर लिए। छाती धाड़–धाड़ कर रही थी पर किवाड़ की दरार में आंख लगाए देख रही थी। स्वामी का चेहरा संवलाया हुआ था, बालों पर धूल जमी हुई थी, पीठ पर कंबल और लुटिया–डोर रखे हाथ में लंबा लट्ठ लिए भौचक्के से खड़े थे।

बाबूजी ने बाहर आकर स्वामी से पूछा–अच्छा, आप ही इनके पति हैं। आप खूब आए। अभी तो वह आप ही की चर्चा कर रही थीं। आइए, कपड़े उतारिए। मगर बहन भीतर क्यों भाग गईं। यहां परदेश में कौन परदा–

मेरे स्वामी को तो तुमने देखा ही है। उनके सामने बाबूजी बिलकुल ऐसे लगते थे, जैसे सांड के सामने नाटा बैल।

स्वामी ने बाबूजी को जवाब न दिया, मेरे द्वार पर आकर बोले–मुन्नी, यह क्या अंधेर करती हो– मैं तीन दिन से तुम्हें खोज रहा हूं। आज मिली भी, तो भीतर जा बैठी ईश्वर के लिए किवाड़ खोल दो और मेरी दुरूख कथा सुन लो, फिर तुम्हारी जो इच्छा हो करना।

मेरी आंखों से आंसू बह रहे थे। जी चाहता था, किवाड़ खोलकर बच्चे को गोद में ले लूं।

पर न जाने मन के किसी कोने में कोई बैठा हुआ कह रहा था–खबरदार, जो बच्चे को गोद में लिया जैसे कोई प्यास से तड़पता हुआ आदमी पानी का

बरतन देखकर टूटे पर कोई उससे कह दे, पानी जूठा है। एक मन कहता था, स्वामी का अनादर मत कर, ईश्वर ने जो पत्नी और माता का नाता जोड़ दिया है, वह क्या किसी के तोड़े टूट सकता है दूसरा मन कहता था, तू अब अपने पति को पति और पुत्र को पुत्र नहीं कह सकती। क्षणिक मोह के आवेश में पड़कर तू क्या उन दोनों को कलंकित कर देगी।

मैं किवाड़ छोड़कर खड़ी हो गई।

बच्चे ने किवाड़ को अपनी नन्हीं–नन्हीं हथेलियों से पीछे ढकेलने के लिए जोर लगाकर कहा–तेयाल थोलो।

यह तोतले बोल कितने मीठे थे जैसे सन्नाटे में किसी शंका से भयभीत होकर हम गाने लगते हैं, अपने शब्दों से दुकेले होने की कल्पना कर लेते हैं। मैं भी इस समय अपने उमड़ते हुए प्यार को रोकने के लिए बोल उठी–तुम क्यों मेरे पीछे पड़े हो– क्यों नहीं समझ लेते कि मैं मर गई– तुम ठाकुर होकर भी इतने दिल के कच्चे हो– एक तुच्छ नारी के लिए अपना कुल–मरजाद डुबाए देते हो। जाकर अपना ब्याह कर लो और बच्चे को पालो। इस जीवन में मेरा तुमसे कोई नाता नहीं है। हां, भगवान् से यही मांगती हूं कि दूसरे जन्म में तुम फिर मुझे मिलो। क्यों मेरी टेक तोड़ रहे हो, मेरे मन को क्यों मोह में डाल रहे हो– पतिता के साथ तुम सुख से न रहोगी। मुझ पर दया करो, आज ही चले जाओ, नहीं मैं सच कहती हूं, जहर खा लूंगी।

स्वामी ने करूण आग्रह से कहा–मैं तुम्हारे लिए अपनी कुल–मर्यादा, भाई–बंद सब कुछ छोड़ दूंगा। मुझे किसी की परवाह नहीं। घर में आग लग जाए, मुझे चिंता नहीं। मैं या तो तुम्हें लेकर जाऊंगा, या यहीं गंगा में डूब मरूंगा। अगर मेरे मन में तुमसे रत्ती भर मैल हो, तो भगवान् मुझे सौ बार नरक दें। अगर तुम्हें नहीं चलना है तो तुम्हारा बालक तुम्हें सौंपकर मैं जाता हूं। इसे मारो या जिलाओ, मैं फिर तुम्हारे पास न आऊंगा। अगर कभी सुधि आए, तो चुल्लू भर पानी दे देना।

लाला, सोचो, मैं कितने बड़े संकट में पड़ी हुई थी। स्वामी बात के धनी हैं, यह मैं जानती थी। प्राण को वह कितना तुच्छ समझते हैं, यह भी मुझसे छिपा न था। फिर भी मैं अपना हृदय कठोर किए रही। जरा भी नर्म पड़ी और सर्वनाश हुआ। मैंने पत्थर का कलेजा बनाकर कहा–अगर तुम बालक को मेरे पास छोड़कर गए, तो उसकी हत्या तुम्हारे ऊपर होगी, क्योंकि मैं उसकी दुर्गति देखने के लिए जीना नहीं चाहती। उसके पालने का भार तुम्हारे ऊपर है, तुम जानो तुम्हारा काम जाने। मेरे लिए जीवन में अगर कोई सुख था, तो यही कि

मेरा पुत्र और स्वामी कुशल से हैं। तुम मुझसे यह सुख छीन लेना चाहते हो, छीन लो मगर याद रखो वह मेरे जीवन का आधार है।

मैंने देखा स्वामी ने बच्चे को उठा लिया, जिसे एक क्षण पहले गोद से उतार दिया था और उलटे पांव लौट पड़े। उनकी आंखों से आंसू जारी थे, और नहीं कांप रहे थे।

देवीजी ने भलमनसी से काम लेकर स्वामी को बैठाना चाहा, पूछने लगीं–क्या बात है, क्यों रूठी हुई हैं पर स्वामी ने कोई जवाब न दिया। बाबू साहब फाटक तक उन्हें पहुंचाने गए। कह नहीं सकती, दोनों जनों में क्या बातें हुई पर अनुमान करती हूं कि बाबूजी ने मेरी प्रशंसा की होगी। मेरा दिल अब भी कांप रहा था कि कहीं स्वामी सचमुच आत्मघात न कर लें। देवियों और देवताओं की मनौतियां कर रही थी कि मेरे प्यारों की रक्षा करना।

ज्योंही बाबूजी लौटे, मैंने धीरे से किवाड़ खोलकर पूछा–किधर गए– कुछ और कहते थे–

बाबूजी ने तिरस्कार–भरी आंखों से देखकर कहा–कहते क्या, मुंह से आवाज भी तो निकले। हिचकी बांधी हुई थी। अब भी कुशल है, जाकर रोक लो। वह गंगाजी की ओर ही गए हैं। तुम इतनी दयावान होकर भी इतनी कठोर हो, यह आज ही मालूम हुआ। गरीब, बच्चों की तरह ठ्ठक–ठ्ठटकर रो रहा था।

मैं संकट की उस दशा को पहुंच चुकी थी, जब आदमी परायों को अपना समझने लगता है। डांटकर बोली–तब भी तुम दौड़े यहां चले आए। उनके साथ कुछ देर रह जाते, तो छोटे न हो जाते, और न यहां देवीजी को कोई उठा ले जाता। इस समय वह आपे में नहीं हैं, फिर भी तुम उन्हें छोड़कर भागे चले आए।

देवीजी बोलीं–यहां न दौड़े आते, तो क्या जाने मैं कहीं निकल भागती– लो, आकर घर में बैठो। मैं जाती हूं। पकड़कर घसीट न लाऊं, तो अपने बाप की नहीं।

धर्मशाला में बीसों ही यात्री टिके हुए थे। सब अपने–अपने द्वार पर खड़े यह तमाशा देख रहे थे। देवीजी ज्योंही निकलीं, चार–पांच आदमी उनके साथ हो लिए। आधा घंटे में सभी लौट आए। मालूम हुआ कि वह स्टेशन की तरफ चले गए। पर मैं जब तक उन्हें गाड़ी पर सवार होते न देख लूं चौन कहां– गाड़ी प्रातरूकाल जाएगी। रात–भर वह स्टेशन पर रहेंगे। ज्योंही अंधेरा हो

गया, मैं स्टेशन जा पहुंची। वह एक वृक्ष के नीचे कंबल बिछाए बैठे हुए थे। मेरा बच्चा लोटे को गाड़ी बनाकर डोर से खींच रहा था। बार–बार गिरता था और उठकर खींचने लगता था। मैं एक वृक्ष की आड़ में बैठकर यह तमाशा देखने लगी। तरह–तरह की बातें मन में आने लगीं। बिरादरी का ही तो डर है। मैं अपने पति के साथ किसी दूसरी जगह रहने लगूं, तो बिरादरी क्या कर लेगी लेकिन क्या अब मैं वह हो सकती हूं, जो पहले थी–

एक क्षण के बाद फिर वही कल्पना। स्वामी ने साफ कहा है, उनका दिल साफ है। बातें बनाने की उनकी आदत नहीं। तो वह कोई बात कहेंगे ही क्यों, जो मुझे लगे। गड़े मुरदे उखाड़ने की उनकी आदत नहीं। वह मुझसे कितना प्रेम करते थे। अब भी उनका हृदय वही है। मैं व्यर्थ के संकोच में पड़कर उनका और अपना जीवन चौपट कर रही हूं लेकिन

...लेकिन मैं अब क्या वह हो सकती हूं, जो पहले थी– नहीं, अब मैं वह नहीं हो सकती।

पतिदेव अब मेरा पहले से अधिक आदर करेंगे। मैं जानती हूं। मैं घी का घड़ा भी लुढ़का दूंगी, तो कुछ न कहेंगे। वह उतना ही प्रेम करेंगे लेकिन वह बात कहां, जो पहले थी। अब तो मेरी दशा उस रोगिणी की–सी होगी, जिसे कोई भोजन रुचिकर नहीं होता।

तो फिर मैं जिंदा ही क्यों रहूं– जब जीवन में कोई सुख नहीं, कोई अभिलाषा नहीं, तो वह व्यर्थ है। कुछ दिन और रो लिया, तो इससे क्या– कौन जानता है, क्या–क्या कलंक सहने पड़ें क्या–क्या दुर्दशा हो– मर जाना कहीं अच्छा।

यह निश्चय करके मैं उठी। सामने ही पतिदेव सो रहे थे। बालक भी पड़ा सोता था। ओह कितना प्रबल बंधन था जैसे सूम का धन हो। वह उसे खाता नहीं, देता नहीं, इसके सिवा उसे और क्या संतोष है कि उसके पास धन है। इस बात से ही उसके मन में कितना बल आ जाता है मैं उसी मोह को तोड़ने जा रही थी।

मैं डरते–डरते, जैसे प्राणों को आंखों में लिए, पतिदेव के समीप गई पर वहां एक क्षण भी खड़ी न रह सकी। जैसे लोहा खींचकर चुंबक से जा चिपटता है, उसी तरह मैं उनके मुख की ओर खिंची जा रही थी। मैंने अपने मन का सारा बल लगाकर उसका मोह तोड़ दिया और उसी आवेश में दौड़ी हुई गंगा के तट पर आई। मोह अब भी मन से चिपटा हुआ था। मैं गंगा में कूद पड़ी।

अमर ने कातर होकर कहा–अब नहीं सुना जाता, मुन्नी फिर कभी कहना।

मुन्नी मुस्कराकर बोली—वाह, अब रह क्या गया— मैं कितनी देर पानी में रही, कह नहीं सकती, जब होश आया, तो इसी घर में पड़ी हुई थी। मैं बहती चली जाती थी। प्रातरूकाल चौधरी का बड़ा लड़का सुमेर गंगा नहाने गया और मुझे उठा लाया। तब से मैं यहीं हूं। अछूतों की इस झोंपड़ी में मुझे जो सुख और शांति मिली उसका बखान क्या करूं। काशी और पयाग मुझे भाभी कहते हैं, पर सुमेर मुझे बहन कहता था। मैं अभी अच्छी तरह उठने—बैठने न पाई थी कि वह परलोक सिधार गया।

अमर के मन में एक कांटा बराबर खटक रहा था। वह कुछ तो निकला पर अभी कुछ बाकी था।

'सुमेर को तुमसे प्रेम तो होगा ही?'

मुन्नी के तेवर बदल गए—हां था, और थोड़ा नहीं, बहुत था, तो फिर उसमें मेरा क्या बस— जब मैं स्वस्थ हो गई, तो एक दिन उसने मुझसे अपना प्रेम प्रकट किया। मैंने क्रोध को हंसी में लपेटकर कहा—क्या तुम इस रूप में मुझसे नेकी का बदला चाहते हो— अगर यह नीयत है, तो मुझे फिर ले जाकर गंगा में डुबा दो। अगर इस नीयत से तुमने मेरी प्राण—रक्षा की, तो तुमने मेरे साथ बड़ा अन्याय किया। तुम जानते हो, मैं कौन हूं— राजपूतनी हूं। फिर कभी भूलकर भी मुझसे ऐसी बात न कहना, नहीं गंगा यहां से दूर नहीं है। सुमेर ऐसा लज्जित हुआ कि फिर मुझसे बात तक नहीं की पर मेरे शब्दों ने उसका दिल तोड़ दिया। एक दिन मेरी पसलियों में दर्द होने लगा। उसने समझा भूत का फेर है। ओझा को बुलाने गया। नदी चढ़ी हुई थी। डूब गया। मुझे उसकी मौत का जितना दुख हुआ उतना ही अपने सगे भाई के मरने का हुआ था। नीचों में भी ऐसे देवता होते हैं, इसका मुझे यहीं आकर पता लगा। वह कुछ दिन और जी जाता, तो इस घर के भाग जाग जाते। सारे गांव का गुलाम था। कोई गाली दे, डांटे, कभी जवाब न देता।

अमर ने पूछा—तब से तुम्हें पति और बच्चे की खबर न मिली होगी—

मुन्नी की आंखों से टप—टप आंसू गिरने लगे। रोते—रोते हिचकी बंध गई। फिर सिसक—सिसककर बोली—स्वामी प्रातरूकाल फिर धर्मशाला में गए। जब उन्हें मालूम हआ कि मैं रात को वहां नहीं गई, तो मुझे खोजने लगे। जिधर कोई मेरा पता बता देता उधर ही चले जाते। एक महीने तक वह सारे इलाके में मारे—मारे फिरे। इसी निराशा और चिंता में वह कुछ सनक गए। फिर हरिद्वार आए अब की बालक उनके साथ न था। कोई पूछता तुम्हारा लड़का क्या हुआ, तो हसंने लगते। जब मैं अच्छी हो गई और चलने—फिरने लगी, तो एक दिन

जी में आया, हरिद्वार जाकर देखूं, मेरी चीजें कहां गईं। तीन महीने से ज्यादा हो गए थे। मिलने की आशा तो न थी पर इसी बहाने स्वामी का कुछ पता लगाना चाहती थी। विचार था–एक चिट्ठी लिखकर छोड़ दूं। उस धर्मशाला के सामने पहुंची, तो देखा, बहुत से आदमी द्वार पर जमा हैं। मैं भी चली गई। एक आदमी की लाश थी। लोग कह रहे थे, वही पागल है, वही जो अपनी बीबी को खोजता फिरता था। मैं पहचान गई। वह मेरे स्वामी थे। यह सब बातें मुहल्ले वालों से मालूम हुईं। छाती पीटकर रह गई। जिस सर्वनाश से डरती थी, वह हो ही गया। जानती कि यह होने वाला है, तो पति के साथ ही न चली जाती। ईश्वर ने मुझे दोहरी सजा दी लेकिन आदमी बड़ा बेहया है। अब मरते भी न बना। किसके लिए मरती– खाती–पीती भी हूं, हंसती–बोलती भी हूं, जैसे कुछ हुआ ही नहीं। बस, यही मेरी राम–कहानी है।

तीसरा अध्याय

एक

लाला समरकान्त की जिंदगी के सारे मंसूबे धूल में मिल गए। उन्होंने कल्पना की थी कि जीवन–संध्या में अपना सर्वस्व बेटे को सौंपकर और बेटी का विवाह करके किसी एकांत में बैठकर भगवत्–भजन में विश्राम लेंगे, लेकिन मन की मन में ही रह गई। यह तो मानी हुई बात थी कि वह अंतिम सांस तक विश्राम लेने वाले प्राणी न थे। लड़के को बढ़ता देखकर उनका हौसला और बढ़ता, लेकिन कहने को हो गया। बीच में अमर कुछ ढर्रे पर आता हुआ जान पड़ता था लेकिन जब उसकी बुद्धि ही भ्रष्ट हो गई, तो अब उससे में क्या आशा की जा सकती थी अमर में और चाहे जितनी बुराइयां हों, उसके चरित्र के विषय में कोई संदेह न था पर कुसंगति में पड़कर उसने धर्म भी खोया, चरित्र भी खोया और कुल–मर्यादा भी खोई। लालाजी कुत्सित संबंध को बहुत बुरा न समझते थे। रईसों में यह प्रथा प्राचीनकाल से चली आती है। वह रईस ही क्या, जो इस तरह का खेल न खेले लेकिन धर्म को छोड़ने को तैयार हो जाना, खुले खजाने समाज की मर्यादाओं को तोड़ डालना, यह तो पागलपन है, बल्कि गधापन।

समरकान्त का व्यावहारिक जीवन उनके धार्मिक जीवन से बिलकुल अलग था। व्यवहार और व्यापार में वह धोखा–धाड़ी, छल–प्रपंच, सब कुछ क्षम्य समझते थे। व्यापार–नीति में सन या कपास में कचरा भर देना, घी में आलू या घुइयां मिला देना, औचित्य से बाहर न था पर बिना स्नान किए वह मुंह में पानी न डालते थे। चालीस वर्षों में ऐसा शायद ही कोई दिन हुआ हो कि उन्होंने संध्या समय की आरती न ली हो और तुलसी–दल माथे पर न चढ़ाया हो।

एकादशी को बराबर निर्जल व्रत रखते थे। सारांश यह कि उनका धर्म आडंबर मात्र था जिसका उनके जीवन में कोई प्रयोजन न था।

सलीम के घर से लौटकर पहला काम जो लालाजी ने किया, वह सुखदा को फटकारना था। इसके बाद नैना की बारी आई। दोनों को रूलाकर वह अपने कमरे में गए और खुद रोने लगे।

रातों–रात यह खबर सारे शहर में फैल गई– तरह–तरह की मिस्कौट होने लगी। समरकान्त दिन–भर घर से नहीं निकले। यहां तक कि आज गंगा–स्नान करने भी न गए। कई असामी रुपये लेकर आए। मुनीम तिजोरी की कुंजी मांगने गए। लालाजी ने ऐसा डांटा कि वह चुपके से बाहर निकल गया। असामी रुपये लेकर लौट गए।

खिदमतगार ने चांदी का गड़गड़ा लाकर सामने रख दिया। तंबाकू जल गया। लालाजी ने निगाली भी मुंह में न ली।

दस बजे सुखदा ने आकर कहा–आप क्या भोजन कीजिएगा–

लालाजी ने उसे कठोर आंखों से देखकर कहा–मुझे भूख नहीं है।

सुखदा चली गई। दिन–भर किसी ने कुछ न खाया।

नौ बजे रात को नैना ने आकर कहा–दादा, आरती में न जाइएगा–

लालाजी चौंके–हां–हां, जाऊंगा क्यों नहीं– तुम लोगों ने कुछ खाया कि नहीं–

नैना बोली–किसी की इच्छा ही न थी। कौन खाता–

'तो क्या उसके पीछे सारा घर प्राण देगा?'

सुखदा इसी समय तैयार होकर आ गई। बोली–जब आप ही प्राण दे रहे हैं, तो दूसरों पर बिगड़ने का आपको क्या अधिकार है–

लालाजी चादर ओढ़कर जाते हुए बोले–मेरा क्या बिगड़ा है कि मैं प्राण दूं–यहां था, तो मुझे कौन–सा सुख देता था– मैंने तो बेटे का सुख ही नहीं जाना। तब भी जलाता था, अब भी जला रहा है। चलो, भोजन बनाओ, मैं आकर खाऊंगा। जो गया, उसे जाने दो। जो हैं उन्हीं को उस जाने वाले की कमी पूरी करनी है। मैं क्या प्राण देने लगा– मैंने पुत्र को जन्म दिया। उसका विवाह भी मैंने किया। सारी गृहस्थी मैंने बनाई। इसके चलाने का भार मुझ पर है। मुझे अब बहुत दिन जीना है। मगर मेरी समझ में यह बात नहीं आती कि इस लौंडे को यह क्या सूझी–पठानिन की पोती अप्सरा नहीं हो सकती। फिर

उसके पीछे यह क्यों इतना लट्टू हो गया– उसका तो ऐसा स्वभाव न था। इसी को भगवान् की लीला कहते हैं।

ठाकुरद्वारे में लोग जमा हो गए। लाला समरकान्त को देखते कई सज्जनों ने पूछा–अमर कहीं चले गए क्या सेठजी क्या बात हुई–

लालाजी ने जैसे इस वार को काटते हुए कहा–कुछ नहीं, उसकी बहुत दिनों से घूमने–घामने की इच्छा थी, पूर्वजन्म का तपस्वी है कोई, उसका बस चले, तो मेरी सारी गृहस्थी एक दिन में लुटा दे। मुझसे यह नहीं देखा जाता। बस, यही झगड़ा है। मैंने गरीबी का मजा भी चखा है अमीरी का मजा भी चखा है। उसने अभी गरीबी का मजा नहीं चखा। साल–छरू महीने उसका मजा चख लेगा, तो आंखें खुल जाएंगी। तब उसे मालूम होगा कि जनता की सेवा भी वही लोग कर सकते हैं, जिनके पास धन है। घर में भोजन का आधार न होता, तो मेंबरी भी न मिलती।

किसी को और कुछ पूछने का साहस न हुआ। मगर मूर्ख पूजारी पूछ ही बैठा–सुना, किसी जुलाहे की लड़की से फंस गए थे–

यह अक्खड़ प्रश्न सुनकर लोगों ने जीभ काटकर मुंह फेर लिए। लालाजी ने पुजारी को रक्त–भरी आंखों से देखा और ऊंचे स्वर में बोले–हां फंस गए थे, तो फिर– कृष्ण भगवान् ने एक हजार रानियों के साथ नहीं भोग किया था– राजा शान्तनु ने मछुए की कन्या से नहीं भोग किया था– कौन राजा है, जिसके महल में सौ दो–सौ रानियां न हों। अगर उसने किया तो कोई नई बात नहीं की। तुम जैसों के लिए यही जवाब है। समझदारों के लिए यह जवाब है कि जिसके घर में अप्सरा–सी स्त्री हो, वह क्यों जूठी पत्तल चाटने लगा– मोहन भोग खाने वाले आदमी चबैने पर नहीं गिरते।

यह कहते हुए लालाजी प्रतिमा के सम्मुख गए पर आज उनके मन में वह श्रद्धा न थी। दुरूखी आशा से ईश्वर में भक्ति रखता है, सुखी भय से। दुरूखी पर जितना ही अधिक दुरूख पड़े, उसकी भक्ति बढ़ती जाती है। सुखी पर दुरूख पड़ता है, तो वह विद्रोह करने लगता है। वह ईश्वर को भी अपने धन के आगे झुकाना चाहता है। लालाजी का व्यथित हृदय आज सोने और रेशम से जगमगती हुई प्रतिमा में धैर्य और संतोष का संदेश न पा सका। कल तक यही प्रतिमा उन्हें बल और उत्साह प्रदान करती थी। उसी प्रतिमा से आज उनका विपद्ग्रस्त मन विद्रोह कर रहा था। उनकी भक्ति का यही पुरस्कार है– उनके स्नान और व्रत और निष्ठा का यही फल है।

वह चलने लगे तो ब्रह्मचारी बोले–लालाजी, अबकी यहां श्री वाल्मीकीय कथा का विचार है।

लालाजी ने पीछे फिरकर कहा–हां–हां, होने दो।

एक बाबू साहब ने कहा–यहां किसी में इतना सामर्थ्य नहीं है। आप ही हिम्मत करें, तो हो सकती है।

समरकान्त ने उत्साह से कहा–हां–हां, मैं उसका सारा भार लेने को तैयार हूं। भगवद् भजन से बढ़कर धन का सदुपयोग और क्या होगा–

उनका यह उत्साह देखकर लोग चकित हो गए। वह कृपण थे और किसी धर्मकार्य में अग्रसर न होते थे। लोगों ने समझा था, इससे दस–बीस रुपये ही मिल जायं, तो बहुत है। उन्हें यों बाजी मारते देखकर और लोग भी गरमाए। सेठ धानीराम ने कहा–आपसे सारा भार लेने को नहीं कहा जाता, लालाजी आप लक्ष्मी–पात्र हैं सही पर औरों को भी तो श्रद्धा है। चंदे से होने दीजिए।

समरकान्त बोले–तो और लोग आपस में चंदा कर लें। जितनी कमी रह जाएगी, वह मैं पूरी कर दूंगा।

धानीराम को भय हुआ, कहीं यह महाशय सस्ते न छूट जाएं। बोले–यह नहीं, आपको जितना लिखना हो लिख दें।

समरकान्त ने होड़ के भाव से कहा–पहले आप लिखिए।

कागज, कलम, दावात लाया गया, धानीराम ने लिखा एक सौ एक रुपये।

समरकान्त ने ब्रह्मचारीजी से पूछा–आपके अनुमान से कुल कितना खर्च होगा–

ब्रह्मचारीजी का तखमीना एक हजार का था।

समरकान्त ने आठ सौ निन्यानवे लिख दिए। और वहां से चल दिए। सच्ची श्रद्धा की कमी को वह धन से पूरा करना चाहते थे। धर्म की क्षति जिस अनुपात से होती है, उसी अनुपात से आडंबर की वृद्धि होती है।

दो

अमरकान्त का पत्र लिए हुए नैना अंदर आई, तो सुखदा ने पूछा–किसका पत्र है–

नैना ने खत पाते ही पढ़ डाला था। बोली–भैया का।

सुखदा ने पूछा–अच्छा उनका खत है– कहां हैं–

'हरिद्वार के पास किसी गांव में हैं।'

आज पांच महीनों से दोनों में अमरकान्त की कभी चर्चा न हुई थी। मानो वह कोई घाव था, जिसको छूते दोनों ही के दिल कांपते थे। सुखदा ने फिर कुछ न पूछा। बच्चे के लिए प्राक सी रही थी। फिर सीने लगी।

नैना पत्र का जवाब लिखने लगी। इसी वक्त वह जवाब भेज देगी। आज पांच महीने में आपको मेरी सुधि आई है। जाने क्या–क्या लिखना चाहती थी– कई घंटों के बाद वह खत तैयार हुआ, जो हम पहले ही देख चुके हैं। खत लेकर वह भाभी को दिखाने गई। सुखदा ने देखने की जरूरत न समझी।

नैना ने हताश होकर पूछा–तुम्हारी तरफ से भी कुछ लिख दूं–

'नहीं, कुछ नहीं।'

'तुम्हीं अपने हाथ से लिख दो।'

'मुझे कुछ नहीं लिखना है।'

नैना रूआंसी होकर चली गई। खत डाक में भेज दिया गया।

सुखदा को अमर के नाम से भी चिढ़ है। उसके कमरे में अमर की तस्वीर थी, उसे उसने तोड़कर फेंक दिया था। अब उसके पास अमर की याद दिलाने वाली कोई चीज न थी। यहां तक की बालक से भी उसका जी हट गया था। वह अब अधिकतर नैना के पास रहता था। स्नेह के बदले वह उस पर दया करती थी पर इस पराजय ने उसे हताश नहीं किया उसका आत्माभिमान कई गुना बढ़ गया है। आत्मनिर्भर भी अब वह कहीं ज्यादा हो गई है। वह अब किसी की उपेक्षा नहीं करना चाहती। स्नेह के दबाव के सिवा और किसी दबाव से उसका मन विद्रोह करने लगता है। उसकी विलासिता मानो मान के वन में खो गई है।

लेकिन आश्चर्य की बात यह है कि सकीना से उसे लेशमात्र भी द्वेष नहीं है। वह उसे भी अपनी ही तरह, बल्कि अपने से अधिक दुरूखी समझती है। उसकी कितनी बदनामी हुई और अब बेचारी उस निर्दयी के नाम को रो रही है। वह सारा उन्माद जाता रहा। ऐसे छिछोरों का एतबार ही क्या– वहां कोई दूसरा शिकार फांस लिया होगा। उससे मिलने की उसे बड़ी इच्छा थी पर सोच–सोचकर रह जाती थी।

एक दिन पठानिन से मालूम हुआ कि सकीना बहुत बीमार है। उस दिन सुखदा ने उससे मिलने का निश्चय कर लिया। नैना को भी साथ ले लिया। पठानिन ने रास्ते में कहा–मेरे सामने तो उसका मुंह ही बंद हो जाएगा। मुझसे

तो तभी से बोल–चाल नहीं है। मैं तुम्हें घर दिखाकर कहीं चली जाऊंगी। ऐसी अच्छी शादी हो रही थी उसने मंजूर ही न किया। मैं भी चुप हूं, देखूं कब तक उसके नाम को बैठी रहती है। मेरे जीतेजी तो लाला घर में कदम रखने न पाएंगे। हां, पीछे को नहीं कह सकती।

सुखदा ने छेड़ा–किसी दिन उनका खत आ जाय और सकीना चली जाय तो क्या करोगी–

बुढ़ियां आंखें निकालकर बोली–मजाल है कि इस तरह चली जाय खून पी जाऊं।

सुखदा ने फिर छेड़ा–जब वह मुसलमान होने को कहते हैं, तब तुम्हें क्या इंकार है–

पठानिन ने कानों पर हाथ रखकर कहा–अरे बेटा जिसका जिंदगी भर नमक खाया उसका घर उजाड़कर अपना घर बनाऊं– यह शरीफों का काम नहीं है। मेरी तो समझ ही में नहीं आता, छोकरी में क्या देखकर भैया रीझ पड़े।

अपना घर दिखाकर पठानिन तो पड़ोस के घर में चली गई, दोनों युवतियों ने सकीना के द्वार की कुंडी खटखटाई। सकीना ने उठकर द्वार खोल दिया। दोनों को देखकर वह घबरा– सी गई। जैसे कहीं भागना चाहती है। कहां बैठाए, क्या सत्कार करे।

सुखदा ने कहा–तुम परेशान न हो बहन, हम इस खाट पर बैठ जाते हैं। तुम तो जैसे घुलती जाती हो। एक बेवफा मरद के चकमे में पड़कर क्या जान दे दोगी–

सकीना का पीला चेहरा शर्म से लाल हो गया। उसे ऐसा जान पड़ा कि सुखदा मुझसे जवाब तलब कर रही है–तुमने मेरा बना–बनाया घर क्यों उजाड़ दिया– इसका सकीना के पास कोई जवाब न था। वह कांड कुछ इस आकस्मिक रूप से हुआ कि वह स्वयं कुछ न समझ सकी। पहले बादल का एक टुकड़ा आकाश के एक कोने में दिखाई दिया। देखते–देखते सारा आकाश मेघाच्छन्न हो गया और ऐसे जोर की आंधी चली कि वह खुद उसमें उड़ गई। वह क्या बताए कैसे क्या हुआ– बादल के उस टुकड़े को देखकर कौन कह सकता था, आंधी आ रही है–

उसने सिर झुकाकर कहा–औरत की जिंदगी और है ही किसलिए बहनजी वह अपने दिल से लाचार है, जिससे वफा की उम्मीद करती है, वही दगा करता है। उसका क्या अख्तियार– लेकिन बेवफाओं से मुहब्बत न हो, तो मुहब्बत में

मजा ही क्या रहे– शिकवा–शिकायत, रोना–धोना, बेताबी और बेकरारी यही तो मुहब्बत के मजे हैं, फिर मैं तो वफा की उम्मीद भी नहीं करती थी। मैं उस वक्त भी इतना जानती थी कि यह आंधी दो–चार घड़ी की मेहमान है लेकिन तस्कीन के लिए तो इतना ही काफी था कि जिस आदमी की मैं दिल में सबसे ज्यादा इज्जत करने लगी थी, उसने मुझे इस लायक तो समझा। मैं इस कागज की नाव पर बैठकर भी सफर को पार कर दूंगी।

सुखदा ने देखा, इस युवती का ह्रदय कितना निष्कपट है कुछ निराश होकर बोली– यही तो मरदों के हथकंडे हैं। पहले तो देवता बन जाएंगे, जैसे सारी शराफत इन्हीं पर खतम है, फिर तोतों की तरह आंखें फेर लेंगे।

सकीना ने ढिठाई के साथ कहा–बहन, बनने से कोई देवता नहीं हो जाता। आपकी उम्र चाहे साल–दो साल मुझसे ज्यादा हो लेकिन मैं इस मुआमले में आपसे ज्यादा तजुर्बा रखती हूं। यह घमंड से नहीं कहती, शर्म से कहती हूं। खुदा न करे, गरीब की लड़की हसीन हो। गरीबी में हुस्न बला है। वहां बड़ों का तो कहना ही क्या, छोटों की रसाई भी आसानी से हो जाती है। अम्मां बड़ी पारसा हैं, मुझे देवी समझती होंगी, किसी जवान को दरवाजे पर खड़ा नहीं होने देतीं लेकिन इस वक्त बात आ पड़ी है, तो कहना पड़ता है कि मुझे मरदों को देखने और परखने के काफी मौके मिले हैं। सभी ने मुझे दिल–बहलाव की चीज समझा, और मेरी गरीबी से अपना मतलब निकालना चाहा। अगर किसी ने मुझे इज्जत की निगाह से देखा, तो वह बाबूजी थे। मैं खुदा को गवाह करके कहती हूं कि उन्होंने मुझे एक बार भी ऐसी निगाहों से नहीं देखा और न एक कलाम भी ऐसा मुंह से निकाला, जिससे छिछोरेपन की बू आई हो। उन्होंने मुझे निकाह की दावत दी। मैंने मंजूर कर लिया। जब तक वह खुद उस दावत को रद्द न कर दें, मैं उसकी पाबंद हूं, चाहे मुझे उम्र भर यों ही क्यों न रहना पड़े। चार–पांच बार की मुख्तसर मुलाकातों से मुझे उन पर इतना एतबार हो गया है कि मैं उम्र भर उनके नाम पर बैठी रह सकती हूं। मैं अब पछताती हूं कि क्यों न उनके साथ चली गई। मेरे रहने से उन्हें कुछ तो आराम होता। कुछ तो उनकी खिदमत कर सकती। इसका तो मुझे यकीन है कि उन पर रंग–रूप का जादू नहीं चल सकता। हूर भी आ जाय, तो उसकी तरफ आंखें उठाकर न देखेंगे, लेकिन खिदमत और मोहब्बत का जादू उन पर बड़ी आसानी से चल सकता है। यही खौफ है। मैं आपसे सच्चे दिल से कहती हूं बहन, मेरे लिए इससे बड़ी खुशी की बात नहीं हो सकती कि आप और वह फिर मिल जायं, आपस का मनमुटाव दूर हो जाय। मैं उस हालत में और भी खुश रहूंगी। मैं उनके साथ न गई, इसका यही सबब था लेकिन बुरा न मानो तो एक बात कहूं–

वह चुप होकर सुखदा के उत्तर का इंतजार करने लगी। सुखदा ने आश्वासन दिया—तुम जितनी साफ दिली से बातें कर रही हो, उससे अब मुझे तुम्हारी कोई बात भी बुरी न मालूम होगी। शौक से कहो।

सकीना ने धन्यवाद देते हुए कहा—अब तो उनका पता मालूम हो गया है, आप एक बार उनके पास चली जायं। वह खिदमत के गुलाम हैं और खिदमत से ही आप उन्हें अपना सकती हैं।

सुखदा ने पूछा—बस, या और कुछ—

'बस, और मैं आपको क्या समझाऊंगी, आप मुझसे कहीं ज्यादा समझदार हैं।'

'उन्होंने मेरे साथ विश्वासघात किया है। मैं ऐसे कमीने आदमी की खुशामद नहीं कर सकती। अगर आज मैं किसी मरद के साथ चली जाऊं, तो तुम समझती हो, वह मुझे मनाने जाएंगे— वह शायद मेरी गर्दन काटने जायं। मैं औरत हूं, और औरत का दिल इतना कड़ा नहीं होता लेकिन उनकी खुशामद तो मैं मरते दम तक नहीं कर सकती।'

यह कहती हुई सुखदा उठ खड़ी हुई। सकीना दिल में पछताई कि क्यों जरूरत से ज्यादा बहनापा जताकर उसने सुखदा को नाराज कर दिया। द्वार तक माफी मांगती हुई आई।

दोनों तांगे पर बैठीं, तो नैना ने कहा—तुम्हें क्रोध बहुत जल्द आ जाता है, भाभी

सुखदा ने तीक्ष्ण स्वर में कहा—तुम तो ऐसा कहोगी ही, अपने भाई की बहन हो न संसार में ऐसी कौन औरत है, जो ऐसे पति को मनाने जाएगी— हां, शायद सकीना चली जाती इसलिए कि उसे आशातीत वस्तु मिल गई है।

एक क्षण के बाद फिर बोली—मैं इससे सहानुभूति करने आई थी पर यहां से परास्त होकर जा रही हूं। इसके विश्वास ने मुझे परास्त कर दिया। इस छोकरी में वह सभी गुण हैं, जो पुरुषों को आकृष्ट करते हैं। ऐसी ही स्त्रियां पुरुषों के हृदय पर राज करती हैं। मेरे हृदय में कभी इतनी श्रद्धा न हुई। मैंने उनसे हंसकर बोलने, हास—परिहास करने और अपने रूप और यौवन के प्रदर्शन में ही अपने कर्तव्य का अंत समझ लिया। न कभी प्रेम किया, न प्रेम पाया। मैंने बरसों में जो कुछ न पाया, वह इसने घंटों में पा लिया। आज मुझे कुछ—कुछ ज्ञात हुआ कि मुझमें क्या त्रुटियां हैं— इस छोकरी ने मेरी आंखें खोल दीं।

तीन

एक महीने से ठाकुरद्वारे में कथा हो रही है। पृं मधुसुदनजी इस कला में प्रवीण हैं। उनकी कथा में श्रव्य और दृश्य, दोनों ही काव्यों का आनंद आता है। जितनी आसानी से वह जनता को हंसा सकते हैं, उतनी ही आसानी से रूला भी सकते हैं। दृष्टांतों के तो मानो वह सफर हैं, और नाटय में इतने कुशल हैं कि जो चरित्र दर्शाते हैं, उनकी तस्वीरें खींच देते हैं। सारा शहर उमड़ पड़ता है। रेणुकादेवी तो सांझ ही से ठाकुरद्वारे में पहुंच जाती हैं। व्यासजी और उनके भजनीक सब उन्हीं के मेहमान हैं। नैना भी मुन्ने को गोद में लेकर पहुंच जाती है। केवल सुखदा को कथा में रुचि नहीं है। वह नैना के बार–बार आग्रह करने पर भी नहीं जाती। उसका विद्रोही मन सारे संसार से प्रतिकार करने के लिए जैसे नंगी तलवार लिए खड़ा रहता है। कभी–कभी उसका मन इतना उद्विग्न हो जाता है कि समाज और धर्म के सारे बंधनो को तोड़कर फेंक दे। ऐसे आदमियों की सजा यही है कि उनकी स्त्रियां भी उन्हीं के मार्ग पर चलें। तब उनकी आंखें खुलेंगी और उन्हें ज्ञात होगा कि जलना किसे कहते हैं। एक मैं कुल–मर्यादा के नाम को रोया करूं लेकिन यह अत्याचार बहुत दिनों न चलेगा। अब कोई इस भ्रम में न रहे कि पति जो करे, उसकी स्त्री उसके पांव धोधोकर पिएगी, उसे अपना देवता समझेगी, उसके पांव दबाएगी और वह उससे हंसकर बोलेगा, तो अपने भाग्य को धन्य मानेगी। वह दिन लद गए। इस विषय पर उसने पत्रों में कई लेख भी लिखे हैं।

आज नैना बहस कर बैठी–तुम कहती हो, पुरुष के आचार–विचार की परीक्षा कर लेनी चाहिए। क्या परीक्षा कर लेने पर धोखा नहीं होता– आए दिन तलाक क्यों होते रहते हैं–

सुखदा बोली–तो इसमें क्या बुराई है– यह तो नहीं होता कि पुरुष तो गुलछर्रे उड़ावे और स्त्री उसके नाम को रोती रहे–

नैना ने जैसे रटे हुए वाक्य को दुहराया–प्रेम के अभाव में सुख कभी नहीं मिल सकता। बाहरी रोकथाम से कुछ न होगा।

सुखदा ने छेड़ा–मालूम होता है, आजकल यह विद्या सीख रही हो। अगर देख–भालकर विवाह करने में कभी–कभी धोखा हो सकता है, तो बिना देखे–भाले करने में बराबर धोखा होता है। तलाक की प्रथा यहां हो जाने दो, फिर मालूम होगा कि हमारा जीवन कितना सुखी है।

नैना इसका कोई जवाब न दे सकी। कल व्यासजी ने पश्चिमी विवाह–प्रथा की तुलना भारतीय पति से की। वही बातें कुछ उखड़ी–सी उसे याद थीं।

बोली–तुम्हें कथा में चलना है कि नहीं, यह बताओ।

'तुम जाओ, मैं नहीं जाती।'

नैना ठाकुरद्वारे में पहुंची तो कथा आरंभ हो गई थी। आज और दिनों से ज्यादा हुजूम था। नौजवान–सभा और सेवा–पाठशाला के विद्यार्थी और अध्यापक भी आए हुए थे। मधुसूदनजी कह रहे थे–राम–रावण की कथा तो इस जीवन की, इस संसार की कथा है इसको चाहो तो सुनना पड़ेगा, न चाहो तो सुनना पड़ेगा। इससे हम–तुम बच नहीं सकते। हमारे ही अंदर राम भी हैं, रावण भी हैं, सीता भी हैं, आदि...।।

सहसा पिछली सगों में कुछ हलचल मची। ब्रह्मचारीजी कई आदमियों को हाथ पकड़–पकड़कर उठा रहे थे और जोर–जोर से गालियां दे रहे थे। हंगामा हो गया। लोग इधर–उधर से उठकर वहां जमा हो गए। कथा बंद हो गई–

समरकान्त ने पूछा–क्या बात है ब्रह्मचारीजी–

ब्रह्मचारीजी ने ब्रह्मतेज से लाल–लाल आंखें निकालकर कहा–बात क्या है, यहां लोग भगवान् की कथा सुनने आते हैं कि अपना धर्म भ्रष्ट करने आते हैं भंगी, चमार जिसे देखो घुसा चला आता है–ठाकुरजी का मंदिर न हुआ सराय हुई।

समरकान्त ने कड़ककर कहा–निकाल दो सभी को मारकर।

एक बूढ़े ने हाथ जोड़कर कहा–हम तो यहां दरवाजे पर बैठे थे सेठजी, जहां जूते रखे हैं। हम क्या ऐसे नादान हैं कि आप लोगों के बीच में जाकर बैठ जाते–

ब्रह्मचारी ने उसे एक जूता जमाते हुए कहा–तू यहां आया क्यों– यहां से वहां तक एक दरी बिछी हुई है। सब–का–सब भरभंड हुआ कि नहीं– प्रसाद है, चरणामृत है, गंगाजल है। सब मिट्टी हुआ कि नहीं– अब जाड़े–पाले में लोगों को नहाना–धोना पड़ेगा कि नहीं– हम कहते हैं तू बूढ़ा हो गया मिठुआ, मरने के दिन आ गए, पर तुझे अकल भी नहीं आई। चला है वहां से बड़ा भगत की पूंछ बनकर।

समरकान्त ने बिगड़कर कहा–और भी कभी आया था कि आज ही आया है–

मिठुआ बोला–रोज आते हैं महाराज, यहीं दरवाजे पर बैठकर भगवान् की कथा सुनते हैं।

ब्रह्मचारीजी ने माथा पीट लिया। ये दुष्ट रोज यहां आते थे रोज सबको छूते थे। इनका छुआ हुआ प्रसाद लोग रोज खाते थे इससे बढ़कर अनर्थ क्या हो सकता है– धर्म पर इससे बड़ा आघात और क्या हो सकता है– धार्मात्माओं के क्रोध का पारावार न रहा। कई आदमी जूते ले–लेकर उन गरीबों पर पिल पड़े। भगवान् के मंदिर में, भगवान् के भक्तों के हाथों, भगवान् के भक्तों पर पादुका–प्रहार होने लगा।

डॉक्टर शान्तिकुमार और उनके अध्यापक खड़े जरा देर तक यह तमाशा देखते रहे। जब जूते चलने लगे तो स्वामी आत्मानन्द अपना मोटा सोंटा लेकर ब्रह्मचारी की तरफ लपके।

डॉक्टर साहब ने देखा, घोर अनर्थ हुआ चाहता है। झपटकर आत्मानन्द के हाथों से सोटा छीन लिया।

आत्मानन्द ने खून–भरी आंखों से देखकर कहा–आप यह दृश्य देख सकते हैं, मैं नहीं देख सकता।

शान्तिकुमार ने उन्हें शांत किया और ऊंची आवाज से बोले–वाह रे ईश्वर–भक्तो वाह क्या कहना है तुम्हारी भक्ति का जो जितने जूते मारेगा, भगवान् उस पर उतने प्रसन्न होंगे। उसे चारों पदार्थ मिल जाएंगे। सीधो स्वर्ग से विमान आ जाएगा। मगर अब चाहे जितना मारो, धर्म तो नष्ट हो गया।

ब्रह्मचारी, लाला समरकान्त, सेठ धानीराम और अन्य धर्म के ठेकेदारों ने चकित होकर शान्तिकुमार की ओर देखा। जूते चलने बंद हो गए।

शान्तिकुमार इस समय कुर्ता और धोती पहने, माथे पर चंदन लगाए, गले में चादर डाले व्यास के छोटे भाई से लग रहे थे। यहां उनका वह व्यसन न था, जिस पर विधर्मी होने का आक्षेप किया जा सकता था।

डॉक्टर साहब ने फिर ललकार कहा–आप लोगों ने हाथ क्यों बंद कर लिए– लगाइए कस–कसकर और जूतों से क्या होता है– बंदूकें मंगाइए और धर्म–द्रोहियों का अंत कर डालिए। सरकार कुछ नहीं कर सकती। और तुम धर्म–द्रोहियो तुम सब–के–सब बैठ जाओ और जितने जूते खा सको, खाओ। तुम्हें इतनी खबर नहीं कि यहां सेठ महाजनों के भगवान् रहते हैं तुम्हारी इतनी मजाल कि इनके भगवान् के मंदिर में कदम रखो तुम्हारे भगवान् किसी झोंपड़े में या पेड़ तले होंगे। यह भगवान् रत्नों के आभूषण पहनते हैं। मोहनभोग–मलाई खाते हैं। चीथड़े पहनने वालों और चबैना खाने वालों की सूरत वह नहीं देखना चाहते।

ब्रह्मचारीजी परशुराम की भांति विकराल रूप दिखाकर बोले–तुम तो बाबूजी, अंधेर करते हो। सासतर में कहां लिखा है कि अंत्यजों को मंदिर में आने दिया जाए–

शान्तिकुमार ने आवेश से कहा–कहीं नहीं। शास्त्र में यह लिखा है कि घी में चर्बी मिलाकर बेचो, टेनी मारो, रिश्वतें खाओ। आंखों में धूल झोंको और जो तुमसे बलवान् हैं उनके चरण धोधोकर पीयो, चाहे वह शास्त्र को पैरों से ठुकराते हों। तुम्हारे शास्त्र में यह लिखा है, तो यह करो। हमारे शास्त्र में तो यह लिखा है कि भगवान् की दृष्टि में न कोई छोटा है न बड़ा, न कोई शुद्ध और न कोई अशुद्ध। उसकी गोद सबके लिए खुली हुई है।

समरकान्त ने कई आदमियों को अंत्यजों का पक्ष लेने के लिए तैयार देखकर उन्हें शांत करने की चेष्टा करते हुए कहा–डॉक्टर साहब, तुम व्यर्थ इतना क्रोध कर रहे हो। शास्त्र में क्या लिखा है, क्या नहीं लिखा है, यह तो पंडित ही जानते हैं। हम तो जैसी प्रथा देखते हैं, वह करते हैं। इन पाजियों को सोचना चाहिए था या नहीं–इन्हें तो यहां का हाल मालूम है, कहीं बाहर से तो नहीं आए हैं–

शान्तिकुमार का खून खौल रहा था–आप लोगों ने जूते क्यों मारे–

ब्रह्मचारी ने उजड्डपन से कहा–और क्या पान–फूल लेकर पूजते–

शान्तिकुमार उत्तोजित होकर बोले–अंधे भक्तों की आंखों में धूल झोंककर यह हलवे बहुत दिन खाने को न मिलेंगे महाराज, समझ गए– अब वह समय आ रहा है, जब भगवान् भी पानी से स्नान करेंगे, दूध से नहीं।

सब लोग हां–हां करते ही रहे पर शान्ति कुमार, आत्मानन्द और सेवा–पाठशाला के छात्र उठकर चल दिए। भजन–मंडली का मुखिया सेवाश्रम का ब्रजनाथ था। वह भी उनके साथ ही चला गया।

चार

उस दिन फिर कथा न हुई। कुछ लोगों ने ब्रह्मचारी ही पर आक्षेप करना शुरू किया। बैठे तो थे बेचारे एक कोने में, उन्हें उठाने की जरूरत ही क्या थी– और उठाया भी, तो नम्रता से उठाते। मार–पीट से क्या फायदा–

दूसरे दिन नियत समय पर कथा शुरू हुई पर श्रोताओं की संख्या बहुत कम हो गई थी। मधुसूदनजी ने बहुत चाहा कि रंग जमा दें पर लोग जम्हाइयां ले रहे थे और पिछली सगों में तो लोग धड़ल्ले से सो रहे थे। मालूम होता था, मंदिर का आंगन कुछ छोटा हो गया है, दरवाजे कुछ नीचे हो गए हैं,

भजन–मंडली के न होने से और भी सन्नाटा है। उधर नौजवान सभा के सामने खुले मैदान में शान्तिकुमार की कथा हो रही थी। ब्रजनाथ, सलीम, आत्मानन्द आदि आने वालों का स्वागत करते थे। थोड़ी देर में दरियां छोटी पड़ गईं और थोड़ी देर और गुजरने पर मैदान भी छोटा पड़ गया। अधिकांश लोग नंगे बदन थे, कुछ लोग चीथड़े पहने हुए। उनकी देह से तंबाकू और मैलेपन की दुर्गंधा आ रही थी। स्त्रियां आभूषणहीन, मैली–कुचौली धोतियां या लहंगे पहने हुए थीं। रेशम और सुगंध और चमकीले आभूषणों का कहीं नाम न था, पर हृदयों में दया थी, धर्म था, सेवा–भाव था, त्याग था। नए आने वालों को देखते ही लोग जगह घेरने को पांव न फैला लेते थे, यों न ताकते थे, जैसे कोई शत्रु आ गया हो बल्कि और सिमट जाते थे और खुशी से जगह दे देते थे।

नौ बजे कथा आरंभ हुई। यह देवी–देवताओं और अवतारों की कथा न थी। ब्रह्र्यंषियों के तप और तेज का वृत्तांत न था, क्षत्रियों के शौर्य और दान की गाथा न थी। यह उस पुरुष का पावन चरित्र था, जिसके यहां मन और कर्म की शुद्धता ही धर्म का मूल तत्व है। वही ऊंचा है, जिसका मन शुद्ध है वही नीच है, जिसका मन अशुद्ध है–जिसने वर्ण का स्वांग रचकर समाज के एक अंग को मदांधा और दूसरे को म्लेच्छ नहीं बनाया किसी के लिए उन्नति या उधार का द्वार नहीं बंद किया–एक के माथे पर बड़प्पन का तिलक और दूसरे के माथे पर नीचता का कलंक नहीं लगाया। इस चरित्र में आत्मोन्नति का एक सजीव संदेश था, जिसे सुनकर दर्शकों को ऐसा प्रतीत होता था, मानो उनकी आत्मा के बंधन खुल गए हैं संसार पवित्र और सुंदर हो गया है।

नैना को भी धर्म के पाखंड से चिढ़ थी। अमरकान्त उससे इस विषय पर अक्सर बातें किया करता था। अछूतों पर यह अत्याचार देखकर उसका खून भी खौल उठा था। समरकान्त का भय न होता, तो उसने ब्रह्मचारीजी को फटकार बताई होती इसीलिए जब शान्तिकुमार ने तिलकधाारियों को आड़े हाथ लिया, तो उसकी आत्मा जैसे मुग्ध होकर उनके चरणों पर लोटने लगी। अमरकान्त से उनका बखान कितनी ही बार सुन चुकी थी। इस समय उनके प्रति उसके मन में ऐसी श्रद्धा उठी कि जाकर उनसे कहे–तुम धर्म के सच्चे देवता हो, तुम्हें नमस्कार करती हूं। अपने आसपास के आदमियों को क्रोधित देख–देखकर उसे भय हो रहा था कि कहीं यह लोग उन पर टूट न पड़ें। उसके जी में आता था, जाकर डॉक्टर के पास खड़ी हो जाए और उनकी रक्षा करे। जब वह बहुत–से आदमियों के साथ चले गए, तो उसका चित्त शांत हो गया। वह भी सुखदा के साथ घर चली आई।

सुखदा ने रास्ते में कहा–ये दुष्ट न जाने कहां से फट पड़े– उस पर डॉक्टर साहब उल्टे उन्हीं का पक्ष लेकर लड़ने को तैयार हो गए।

नैना ने कहा–भगवान् ने तो किसी को ऊंचा और किसी को नीचा नहीं बनाया–

'भगवान् ने नहीं बनाया, तो किसने बनाया?'

'अन्याय ने।'

'छोटे–बड़े संसार में सदा रहे हैं और रहेंगे।'

नैना ने वाद–विवाद करना उचित न समझा।

दूसरे दिन संध्या समय उसे खबर मिली कि आज नौजवान–सभा में अछूतों के लिए अलग कथा होगी, तो उसका मन वहां जाने के लिए लालायित हो उठा। वह मंदिर में सुखदा के साथ तो गई पर उसका जी उचाट हो रहा था। जब सुखदा झपकियां लेने लगी–आज यह कृत्य शीघ्र ही होने लगा–तो वह चुपके से बाहर आई और एक तांगे पर बैठकर नौजवान–सभा चली। वह दूर से जमाव देखकर लौट आना चाहती थी, जिसमें सुखदा को उसके आने की खबर न हो। उसे दूर से गैस की रोशनी दिखाई दी। जरा और आगे बढ़ी, तो ब्रजनाथ की स्वर लहरियां कानों में आईं। तांगा उस स्थान पर पहुंचा, तो शान्तिकुमार मंच पर आ गए थे। आदमियों का एक समुद्र उमड़ा हुआ था और डॉक्टर साहब की प्रतिभा उस समुद्र के ऊपर किसी विशाल व्यापक आत्मा की भांति छाई हुई थी। नैना कुछ देर तो तांगे पर मंत्र–मुग्ध–सी बैठी सुनती रही, फिर उतरकर पिछली कतार में सबके पीछे खड़ी हो गई।

एक बुढ़ियां बोली–कब तक खड़ी रहोगी बिटिया, भीतर जाकर बैठ जाओ।

नैना ने कहा–बड़े आराम से हूं। सुनाई दे रहा है।

बुढ़ियां आगे थी। उसने नैना का हाथ पकड़कर अपनी जगह पर खींच लिया और आप उसकी जगह पर पीछे हट आई। नैना ने अब शान्तिकुमार को सामने देखा। उनके मुख पर देवोपम तेज छाया हुआ था। जान पड़ता था, इस समय वह किसी दिव्य जगत् में है। मानो वहां की वायु सुधामयी हो गई है। जिन दरिद्र चेहरों पर वह फटकार बरसते देखा करती थी, उन पर आज कितना गर्व था, मानो वे किसी नवीन संपत्ति के स्वामी हो गए हैं। इतनी नम्रता, इतनी भद्रता, इन लोगों में उसने कभी न देखी थी।

शान्तिकुमार कह रहे थे–क्या तुम ईश्वर के घर से गुलामी करने का बीड़ा लेकर आए हो– तुम तन–मन से दूसरों की सेवा करते हो पर तुम गुलाम हो। तुम्हारा समाज में कोई स्थान नहीं। तुम समाज की बुनियाद हो। तुम्हारे ही ऊपर समाज खड़ा है, पर तुम अछूत हो। तुम मंदिरों में नहीं जा सकते। ऐसी अनीति इस अभागे देश के सिवा और कहां हो सकती है– क्या तुम सदैव इसी भांति पतित और दलित बने रहना चाहते हो–

एक आवाज आई–हमारा क्या बस है–

शान्तिकुमार ने उत्तेजना–पूर्ण स्वर में कहा–तुम्हारा बस उस समय तक कुछ नहीं है जब तक समझते हो तुम्हारा बस नहीं है। मंदिर किसी एक आदमी या समुर्दाय की चीज नहीं। वह हिन्दू–मात्र की चीज है। यदि तुम्हें कोई रोकता है, तो यह उसकी जबर्दस्ती है। मत टलो उस मंदिर के द्वार से, चाहे तुम्हारे ऊपर गोलियों की वर्षा ही क्यों न हो तुम जरा–जरा–सी बात के पीछे अपना सर्वस्व गंवा देते हो, जान दे देते हो, यह तो धर्म की बात है, और धर्म हमें जान से भी प्यारा होता है। धर्म की रक्षा सदा प्राणों से हुई है और प्राणों से होगी।

कल की मारधाड़ ने सभी को उत्तोजित कर दिया था। दिन–भर उसी विषय की चर्चा होती रही। बाईद तैयार होती रही। उसमें चिंगारी की कसर थी। ये शब्द चिंगारी का काम कर गए। संघ–शक्ति ने हिम्मत भी बढ़ा दी। लोगों ने पगड़ियां संभालीं, आसन बदले और एक–दूसरे की ओर देखा, मानो पूछ रहे हों– चलते हो, या अभी कुछ सोचना बाकी है– और फिर शांत हो गए। साहस ने चूहे की भांति बिल से सिर निकालकर फिर अंदर खींच लिया।

नैना के पास वाली बुढ़ियां ने कहा–अपना मंदिर लिए रहें, हमें क्या करना है–

नैना ने जैसे गिरती हुई दीवार को संभाला–मंदिर किसी एक आदमी का नहीं है।

शान्तिकुमार ने गूंजती हुई आवाज में कहा–कौन चलता है मेरे साथ अपने ठाकुरजी के दर्शन करने–

बुढ़ियां ने सशंक होकर कहा–क्या अंदर कोई जाने देगा–

शान्तिकुमार ने मुट्ठी बंधकर कहा–मैं देखूंगा कौन नहीं जाने देता– हमारा ईश्वर किसी की संपत्ति नहीं है, जो संदूक में बंद करके रखा जाय। आज इस मुआमले को तय करना है, सदा के लिए।

कई सौ स्त्री–पुरुष शान्ति कुमार के साथ मंदिर की ओर चले। नैना का हृदय धड़कने लगा पर उसने अपने मन को धिक्कारा और जत्थे के पीछे–पीछे चली। वह यह सोच–सोचकर पुलकित हो रही थी कि भैया इस समय यहां होते तो कितने प्रसन्न होते। इसके साथ भांति–भांति की शंकाएं भी बुलबुलों की तरह उठ रही थीं।

ज्यों–ज्यों जत्था आगे बढ़ता था और लोग आ–आकर मिलते जाते थे पर ज्यों–ज्यों मंदिर समीप आता था, लोगों की हिम्मत कम होती जाती थी। जिस अधिकार से ये सदैव वंचित रहे, उसके लिए उनके मन में कोई तीव्र इच्छा न थी। केवल दुरूख था मार का। वह विश्वास, जो न्याय–ज्ञान से पैदा होता है, वहां न था। फिर भी मनुष्यों की संख्या बढ़ती जाती थी। प्राण देने वाले तो बिरले ही थे। समूह की धौंस जमाकर विजय पाने की आशा ही उन्हें बढ़ा रही थी।

जत्था मंदिर के सामने पहुंचा तो दस बज गए थे। ब्रह्मचारीजी कई पुजारियों और पंडों के साथ लाठियां लिए द्वार पर खड़े थे। लाला समरकान्त भी पैंतरे बदल रहे थे।

नैना को ब्रह्मचारी पर ऐसा क्रोध आ रहा था कि जाकर फटकारे, तुम बड़े धार्मात्मा बने हो आधी रात तक इसी मंदिर में जुआ खेलते हो, पैसे–पैसे पर ईमान बेचते हो, झूठी गवाहियां देते हो, द्वार–द्वार भीख मांगते हो। फिर भी तुम धर्म के ठेकेदार हो। तुम्हारे तो स्पर्श से ही देवताओं को कलंक लगता है।

वह मन के इस आग्रह को रोक न सकी। पीछे से भीड़ को चीरती हुई मंदिर के द्वार को चली आ रही थी कि शान्तिकुमार की निगाह उस पर पड़ गई। चौंककर बोले–तुम यहां कहां नैना– मैंने तो समझा था, तुम अंदर कथा सुन रही होगी।

नैना ने बनावटी रोष से कहा–आपने तो रास्ता रोक रखा है। कैसे जाऊं–

शान्ति कुमार ने भीड़ को सामने से हटाते हुए कहा–मुझे मालूम न था कि तुम रूकी खड़ी हो।

नैना ने जरा ठिठककर कहा–आप हमारे ठाकुरजी को भ्रष्ट करना चाहते हैं–

शान्तिकुमार उसका विनोद न समझ सके। उदास होकर बोले–क्या तुम्हारा भी यही विचार है, नैना–

नैना ने और रप्रा जमाया–आप अछूतों को मंदिर में भर देंगे, तो देवता भ्रष्ट न होंगे–

शान्तिकुमार ने गंभीर भाव से कहा–मैंने तो समझा था, देवता भ्रष्टों को पवित्र करते हैं, खुद भ्रष्ट नहीं होते।

सहसा ब्रह्मचारी ने गरजकर कहा–तुम लोग क्या यहां बलवा करने आए हो ठाकुरजी के मंदिर के द्वार पर–

एक आदमी ने आगे बढ़कर कहा–हम फौजदारी करने नहीं आए हैं। ठाकुरजी के दर्शन करने आए हैं।

समरकान्त ने उस आदमी को धक्का देकर कहा–तुम्हारे बाप–दादा भी कभी दर्शन करने आए थे कि तुम्हीं सबसे वीर हो।

शान्तिकुमार ने उस आदमी को संभालकर कहा–बाप–दादों ने जो काम नहीं किया, क्या पोतों–परपोतों के लिए भी वर्जित है, लालाजी– बाप–दादे तो बिजली और तार का नाम तक नहीं जानते थे, फिर आज इन चीजों का क्यों व्यवहार होता है– विचारों में विकास होता ही रहता है, उसे आप नहीं रोक सकते।

समरकान्त ने व्यंग्य से कहा–इसीलिए तुम्हारे विचार में यह विकास हुआ है कि ठाकुरजी की भक्ति छोड़कर उनके द्रोही बन बैठे–

शान्तिकुमार ने प्रतिवाद किया–ठाकुरजी का द्रोही मैं नहीं हूं, द्रोही वह हैं जो उनके भक्तों को उनकी पूजा नहीं करने देते। क्या यह लोग हिन्दू–संस्कारों को नहीं मानते– फिर आपने मंदिर का द्वार क्यों बंद कर रखा है–

ब्रह्मचारी ने आंखें निकालकर कहा–जो लोग मांस–मदिरा तो खाते हैं, निखिद कर्म करते हैं, उन्हें मंदिर में नहीं आने दिया जा सकता।

शान्तिकुमार ने शांतभाव से जवाब दिया–मांस–मदिरा तो बहुत–से ब्राह्मण, क्षत्री, वैश्य भी खाते हैं। आप उन्हें क्यों नहीं रोकते– भंग तो प्रायरू सभी पीते हैं। फिर वे क्यों यहां आचार्य और पुजारी बने हुए हैं–

समरकान्त ने डंडा संभालकर कहा–यह सब यों न मानेंगे। इन्हें डंडों से भगाना पड़ेगा। जरा जाकर थाने में इत्तिला कर दो कि यह लोग फौजदारी करने आए हैं।

इस वक्त तक बहुत–से पंडे–पुजारी जमा हो गए थे। सब–के–सब लाठियों के कुंदों से भीड़ को हटाने लगे। लोगों में भगदड़ मच गई। कोई पूरब भागा, कोई पश्चिम। शान्तिकुमार के सिर पर भी एक डंडा पड़ा पर खड़े आदमियों को समझाते रहे–भागो मत, भागो मत, सब–के–सब वहीं बैठ जाओ, ठाकुर के नाम पर अपने को बलिदान कर दो, धर्म के लिए...।

पर दूसरी लाठी सिर पर इतने जोर से पड़ी कि पूरी बात भी मुंह से न निकलने पाई और वह गिर पड़े। संभलकर फिर उठना चाहते थे कि ताबड़–तोड़ कई लाठियां पड़ गईं। यहां तक कि वह बेहोश हो गए।

पांच

नैना बार–बार द्वार पर आती है और समरकान्त को बैठे देखकर लौट जाती है। आठ बज गए और लालाजी अभी तक गंगा–स्नान करने नहीं गए। नैना रात–भर करवटें बदलती रही। उस भीषण घटना के बाद क्या वह सो सकती थी– उसने शातिंकुमारको चोट खाकर गिरते देखा, पर निर्जीव–सी खड़ी रही थी। अमर ने उसे प्रारंभिक चिकित्सा की मोटी–मोटी बातें सिखा दी थीं पर वह उस अवसर पर कुछ भी तो न कर सकी। वह देख रही थी कि आदमियों की भीड़ ने उन्हें घेर लिया है। फिर उसने देखा कि डॉक्टर आया और शान्तिकुमार को एक डोली पर लेटाकर ले गया पर वह अपनी जगह से नहीं हिली। उसका मन किसी बंधुए पशु की भांति बार–बार भागना चाहता था पर वह रस्सी को दोनों हाथ से पकड़े हुए पूरे बल के साथ उसे रोक रही थी। कारण क्या था– संकोच आखिर उसने कलेजा मजबूत किया और द्वार से निकलकर बरामदे में आ गई। समरकान्त ने पूछा–कहां जाती है–

'जरा मंदिर तक जाती हूं।'

'वहां का रास्ता ही बंद है। जाने कहां के चमार–सियार आकर द्वार पर बैठे हैं। किसी को जाने ही नहीं देते। पुलिस खड़ी उन्हें हटाने का यत्न कर रही है पर अभागे कुछ सुनते ही नहीं। यह सब उसी शान्तिकुमार का पाजीपन है। आज वही इन लोगों का नेता बना हुआ है। विलायत जाकर धर्म तो खो ही आया था, अब यहां हिन्दू–धर्म की जड़ खोद रहा है। न कोई आचार न विचार, उसी शोहदे सलीम के साथ खाता–पीता है। ऐसे धर्मद्रोहियों को और क्या सूझेगी– इन्हीं सभी की सोहब्बत ने अमर को चौपट किया इसे न जाने किसने अध्यापक बना दिया?'

नैना ने दूर से ही यह दृश्य देखकर लौट आने का बहाना किया, और मंदिर की ओर चली। फिर कुछ दूर के बाद एक गली में होकर अस्पताल की ओर चल पड़ी। दाहिने–बाएं चौकन्नी आंखों से ताकती हुई, वह तेजी से चली जा रही थी, मानो चोरी करने जा रही हो।

अस्पताल में पहुंची तो देखा, हजारों आदमियों की भीड़ लगी हुई है, और यूनिवर्सिटी के लड़के इधर–उधर दौड़ रहे हैं। सलीम भी नजर आया। वह उसे

देखकर पीछे लौटना चाहती थी कि ब्रजनाथ मिल गया–अरे नैनादेवी तुम यहां कहां– डॉक्टर साहब को रात–भर होश नहीं रहा। सलीम और मैं उनके पास बैठे रहे। इस वक्त जाकर आंखें खोली हैं।

इतने परिचित आदमियों के सामने नैना कैसे ठहरती– वह तुरंत लौट पड़ी पर यहां आना निष्फल न हुआ। डॉक्टर साहब को होश आ गया है।

वह मार्ग में ही थी उसने सैकड़ों आदमियों को दौड़ते हुए आते देखा। वह एक गली में छिप गई। शायद फौजदारी हो गई। अब वह घर कैसे पहुंचेगी– संयोग से आत्मानन्दजी मिल गए। नैना को पहचानकर बोले–यहां तो गोलियां चल रही हैं। पुलिस कप्तान ने आकर व्र करा दिया।

नैना के चेहरे का रंग उड़ गया। जैसे नसों में रक्त का प्रवाह बंद हो गया हो। बोली– क्या आप उधर ही से आ रहे हैं–

'हां, मरते–मरते बचा। गली–गली निकल आया। हम लोग केवल खड़े थे। बस, कप्तान ने व्र कराने का हुक्म दे दिया। तुम कहां गई थीं?'

'मैं गंगा–स्नान करके लौटी जा रही थी। लोगों को भागते देखकर इधर चली आई। कैसे घर पहुंचूंगी?'

'इस समय तो उधर जाने में जोखिम है।'

फिर एक क्षण के बाद कदाचित अपनी कायरता पर लज्जित होकर कहा–किंतु गलियों में कोई डर नहीं है। चलो, मैं तुम्हें पहुंचा दूं। कोई पूछे, तो कह देना, मैं लाला समरकान्त की कन्या हूं।

नैना ने मन में कहा–यह महाशय संन्यासी बनते हैं, फिर भी इतने डरपोक पहले तो गरीबों को भड़काया और जब मार पड़ी, तो सबसे आगे भाग खड़े हुए। मौका न था, नहीं उन्हें ऐसा फटकारती कि याद करते। उनके साथ कई गलियों का चक्कर लगाती कोई दस बजे घर पहुंची। आत्मानन्द फिर उसी रास्ते से लौट गए। नैना ने उन्हें धन्यवाद भी न दिया। उनके प्रति अब उसे लेशमात्र भी श्रद्धा न थी।

वह अंदर गई, तो देखा–सुखदा सदर द्वार पर खड़ी है और सामने सड़क से लोग भागते चले जा रहे हैं।

सुखदा ने पूछा–तुम कहां चली गई थीं बीबी– पुलिस ने व्र कर दिया बेचारे, आदमी भागे जा रहे हैं।

'मुझे तो रास्ते ही में पता लगा। गलियों में छिपती हुई आई हूं।'

'लोग कितने कायर हैं घरों के किवाड़ तक बंद कर लिए।'

'लालाजी जाकर पुलिस वालों को मना क्यों नहीं करते?'

'इन्हीं के आदेश से तो गोली चली है। मना कैसे करेंगे?'

'अच्छा दादा ही ने गोली चलवाई है?'

'हां, इन्हीं ने जाकर कप्तान से कहा है। और अब घर में छिपे बैठे हैं। मैं अछूतों का मंदिर जाना उचित नहीं समझती लेकिन गोलियां चलते देखकर मेरा खून खौल रहा है। जिस धर्म की रक्षा गोलियों से हो, उस धर्म में सत्य का लोप समझो। देखो, देखो उस आदमी बेचारे को गोली लग गई छाती से खून बह रहा है।'

यह कहती हुई वह समरकान्त के सामने जाकर बोली–क्यों लालाजी, रक्त की नदी बह जाय पर मंदिर का द्वार न खुलेगा।

समरकान्त ने अविचलित भाव से उत्तर दिया–क्या बकती है बहू, इन डोम–चमारों को मंदिर में घुसने दें– तू तो अमर से भी दो–दो हाथ आगे बढ़ी जाती है। जिसके हाथ का पानी नहीं पी सकते, उसे मंदिर में कैसे जाने दें–

सुखदा ने और वाद–विवाद न किया। वह मनस्वी महिला थी। यही तेजस्विता, जो अभिमान बनकर उसे विलासिनी बनाए हुए थी, जो उसे छोटों से मिलने न देती थी, जो उसे किसी से दबने न देती थी, उत्सर्ग के रूप में उबल पड़ी। वह उन्माद की दशा में घर से निकली और पुलिस वालों के सामने खड़ी होकर, भागने वालों को ललकारती हुई बोली–भाइयो क्यों भाग रहे हो – यह भागने का समय नहीं, छाती खोलकर सामने आने का समय है। दिखा दो कि तुम धर्म के नाम पर किस तरह प्राणों को होम करते हो। धर्मवीर ही ईश्वर को पाते हैं। भागने वालों की कभी विजय नहीं होती।

भागने वालों के पांव संभल गए। एक महिला को गोलियों के सामने खड़ी देखकर कायरता भी लज्जित हो गई। एक बुढ़ियां ने पास आकर कहा–बेटी, ऐसा न हो, तुम्हें गोली लग जाय।

सुखदा ने निश्चल भाव से कहा–जहां इतने आदमी मर गए वहां मेरे जाने से कोई हानि न होगी। भाइयो, बहनो भागो मत तुम्हारे प्राणों का बलिदान पाकर ही ठाकुरजी तुमसे प्रसन्न होंगे।

कायरता की भांति वीरता भी संक्रामक होती है। एक क्षण में उड़ते हुए पत्तों की तरह भागने वाले आदमियों की एक दीवार–सी खड़ी हो गई। अब डंडे पडें।, या गोलियों की वर्षा हो, उन्हें भय नहीं।

बंदूकों से धांय धांय की आवाजें निकलीं। एक गोली सुखदा के कानों के पास से सन से निकल गई। तीन–चार आदमी गिर पड़े पर दीवार ज्यों–की–त्यों अचल खड़ी थी।

फिर बंदूकें छूटीं। चार–पांच आदमी फिर गिरे लेकिन दीवार न हिली। सुखदा उसे थामे हुए थी। एक ज्योति सारे घर को प्रकाश से भर देती है। बलवान् ह्रदय उसे दीपक की भांति समूह में साहस भर देता है।

भीषण दृश्य था। लोग अपने प्यारों को आंखों के सामने तड़पते देखते थे पर किसी की आंखों में आंसू की बूंद न थी। उनमें इतना साहस कहां से आ गया था– फौजें क्या हमेशा मैदान में डटी ही रहती हैं– वही सेना जो एक दिन प्राणों की बाजी खेलती है, दूसरे दिन बंदूक की पहली आवाज पर मैदान से भाग खड़ी होती है पर यह किराए के सिपाहियों का हाल है, जिनमें सत्य और न्याय का बल नहीं होता। जो केवल पेट के लिए या लूट के लिए लड़ते हैं। इस समूह में सत्य और धर्म का बल आ गया था। हरेक स्त्री और पुरुष, चाहे वह कितना मूर्ख क्यों न हो, समझने लगा था कि हम अपने धर्म और हक के लिए लड़ रहे हैं, और धर्म के लिए प्राण देना अछूत–नीति में भी उतनी ही गौरव की बात है जितनी द्विज–नीति में।

मगर यह क्या– पुलिस के जवान क्यों संगीनें उतार रहे हैं– बंदूकें क्यों कंधो पर रख लीं– अरे सब–के–सब तो पीछे की तरफ घूम गए। उनकी चार–चार की कतारें बन रही हैं। मार्च का हुक्म मिलता है। सब–के–सब मंदिर की तरफ लौटे जा रहे हैं। एक कांस्टेबल भी नहीं रहा। केवल लाला समरकान्त पुलिस सुपरिंटेंडेंट से कुछ बातें कर रहे हैं और जन–समूह उसी भांति सुखदा के पीछे निश्चल खड़ा है। एक क्षण में सुपरिंटेंडेंट भी चला जाता है। फिर लाला समरकान्त सुखदा के समीप आकर ऊंचे स्वर में बोलते हैं–

मंदिर खुल गया है। जिसका जी चाहे दर्शन करने जा सकता है। किसी के लिए रोक–टोक नहीं है।

जन–समूह में हलचल पड़ जाती है। लोग उन्मत्ता हो–होकर सुखदा के पैरों पर गिरते हैं, और तब मंदिर की तरफ दौड़ते हैं।

मगर दस मिनट के बाद ही समूह उसी स्थान पर लौट आता है, और लोग अपने प्यारों की लाशों से गले मिलकर रोने लगते हैं। सेवाश्रम के छात्र डोलियां ले–लेकर आ जाते हैं, और आहतों की उठा ले जाते हैं। वीरगति पाने वालों के क्रिया–कर्म का आयोजन होने लगता है। बजाजों की दूकानों से कपड़े के थान आ जाते हैं, कहीं से बांस, कहीं से रस्सियां, कहीं से घी, कहीं से

लकड़ी। विजेताओं ने धर्म ही पर विजय नहीं पाई है, ह्रदयों पर भी विजय पाई है। सारा नगर उनका सम्मान करने के लिए उतावला हो उठा है।

संध्या समय इन धर्म–विजेताओं की अर्थियां निकलीं। शहर फट पड़ा। जनाजे पहले मंदिर–द्वार पर गए। मंदिर के दोनों द्वार खुले हुए थे। पुजारी और ब्रह्मचारी किसी का पता न था। सुखदा ने मंदिर से तुलसीदल लाकर अर्थियों पर रखा और मरने वालों के मुख में चरणामृत डाला। इन्हीं द्वारों को खुलवाने के लिए यह भीषण संग्राम हुआ। अब वह द्वार खुला हुआ वीरों का स्वागत करने के लिए हाथ फैलाए हुए है पर ये रूठने वाले अब द्वार की ओर आंख उठाकर भी नहीं देखते। कैसे विचित्र विजेता हैं जिस वस्तु के लिए प्राण दिए, उसी से इतना विराग।

जरा देर के बाद अर्थियां नदी की ओर चलीं। वही हिन्दू–समाज जो एक घंटा पहले इन अछूतों से घृणा करता था, इस समय उन अर्थियों पर फूलों की वर्षा कर रहा था। बलिदान में कितनी शक्ति है–

और सुखदा– वह तो विजय की देवी थी। पग–पग पर उसके नाम की जय–जयकार होती थी। कहीं फूलों की वर्षा होती थी, कहीं मेवे की, कहीं रुपयों की। घड़ी भर पहले वह नगर में नगण्य थी। इस समय वह नगर की रानी थी। इतना यश बिरले ही पाते हैं। उसे इस समय वास्तव में दोनों तरफ के ऊंचे मकान कुछ नीचे, और सड़क के दोनों ओर खड़े होने वाले मनुष्य कुछ छोटे मालूम होते थे, पर इतनी नम्रता, इतनी विनय उसमें कभी न थी। मानो इस यश और ऐश्वर्य के भार से उसका सिर झुका जाता हो।

इधर गंगा के तट पर चिताएं जल रही थीं उधर मंदिर इस उत्सव के आनंद में दीपकों के प्रकाश से जगमगा रहा था मानो वीरों की आत्माएं चमक रही हों!

छह

दूसरे दिन मंदिर में कितना समारोह हुआ, शहर में कितनी हलचल मची, कितने उत्सव मनाए गए, इसकी चर्चा करने की जरूरत नहीं। सारे दिन मंदिर में भक्तों का तांता लगा रहा। ब्रह्मचारी आज फिर विराजमान हो गए थे और जितनी दक्षिणा उन्हें आज मिली, उतनी, शायद उम्र भर में न मिली होगी। इससे उनके मन का विद्रोह बहुत कुछ शांत हो गया किंतु ऊंची जाति वाले सज्जन अब भी मंदिर में देह बचाकर आते और नाक सिकोड़े हुए कतराकर निकल जाते

थे। सुखदा मंदिर के द्वार पर खड़ी लोगों का स्वागत कर रही थी। स्त्रियों से गले मिलती थी बालकों को प्यार करती थी और पुरुषों को प्रणाम करती थी।

कल की सुखदा और आज की सुखदा में कितना अंतर हो गया– भोग–विलास पर प्राण देने वाली रमणी आज सेवा और दया की मूर्ति बनी हुई है। इन दुखियों की भक्ति, श्रद्धा और उत्साह देख–देखकर उसका हृदय पुलकित हो रहा है। किसी की देह पर साबुत कपड़े नहीं हैं, आंखों से सूझता नहीं, दुर्बलता के मारे सीधो पांव नहीं पड़ते, पर भक्ति में मस्त दौड़े चले आ रहे हैं, मानो संसार का राज्य मिल गया हो, जैसे संसार से दुख–दरिद्रता का लोप हो गया हो। ऐसी सरल, निष्कपट भक्ति के प्रवाह में सुखदा भी बही जा रही थी। प्रायरू मनस्वी, कर्मशील, महत्तवाकांक्षी प्राणियों की यही प्रकृति है। भोग करने वाले ही वीर होते हैं।

छोटे–बड़े सभी सुखदा को पूज्य समझ रहे थे, और उनकी यह भावना सुखदा में एक गर्वमय सेवा का भाव प्रदीप्त कर रही थी। कल उसने जो कुछ किया, वह एक प्रबल आवेश में किया। उसका फल क्या होगा, इसकी उसे जरा भी चिंता न थी। ऐसे अवसरों पर हानि–लाभ का विचार मन को दुर्बल बना देता है। आज वह जो कुछ कर रही थी, उसमें उसके मन का अनुराग था, सद्भाव था। उसे अब अपनी शक्ति और क्षमता का ज्ञान हो गया है, वह नशा हो गया है, जो अपनी सुधा–बुधा भूलकर सेवा–रत हो जाता है जैसे अपनी आत्मा को पा गई है।

अब सुखदा नगर की नेत्री है। नगर में जाति–हित के लिए जो काम होता है, सुखदा के हाथों उसका श्रीगणेश होता है। कोई उत्सव हो, कोई परमार्थ का काम हो, कोई राष्टश्र का आंदोलन हो, सुखदा का उसमें प्रमुख भाग होता है। उसका जी चाहे या न चाहे, भक्त लोग उसे खींच ले जाते हैं। उसकी उपस्थिति किसी जलसे की सफलता की कुंजी है। आश्चर्य यह है कि वह बोलने भी लगी है, और उसके भाषण में चाहे भाषा चातुर्य न हो, पर सच्चे उद्गार अवश्य होते हैं। शहर में कई सार्वजनिक संस्थाएं हैं, कुछ सामाजिक, कुछ राजनैतिक, कुछ धार्मिक। सभी निर्जीव–सी पड़ी थीं। सुखदा के आते ही उनमें स्ठ्ठर्ति–सी आ गई है। मादक वस्तु–वहिष्कार–सभा बरसों से बेजान पड़ी थी। न कुछ प्रचार होता था न कोई संगठन। उसका मंत्री एक दिन सुखदा को खींच ले गया। दूसरे ही दिन उस सभा की एक भजन–मंडली बन गई, कई उपदेशक निकल आए, कई महिलाएं घर–घर प्रचार करने के लिए तैयार हो गईं और मुहल्ले–मुहल्ले पंचायतें बनने लगीं। एक नए जीवन की सृष्टि हो गई।

अब सुखदा को गरीबों की दुर्दशा के यथार्थ रूप देखने के अवसर मिलने लगे। अब तक इस विषय में उसे जो कुछ ज्ञान था, वह सुनी–सुनाई बातों पर आधारित था। आंखों से देखकर उसे ज्ञात हुआ, देखने और सुनने में बड़ा अंतर है। शहर की उन अंधेरी तंग गलियों में, जहां वायु और प्रकाश का कभी गुजर ही न होता था, जहां की जमीन ही नहीं, दीवारें भी सीली रहती थीं, जहां दुर्गन्ध के मारे नाक फटती थी, भारत की कमाऊ संतान रोग और दरिद्रता के पैरों तले–दबी हुई अपने क्षीण जीवन को मृत्यु के हाथों से छीनने में प्राण दे रही थीं। उसे अब मालूम हुआ कि अमरकान्त को धन और विलास से जो विरोध था, यह कितना यथार्थ था। उसे खुद अब उस मकान में रहते, अच्छे–अच्छे वस्त्र पहनते, अच्छे–अच्छे पदार्थ खाते ग्लानि होती थी। नौकरों से काम लेना उसने छोड़ दिया। अपनी धोती खुद छांटती थी, घर में झाड़ू खुद लगाती। वह जो आठ बजे सोकर उठती थी, अब मुंह–अंधेरे उठती, और घर के काम–काज में लग जाती। नैना तो अब उसकी पूजा–सी करती थी। लालाजी अपने घर की यह दशा देख–देख कुढ़ते थे, पर करते क्या– सुखदा के यहां तो अब नित्य दरबार–सा लगा रहता था। बड़े–बड़े नेता, बड़े–बड़े विद्वान् आते रहते थे। इसलिए वह अब बहू से कुछ दबते थे। गृहस्थी के जंजाल से अब उनका मन ऊबने लगा था। जिस घर में उनसे किसी को सहानुभूति न हो, उस घर में कैसे अनुराग होता। जहां अपने विचारों का राज हो, वही अपना घर है। जो अपने विचारों को मानते हों, वही अपने सगे हैं। यह घर अब उनके लिए सराय–मात्र था। सुखदा या नैना, दोनों ही से कुछ कहते उन्हें डर लगता था।

एक दिन सुखदा ने नैना से कहा–बीबी, अब तो इस घर में रहने को जी नहीं चाहता। लोग कहते होंगे, आप तो महल में रहती हैं, और हमें उपदेश करती हैं। महीनों दौड़ते हो गए, सब कुछ करके हार गई, पर नशेबाजों पर कुछ भी असर न हुआ। हमारी बातों पर कोई कान ही नहीं देता। अधिकतर तो लोग अपनी मुसीबतों को भूल जाने ही के लिए नशे करते हैं वह हमारी क्यों सुनने लगे–हमारा असर तभी होगा, जब हम भी उन्हीं की तरह रहें।

कई दिनों से सर्दी चमक रही थी, कुछ वर्षा हो गई थी और पूस की ठंडी हवा आर्द्र होकर आकाश को कुहरे से आच्छन्न कर रही थी। कहीं–कहीं पाला भी पड़ गया था–मुन्ना बाहर जाकर खेलना चाहता था–वह अब लटपटाता हुआ चलने लगा था–पर नैना उसे ठंड के भय से रोके हुए थी। उसके सिर पर ऊनी कनटोप बंधती हुई बोली–यह तो ठीक है पर उनकी तरह रहना हमारे लिए साधय भी है, यह देखना है। मैं तो शायद एक ही महीने में मर जाऊं।

सुखदा ने जैसे मन–ही–मन निश्चय करके कहा–मैं तो सोच रही हूं, किसी गली में छोटा–सा घर लेकर रहूं। इसका कनटोप उतारकर छोड़ क्यों नहीं देतीं– बच्चों को गमलों के पौधो बनाने की जरूरत नहीं, जिन्हें लू का एक झोंका भी सुखा सकता है। इन्हें तो जंगल के वृक्ष बनाना चाहिए, जो धूप और वर्षा ओले और पाले किसी की परवाह नहीं करते।

नैना ने मुस्कराकर कहा–शुरू से तो इस तरह रखा नहीं, अब बेचारे की सांसत करने चली हो। कहीं ठंड–वंड लग जाए, तो लेने के देने पड़ें।

'अच्छा भई, जैसे चाहो रखो, मुझे क्या करना है?'

'क्यों, इसे अपने साथ उस छोटे–से घर में न रखोगी?'

'जिसका लड़का है, वह जैसे चाहे रखे। मैं कौन होती हूं।'

'अगर भैया के सामने तुम इस तरह रहतीं, तो तुम्हारे चरण धोधोकर पीते!'

सुखदा ने अभिमान के स्वर में कहा–मैं तो जो तब थी, वही अब भी हूं। जब दादाजी से बिगड़कर उन्होंने अलग घर लिया था, तो क्या मैंने उनका साथ न दिया था– वह मुझे विलासिनी समझते थे, पर मैं कभी विलास की लौंडी नहीं रही हां, मैं दादाजी को रूष्ट नहीं करना चाहती थी। यही बुराई मुझमें थी। मैं अब अलग रहूंगी, तो उनकी आज्ञा से। तुम देख लेना, मैं इस ढंग से प्रश्न उठाऊंगी कि वह बिलकुल आपत्ति न करेंगे। चलो, जरा डॉक्टर शान्तिकुमार को देख आवें। मुझे तो उधर जाने का अवकाश ही नहीं मिला।

नैना प्रायरू एक बार रोज शान्तिकुमार को देख आती थी। हां, सुखदा से कुछ कहती न थी। वह अब उठने–बैठने लगे थे पर अभी इतने दुर्बल थे कि लाठी के सहारे बगैर एक पग भी न चल सकते थे। चोटें उन्होंने खाईं–छरू महीने से शय्या–सेवन कर रहे थे–और यश सुखदा ने लूटा। वह दुरूख उन्हें और भी घुलाए डालता था। यद्यपि उन्होंने अंतरंग मित्रों से भी अपनी मनोव्यथा नहीं कहीं पर यह कांटा खटकता अवश्य था। अगर सुखदा स्त्री न होती, और वह भी प्रिय शिष्य और मित्र की, तो कदाचित वह शहर छोड़कर भाग जाते। सबसे बड़ा अनर्थ यह था कि इन छरू महीनों में सुखदा दो–तीन बार से ज्यादा उन्हें देखने न गई थी। वह भी अमरकान्त के मित्र थे और इस नाते से सुखदा को उन पर विशेष श्रद्धा न थी।

नैना को सुखदा के साथ जाने में कोई आपत्ति न हुई। रेणुका देवी ने कुछ दिनों से मोटर रख ली थी, पर वह रहती थी सुखदा ही की सवारी में।

दोनों उस पर बैठकर चलीं मुन्ना भला क्यों अकेले रहने लगा था– नैना ने उसे भी ले लिया।

सुखदा ने कुछ दूर जाने के बाद कहा–यह सब अमीरों के चोंचले हैं। मैं चाहूं तो दो–तीन आने में अपना निबाह कर सकती हूं।

नैना ने विनोद–भाव से कहा–पहले करके दिखा दो, तो मुझे विश्वास आए। मैं तो नहीं कर सकती।

'जब तक इस घर में रहूंगी, मैं भी न कर सकूंगी। इसलिए तो मैं अलग रहना चाहती हूं।'

'लेकिन साथ तो किसी को रखना ही पड़ेगा?'

'मैं कोई जरूरत नहीं समझती। इसी शहर में हजारों औरतें अकेली रहती हैं। फिर मेरे लिए क्या मुश्किल है–मेरी रक्षा करने वाले बहुत हैं। मैं खुद अपनी रक्षा कर सकती हूं। (मुस्कराकर) हां, खुद किसी पर मरने लगूं, तो दूसरी बात है।'

शान्तिकुमार सिर से पांव तक कंबल लपेटे, अंगठी जलाए, कुर्सी पर बैठे एक स्वास्थ्य–संबंधी पुस्तक पढ़ रहे थे। वह कैसे जल्द–से–जल्द भले–चंगे हो जायं, आजकल उन्हें यही चिंता रहती थी। दोनों रमणियों के आने का समाचार पाते ही किताब रख दी और कंबल उतारकर रख दिया। अंगीठी भी हटाना चाहते थे पर इसका अवसर न मिला। दोनों ज्योंही कमरे में आईं, उन्हें प्रणाम करके कुर्सियों पर बैठने का इशारा करते हुए बोले–मुझे आप लोगों पर ईर्ष्या हो रही है। आप इस शीत में घूम–फिर रही हैं और मैं अंगीठी जलाए पड़ा हूं। करूं क्या, उठा ही नहीं जाता। जिंदगी के छरू महीने मानो कट गए, बल्कि आधी उम्र कहिए। मैं अच्छा होकर भी आधा ही रहूंगा। कितनी लज्जा आती है कि देवियां बाहर निकलकर काम करें और मैं कोठरी में बंद पड़ा रहूं।

सुखदा ने जैसे आंसू पोंछते हुए कहा–आपने इस नगर में जितनी जागृति फैला दी, उस हिसाब से तो आपकी उम्र चौगुनी हो गई। मुझे तो बैठे–बैठाए यश मिल गया।

शान्तिकुमार के पीले मुख पर आत्मगौरव की आभा झलक पड़ी। सुखदा के मुंह से यह सनद पाकर, मानो उनका जीवन सफल हो गया। बोले–यह आपकी उदारता है। आपने जो कुछ कर दिखाया और कर रही हैं, वह आप ही कर सकती हैं। अमरकान्त आएंगे तो उन्हें मालूम होगा कि अब उनके लिए यहां स्थान नहीं है। यह साल भर में जो कुछ हो गया इसकी वह स्वप्न में

भी कल्पना न कर सकते थे। यहां सेवाश्रम में लड़कों की संख्या बड़ी तेजी से बढ़ रही है। अगर यही हाल रहा, तो कोई दूसरी जगह लेनी पड़ेगी। अध्यापक कहां से आएंगे, कह नहीं सकता। सभ्य समाज की यह उदासीनता देखकर मुझे तो कभी–कभी बड़ी चिंता होने लगती है। जिसे देखिए स्वार्थ में मगन है। जो जितना ही महान है उसका स्वार्थ भी उतना ही महान है। यूरोप की डेढ़ सौ साल तक उपासना करके हमें यही वरदान मिला है। लेकिन यह सब होने पर भी हमारा भविष्य उज्ज्वल है। मुझे इसमें संदेह नहीं। भारत की आत्मा अभी जीवित है और मुझे विश्वास है कि वह समय आने में देर नहीं है, जब हम सेवा और त्याग के पुराने आदर्श पर लौट आएंगे। तब धन हमारे जीवन का ध्येय न होगा। तब हमारा मूल्य धन के कांटे पर न तौला जाएगा।

मुन्ने ने कुर्सी पर चढ़कर मेज पर से दवात उठा ली थी और अपने मुंह में कालिमा पोत–पोतकर खुश हो रहा था। नैना ने दौड़कर उसके हाथ से दवात छीन ली और एक धौल जमा दिया। शान्तिकुमार ने उठने की असफल चेष्टा करके कहा–क्यों मारती हो नैना, देखो तो कितना महान् पुरुष है, जो अपने मुंह में कालिमा पोतकर भी प्रसन्न होता है, नहीं तो हम अपनी कालिमाओं को सात परदों के अन्दर छिपाते है।।

नैना ने बालक को उनकी गोद में देते हुए कहा–तो लीजिए, इस महान् पुरुष को आप ही। इसके मारे चौन से बैठना मुश्किल है।

शान्तिकुमार ने बालक को छाती से लगा लिया। उस गर्म और गुदगुदे स्पर्श में उनकी आत्मा ने जिस परितृप्ति और माधुर्य का अनुभव किया, वह उनके जीवन में बिलकुल नया था। अमरकान्त से उन्हें जितना स्नेह था, वह जैसे इस छोटे से रूप में सिमटकर और ठोस और भारी हो गया था। अमर की याद करके उनकी आंखें सजल हो गईं। अमर ने अपने को कितने अतुल आनंद से वंचित कर रखा है, इसका अनुमान करके वह जैसे दब गए। आज उन्हें स्वयं अपने जीवन में एक अभाव का, एक रिक्तता का आभास हुआ। जिन कामनाओं का वह अपने विचार में संपूर्णतरू दमन कर चुके थे वह राख में छिपी हुई चिंगारियों की भांति सजीव हो गईं।

मुन्ने ने हाथों की स्याही शान्तिकुमार के मुख में पोतकर नीचे उतरने का आग्रह किया, मानो इसीलिए यह उनकी गोद में गया था। नैना ने हंसकर कहा–जरा अपना मुंह तो देखिए, डॉक्टर साहब इस महान् पुरुष ने आपके साथ होली खेल डाली बदमाश है।

सुखदा भी हंसी को न रोक सकी। शान्तिकुमार ने शीशे में मुंह देखा, तो वह भी जोर से हंसे। यह कालिमा का टीका उन्हें इस समय यश के तिलक से भी कहीं उल्लासमय जान पड़ा।

सहसा सुखदा ने पूछा–आपने शादी क्यों नहीं की, डॉक्टर साहब–

शान्तिकुमार सेवा और व्रत का जो आधार बनाकर अपने जीवन का निर्माण कर रहे थे, वह इस शय्या सेवन के दिनों में कुछ नीचे खिसकता हुआ नजर जान पड़ रहा था। जिसे उन्होंने जीवन का मूल सत्य समझा था, वह अब उतना दृढ़ न रह गया था। इस आपातकाल में ऐसे कितने अवसर आए, जब उन्हें अपना जीवन भार–सा मालूम हुआ। तीमारदारों की कमी न थी। आठों पहर दो–चार आदमी घेरे ही रहते थे। नगर के बड़े–बड़े नेताओं का आना–जाना भी बराबर होता रहता था पर शान्तिकुमार को ऐसा जान पड़ता था कि वह दूसरों की दया या शिष्टता पर बोझ हो रहे हैं। इन सेवाओं में वह माधुर्य, वह कोमलता न थी, जिससे आत्मा की तृप्ति होती। भिक्षुक को क्या अधिकार है कि वह किसी के दान का निरादर करे। दान–स्वरूप उसे जो कुछ मिल जाय, वह सभी स्वीकार करना होगा। इन दिनों उन्हें कितनी ही बार अपनी माता की याद आई थीं। वह स्नेह कितना दुर्लभ था। नैना जो एक क्षण के लिए उनका हाल पूछने आ जाती थी, इसमें उन्हें न जाने क्यों एक प्रकार की स्फूर्ति का अनुभव होता था। वह जब तक रहती थी, उनकी व्यथा जाने कहां छिप जाती थी– उसके जाते ही फिर वही कराहना, वही बेचौनी उनकी समझ में कदाचित् यह नैना का सरल अनुराग ही था, जिसने उन्हें मौत के मुंह से निकाल लिया लेकिन वह स्वर्ग की देवी कुछ नहीं।

सुखदा का यह प्रश्न सुनकर मुस्कराते हुए बोले–इसीलिए कि विवाह करके किसी को सुखी नहीं देखा।

सुखदा ने समझा यह उस पर चोट है। बोली–दोष भी बराबर स्त्रियों का ही देखा होगा, क्यों–

शान्तिकुमार ने जैसे अपना सिर पत्थर से बचाया–यह तो मैंने नहीं कहा। शायद इसकी उल्टी बात हो। शायद नहीं, बल्कि उल्टी है।

'खैर, इतना तो आपने स्वीकार किया। धन्यवाद। इससे तो यही सिश हुआ कि पुरुष चाहे तो विवाह करके सुखी हो सकता है।'

'लेकिन पुरुष में थोड़ी–सी पशुता होती है, जिसे वह इरादा करके भी हटा नहीं सकता। वही पशुता उसे पुरुष बनाती है। विकास के क्रम से वह स्त्री

से पीछे है। जिस दिन वह पूर्ण विकास को पहुंचेगा, वह भी स्त्री हो जाएगा। वात्सल्य, स्नेह, कोमलता, दया, इन्हीं आधारों पर यह सृष्टि थमी हुई है और यह स्त्रियों के गुण हैं। अगर स्त्री इतना समझ ले, तो फिर दोनों का जीवन सुखी हो जाय। स्त्री पशु के साथ पशु हो जाती है, तभी दोनों सुखी होते हैं।'

सुखदा ने उपहास के स्वर में कहा–इस समय तो आपने सचमुच एक आविष्कार कर डाला। मैं तो हमेशा यह सुनती आती हूं कि स्त्री मूर्ख है, ताड़ना के योग्य है, पुरुषों के गले का बंधन है और जाने क्या–क्या–बस, इधर से भी मरदों की जीत, उधर से भी मरदों की जीत। अगर पुरुष नीचा है तो उसे स्त्रियों का शासन क्यों अप्रिय लगे–परीक्षा करके देखा तो होता, आप तो दूर से ही डर गए।

शान्तिकुमार ने कुछ झेंपते हुए कहा–अब अगर चाहूं भी, तो बूढ़ों को कौन पूछता है–

'अच्छा, आप बूढ़े भी हो गए– तो किसी अपनी–जैसी बुढ़ियां से कर लीजिए न?'

'जब तुम जैसी विचारशील और अमर–जैसे गंभीर स्त्री–पुरुष में न बनी, तो फिर मुझे किसी तरह की परीक्षा करने की जरूरत नहीं रही। अमर–जैसा विनय और त्याग मुझमें नहीं है, और तुम जैसी उदार और?'

सुखदा ने बात काटी–मैं उदार नहीं हूं, न विचारशील हूं। हां, पुरुष के प्रति अपना धर्म समझती हूं। आप मुझसे बड़े हैं, और मुझसे कहीं बुद्धिमान हैं। मैं आपको अपने बड़े भाई के तुल्य समझती हूं। आज आपका स्नेह और सौजन्य देखकर मेरे चित्त को बड़ी शांति मिली। मैं आपसे बेशर्म होकर पूछती हूं ऐसा पुरुष जो, स्त्री के प्रति अपना धर्म न समझे, क्या अधिकार है कि वह स्त्री से व्रत–धारिणी रहने की आशा रखे– आप सत्यवादी हैं। मैं आपसे पूछती हूं, यदि मैं उस व्यवहार का बदला उसी व्यवहार से दूं, तो आप मुझे क्षम्य समझेंगे–

शान्तिकुमार ने निशंक भाव से कहा–नहीं।

'उन्हें आपने क्षम्य समझ लिया?'

'नहीं।'

'और यह समझकर भी आपने उनसे कुछ नहीं कहा– कभी एक पत्र भी नहीं लिखा– मैं पूछती हूं, इस उदासीनता का क्या कारण है– यही न कि इस

अवसर पर एक नारी का अपमान हुआ है। यदि वही कृत्य मुझसे हुआ होता, तब भी आप इतने ही उदासीन रह सकते– बोलिए।'

शान्तिकुमार रो पड़े। नारी–हृदय की संचित व्यथा आज इस भीषण विद्रोह के रूप में प्रकट होकर कितनी करूण हो गई थी।

सुखदा उसी आवेश में बोली–कहते हैं, आदमी की पहचान उसकी संगत से होती है। जिसकी संगत आप, मुहम्मद सलीम और स्वामी आत्मानन्द जैसे महानुभावों की हो, वह अपने धर्म को इतना भूल जाय यह बात मेरी समझ में नहीं आती। मैं यह नहीं कहती कि मैं निर्दोष हूं। कोई स्त्री यह दावा नहीं कर सकती, और न कोई पुरुष ही यह दावा कर सकता है। मैंने सकीना से मुलाकात की है। संभव है उसमें वह गुण हो, जो मुझमें नहीं है। वह ज्यादा मधुर है, उसके स्वभाव में कोमलता है। हो सकता है, वह प्रेम भी अधिक कर सकती हो लेकिन यदि इसी तरह सभी पुरुष और स्त्रियां तुलना करके बैठ जायं, तो संसार की क्या गति होगी– फिर तो यहां रक्त और आंसुओं की नदियों के सिवा और कुछ न दिखाई देगा।

शान्तिकुमार ने परास्त होकर कहा–मैं अपनी गलती को मानता हूं, सुखदादेवी मैं तुम्हें न जानता था और इस भय में था कि तुम्हारी ज्यादती है। मैं आज ही अमर को पत्र–

सुखदा ने फिर बात काटी–नहीं, मैं आपसे यह प्रेरणा करने नहीं आई हूं, और न यह चाहती हूं कि आप उनसे मेरी ओर से दया की भिक्षा मांगें। यदि वह मुझसे दूर भागना चाहते हैं, तो मैं भी उनको बंधकर नहीं रखना चाहती। पुरुष को जो आजादी मिली है, वह उसे मुबारक रहे वह अपना तन–मन गली–गली बेचता फिरे। मैं अपने बंधन में प्रसन्न हूं। और ईश्वर से यही विनती करती हूं कि वह इस बंधन में मुझे डाले रखे। मैं जलन या ईर्ष्या से विचलित हो जाऊं, उस दिन के पहले वह मेरा अंत कर दे। मुझे आपसे मिलकर आज जो तृप्ति हुई, उसका प्रमाण यही है कि मैं आपसे वह बातें कह गई, जो मैंने कभी अपनी माता से भी नहीं कहीं। बीबी आपका बखान करती थी, उससे ज्यादा सज्जनता आपमें पाई मगर आपको मैं अकेला न रहने दूंगी। ईश्वर वह दिन लाए कि मैं इस घर में भाभी के दर्शन करूं।

जब दोनों रमणियां यहां से चलीं, तो डॉक्टर साहब लाठी टेकते हुए फाटक तक उन्हें पहुंचाने आए और फिर कमरे में आकर लेटे, तो ऐसा जान पड़ा कि उनका यौवन जाग उठा है। सुखदा के वेदना से भरे हुए शब्द उनके कानों में गूंज रहे थे और नैना मुन्ने को गोद में लिए जैसे उनके सम्मुख खड़ी थी।

सात

उसी रात को शान्तिकुमार ने अमर के नाम खत लिखा। वह उन आदमियों में थे जिन्हें और सभी कामों के लिए समय मिलता है, खत लिखने के लिए नहीं मिलता। जितनी अधिक घनिष्ठता, उतनी ही बेफिक्री। उनकी मैत्री खतों से कहीं गहरी होती है। शान्तिकुमार को अमर के विषय में सलीम से सारी बातें मालूम होती रहती थीं। खत लिखने की क्या जरूरत थी– सकीना से उसे प्रेम हुआ इसकी जिम्मेदारी उन्होंने सुखदा पर रखी थी पर आज सुखदा से मिलकर उन्होंने चित्र का दूसरा रूख भी देखा, और सुखदा को उस जिम्मेदारी से मुक्त कर दिया। खत जो लिखा, वह इतना लंबा–चौड़ा कि एक ही पत्र में साल भर की कसर निकल गई। अमरकान्त के जाने के बाद शहर में जो कुछ हुआ, उसकी पूरी–पूरी कैफियत बयान की, और अपने भविष्य के संबंध में उसकी सलाह भी पूछी। अभी तक उन्होंने नौकरी से इस्तीफा नहीं दिया था। पर इस आंदोलन के बाद से उन्हें अपने पद पर रहना कुछ जंचता न था। उनके मन में बार–बार शंका होती, जब तुम गरीबों के वकील बनते हो, तो तुम्हें क्या हक है कि तुम पांच सौ रुपये माहवार सरकार से वसूल करो। अगर तुम गरीबों की तरह नहीं रह सकते, तो गरीबों की वकालत करना छोड़ दो। जैसे और लोग आराम करते हैं, वैसे तुम भी मजे से खाते–पीते रहो। लेकिन इस निद्वऊद्विता को उनकी आत्मा स्वीकार न करती थी। प्रश्न था, फिर गुजर कैसे हो– किसी देहात में जाकर खेती करें, या क्या– यों रोटियां तो बिना काम किए भी चल सकती थीं क्योंकि सेवाश्रम को काफी चंदा मिलता था लेकिन दान–वृत्ति की कल्पना ही से उनके आत्माभिमान को चोट लगती थी।

लेकिन पत्र लिखे चार दिन हो गए, कोई जवाब नहीं। अब डॉक्टर साहब के सिर पर एक बोझ–सा सवार हो गया। दिन–भर डाकिए की राह देखा करते पर कोई खबर नहीं। यह बात क्या है– क्या अमर कहीं दूसरी जगह तो नहीं चला गया– सलीम ने पता तो गलत नहीं बता दिया– हरिद्वार से तीसरे दिन जवाब आना चाहिए। उसके आठ दिन हो गए। कितनी ताकीद कर दी थी कि तुरंत जवाब लिखना। कहीं बीमार तो नहीं हो गया– दूसरा पत्र लिखने का साहस न होता था। पूरे दस पन्ने कौन लिखे– वह पत्र भी कुछ ऐसा–वैसा पत्र न था। शहर का साल–भर का इतिहास था। वैसा पत्र फिर न बनेगा। पूरे तीन घंटे लगे थे। इधर आठ दिन से सलीम नहीं आया। वह तो अब दूसरी दुनिया में है। अपने आई. सी. एस. की धुन में है। यहां क्यों आने लगा– मुझे देखकर शायद आंखें चुराने लगे। स्वार्थ भी ईश्वर ने क्या चीज पैदा की है– कहां तो नौकरी के नाम से घृणा थी। नौजवान सभा के भी मेंबर, कांग्रेस के भी

मेंबर।जहां देखिए, मौजूद। और मामूली मेंबर नहीं, प्रमुख भाग लेने वाला। कहां अब आई. सी. एस. की पड़ी हुई है– बच्चा पास तो क्या होंगे, वहां धोखा–धाड़ी नहीं चलने की मगर नामिनेशन तो हो ही जाएगा। हाफिजजी पूरा जोर लगाएंगे एक इम्तिहान में भी तो पास न हो सकता था। कहीं परचे उड़ाए, कहीं नकल की, कहीं रिश्वत दी, पक्का शोहदा है। और ऐसे लोग आई. सी. एस. होंगे।

सहसा सलीम की मोटर आई, और सलीम ने उतरकर हाथ मिलाते हुए कहा–अब तो आप अच्छे मालूम होते हैं। चलने–फिरने में दिक्कत तो नहीं होती–

शान्तिकुमार ने शिकवे के अंदाज से कहा–मुझे दिक्कत होती है या नहीं होती तुम्हें इससे मतलब महीने भर के बाद तुम्हारी सूरत नजर आई है। तुम्हें क्या फिक्र कि मैं मरा या जीता हूं– मुसीबत में कौन साथ देता है तुमने कोई नई बात नहीं की।

'नहीं डॉक्टर साहब, आजकल इम्तिहान के झंझट में पड़ा हुआ हूं, मुझे तो इससे नफरत है। खुदा जानता है, नौकरी से मेरी देह कांपती है लेकिन करूं क्या, अब्बाजान हाथ धोकर पीछे पड़े हुए हैं। वह तो आप जानते ही हैं, मैं एक सीधा जुमला ठीक नहीं लिख सकता मगर लियाकत कौन देखता है– यहां तो सनद देखी जाती है। जो अफसरों का रूख देखकर काम कर सकता है, उसके लायक होने में शुबहा नहीं। आजकल यही फन सीख रहा हूं।'

शान्तिकुमार ने मुस्कराकर कहा–मुबारक हो लेकिन आई. सी. एस. की सनद आसान नहीं है।

सलीम ने कुछ इस भाव से कहा, जिससे टपक रहा था, आप इन बातों को क्या जानें– जी हां, लेकिन सलीम भी इस फन में उस्ताद है। बी. ए तक तो बच्चों का खेल था। आई. सी. एस. में ही मेरे कमाल का इम्तिहान होगा। सबसे नीचे मेरा नाम गजट में न निकले, तो मुंह न दिखाऊं। चाहूं तो सबसे ऊपर भी आ सकता हूं, मगर फायदा क्या– रुपये तो बराबर ही मिलेंगे।

शान्तिकुमार ने पूछा–तो तुम भी गरीबों का खून चूसोगे क्या–

सलीम ने निर्लज्जता से कहा–गरीबों के खून पर तो अपनी परवरिश हुई। अब और क्या कर सकता हूं– यहां तो जिस दिन पढ़ने बैठे, उसी दिन से मुर्तिखोरी की धुन समाई लेकिन आपसे सच कहता हूं डॉक्टर साहब, मेरी तबीयत उस तरफ नहीं है कुछ दिनों मुलाजमत करने के बाद मैं भी देहात की तरफ चलूंगा। गाएं–भैंसे पालूंगा, कुछ फल–वल पैदा करूंगा, पसीने की कमाई खाऊंगा। मालूम होगा, मैं भी आदमी हूं। अभी तो खटमलों की तरह दूसरों के

खून पर ही जिंदगी कटेगी लेकिन मैं कितना ही गिर जाऊं, मेरी हमदर्दी गरीबों के साथ रहेगी। मैं दिखा दूंगा कि अफसरी करके भी पब्लिक की खिदमत की जा सकती है। हम लोग खानदानी किसान हैं। अब्बाजान ने अपने ही बूते से यह दौलत पैदा की। मुझे जितनी मुहब्बत रिआया से हो सकती है, उतनी उन लोगों को नहीं हो सकती, जो खानदानी रईस हैं। मैं तो कभी अपने गांवों में जाता हूं, तो मुझे ऐसा मालूम होता है कि यह लोग मेरे अपने हैं। उनकी सादगी और मशक्कत देखकर दिल में उनकी इज्जत होती है। न जाने कैसे लोग उन्हें गालियां देते हैं, उन पर जुल्म करते हैं– मेरा बस चले, तो बदमाश अफसरों को कालेपानी भेज दूं।

शान्तिकुमार को ऐसा जान पड़ा कि अफसरी का जहर अभी इस युवक के खून में नहीं पहुंचा। इसका ह्रदय अभी तक स्वस्थ है। बोले–जब तक रिआया के हाथ में अख्तियार न होगा, अफसरों की यही हालत रहेगी। तुम्हारी जबान से यह खयालात सुनकर मुझे सच्ची खुशी हो रही है। मुझे तो एक भी भला आदमी कहीं नजर नहीं आता। गरीबों की लाश पर सब–के–सब गिद्दों की तरह जमा होकर उसकी बोटियां नोच रहे हैं, मगर अपने वश की बात नहीं। इसी खयाल से दिल को तस्कीन देना पड़ता है कि जब खुदा की मरजी होगी, तो आप ही वैसे सामान हो जाएंगे। इस हाहाकार को बुझाने के लिए दो–चार घड़े पानी डालने से तो आग और भी बढ़ेगी। इंकलाब की जरूरत है, पूरे इंकलाब की। इसलिए तो जले जितना जी चाहे, साफ हो जाय। जब कुछ जलने को बाकी न रहेगा, तो आग आप ठंडी हो जायगी। तब तक हम भी हाथ सेंकते हैं। कुछ अमर की भी खबर है– मैंनें एक खत भेजा था, कोई जवाब नहीं आया।

सलीम ने चौंककर जेब में हाथ–डाला और एक खत निकालता हुआ बोला–लाहौल बिलाकूवत इस खत की याद ही न रही। आज चार दिन से आया हुआ है, जेब ही में पड़ा रह गया। रोज सोचता था और रोज भूल जाता था।

शान्तिकुमार ने जल्दी से हाथ बढ़ाकर खत ले लिया, और मीठे क्रोध के दो–चार शब्द कहकर पत्र पढ़ने लगे–

'भाई साहब, मैं जिंदा हूं और आपका मिशन यथाशक्ति पूरा कर रहा हूं। वहां के समाचार कुछ तो नैना के पत्रों से मुझे मिलते ही रहते थे किंतु आपका पत्र पढ़कर तो मैं चकित रह गया। इन थोड़े से दिनों में तो वहां क्रांति–सी हो गई मैं तो इस सारी जागृति का श्रेय आपको देता हूं। और सुखदा तो अब मेरे लिए पूज्य हो गई है। मैंने उसे समझने में कितनी भयंकर भूल की, यह याद करके मैं विकल हो जाता हूं। मैंने उसे क्या समझा था और वह क्या निकली–

मैं अपने सारे दर्शन और विवेक और उत्सर्ग से वह कुछ न कर सका, जो उसने एक क्षण में कर दिखाया। कभी गर्व से सिर उठा लेता हूं, कभी लज्जा से सिर झुका लेता हूं। हम अपने निकटतम प्राणियों के विषय में कितने अज्ञ हैं, इसका अनुभव करके मैं रो उठता हूं। कितना महान् अज्ञान है– मैं क्या स्वप्न में भी सोच सकता था कि विलासिनी सुखदा का जीवन इतना त्यागमय हो जायेगा– मुझे इस अज्ञान ने कहीं का न रखा। जी में आता है, आकर सुखदा से अपने अपराध की क्षमा मांगूं पर कौन–सा मुंह लेकर आऊं– मेरे सामने अंधकार है। अभे? अंधकार है। कुछ नहीं सूझता। मेरा सारा आत्मविश्वास नष्ट हो गया है। ऐसा ज्ञात होता है, कोई अदेखी शक्ति मुझे खिला–खिलाकर कुचल डालना चाहती है। मैं मछली की भांति कांटे में फंसा हुआ हूं। कांटा मेरे कंठ में चुभ गया है। कोई हाथ मुझे खींच लेता है। खिंचा चला जाता हूं। फिर डोर ढीली हो जाती है और मैं भागता हूं। अब जान पड़ा कि मनुष्य विधि के हाथ का खिलौना है। इसलिए अब उसकी निर्दय क्रीड़ा की शिकायत नहीं करूंगा। कहां हूं, कुछ नहीं जानता किधर जा रहा हूं, कुछ नहीं जानता। अब जीवन में कोई भविष्य नहीं है। भविष्य पर विश्वास नहीं रहा। इरादे झूठे साबित हुए, कल्पनाएं मिथ्या निकलीं। मैं आपसे सत्य कहता हूं, सुखदा मुझे नचा रही है। उस मायाविनी के हाथों मैं कठपुतली बना हुआ हूं। पहले एक रूप दिखाकर उसने मुझे भयभीत कर दिया और अब दूसरा रूप दिखाकर मुझे परास्त कर रही है। कौन उसका वास्तविक रूप है, नहीं जानता। सकीना का जो रूप देखा था, वह भी उसका सच्चा रूप था, नहीं कह सकता। मैं अपने ही विषय में कुछ नहीं जानता। आज क्या हूं कल क्या हो जाऊंगा, कुछ नहीं जानता। अतीत दुरूखदायी है, भविष्य स्वप्न है। मेरे लिए केवल वर्तमान है।

'आपने अपने विषय में मुसझे जो सलाह पूछी है, उसका मैं क्या जवाब दूं– आप मुझसे कहीं बुद्धिमान हैं। मेरा विचार तो है कि सेवा–व्रतधारियों को जाति से गुजारा–केवल गुजारा लेने का अधिकार है। यदि वह स्वार्थ को मिटा सकें तो और भी अच्छा।'

शान्तिकुमार ने असंतोष के भाव से पत्र को मेज पर रख दिया। जिस विषय पर उन्होंने विशेष रूप से राय पूछी थी, उसे केवल दो शब्दों में उड़ा दिया।

सहसा उन्होंने सलीम से पूछा–तुम्हारे पास भी कोई खत आया है–

'जी हां, इसके साथ ही आया था।'

'कुछ मेरे बारे में लिखा था?'

'कोई खास बात तो न थी, बस यही कि मुल्क को सच्चे मिशनरियों की जरूरत है और खुदा जाने क्या–क्या– मैंने खत को आखिर तक पढ़ा भी नहीं। इस किस्म की बातों को मैं पागलपन समझता हूं। मिशनरी होने का मतलब तो मैं यही समझता हूं कि हमारी जिंदगी खैरात पर बसर हो।'

डॉक्टर साहब ने गंभीर स्वर में कहा–जिंदगी का खैरात पर बसर होना इससे कहीं अच्छा है कि सब्र पर बसर हो। गवर्नमेंट तो कोई जरूरी चीज नहीं। पढ़े–लिखे आदमियों ने गरीबों को दबाए रखने के लिए एक संगठन बना लिया है। उसी का नाम गवर्नमेंट है। गरीब और अमीर का फर्क मिटा दो और गवर्नमेंट का खातमा हो जाता है।

'आप तो खयाली बातें कर रहे हैं। गवर्नमेंट की जरूरत उस वक्त न रहेगी, जब दुनिया में फरिश्ते आबाद होंगे।'

आइडियल (आदर्श) को हमेशा सामने रखने की जरूरत है।'

'लेकिन तालीम का सीफा विभाग तो सब्र करने का सीफा नहीं है। फिर जब आप अपनी आमदनी का बड़ा हिस्सा सेवाश्रम में खर्च करते हैं, तो कोई वजह नहीं कि आप मुलाजिमत छोड़कर संन्यासी बन जायं।'

यह दलील डॉक्टर के मन में बैठ गई। उन्हें अपने मन को समझाने का एक साधन मिल गया। बेशक शिक्षा–विभाग का शासन से संबंध नहीं। गवर्नमेंट जितनी ही अच्छी होगी, उसका शिक्षाकार्य और भी विस्त्त होगा। तब इस सेवाश्रम की भी क्या जरूरत होगी– संगठित रूप से सेवा धर्म का पालन करते हुए, शिक्षा का प्रचार करना किसी दशा में भी आपत्ति की बात नहीं हो सकती। महीनों से जो प्रश्न डॉक्टर साहब को बेचौन कर रहा था, आज हल हो गया।

सलीम को बिदा करके वह लाला समरकान्त के घर चले। समरकान्त को अमर का पत्र दिखाकर सुर्खई बनना चाहते थे। जो समस्या अभी वह हल कर चुके थे, उसके विषय में फिर कुछ संदेह उत्पन्न हो रहे थे। उन संदेहों को शांत करना भी आवश्यक था। समरकान्त तो कुछ खुलकर उनसे न मिले। सुखदा ने उनको खबर पाते ही बुला लिया। रेणुका बाई भी आई हुई थीं।

शान्तिकुमार ने जाते–ही–जाते अमरकान्त का पत्र निकालकर सुखदा के सामने रख दिया और बोले–सलीम ने चार दिनों से अपनी जेब में डाल रखा था और मैं घबरा रहा था कि बात क्या है–

सुखदा ने पत्र को उड़ती हुई आंखों से देखकर कहा–तो मैं इसे लेकर क्या करूं–

शान्तिकुमार ने विस्मित होकर कहा–जरा एक बार इसे पढ़ तो जाइए। इससे आपके मन की बहुत–सी शंकाए मिट जाएंगी।

सुखदा ने रूखेपन के साथ जवाब दिया–मेरे मन में किसी की तरफ से कोई शंका नहीं है। इस पत्र में भी जो कुछ लिखा होगा, वह मैं जानती हूं। मेरी खूब तारीफें की गई होंगी। मुझे तारीफ की जरूरत नहीं। जैसे किसी को क्रोध आ जाता है, उसी तरह मुझे वह आवेश आ गया। यह भी क्रोध के सिवा और कुछ न था। क्रोध की कोई तारीफ नहीं करता।

'यह आपने कैसे समझ लिया कि इसमें आपकी तारीफ की है?'

'हो सकता है, खेद भी प्रकट किया हो।'

'तो फिर आप और चाहती क्या हैं?'

'अगर आप इतना भी नहीं समझ सकते, तो मेरा कहना व्यर्थ है।'

रेणुका बाई अब तक चुप बैठी थीं। सुखदा का संकोच देखकर बोलीं–जब वह अब तक घर लौटकर नहीं आए, तो कैसे मालूम हो कि उनके मन के भाव बदल गए हैं। अगर सुखदा उनकी स्त्री न होती, तब भी तो उसकी तारीफ करते। नतीजा क्या हुआ। जब स्त्री–पुरुष सुख से रहें, तभी तो मालूम हो कि उनमें प्रेम है। प्रेम को छोड़िए। प्रेम तो बिरले ही दिलों में होता है। धर्म का निबाह तो करना ही चाहिए। पति हजार कोस पर बैठा हुआ स्त्री की बड़ाई करे। स्त्री हजार कोस पर बैठी हुई मियां की तारीफ करे, इससे क्या होता है–

सुखदा खीझकर बोली–आप तो अम्मां बेबात की बात करती हैं। जीवन तब सुखी हो सकता है, जब मन का आदमी मिले। उन्हें मुझसे अच्छी एक वस्तु मिल गई। वह उसके वियोग में भी मगन हैं। मुझे उनसे अच्छा अभी कोई नहीं मिला, और न इस जीवन में मिलेगा, यह मेरा दुर्भाग्य है। इसमें किसी का दोष नहीं।

रेणुका ने डॉक्टर साहब की ओर देखकर कहा–सुना आपने, बाबूजी– यह मुझे इसी तरह रोज जलाया करती है। कितनी बार कहा है कि चल हम दोनों उसे वहां से पकड़ लाएं। देखें, कैसे नहीं आता– जवानी की उम्र में थोड़ी–बहुत नादानी सभी करते हैं मगर यह न खुद मेरे साथ चलती है, न मुझे अकेले जाने देती है। भैया, एक दिन भी ऐसा नहीं जाता कि बगैर रोए मुंह में अन्न जाता हो। तुम क्यों नहीं चले जाते, भैया– तुम उसके गुरू हो, तुम्हारा अदब करता है। तुम्हारा कहना वह नहीं टाल सकता।

सुखदा ने मुस्कराकर कहा–हां, यह तो तुम्हारे कहने से आज ही चले जाएंगे। यह तो और खुश होते होंगे कि शिष्यों में एक तो ऐसा निकला, जो इनके आदर्श का पालन कर रहा है। विवाह को यह लोग समाज का कलंक समझते हैं। इनके पंथ में पहले किसी को विवाह करना ही न चाहिए, और अगर दिल न माने तो किसी को रख लेना चाहिए। इनके दूसरे शिष्य मियां सलीम हैं। हमारे बाबू साहब तो न जाने किस दबाव में पड़कर विवाह कर बैठे। अब उसका प्रायश्चित कर रहे हैं।

शान्तिकुमार ने झेंपते हुए कहा–देवीजी, आप मुझ पर मिथ्या आरोप कर रही हैं। अपने विषय में मैंने अवश्य यही निश्चय किया है कि एकांत जीवन व्यतीत करूंगा इसलिए कि आदि से ही सेवा का आदर्श मेरे सामने था।

सुखदा ने पूछा–क्या विवाहित जीवन में सेवा–धर्म का पालन असंभव है–या स्त्री इतनी स्वाथाऊधा होती है कि आपके कामों में बाधा डाले बिना रह ही नहीं सकती– गृहस्थ जितनी सेवा कर सकता है, उतनी एकांत जीवी कभी नहीं कर सकता क्योंकि वह जीवन के कष्टों का अनुभव नहीं कर सकता।

शान्तिकुमार ने विवाद से बचने की चेष्टा करके कहा–यह तो झगड़े का विषय है देवीजी, और तय नहीं हो सकता। मुझे आपसे एक विषय में सलाह लेनी है। आपकी माताजी भी हैं, यह और भी शुभ है। मैं सोच रहा हूं, क्यों न नौकरी से इस्तीफा देकर सेवाश्रम का काम करूं–

सुखदा ने इस भाव से कहा, मानो यह प्रश्न करने की बात ही नहीं–अगर आप सोचते हैं, आप बिना किसी के सामने हाथ फैलाए अपना निर्वाह कर सकते हैं, तो जरूर इस्तीफा दे दीजिए, यों तो काम करने वाले का भार संस्था पर होता है लेकिन इससे भी अच्छी बात यह है कि उसकी सेवा में स्वार्थ का लेश भी न हो।

शान्तिकुमार ने जिस तर्क से अपना चित्त शांत किया था, वह यहां फिर जवाब दे गया। फिर उसी उधोड़बुन में पड़ गए।

सहसा रेणुका ने कहा–आपके आश्रम में कोई कोष भी है–

आश्रम में अब तक कोई कोष न था। चंदा इतना न मिलता था कि कुछ बचत हो सकती। शान्तिकुमार ने इस अभाव को मानो अपने ऊपर लांछन समझकर कहा–जी नहीं, अभी तक तो कोष नहीं बना सका, पर मैं यूनिवर्सिटी से छुट्टी पा जाऊं, तो इसके लिए उद्योग करूं।

रेणुका ने पूछा–कितने रुपये हों, तो आपका आश्रम चलने लगे–

शान्तिकुमार ने आशा की स्ठ्ठर्ति का अनुभव करके कहा—आश्रम तो एक यूनिवर्सिटी भी बन सकता है लेकिन मुझे तीन—चार लाख रुपये मिल जाएं, तो मैं उतना ही काम कर सकता हूं, जितना यूनिवर्सिटी में बीस लाख में भी नहीं हो सकता।

रेणुका ने मुस्कराकर कहा—अगर आप कोई ट्रस्ट बना सकें, तो मैं आपकी कुछ सहायता कर सकती हूं। बात यह है कि जिस संपत्ति को अब तक संचती आती थी, उसका अब कोई भोगने वाला नहीं है। अमर का हाल आप देख ही चुके। सुखदा भी उसी रास्ते पर जा रही है। तो फिर मैं भी अपने लिए कोई रास्ता निकालना चाहती हूं। मुझे आप गुजारे के लिए सौ रुपये महीने ट्रस्ट से दिला दीजिएगा। मेरे जानवरों के खिलाने—पिलाने का भार ट्रस्ट पर होगा।

शान्तिकुमार ने डरते—डरते कहा—मैं तो आपकी आज्ञा तभी स्वीकार कर सकता हूं, जब अमर और सुखदा मुझे सहर्ष अनुमति दें। फिर बच्चे का हक भी तो है—

सुखदा ने कहा—मेरी तरफ से इस्तीफा है। और बच्चे के दादा का धन क्या थोड़ा है— औरों की मैं नहीं कह सकती।

रेणुका खिन्न होकर बोलीं—अमर को धन की परवाह अगर है, तो औरों से भी कम। दौलत कोई दीपक तो है नहीं, जिससे प्रकाश फैलता रहे। जिन्हें उसकी जरूरत नहीं उनके गले क्यों लगाई जाए— रुपये का भार कुछ कम नहीं होता। मैं खुद नहीं संभाल सकती। किसी शुभ कार्य में लग जाय, वह कहीं अच्छा। लाला समरकान्त तो मंदिर और शिवाले की राय देते हैं पर मेरा जी उधर नहीं जाता, मंदिर तो यों ही इतने हो रहे हैं कि पूजा करने वाले नहीं मिलते। शिक्षादान महादान है और वह भी उन लोगों में, जिनका समाज ने हमेशा बहिष्कार किया हो। मैं कई दिन से सोच रही हूं, और आपसे मिलने वाली थी। अभी मैं दो—चार महीने और दुविधा में पड़ी रहती पर आपके आ जाने से मेरी दुविधाएं मिट गई। धन देने वालों की कमी नहीं है, लेने वालों की कमी है। आदमी यही चाहता है कि धन सुपात्रों को दे, जो दाता के इच्छानुसार खर्च करें यह नहीं कि मुर्ति का धन पाकर उड़ाना शुरू कर दें। दिखाने को दाता की इच्छानुसार थोड़ा—बहुत खर्च कर दिया, बाकी किसी—न—किसी बहाने से घर में रख लिया।

यह कहते हुए उसने मुस्कराकर शान्तिकुमार से पूछा—आप तो धोखा न देंगे—

शान्तिकुमार को यह प्रश्न, हंसकर पूछे जाने पर भी बुरा मालूम हुआ–मेरी नीयत क्या होगी, यह मैं खुद नहीं जानता– आपको मुझ पर इतना विश्वास कर लेने का कोई कारण भी नहीं है।

सुखदा ने बात संभाली–यह बात नहीं है, डॉक्टर साहब अम्मां ने हंसी की थी।

'विष माधुर्य के साथ भी अपना असर करता है।'

'यह तो बुरा मानने की बात न थी?'

'मैं बुरा नहीं मानता। अभी दस–पांच वर्ष मेरी परीक्षा होने दीजिए। अभी मैं इतने बड़े विश्वास के योग्य नहीं हुआ।'

रेणुका ने परास्त होकर कहा–अच्छा साहब, मैं अपना प्रश्न वापस लेती हूं। आप कल मेरे घर आइएगा। मैं मोटर भेज दूंगी। ट्रस्ट बनाना पहला काम है। मुझे अब कुछ नहीं पूछना है आपके ऊपर मुझे पूरा विश्वास है।

डॉक्टर साहब ने धन्यवाद देते हुए कहा–मैं आपके विश्वास को बनाए रखने की चेष्टा करूंगा।

रेणुका बोलीं–मैं चाहती हूं जल्दी ही इस काम को कर डालूं। फिर नैना का विवाह आ पड़ेगा, तो महीनों फुर्सत न मिलेगी।

शान्तिकुमार ने जैसे सिहरकर कहा–अच्छा, नैना देवी का विवाह होने वाला है– यह तो बड़ी शुभ सूचना है। मैं कल ही आपसे मिलकर सारी बातें तय कर लूंगा। अमर को भी सूचना दे दूं–

सुखदा ने कठोर स्वर में कहा–कोई जरूरत नहीं–

रेणुका बोलीं–नहीं, आप उनको सूचना दे दीजिएगा। शायद आएं। मुझे तो आशा है जरूर आएंगे।

डॉक्टर साहब यहां से चले, तो नैना बालक को लिए मोटर से उतर रही थी।

शान्तिकुमार ने आहत कंठ से कहा–तुम अब चली जाओगी, नैना–

नैना ने सिर झुका लिया पर उसकी आंखें सजल थीं।

आठ

छरू महीने गुजर गए।

सेवाश्रम का ट्रस्ट बन गया। केवल स्वामी आत्मानन्दजी ने, जो आश्रम के प्रमुख कार्यकर्तव्य और एक–एक पोर समष्टिवादी थे, इस प्रबंध से असंतुष्ट होकर इस्तीफा दे दिया। वह आश्रम में धनिकों को नहीं घुसने देना चाहते थे। उन्होंने बहुत जोर मारा कि ट्रस्ट न बनने पाए। उनकी राय में धन पर आश्रम की आत्मा को बेचना, आश्रम के लिए घातक होगा। धन ही की प्रभुता से तो हिन्दू–समाज ने नीचों को अपना गुलाम बना रखा है, धन ही के कारण तो नीच–ऊंच का भेद आ गया है उसी धन पर आश्रम की स्वाधीनता क्यों बेची जाए लेकिन स्वामीजी की कुछ न चली और ट्रस्ट की स्थापना हो गई। उसका शिलान्यास रखा सुखदा ने। जलसा हुआ, दावत हुई, गाना–बजाना हुआ। दूसरे दिन शान्तिकुमार ने अपने पद से इस्तीफा दे दिया।

सलीम की परीक्षा भी समाप्त हो गई। और उसने पेशीनगोई की थी, वह अक्षरशरू पूरी हुई। गजट में उसका नाम सबसे नीचे था। शान्तिकुमार के विस्मय की सीमा न रही। अब उसे कायदे के मुताबिक दो साल के लिए इंग्लैंड जाना चाहिए था पर सलीम इंग्लैंड न जाना चाहता था। दो–चार महीने के लिए सैर करने तो वह शौक से जा सकता था, पर दो साल तक वहां पड़े रहना उसे मंजूर न था। उसे जगह न मिलनी चाहिए थी, मगर यहां भी उसने कुछ ऐसी दौड़–धूप की, कुछ ऐसे हथकंडे खेले कि वह इस कायदे से मुस्तसना कर दिया गया। जब सूबे का सबसे बड़ा डॉक्टर कह रहा है कि इंग्लैंड की ठंडी हवा में इस युवक का दो साल रहना खतरे से खाली नहीं, तो फिर कौन इतनी बड़ी जिम्मेदारी लेता– हाफिज हलीम लड़के को भेजने को तैयार थे, रुपये खर्च को करने तैयार थे, लेकिन लड़के का स्वास्थ्य बिगड़ गया, तो वह किसका दामन पकड़ेंगे– आखिर यहां भी सलीम की विजय रही। उसे उसी हलके का चार्ज भी मिला, जहां उसका दोस्त अमरकान्त पहले ही से मौजूद था। उस जिले को उसने खुद पसंद किया।

इधर सलीम के जीवन में एक बड़ा परिवर्तन हो गया। हंसोड़ तो उतना ही था पर उतना शौकीन, उतना रसिक न था। शायरी से भी अब उतना प्रेम न था। विवाह से उसे जो पुरानी अरुचि थी, वह अब बिलकुल जाती रही थी। यह परिवर्तन एकाएक कैसे हो गया, हम नहीं जानते लेकिन इधर वह कई बार सकीना के घर गया था और दोनों में गुप्त रूप से पत्र व्यवहार भी हो रहा था। अमर के उदासीन हो जाने पर भी सकीना उसके अतीत प्रेम को कितनी एकाग्रता से हृदय में पाले हुए थी, इस अनुराग ने सलीम को परास्त कर दिया था। इस ज्योति से अब वह अपने जीवन को आलोकित करने के लिए विकल हो रहा था। अपनी मामा से सकीना के उस अपार प्रेम का वृत्तांत सुन–सुनकर

वह बहुधा रो दिया करता। उसका कवि–हृदय जो भ्रमर की भांति नए–नए पुष्पों के रस लिया करता था, अब संयमित अनुराग से परिपूर्ण होकर उसके जीवन में एक विशाल साधाना की सृष्टि कर रहा था।

नैना का विवाह भी हो गया। लाला धानीराम नगर के सबसे धानी आदमी थे। उनके ज्येष्ठ पुत्र मनीराम बड़े होनहार नौजवान थे। समरकान्त को तो आशा न थी कि यहां संबंध हो सकेगा क्योंकि धानीराम मंदिर वाली घटना के दिन से ही इस परिवार को हेय समझने लगे थे पर समरकान्त की थैलियों ने अंत में विजय पाई। बड़ी–बड़ी तैयारियां हुईं लेकिन अमरकान्त न आया, और न समरकान्त ने उसे बुलाया। धानीराम ने कहला दिया था कि अमरकान्त विवाह में सम्मिलित हुआ तो बारात लौट आएगी। यह बात अमरकान्त के कानों तक पहुंच गई थी। नैना न प्रसन्न थी, न दुरूखी थी। वह न कुछ कह सकती थी, न बोल सकती थी। पिता की इच्छा के सामने वह क्या कहती। मनीराम के विषय में तरह–तरह की बातें सुनती थी–शराबी है, व्यभिचारी है, मूर्ख है, घमंडी है लेकिन पिता की इच्छा के सामने सिर झुकाना उसका कर्तव्य था। अगर समरकान्त उसे किसी देवता की बलिवेदी पर चढ़ा देते, तब भी वह मुंह न खोलती। केवल विदाई के समय वह रोई पर उस समय भी उसे यह ध्यान रहा कि पिताजी को दुरूख न हो। समरकान्त की आंखों में धन ही सबसे मूल्यवान वस्तु थी। नैना को जीवन का क्या अनुभव था– ऐसे महत्तव के विषय में पिता का निश्चय ही उसके लिए मान्य था। उसका चित्त सशंक था पर उसने जो कुछ अपना कर्तव्य समझ रखा था उसका पालन करते हुए उसके प्राण भी चले जाएं तो उसे दुरूख न होगा।

इधर सुखदा और शान्तिकुमार का सहयोग दिन–दिन घनिष्ठ होता जाता था। धन का अभाव तो था नहीं, हरेक मुहल्ले में सेवाश्रम की शाखाएं खुल रही थीं और मादक वस्तुओं का बहिष्कार भी जोरों से हो रहा था। सुखदा के जीवन में अब एक कठोर तप का संचार होता जाता था। वह अब प्रातरूकाल और संध्या व्यायाम करती। भोजन में स्वाद से अधिक पोषकता का विचार रखती। संयम और निग्रह ही अब उसकी जीवनचर्या के प्रधान अंग थे। उपन्यासों की अपेक्षा अब उसे इतिहास और दार्शनिक विषयों में अधिक आनंद आता था, और उसकी बोलने की शक्ति तो इतनी बढ़ गई थी कि सुनने वालों को आश्चर्य होता था। देश और समाज की दशा देखकर उसमें सच्ची वेदना होती थी और यही वाणी में प्रभाव का मुख्य रहस्य है। इस सुधार के प्रोग्राम में एक बात और आ गई थी। वह थी गरीबों के लिए मकानों की समस्या। अब यह अनुभव हो रहा था कि जब तक जनता के लिए मकानों की समस्या हल न होगी,

सुधार का कोई प्रस्ताव सफल न होगा मगर यह काम चंदे का नहीं, इसे तो म्युनिसिपैलिटी ही हाथ में ले सकती थी। पर यह संस्था इतना बड़ा काम हाथ में लेते हुए भी घबराती थी। हाफिज हलीम प्रधान थे, लाला धानीराम उप–प्रधान ऐसे दकिया–नूसीमहानुभावों के मस्तिष्क में इस समस्या की आवश्यकता और महत्तव को जमा देना कठिन था। दो–चार ऐसे सज्जन तो निकल आए थे, जो जमीन मिल जाने पर दो–चार लाख रुपये लगाने को तैयार थे। उनमें लाला समरकान्त भी थे। अगर चार आने सैकड़े का सूद भी निकलता आए, तो वह संतुष्ट थे, मगर प्रश्न था जमीन कहां से आए– सुखदा का कहना था कि जब मिलों के लिए, स्कूलों और कॉलेजों के लिए जमीन का प्रबंध हो सकता है, तो इस काम के लिए क्यों न म्युनिसिपैलिटी मुर्ति जमीन दे–

संध्या का समय था। शान्तिकुमार नक्शों का एक पुलिंदा लिए हुए सुखदा के पास आए और एक–एक नक्शा खोलकर दिखाने लगे। यह उन मकानों के नक्शे थे, जो बनवाए जाएंगे। एक नक्शा आठ आने महीने के मकान का था दूसरा एक रुपये के किराए का और तीसरा दो रुपये का। आठ आने वालों में एक कमरा था, एक रसोई, एक बरामदा, सामने एक बैठक और छोटा–सा सहन। एक रुपया वालों में भीतर दो कमरे थे और दो रुपये वालों में तीन कमरे।

कमरों में खिड़कियां थीं, फर्श और दो फीट ऊंचाई तक दीवारें पक्की। ठाठ खपरैल का था।

दो रुपये वालों में शौच–गृह भी थे। बाकी दस–दस घरों के बीच में एक शौच–गृह बनाया गया था।

सुखदा ने पूछा–आपने लागत का तखमीना भी किया है–

'और क्या यों ही नक्शे बनवा लिए हैं आठ आने वाले घरों की लागत दो सौ होगी, एक रुपये वालों की तीन सौ और दो रुपये वालों की चार सौ। चार आने का सूद पड़ता है।'

'पहले कितने मकानों का प्रोग्राम है?'

'कम–से–कम तीन हजार। दक्षिण तरफ लगभग इतने ही मकानों की जरूरत होगी। मैं हिसाब लगा लिया है। कुछ लोग तो जमीन मिलने पर रुपये लगाएंगे मगर कम–से–कम दस लाख की जरूरत और होगी।'

'मार डाला दस लाख एक तरफ के लिए।'

'अगर पांच लाख के हिस्सेदार मिल जाएं, तो बाकी रुपये जनता खुद लगा देगी, मजदूरी में बड़ी किफायत होगी। राज, बेलदार, बढ़ई, लोहार आधी

मजूरी पर काम करने को तैयार हैं। ठेके वाले, गधो वाले, गाड़ी वाले, यहां तक कि इक्के और तांगे वाले भी बेगार काम करने पर राजी हैं।'

'देखिए, शायद चल जाए। दो–तीन लाख शायद दादाजी लगा दें, अम्मां के पास भी अभी कुछ–न–कुछ होगा ही बाकी रुपये की फिक्र करनी है। सबसे बड़ी जमीन की मुश्किल है।'

'मुश्किल क्या है– दस बंगले गिरा दिए जाएं तो जमीन–ही–जमीन निकलआएगी।'

'बंगलों का गिराना आप आसान समझते हैं?'

'आसान तो नहीं समझता लेकिन उपाय क्या है– शहर के बाहर तो कोई रहेगा नहीं। इसलिए शहर के अंदर ही जमीन निकालनी पड़ेगी। बाज मकान इतने लंबे–चौड़े हैं कि उनमें एक हजार आदमी फ़ैलकर रह सकते हैं। आप ही का मकान क्या छोटा है– इसमें दस गरीब परिवार बड़े मजे में रह सकते हैं।'

सुखदा मुस्काई–आप तो हम लोगों पर ही हाथ साफ करना चाहते हैं।

'जो राह बताए उसे आगे चलना पड़ेगा।'

'मैं तैयार हूं लेकिन म्युनिसिपैलिटी के पास कुछ प्लाट तो खाली होंगे?'

'हां, हैं क्यों नहीं– मैंने उन सबों का पता लगा लिया है मगर हाफिजजी फरमाते हैं, उन प्लाटों की बातचीत तय हो चुकी है।'

सलीम ने मोटर से उतरकर शान्तिकुमार को पुकारा। उन्होंने उसे अंदर बुला लिया और पूछा–किधर से आ रहे हो–

सलीम ने प्रसन्न मुख से कहा–कल रात को चला जाऊंगा। सोचा, आपसे रूखसत होता चलूं। इसी बहाने देवीजी से भी नियाज हासिल हो गया।

शान्तिकुमार ने पूछा–अरे तो यों ही चले जाओगे, भाई– कोई जलसा, दावत, कुछ नहीं– वाह

'जलसा तो कल शाम को है। कार्ड तो आपके यहां भेज दिया था। मगर आपसे तो जलसे की मुलाकात काफी नहीं।'

'तो चलते–चलते हमारी थोड़ी–सी मदद करो दक्षिण तरफ म्युनिसिपैलिटी के जो प्लाट हैं, वह हमें दिला दो मुर्ति में?'

सलीम का मुख गंभीर हो गया। बोला–उन प्लाटों की तो शायद बातचीत हो चुकी है। कई मेंम्बर खुद बेटों और बीवियों के नाम खरीदने को मुंह खोले बैठे हैं।

सुखदा विस्मित हो गई–अच्छा भीतर–ही–भीतर यह कपट–लीला भी होती है। तब तो आपकी मदद की और जरूरत है। इस मायाजाल को तोड़ना आपका कर्तव्य है।

सलीम ने आंखें चुराकर कहा–अब्बाजान इस मुआमले में मेरी एक न सुनेंगे। और हक यह है कि जो मुआमला तय हो चुका, उसके बारे में कुछ जोर देना भी तो मुनासिब नहीं।

यह कहते हुए उसने सुखदा और शान्तिकुमार से हाथ मिलाया और दोनों से कल शाम के जलसे में आने का आग्रह करके चला गया। वहां बैठने में अब उसकी खैरियत न थी।

शान्तिकुमार ने कहा–देखा आपने अभी जगह पर गए नहीं पर मिजाज में अफसरी की बू आ गई। कुछ अजब तिलिस्म है कि जो उसमें कदम रखता है, उस पर जैसे नशा हो जाता है। इस तजवीज के यह पक्के समर्थक थे पर आज कैसा निकल गए– हाफिजजी से अगर जोर देकर कहें, तो मुमकिन नहीं कि वह राजी हो जाएं।

सुखदा ने मुख पर आत्मगौरव की झलक आ गई–हमें न्याय की लड़ाई लड़नी है। न्याय हमारी मदद करेगा। हम और किसी की मदद के मुहताज नहीं।

इसी समय लाला समरकान्त आ गए। शान्ति कुमार को बैठे देखकर जरा झिझके। फिर पूछा–कहिए डॉक्टर साहब, हाफिजजी से क्या बातचीत हुई–

शान्तिकुमार ने अब तक जो कुछ किया था, वह सब कह सुनाया।

समरकान्त ने असंतोष का भाव प्रकट करते हुए कहा–आप लोग विलायत के पढ़े हुए साहब, मैं भला आपके सामने क्या मुंह खोल सकता हूं, लेकिन आप जो चाहें कि न्याय और सत्य के नाम पर आपको जमीन मिल जाए, तो चुपके हो रहिए। इस काम के लिए दस–बीस हजार रुपये खर्च करने पड़ेंगे–हरेक मेंबर से अलग–अलग मिलिए। देखिए। किस मिजाज का, किस विचार का, किस रंग–ढंग का आदमी है। उसी तरह उसे काबू में लाइए–खुशामद से राजी हो तो खुशामद से, चांदी से राजी हो चांदी से, दुआ–तावीज, जंतर–मंतर जिस तरह काम निकले, उस तरह निकालिए। हाफिजजी से मेरी पुरानी मुलाकात है। पच्चीस हजार की थैली उनके मामा के हाथ घर में भेज दो, फिर देखें कैसे जमीन नहीं मिलती– सरदार कल्याणसिंह को नये मकानों का ठेका देने का वादा कर लो, वह काबू में आ जाएंगे। दुबेजी को पांच तोले चन्द्रोदय भेंट करके पटा सकते हो। खन्ना से योगाभ्यास की बातें करो और किसी संत से मिला दो ऐसा संत हो, जो उन्हें दो–चार आसन सिखा दे। राय साहब धानीराम के

नाम पर अपने नए मुहल्ले का नाम रख दो, उनसे कुछ रुपये भी मिल जाएंगे। यह हैं काम करने का ढंग। रुपये की तरफ से निश्चिंत रहो। बनियों को चाहे बदनाम कर लो पर परमार्थ के काम में बनिये ही आगे आते हैं। दस लाख तक का बीमा तो मैं लेता हूं। कई भाइयों के तो वोट ले आया। मुझे तो रात को नींद नहीं आती। यही सोचा करता हूं कि कैसे यह काम सिश हो। जब तक काम सिश न हो जाएगा, मुझे ज्वर–सा चढ़ा रहेगा।

शान्तिकुमार ने दबी आवाज से कहा–यह फन तो मुझे अभी सीखना पड़ेगा, सेठजी। मुझे न रकम खाने का तजरबा है, न खिलाने का। मुझे तो किसी भले आदमी से यह प्रस्ताव करते शर्म आती है। यह खयाल भी आता है कि वह मुझे कितना खुदगरज समझ रहा होगा। डरता हूं, कहीं घुड़क न बैठे।

समरकान्त ने जैसे कुत्तो को दुत्कार कर कहा–तो फिर तुम्हें जमीन मिल चुकी। सेवाश्रम के लड़के पढ़ाना दूसरी बात है, मामले पटाना दूसरी बात है। मैं खुद पटाऊंगा।

सुखदा ने जैसे आहत होकर कहा–नहीं, हमें रिश्वत देना मंजूर नहीं। हम न्याय के लिए खड़े हैं, हमारे पास न्याय का बल है। हम उसी बल से विजय पाएंगे।

समरकान्त ने निराश होकर कहा–तो तुम्हारी स्कीम चल चुकी।

सुखदा ने कहा–स्कीम तो चलेगी हां, शायद देर में चले, या धीमी चाल से चले, पर रूक नहीं सकती। अन्याय के दिन पूरे हो गए।

'अच्छी बात है। मैं भी देखूंगा।'

समरकान्त झल्लाए हुए बाहर चले गए। उनकी सर्वज्ञता को जो स्वीकार न करे, उससे वह दूर भागते थे।

शान्तिकुमार ने खुश होकर कहा–सेठजी भी विचित्र जीव हैं इनकी निगाह में जो कुछ है, वह रुपया। मानवता भी कोई वस्तु है, इसे शायद यह मानें ही नहीं।

सुखदा की आंखें सगर्व हो गईं–इनकी बातों पर न जाइए, डॉक्टर साहब– इनके हृदय में जितनी दया, जितनी सेवा है, वह हम दोनों में मिलाकर भी न होगी। इनके स्वभाव में कितना अंतर हो गया है, इसे आप नहीं देखते– डेढ़ साल पहले बेटे ने इनसे यह प्रस्ताव किया होता, तो आग हो जाते। अपना सर्वस्व लुटाने को तैयार हो जाना साधारण बात नहीं है। और विशेषकर उस आदमी के लिए, जिसने एक–एक कौड़ी को दांतों से पकड़ा हो। पुत्र–स्नेह ही

ने यह काया–पलट किया है। मैं इसी को सच्चा वैराग्य कहती हूं। आप पहले मेंबरों से मिलिए और जरूरत समझिए तो मुझे भी ले लीजिए। मुझे तो आशा है, हमें बहुमत मिलेगा। नहीं, आप अकेले न जाएं। कल सवेरे आइए तो हम दोनों चलें। दस बजे रात तक लौट आएंगे, इस वक्त मुझे जरा सकीना से मिलना है। सुना है महीनों से बीमार है। मुझे तो उस पर श्रद्धा–सी हो गई है। समय मिला, तो उधर से ही नैना से मिलती आऊंगी।

डॉक्टर साहब ने कुर्सी से उठते हुए कहा–उसे गए तो दो महीने हो गए, आएगी कब तक–

'यहां से तो कई बार बुलाया गया, सेठ धानीराम बिदा ही नहीं करते।'

'नैना खुश तो है?'

'मैं तो कई बार मिली पर अपने विषय में उसने कुछ न कहा। पूछा, तो यही बोली–मैं बहुत अच्छी तरह हूं। पर मुझे तो वह प्रसन्न नहीं दिखी। वह शिकायत करने वाली लड़की नहीं है। अगर वह लोग लातों से मारकर निकालना भी चाहें, तो घर से न निकलेगी, और न किसी से कुछ कहेगी।'

शान्तिकुमार की आंखें सजल हो गईं–उससे कोई अप्रसन्न हो सकता है, मैं तो इसकी कल्पना ही नहीं कर सकता।

सुखदा मुस्कराकर बोली–उसका भाई कुमार्गी है, क्या यह उन लोगों की अप्रसन्नता के लिए काफी नहीं है–

'मैंने तो सुना, मनीराम पक्का शोहदा है।'

'नैना के सामने आपने वह शब्द कहा होता, तो आपसे लड़ बैठती।'

'मैं एक बार मनीराम से मिलूंगा जरूर।'

'नहीं आपके हाथ जोड़ती हूं। आपने उनसे कुछ कहा, तो नैना के सिर जाएगी।'

'मैं उससे लड़ने नहीं जाऊंगा। मैं उसकी खुशामद करने जाऊंगा। यह कला जानता नहीं पर नैना के लिए अपनी आत्मा की हत्या करने में भी मुझे संकोच नहीं है। मैं उसे दुरूखी नहीं देख सकता। निरूस्वार्थ सेवा की देवी अगर मेरे सामने दुरूख सहे, तो मेरे जीने को धिक्कार है।

शान्तिकुमार जल्दी से बाहर निकल आए। आंसुओं का वेग अब रोके न रूकता था।

नौ

सुखदा सड़क पर मोटर से उतरकर सकीना का घर खोजने लगी पर इधर से उधर तक दो–तीन चक्कर लगा आई, कहीं वह घर न मिला। जहां वह मकान होना चाहिए था, वहां अब एक नया कमरा था, जिस पर कलई पुती हुई थी। वह कच्ची दीवार और सड़ा हुआ टाट का परदा कहीं न था। आखिर उसने एक आदमी से पूछा, तब मालूम हुआ कि जिसे वह नया कमरा समझ रही थी, सकीना के मकान का दरवाजा है। उसने आवाज दी और एक क्षण में द्वार खुल गया। सुखदा ने देखा वह एक साफ सुथरा छोटा–सा कमरा है, जिसमें दो–तीन मोढ़े रखे हुए हैं। सकीना ने एक मोढ़े को बढ़ाकर पूछा–आपको मकान तलाश करना पड़ा होगा। यह नया कमरा बन जाने से पता नहीं चलता।

सुखदा ने उसके पीले, सूखे मुंह की ओर देखते हुए कहा–हां, मैंने दो–तीन चक्कर लगाए। अब यह घर कहलाने लायक हो गया मगर तुम्हारी यह क्या हालत है– बिलकुल पहचानी ही नहीं जाती।

सकीना ने हंसने की चेष्टा करके कहा–मैं तो मोटी–ताजी कभी न थी।

'इस वक्त तो पहले से भी उतरी हुई हो।'

सहसा पठानिन आ गई और यह प्रश्न सुनकर बोली–महीनों से बुखार आ रहा है बेटी, लेकिन दवा नहीं खाती। कौन कहे मुझसे बोलचाल बंद है। अल्लाह जानता है, तुम्हारी बड़ी याद आती थी बहूजी पर आऊं कौन मुंह लेकर– अभी थोड़ी ही देर हुई, लालाजी भी गए हैं। जुग–जुग जिएं। सकीना ने मना कर दिया था इसलिए तलब लेने न गई थी। वही देने आए थे। दुनिया में ऐसे–ऐसे खुदा के बंदे पड़े हुए हैं। दूसरा होता, तो मेरी सूरत न देखता। उनका बसा–बसाया घर मुझ नसीबोंजली के कारण उजड़ गया। मगर लाला का दिल वही है, वही खयाल है, वही परवरिश की निगाह है। मेरी आंखों पर न जाने क्यों परदा पड़ गया था कि मैंने भोले–भाले लड़के पर वह इल्जाम लगा दिया। खुदा करे, मुझे मरने के बाद कफन भी न नसीब हो मैंने इतने दिनों बड़ी छानबीन की बेटी सभी ने मेरी लानत–मलामत की। इस लड़की ने तो मुझसे बोलना छोड़ दिया। खड़ी तो है पूछो। ऐसी–ऐसी बातें कहती है कि कलेजे में चुभ जाती हैं। खुदा सुनवाता है, तभी तो सुनती हूं। वैसा काम न किया होता तो क्यों सुनना पड़ता– उसे अंधेरे घर में इसके साथ देखकर मुझे शुबहा हो गया और जब उस गरीब ने देखा कि बेचारी औरत बदनाम हो रही है, तो उसकी खातिर अपना धरम देने को भी राजी हो गया। मुझ निगोड़ी को उस गुस्से में यह खयाल भी न रहा कि अपने ही मुंह तो कालिख लगा रही हूं।

सकीना ने तीव्र कंठ से कहा–अरे, हो तो चुका, अब कब तक दुखड़ा रोए जाओगी। कुछ और बातचीत करने दोगी या नहीं–

पठानिन ने फरियाद की–इसी तरह मुझे झिड़कती रहती है बेटी, बोलने नहीं देती। पूछो, तुमसे दुखड़ा न रोऊं, तो किसके पास रोने जाऊं–

सुखदा ने सकीना से पूछा–अच्छा, तुमने अपना वसीका लेने से क्यों इंकार कर दिया था– वह तो बहुत पहले से मिल रहा है।

सकीना कुछ बोलना ही चाहती थी कि पठानिन फिर बोली–इसके पीछे मुझसे लड़ा करती है, बहू कहती है, क्यों किसी की खैरात लें– यह नहीं सोचती कि उसी से तो हमारी परवरिश हुई है। बस, आजकल सिलाई की धुन है। बारह–बारह बजे रात तक बैठी आंखें फोड़ती रहती है। जरा सूरत देखो, इसी से बुखार भी आने लगा है, पर दवा के नाम से भागती है। कहती हूं, जान रखकर काम कर, कौन लाव–लश्कर खाने वाला है लेकिन यहां तो धुन है, घर भी अच्छा हो जाए, सामान भी अच्छा बन जाए। इधर काम अच्छा मिला है, और मजूरी भी अच्छी मिल रही है मगर सब इसी टीम–टाम में उड़ जाती है। यहां से थोड़ी दूर पर एक ईसाइन रहती है, वह रोज सुबह पढ़ाने आती है। हमारे जमाने में तो बेटा सिपारा और रोजा–नमाज का रिवाज था। कई जगह से शादी के पैगाम आए...।

सकीना ने कठोर होकर कहा–अरे, तो अब चुप भी रहोगी। हो तो चुका। आपकी क्या खातिर करूं, बहन– आपने इतने दिनों बाद मुझ बदनसीब को याद तो किया।

सुखदा ने उदार मन से कहा–याद तो तुम्हारी बराबर आती रहती थी और आने को जी भी चाहता था पर डरती थी, तुम अपने दिल में न जाने क्या समझो– यह तो आज मियां सलीम से मालूम हुआ कि तुम्हारी तबीयत अच्छी नहीं है। जब हम लोग तुम्हारी खिदमत करने को हर तरह हाजिर हैं, तो तुम नाहक क्यों जान देती हो–

सकीना जैसे शर्म को निगलकर बोली–बहन, मैं चाहे मर जाऊं, पर इस गरीबी को मिटाकर छोडूंगी। मैं इस हालत में न होती, तो बाबूजी को क्यों मुझ पर रहम आता, क्यों वह मेरे घर आते, क्यों उन्हें बदनाम होकर घर से भागना पड़ता– सारी मुसीबत की जड़ गरीबी है। इसका खात्मा करके छोडूंगी।

एक क्षण के बाद उसने पठानिन से कहा–जरा जाकर किसी तंबोलिन से पान ही लगवा लाओ। अब और क्या खातिर करें आपकी–

बुढ़ियां को इस बहाने से टालकर सकीना धीरे स्वर में बोली—यह मुहम्मद सलीम का खत है। आप जब मुझ पर इतना रहम करती हैं, तो आपसे क्या परदा करूं— जो होना था, वह तो हो ही गया। बाबूजी यहां कई बार आए। खुदा जानता है जो उन्होंने कभी मेरी तरफ आंख उठाई हो। मैं भी उनका अदब करती थी। हां, उनकी शराफत का असर जरूर मेरे दिल पर होता था। एकाएक मेरी शादी का जिक्र सुनकर बाबूजी एक नशे की—सी हालत में आए और मुझसे मुहब्बत जाहिर की। खुदा गवाह है बहन, मैं एक हर्ग भी गलत नहीं कह रही हूं। उनकी प्यार की बातें सुनकर मुझे भी सुधा—बुधा भूल गई। मेरी जैसी औरत के साथ ऐसा शरीफ आदमी यों मुहब्बत करे, यह मुझे ले उड़ा। मैं वह नेमत पाकर दीवानी हो गई। जब वह अपना तन—मन सब मुझ पर निसार कर रहे थे, तो मैं काठ की पुतली तो न थी। मुझमें ऐसी क्या खूबी उन्होंने देखी, यह मैं नहीं जानती। उनकी बातों से यही मालूम होता था कि वह आपसे खुश नहीं हैं। बहन, मैं इस वक्त आपसे साफ—साफ बातें कर रही हूं, मुआफ कीजिएगा। आपकी तरफ से उन्हें कुछ मलाल जरूर था और जैसे गाका करने के बाद अमीर आदमी भी जरदा, पुलाव भूलकर सत्तूपर टूट पड़ता है, उसी तरह उनका दिल आपकी तरफ से मायूस होकर मेरी तरफ लपका। वह मुहब्बत के भूखे थे। मुहब्बत के लिए उनकी देह तड़पती रही थी। शायद यह नेमत उन्हें कभी मयस्सर ही न हुई। वह नुमाइश से खुश होने वाले आदमी नहीं हैं। वह दिल और जान से किसी के हो जाना चाहते हैं और उसे भी दिल और जान से अपना कर लेना चाहते हैं। मुझे अब अफसोस हो रहा है कि मैं उनके साथ चली क्यों न गई— बेचारे सत्तू पर गिरे तो वह भी सामने से खींच लिया गया। आप अब भी उनके दिल पर कब्जा कर सकती हैं। बस, एक मुहब्बत में डूबा हुआ खत लिख दीजिए। वह दूसरे ही दिन दौड़े हुए आएंगे। मैंने एक हीरा पाया है और जब तक कोई उसे मेरे हाथों से छीन न ले, उसे छोड़ नहीं सकती। महज यह खयाल कि मेरे पास हीरा है, मेरे दिल को हमेशा मजबूत और खुश बनाए रहेगा।

वह लपककर घर में गई और एक इत्र में बसा हुआ लिफाफा लाकर सुखदा के हाथ पर रखती हुई बोली—यह मियां मुहम्मद सलीम का खत है। आप पढ़ सकती हैं। कोई ऐसी बात नहीं है वह भी मुझ पर आशिक हो गए हैं, पहले अपने खिदमतगार के साथ मेरा निकाह करा देना चाहते थे। अब खुद निकाह करना चाहते हैं। पहले चाहे जो कुछ रहे हों, पर अब उनमें वह छिछोरापन नहीं है। उनकी मामा उनका हाल बयान किया करती हैं। मेरी निस्बत भी उन्हें जो मालूम हुआ होगा, मामा से ही मालूम हुआ होगा। मैंने उन्हें दो—चार बार अपने दरवाजे पर भी ताकते—झांकते देखा है। सुनती हूं, किसी ऊंचे ओहदे पर आ गए

हैं। मेरी तो जैसे तकदीर खुल गई, लेकिन मुहब्बत की जिस नाजुक जंजीर में बांधी हुई हूं, उसे बड़ी–से–बड़ी ताकत भी नहीं तोड़ सकती। अब तो जब तक मुझे मालूम न हो जाएगा कि बाबूजी ने मुझे दिल से निकाल दिया, तब तक उन्हीं की हूं, और उनके दिल से निकाली जाने पर भी इस मुहब्बत को हमेशा याद रखूंगी। ऐसी पाक मुहब्बत का एक लमहा इंसान को उम्र–भर मतवाला रखने के लिए काफी है। मैंने इसी मजमून का जवाब लिख दिया है। कल ही तो उनके जाने की तारीख है। मेरा खत पढ़कर रोने लगे। अब यह ठान ली है कि या तो मुझसे शादी करेंगे या बिना–ब्याहे रहेंगे। उसी जिले में तो बाबूजी भी हैं। दोनों दोस्तों में वहीं फैसला होगा। इसीलिए इतनी जल्द भागे जा रहे हैं।

बुढ़ियां एक पत्तो की गिलौरी में पान लेकर आ गई। सुखदा ने निष्क्रिय भाव से पान लेकर खा लिया और फिर विचारों में डूब गई। इस दरिद्र ने उसे आज पूर्ण रूप से परास्त कर दिया था। आज वह अपनी विशाल संपत्ति और महती कुलीनता के साथ उसके सामने भिखारिन–सी बैठी हुई थी। आज उसका मन अपना अपराध स्वीकार करता हुआ जान पड़ा। अब तक उसने तर्क से मन को समझाया था कि पुरुष छिछोरे और हरजाई होते ही हैं, इस युवती के हाव–भाव, हास–विलास ने उन्हें मुग्ध कर लिया। आज उसे ज्ञात हुआ कि यहां न हाव–भाव है, न हास–विलास है, न वह जादू भरी चितवन है। यह तो एक शांत, करूण संगीत है, जिसका रस वही ले सकते हैं, जिनके पास ह्रदय है। लंपटों और विलासियों को जिस प्रकार चटपटे, उत्तेजक खाने में आनंद आता है, वह यहां नहीं है। उस उदारता के साथ, जो द्वेष की आग से निकलकर खरी हो गई थी, उसने सकीना की गरदन में बांहें डाल दीं और बोली–बहन, आज तुम्हारी बातों ने मेरे दिल का बोझ हल्का कर दिया। संभव है, तुमने मेरे ऊपर जो इल्जाम लगाया है, वह ठीक हो। तुम्हारी तरफ से मेरा दिल आज साफ हो गया। मेरा यही कहना है कि बाबूजी को अगर मुझसे शिकायत हुई थी, तो उन्हें मुझसे कहना चाहिए था। मैं भी ईश्वर से कहती हूं कि अपनी जान में मैंने उन्हें कभी असंतुष्ट नहीं किया। हां, अब मुझे कुछ ऐसी बातें याद आ रही हैं, जिन्हें उन्होंने मेरी निष्ठुरता समझी होगी पर उन्होंने मेरा जो अपमान किया, उसे मैं अब भी क्षमा नहीं कर सकती। अगर उन्हें प्रेम की भूख थी, तो मुझे भी प्रेम की भूख कुछ कम न थी। मुझसे वह जो चाहते थे, वही मैं उनसे चाहती थी। जो चीज वह मुझे न दे सके, वह मुझसे न पाकर वह क्यों उद्द ंड हो गए– क्या इसीलिए कि वह पुरुष हैं, और पुरुष चाहे स्त्री को पांव की जूती समझें, पर स्त्री का धर्म है कि वह उनके पांव से लिपटी रहे– बहन, जिस तरह तुमने मुझसे कोई परदा नहीं रखा, उसी तरह मैं भी तुमसे निष्कपट बातें

कर रही हूं। मेरी जगह पर एक क्षण के लिए अपने को रख लो। तब तुम मेरे भावों को पहचान सकोगी। अगर मेरी खता है तो उतनी ही उनकी भी खता है। जिस तरह मैं अपनी तकदीर को ठोककर बैठ गई थी, क्या वह भी न बैठ सकते थे– तब शायद सफाई हो जाती, लेकिन अब तो जब तक उनकी तरफ से हाथ न बढ़ाया जाएगा, मैं अपना हाथ नहीं बढ़ा सकती, चाहे सारी जिंदगी इसी दशा में पड़ी रहूं। औरत निर्बल है और इसीलिए उसे मान–सम्मान का दुरूख भी ज्यादा होता है। अब मुझे आज्ञा दो बहन, जरा नैना से मिलना है। मैं तुम्हारे लिए सवारी भेजूंगी, कृपा करके कभी–कभी हमारे यहां आ जाया करो।

वह कमरे से बाहर निकली, तो सकीना रो रही थी, न जाने क्यों–

दस

सुखदा सेठ धानीराम के घर पहुंची, तो नौ बज रहे थे। बड़ा विशाल, आसमान से बातें करने वाला भवन था, जिसके द्वार पर एक तेज बिजली की बत्ती जल रही थी और दो दरबान खड़े थे। सुखदा को देखते ही भीतर–बाहर हलचल मच गई। लाला मनीराम घर में से निकल आए और उसे अंदर ले गए। दूसरी मंजिल पर सजा हुआ मुलाकाती कमरा था। सुखदा वहां बैठाई गई। घर की स्त्रियां

इधर–उधर परदों से झांक रही थीं, कमरे में आने का साहस न कर सकती थीं।

सुखदा ने एक कोच पर बैठकर पूछा–सब कुशल–मंगल है–

मनीराम ने एक सिगार सुलगाकर धुआं उड़ाते हुए कहा–आपने शायद पेपर नहीं देखा। पापा को दो दिन से ज्वर आ रहा है। मैंने तो कलकत्ता से मि. लैंसट को बुला लिया है। यहां किसी पर मुझे विश्वास नहीं। मैंने पेपर में तो दे दिया था। बूढ़े हुए, कहता हूं आप शांत होकर बैठिए, और वे चाहते भी हैं, पर यहां जब कोई बैठने भी दे। गवर्नर प्रयाग आए थे। उनके यहां से खास उनके प्राइवेट सेक्रेटरी का निमंत्रण आ पहुंचा। जाना लाजिम हो गया। इस शहर में और किसी के पास निमंत्रण नहीं आया। इतने बड़े सम्मान को कैसे ठुकरा दिया जाता– वहीं सरदी खा गए। सम्मान ही तो आदमी की जिंदगी में एक चीज है, यों तो अपना–अपना पेट सभी पालते हैं। अब यह समझिए कि सुबह से शाम तक शहर के रईसों का तांता लगा रहता है। सवेरे डिप्टी कमिश्नर और उनकी मेम साहब आई थीं। कमिश्नर ने भी हमदर्दी का तार भेजा है। दो–चार दिन की बीमारी कोई बात नहीं, यह सम्मान तो प्राप्त हुआ। सारा दिन अफसरों की खातिरदारी में कट रहा है।

नौकर पान–इलायची की तश्तरी रख गया। मनीराम ने सुखदा के सामने तश्तरी रख दी। फिर बोले–मेरे घर में ऐसी औरत की जरूरत थी, जो सोसाइटी का आचार–व्यवहार जानती हो और लेडियों का स्वागत–सत्कार कर सके। इस शादी से तो वह बात पूरी हुई नहीं। मुझे मजबूर होकर दूसरा विवाह करना पड़ेगा। पुराने विचार की स्त्रियों की तो हमारे यहां यों भी कमी न थी पर वह लेडियों की सेवा–सत्कार तो नहीं कर सकतीं। लेडियों के सामने तो उन्हें ला ही नहीं सकते। ऐसी फूहड, गंवार औरतों को उनके सामने लाकर अपना अपमान कौन कराए–

सुखदा ने मुस्कराकर कहा–तो किसी लेडी से आपने क्यों विवाह न किया–

मनीराम निस्संकोच भाव से बोला–धोखा हुआ और क्या– हम लोगों को क्या मालूम था कि ऐसे शिक्षित परिवार में लड़कियां ऐसी फूहड होंगी– अम्मां, बहनें और आस–पास की स्त्रियां तो नई बहू से बहुत संतुष्ट हैं। वह व्रत रखती है, पूजा करती है, सिंदूर का टीका लगाती है लेकिन मुझे तो संसार में कुछ काम, कुछ नाम करना है। मुझे पूजा–पाठ वाली औरतों की जरूरत नहीं, पर अब तो विवाह हो ही गया, यह तो टूट नहीं सकता। मजबूर होकर दूसरा विवाह करना पड़ेगा। अब यहां दो–चार लेडियां रोज ही आया चाहें, उनका सत्कार न किया जाए, तो काम नहीं चलता। सब समझती होंगी, यह लोग कितने मूर्ख हैं।

सुखदा को इस इक्कीस वर्ष वाले युवक की इस निस्संकोच सांसारिकता पर घृणा हो रही थी। उसकी स्वार्थ–सेवा ने जैसे उसकी सारी कोमल भावनाओं को कुचल डाला था, यहां तक कि वह हास्यास्पद हो गया था।

'इस काम के लिए तो आपको थोड़े–से वेतन में किरानियों की स्त्रियां मिल जाएंगी, जो लेडियों के साथ साहबों का भी सत्कार करेंगी।'

'आप इन व्यापार संबंधी समस्याओं को नहीं समझ सकतीं। बड़े–बड़े मिलों के एजेंट आते हैं। अगर मेरी स्त्री उनसे बातचीत कर सकती, तो कुछ–न–कुछ कमीशन रेट बढ़ जाता। यह काम तो कुछ औरत ही कर सकती हैं।'

'मैं तो कभी न करूं। चाहे सारा कारोबार जहन्नुम में मिल जाए।'

'विवाह का अर्थ जहां तक मैं समझा हूं वह यही है कि स्त्री पुरुष की सहगामिनी है। अंग्रेजों के यहां बराबर स्त्रियां सहयोग देती हैं।'

'आप सहगामिनी का अर्थ नहीं समझे।'

मनीराम मुंह फट था। उसके मुसाहिब इसे साफगोई कहते थे। उसका विनोद भी गाली से शुरू होता था और गाली तो गाली थी ही। बोला–कम–से–कम आपको इस विषय में मुझे उपदेश करने का अधिकार नहीं है। आपने इस शब्द का अर्थ समझा होता, तो इस वक्त आप अपने पति से अलग न होतीं और न वह गली–कूचों की हवा खाते होते।

सुखदा का मुखमंडल लज्जा और क्रोध से आरक्त हो उठा। उसने कुर्सी से उठकर कठोर स्वर में कहा–मेरे विषय में आपको टीका करने का कोई अधिकार नहीं है, लाला मनीराम जरा भी अधिकार नहीं है। आप अंग्रेजी सभ्यता के बड़े भक्त बनते हैं। क्या आप समझते हैं कि अंग्रेजी पहनावा और सिगार ही उस सभ्यता के मुख्य अंग हैं– उसका प्रधान अंग है, महिलाओं का आदर और सम्मान। वह अभी आपको सीखना बाकी है। कोई कुलीन स्त्री इस तरह आत्म–सम्मान खोना स्वीकार न करेगी।

उसका फर्जन सुनकर सारा घर थर्रा उठा और मनीराम की तो जैसे जबान बंद हो गई। नैना अपने कमरे में बैठी हुई भावज का इंतजार कर रही थी, उसकी गरज सुनकर समझ गई, कोई–न कोई बात हो गई। दौड़ी हुई आकर बड़े कमरे के द्वार पर खड़ी हो गई।

'मैं तुम्हारी राह देख रही थी भाभी, तुम यहां कैसे बैठ गईं?'

सुखदा ने उसकी ओर ध्यान न देकर उसी रोष में कहा–धन कमाना अच्छी बात है, पर इज्जत बेचकर नहीं। और विवाह का उद्देश्य वह नहीं है जो आप समझे हैं। मुझे आज मालूम हुआ कि स्वार्थ में पड़कर आदमी का कहां तक पतन हो सकता है।

नैना ने आकर उसका हाथ पकड़ लिया और उसे उठाती हुई बोली–अरे, तो यहां से उठोगी भी।

सुखदा और उत्तोजित होकर बोली–मैं क्यों अपने स्वामी के साथ नहीं गई– इसलिए कि वह जितने त्यागी हैं, मैं उतना त्याग नहीं कर सकती थी आपको अपना व्यवसाय और धन अपनी पत्नी के आत्म–सम्मान से प्यारा है। उन्होंने दोनों ही को लात मार दी। आपने गली–कूचों की जो बात कही, इसका अगर वही अर्थ है, जो मैं समझती हूं, तो वह मिथ्या कलंक है। आप अपने रुपये कमाते जाइए, आपका उस महान आत्मा पर छींटे उड़ाना छोटे मुंह बड़ी बात है।

सुखदा लोहार की एक को सोनार की सौ के बराबर करने की असफल चेष्टा कर रही थी। वह एक वाक्य उसके हृदय में जितना चुभा, वैसा पैना कोई वाक्य वह न निकाल सकी।

नैना के मुंह से निकला–भाभी, तुम किसके मुंह लग रही हो–

मनीराम क्रोध से मुट्ठी बंधकर बोला–मैं अपने ही घर में अपना यह अपमान नहीं सह सकता।

नैना ने भावज के सामने हाथ जोड़कर कहा–भाभी, मुझ पर दया करो। ईश्वर के लिए यहां से चलो।

सुखदा ने पूछा–कहां हैं सेठजी, जरा मुझे उनसे दो–दो बातें करनी हैं–

मनीराम ने कहा–आप इस वक्त उनसे नहीं मिल सकतीं। उनकी तबीयत अच्छी नहीं है, और ऐसी बातें सुनना वह पंसद न करेंगे।

'अच्छी बात है, न जाऊंगी। नैनादेवी, कुछ मालूम है तुम्हें, तुम्हारी एक अंग्रेजी सौत आने वाली है, बहुत जल्द।'

'अच्छा ही है, घर में आदमियों का आना किसे बुरा लगता है– एक–दो जितनी चाहें, आवें, मेरा क्या बिगड़ता है?'

मनीराम इस परिहास पर आपे से बाहर हो गया। सुखदा नैना के साथ चली, तो सामने आकर बोला–आप मेरे घर में नहीं जा सकतीं।

सुखदा रूककर बोली–अच्छी बात है, जाती हूं, मगर याद रखिएगा, इस अपमान का नतीजा आपके हक में अच्छा न होगा।

नैना पैरों पड़ती रही, पर सुखदा झल्लाई हुई बाहर निकल गई।

एक क्षण में घर की सारी औरतें और बच्चे जमा हो गए और सुखदा पर आलोचनाएं होने लगीं। किसी ने कहा–इसकी आंख का पानी मर गया। किसी ने कहा–ऐसी न होती, तो खसम छोड़कर क्यों चला जाता– नैना सिर झुकाए सुनती रही। उसकी आत्मा उसे धिक्कार रही थी–तेरे सामने यह अनर्थ हो रहा है, और तू बैठी सुन रही है, लेकिन उस समय जबान खोलना कहर हो जाता। वह लाला समरकान्त की बेटी है, इस अपराध को उसकी निष्कपट सेवा भी न मिटा सकी थी। वाल्मीकीय रामायण की कथा के अवसर पर समरकान्त ने लाला धानीराम का मस्तक नीचा करके इस वैमनस्य का बीज बोया था। उसके पहले दोनों सेठों में मित्र–भाव था। उस दिन से द्वेष उत्पन्न हुआ। समरकान्त का मस्तक नीचा करने ही के लिए धानीराम ने यह विवाह स्वीकार किया। विवाह के बाद उनकी द्वेष ज्वाला ठंडी हो गई थी। मनीराम ने मेज पर पैर रखकर इस भाव से कहा, मानो सुखदा को वह कुछ नहीं समझता–मैं इस औरत को क्या जवाब देता– कोई मर्द होता, तो उसे बताता। लाला समरकान्त ने जुआ खेलकर धन कमाया है। उसी पाप का फल भोग रहे हैं। यह मुझसे बातें करने

चली हैं। इनकी माता हैं, उन्हें उस शोहदे शान्तिकुमार ने बेवकूग बनाकर सारी जायदाद लिखा ली। अब टके–टके को मुंहताज हो रही हैं। समरकान्त का भी यही हाल होने वाला है। और यह देवी देश का उपकार करने चली हैं। अपना पुरुष तो मारा–मारा फिरता है और आप देश का उधार कर रही हैं। अछूतों के लिए मंदिर क्या खुलवा दिया, अब किसी को कुछ समझती ही नहीं अब म्युनिसिपैलटी से जमीन के लिए लड़ रही हैं। ऐसी गच्चा खाएंगी कि याद करेंगी। मैंने इन दो सालों में जितना कारोबार बढ़ाया है, लाला समरकान्त सात जन्म में नहीं बढ़ा सकते।

मनीराम का सारे घर पर आधिपत्य था। वह धन कमा सकता था, इसलिए उसके आचार–व्यवहार को पसंद न करने पर भी घर उसका गुलाम था। उसी ने तो कागज और चीनी की एजेंसी खोली थी। लाला धानीराम घी का काम करते थे और घी के व्यापारी बहुत थे। लाभ कम होता था। कागज और चीनी का वह अकेला एजेंट था। नफा का क्या ठिकाना इस सफलता से उसका सिर फिर गया था। किसी को न गिनता था, अगर कुछ आदर करता था, तो लाला धानीराम का। उन्हीं से कुछ दबता भी था। यहां लोग बातें कर रहे थे कि लाला धानीराम खांसते, लाठी टेकते हुए आकर बैठ गए।

मनीराम ने तुरंत पंखा बंद करते हुए कहा–आपने क्यों कष्ट किया, बाबूजी–मुझे बुला लेते। डॉक्टर ने आपको चलने–फिरने को मना किया था।

लाला धानीराम ने पूछा–क्या आज लाला समरकान्त की बहू आई थी–

मनीराम कुछ डर गया–जी हां, अभी–अभी चली गईं।

धानीराम ने आंखें निकालकर कहा–तो तुमने अभी से मुझे मरा समझा लिया– मुझे खबर तक न दी–

'मैं तो रोक रहा था पर वह झल्लाई हुई चली गईं।'

'तुमने अपनी बातचीत से उसे अप्रसन्न कर दिया होगा नहीं वह मुझसे मिले बिना न जाती।'

'मैंने तो केवल यही कहा था कि उनकी तबीयत अच्छी नहीं है।'

'तो तुम समझते हो, जिसकी तबीयत अच्छी न हो, उसे एकांत में मरने देना चाहिए– आदमी एकांत में मरना भी नहीं चाहता। उसकी हार्दिक इच्छा होती है कि कोई संकट पड़ने पर उसके सगे–संबंधी आकर उसे घेर लें।'

लाला धानीराम को खांसी आ गई। जरा देर के बाद वह फिर बोले–मैं कहता हूं, तुम कुछ सिड़ी तो नहीं हो गए– व्यवसाय में सफलता पा जाने ही

से किसी का जीवन सफल नहीं हो जाता। समझ गए— सफल मनुष्य वह है, जो दूसरों से अपना काम भी निकाले और उन पर एहसान भी रखे। शेखी मारना सफलता की दलील नहीं, ओछेपन की दलील है। वह मेरे पास आती, तो यहां से प्रसन्न होकर जाती और उसकी सहायता बड़े काम की वस्तु है। नगर में उसका कितना सम्मान है, शायद तुम्हें इसकी खबर नहीं। वह अगर तुम्हें नुकसान पहुंचाना चाहे, तो एक दिन में तबाह कर सकती है। और वह तुम्हें तबाह करके छोड़ेगी। मेरी बात गिरह बंध लो। वह एक ही जिद्दी औरत है जिसने पति की परवाह न की, अपने प्राणों की परवाह न की—न जाने तुम्हें कब अकल आएगी—

लाला धानीराम को खांसी का दौरा आ गया। मनीराम ने दौड़कर उन्हें संभाला और उनकी पीठ सहलाने लगा। एक मिनट के बाद लालाजी को सांस आई।

मनीराम ने चिंतित स्वर में कहा—इस डॉक्टर की दवा से आपको कोई फायदा नहीं हो रहा है। कविराज को क्यों न बुला लिया जाय— मैं उन्हें तार दिए देता हूं।

धानीराम ने लंबी सांस खींचकर कहा—अच्छा तो हूंगा बेटा, मैं किसी साधु की चुटकी—भर राख ही से। हां, वह तमाशा चाहे कर लो, और यह तमाशा बुरा नहीं रहा। थोड़े से रुपये ऐसे तमाशों में खर्च कर देने का मैं विरोध नहीं करता लेकिन इस वक्त के लिए इतना बहुत है। कल डॉक्टर साहब से कह दूंगा, मुझे बहुत फायदा है, आप तशरीफ ले जाएं।

मनीराम ने डरते—डरते पूछा—कहिए तो मैं सुखदादेवी के पास जाऊं—

धानीराम ने गर्व से कहा—नहीं, मैं तुम्हारा अपमान करना नहीं चाहता। जरा मुझे देखना है कि उसकी आत्मा कितनी उदार है— मैंने कितनी ही बार हानियां उठाईं, पर किसी के सामने नीचा नहीं बना। समरकान्त को मैंने देखा। वह लाख बुरा हो, पर दिल का साफ है, दया और धर्म को कभी नहीं छोड़ता। अब उनकी बहू की परीक्षा लेनी है।

यह कहकर उन्होंने लकड़ी उठाई और धीरे—धीरे अपने कमरे की तरफ चले। मनीराम उन्हें हाथों से संभाले हुए था।

ग्यारह

सावन में नैना मैके आई। ससुराल चार कदम पर थी, पर छरू महीने से पहले आने का अवसर न मिला। मनीराम का बस होता तो अब भी न आने देता

लेकिन सारा घर नैना की तरफ था। सावन में सभी बहुएं मैके जाती हैं। नैना पर इतना बड़ा अत्याचार नहीं किया जा सकता।

सावन की झड़ी लगी हुई थी कहीं कोई मकान गिरता था, कहीं कोई छत बैठती थी। सुखदा बरामदे में बैठी हुई आंगन में उठते हुए बुलबुलों की सैर कर रही थी। आंगन कुछ गहरा था, पानी रूक जाया करता था। बुलबुलों का बतासों की तरह उठकर कुछ दूर चलना और गायब हो जाना, उसके लिए मनोरंजक तमाशा बना हुआ था। कभी–कभी दो बुलबुले आमने–सामने आ जाते और जैसे हम कभी–कभी किसी के सामने आ जाने पर कतराकर निकल जाना चाहते हैं पर जिस तरफ हम मुड़ते हैं, उसी तरफ वह भी मुड़ता है और एक सेकंड तक यही दांव–घात होता रहता है, यही तमाशा यहां भी हो रहा था। सुखदा को ऐसा आभास हुआ, मानो यह जानदार हैं, मानो नन्हें–नन्हें बालक गोल टोपियां लगाए जल–क्रीड़ा कर रहे हैं।

इसी वक्त नैना ने पुकारा–भाभी, आओ, नाव–नाव खेलें। मैं नाव बना रही हूं।

सुखदा ने बुलबुलों की ओर ताकते हुए जवाब दिया–तुम खेलो, मेरा जी नहीं चाहता।

नैना ने न माना। दो नावें लिए आकर सुखदा को उठाने लगी–जिसकी नाव किनारे तक पहुंच जाय उसकी जीत। पांच–पांच रुपये की बाजी।

सुखदा ने अनिच्छा से कहा–तुम मेरी तरफ से भी एक नाव छोड़ दो। जीत जाना, तो रुपये ले लेना पर उसकी मिठाई नहीं आएगी, बताए देती हूं।

'तो क्या दवाएं आएंगी?'

'वाह, उससे अच्छी और क्या बात होगी– शहर में हजारों आदमी खांसी और ज्वर में पड़े हुए हैं। उनका कुछ उपकार हो जाएगा।'

सहसा मुन्ने ने आकर दोनों नावें छीन लीं और उन्हें पानी में डालकर तालियां बजाने लगा।

नैना ने बालक का चुंबन लेकर कहा–वहां दो–एक बार रोज इसे याद करके रोती थी। न जाने क्यों बार–बार इसी की याद आती रहती थी।

'अच्छा, मेरी याद भी कभी आती थी?'

'कभी नहीं। हां, भैया की याद बार–बार आती थी– और वह इतने निठुर हैं कि छरू महीने में एक पत्र भी न भेजा। मैंने भी ठान लिया है कि जब तक उनका पत्र न आएगा, एक खत भी न लिखूंगी।'

'तो क्या सचमुच तुम्हें मेरी याद न आती थी– और मैं समझ रही थी कि तुम मेरे लिए विकल हो रही होगी। आखिर अपने भाई की बहन ही तो हो। आंख की ओट होते ही गायब।'

'मुझे तो तुम्हारे ऊपर क्रोध आता था। इन छरू महीनों में केवल तीन बार गईं और फिर भी मुन्ने को न ले गईं।'

'यह जाता, तो आने का नाम न लेता।'

'तो क्या मैं इसकी दुश्मन थी?'

'उन लोगों पर मेरा विश्वास नहीं है, मैं क्या करूं– मेरी तो यही समझ नहीं आता कि तुम वहां कैसे रहती थीं?'

'तो क्या करती, भाग आती– तब भी तो जमाना मुझी को हंसता।'

'अच्छा सच बताना, पतिदेव तुमसे प्रेम करते हैं?'

'वह तो तुम्हें मालूम ही है।'

'मैं तो ऐसे आदमी से एक बार भी न बोलती।'

'मैं भी कभी नहीं बोली।'

'सच बहुत बिगड़े होंगे– अच्छा, सारा वृत्तांत कहो। सोहागरात को क्या हुआ– देखो, तुम्हें मेरी कसम, एक शब्द भी झूठ न कहना।'

नैना माथा सिकोड़कर बोली–भाभी, तुम मुझे दिक करती हो, लेकर कसम रखा दी। जाओ, मैं कुछ नहीं बताती।

'अच्छा, न बताओ भाई, कोई जबरदस्ती है?'

यह कहकर वह उठकर ऊपर चली। नैना ने उसका हाथ पकड़कर कहा–अब भाभी कहां जाती हो, कसम तो रखा चुकीं– बैठकर सुनती जाओ। आज तक मेरी और उनकी एक बार भी बोलचाल नहीं हुई।

सुखदा ने चकित होकर कहा–अरे सच कहो...।

नैना ने व्यथित ह्रदय से कहा–हां, बिलकुल सच है, भाभी जिस दिन मैं गई उस दिन रात को वह गले में हार डाले, आंखें नशे से लाल, उन्मत्ता की भांति पहुंचे, जैसे कोई प्यादा असामी से महाजन के रुपये वसूल करने जाय। और मेरा घूघंट हटाते हुए बोले–मैं तुम्हारा घूंघट देखने नहीं आया हूं, और न मुझे यह ढकोसला पसंद है। आकर इस कुर्सी पर बैठो। मैं उन दकियानूसी मर्दों में नहीं हूं जो ये गुड़ियों के खेल खेलते हैं। तुम्हें हंसकर मेरा स्वागत करना चाहिए था और तुम घूघंट निकाले बैठी हो, मानो तुम मेरा मुंह नहीं देखना

चाहतीं। उनका हाथ पड़ते ही मेरी देह में जैसे सर्प ने काट लिया। मैं सिर से पांव तक सिहर उठी। इन्हें मेरी देह को स्पर्श करने का क्या अधिकार है– यह प्रश्न एक ज्वाला की भांति मेरे मन में उठा। मेरी आंखों से आंसू गिरने लगे, वह सारे सोने के स्वप्न, जो मैं कई दिनों से देख रही थी, जैसे उड़ गए। इतने दिनों से जिस देवता की उपासना कर रही थी, क्या उसका यही रूप था इसमें न देवत्व था, न मनुष्यत्व था। केवल मदांधाता थी, अधिकार का गर्व था और हृदयहीन निर्लज्जता थी। मैं श्रद्धा के थाल में अपनी आत्मा का सारा अनुराग, सारा आनंद, सारा प्रेम स्वामी के चरणों पर समर्पित करने को बैठी हुई थी। उनका यह रूप देखकर, जैसे थाल मेरे हाथ से छूटकर गिर पड़ा और इसका धूप–दीप–नैवे? जैसे भूमि पर बिखर गया। मेरी चेतना का एक–एक रोम, जैसे इस अधिकार–गर्व से विद्रोह करने लगा। कहां था वह आत्म–समर्पण का भाव, जो मेरे अणु–अणु में व्याप्त हो रहा था। मेरे जी में आया, मैं भी कह दूं कि तुम्हारे साथ मेरे विवाह का यह आशय नहीं है कि मैं तुम्हारी लौंडी हूं। तुम मेरे स्वामी हो, तो मैं भी तुम्हारी स्वामिनी हूं। प्रेम के शासन के सिवा मैं कोई दूसरा शासन स्वीकार नहीं कर सकती और न चाहती हूं कि तुम स्वीकार करो लेकिन जी ऐसा जल रहा था कि मैं इतना तिरस्कार भी न कर सकी। तुरंत वहां से उठकर बरामदे में आ खड़ी हुई। वह कुछ देर कमरे में मेरी प्रतीक्षा करते रहे, फिर झल्लाकर उठे और मेरा हाथ पकड़कर कमरे में ले जाना चाहा। मैंने झटके से अपना हाथ छुड़ा लिया और कठोर स्वर में बोली–मैं यह अपमान नहीं सह सकती।

आप बोले–उगरा्हि, इस रूप पर इतना अभिमान।

मेरी देह में आग लग गई। कोई जवाब न दिया। ऐसे आदमी से बोलना भी मुझे अपमानजनक मालूम हुआ। मैंने अंदर आकर किवाड़ बंद कर लिए, और उस दिन से फिर न बोली। मैं तो ईश्वर से यही मनाती हूं कि वह अपना विवाह कर लें और मुझे छोड़ दें। जो स्त्री में केवल रूप देखना चाहता है, जो केवल हाव–भाव और दिखावे का गुलाम है, जिसके लिए स्त्री केवल स्वार्थ सिद्ध साधन है, उसे मैं अपना स्वामी नहीं स्वीकार कर सकती।

सुखदा ने विनोद–भाव से पूछा–लेकिन तुमने ही अपने प्रेम का कौन–सा परिचय दिया। क्या विवाह के नाम में इतनी बरकत है कि पतिदेव आते–ही–आते तुम्हारे चरणों पर सिर रख देते –

नैना गंभीर होकर बोली–हां, मैं तो समझती हूं, विवाह के नाम में ही बरकत है। जो विवाह को धर्म का बंधन नहीं समझता है, इसे केवल वासना की तृप्ति का साधन समझता है, वह पशु है।

सहसा शान्तिकुमार पानी में लथपथ आकर खड़े हो गए।

सुखदा ने पूछा–भीग कहां गए, क्या छतरी न थी–

शान्तिकुमार ने बरसाती उतारकर अलगनी पर रख दी, और बोले–आज बोर्ड का जलसा था। लौटते वक्त कोई सवारी न मिली।

'क्या हुआ बोर्ड में– हमारा प्रस्ताव पेश हुआ?'

'वही हआ, जिसका भय था।'

'कितने वोटों से हारे।'

'सिर्फ पांच वोटों से। इन्हीं पांचों ने दगा दी। लाला धानीराम ने कोई बात उठा नहीं रखी।'

सुखदा ने हतोत्साह होकर कहा–तो फिर अब–

'अब तो समाचार–पत्रों और व्याख्यानों से आंदोलन करना होगा।'

सुखदा उत्तोजित होकर बोली–जी नहीं, मैं इतनी सहनशील नहीं हूं। लाला धानीराम और उनके सहयोगियों को मैं चौन की नींद न सोने दूंगी। इतने दिनों सबकी खुशामद करके देख लिया। अब अपनी शक्ति का प्रदर्शन करना पड़ेगा। फिर दस–बीस प्राणों की आहुति देनी पड़ेगी, तब लोगों की आंखें खुलेंगी। मैं इन लोगों का शहर में रहना मुश्किल कर दूंगी।

शान्तिकुमार लाला धानीराम से जले हुए थे। बोले–यह उन्हीं सेठ धानीराम के हथकंडे हैं।

सुखदा ने द्वेष भाव से कहा–किसी राम के हथकंडे हों, मुझे इसकी परवाह नहीं। जब बोर्ड ने एक निश्चय किया, तो उसकी जिम्मेदारी एक आदमी के सिर नहीं, सारे बोर्ड पर है। मैं इन महल–निवासियों को दिखा दूंगी कि जनता के हाथों में भी कुछ बल है। लाला धानीराम जमीन के उन टुकड़ों पर अपने पांव न जमा सकेंगे।

शान्तिकुमार ने कातर भाव से कहा–मेरे खयाल में तो इस वक्त प्रोपेगैंडा करना ही काफी है। अभी मामला तूल हो जाएगा।

ट्रस्ट बन जाने के बाद से शान्ति कुमार किसी जोखिम के काम में आगे कदम उठाते हुए घबराते थे। अब उनके ऊपर एक संस्था का भार था और अन्य साधाकों की भांति वह भी साधाना को ही सिश समझने लगे थे। अब उन्हें बात–बात में बदनामी और अपनी संस्था के नष्ट हो जाने की शंका होती थी।

सुखदा ने उन्हें फटकार बताई–आप क्या बातें कर रहे हैं, डॉक्टर साहब मैंने इन पढ़े–लिखे स्वार्थियों को खूब देख लिया। मुझे अब मालूम हो गया कि यह लोग केवल बातों के शेर हैं। मैं उन्हें दिखा दूंगी कि जिन गरीबों को तुम अब तक कुचलते आए हो, वही अब सांप बनकर तुम्हारे पैरों से लिपट जाएंगे। अब तक यह लोग उनसे रिआयत चाहते थे, अब अपना हक मांगेंगे। रिआयत न करने का उन्हें अख्तियार है, पर हमारे हक से हमें कौन वंचित रख सकता है– रिआयत के लिए कोई जान नहीं देता, पर हक के लिए जान देना सब जानते हैं। मैं भी देखूंगी, लाला धानीराम और उनके पिट्ठू कितने पानी में हैं–

यह कहती हुई सुखदा पानी बरसते में कमरे से निकल आई।

एक मिनट के बाद शान्तिकुमार ने नैना से पूछा–कहां चली गईं– बहुत जल्द गरम हो जाती हैं।

नैना ने इधर–उधर देखकर कहार से पूछा, तो मालूम हुआ, सुखदा बाहर चली गई। उसने आकर शान्ति कुमार से कहा।

शान्तिकुमार ने विस्मित होकर कहा–इस पानी में कहां गई होंगी– मैं डरता हूं, कहीं हड़ताल–वड़ताल न कराने लगें। तुम तो वहां जाकर मुझे भूल गईं नैना, एक पत्र भी न लिखा। एकाएक उन्हें ऐसा जान पड़ा कि उनके मुंह से एक अनुचित बात निकल गई है। उन्हें नैना से यह प्रश्न न पूछना चाहिए था। इसका वह जाने मन में क्या आशय समझे। उन्हें यह मालूम हुआ, जैसे कोई उसका गला दबाए हुए है। वह वहां से भाग जाने के लिए रास्ता खोजने लगे। वह अब यहां एक क्षण भी नहीं बैठ सकते। उनके दिल में हलचल होने लगी, कहीं नैना अप्रसन्न होकर कुछ कह न बैठे ऐसी मूर्खता उन्होंने कैसे कर डाली अब तो उनकी इज्जत ईश्वर के हाथ है।

नैना का मुख लाल हो गया। वह कुछ जवाब न देकर मुन्ने को पुकारती हुई कमरे से निकल गई। शान्तिकुमार मूर्तिवत बैठे रहे। अंत को वह उठकर सिर झुकाए इस तरह चले, मानो जूते पड़ गए हों। नैना का यह आरक्त मुख–मंडल एक दीपक की भांति उनके अन्तरूपट को जैसे जलाए डालता था।

नैना ने सहृदयता से कहा–कहां चले डॉक्टर साहब, पानी तो निकल जानेदीजिए।

शान्तिकुमार ने कुछ बोलना चाहा, पर शब्दों की जगह कंठ में जैसे नमक का डला पड़ा हुआ था। वह जल्दी से बाहर चले गए, इस तरह लड़खड़ाते हुए, मानो अब गिरे तब गिरे। आंखों में आंसुओं का सफर उमड़ा हुआ था।

बारह

अब भी मूसलाधार वर्षा हो रही थी। संध्या से पहले संध्या हो गई थी। और सुखदा ठाकुरद्वारे में बैठी हुई ऐसी हड़ताल का प्रबंध कर रही थी, जो म्युनिसिपल बोर्ड और उसके कर्ण–धारों का सिर हमेशा के लिए नीचा कर दे, उन्हें हमेशा के लिए सबक मिल जाय कि जिन्हें वे नीच समझते हैं, उन्हीं की दया और सेवा पर उनके जीवन का आधार है। सारे नगर में एक सनसनी–सी छाई हुई है, मानो किसी शत्रु ने नगर को घेर लिया हो। कहीं धोंबियों का जमाव हो रहा है, कहीं चमारों का, कहीं मेहतरों का। नाई–कहारों की पंचायत अलग हो रही है। सुखदादेवी की आज्ञा कौन टाल सकता था– सारे शहर में इतनी जल्द संवाद फैल गया कि यकीन न आता था। ऐसे अवसरों पर न जाने कहां से दौड़ने वाले निकल आते हैं, जैसे हवा में भी हलचल होने लगती है। महीनों से जनता को आशा हो रही थी कि नए–नए घरों में रहेंगे, साफ–सुथरे हवादार घरों में, जहां धूप होगी, हवा होगी, प्रकाश होगा। सभी एक नए जीवन का स्वप्न देख रहे थे। आज नगर के अधिकारियों ने उनकी सारी आशाएं धूल में मिला दीं।

नगर की जनता अब उस दशा में न थी कि उस पर कितना ही अन्याय हो और वह चुपचाप सहती जाय। उसे अपने स्वत्व का ज्ञान हो चुका था उन्हें मालूम हो गया था कि उन्हें भी आराम से रहने का उतना ही अधिकार है, जितना धानियों को। एक बार संगठित आग्रह की सफलता देख चुके थे। अधिकारियों की यह निरंकुशता, यह स्वार्थपरता उन्हें असह्य हो गई। और यह कोई सिद्धांत की राजनैतिक लड़ाई न थी, जिसका प्रत्यक्ष स्वरूप जनता की समझ में मुश्किल से आता है। इस आंदोलन का तत्काल फल उनके सामने था। भावना या कल्पना पर जोर देने की जरूरत न थी। शाम होते–होते ठाकुरद्वारे में अच्छा–खासा बाजार लग गया।

धोंबियों का चौधरी मैकू अपनी बकरे–की–सी दाढ़ी हिलाता हुआ बोला, नशे से आंखें लाल थीं–कपड़े बना रहा था कि खबर मिली। भागा आ रहा हूं। घर में कहीं कपड़े रखने की जगह नहीं है। गीले कपड़े कहां सूखें–इस पर जगन्नाथ मेहरा ने डांटा–झूठ न बोलो मैकू, तुम कपड़े बना रहे थे अभी–सीधो ताड़ीखाने से चले आ रहे हो। कितना समझाया गया पर तुमने अपनी टेब न छोड़ी।

मैकू ने तीखे होकर कहा–लो, अब चुप रहो चौधरी, नहीं अभी सारी कलई खोल दूंगा। घर में बैठकर बोतल–के–बोतल उड़ा जाते हो और यहां आकर सेखी बघारते हो।

मेहतरों का जमादार मतई खड़े होकर अपनी जमादारी की शान दिखाकर बोला–पंचो, यह बखत बदहवाई बातें करने का नहीं है। जिस काम के लिए देवीजी ने बुलाया है, उसको देखो और फैसला करो कि अब हमें क्या करना है– उन्हीं बिलों में पड़े सड़ते रहें, या चलकर हाकिमों से फरियाद करें।

सुखदा ने विद्रोह–भरे स्वर में कहा–हाकिमों से जो कुछ कहना–सुनना था, कह–सुन चुके, किसी ने भी कान न दिया। छरू महीने से यही कहा–सुनी हो रही है। लेकिन अब तक उसका कोई फल न निकला, तो अब क्या निकलेगा– हमने आरजू–मिन्नत से काम निकालना चाहा था पर मालूम हुआ, सीधी उंगली से घी नहीं निकलता। हम जितना दबेंगे, यह बड़े आदमी हमें उतना ही दबाएंगे, आज तुम्हें तय करना है कि तुम अपने हक के लिए लड़ने को तैयार हो या नहीं।

चमारों का मुखिया सुमेर लाठी टेकता हुआ, मोटे चश्मे लगाए पोपले मुंह से बोला–अरज–माईद करने के सिवा और हम कर ही क्या सकते हैं– हमारा क्या बस है–

मुरली खटीक ने बड़ी–बड़ी मूंछों पर हाथ फेरकर कहा–बस कैसे नहीं है– हम आदमी नहीं हैं कि हमारे बाल–बच्चे नहीं हैं– किसी को तो महल और बंगला चाहिए, हमें कच्चा घर भी न मिले। मेरे घर में पांच जने हैं उनमें से चार आदमी महीने भर से बीमार हैं। उस कालकोठरी में बीमार न हों, तो क्या हो– सामने से फंदा नाला बहता है। सांस लेते नाक फटती है।

ईदू कुंजडा अपनी झुकी हुई कमर को सीधी करने की चेष्टा करते हुए बोला–अगर मुझपर में आराम करना लिखा होता, तो हम भी किसी बड़े आदमी के घर न पैदा होते– हाफिज हलीम आज बड़े आदमी हो गए हैं, नहीं मेरे सामने जूते बेचते थे। लड़ाई में बन गए। अब रईसों के ठाठ हैं। सामने चला जाऊं तो पहचानेंगे नहीं। नहीं तो पैसे–धोले की मूली–तुरई उधार ले जाते थे। अल्लाह बड़ा कारसाज है। अब तो लड़का भी हाकिम हो गया है। क्या पूछना है–

जंगली घोसी पूरा काला देव था। शहर का मशहूर पहलवान। बोला–मैं तो पहले ही जानता था, कुछ होना–हवाना नहीं है। अमीरों के सामने हमें कौन पूछता है–

अमीर बेग पतली, लंबी गरदन निकालकर बोला–बोर्ड के फैसले की अपील तो कहीं होती होगी– हाईकोर्ट में अपील करनी चाहिए। हाईकोर्ट न सुने, तो बादशाह से फरियाद की जाय।

सुखदा ने मुस्कराकर कहा–बोर्ड के फैसले की अपील वही है, जो इस वक्त तुम्हारे सामने हो रही है। आप ही लोग हाईकोर्ट हैं, आप ही लोग जज हैं। बोर्ड अमीरों का मुंह देखता है। गरीबों के मुहल्ले खोद–खोदकर फेंक दिए जाते हैं, इसलिए कि अमीरों के महल बनें। गरीबों को दस–पांच रुपये मुआवजा देकर उसी जमीन के हजारों वसूल किए जाते हैं। उन रुपयों से अफसरों को बड़ी–बड़ी तनख्वाह दी जाती हैं। जिस जमीन पर हमारा दावा था, वह लाला धानीराम को दे दी गई। वहां उनके बंगले बनेंगे। बोर्ड को रुपये से प्यार है, तुम्हारी जान की उनकी निगाह में कोई कीमत नहीं। इन स्वार्थियों से इंसाफ की आशा छोड़ दो। तुम्हारे पास इतनी शक्ति है, उसका उन्हें खयाल नहीं है। वे समझते हैं, यह गरीब लोग हमारा कर ही क्या सकते हैं– मैं कहती हूं, तुम्हारे ही हाथों में सब कुछ है। हमें लड़ाई नहीं करनी है, फसाद नहीं करना है। सिर्फ हड़ताल करना है, यह दिखाने के लिए कि तुमने बोर्ड के फैसले को मजूंर नहीं किया और यह हड़ताल एक–दो दिन की नहीं होगी। यह उस वक्त तक रहेगी जब तक बोर्ड अपना फैसला रप्र करके हमें जमीन न दे दे। मैं जानती हूं, ऐसी हड़ताल करना आसान नहीं है। आप लोगों में बहुत ऐसे हैं, जिनके घर में एक दिन का भी भोजन नहीं है मगर वह भी जानती हूं कि बिना तकलीफ उठाए आराम नहीं मिलता।

सुमेर की जूते की दूकान थी। तीन–चार चमार नौकर थे। खुद जूते काट दिया करता था। मजूर से पूंजीपति बन गया था। घास वालों और साईसों को सूद पर रुपये भी उधार दिया करता था। मोटी ऐनकों के पीछे से बिज्जू की भांति ताकता हुआ बोला–हड़ताल होना तो हमारी बिरादरी में मुश्किल है, बहूजी यों आपका गुलाम हूं और जानता हूं कि आप जो कुछ करेंगी, हमारी ही भलाई के लिए करेंगी पर हमारी बिरादरी में हड़ताल होना मुश्किल है। बेचारे दिन–भर घास काटते हैं, सांझ को बेचकर आटा–दाल जुटाते हैं, तब कहीं चूल्हा जलता है। कोई सहीस है, कोई कोचवान, बेचारों की नौकरी जाती रहेगी। अब तो सभी जाति वाले सहीसी, कोचवानी करते हैं। उनकी नौकरी दूसरे उठा लें, तो बेचारे कहां जाएंगे–

सुखदा विरोध सहन न कर सकती थी। इन कठिनाइयों का उसकी निगाह में कोई मूल्य न था। तिनककर बोली–तो क्या तुमने समझा था कि बिना कुछ किए–धारे अच्छे मकान रहने को मिल जाएंगे– संसार में जो अधिक से अधिक कष्ट सह सकता है, उसी की विजय होती है।

मतई जमादार ने कहा–हड़ताल से नुकसान तो सभी का होगा, क्या तुम हुए, क्या हम हुए लेकिन बिना धुएं के आग नहीं जलती। बहूजी के सामने हम

लोगों ने कुछ न किया, तो समझ लो, जन्म–भर ठोकर खानी पड़ेगी। फिर ऐसा कौन है, जो हम गरीबों का दुख–दर्द समझेगा। जो कहो नौकरी चली जाएगी, तो नौकर तो हम सभी हैं। कोई सरकार का नौकर है, कोई रईस का नौकर है। हमको यहां कौल–कसम भी कर लेनी होगी कि जब तक हड़ताल रहे, कोई किसी की जगह पर न जाय, चाहे भूखों मर भले ही जाएं।

सुमेर ने मतई को झिड़क दिया–तुम जमादार, बात समझते नहीं, बीच में कूद पड़ते हो। तुम्हारी और बात है, हमारी और बात है। हमारा काम सभी करते हैं, तुम्हारा काम और कोई नहीं कर सकता।

मैकू ने सुमेर का समर्थन किया–यह तुमने बहुत ठीक कहा, सुमेर चौधरी हमीं को देखो। अब पढ़े–लिखे आदमी धुलाई का काम करने लगे हैं। जगह–जगह कंपनी खुल गई हैं। ग्राहक के यहां पहुंचने में एक दिन की भी देर हो जाती है, तो वह कपड़े कंपनी भेज देता है। हमारे हाथ से ग्राहक निकल जाता है। हड़ताल दस–पांच दिन चली, तो हमारा रोजगार मिट्टी में मिल जाएगा। अभी पेट की रोटियां तो मिल जाती हैं। तब तो रोटियों के लाले पड़ जाएंगे।

मुरली खटीक ने ललकारकर कहा–जब कुछ करने का बूता नहीं तो लड़ने किस बिरते पर चले थे– क्या समझते थे, रो देने से दूध मिल जाएगा– वह जमाना अब नहीं है। अगर अपना और बाल–बच्चों का सुख देखना चाहते हो, तो सब तरह की आफत–बला सिर पर लेनी पड़ेगी। नहीं जाकर घर में आराम से बैठो और मक्खियों की तरह मरो।

ईदू ने धार्मिक गंभीरता से कहा–होगा, वही जो मुझ पर में है। हाय–हाय करने से कुछ होने को नहीं। हाफिज हलीम तकदीर ही से बड़े आदमी हो गए। अल्लाह की रजा होगी, तो मकान बनते देर न लगेगी।

जंगली ने इसका समर्थन किया–बस, तुमने लाख रुपये की बात कह दी, ईदू मियां हमारा दूध का सौदा ठहरा। एक दिन दूध न पहुंचे या देर हो जाय, तो लोग घुड़कियां जमाने लगते हैं–हम डेरी से दूध लेंगे, तुम बहुत देर करते हो। हड़ताल दस–पांच दिन चल गई, तो हमारा तो दिवाला निकल जाएगा। दूध तो ऐसी चीज नहीं कि आज न बिके, कल बिक जाय।

ईदू बोला–वही हाल तो साफ–पात का भी है भाई, फिर बरसात के दिन हैं, सुबू की चीज शाम को सड़ जाती है, और कोई सेंत में भी नहीं पूछता।

अमीरबेग ने अपनी सारस की–सी गर्दन उठाई–बहूजी, मैं तो कोई कायदा–कानून नहीं जानता मगर इतना जानता हूं, कि बादशाह रैयत के साथ

इंसाफ जरूर करते हैं। रातों को भेस बदलकर रैयत का हाल–चाल जानने के लिए निकलते हैं, अगर ऐसी अरजी तैयार की जाय जिस पर हम सबके दसखत हों और बादशाह के सामने पेश की जाय, तो उस पर जरूर लिहाज किया जाएगा।

सुखदा ने जगन्नाथ की ओर आशा–भरी आंखों से देखकर कहा–तुम क्या कहते हो जगन्नाथ, इन लोगों ने तो जवाब दे दिया–

जगन्नाथ ने बगलें झांकते हुए कहा–तो बहूजी, अकेला चना तो भाड़ नहीं फोड़ सकता। अगर सब भाई साथ दें तो मैं तैयार हूं। हमारी बिरादरी का आधार नौकरी है। कुछ लोग खोंचे लगाते हैं, कोई डोली ढोता है पर बहुत करके लोग बड़े आदमियों की सेवा–टहल करते हैं। दो–चार दिन बड़े घरों की औरतें भी घर का काम–काज कर लेंगी। हम लोगों का तो सत्यानाश ही हो जाएगा।

सुखदा ने उसकी ओर से मुंह फेर लिया और मतई से बोली–तुम क्या कहते हो, क्या तुमने भी हिम्मत छोड़ दी–

मतई ने छाती ठोकर कहा–बात कहकर निकल जाना पाजियों का काम है, सरकार आपका जो हुक्म होगा, उससे बाहर नहीं जा सकता। चाहे जान रहे या जाए। बिरादरी पर भगवान् की दया से इतनी धाक है कि जो बात मैं कहूंगा, उसे कोई दुलक नहीं सकता।

सुखदा ने निश्चय–भाव से कहा–अच्छी बात है, कल से तुम अपनी बिरादरी की हड़ताल करवा दो। और चौधरी लोग जाएं। मैं खुद घर–घर घूमूंगी, द्वार–द्वार जाऊंगी, एक–एक के पैर पडूंगी और हड़ताल कराके छोडूंगी और हड़ताल न हुई, तो मुंह में कालिख लगाकर डूब मरूंगी। मुझे तुम लोगों से बड़ी आशा थी, तुम्हारा बड़ा जोर था, अभिमान था। तुमने मेरा अभिमान तोड़ दिया।

यह कहती हुई वह ठाकुरद्वारे से निकलकर पानी में भीगती हुई चली गई। मतई भी उसके पीछे–पीछे चला गया। और चौधरी लोग अपनी अपराधी सूरतें लिए बैठे रहे।

एक क्षण के बाद जगन्नाथ बोला–बहूजी ने शेर कलेजा पाया है।

सुमेर ने पोपला मुंह चबलाकर कहा–लक्ष्मी की औतार है। लेकिन भाई, रोजगार तो नहीं छोड़ा जाता। हाकिमों की कौन चलाए, दस दिन, पंद्रह दिन न सुनें तो यहां तो मर मिटेंगे।

ईदू को दूर की सूझी–मर नहीं मिटेंगे पंचो, चौधरियों को जेहल में ठूंस दिया जाएगा। हो किस फेर में– हाकिमों से लड़ना ठट्ठा नहीं।

जंगली ने हामी भरी–हम क्या खाकर रईसों से लड़ेंगे– बहूजी के पास धन है, इलम है, वह अफसरों से दो–दो बातें कर सकती हैं। हर तरह का नुकसान सह सकती हैं। हमार तो बधिया बैठ जाएगी।

किंतु सभी मन में लज्जित थे, जैसे मैदान से भागा सिपाही। उसे अपने प्राणों के बचाने का जितना आनंद होता है, उससे कहीं ज्यादा भागने की लज्जा होती है। वह अपनी नीति का समर्थन मुंह से चाहे कर ले, हृदय से नहीं कर सकता।

जरा देर में पानी रूक गया और यह लोग भी यहां से चले लेकिन उनके उदास चेहरों में, उनकी मंद चाल में, उनके झुके हुए सिरों में, उनके चिंतामय मौन में, उनके मन के भाव साफ झलक रहे थे।

सुखदा घर पहुंची, तो बहुत उदास थी। सार्वजनिक जीवन में हार उसे यह पहला अनुभव था और उसका मन किसी चाबुक खाए हुए अल्हड़ बछेड़े की तरह सारा साज और बम और बंधन तोड़–ताड़कर भाग जाने के लिए व्यग्र हो रहा था। ऐसे कायरों से क्या आशा की जा सकती है जो लोग स्थायी लाभ के लिए थोड़े–से कष्ट नहीं उठा सकते, उनके लिए संसार में अपमान और दुरूख के सिवा और क्या है–

नैना मन में इस हार पर खुश थी। अपने घर में उसकी कुछ पूछ न थी, उसे अब तक अपमान–ही–अपमान मिला था, फिर भी उसका भविष्य उसी घर से संबश हो गया था। अपनी आंखें दुखती हैं, तो फोड़ नहीं दी जातीं। सेठ धानीराम ने जमीन हजारों में खरीदी थी, थोड़े ही दिनों में उनके लाखों में बिकने की आशा थी। वह सुखदा से कुछ कह तो न सकती थी पर यह आंदोलन उसे बुरा मालूम होता था। सुखदा के प्रति अब उसको वह भक्ति न रही थी। अपनी द्वेष–त्ष्णा शांत करने ही के लिए तो वह आग लगा रही है इन तुच्छ भावनाओं से दबकर सुखदा उसकी आंखों में कुछ संकुचित हो गई थी।

नैना ने आलोचक बनकर कहा–अगर यहां के आदमियों को संगठित कर लेना इतना आसान होता, तो आज यह दुर्दशा ही क्यों होती–

सुखदा आवेश में बोली–हड़ताल तो होगी, चाहे चौधरी लोग मानें या न मानें। चौधरी मोटे हो गए हैं और मोटे आदमी स्वार्थी हो जाते हैं।

नैना ने आपत्ति की–डरना मनुष्य के लिए स्वाभाविक है। जिसमें पुरुषार्थ है, ज्ञान है, बल है, वह बाधाओं को तुच्छ समझ सकता है। जिसके पास व्यंजनों से भरा हुआ थाल है, वह एक टुकड़ा कुत्तो के सामने फेंक सकता है, जिसके पास एक ही टुकड़ा हो वह उसी से चिमटेगा।

सुखदा ने मानो इस कथन को सुना ही नहीं—मंदिर वाले झगड़े में न जाने सभी में कैसे साहस आ गया था। मैं एक बार वही कांड दिखा देना चाहती हूं।

नैना ने कांपकर कहा—नहीं भाभी, इतना बड़ा भार सिर पर मत लो। समय आ जाने पर सब—कुछ आप ही हो जाता है। देखो, हम लोगों के देखते—देखते बाल—विवाह, छूत—छात का रिवाज कम हो गया। शिक्षा का प्रचार कितना बढ़ गया। समय आ जाने पर गरीबों के घर भी बन जाएंगे।

'यह तो कायरों की नीति है। पुरुषार्थ वह है, जो समय को अपने अनुकूल बनाए।'

'इसके लिए प्रचार करना चाहिए।'

'छरू महीने वाली राह है।'

'लेकिन जोखिम तो नहीं है।'

'जनता को मुझ पर विश्वास नहीं है।'

एक क्षण बाद उसने फिर कहा—अभी मैंने ऐसी कौन—सी सेवा की है कि लोगों को मुझ पर विश्वास हो। दो—चार घंटे गलियों में चक्कर लगा लेना कोई सेवा नहीं है।

'मैं तो समझती हूं, इस समय हड़ताल कराने से जनता की थोड़ी बहुत सहानुभूति जो है, वह भी गायब हो जाएगी।'

सुखदा ने अपनी जांघ पर हाथ पटककर कहा—सहानुभूति से काम चलता, तो फिर रोना किस बात का था— लोग स्वेच्छा से नीति पर चलते, तो कानून क्यों बनाने पड़ते— मैं इस घर में रहकर और अमीर का ठाट रखकर जनता के दिलों पर काबू नहीं पा सकती। मुझे त्याग करना पड़ेगा। इतने दिनों से सोचती ही रह गई।

दूसरे दिन शहर में अच्छी—खासी हड़ताल थी। मेहतर तो एक भी काम करता न नजर आता था। कहारों और इक्के—गाड़ी वालों ने भी काम बंद कर दिया था। साफ—भाजी की दूकानें भी आधी से ज्यादा बंद थीं। कितने ही घरों में दूध के लिए हाय—हाय मची हुई थी। पुलिस दूकानें खुलवा रही थी और मेहतरों को काम पर लाने की चेष्टा कर रही थी। उधर जिले के अधिकारी मंडल में इस समस्या को हल करने का विचार हो रहा था। शहर के रईस और अमीर भी उसमें शामिल थे।

दोपहर का समय था। घटा उमड़ी चली आती थी, जैसे आकाश पर पीला लेप किया जा रहा हो। सड़कों और गलियों में जगह—जगह पानी जमा था।

उसी कीचड़ में जनता इधर–उधर दौड़ती फिरती थी। सुखदा के द्वार पर एक भीड़ लगी हुई थी कि सहसा शान्तिकुमार घुटने तक कीचड़ लपेटे आकर बरामदे में खड़े हो गए। कल की बातों के बाद आज वहां आते उन्हें संकोच हो रहा था। नैना ने उन्हें देखा पर अंदर न बुलाया सुखदा अपनी माता से बातें कर रही थी। शान्तिकुमार एक क्षण खड़े रहे, फिर हताश होकर चलने को तैयार हुए।

सुखदा ने उनकी रोनी सूरत देखी, फिर भी उन पर व्यंग्य–प्रहार करने से न चूकी– किसी ने आपको यहां आते देख तो नहीं लिया, डॉक्टर साहब–

शान्तिकुमार ने इस व्यंग्य की चोट को विनोद से रोका–खूब देख–भालकर आया हूं। कोई यहां देख भी लेगा, तो कह दूंगा, रुपये उधार लेने आया हूं।

रेणुका ने डॉक्टर साहब से देवर का नाता जोड़ लिया था। आज सुखदा ने कल का वृत्तांत सुनाकर उसे डॉक्टर साहब को आड़े हाथों लेने की सामग्री दे दी थी, हालांकि अदृश्य रूप से डॉक्टर साहब के नीति–भेद का कारण वह खुद थीं। उन्हीं ने ट्रस्ट का भार उनके सिर पर रखकर उन्हें सचिंत कर दिया था।

उसने डॉक्टर का हाथ पकड़कर कुर्सी पर बैठाते हुए कहा–तो चूड़ियां पहनकर बैठो ना, यह मूंछें क्यों बढ़ा ली हैं–

शान्तिकुमार ने हंसते हुए कहा–मैं तैयार हूं, लेकिन मुझसे शादी करने के लिए तैयार रहिएगा। आपको मर्द बनना पड़ेगा।

रेणुका ताली बजाकर बोली–मैं तो बूढ़ी हुई लेकिन तुम्हारा खसम ऐसा ढूंढूंगी जो तुम्हें सात परदों के अंदर रखे और गालियों से बात करे। गहने मैं बनवा दूंगी। सिर में सिंदूर डालकर घूंघट निकाले रहना। पहले खसम खा लेगा, तो उसका जूठन मिलेगा, समझ गए, और उसे देवता का प्रसाद समझ कर खाना पड़ेगा। जरा भी नाक–भौं सिकोड़ी, तो कुलच्छनी कहलाओगे। उसके पांव दबाने पड़ेंगे, उसकी धोती छांटनी पड़ेगी। वह बाहर से आएगा तो उसके पांव धोने पड़ेंगे, और बच्चे भी जनने पड़ेंगे। बच्चे न हुए, तो वह दूसरा ब्याह कर लेगा फिर घर में लौंडी बनकर रहना पड़ेगा।

शान्तिकुमार पर लगातार इतनी चोटें पड़ीं कि हंसी भूल गई। मुंह जरा–सा निकल आया। मुर्दनी ऐसी छा गई जैसे मुंह बंध गया। जबड़े फैलाने से भी न फैलते थे। रेणुका ने उनकी दो–चार बार पहले भी हंसी की थी पर आज तो उन्हें रूलाकर छोड़ा। परिहास में औरत अजेय होती है, खासकर जब वह बूढ़ी हो।

उन्होंने घड़ी देखकर कहा–एक बज रहा है। आज तो हड़ताल अच्छी तरह रही।

रेणुका ने फिर चुटकी ली–आप तो घर में लेटे थे, आपको क्या खबर–

शान्तिकुमार ने अपनी कारगुजारी जताई–उन आराम से लेटने वालों में मैं नहीं हूं। हरेक आंदोलन में ऐसे आदमियों की भी जरूरत होती है, जो गुप्त रूप से उसकी मदद करते रहें। मैंने अपनी नीति बदल दी है और मुझे अनुभव हो रहा है कि इस तरह कुछ कम सेवा नहीं कर सकता। आज नौजवान–सभा के दस–बारह युवकों को तैनात कर आया हूं, नहीं इसकी चौथाई हड़ताल भी न होती।

रेणुका ने बेटी की पीठ पर एक थपकी देकर कहा–जब तू इन्हें क्यों बदनाम कर रही थी– बेचारे ने इतनी जान खपाई, फिर भी बदनाम हुए। मेरी समझ में भी यह नीति आ रही है। सबका आग में कूदना अच्छा नहीं।

शान्तिकुमार कल के कार्यक्रम का निश्चय करके और सुखदा को अपनी ओर से आश्वस्त करके चले गए।

संध्या हो गई थी। बादल खुल गए थे और चांद की सुनहरी जोत पृथ्वी के आंसुओं से भीगे हुए मुख पर मात–स्नेह की वर्षा कर रही थी। सुखदा संध्या करने बैठी हुई थी। उस गहरे आत्म–चिंतन में उसके मन की दुर्बलता किसी हठीले बालक की भांति रोती हुई मालूम हुई। मनीराम ने उसका वह अपमान न किया होता, तो वह हड़ताल के लिए क्या इतना जोर लगाती–

उसके अभिमान ने कहा–हां–हां, जरूर लगाती। यह विचार बहुत पहले उसके मन में आया था। धानीराम को हानि होती है, तो हो, इस भय से वह 'कर्तव्य का त्याग क्यों करे– जब वह अपना सर्वस्व इस उद्योग के लिए होम करने को तुली हुई है, तो दूसरों के हानि–लाभ की क्या चिंता हो सकती है–

इस तरह मन को समझाकर उसने ।सधया समाप्त की और नीचे उतरी ही थी कि लाला समरकान्त आकर खडे। हो गए। उनके मुख पर विषाद की रेखा झलक रही थी और होंठ इस तरह गड़क रहे थे, मानो मन का आवेश बाहर निकलने के लिए विकल हो रहा हो।

सुखदा ने पूछा–आप कुछ घबराए हुए हैं दादाजी, क्या बात है–

समरकान्त की सारी देह कांप उठी। आंसुओं के वेग को बलपूर्वक रोकने की चेष्टा करके बोले–एक पुलिस कर्मचारी अभी दूकान पर ऐसी सूचना दे गया है कि क्या कहूं।

यह कहते–कहते उनका कंठ–स्वर जैसे गहरे जल में डुबकियां खाने लगा।

सुखदा ने आशंकित होकर पूछा–तो कहिए न, क्या कह गया है– हरिद्वार में तो सब कुशल है–

समरकान्त ने उसकी आशंकाओं को दूसरी ओर बहकते देख जल्दी से कहा–नहीं–नहीं, उधर की कोई बात नहीं है। तुम्हारे विषय में था। तुम्हारी गिरफ्तारी का वारंट निकल गया है।

सुखदा ने हंसकर कहा–अच्छा मेरी गिरफ्तारी का वारंट है तो उसके लिए आप इतना क्यों घबरा रहे हैं– मगर आखिर मेरा अपराध क्या है–

समरकान्त ने मन को संभालकर कहा–यही हड़ताल है। आज अफसरों में सलाह हुई हैं। और वहां यही निश्चय हुआ कि तुम्हें और चौधरियों को पकड़ लिया जाय। इनके पास दमन ही एक दवा है। असंतोष के कारणों को दूर न करेंगे, बस, पकड़–धकड़ से काम लेंगे, जैसे कोई माता भूख से रोते बालक को पीटकर चुप कराना चाहे।

सुखदा शांत भाव से बोली–जिस समाज का आधार ही अन्याय पर हो, उसकी सरकार के पास दमन के सिवा और क्या दवा हो सकती है– लेकिन इससे कोई यह न समझे कि यह आंदोलन दब जाएगा, उसी तरह, जैसे कोई गेंद टक्कर खाकर और जोर से उछलती है, जितने ही जोर की टक्कर होगी, उतने ही जोर की प्रतिक्रिया भी होगी।

एक क्षण के बाद उसने उत्तोजित होकर कहा–मुझे गिरफ्तार कर लें। उन लाखों गरीबों को कहां ले जाएंगे, जिनकी आहें आसमान तक पहुंच रही हैं। यही आहें एक दिन किसी ज्वालामुखी की भांति फटकर सारे समाज और समाज के साथ सरकार को भी विधवंस कर देंगी अगर किसी की आंखें नहीं खुलतीं, तो न खुलें। मैंने अपना कर्तव्य पूरा कर दिया। एक दिन आएगा, जब आज के देवता कल कंकर–पत्थर की तरह उठा–उठाकर गलियों में फेंक दिए जाएंगे और पैरों से ठुकराए जाएंगे। मेरे गिरफ्तार हो जाने से चाहे कुछ दिनों के लिए

अधिकारियों के कानों में हाहाकार की आवाजें न पहुंचें लेकिन वह दिन दूर नहीं है, जब यही आंसू चिंगारी बनकर अन्याय को भस्म कर देंगे। इसी राख से वह अग्नि प्रज्वलित होगी, जिसकी आंदोलन शाखाएं आकाश तक को हिला देंगी।

समरकान्त पर इस प्रलाप का कोई असर न हुआ। वह इस संकट को टालने का उपाय सोच रहे थे। डरते–डरते बोले–एक बात कहूं, बुरा न मानो। जमानत...।

सुखदा ने त्योरियां बदलकर कहा—नहीं, कदापि नहीं। मैं क्यों जमानत दूं– क्या इसलिए कि अब मैं कभी जबान न खोलूंगी, अपनी आंखों पर पट्टी बंध लूंगी, अपने मुंह पर जाली लगा लूंगी– इससे तो यह कहीं अच्छा है कि अपनी आंखें फोड़ लूं, जबान कटवा दूं।

समरकान्त की सहिष्णुता अब सीमा तक पहुंच चुकी थी गरजकर बोले—अगर तुम्हारी जबान काबू में नहीं है, तो कटवा लो। मैं अपने जीते—जी यह नहीं देख सकता कि मेरी बहू गिरफ्तार की जाए और मैं बैठा देखूं। तुमने हड़ताल करने के लिए मुझसे पूछ क्यों न लिया– तुम्हें अपने नाम की लाज न हो, मुझे तो है। मैंने जिस मर्यादा—रक्षा के लिए अपने बेटे को त्याग दिया, उस मर्यादा को मैं तुम्हारे हाथों न मिटने दूंगा।

बाहर से मोटर का हार्न सुनाई दिया। सुखदा के कान खड़े हो गए। वह आवेश में द्वार की ओर चली। फिर दौड़कर मुन्ने को नैना की गोद से लेकर उसे हृदय से लगाए हुए अपने कमरे में जाकर अपने आभूषण उतारने लगी। समरकान्त का सारा क्रोध कच्चे रंग की भांति पानी पड़ते ही उड़ गया। लपककर बाहर गए और आकर घबराए हुए बोले—बहू, डिप्टी आ गया। मैं जमानत देने जा रहा हूं। मेरी इतनी याचना स्वीकार करो। थोड़े दिनों का मेहमान हूं। मुझे मर जाने दो फिर जो कुछ जी में आए करना।

सुखदा कमरे के द्वार पर आकर दृढ़ता से बोली—मैं जमानत न दूंगी, न इस मुआमले की पैरवी करूंगी। मैंने कोई अपराध नहीं किया है।

समरकान्त ने जीवन भर में कभी हार न मानी थी पर आज वह इस अभिमानिनी रमणी के सामने परास्त खड़े थे। उसके शब्दों ने जैसे उनके मुंह पर जाली लगा दी। उन्होंने सोचा—स्त्रियों को संसार अबला कहता है। कितनी बड़ी मूर्खता है। मनुष्य जिस वस्तु को प्राणों से भी प्रिय समझता है, वह स्त्री की मुट्ठी में है।

उन्होंने विनय के साथ कहा—लेकिन अभी तुमने भोजन भी तो नहीं किया। खड़ी मुंह क्या ताकती है नैना, क्या भंग खा गई है जा, बहू को खाना खिला दे। अरे ओ महराज। महरा। यह ससुरा न जाने कहां मर रहा– समय पर एक भी आदमी नजर नहीं आता। तू बहू को ले जा रसोई में नैना, मैं कुछ मिठाई लेता आऊं। साथ—साथ कुछ खाने को तो ले जाना ही पड़ेगा।

कहार ऊपर बिछावन लगा रहा था। दौड़ा हुआ आकर खड़ा हो गया। समरकान्त ने उसे जोर से एक धौल मारकर कहा—कहां था तू– इतनी देर से

पुकार रहा हूं, सुनता नहीं किसके लिए बिछावन लगा रहा है, ससुर बहू जा रही है। जा दौड़कर बाजार से मिठाई ला। चौक वाली दुकान से लाना।

सुखदा आग्रह के साथ बोली–मिठाई की मुझे बिलकुल जरूरत नहीं है और न कुछ खाने की ही इच्छा है। कुछ कपड़े लिए जाती हूं, वही मेरे लिए काफी हैं।

बाहर से आवाज आई–सेठजी, देवीजी को जल्दी भेजिए, देर हो रही है।

समरकान्त बाहर आए और अपराधी की भांति खड़े गए।

डिप्टी दुहरे बदन का, रोबदार, पर हंसमुख आदमी था, जो और किसी विभाग में अच्छी जगह न पाने के कारण पुलिस में चला आया था। अनावश्यक अशिष्टता से उसे घृणा थी और यथासाध्य रिश्वत न लेता था। पूछा–कहिए क्या राय हुई–

समरकान्त ने हाथ बंधकर कहा–कुछ नहीं सुनती हुजूर, समझाकर हार गया। और मैं उसे क्या समझाऊं– मुझे वह समझती ही क्या है– अब तो आप लोगों की दया का भरोसा है। मुझसे जो खिदमत कहिए, उसके लिए हाजिर हूं। जेलर साहब से तो आपका रब्त–जब्त होगा ही, उन्हें भी समझा दीजिएगा। कोई तकलीफ न होने पावे। मैं किसी तरह भी बाहर नहीं हूं। नाजुक मिजाज औरत है, हुजूर।

डिप्टी ने सेठजी को बराबर की कुर्सी पर बैठाकर कहा–सेठजी, यह बातें उन मुआमलों में चलती हैं जहां कोई काम बुरी नीयत से किया जाता है। देवीजी अपने लिए कुछ नहीं कर रही हैं। उनका इरादा नेक है वह हमारे गरीब भाइयों के हक के लिए लड़ रही हैं। उन्हें किसी तरह की तकलीफ न होगी। नौकरी से मजबूर हूं वरना यह देवियां तो इस लायक हैं कि इनके कदमों पर सिर रखें। खुदा ने सारी दुनिया की नेमतें दे रखी हैं मगर उन सब पर लात मार दी और हक के लिए सब कुछ झेलने को तैयार हैं। इसके लिए गुर्दा चाहिए साहब, मामूली बात नहीं है।

सेठजी ने संदूक से दस अशर्फियां निकालीं और चुपके से डिप्टी की जेब में डालते हुए बोले–यह बच्चों के मिठाई खाने के लिए है।

डिप्टी ने अशर्फियां जेब से निकालकर मेज पर रख दीं और बोला–आप पुलिस वालों को बिलकुल जानवर ही समझते हैं क्या, सेठजी– क्या लाल पगड़ी सिर पर रखना ही इंसानियत का खून करना है– मैं आपको यकीन दिलाता हूं कि देवीजी को तकलीफ न होने पाएगी। तकलीफ उन्हें दी जाती है जो दूसरों

को तकलीफ देते हैं। जो गरीबों के हक के लिए अपनी जिंदगी कुरबान कर दे, उसे अगर कोई सताए, तो वह इंसान नहीं, हैवान भी नहीं, शैतान है। हमारे सीगे में ऐसे आदमी हैं और कसरत से हैं। मैं खुद फरिश्ता नहीं हूं लेकिन ऐसे मुआमले में मैं पान तक खाना हराम समझता हूं। मंदिर वाले मुआमले में देवीजी जिस दिलेरी से मैदान में आकर गोलियों के सामने खड़ी हो गई थीं, वह उन्हीं का काम था।

सामने सड़क पर जनता का समूह प्रतिक्षण बढ़ता जाता था। बार–बार जय–जयकार की ध्वनि उठ रही थी। स्त्री और पुरुष देवीजी के दर्शन को भागे चले आते थे।

भीतर नैना और सुखदा में समर छिड़ा हुआ था।

सुखदा ने थाली सामने से हटाकर कहा–मैंने कह दिया, मैं कुछ न खाऊंगी।

नैना ने उसका हाथ पकड़कर कहा–दो–चार कौर ही खा लो भाभी, तुम्हारे पैरों पड़ती हूं। फिर न जाने यह दिन कब आए–

उसकी आंखें सजल हो गईं।

सुखदा निष्ठुरता से बोली–तुम मुझे व्यर्थ में दिक कर रही हो बीबी, मुझे अभी बहुत– सी तैयारियां करनी हैं और उधर डिप्टी जल्दी मचा रहा है। देखती नहीं हो, द्वार पर डोली खड़ी है। इस वक्त खाने की किसे सूझती है–

नैना प्रेम–विह्वल कंठ से बोली–तुम अपना काम करती रहो, मैं तुम्हें कौर बनाकर खिलाती जाऊंगी।

जैसे माता खेलते बच्चे के पीछे दौड़–दौड़कर उसे खिलाती है, उसी तरह नैना भाभी को खिलाने लगी। सुखदा कभी इस अलमारी के पास जाती, कभी उस संदूक के पास। किसी संदूक से सिंदूर की डिबिया निकालती, किसी से साड़ियां। नैना एक कौर खिलाकर फिर थाल के पास जाती और दूसरा कौर लेकर दौड़ती।

सुखदा ने पांच–छरू कौर खाकर कहा–बस, अब पानी पिला दो।

नैना ने उसके मुंह के पास कौर ले जाकर कहा–बस यही कौर ले लो, मेरी अच्छी भाभी।

सुखदा ने मुंह खोल दिया और ग्रास के साथ आंसू भी पी गई।

'बस एक और।'

'अब एक कौर भी नहीं।'

'मेरी खातिर से।'

सुखदा ने ग्रास ले लिया।

'पानी भी दोगी या खिलाती ही जाओगी।'

'बस, एक ग्रास भैया के नाम का और ले लो।'

'ना। किसी तरह नहीं।'

नैना की आंखों में आंसू थे प्रत्यक्ष, सुखदा की आंखों में भी आंसू थे मगर छिपे हुए। नैना शोक से विह्वल थी, सुखदा उसे मनोबल से दबाए हुए थी। वह एक बार निष्ठुर बनकर चलते–चलते नैना के मोह–बंधन को तोड़ देना चाहती थी, पैने शब्दों से हृदय के चारों ओर खाई खोद देना चाहती थी, मोह और शोक और वियोग–व्यथा के आक्रमणों से उसकी रक्षा करने के लिए पर नैना की छलछलाती हुई आंखें, वह कांपते हुए होंठ, वह विनय–दीन मुखश्री उसे निरूशस्त्र किए देती थी।

नैना ने जल्दी–जल्दी पान के बीड़े लगाए और भाभी को खिलाने लगी, तो उसके दबे हुए आंसू गव्वारे की तरह उबल पड़े। मुंह ढांपकर रोने लगी। सिसकियां और गहरी होकर कंठ तक जा पहुंचीं।

सुखदा ने उसे गले से लगाकर सजल शब्दों में कहा–क्यों रोती हो बीबी, बीच–बीच में मुलाकात तो होती ही रहेगी। जेल में मुझसे मिलने आना, तो खूब अच्छी–अच्छी चीजें बनाकर लाना। दो–चार महीने में तो मैं फिर आ जाऊंगी।

नैना ने जैसे डूबती हुई नाव पर से कहा–मैं ऐसी अभागिन हूं कि आप तो डूबी ही थीं, तुम्हें भी ले डूबी।

ये शब्द फोडे। की तरह उसी समय से उसके हृदय में टीस रहे थे, जब से उसने सुखदा की गिरफ्तारी की खबर सुनी थी, और यह टीस उसकी मोह–वेदना को और भी दुदाऊत बना रही थी।

सुखदा ने आश्चर्य से उसके मुंह की ओर देखकर कहा–यह तुम क्या कह रही हो बीबी, क्या तुमने पुलिस बुलाई है–

नैना ने ग्लानि से भरे कंठ से कहा–यह पत्थर की हवेली वालों का कुचक्र है (सेठ धानीराम शहर में इसी नाम से प्रसिश थेद्ध मैं किसी को गालियां नहीं देती पर उनका किया उनके आगे आएगा। जिस आदमी के लिए एक मुंह से भी आशीर्वाद न निकलता हो, उसका जीना वृथा है।

सुखदा ने उदास होकर कहा–उनका इसमें क्या दोष है, बीबी– यह सब हमारे समाज का, हम सबों का दोष है। अच्छा आओ, अब विदा हो जाएं। वादा करो, मेरे जाने पर रोओगी नहीं।

नैना ने उसके गले से लिपटकर सूजी हुई आंखों से मुस्कराकर कहा–नहीं रोऊंगी, भाभी।

'अगर मैंने सुना कि तुम रो रही हो, तो मैं अपनी सजा बढ़वा लूंगी।'

'भैया को यह समाचार देना ही होगा।'

'तुम्हारी जैसी इच्छा हो करना। अम्मां को समझाती रहना।'

'उनके पास कोई आदमी भेजा गया या नहीं?'

'उन्हें बुलाने से और देर ही तो होती। घंटों न छोड़तीं।'

'सुनकर दौड़ी आएंगी।'

'हां, आएंगी तो पर रोएंगी नहीं। उनका प्रेम आंखों में है। हृदय तक उसकी जड़ नहीं पहुंचती।'

दोनों द्वार की ओर चलीं। नैना ने मुन्ने को मां की गोद से उतारकर प्यार करना चाहा पर वह न उतरा। नैना से बहुत हिला था पर आज वह अबोध आंखों से देख रहा था–माता कहीं जा रही है। उसकी गोद से कैसे उतरे– उसे छोड़कर वह चली जाए, तो बेचारा क्या कर लेगा–

नैना ने उसका चुंबन लेकर कहा–बालक बड़े निर्दयी होते हैं।

सुखदा ने मुस्कराकर कहा–लड़का किसका है।

द्वार पर पहुंचकर फिर दोनों गले मिलीं। समरकान्त भी डयोढ़ी पर खड़े थे। सुखदा ने उसके चरणों पर सिर झुकाया। उन्होंने कांपते हुए हाथों से उसे उठाकर आशीर्वाद दिया। फिर मुन्ने को कलेजे से लगाकर ठ्ठक–ठ्ठटकर रोने लगे। यह सारे घर को रोने का सिग्नल था। आंसू तो पहले ही से निकल रहे थे। वह मूक रूदन अब जैसे बंधनो से मुक्त हो गया। शीतल, धीर, गंभीर बुढ़ापा जब विह्वल हो जाता है, तो मानो पिंजरे के द्वार खुल जाते हैं और पक्षियों को रोकना असंभव हो जाता है। जब सत्तर वर्ष तक संसार के समर में जमा रहने वाला नायक हथियार डाल दे, तो रंगईटों को कौन रोक सकता है–

सुखदा मोटर में बैठी। जय–जयकार की ध्वनि हुई। फूलों की वर्षा की गई।

मोटर चल दी।

हजारों आदमी मोटर के पीछे दौड़ रहे थे और सुखदा हाथ उठाकर उन्हें प्रणाम करती जाती थी। यह श्रद्धा, यह प्रेम, यह सम्मान क्या धन से मिल सकता है– या विद्या से– इसका केवल एक ही साधन है, और वह सेवा है, और सुखदा को अभी इस क्षेत्र में आए हुए ही कितने दिन हुए थे–

सड़क के दोनों ओर नर–नारियों की दीवार खड़ी थी और मोटर मानो उनके हृदय को कुचलती–मसलती चली जा रही थी।

सुखदा के हृदय में गर्व न था, उल्लास न था, द्वेष न था, केवल वेदना थी। जनता की इस दयनीय दशा पर, इस अधोगति पर, जो डूबती हुई दशा में तिनके का सहारा पाकर भी कृतार्थ हो जाती है।

कुछ देर के बाद सड़क पर सन्नाटा था, सावन की निद्रा–सी काली रात संसार को अपने अंचल में सुला रही थी और मोटर अनंत में स्वप्न की भांति उड़ी चली जाती थी। केवल देह में ठंडी हवा लगने से गति का ज्ञान होता था। इस अंधकार में सुखदा के अंतस्तल में एक प्रकाश–सा उदय हुआ था। कुछ वैसा ही प्रकाश, जो हमारे जीवन की अंतिम घड़ियों में उदय होता है, जिसमें मन की सारी कालिमाएं, सारी ग्रंथियां, सारी विषमताएं अपने यथार्थ रूप में नजर आने लगती हैं। तब हमें मालूम होता है कि जिसे हमने अंधकार में काला देव समझा था, वह केवल तृण का ढेर था। जिसे काला नाग समझा था, वह रस्सी का एक टुकड़ा था। आज उसे अपनी पराजय का ज्ञान हुआ, अन्याय के सामने नहीं असत्य के सामने नहीं, बल्कि त्याग के सामने और सेवा के सामने। इसी सेवा और त्याग के पीछे तो उसका पति से मतभेद हुआ था, जो अंत में इस वियोग का कारण हुआ। उन सिद्धांतों से अभक्ति रखते हुए भी वह उनकी ओर खिंचती चली आती थी और आज वह अपने पति की अनुगामिनी थी। उसे अमर के उस पत्र की याद आई, जो उसने शान्तिकुमार के पास भेजा था और पहली बार पति के प्रति क्षमा का भाव उसके मन में प्रस्फुटित हुआ। इस क्षमा में दया नहीं, सहानुभूति थी, सहयोगिता थी। अब दोनों एक ही मार्ग के पथिक हैं, एक ही आदर्श के उपासक हैं। उनमें कोई भेद नहीं है, कोई वैषम्य नहीं है। आज पहली बार उसका अपने पति से आत्मिक सामंजस्य हुआ। जिस देवता को अमंगलकारी समझ रखा था, उसी की आज धूप–दीप से पूजा कर रही थी।

सहसा मोटर रुकी और डिप्टी ने उतरकर कहा–देवीजी, जेल आ गया। मुझे क्षमा कीजिएगा।

चौथा अध्याय

एक

अमरकान्त को ज्योंही मालूम हुआ कि सलीम यहां का अफसर होकर आया है, वह उससे मिलने चला। समझा, खूब गप–शप होगी। यह खयाल तो आया, कहीं उसमें अफसरी की बू न आ गई हो लेकिन पुराने दोस्त से मिलने की उत्कंठा को न रोक सका। बीस–पच्चीस मील का पहाड़ी रास्ता था। ठंड खूब पड़ने लगी थी। आकाश कुहरे की धुंध से मटियाला हो रहा था और उस धुंध में सूर्य जैसे टटोल–टटोलकर रास्ता ढूंढता हुआ चला जाता था। कभी सामने आ जाता, कभी छिप जाता। अमर दोपहर के बाद चला था। उसे आशा थी कि दिन रहते पहुंच जाऊंगा किंतु दिन ढलता जाता था और मालूम नहीं अभी और कितना रास्ता बाकी है। उसके पास केवल एक देशी कंबल था। कहीं रात हो गई, तो किसी वृक्ष के नीचे टिकना पड़ जाएगा। देखते–ही–देखते सूर्यदेव अस्त भी हो गए। अंधेरा जैसे मुंह खोले संसार को निगलने चला आ रहा था। अमर ने कदम और तेज किए। शहर में दाखिल हुआ, तो आठ बज गए थे।

सलीम उसी वक्त क्लब से लौटा था। खबर पाते ही बाहर निकल आया, मगर उसकी सज–धज देखी, तो झिझका और गले मिलने के बदले हाथ बढ़ा दिया। अर्दली सामने ही खड़ा था। उसके सामने इस देहाती से किसी प्रकार की घनिष्ठता का परिचय देना बड़े साहस का काम था। उसे अपने सजे हुए कमरे में भी न ले जा सका। अहाते में छोटा–सा बाग था। एक वृक्ष के नीचे उसे ले जाकर उसने कहा–यह तुमने क्या धज बना रखी है जी, इतने होशियार कब से हो गए– वाह रे आपका कुरता मालूम होता है डाक का थैला है, और

यह डाबलशू जूता किस दिसावर से मंगवाया है– मुझे डर है, कहीं बेगार में न धार लिए जाओ।

अमर वहीं जमीन पर बैठ गया और बोला–कुछ खातिर–तवाजो तो की नहीं, उल्टे और फटकार सुनाने लगे। देहातियों में रहता हूं, जेंटलमैन बनूं तो कैसे निबाह हो– तुम खूब आए भाई, कभी–कभी गप–शप हुआ करेगी। उधर की खैर–कैफियत कहो। यह तुमने नौकरी क्या कर ली– डटकर कोई रोजगार करते, सूझी भी तो गुलामी।

सलीम ने गर्व से कहा–गुलामी नहीं है जनाब, हुकूमत है। दस–पांच दिन में मोटर आई जाती है, फिर देखना किस शान से निकलता हूं मगर तुम्हारी यह हालत देखकर दिल टूट गया। तुम्हें यह भेष छोड़ना पड़ेगा।

अमरकान्त के आत्म–सम्मान को चोट लगी। बोला–मेरा खयाल था, और है कि कपड़े महज जिस्म की हिफाजत के लिए हैं, शान दिखाने के लिए नहीं।

सलीम ने सोचा, कितनी लचर–सी बात है। देहातियों के साथ रहकर अक्ल भी खो बैठा। बोला–खाना भी महज जिस्म की परवरिश के लिए खाया जाता है, तो सूखे चने क्यों नहीं चबाते– सूखे गेहूं क्यों नहीं फांकते– क्यों हलवा और मिठाई उड़ाते हो–

'मैं सूखे चने ही चबाता हूं।'

'झूठे हो। सूखे चनों पर ही यह सीना निकल आया है मुझसे डयोढ़े हो गए, मैं तो शायद पहचान भी न सकता।'

'जी हां, यह सूखे चनों ही की बरकत है। ताकत साफ हवा और संयम में है। हलवा–पूरी से ताकत नहीं होती, सीना नहीं निकलता। पेट निकल आता है। पच्चीस मील पैदल चला आ रहा हूं। है दम– जरा पांच ही मील चलो मेरे साथ।

'मुआफ कीजिए, किसी ने कहा–बड़ी रानी, तो आओ पीसो मेरे साथ। तुम्हें पीसना मुबारक हो। तुम यहां कर क्या रहे हो?'

'अब तो आए हो, खुद ही देख लोगे। मैंने जिंदगी का जो नक्शा दिल में खींचा था, उसी पर अमल कर रहा हूं। स्वामी आत्मानन्द के आ जाने से काम में और भी सहूलियत हो गई है।'

ठंड ज्यादा थी। सलीम को मजबूर होकर अमरकान्त को अपने कमरे में लाना पड़ा।

अमर ने देखा, कमरे में गद्देदार कोच हैं, पीतल के गमले हैं, जमीन पर कालीन है, मधय में संगमरमर की गोल मेज है।

अमर ने दरवाजे पर जूते उतार दिए और बोला–किवाड़ बंद कर दूं, नहीं कोई देख ले, तो तुम्हें शर्मिंदाहोना पड़े। तुम साहब ठहरे।

सलीम पते की बात सुनकर झेंप गया। बोला–कुछ–न–कुछ खयाल तो होता ही है भई, हालांकि मैं व्यसन का गुलाम नहीं हूं। मैं भी सादी जिंदगी बसर करना चाहता था लेकिन अब्बाजान की फरमाइश कैसे टालता– प्रिंसिपल तक कहते थे, तुम पास नहीं हो सकते लेकिन रिजल्ट निकला तो सब दंग रह गए। तुम्हारे ही खयाल से मैंने यह जिला पसंद किया। कल तुम्हें कलक्टर से मिलाऊंगा। अभी मि. गजनवी से तो तुम्हारी मुलाकात न होगी। बड़ा शौकीन आदमी है मगर दिल का साफ। पहली ही मुलाकात में उससे मेरी बेतकल्लुफी हो गई। चालीस के करीब होंगे, मगर कंपेबाजी नहीं छोड़ी।

अमर के विचार में अफसरों को सच्चरित्र होना चाहिए था। सलीम सच्चरित्रता का कायल न था। दोनों मित्रों में बहस हो गई।

अमर बोला–सच्चरित्र होने के लिए खुश्क होना जरूरी नहीं।

मैंने तो मुल्लाओं को हमेशा खुश्क ही देखा। अफसरों के लिए महज कानून की पाबंदी काफी नहीं। मेरे खयाल में तो थोड़ी–सी कमजोरी इंसान का जेवर है। मैं जिंदगी में तुमसे ज्यादा कामयाब रहा। मुझे दावा है कि मुझसे कोई नाराज नहीं है। तुम अपनी बीबी तक को खुश न रख सके। मैं इस मुल्लापन को दूर से सलाम करता हूं। तुम किसी जिले के अफसर बना दिए जाओ, तो एक दिन न रह सको। किसी को खुश न रख सकोगे।

अमर ने बहस को तूल देना उचित न समझा क्योंकि बहस में वह बहुत गर्म हो जाया करता था।

भोजन का समय आ गया था। सलीम ने एक शाल निकालकर अमर को ओढ़ा दिया। एक रेशमी स्लीपर उसे पहनने को दिया। फिर दोनों ने भोजन किया। एक मुद्दत के बाद अमर को ऐसा स्वादिष्ट भोजन मिला। मांस तो उसने न खाया लेकिन और सब चीजें मजे से खाईं।

सलीम ने पूछा–जो चीज खाने की थी, वह तो तुमने निकालकर रख दी।

अमर ने अपराधी भाव से कहा–मुझे कोई आपत्ति नहीं है, लेकिन भीतर से इच्छा नहीं होती। और कहो, वहां की क्या खबरें हैं– कहीं शादी–वादी ठीक हुई– इतनी कसर बाकी है, उसे भी पूरी कर लो।

सलीम ने चुटकी ली–मेरी शादी की फिक्र छोड़ो, पहले यह बताओ कि सकीना से तुम्हारी शादी कब हो रही है– वह बेचारी तुम्हारे इंतजार में बैठी हुई है।

अमर का चेहरा फीका पड़ गया। यह ऐसा प्रश्न था, जिसका उत्तर देना उसके लिए संसार में सबसे मुश्किल काम था। मन की जिस दशा में वह सकीना की ओर लपका था, वह दशा अब न रही थी। तब सुखदा उसके जीवन में एक बाधा के रूप में खड़ी थी। दोनों की मनोवृत्तियों में कोई मेल न था। दोनों जीवन को भिन्न–भिन्न कोण से देखते थे। एक में भी यह सामर्थ्य न थी कि वह दूसरे को हम–खयाल बना लेता लेकिन अब वह हालत न थी। किसी दैवी विधन ने उनके सामाजिक बंधन को और कसकर उनकी आत्माओं को मिला दिया था। अमर को पता नहीं, सुखदा ने उसे क्षमा प्रदान की या नहीं लेकिन वह अब सुखदा का उपासक था। उसे आश्चर्य होता था कि विलासिनी सुखदा ऐसी तपस्विनी क्योंकर हो गई और यह आश्चर्य उसके अनुराग को दिन–दिन प्रबल करता जाता था। उसे अब उस असंतोष का कारण अपनी ही अयोग्यता में छिपा हुआ मालूम होता था, अगर वह अब सुखदा को कोई पत्र न लिख सका, तो इसके दो कारण थे। एक जो लज्जा और दूसरे अपनी पराजय की कल्पना। शासन का वह पुरुषोचित भाव मानो उसका परिहास कर रहा था। सुखदा स्वच्छंद रूप से अपने लिए एक नया मार्ग निकाल सकती है, उसकी उसे लेशमात्र भी आवश्यकता नहीं है, यह विचार उसके अनुराग की गर्दन को जैसे दबा देता था। वह अब अधिक–से–अधिक उसका अनुगामी हो सकता है। सुखदा उसे समरक्षेत्र में जाते समय केवल केसरिया तिलक लगाकर संतुष्ट नहीं है, वह उससे पहले समर में कूदी जा रही है, यह भाव उसके आत्मगौरव को चोट पहुंचाता था।

उसने सिर झुकाकर कहा–मुझे अब तजुर्बा हो रहा है कि मैं औरतों को खुश नहीं रख सकता। मुझमें वह लियाकत ही नहीं है। मैंने तय कर लिया है कि सकीना पर जुल्म न करूंगा।

'तो कम–से–कम अपना फैसला उसे लिख तो देते।'

अमर ने हसरत भरी आवाज में कहा–यह काम इतना आसान नहीं है सलीम, जितना तुम समझते हो। उसे याद करके मैं अब भी बेताब हो जाता हूं। उसके साथ मेरी जिंदगी जन्नत बन जाती। उसकी इस वफा पर मर जाने को जी चाहता है कि अभी तक...।

यह कहते–कहते अमर का कंठ–स्वर भारी हो गया।

सलीम ने एक क्षण के बाद कहा–मान लो मैं उसे अपने साथ शादी करने पर राजी कर लूं तो तुम्हें नागावार होगा–

अमर को आंखें–सी मिल गईं–नहीं भाईजान, बिलकुल नहीं। अगर तुम उसे राजी कर सको, तो मैं समझूंगा, तुमसे ज्यादा खुशनसीब आदमी दुनिया में नहीं है लेकिन तुम मजाक कर रहे हो। तुम किसी नवाबजादी से शादी का खयाल कर रहे होगे।

दोनों खाना खा चुके और हाथ धोकर दूसरे कमरे में लेटे।

सलीम ने हुक्के का कश लगाकर कहा–क्या तुम समझते हो, मैं मजाक कर रहा हूं– उस वक्त जरूर मजाक किया था लेकिन इतने दिनों में मैंने उसे खूब परखा। उस वक्त तुम उससे न मिल जाते, तो इसमें जरा भी शक नहीं है कि वह इस वक्त कहीं और होती। तुम्हें पाकर उसे फिर किसी की ख्वाहिश नहीं रही। तुमने उसे कीचड़ से निकालकर मंदिर की देवी बना दिया और देवी की जगह बैठकर वह सचमुच देवी हो गई। अगर तुम उससे शादी कर सकते हो तो शौक से कर लो। मैं तो मस्त हूं ही, दिलचस्पी का दूसरा सामान तलाश कर लूंगा, लेकिन तुम न करना चाहो तो मेरे रास्ते से हट जाओ फिर अब तो तुम्हारी बीबी तुम्हारे लिए तुम्हारे पंथ में आ गई। अब तुम्हारे उससे मुंह फेरने का कोई सबब नहीं है।

अमर ने हुक्का अपनी तरफ खींचकर कहा–मैं बड़े शौक से तुम्हारे रास्ते से हट जाता हूं लेकिन एक बात बतला दो–तुम सकीना को भी दिलचस्पी की चीज समझ रहे हो, या उसे दिल से प्यार करते हो–

सलीम उठ बैठे–देखो अमर मैंने तुमसे कभी परदा नहीं रखा इसलिए आज भी परदा न रखूंगा। सकीना प्यार करने की चीज नहीं, पूजने की चीज है। कम–से–कम मुझे वह ऐसी ही मालूम होती है। मैं कसम तो नहीं खाता कि उससे शादी हो जाने पर मैं कंठी–माला पहन लूंगा लेकिन इतना जानता हूं कि उसे पाकर मैं जिंदगी में कुछ कर सकूंगा। अब तक मेरी जिंदगी सैलानीपन में गुजरी है। वह मेरी बहती हुई नाव का लंगर होगी। इस लंगर के बगैर नहीं जानता मेरी नाव किस भंवर में पड़ जाएगी। मेरे लिए ऐसी औरत की जरूरत है, जो मुझ पर हुकूमत करे, मेरी लगाम खींचती रहे।

अमर को अपना जीवन इसलिए भार था कि वह अपनी स्त्री पर शासन न कर सकता था। सलीम ऐसी स्त्री चाहता था जो उस पर शासन करे, और मजा यह था कि दोनों एक सुंदरी में मनोनीत लक्षण देख रहे थे।

अमर ने कौतूहल से कहा–मैं तो समझता हूं सकीना में वह बात नहीं है, जो तुम चाहते हो।

सलीम जैसे गहराई में डूबकर बोला—तुम्हारे लिए नहीं है मगर मेरे लिए है। वह तुम्हारी पूजा करती है, मैं उसकी पूजा करता हूं।

इसके बाद कोई दो—ढाई बजे रात तक दोनों में इधर—उधर की बातें होती रहीं। सलीम ने उस नए आंदोलन की भी चर्चा की जो उसके सामने शुरू हो चुका था और यह भी कहा कि उसके सफल होने की आशा नहीं है। संभव है, मुआमला तूल खींचे।

अमर ने विस्मय के साथ कहा—तब तो यों कहो, सुखदा ने वहां नई जान डाल दी।

'तुम्हारी सास ने अपनी सारी जायदाद सेवाश्रम के नाम वक्फ कर दी।'

'अच्छा।'

'और तुम्हारे पिदर बुजुर्गवार भी अब कौमी कामों में शरीक होने लगे हैं।'

'तब तो वहां पूरा इंकलाब हो गया।'

सलीम तो सो गया, लेकिन अमर दिन—भर का थका होने पर भी नींद को न बुला सका। वह जिन बातों की कल्पना भी न कर सकता था वह सुखदा के हाथों पूरी हो गईं मगर कुछ भी हो, है वही अमीरी, जरा बदली हुई सूरत में। नाम की लालसा है और कुछ नहीं मगर फिर उसने अपने को धिक्कारा। तुम किसी के अंतरूकरण की जात क्या जानते हो— आज हजारों आदमी राष्टश सेवा में लगे हुए हैं। कौन कह सकता है, कौन स्वार्थी है, कौन सच्चा सेवक—

न जाने कब उसे भी नींद आ गई।

दो

अमरकान्त के जीवन में एक नया उत्साह चमक उठा है। ऐसा जान पड़ता है कि अपनी यात्रा में वह अब एक घोड़े पर सवार हो गया है। पहले पुराने घोड़े को ऐड़ और चाबुक लगाने की जरूरत पड़ती थी। यह नया घोड़ा कनौतियां खड़ी किए सरपट भागता चला जाता है। स्वामी आत्मानन्द, काशी, पयाग, गूदड़ सभी से तकरार हो जाती है। इन लोगों के पास पुराने घोड़े हैं। दौड़ में पिछड़ जाते हैं। अमर उनकी मंद गति पर बिगड़ता है—इस तरह तो काम नहीं चलने का, स्वामीजी आप काम करते हैं कि मजाक करते हैं इससे तो कहीं अच्छा था कि आप सेवाश्रम में बने रहते।

आत्मानन्द ने अपने विशाल वक्ष को तानकर कहा—बाबा, मेरे से अब और नहीं दौड़ा जाता। जब लोग स्वास्थ्य के नियमों पर ध्यान न देंगे, तो आप

बीमार होंगे, आप मरेंगे। मैं नियम बतला सकता हूं, पालन करना तो उनके ही अधीन है।

अमरकान्त ने सोचा–यह आदमी जितना मोटा है, उतनी ही मोटी इसकी अक्ल भी है। खाने को डेढ़ सेर चाहिए, काम करते ज्वर आता है। इन्हें संन्यास लेने से न जाने क्या लाभ हुआ–

उसने आंखों में तिरस्कार भरकर कहा–आपका काम केवल नियम बताना नहीं है, उनसे नियमों का पालन कराना भी है। उनमें ऐसी शक्ति डालिए कि वे नियमों का पालन किए बिना रह ही न सकें। उनका स्वभाव ही ऐसा हो जाय। मैं आज पिचौरा से निकला गांव में जगह–जगह कूडे। के ढेर दिखाई दिए। आप कल उसी गांव से हो आए हैं, क्यों कूड़ा साफ नहीं कराया गया– आप खुद गावड़ा लेकर क्यों नहीं पिल पड़े– गेरूवे वस्त्र लेने ही से आप समझते हैं लोग आपकी शिक्षा को देववाणी समझेंगे–

आत्मानन्द ने सफाई दी–मैं कूड़ा साफ करने लगता, तो सारा दिन पिचौरा में ही लग जाता। मुझे पांच–छरू गांवों का दौरा करना था।

'यह आपका कोरा अनुमान है। मैंने सारा कूड़ा आधा घंटे में साफ कर दिया। मेरे गावड़ा हाथ में लेने की देर थी, सारा गांव जमा हो गया और बात–की–बात में सारा गांव झक हो गया।'

फिर वह गूदड़ चौधरी की ओर फिरा–तुम भी दादा, अब काम में ढिलाई कर रहे हो। मैंने कल एक पंचायत में लोगों को शराब पीते पकड़ा। सौताड़े की बात है। किसी को मेरे आने की खबर तो थी नहीं, लोग आनंद में बैठे हुए थे और बोतलें सरपंच महोदय के सामने रखी हुई थीं। मुझे देखते ही तुरंत बोतलें उड़ा दी गईं और लोग गंभीर बनकर बैठ गए। मैं दिखावा नहीं चाहता, ठोस काम चाहता हूं।

अमर ने अपनी लगन, उत्साह, आत्म–बल और कर्मशीलता से अपने सभी सहयोगियों में सेवा–भाव उत्पन्न कर दिया था और उन पर शासन भी करने लगा था। सभी उसका रोब मानते थे। उसके गुलाम थे।

चौधरी ने बिगड़कर कहा–तुमने कौन गांव बताया, सौताड़ा– मैं आज ही उसके चौधरी को बुलाता हूं। वही हरखलाल है। जन्म का पियक्कड़। दो दफे सजा काट आया है। मैं आज ही उसे बुलाता हूं।

अमर ने जांघ पर हाथ पटककर कहा–फिर वही डांट–फटकार की बात। अरे दादा डांट–फटकार से कुछ न होगा। दिलों में बैठिए। ऐसी हवा फैला

दीजिए कि ताड़ी–शराब से लोगों को घृणा हो जाय। आप दिन–भर अपना काम करेंगे और चौन से सोएंगे, तो यह काम हो चुका। यह समझ लो कि हमारी बिरादरी चेत जाएगी, तो बाम्हन–ठाकुर आप ही चेत जाएंगे।

गूदड़ ने हार मानकर कहा–तो भैया, इतना बूता तो अब मुझमें नहीं रहा कि दिन–भर काम करूं और रात–भर दौड़ लगाऊं। काम न करूं, तो भोजन कहां से आए–

अमरकान्त ने उसे हिम्मत हारते देखकर सहास मुख से कहा–कितना बड़ा पेट तुम्हारा है दादा, कि सारे दिन काम करना पड़ता है। अगर इतना बड़ा पेट है, तो उसे छोटा करना पड़ेगा।

काशी और पयाग ने देखा कि इस वक्त सबके ऊपर फटकार पड़ रही है तो वहां से खिसक गए।

पाठशाला का समय हो गया था। अमरकान्त अपनी कोठरी में किताब लेने गया, तो देखा मुन्नी दूध लिए खड़ी है। बोला–मैंने तो कह दिया था, मैं दूध न पिऊंगा, फिर क्यों लाई–

आज कई दिनों से मुन्नी अमर के व्यवहार में एक प्रकार की शुष्कता का अनुभव कर रही थी। उसे देखकर अब मुख पर उल्लास की झलक नहीं आती। उससे अब बिना विशेष प्रयोजन के बोलता भी कम है। उसे ऐसा जान पड़ता है कि यह मुझसे भागता है। इसका कारण वह कुछ नहीं समझ सकती। यह कांटा उसके मन में कई दिन से खटक रहा है। आज वह इस कांटे को निकाल डालेगी।

उसने अविचलित भाव से कहा–क्यों नहीं पिओगे, सुनूं–

अमर पुस्तकों का एक बंडल उठाता हुआ बोला–अपनी इच्छा है। नहीं पीता–तुम्हें मैं कष्ट नहीं देना चाहता।

मुन्नी ने तिरछी आंखों से देखा–यह तुम्हें कब से मालूम हुआ है कि तुम्हारे लिए दूध लाने में मुझे बहुत कष्ट होता है– और अगर किसी को कष्ट उठाने ही में सुख मिलता हो तो–

अमर ने हारकर कहा–अच्छा भाई, झगड़ा न करो, लाओ पी लूं।

एक ही सांस में सारा दूध कड़वी दवा की तरह पीकर अमर चलने लगा, तो मुन्नी ने द्वार छोड़कर कहा–बिना अपराध के तो किसी को सजा नहीं दी जाती।

अमर द्वार पर ठिठककर बोला—तुम तो जाने क्या बक रही हो— मुझे देर हो रही है।

मुन्नी ने विरक्त भाव धारण किया—तो मैं तुम्हें रोक तो नहीं रही हूं, जाते क्यों नहीं—

अमर कोठरी से बाहर पांव न निकाल सका।

मुन्नी ने फिर कहा—क्या मैं इतना भी नहीं जानती कि मेरा तुम्हारे ऊपर कोई अधिकार नहीं है— तुम आज चाहो तो कह सकते हो खबरदार, मेरे पास मत आना। और मुंह से चाहे न कहते हो पर व्यवहार से रोज ही कह रहे हो। आज कितने दिनों से देख रही हूं लेकिन बेहयाई करके आती हूं, बोलती हूं, खुशामद करती हूं। अगर इस तरह आंखें फेरनी थीं, तो पहले ही से उस तरह क्यों न रहे लेकिन मैं क्या बकने लगी— तुम्हें देर हो रही है, जाओ। अमरकान्त ने जैसे रस्सी तुड़ाने का जोर लगाकर कहा—तुम्हारी कोई बात मेरी समझ नहीं आ रही है मुन्नी मैं तो जैसे पहले रहता था, वैसे ही अब भी रहता हूं। हां, इधर काम अधिक होने से ज्यादा बातचीत का अवसर नहीं मिलता।

मुन्नी ने आंखें नीची करके गूढ़ भाव से कहा—तुम्हारे मन की बात मैं समझ रही हूं, लेकिन वह बात नहीं है। तुम्हें भ्रम हो रहा है।

अमरकान्त ने आश्चर्य से कहा—तुम तो पहेलियों में बातें करने लगीं।

मुन्नी ने उसी भाव से जवाब दिया—आदमी का मन फिर जाता है, तो सीधी बातें भी पहेली—सी लगती हैं।

फिर वह दूध का खाली कटोरा उठाकर जल्दी से चली गई।

अमरकान्त का हृदय मसोसने लगा। मुन्नी जैसे सम्मोहन—शक्ति से उसे अपनी ओर खींचने लगी। श्तुम्हारे मन की बात मैं समझ रही हूं, लेकिन वह बात नहीं है। तुम्हें भ्रम हो रहा है।श यह वाक्य किसी गहरे खड्ड की भांति उसके हृदय को भयभीत कर रहा था। उसमें उतरते दिल कांपता था, रास्ता उसी खड्ड में से जाता था।

वह न जाने कितनी देर अचेत—सा खड़ा रहा। सहसा आत्मानन्द ने पुकारा—क्या आज शाला बंद रहेगी—

तीन

इस इलाके के जमींदार एक महन्तजी थे। कारकून और मुख्तार उन्हीं के चेले—चापड़ थे। इसलिए लगान बराबर वसूल होता जाता था। ठाकुरद्वारे

में कोई–न–कोई उत्सव होता ही रहता था। कभी ठाकुरजी का जन्म है, कभी ब्याह है, कभी यज्ञोपवीत है, कभी झूला है, कभी जल–विहार है। असामियों को इन अवसरों पर बेगार देनी पड़ती थी भेंट–न्योछावर, पूजा–चढ़ावा आदि नामों से दस्तूरी चुकानी पड़ती थी लेकिन धर्म के मुआमले में कौन मुंह खोलता– धर्म–संकट सबसे बड़ा संकट है। फिर इलाके के काश्तकार सभी नीच जातियों के लोग थे। गांव पीछे दो–चार घर ब्राह्मण–क्षत्रियों के थे भी उनकी सहानुभूति असामियों की ओर न होकर महन्तजी की ओर थी। किसी–न–किसी रूप में वे सभी महन्तजी के सेवक थे। असामियों को प्रसन्न रखना पड़ता था। बेचारे एक तो गरीबी के बोझ से दबे हुए, दूसरे मूर्ख, न कायदा जानें न कानून महन्तजी जितना चाहें इजाफा करें, जब चाहें बेदखल करें, किसी में बोलने का साहस न था। अक्सर खेतों का लगान इतना बढ़ गया था कि सारी उपज लगान के बराबर भी न पहुंचती थी किंतु लोग भाग्य को रोकर, भूखे–नंगे रहकर, कुत्तों की मौत मरकर, खेत जोतते जाते थे। करें क्या– कितनों ही ने जाकर शहरों में नौकरी कर ली थी। कितने ही मजदूरी करने लगे थे। फिर भी असामियों की कमी न थी। कृषि–प्रधान देश में खेती केवल जीविका का साधन नहीं है सम्मान की वस्तु भी है। गृहस्थ कहलाना गर्व की बात है। किसान गृहस्थी में अपना सर्वस्व खोकर विदेश जाता है, वहां से धन कमाकर लाता है और फिर गृहस्थी करता है। मान–प्रतिष्ठा का मोह औरों की भांति उसे घेरे रहता है। वह गृहस्थ रहकर जीना और गृहस्थ ही में मरना भी चाहता है। उसका बाल–बाल कर्ज से बांधा हो, लेकिन द्वार पर दो–चार बैल बंधकर वह अपने को धन्य समझता है। उसे साल में तीस सौ साठ दिन आधे पेट खाकर रहना पड़े, पुआल में घुसकर रातें काटनी पड़ें, बेबसी से जीना और बेबसी से मरना पड़े, कोई चिंता नहीं, वह गृहस्थ तो है। यह गर्व उसकी सारी दुर्गति की पुरौती कर देता है।

लेकिन इस साल अनायास ही जिंसों का भाव गिर गया जितना चालीस साल पहले था। जब भाव तेज था, किसान अपनी उपज बेच–बेचकर लगान दे देता था लेकिन जब दो और तीन की जिंस एक में बिके तो किसान क्या करे– कहां से लगान दे, कहां से दस्तूरियां दे, कहां से कर्ज चुकाए– विकट समस्या आ खड़ी हुई और यह दशा कुछ इसी इलाके की न थी। सारे प्रांत, सारे देश, यहां तक कि सारे संसार में यही मंदी थी चार सेर का गुड़ कोई दस सेर में भी नहीं पूछता। आठ सेर का गेहूं डेढ़ रुपये मन में भी महंगा है। तीस रुपये मन का कपास दस रुपये में जाता है, सोलह रुपये मन का सन चार रुपयों में। किसानों ने एक–एक दाना बेच डाला, भूसे का एक तिनका भी न रखा लेकिन यह सब करने पर भी चौथाई लगान से ज्यादा न अदा कर सके और ठाकुरद्वारे

में वही उत्सव थे, वही जल–विहार थे। नतीजा यह हुआ कि हलके में हाहाकार मच गया। इधर कुछ दिनों से स्वामी आत्मानन्द और अमरकान्त के उद्योग से इलाके में विद्या का कुछ प्रचार हो रहा था और कई गांवों में लोगों ने दस्तूरी देना बंद कर दिया था। महन्तजी के प्यादे और कारकून पहले ही से जले बैठे थे। यों तो दाल न गलती थी। बकाया लगान ने उन्हें अपने दिल का गुबार निकालने का मौका दे दिया।

एक दिन गंगा–तट पर इस समस्या पर विचार करने के लिए एक पंचायत हुई। सारे इलाके से स्त्री–पुरुष जमा हुए मानो किसी पर्व का स्नान करने आए हों। स्वामी आत्मानन्द सभापति चुन गए।

पहले भोला चौधरी खड़े हुए। वह पहले किसी अफसर के कोचवान थे। अब नए साल से फिर खेती करने लगे थे। लंबी नाक, काला रंग, बड़ी–बड़ी मूंछें और बड़ी–सी पगड़ी। मुंह पगड़ी में छिप गया था। बोले–पंचो, हमारे ऊपर जो लगान बांधा हुआ है वह तेजी के समय का है। इस मंदी में वह लगान देना हमारे काबू से बाहर है। अबकी अगर बैल–बछिया बेचकर दे भी दें तो आगे क्या करेंगे– बस हमें इसी बात का तसफिया करना है। मेरी गुजारिस तो यही है कि हम सब मिलकर महन्त महाराज के पास चलें और उनसे अरज–माईज करें। अगर वह न सुनें तो हाकिम जिला के पास चलना चाहिए। मैं औरों की नहीं कहता। मैं गंगा माता की कसम खाके कहता हूं कि मेरे घर में छटांक भर भी अन्न नहीं है, और जब मेरा यह हाल है, तो और सभी का भी यही हाल होगा। उधर महन्तजी के यहां वही बहार है। अभी परसों एक हजार साधुओं को आम की पंगत दी गई। बनारस और लखनऊ से कई डिब्बे आमों के आए हैं। आज सुनते हैं फिर मलाई की पंगत है। हम भूखों मरते हैं, वहां मलाई उड़ती है। उस पर हमारा रक्त चूसा जा रहा है। बस, यही मुझे पंचों से कहना है।

गूदड़ ने धांसी हुई आंखें फेरकर कहा–महन्तजी हमारे मालिक हैं, अन्नदाता हैं, महात्मा हैं। हमारा दुरूख सुनकर जरूर–से–जरूर उन्हें हमारे ऊपर दया आएगी इसलिए हमें भोला चौरी की सलाह मंजूर करनी चाहिए। अमर भैया हमारी ओर से बातचीत करेंगे। हम और कुछ नहीं चाहते। बस, हमें और हमारे बाल–बच्चों को आधा–आधा सेर रोजाना के हिसाब से दिया जाए। उपज जो कुछ हो वह सब महन्तजी ले जाएं। हम घी–दूध नहीं मांगते, दूध–मलाई नहीं मागंते। खाली आध सेर मोटा अनाज मांगते हैं। इतना भी न मिलेगा, तो हम खेती न करेंगे। मजूरी और बीज किसके घर से लाएंगे। हम खेती छोड़ देंगे, इसके सिवा दूसरा उपाय नहीं है।

सलोनी ने हाथ चमकाकर कहा–खेत क्यों छोड़ें– बाप–दादों की निसानी है। उसे नहीं छोड़ सकते। खेत पर परान दे दूंगी। एक था, तब दो हुए, तब चार हुए, अब क्या धरती सोना उगलेगी।

अलगू कोरी बिज्जू–सी आंखें निकालकर बोला–भैया, मैं तो बेलाग कहता हूं, महन्त के पास चलने से कुछ न होगा। राजा ठाकुर हैं। कहीं क्रोध आ गया, तो पिटवाने लगेंगे। हाकिम के पास चलना चाहिए। गोरों में फिर भी दया है।

आत्मानन्द ने सभी का विरोध किया–मैं कहता हूं, किसी के पास जाने से कुछ नहीं होगा। तुम्हारी थाली की रोटी तुमसे कहे कि मुझे न खाओ, तो तुम मानोगे–

चारों तरफ से आवाजें आईं–कभी नहीं मान सकते।

'तो तुम जिनकी थाली की रोटियां हो वह कैसे मान सकते हैं।'

बहुत–सी आवाजों ने समर्थन किया–कभी नहीं मान सकते हैं।

'महन्तजी को उत्सव मनाने को रुपये चाहिए। हाकिमों को बड़ी–बड़ी तलब चाहिए। उनकी तलब में कमी नहीं हो सकती। वे अपनी शान नहीं छोड़ सकते। तुम मरो या जियो उनकी बला से। वह तुम्हें क्यों छोड़ने लगे?'

बहुत–सी आवाजों ने हामी भरी–कभी नहीं छोड़ सकते।

अमरकान्त स्वामीजी के पीछे बैठा हुआ था। स्वामीजी का यह रूख देखकर घबराया लेकिन सभापति को कैसे रोके– यह तो वह जानता था, यह गर्म मिजाज का आदमी है लेकिन इतनी जल्दी इतना गर्म हो जाएगा, इसकी उसे आशा न थी। आखिर यह महाशय चाहते क्या हैं–

आत्मानन्द गरजकर बोले–तो अब तुम्हारे लिए कौन–सा मार्ग है– अगर मुझसे पूछते हो, और तुम लोग आज प्रण करो कि उसे मानोगे, तो मैं बता सकता हूं, नहीं तुम्हारी इच्छा।

बहुत–सी आवाजें आईं–जरूर बतलाइए स्वामीजी, बतलाइए।

जनता चारों ओर से खिसककर और समीप आ गई। स्वामीजी उनके हृदय को स्पर्श कर रहे हैं, यह उनके चेहरों से झलक रहा था। जन–रुचि सदैव उग्र की ओर होती है।

आत्मानन्द बोले–तो आओ, आज हम सब महन्तजी का मकान और ठाकुरद्वारा घेर लें और जब तक वह लगान बिलकुल न छोड़ दें, कोई उत्सव न होने दें।

बहुत–सी आवाजें आईं–हम लोग तैयार हैं।

'खूब समझ लो कि वहां तुम पान–फूल से पूजे न जाओगे।'

'कुछ परवाह नहीं। मर तो रहे हैं, सिसक–सिसककर क्यों मरें।'

'तो इसी वक्त चलें। हम दिखा दें कि?'

सहसा अमर ने खड़े होकर प्रदीप्त नेत्रों से कहा–ठहरो।

समूह में सन्नाटा छा गया। जो जहां था, वहीं खड़ा रह गया।

अमर ने छाती ठोंककर कहा–जिस रास्ते पर तुम जा रहे हो, वह उधार का रास्ता नहीं है–सर्वनाश का रास्ता है। तुम्हारा बैल अगर बीमार पड़ जाए जो तुम उसे जोतोगे–

किसी तरफ से कोई आवाज न आई।

'तुम पहले उसकी दवा करोगे, और जब तक वह अच्छा न हो जाएगा, उसे न जोतोगे क्योंकि तुम बैल को मारना नहीं चाहते उसके मरने से तुम्हारे खेत परती पड़ जाएंगे।'

गूदड़ बोले–बहुत ठीक कहते हो, भैया।

'घर में आग लगने पर हमारा क्या धर्म है– क्या हम आग को फैलने दें और घर की बची–बचाई चीजें भी लाकर उसमें डाल दें?'

गूदड़ ने कहा–कभी नहीं। कभी नहीं।

'क्यों– इसलिए कि हम घर को जलाना नहीं, बनाना चाहते हैं। हमें उस घर में रहना है। उसी में जीना है। यह विपत्ति कुछ हमारे ही ऊपर नहीं पड़ी है। सारे देश में यही हाहाकार मचा हुआ है। हमारे नेता इस प्रश्न को हल करने की चेष्टा कर रहे हैं। उन्हीं के साथ हमें भी चलना है।'

उसने एक लंबा भाषण किया पर वही जनता जो उसका भाषण सुनकर मस्त हो जाती थी, आज उदासीन बैठी थी। उसका सम्मान सभी करते थे, इसलिए कोई ऊधाम न हुआ, कोई बमचख न मचा पर जनता पर कोई असर न हुआ। आत्मानन्द इस समय जनता का नायक बना हुआ था। सभा बिना कुछ निश्चय किए उठ गई, लेकिन बहुमत किस तरफ है, यह किसी से छिपा न था।

चार

अमर घर लौटा, तो बहुत हताश था। अगर जनता को शांत करने का उपाय न किया गया, अवश्य उपद्रव हो जाएगा। उसने महन्तजी से मिलने का

निश्चय किया। इस समय उसका चित्त इतना उदास था कि एक बार जी में आया, यहां से सब छोड़–छाड़कर चला जाए। उसे अभी तक अनुभव न हुआ था कि जनता सदैव तेज मिजाजों के पीछे चलती है। वह न्याय और धर्म, हानि–लाभ, अहिंसा और त्याग सब कुछ समझाकर भी आत्मानन्द के ठ्ठंके हुए जादू को उतार न सका। आत्मानन्द इस वक्त यहां मिल जाते, तो दोनों मित्रों में जरूर लड़ाई हो जाती लेकिन वह आज गायब थे। उन्हें आज घोड़े का आसन मिल गया था। किसी गांव में संगठन करने चले गए थे।

आज अमर का कितना अपमान हुआ। किसी ने उसकी बातों पर कान तक न दिया। उनके चेहरे कह रहे थे, तुम क्या बकते हो, तुमसे हमारा उधार न होगा। इस घाव पर कोमल शब्दों के मरहम की जरूरत थी–कोई उन्हें लिटाकर उनके घाव को गाहे से धोए, उस पर शीतल लेप करे।

मुन्नी रस्सी और कलसा लिए हुए निकली और बिना उसकी ओर ताके कुएं की ओर चली गई। उसने पुकारा–सुनती जाओ, मुन्नी पर मुन्नी ने सुनकर भी न सुना। जरा देर बाद वह कलसा लिए हुए लौटी और फिर उसके सामने से सिर झुकाए चली गई। अमर ने फिर पुकारा–मुन्नी, सुनो एक बात कहनी है। पर अबकी भी वह न रूकी। उसके मन में अब संदेह न था। एक क्षण में मुन्नी फिर निकली और सलोनी के घर जा पहुंची। वह मदरसे के पीछे एक छोटी–सी मंड़ैया डालकर रहती थी। चटाई पर लेटी एक भजन गा रही थी। मुन्नी ने जाकर पूछा–आज कुछ पकाया नहीं काकी, यों ही सो रही हो–

सलोनी ने उठकर कहा–खा चुकी बेटा, दोपहर की रोटियां रखी हुई थीं।

मुन्नी ने चौके की ओर देखा। चौका साफ लिपा–पुता पड़ा था। बोली–काकी, तुम बहाना कर रही हो। क्या घर में कुछ है ही नहीं– अभी तो आते देर नहीं हुई, इतनी जल्द खा कहां से लिया–

'तू तो पतियाती नहीं है, बहू भूख लगी थी, आते–ही–आते खा लिया। बर्तन धो धाकर रख दिए। भला तुमसे क्या छिपाती– कुछ न होता, तो मांग न लेती?'

'अच्छा, मेरी कसम खाओ।'

काकी ने हंसकर कहा–हां, अपनी कसम खाती हूं, खा चुकी।

मुन्नी दुखित होकर बोली–तुम मुझे गैर समझती हो, काकी– जैसे मुझे तुम्हारे मरने–जीने से कुछ मतलब ही नहीं। अभी तो तुमने तिलहन बेचा था, रुपये क्या किए–

सलोनी सिर पर हाथ रखकर बोली–अरे भगवान् तिलहन था ही कितना कुल एक रुपया तो मिला। वह कल प्यादा ले गया। घर में आग लगाए देता था। क्या करती, निकालकर फेंक दिया। उस पर अमर भैया कहते हैं–महन्तजी से फरियाद करो। कोई नहीं सुनेगा, बेटा मैं कहे देती हूं।

मुन्नी बोली–अच्छा, तो चलो मेरे घर खा लो।

सलोनी ने सजल नेत्र होकर कहा–तू आज खिला देगी बेटी, अभी तो पूरा चौमासा पड़ा हुआ है। आजकल तो कहीं घास भी नहीं मिलती। भगवान् न जाने कैसे पार लगाएंगे– घर में अन्न का एक दाना भी नहीं है। डांडी अच्छी होती, तो बाकी देके चार महीने निबाह हो जाता। इस डांडी में आग लगे, आधी बाकी भी न निकली। अमर भैया को तू समझाती नहीं, स्वामीजी को बढ़ने नहीं देते।

मुन्नी ने मुंह फेरकर कहा–मुझसे तो आजकल रूठे हुए हैं, बोलते ही नहीं। काम–धंधे से फुरसत ही नहीं मिलती। घर के आदमी से बातचीत करने को भी फुरसत चाहिए। जब फटेहाल आए थे तब फुरसत थी। यहां जब दुनिया जानने लगी, नाम हुआ, बड़े आदमी बन गए, तो अब फुरसत नहीं है।

सलोनी ने विस्मय भरी आंखों से मुन्नी को देखा–क्या कहती है बहू, वह तुझसे रूठे हुए हैं– मुझे तो विश्वास नहीं आता। तुझे धोखा हुआ है। बेचारा रात–दिन तो दौड़ता है, न मिली होगी फुरसत। मैंने तुझे जो असीस दिया है, वह पूरा होके रहेगा, देख लेना।

मुन्नी अपनी अनुदारता पर सकुचाती हुई बोली–मुझे किसी की परवाह नहीं है, काकी जिसे सौ बार गरज पड़े बोले, नहीं न बोले। वह समझते होंगे–मैं उनके गले पड़ी जा रही हूं। मैं तुम्हारे चरण छूकर कहती हूं काकी, जो यह बात कभी मेरे मन में आई हो। मैं तो उनके पैरों की धूल के बराबर भी नहीं हूं। हां, इतना चाहती हूं कि वह मुझसे मन से बोलें, जो कुछ थोड़ी बहुत सेवा करूं, उसे मन से लें। मेरे मन में बस इतनी ही साधा है कि मैं जल चढ़ाती जाऊं और वह चढ़वाते जाएं और कुछ नहीं चाहती।

सहसा अमर ने पुकारा। सलोनी ने बुलाया–आओ भैया अभी बहू आ गई, उसी से बतिया रही हूं।

अमर ने मुन्नी की ओर देखकर तीखे स्वर में कहा–मैंने तुम्हें दो बार पुकारा मुन्नी, तुम बोलीं क्यों नहीं–मुन्नी ने मुंह फेरकर कहा–तुम्हें किसी से बोलने की फुरसत नहीं है। तो कोई क्यों जाए तुम्हारे पास– तुम्हें बड़े–बड़े काम करने पड़ते हैं, तो औरों को भी तो अपने छोटे–छोटे काम करने ही पड़ते हैं।

अमर पत्नीव्रत की धुन में मुन्नी से खींचा रहने लगा था। पहले वह चट्टान पर था, सुखदा उसे नीचे से खींच रही थी। अब सुखदा टीले के शिखर पर पहुंच गई और उसके पास पहुंचने के लिए उसे आत्मबल और मनोयोग की जरूरत थी। उसका जीवन आदर्श होना चाहिए, किंतु प्रयास करने पर भी वह सरलता और श्रद्धा की इस मूर्ति को दिल से न निकाल सकता था। उसे ज्ञात हो रहा था कि आत्मोन्नति के प्रयास में उसका जीवन शुष्क, निरीह हो गया है। उसने मन में सोचा, मैंने तो समझा था हम दोनों एक–दूसरे के इतने समीप आ गये हैं कि अब बीच में किसी भ्रम की गुंजाइश नहीं रही। मैं चाहे यहां रहूं, चाहे काले कोसों चला जाऊं, लेकिन तुमने मेरे हृदय में जो दीपक जला दिया है, उसकी ज्योति जरा भी मंद न पड़ेगी।

उसने मीठे तिरस्कार से कहा–मैं यह मानता हूं मुन्नी, कि इधर काम अधिक रहने से तुमसे कुछ अलग रहा लेकिन मुझे आशा थी कि अगर चिंताओं से झुंझलाकर मैं तुम्हें दो–चार कड़वे शब्द भी सुना दूं, तो तुम मुझे क्षमा करोगी। अब मालूम हुआ कि वह मेरी भूल थी।

मुन्नी ने उसे कातर नेत्रों से देखकर कहा–हां लाला, वह तुम्हारी भूल थी। दरिद्र को सिंहासन पर भी बैठा दो, तब भी उसे अपने राजा होने का विश्वास न आएगा। वह उसे सपना ही समझेगा। मेरे लिए भी यही सपना जीवन का आधार है। मैं कभी जागना नहीं चाहती। नित्य यही सपना देखती रहना चाहती हूं। तुम मुझे थपकियां देते जाओ, बस मैं इतना ही चाहती हूं। क्या इतना भी नहीं कर सकते– क्या हुआ, आज स्वामीजी से तुम्हारा झगड़ा क्यों हो गया–

सलोनी अभी तो आत्मानन्द की तारीफ कर रही थी। अब अमर की मुंह देखी कहने लगी–भैया ने तो लोगों का समझाया था कि महन्त के पास चलो। इसी पर लोग बिगड़ गए। पूछो, और तुम कर ही क्या सकते हो। महन्तजी पिटवाने लगें, तो भागने की राह न मिले।

मुन्नी ने इसका समर्थन किया–महन्तजी धार्मात्मा आदमी हैं। भला लोग भगवान् के मंदिर को घेरते, तो कितना अपजस होता। संसार भगवान् का भजन करता है। हम चलें उनकी पूजा रोकने। न जाने स्वामीजी को यह सूझी क्या, और लोग उनकी बात मान गए। कैसा अंधेर है।

अमर ने चित्त में शांति का अनुभव किया। स्वामीजी से तो ज्यादा समझदार ये अपढ़ स्त्रियां हैं। और आप शास्त्रों के ज्ञाता हैं। ऐसे ही मूर्ख आपको भक्त मिल गए।

उसने प्रसन्न होकर कहा–उस नक्कारखाने में तूती की आवाज कौन सुनता था, काकी–लोग मंदिर को घेरने जाते, तो फौजदारी हो जाती। जरा–जरा सी बात में तो आजकल गोलियां चलती हैं।

सलोनी ने भयभीत होकर कहा–तुमने बहुत अच्छा किया भैया, जो उनके साथ न हुए, नहीं खून–खच्चर हो जाता।

मुन्नी आर्द्र होकर बोली–मैं तो उनके साथ कभी न जाने देती, लाला हाकिम संसार पर राज करता है तो क्या रैयत का दुरूख–दर्द न सुनेगा–स्वामीजी आवेंगे, तो पूछूंगी।

आग की तरह जलता हुआ भाव सहानुभूति और सहृदयता से भरे हुए शब्दों से शीतल होता जान पड़ा। अब अमर कल अवश्य महन्तजी की सेवा में जाएगा। उसके मन में अब कोई शंका, कोई दुविधा नहीं है।

पांच

अमर गूदड़ चौधरी के साथ महन्त आशाराम गिरि के पास पहुंचा। संध्या का समय था। महन्तजी एक सोने की कुर्सी पर बैठे हुए थे, जिस पर मखमली गद्दा था। उनके इर्द–गिर्द भक्तों की भीड़ लगी हुई थी, जिसमें महिलाओं की संख्या ही अधिक थी। सभी धुले हुए संगमरमर के फर्श पर बैठी हुई थी। पुरुष दूसरी ओर बैठे थे। महन्तजी पूरे छरू फीट के विशालकाय सौम्य पुरुष थे। अवस्था कोई पैंतीस वर्ष की थी। गोरा रंग, दुहरी देह, तेजस्वी मूर्ति, काषाय वस्त्र तो थे, किन्तु रेशमी। वह पांव लटकाए बैठे हुए थे। भक्त लोग जाकर उनके चरणों को आंखों से लगाते थे, अमर अंदर गया, पर वहां उसे कौन पूछता–आखिर जब खड़े–खड़े आठ बज गए, तो उसने महन्तजी के समीप जाकर कहा–महाराज, मुझे आपसे कुछ निवेदन करना है।

महन्तजी ने इस तरह उसकी ओर देखा, मानो उन्हें आंखें फेरने में भी कष्ट है।

उनके समीप एक दूसरा साधु खड़ा था। उसने आश्चर्य से उसकी ओर देखकर पूछा–कहां से आते हो–

अमर ने गांव का नाम बताया।

हुक्म हुआ, आरती के बाद आओ।

आरती में तीन घंटे की देर थी। अमर यहां कभी न आया था। सोचा, यहां की सैर ही कर लें। इधर–उधर घूमने लगा। यहां से पश्चिम तरफ तो

विशाल मंदिर था। सामने पूरब की ओर सिंहद्वार, दाहिने–बाएं दो दरवाजे और भी थे। अमर दाहिने दरवाजे से अंदर घुसा, तो देखा चारों तरफ चौड़े बरामदे हैं और भंडारा हो रहा है। कहीं बड़ी–बड़ी कढ़ाइयों में पूड़ियां–कचौड़ियां बन रही हैं। कहीं भांति–भांति की शाक–भाजी चढ़ी हुई है कहीं दूध उबल रहा है कहीं मलाई निकाली जा रही है। बरामदे के पीछे, कमरे में खा? सामग्री भरी हुई थी। ऐसा मालूम होता था, अनाज, शाक–भाजी, मेवे, फल, मिठाई की मंडियां हैं। एक पूरा कमरा तो केवल परवलों से भरा हुआ था। उस मौसम में परवल कितने महंगे होते हैं पर यहां वह भूसे की तरह भरा हुआ था। अच्छे–अच्छे घरों की महिलाएं भक्ति–भाव से व्यंजन पकाने में लगी हुई थीं। ठाकुरजी के ब्यालू की तैयारी थी। अमर यह भंडार देखकर दंग रह गया। इस मौसम में यहां बीसों झाबे अंगूर भरे थे।

अमर यहां से उत्तर तरफ के द्वार में घुसा, तो यहां बाजार–सा लगा देखा। एक लंबी कतार दर्जियों की थी, जो ठाकुरजी के वस्त्र सी रहे थे। कहीं जरी के काम हो रहे थे, कहीं कारचोबी की मसनदें और फावतकिए बनाए जा रहे थे। एक कतार सोनारों की थी, जो ठाकुरजी के आभूषण बना रहे थे, कहीं जड़ाई का काम हो रहा था, कहीं पालिश किया जाता था, कहीं पटवे गहने गूंथ रहे थे। एक कमरे में दस–बारह मुस्टंडे जवान बैठे चंदन रगड़ रहे थे। सबों के मुंह पर ढाटे बंधो हुए थे। एक पूरा कमरा इत्र, तेल और अगरबत्तियों से भरा हुआ था। ठाकुरजी के नाम पर कितना अपव्यय हो रहा है, यही सोचता हुआ अमर यहां से फिर बीच वाले प्रांगण में आया और सदर द्वार से बाहर निकला।

गूदड़ ने पूछा–बड़ी देर लगाई। कुछ बातचीत हुई–

अमर ने हंसकर कहा–अभी तो केवल दर्शन हुए हैं, आरती के बाद भेंट होगी। यह कहकर उसने जो देखा था, वह विस्तारपूर्वक बयान किया।

गूदड़ ने गर्दन हिलाते हुए कहा–भगवान् का दरबार है। जो संसार को पालता है, उसे किस बात की कमी– सुना तो हमने भी है लेकिन कभी भीतर नहीं गए कि कोई कुछ पूछने–पाछने लगें, तो निकाले जायं। हां, घुड़साल और गऊशाला देखी है, मन चाहे तो तुम भी देख लो।

अभी समय बहुत बाकी था। अमर गऊशाला देखने चला। मंदिर के दक्खिन में पशुशालाएं थीं। सबसे पहले पीलखाने में घुसे। कोई पच्चीस–तीस हाथी आंगन में जंजीरों से बंधो खड़े थे। कोई इतना बड़ा कि पूरा पहाड़, कोई इतना मोटा, जैसे भैंस। कोई झूम रहा था, कोई सूंड घुमा रहा था, कोई बरगद के डाल–पात चबा रहा था। उनके हौदे, झूले, अंबारियां, गहने सब अलग गोदाम

में रखे हुए थे। हरेक हाथी का अपना नाम, अपना सेवक, अपना मकान अलग था। किसी को मन–भर रातिब मिलता था, किसी को चार पसेरी। ठाकुरजी की सवारी में जो हाथी था, वही सबसे बड़ा था। भगत लोग उसकी पूजा करने आते थे। इस वक्त भी मालाओं का ढेर उसके सिर पर पड़ा हुआ था। बहुत–से फूल उसके पैरों के नीचे थे।

यहां से घुड़साल में पहुंचे। घोड़ों की कतारें बांधी हुई थीं, मानो सवारों की फौज का पड़ाव हो। पांच सौ घोड़ों से कम न थे, हरेक जाति के, हरेक देश के। कोई सवारी का कोई शिकार का, कोई बग्घी का, कोई पोलो का। हरेक घोड़े पर दो–दो आदमी नौकर थे। उन्हें रोज बादाम और मलाई दी जाती थी।

गऊशाला में भी चार–पांच सौ गाएं–भैंसें थीं बड़े–बड़े मटके ताजे दूध से भरे रखे थे। ठाकुरजी आरती के पहले स्नान करेंगे। पांच–पांच मन दूध उनके स्नान को तीन बार रोज चाहिए, भंडार के लिए अलग।

अभी यह लोग इधर–उधर घूम ही रहे थे कि आरती शुरू हो गई। चारों तरफ से लोग आरती करने को दौड़ पड़े।

गूदड़ ने कहा–तुमसे कोई पूछता–कौन भाई हो, तो क्या बताते–

अमर ने मुस्कराकर कहा–वैश्य बताता।

'तुम्हारी तो चल जाती क्योंकि यहां तुम्हें लोग कम जानते हैं, मुझे तो लोग रोज ही हाथ में चरसें बेचते देखते हैं, पहचान लें, तो जीता न छोड़ें। अब देखो भगवान् की आरती हो रही है और हम भीतर नहीं जा सकते, यहां के पंडे–पुजारियों के चरित्र सुनो, तो दांतों तले उंगली दबा लो। पर वे यहां के मालिक हैं, और हम भीतर कदम नहीं रख सकते। तुम चाहे जाकर आरती ले लो। तुम सूरत से भी तो ब्राह्मण जंचते हो। मेरी तो सूरत ही चमार–चमार पुकार रही है।'

अमर की इच्छा तो हुई कि अंदर जाकर तमाशा देखे पर गूदड़ को छोड़कर न जा सका। कोई आधा घंटे में आरती समाप्त हुई और उपासक लौटकर अपने–अपने घर गए, तो अमर महन्तजी से मिलने चला। मालूम हुआ, कोई रानी साहब दर्शन कर रही हैं। वहीं आंगन में टहलता रहा।

आधा घंटे के बाद उसने फिर साधु–द्वारपाल से कहा, तो पता चला, इस वक्त नहीं दर्शन हो सकते। प्रातरूकाल आओ।

अमर को क्रोध तो ऐसा आया कि इसी वक्त महन्तजी को फटकारे पर जब्त करना पड़ा। अपना–सा मुंह लेकर बाहर चला आया।

गूदड़ ने यह समाचार सुनकर कहा–दरबार में भला हमारी कौन सुनेगा–

'महन्तजी के दर्शन तुमने कभी किए हैं?'

'मैंने भला मैं कैसे करता– मैं कभी नहीं आया।'

नौ बज रहे थे, इस वक्त घर लौटना मुश्किल था। पहाड़ी रास्ते, जंगली जानवरों का खटका, नदी–नालों का उतार। वहीं रात काटने की सलाह हुई। दोनों एक धर्मशाला में पहुंचे और कुछ खा–पीकर वहीं पड़ रहने का विचार किया। इतने में दो साधु भगवान् का ब्यालू बेचते हुए नजर आए। धर्मशाला के सभी यात्री लेने दौड़े। अमर ने भी चार आने की एक पत्तल ली। पूरियां, हलवे, तरह–तरह की भांजियां, अचार–चटनी, मुरब्बे, मलाई, दही इतना सामान था कि अच्छे दो खाने वाले त्प्त हो जाते। यहां चूल्हा बहुत कम घरों में जलता था। लोग यही पत्तल ले लिया करते थे। दोनों ने खूब पेट–भर खाया और पानी पीकर सोने की तैयारी कर रहे थे कि एक साधु दूध बेचने आया–शयन का दूध ले लो। अमर की इच्छा तो न थी पर कौतूहल से उसने दो आने का दूध ले लिया। पूरा एक सेर था, गाढ़ा, मलाईदार उसमें से केसर और कस्तूरी की सुगंध उड़ रही थी। ऐसा दूध उसने अपने जीवन में कभी न पिया था।

बेचारे बिस्तर तो लाए न थे, आधी–आधी धोतियां बिछाकर लेटे।

अमर ने विस्मय से कहा–इस खर्च का कुछ ठिकाना है।

गूदड़ भक्ति–भाव से बोला–भगवान् देते हैं और क्या उन्हीं की महिमा है। हजार–दो हजार यात्री नित्य आते हैं। एक–एक सेठिया दस–दस, बीस–बीस हजार की थैली चढ़ाता है। इतना खरचा करने पर भी करोड़ों रुपये बैंक में जमा हैं।

'देखें कल क्या बातें होती हैं?'

'मुझे तो ऐसा जान पड़ता है कि कल भी दर्सन न होंगे।'

दोनों आदमियों ने कुछ रात रहे ही उठकर स्नान किया और दिन निकलने के पहले डयोढ़ी पर जा पहुंचे। मालूम हुआ, महन्तजी पूजा पर हैं।

एक घंटा बाद फिर गए, तो सूचना मिली, महन्तजी कलेऊ पर हैं।

जब वह तीसरी बार नौ बजे गया, तो मालूम हुआ, महन्तजी घोड़ों का मुआइना कर रहे हैं। अमर ने झुंझलाकर द्वारपाल से कहा–तो आखिर हमें कब दर्शन होंगे–

द्वारपाल ने पूछा–तुम कौन हो–

'मैं उनके इलाके के विषय में कुछ कहने आया हूं।'

'तो कारकुन के पास जाओ। इलाके का काम वही देखते हैं।'

अमर पूछता हुआ कारकुन के दफ्तर में पहुंचा, तो बीसों मुनीम लंबी–लंबी बही खोले लिख रहे थे। कारकुन महोदय मसनद लगाए हुक्का पी रहे थे।

अमर ने सलाम किया।

कारकुन साहब ने दाढ़ी पर हाथ फेरकर पूछा–अर्जी कहां है–

अमर ने बगलें झांककर कहा–अर्जी तो मैं नहीं लाया।

'तो फिर यहां क्या करने आए?'

'मैं तो श्रीमान् महन्तजी से कुछ अर्ज करने आया था।'

'अर्जी लिखकर लाओ।'

'मैं तो महन्तजी से मिलना चाहता हूं।'

'नजराना लाए हो?'

'मैं गरीब आदमी हूं, नजराना कहां से लाऊं?'

'इसलिए कहता हूं, अर्जी लिखकर लाओ। उस पर विचार होगा। जो कुछ हुक्म होगा, सुना दिया जाएगा।'

'तो कब हुक्म सुनाया जाएगा?'

'जब महन्तजी की इच्छा हो।'

'महन्तजी को कितना नजराना चाहिए?'

'जैसी श्रद्धा हो। कम–से–कम एक अशर्फी।'

'कोई तारीख बता दीजिए, तो मैं हुक्म सुनने आऊं। यहां रोज कौन दौड़ेगा?'

'तुम दौड़ोगे और कौन दौड़ेगा– तारीख नहीं बताई जा सकती।'

अमर ने बस्ती में जाकर विस्तार के साथ अर्जी लिखी और उसे कारकुन की सेवा में पेश कर दिया। फिर दोनों घर चले गए।

इनके आने की खबर पाते ही गांव के सैकड़ों आदमी जमा हो गए। अमर बड़े संकट में पड़ा। अगर उनसे सारा वृत्तांत कहता है, तो लोग उसी को उल्लू बनाएंगे–इसलिए बात बनानी पड़ी–अर्जी पेश कर आया हूं। उस पर विचार हो रहा है।

काशी ने अविश्वास के भाव से कहा–वहां महीनों में विचार होगा, तब तक यहां कारिंदे हमें नोच डालेंगे।

अमर ने खिसियाकर कहा–महीनों में क्यों विचार होगा– दो–चार दिन बहुत हैं।

पयाग बोला–यह सब टालने की बातें हैं। खुशी से कौन अपने रुपये छोड़ सकता है।

अमर रोज सबेरे जाता और घड़ी रात गए लौट आता। पर अर्जी पर विचार न होता था। कारकुन, उनके मुहर्रिरों, यहां तक की चपरासियों की मिन्नत–समाजत करता पर कोई न सुनता था। रात को वह निराश होकर लौटता, तो गांव के लोग यहां उसका परिहास करते।

पयाग कहता–हमने तो सुना था कि रुपये में आठ आने की छूट हो गई।

काशी कहता–तुम झूठे हो। मैंने तो सुना था, महन्तजी ने इस साल पूरी लगान माफ कर दी।

उधर आत्मानन्द हलके में बराबर जनता को भड़का रहे थे। रोज बड़ी–बड़ी किसान–सभाओं की खबरें आती थीं। जगह–जगह किसान–सभाएं बन रही थीं। अमर की पाठशाला भी बंद पड़ी थी। उसे फुरसत ही न मिलती थी, पढ़ाता कौन– रात को केवल मुन्नी अपनी कोमल सहानुभूति से उसके आंसू पोंछती थी।

आखिर सातवें दिन उसकी अर्जी पर हुक्म हुआ कि सामने पेश किया जाय। अमर महन्त के सामने लाया गया। दोपहर का समय था। महन्तजी खसखाने में एक तख्त पर मसनद लगाए लेटे हुए थे। चारों तरफ खस की टट्टियां थीं, जिन पर गुलाब का छिड़काव हो रहा था। बिजली के पंखे चल रहे थे। अंदर इस जेठ के महीने में इतनी ठंडक थी कि अमर को सर्दी लगने लगी।

महन्तजी के मुखमंडल पर दया झलक रही थी। हुक्के का एक कश खींचकर मधुर स्वर में बोले–तुम इलाके ही में रहते हो न– मुझे यह सुनकर बड़ा दुरूख हुआ कि मेरे असामियों की इस समय कष्ट है। क्या सचमुच उनकी दशा यही है, जो तुमने अर्जी में लिखी है–

अमर ने प्रोत्साहित होकर कहा–महाराज, उनकी दशा इससे कहीं खराब है कितने ही घरों में चूल्हा नहीं जलता।

महन्तजी ने आंखें बंद करके कहा–भगवान् यह तुम्हारी क्या लीला है–तो तुमने मुझे पहले ही क्यों न खबर दी– मैं इस फसल की वसूली रोक

देता। भगवान् के भंडार में किस चीज की कमी है। मैं इस विषय में बहुत जल्द सरकार से पत्र व्यवहार करूंगा और वहां से जो कुछ जवाब आएगा, वह असामियों को भिजवा दूंगा। तुम उनसे कहो, धैर्य रखें। भगवान् यह तुम्हारी क्या लीला है।

महन्तजी ने आंखों पर ऐनक लगा ली और दूसरी अर्जियां देखने लगे, तो अमरकान्त भी उठ खड़ा हुआ। चलते–चलते उसने पूछा–अगर श्रीमान् कारिंदों को हुक्म दे दें कि इस वक्त असामियों को दिक न करें, तो बड़ी दया हो। किसी के पास कुछ नहीं है, पर मार–गाली के भय से बेचारे घर की चीजें बेच–बेचकर लगान चुकाते हैं। कितने ही तो इलाका छोड़–छोड़कर भागे जा रहे हैं।

महन्तजी की मुद्रा कठोर हो गई–ऐसा नहीं होने पाएगा। मैंने कारिंदों को कड़ी ताकीद कर दी है कि किसी असामी पर सख्ती न की जाय। मैं उन सबों से जवाब तलब करूंगा। मैं असामियों का सताया जाना बिलकुल पसंद नहीं करता।

अमर ने झुककर महन्तजी को दंडवत किया और वहां से बाहर निकला, तो उसकी बांछें खिली जाती थीं। वह जल्द–से जल्द इलाके में पहुंचकर यह खबर सुना देना चाहता था। ऐसा तेज जा रहा था, मानो दौड़ रहा है। बीच–बीच में दौड़ भी लगा लेता था, पर सचेत होकर रूक जाता था। लू तो न थी पर धूप बड़ी तेज थी, देह फुंकी जाती थी, फिर भी वह भागा चला जाता था। अब वह स्वामी आत्मानन्द से पूछेगा, कहिए, अब तो आपको विश्वास आया न कि संसार में सभी स्वार्थी नहीं– कुछ धार्मात्मा भी हैं, जो दूसरों का दुरूख–दर्द समझते हैं– अब उनके साथ के बेफिक्रों की खबर भी लेगा। अगर उसके पर होते तो उड़ जाता।

संध्या समय वह गांव में पहुंचा तो कितने ही उत्सुक किंतु अविश्वास से भरे नेत्रों ने उसका स्वागत किया।

काशी बोला–आज तो बड़े प्रसन्न हो भैया, पाला मार आए क्या–

अमर ने खाट पर बैठते हुए अकड़कर कहा–जो दिल से काम करेगा, वह पाला मारेगा ही।

बहुत से लोग पूछने लगे–भैया, क्या हुकुम हुआ–

अमर ने डॉक्टर की तरह मरीजों को तसल्ली दी–महन्तजी को तुम लोग व्यर्थ बदनाम कर रहे थे। ऐसी सज्जनता से मिले कि मैं क्या कहूं– कहा–हमें तो कुछ मालूम ही नहीं, पहले ही क्यों न सूचना दी, नहीं तो हमने वसूली बंद

कर दी होती। अब उन्होंने सरकार को लिखा है। यहां कारिंदों को भी वसूली की मनाही हो जाएगी।

काशी ने खिसियाकर कहा–देखो, कुछ हो जाय तो जानें।

अमर ने गर्व से कहा–अगर धैर्य से काम लोगे, तो सब कुछ हो जाएगा। हुल्लड़ मचाओगे, तो कुछ न होगा, उल्टे और डंडे पड़ेंगे।

सलोनी ने कहा–जब मोटे स्वामी मानें।

गूदड़ ने चौधरीपन की ली–मानेंगे कैसे नहीं, उनको मानना पड़ेगा।

एक काले युवक ने, जो स्वामीजी के उग्र भक्तों में था, लज्जित होकर कहा–भैया, जिस लगन से तुम काम करते हो, कोई क्या करेगा।

दूसरे दिन उसी कड़ाई से प्यादों ने डांट–फटकार की लेकिन तीसरे दिन से वह कुछ नर्म हो गए। सारे इलाके में खबर फैल गई कि महन्तजी ने आधी छूट के लिए सरकार को लिखा है। स्वामीजी जिस गांव में जाते थे, वहां लोग उन पर आवाजें कसते। स्वामीजी अपनी रट अब भी लगाए जाते थे। यह सब धोखा है, कुछ होना–हवाना नहीं है, उन्हें अपनी बात की आ पड़ी थी–असामियों की उन्हें इतनी फिक्र न थी, जितनी अपने पक्ष की। अगर आधी छूट का हुकुम आ जाता, तो शायद वह यहां से भाग जाते। इस वक्त तो वह इस वादे को धोखा साबित करने की चेष्टा करते थे, और यद्यपि जनता उनके हाथ में न थी, पर कुछ–न–कुछ आदमी उनकी बातें सुन ही लेते थे। हां, इस कान सुनकर उस कान उड़ा देते।

दिन गुजरने लगे, मगर कोई हुक्म नहीं आया। फिर लोगों में संदेह पैदा होने लगा। जब दो सप्ताह निकल गए, तो अमर सदर गया और वहां सलीम के साथ हाकिम जिला मि. गजनवी से मिला। मि. गजनवी लंबे, दुबले, गोरे शौकीन आदमी थे। उनकी नाक इतनी लंबी और चिबुक इतना गोल था कि हास्य–मूर्ति लगते थे। और थे भी बड़े विनोदी। काम उतना ही करते थे जितना जरूरी होता था और जिसके न करने से जवाब तलब हो सकता था। लेकिन दिल के साफ, उदार, परोपकारी आदमी थे। जब अमर ने गांवों की हालत उनसे बयान की, तो हंसकर बोले–आपके महन्तजी ने फरमाया है, सरकार जितनी मालगुजारी छोड़ दे, मैं उतनी ही लगान छोड़ दूंगा। हैं मुंसिफ मिजाज।

अमर ने शंका की–तो इसमें बेइंसाफी क्या है–

'बेइंसाफी यही है कि उनके करोड़ों रुपये बैंक में जमा हैं, सरकार पर अरबों कर्ज है।'

'तो आपने उनकी तजवीज पर कोई हुक्म दिया?'

'इतनी जल्द भला छरू महीने तो गुजरने दीजिए। अभी हम काश्तकारों की हालत की जांच करेंगे, उसकी रिपोर्ट भेजी जाएगी, फिर रिपोर्ट पर गौर किया जाएगा, तब कहीं कोई हुक्म निकलेगा।'

'तब तक तो असामियों के बारे–न्यारे हो जाएंगे। अजब नहीं कि फसाद शुरू हो जाए।'

'तो क्या आप चाहते हैं, सरकार अपनी बजा छोड़ दे– यह दफ्तरी हुकूमत है जनाब वहां सभी काम जाब्ते के साथ होते हैं। आप हमें गालियां दें, हम आपका कुछ नहीं कर सकते। पुलिस में रिपोर्ट होगी। पुलिस आपका चालान करेगी। होगा वही, जो मैं चाहूंगा मगर जाब्ते के साथ। खैर, यह तो मजाक था। आपके दोस्त मि. सलीम बहुत जल्द उस इलाके की तहकीकात करेंगे, मगर देखिए, झूठी शहादतें न पेश कीजिएगा कि यहां से निकाले जाएं। मि. सलीम आपकी बड़ी तारीफ करते हैं, मगर भाई, मैं तुम लोगों से डरता हूं। खासकर तुम्हारे स्वामी से। बड़ा ही मुफसिद आदमी है। उसे फंसा क्यों नहीं देते– मैंने सुना है, वह तुम्हें बदनाम करता फिरता है।'

इतना बड़ा अफसर अमर से इतनी बेतकल्लुफी से बातें कर रहा था, फिर उसे क्यों न नशा हो जाता– सचमुच आत्मानन्द आग लगा रहा है। अगर वह गिरफ्तार हो जाए, तो इलाके में शांति हो जाए। स्वामी साहसी है, यथार्थ वक्ता है, देश का सच्चा सेवक है लेकिन इस वक्त उसका गिरफ्तार हो जाना ही अच्छा है।

उसने कुछ इस भाव से जवाब दिया कि उसके मनोभाव प्रकट न हों पर स्वामी पर वार चल जाय–मुझे तो उनसे कोई शिकायत नहीं है, उन्हें अख्तियार है, मुझे जितना चाहें बदनाम करें।

गजनवी ने सलीम से कहा–तुम नोट कर लो मि. सलीम। कल इस हलके के थानेदार को लिख दो, इस स्वामी की खबर ले। बस, अब सरकारी काम खत्म। मैंने सुना है मि. अमर कि आप औरतों को वश में करने का कोई मंत्र जानते हैं।

अमर ने सलीम की गरदन पकड़कर कहा–तुमने मुझे बदनाम किया होगा।

सलीम बोला–तुम्हें तुम्हारी हरकतें बदनाम कर रही हैं, मैं क्यों करने लगा–

गजनवी ने बांकपन के साथ कहा–तुम्हारी बीबी गजब की दिलेर औरत है, भई आजकल म्युनिसिपैलिटी से उनकी जोर–आजमाई है और मुझे यकीन है, बोर्ड को झुकना पड़ेगा। अगर भाई, मेरी बीबी ऐसी होती, तो मैं फकीर हो जाता। वल्लाह।

अमर ने हंसकर कहा–क्यों आपको तो और खुश होना चाहिए था।

गजनवी–जी हां वह तो जनाब का दिल ही जानता होगा।

सलीम–उन्हीं के खौफ से तो यह भागे हुए हैं।

गजनवी–यहां कोई जलसा करके उन्हें बुलाना चाहिए।

सलीम–क्यों बैठे–बिठाए जहमत मोल लीजिएगा। वह आईं और शहर में आग लगी, हमें बंगलों से निकलना पड़ा।

गजनवी–अजी, यह तो एक दिन होना ही है। वह अमीरों की हुकूमत अब थोड़े दिनों की मेहमान है। इस मुल्क में अंग्रेजों का राज है, इसलिए हममें जो अमीर हैं और जो कुदरती तौर पर अमीरों की तरफ खड़े होते हैं, वह भी गरीबों की तरफ खड़े होने में खुश हैं क्योंकि गरीबों के साथ उन्हें कम–से–कम इज्जत तो मिलेगी, उधर तो यह डौल भी नहीं है। मैं अपने को इसी जहमत में समझता हूं।

तीनों मित्रों में बड़ी रात तक बेतकल्लुफी से बातें होती रहीं। सलीम ने अमर की पहले ही खूब तारीफ कर दी थी। इसलिए उसकी गंवाई सूरत होने पर भी गजनवी बराबरी के भाव से मिला। सलीम के लिए हुकूमत नई चीज थी। अपने नए जूते की तरह उसे कीचड़ और पानी से बचाता था। गजनवी हुकूमत का आदी हो चुका था और जानता था कि पांव नए जूते से कहीं ज्यादा कीमती चीज है। रमणी–चर्चा उसके कौतूहल, आनंद और मनोरंजन का मुख्य विषय थी। क्वांरों की रसिकता बहुत धीरे–धीरे सूखने वाली वस्तु है। उनकी अत्प्त लालसा प्रायरू रसिकता के रूप में प्रकट होती है।

अमर ने गजनवी से पूछा–आपने शादी क्यों नहीं की– मेरे एक मित्र प्रोफेसर डॉक्टर शान्तिकुमार हैं, वह भी शादी नहीं करते। आप लोग औरतों से डरते होंगे।

गजनवी ने कुछ याद करके कहा–शान्तिकुमार वही तो हैं, खूबसूरत से, गोरे–चिट्टे, गठे हुए बदन के आदमी। अजी, वह तो मेरे साथ पढ़ता था यार। हम दोनों ऑक्सफोर्ड में थे। मैंने लिटरेचर लिया था, उसने पोलिटिकल फिलॉसोफी

ली थी। मैं उसे खूब बनाया करता था, यूनिवर्सिटी में है न– अक्सर उसकी याद आती थी।

सलीम ने उसके इस्तीफे, ट्रस्ट और नगर–कार्य का जिक्र किया।

गजनवी ने गरदन हिलाई, मानो कोई रहस्य पा गया है–तो यह कहिए, आप लोग उनके शागिर्द हैं। हम दोनों में अक्सर शादी के मसले पर बातें होती थीं। मुझे तो डॉक्टरों ने मना किया था क्योंकि उस वक्त मुझमें टी. वी. की कुछ अलामतें नजर आ रही थी। जवान बेवा छोड़ जाने के खयाल से मेरी देह कांपती थी। तब से मेरी गुजरान तीर–तुक्के पर ही है। शान्तिकुमार को तो कौमी खिदमत और जाने क्या–क्या खब्त था मगर ताज्जुब यह है कि अभी तक उस खब्त ने उसका गला नहीं छोड़ा। मैं समझता हूं, अब उसकी हिम्मत न पड़ती होगी। मेरे ही हमसिन तो थे। जरा उनका पता तो बताना– मैं उन्हें यहां आने की दावत दूंगा।

सलीम ने सिर हिलाया–उन्हें फुरसत कहां– मैंने बुलाया था, नहीं आए।

गजनवी मुस्कराए–तुमने निज के तोर पर बुलाया होगा। किसी इंस्टिटयूशन की तरफ से बुलाओ और कुछ चंदा करा देने का वादा कर लो, फिर देखो, चारों–हाथ पांव से दौड़े आते हैं या नहीं। इन कौमी खादिमों की जान चंदा है, ईमान चंदा है और शायद खुदा भी चंदा है। जिसे देखो, चंदे की हाय–हाय। मैंने कई बार इस खादिमों को चरका दिया, उस वक्त इन खादिमों की सूरतें देखने ही से ताल्लुक रखती हैं। गालियां देते हैं, पैंतरे बदलते हैं, जबान से तोप के गोले छोड़ते हैं, और आप उनके बौखलपन का मजा उठा रहे हैं। मैंने तो एक बार एक लीडर साहब को पागलखाने में बंद कर दिया था। कहते हैं अपने को कौम का खादिम और लीडर समझते हैं।

सवेरे मि. गजनवी ने अमर को अपनी मोटर पर गांव में पहुंचा दिया। अमर के गर्व और आनंद का पारावार न था। अफसरों की सोहबत ने कुछ अफसरी की शान पैदा कर दी थी–हाकिम परगना तुम्हारी हालत जांच करने आ रहे हैं। खबरदार, कोई उनके सामने झूठा बयान न दे। जो कुछ वह पूछें, उसका ठीक–ठीक जवाब दो। न अपनी दशा को छिपाओ, न बढ़ाकर बताओ। तहकीकात सच्ची होनी चाहिए। मि. सलीम बड़े नेक और गरीब–दोस्त आदमी हैं। तहकीकात में देर जरूर लगेगी, लेकिन राज्य–व्यवस्था में देर लगती ही है। इतना बड़ा इलाका है, महीनों घूमने में लग जाएंगे। तब तक तुम लोग खरीफ का काम शुरू कर दो। रुपये–आठ आने छूट का मैं जिम्मा लेता हूं। सब्र का फल मीठा होता है, समझ लो।

स्वामी आत्मानन्द को भी अब विश्वास आ गया। उन्होंने देखा, अकेला ही सारा यश लिए जाता है और मेरे पल्ले अपयश के सिवा और कुछ नहीं पड़ता, तो उन्होंने पहलू बदला। एक जलसे में दोनों एक ही मंच से बोले। स्वामीजी झुके, अमर ने कुछ हाथ बढ़ाया। फिर दोनों में सहयोग हो गया।

इधर असाढ़ की वर्षा शुरू हुई उधर सलीम तहकीकात करने आ पहुंचा। दो–चार गांवों में असामियों के बयान लिखे भी लेकिन एक ही सप्ताह में ऊब गया। पहाड़ी डाक–बंगले में भूत की तरह अकेले पड़े रहना उसके लिए कठिन तपस्या थी। एक दिन बीमारी का बहाना करके भाग खड़ा हुआ और एक महीने तक टाल–मटोल करता रहा। आखिर जब ऊपर से डांट पड़ी और गजनवी ने सख्त ताकीद की तो फिर चला। उस वक्त सावन की झड़ी लग गई थी, नदी, नाले–भर गए थे, और कुछ ठंडक आ गई थी। पहाड़ियों पर हरियाली छा गई थी। मोर बोलने लगे थे। प्राकृतिक शोभा ने देहातों को चमका दिया था।

कई दिन के बाद आज बादल खुले थे। महन्तजी ने सरकारी फैसले के आने तक रुपये में चार आने की छूट की घोषणा दी थी और कारिंदे बकाया वसूल करने की फिर चेष्टा करने लगे थे। दो–चार असामियों के साथ उन्होंने सख्ती भी की थी। इस नई समस्या पर विचार करने के लिए आज गंगा–तट पर एक विराट् सभा हो रही थी। भोला चौधरी सभापति बनाए गए और स्वामी आत्मानन्द का भाषण हो रहा था–सज्जनो, तुम लोगों में ऐसे बहुत कम हैं, जिन्होंने आधा लगान न दे दिया हो। अभी तक तो आधो की चिंता थी। अब केवल आधो–के–आधो की ‍रूचता है। तुम लोग खुशी से दो–दो आने और दे दो, सरकार महन्तजी की मलागुजारी में कुछ–न–कुछ छूट अवश्य करेगी। अब की छरू आने छूट पर संतुष्ट हो जाना चाहिए। आगे की फसल में अगर अनाज का भाव यही रहा, तो हमें आशा है कि आठ आने की छूट मिल जाएगी। यह मेरा प्रस्ताव है, आप लोग इस पर विचार करें। मेरे मित्र अमरकान्त की भी यही राय है। अगर आप लोग कोई और प्रस्ताव करना चाहते हैं तो हम उस पर विचार करने को भी तैयार हैं।

इसी वक्त डाकिये ने सभा में आकर अमरकान्त के हाथ में एक लिफाफा रख दिया। पते की लिखावट ने बता दिया कि नैना का पत्र है। पढ़ते ही जैसे उस पर नशा छा गया। मुख पर ऐसा तेज आ गया, जैसे अग्नि में आहुति पड़ गई हो। गर्व भरी आंखों से इधर–उधर देखा। मन के भाव जैसे छलांगें मारने लगे। सुखदा की गिरफ्तारी और जेल–यात्रा का वृत्तांत था। आह वह जेल गई और वह यहां पड़ा हुआ है उसे बाहर रहने का क्या अधिकार है वह कोमलांगी जेल में है, जो कड़ी दृष्टि भी न सह सकती थी, जिसे रेशमी वस्त्र भी चुभते थे,

मखमली गद्दे भी गड़ते थे, वह आज जेल की यातना सह रही है। वह आदर्श नारी, वह देश की लाज रखने वाली, वह कुल लक्ष्मी, आज जेल में है। अमर के हृदय का सारा रक्त सुखदा के चरणों पर गिरकर बह जाने के लिए मचल उठा। सुखदा सुखदा चारों ओर वही मूर्ति थी। संध्या की लालिमा से रंजित गंगा की लहरों पर बैठी हुई कौन चली जा रही है– सुखदा ऊपर असीम आकाश में केसरिया साड़ी पहने कौन उठी जा रही है– सुखदा सामने की श्याम पर्वतमाला में गोधुलि का हार गले में डाले कौन खड़ी है– सुखदा अमर विक्षिप्तों की भांति कई कदम आगे दौड़ा, मानो उसकी पद–रज मस्तक पर लगा लेना चाहता हो।

सभा में कौन क्या बोला, इसकी उसे खबर नहीं। वह खुद क्या बोला, इसकी भी उसे खबर नहीं। जब लोग अपने–अपने गांवों को लौटे तो चन्द्रमा का प्रकाश फैल गया था। अमरकान्त का अंतरूकरण कृतज्ञता से परिपूर्ण था। जैसे अपने ऊपर किसी की रक्षा का साया उसी ज्योत्स्ना की भांति फैला हुआ जान पड़ा। उसे प्रतीत हुआ, जैसे उसके जीवन में कोई विधन है, कोई आदेश है, कोई आशीर्वाद है, कोई सत्य है, और वह पग–पग पर उसे संभालता है, बचाता है। एक महान् इच्छा, एक महान् चेतना के संसर्ग का आज उसे पहली बार अनुभव हुआ।

सहसा मुन्नी ने पुकारा–लाला, आज तो तुमने आग ही लगा दी।

अमर ने चौंककर कहा–मैंने।

तब उसे अपने भाषण का एक–एक शब्द याद आ गया। उसने मुन्नी का हाथ पकड़ कर कहा–हां मुन्नी, अब हमें वही करना पड़ेगा, जो मैंने कहा। जब तक हम लगान देना बंद न करेंगे। सरकार यों ही टालती रहेगी।

मुन्नी संशक होकर बोली–आग में कूद रहे हो, और क्या–

अमर ने ठट्ठा मारकर कहा–आग में कूदने से स्वर्ग मिलेगा। दूसरा मार्ग नहीं है।

मुन्नी चकित होकर उसका मुंह देखने लगी। इस कथन में हंसने का क्याप्रयोजन वह समझ न सकी।

छह

सलीम यहां से कोई सात–आठ मील पर डाकबंगले में पड़ा हुआ था। हलके के थानेदार ने रात ही को उसे इस सभा की खबर दी और अमरकान्त का भाषण भी पढ़ सुनाया। उसे इन सभाओं की रिपोर्ट करते रहने की ताकीद दी गई थी।

सलीम को बड़ा आश्चर्य हुआ। अभी एक दिन पहले अमर उससे मिला था, और यद्यपि उसने महन्त की इस नई कार्रवाई का विरोध किया था। पर उसके विरोध में केवल खेद था, क्रोध का नाम भी न था। आज एकाएक यह परिवर्तन कैसे हो गया–

उसने थानेदार से पूछा–महन्तजी की तरफ से कोई खास ज्यादती तो नहीं हुई–

थानेदार ने जैसे इस शंका को जड़ से काटने के लिए तत्पर होकर कहा–बिलकुल नहीं, हुजूर उन्होंने तो सख्त ताकीद कर दी थी कि असामियों पर किसी किस्म का जुल्म न किया जाय। बेचारे ने अपनी तरफ से चार आने की छूट दे दी, गाली–गुप्ता तो मामूली बात है।

'जलसे पर इस तकरीर का क्या असर हुआ?'

'हुजूर, यही समझ लीजिए, जैसे पुआल में आग लग जाय। महन्तजी के इलाके में बड़ी मुश्किल से लगान वसूल होगा।'

सलीम ने आकाश की तरफ देखकर पूछा–आप इस वक्त मेरे साथ सदर चलने को तैयार हैं–

थानेदार को क्या उज्र हो सकता था। सलीम के जी में एक बार आया कि जरा अमर से मिले लेकिन फिर सोचा, अमर उसके समझाने से मानने वाला होता, तो यह आग ही क्यों लगाता–

सहसा थानेदार ने पूछा–हुजूर से तो इनकी जान–पहचान है–

सलीम ने चिढ़कर कहा–यह आपसे किसने कहा– मेरी सैकड़ों से जान–पहचान है, तो फिर – अगर मेरा लड़का भी कानून के खिलाफ काम करे, तो मुझे उसकी तंबीह करनी पड़ेगी।

थानेदार ने खुशामद की–मेरा यह मतलब नहीं था। हूजूर हुजूर से जान–पहचान होने पर भी उन्होंने हुजूर को बदनाम करने में ताम्मुल न किया, मेरी यही मंशा थी।

सलीम ने कुछ जवाब तो न दिया पर यह उस मुआमले का नया पहलू था। अमर को उसके इलाके में यह तूफान न उठाना चाहिए था, आखिर अफसरान यही तो समझेंगे कि यह नया आदमी है, अपने इलाके पर इसका रोब नहीं है।

बादल फिर घिरा आता था। रास्ता भी खराब था। उस पर अंधेरी रात, नदियों का उतार मगर उसका गजनवी से मिलना जरूरी था। कोई तजर्बेकार

अफसर इस कदर बदहवास न होता पर सलीम नया आदमी था।

दोनों आदमी रात–भर की हैरानी के बाद सवेरे सदर पहुंचे। आज मियां सलीम को आटे–दाल का भाव मालूम हुआ। यहां केवल हुकूमत नहीं है, हैरानी और जोखिम भी है, इसका अनुभव हुआ। जब पानी का झोंका आता, या कोई नाला सामने आ पड़ता, तो वह इस्तीफा देने की ठान लेता–यह नौकरी है या बला है मजे से जिंदगी गुजरती थी। यहां कुत्तो–खसी में आ फंसा। लानत है ऐसी नौकरी पर कहीं मोटर खड्ड में जा पड़े, तो हड्डियों का भी पता न लगे। नई मोटर चौपट हो गई।

बंगले पर पहुंचकर उसने कपड़े बदले, नाश्ता किया और आठ बजे गजनवी के पास जा पहुंचा। थानेदार कोतवाली में ठहरा था। उसी वक्त वह भी हाजिर हुआ।

गजनवी ने वृत्तांत सुनकर कहा–अमरकान्त कुछ दीवाना तो नहीं हो गया है। बातचीत से बड़ा शरीफ मालूम होता था मगर लीडरी भी मुसीबत है बेचारा कैसे नाम पैदा करें। शायद हजरत समझे होंगे, यह लोग तो दोस्त हो ही गए, अब क्या फिक्र। श्सैयां भए कोतवाल अब डर काहे का।श और जिलों में भी तो शोरिश है। मुमकिन है, वहां से ताकीद हुई हो। सूझी है इन सभी को दूर की और हक यह है कि किसानों की हालत नाजुक है। यों भी बेचारों को पेट भर दाना न मिलता था, अब तो जिंसें और भी सस्ती हो गईं। पूरा लगान कहां, आधो की भी गुंजाइश नहीं है, मगर सरकार का इंतजाम तो होना ही चाहिए हुकूमत में कुछ–कुछ खौफ और रोब का होना भी जरूरी है, नहीं उसकी सुनेगा कौन– किसानों को आज यकीन हो जाय कि आधा लगान देकर उनकी जान बच सकती है, तो कल वह चौथाई पर लड़ेंगे और परसों पूरी मुआफी का मुतालवा करेंगे। मैं तो समझता हूं, आप जाकर लाला अमरकान्त को गिरफ्तार कर लें। एक बार कुछ हलचल मचेगा, मुमकिन है, दो–चार गांवों में फसाद भी हो मगर खुले हुए फसाद को रोकना उतना मुश्किल नहीं है, जितना इस हवा को। मवाद जब फोड़े की सूरत में आ जाता है, तो उसे चीरकर निकाल दिया जा सकता है लेकिन वही दिल, दिमाफ की तरफ चला जाय, तो जिंदगी का खात्मा हो जाएगा। आप अपने साथ सुपरिंटेंडेंट पुलिस को भी ले लें और अमर को दगा एक सौ चौबीस में गिरफ्तार कर लें। उस स्वामी को भी लीजिए। दारोगाजी, आप जाकर साहब बहादुर से कहिए, तैयार रहें।

सलीम ने व्यथित कंठ से कहा–मैं जानता कि यहां आते–ही–आते इस अजाब में जान फंसेगी, तो किसी और जिले की कोशिश करता। क्या अब मेरा तबादला नहीं हो सकता–

थानेदार ने पूछा–हुजूर, कोई खत न देंगे–

गजनवी ने डांट बताई–खत की जरूरत नहीं है। क्या तुम इतना भी नहीं कह सकते–

थानेदार सलाम करके चला गया, तो सलीम ने कहा–आपने इसे बुरी तरह डांटा, बेचारा रूआंसा हो गया। आदमी अच्छा है।

गजनवी ने मुस्कराकर कहा–जी हां, बहुत अच्छा आदमी है। रसद खूब पहुंचाता होगा मगर रिआया से उसकी दस गुनी वसूल करता है। जहां किसी मातहत ने जरूरत से ज्यादा खिदमत और खुशामद की, मैं समझ जाता हूं कि यह छंटा हुआ गुर्गा है। आपकी लियाकत का यह हाल है कि इलाके में सदा ही वारदातें होती हैं, एक का भी पता नहीं चलता। इसे झूठी शहादतें बनाना भी नहीं आता। बस, खुशामद की रोटियां खाता है। अगर सरकार पुलिस का सुधार कर सके, तो स्वराज्य की मांग पचास साल के लिए टल सकती है। आज कोई शरीफ आदमी पुलिस से सरोकार नहीं रखना चाहता। थाने को बदमाशों का अड्डा समझकर उधर से मुंह फेर लेता है। यह सीफा इस राज का कलंक है। अगर आपको दोस्त को गिरफ्तार करने में तकल्लुफ हो, तो मैं डी. एस. पी. को ही भेज दूं। उन्हें गिरफ्तार करना फर्ज हो गया है। अगर आप यह नहीं चाहते कि उनकी जिल्लत हो, तो आप जाइए। अपनी दोस्ती का हक अदा करने ही के लिए जाइए। मैं जानता हूं, आपको सदमा हो रहा है। मुझे खुद रंज है। उस थोड़ी देर की मुलाकात में ही मेरे दिल पर उनका सिक्का जम गया। मैं उनके नेक इरादों की कद्र करता हूं लेकिन हम और वह दो कैंपों में हैं। स्वराज्य हम भी चाहते हैं मगर इन्कलाब के सिवा हमारे लिए दूसरा रास्ता नहीं है। इतनी फौज रखने की क्या जरूरत है, जो सरकार की आमदनी का आधा हजम कर जाय। फौज का खर्च आधा कर दिया जाय, तो किसानों का लगान बड़ी आसानी से आधा हो सकता है। मुझे अगर स्वराज्य से कोई खौफ है तो यह कि मुसलमानों की हालत कहीं और खराब न हो जाय। गलत तवारीखें पढ़–पढ़कर दोनों फिरके एक–दूसरे के दुश्मन हो गए हैं और मुमकिन नहीं कि हिन्दू मौका पाकर मुसलमानों से फर्जी अदावतों का बदला न लें लेकिन इस खयाल से तसल्ली होती है कि इस बीसवीं सदी में हिन्दुओं जैसी पढ़ी–लिखी जमाअत मजहबी गरोहबंदी की पनाह नहीं ले सकती। मजहब का दौर खतम हो रहा है बल्कि यों कहो कि खतम हो गया। सिर्फ हिन्दुस्तान में उसमें कुछ–कुछ जान बाकी है। यह तो दौलत का जमाना है। अब कौम में अमीर और गरीब, जायदाद वाले और मरभुखे, अपनी–अपनी जमाअतें बनाएंगे। उसमें कहीं ज्यादा खूंरेजी होगी, कहीं ज्यादा तंगदिली होगी। आखिर एक–दो

सदी के बाद दुनिया में एक सल्तनत हो जाएगी। सबका एक कानून, एक निजाम होगा, कौम के खादिम कौम पर हुकूमत करेंगे, मजहब शख्सी चीज होगी। न कोई राजा होगा, न कोई परजा।

फौन की घंटी बजी, गजनवी ने चोगा कान से लगाया–मि. सलीम कब चलेंगे–

गजनवी ने पूछा–आप कब तक तैयार होंगे–

'मैं तैयार हूं।'

'तो एक घंटे में आ जाइए।'

सलीम ने लंबी सांस खींचकर कहा–तो मुझे जाना ही पड़ेगा–

'बेशक मैं आपके और अपने दोस्त को पुलिस के हाथ में नहीं देना चाहता।'

'किसी हीले में अमर को यहीं बुला क्यों न लिया जाय?'

'वह इस वक्त नहीं आएंगे।'

सलीम ने सोचा, अपने शहर में जब यह खबर पहुंचेगी कि मैंने अमर को गिरफ्तार किया, तो मुझ पर कितने जूते पड़ेंगे शान्तिकुमार तो नोंच ही खाएंगे और सकीना तो शायद मेरा मुंह देखना भी पसंद न करे। इस खयाल से वह कांप उठा। सोने की हंसिया न उगलते बनती थी, न निगलते।

उसने उठकर कहा–आप डी. एस. पी. को भेज दें। मैं नहीं जाना चाहता।

गजनवी ने गंभीर होकर पूछा–आप चाहते हैं कि उन्हें वहीं से हथकड़ियां पहनाकर और कमर में रस्सी डालकर चार कांस्टेबलों के साथ लाया जाय और जब पुलिस उन्हें लेकर चले, उसे भीड़ को हटाने के लिए गोलियां चलानी पड़ें–

सलीम ने घबराकर कहा–क्या डी. एस. पी. को इन सख्तियों से रोका नहीं जा सकता–

'अमरकान्त आपके दोस्त हैं, डी. एस. पी. के दोस्त नहीं।'

'तो फिर आप डी. एस. पी. को मेरे साथ न भेजें।'

'आप अमर को यहां ला सकते हैं?'

'दगा करनी पड़ेगी।'

'अच्छी बात है, आप जाइए, मैं डी. एस. पी. को मना किए देता हूं।'

'मैं वहां कुछ कहूंगा ही नहीं।'

'इसका आपको अख्तियार है।'

सलीम अपने डेरे पर लौटा तो ऐसा रंजीदा था, गोया अपना कोई अजीज मर गया हो। आते–ही–आते सकीना, शान्तिकुमार, लाला समरकान्त, नैना, सबों को एक–एक खतलिखकर अपनी मजबूरी और दुरूख प्रकट किया। सकीना को उसने लिखा–मेरे दिल पर इस वक्त जो गुजर रही है वह मैं तुमसे बयान नहीं कर सकता। शायद अपने जिगर पर खंजर चलाते हुए भी मुझे इससे ज्यादा दर्द न होता। जिसकी मुहब्बत मुझे यहां खीच लाई, उसी को आज मैं इन जालिम हाथों से गिरफ्तार करने जा रहा हूं। सकीना, खुदा के लिए मुझे कमीना, बेदर्द और खुदगरज न समझो। खून के आंसू रो रहा हूं। जिसे अपने आंचल से पोंछ दो। मुझ पर अमर के इतने एहसान हैं कि मुझे उनके पसीने की जगह अपना खून बहाना चाहिए था और मैं उनके खून का मजा ले रहा हूं। मेरे गले में शिकारी का खौफ है और उसके इशारे पर वह सब कुछ करने पर मजबूर हूं, जो मुझे न करना लाजिम था। मुझ पर रहम करो सकीना, मैं बदनसीब हूं।

खानसामे ने आकर कहा–हुजूर, खाना तैयार है।

सलीम ने सिर झुकाए हुए कहा–मुझे भूख नहीं है।

खानसामा पूछना चाहता था हुजूर की तबीयत कैसी है– मेज पर कई लिखे खत देखकर डर रहा था कि घर से कोई बुरी खबर तो नहीं आई।

सलीम ने सिर उठाया और हसरत–भरे स्वर में बोला–उस दिन वह मेरे एक दोस्त नहीं आए थे, वही देहातियों की–सी सूरत बनाए हुए, वह मेरे बचपन के साथी हैं। हम दोनों एक ही कॉलेज में पढ़े। घर के लखपती आदमी हैं। बाप हैं, बाल–बच्चे हैं। इतने लायक हैं कि मुझे उन्होंने पढ़ाया। चाहते, तो किसी अच्छे ओहदे पर होते। फिर घर में ही किस बात की कमी है, मगर गरीबों का इतना दर्द है कि घर–बार छोड़कर यहीं एक गांव में किसानों की खिदमत कर रहे हैं। उन्हीं को गिरफ्तार करने का मुझे हुक्म हुआ है।

खानसामा और समीप आकर जमीन पर बैठ गया–क्या कसूर किया था हुजूर, उन बाबू साहब ने–

'कुसूर– कोई कुसूर नहीं, यही कि किसानों की मुसीबत उनसे नहीं देखी जाती।'

'हुजूर ने बड़े साहब को समझाया नहीं?'

'मेरे दिल पर इस वक्त जो कुछ गुजर रही है, वह मैं ही जानता हूं हनीफ, आदमी नहीं फरिश्ता है। यह है सरकारी नौकरी।'

'तो हुजूर को जाना पड़ेगा?'

'हां, इसी वक्त इस तरह दोस्ती का हक अदा किया जाता है।'

'तो उन बाबू साहब को नजरबंद किया जाएगा, हुजूर?'

'खुदा जाने क्या किया जाएगा– ड्राईवर से कहो, मोटर लाए। शाम तक लौट आना जरूरी है।'

जरा देर में मोटर आ गई। सलीम उसमें आकर बैठा, तो उसकी आंखें सजल थीं।

सात

आज कई दिन के बाद तीसरे पहर सूर्यदेव ने पृथ्वी की पुकार सुनी और जैसे समाधि से निकलकर उसे आशीर्वाद दे रहे थे। पृथ्वी मानो अंचल फैलाए उनका आशीर्वाद बटोर रही थी।

इसी वक्त स्वामी आत्मानन्द और अमरकान्त दोनों दो दिशाओं से मदरसे में आए।

अमरकान्त ने माथे से पसीना पोंछते हुए कहा–हम लोगों ने कितना अच्छा प्रोग्राम बनाया था कि एक साथ लौटे। एक क्षण भी विलंब न हुआ। कुछ खा–पीकर फिर निकलें और आठ बजते–बजते लौट आएं।

आत्मानन्द ने भूमि पर लेटकर कहा–भैया, अभी तो मुझसे एक पग न चला जाएगा। हां, प्राण लेना चाहो, तो ले लो। भागते–भागते कचूमर निकल गया। पहले शर्बत बनवाओ, पीकर ठंडे हों, तो आंखें खुलें।

'तो फिर आज का काम समाप्त हो चुका?'

'हो या भाड़ में जाय, क्या प्राण दे दें– तुमसे हो सकता है करो, मुझसे तो नहीं हो सकता।'

अमर ने मुस्कराकर कहा–यार मुझसे दूने तो हो, फिर भी चें बोल गए। मुझे अपना बल और अपना पाचन दे दो, फिर देखो, मैं क्या करता हूं–

आत्मानन्द ने सोचा था, उनकी पीठ ठोंकी जाएगी, यहां उनके पौरूष पर आक्षेप हुआ। बोले–तुम मरना चाहते हो, मैं जीना चाहता हूं।

'जीने का उद्देश्य तो कर्म है।'

'हां, मेरे जीवन का उद्देश्य कर्म ही है। तुम्हारे जीवन का उद्देश्य तो अकाल मृत्यु है।'

'अच्छा शर्बत पिलवाता हूं, उसमें दही भी डलवा दूं?'

'हां, दही की मात्रा अधिक हो और दो लोटे से कम न हो। इसके दो घंटे बाद भोजन चाहिए।'

'मार डाला तब तक तो दिन ही गायब हो जाएगा।'

अमर ने मुन्नी को बुलाकर शर्बत बनाने को कहा और स्वामीजी के बराबर ही जमीन पर लेटकर पूछा—इलाके की क्या हालत है—

'मुझे तो भय हो रहा है, कि लोग धोखा देंगे। बेदखली शुरू हुई, तो बहुतों के आसन डोल जाएंगे।'

'तुम तो दार्शनिक न थे, यह घी पत्तो पर या पत्ता घी पर की शंका कहां से लाए?'

'ऐसा काम ही क्यों किया जाय, जिसका अंत लज्जा और अपमान हो—मैं तुमसे सत्य कहता हूं, मुझे बड़ी निराशा हुई।'

'इसका अर्थ यह है कि आप इस आंदोलन के नायक बनने के योग्य नहीं हैं। नेता में आत्मविश्वास, साहस और धैर्य, ये मुख्य लक्षण हैं।'

मुन्नी शर्बत बनाकर लाई। आत्मानन्द ने कमंडल भर लिया और एक सांस में चढ़ा गए। अमरकान्त एक कटोरे से ज्यादा न पी सके।

आत्मानन्द ने मुंह छिपाकर कहा—बस फिर भी आप अपने को मनुष्य कहते हैं—

अमर ने जवाब दिया—बहुत खाना पशुओं का काम है।

'जो खा नहीं सकता वह काम क्या करेगा?'

'नहीं, जो कम खाता है, वही काम कर सकता है। पेटू के लिए सबसे बड़ा काम भोजन पचाना है।'

सलोनी कल से बीमार थी। अमर उसे देखने चला था कि मदरसे के सामने ही मोटर आते देखकर रूक गया। शायद इस गांव में मोटर पहली बार आई हो। वह सोच रहा था, किसकी मोटर है कि सलीम उसमें से उतर पड़ा। अमर ने लपककर हाथ मिलाया—कोई जरूरी काम था, मुझे क्यों न बुला लिया—

दोनों आदमी मदरसे में आए। अमर ने एक खाट लाकर डाल दी और बोला—तुम्हारी क्या खातिर करूं— यहां तो कमंडल की हालत है। शर्बत बनवाऊं—

सलीम ने सिगार जलाते हुए कहा–नहीं, कोई तकल्लुफ नहीं। मि. गजनवी तुमसे किसी मुआमले में सलाह करना चाहते हैं। मैं आज ही जा रहा हूं। सोचा, तुम्हें भी लेता चलूं। तुमने तो कल आग लगा ही दी। अब तहकीकात से क्या फायदा होगा– वह तो बेकार हो गई।

अमर ने कुछ झिझकते हुए कहा–महन्तजी ने मजबूर कर दिया। क्या करता–

सलीम ने दोस्ती की आड़ ली–मगर इतना तो सोचते कि यह मेरा इलाका है और यहां की सारी जिम्मेदारी मुझ पर है। मैंने सड़क के किनारे अक्सर गांवों मैनें लोगों के जमाव देखे। कहीं–कहीं तो मेरी मोटर पर पत्थर भी फेंके गए। यह अच्छे आसार नहीं हैं। मुझे खौफ है, कोई हंगामा न हो जाय। अपने हक के लिए या बेजा जुल्म के खिलाफ रिआया में जोश हो, तो मैं इसे बुरा नहीं समझता, लेकिन यह लोग कायदे–कानून के अंदर रहेंगे, मुझे इसमें शक है। तुमने गूंगों को आवाज दी, सोतों को जगाया लेकिन ऐसी तहरीक के लिए जितने जब्त और सब्र की जरूरत है, उसका दसवां भी हिस्सा मुझे नजर नहीं आता।

अमर को इस कथन में शासन–पक्ष की गंध आई। बोला–तुम्हें यकीन है कि तुम भी वह गलती नहीं कर रहे, जो हुक्कम किया करते हैं– जिनकी जिंदगी आराम और फरागत से गुजर रही है, उनके लिए सब्र और जब्त की हांक लगाना आसान है लेकिन जिनकी जिंदगी का हरेक दिन एक नई मुसीबत है, वह नजात को अपनी जनवासी चाल से आने का इंतजार नहीं कर सकते। यह उसे खींच लाना चाहते हैं, और जल्द–से–जल्द।

'मगर नजात के पहले कयामत आएगी, यह भी याद रहे।'

'हमारे लिए यह अंधेर ही कयामत है जब पैदावार लागत से भी कम हो, तो लगान की गुंजाइश कहां – उस पर भी हम आठ आने पर राजी थे। मगर बारह आने हम किसी तरह नहीं दे सकते। आखिर सरकार किफायत क्यों नहीं करती– पुलिस और फौज और इंतजाम पर क्यों इतनी बेदर्दी से रुपये उड़ाए जाते हैं– किसान गूंगे हैं, बेबस हैं, कमजोर हैं। क्या इसलिए सारा नजला उन्हीं पर गिरना चाहिए?'

सलीम ने अधिकार–गर्व से कहा–तो नतीजा क्या होगा, जानते हो– गांव–के–गांव बर्बाद हो जाएंगे, फौजी कानून जारी हो जाएगा, शायद पुलिस बैठा दी जाएगी, फसलें नीलाम कर दी जाएंगी, जमीनें जब्त हो जाएंगी। कयामत का सामना होगा?'

अमरकान्त ने अविचलित भाव से कहा–जो कुछ भी हो, मर–मिटना जुल्म के सामने सिर झुकाने से अच्छा है।

मदरसे के सामने हुजूम बढ़ता जाता था–सलीम ने विवाद का अंत करने के लिए कहा–चलो इस मुआमले पर रास्ते में बहस करेंगे। देर हो रही है।

अमर ने चटपट कुरता गले में डाला और आत्मानन्द से दो–चार जरूरी बातें करके आ गया। दोनों आदमी आकर मोटर पर बैठे। मोटर चली, तो सलीम की आंखों में आंसू डबडबाए हुए थे। अमर ने सशंक होकर पूछा–मेरे साथ दगा तो नहीं कर रहे हो–

सलीम अमर के गले लिपटकर बोला–इसके सिवा और दूसरा रास्ता न था। मैं नहीं चाहता था कि तुम्हें पुलिस के हाथों जलील किया जाय।

'तो जरा ठहरो, मैं अपनी कुछ जरूरी चीजें तो ले लूं।'

'हां–हां, ले लो, लेकिन राज खुल गया, तो यहां मेरी लाश नजर आएगी।'

'तो चलो कोई मुजायका नहीं।'

गांव के बाहर निकले ही थे कि मुन्नी आती हुई दिखाई दी। अमर ने मोटर रूकवाकर पूछा–तुम कहां गई थीं, मुन्नी– धोबी से मेरे कपड़े लेकर रख लेना, सलोनी काकी के लिए मेरी कोठरी में ताक पर दवा रखी है। पिला देना।

मुन्नी ने सहमी हुई आंखों से देखकर कहा–तुम कहां जाते हो–

'एक दोस्त के यहां दावत खाने जा रहा हूं।'

मोटर चली। मुन्नी ने पूछा–कब तक आओगे–

अमर ने सिर निकालकर उससे दोनों हाथ जोड़कर कहा–जब भाग्य लाए।

आठ

साथ के पढ़े, साथ के खेले, दो अभिन्न मित्र, जिनमें धौल–धाप्पा, हंसी–मजाक सब कुछ होता रहता था, परिस्थितियों के चक्कर में पड़कर दो अलग रास्तों पर जा रहे थे। लक्ष्य दोनों का एक था, उद्देश्य एक दोनों ही देश–भक्त, दोनों ही किसानों के शुभेच्छु पर एक अफसर था, दूसरा कैदी। दोनों सटे हुए बैठे थे, पर जैसे बीच में कोई दीवार खड़ी हो। अमर प्रसन्न था, मानो शहादत के जीने पर चढ़ रहा हो। सलीम दुरूखी था जैसे भरी सभा में अपनी जगह से उठा दिया गया हो। विकास के सिद्धांत का खुली सभा में समर्थन

करके उसकी आत्मा विजयी होती। निरंकुशता की शरण लेकर वह जैसे कोठरी में छिपा बैठा था।

सहसा सलीम ने मुस्कराने की चेष्टा करके कहा—क्यों अमर, मुझसे खगा हो—

अमर ने प्रसन्न मुख से कहा—बिलकुल नहीं। मैं तुम्हें अपना वही पुराना दोस्त समझ रहा हूं। उसूलों की लड़ाई हमेशा होती रही है और होती रहेगी। दोस्ती में इससे फर्क नहीं आता।

सलीम ने अपनी सफाई दी—भाई, इंसान—इंसान है, दो मुखालिग गिरोहों में आकर दिल में कीना या मलाल पैदा हो जाय, तो ताज्जुब नहीं। पहले डी. एस. पी. को भेजने की सलाह थी पर मैंने इसे मुनासिब न समझा।

'इसके लिए मैं तुम्हारा बड़ा एहसानमंद हूं। मेरे ऊपर मुकदमा चलाया जाएगा?'

'हां, तुम्हारी तकरीरों की रिपोर्ट मौजूद है, और शहादतें भी जमा हो गई हैं। तुम्हारा क्या खयाल है, तुम्हारी गिरफ्तारी से यह शोरिश दब जाएगी या नहीं?'

'कुछ कह नहीं सकता। अगर मेरी गिरफ्तारी या सजा से दब जाय, तो इसका दब जाना ही अच्छा।'

उसने एक क्षण के बाद फिर कहा—रिआया को मालूम है कि उनके क्या—क्या हक हैं, यह मालूम है कि हकों की हिफाजत के लिए कुरबानियां करनी पड़ती हैं। मेरा फर्ज यहीं तक खत्म हो गया। अब वह जानें और उनका काम जाने। मुमकिन है, सख्तियों से दब जाएं, मुमकिन है, न दबें लेकिन दबें या उठें, उन्हें चोट जरूर लगी है। रिआया का दब जाना, किसी सरकार की कामयाबी की दलील नहीं है।

मोटर के जाते ही सत्य मुन्नी के सामने चमक उठा। वह आवेश में चिल्ला उठी—लाला पकड़े गए और उसी आवेश में मोटर के पीछे दौडी। चिल्लाती जाती थी—लाला पकड़े गए।

वर्षाकाल में किसानों को हार में बहुत काम नहीं होता। अधिकतर लोग घरों में होते हैं। मुन्नी की आवाज मानो खतरे का बिगुल थी। दम—के—दम में सारे गांव में यह आवाज गूंज उठी—भैया पकड़े गए

स्त्रियां घरों में से निकल पड़ीं—भैया पकड़े गए।

क्षण मात्र में सारा गांव जमा हो गया और सड़क की तरफ दौड़ा। मोटर घूमकर सड़क से जा रही थी। पगडंडियों का एक सीधा रास्ता था। लोगों ने अनुमान किया, अभी इस रास्ते मोटर पकड़ी जा सकती है। सब उसी रास्ते दौड़े।

काशी बोला–मरना तो एक दिन है ही।

मुन्नी ने कहा–पकड़ना है, तो सबको पकड़ें। ले चलें सबको।

पयाग बोला–सरकार का काम है चोर–बदमाशों को पकड़ना या ऐसों को जो दूसरों के लिए जान लड़ा रहे हैं– वह देखो मोटर आ रही है। बस, सब रास्ते में खड़े हो जाओ। कोई न हटना, चिल्लाने दो।

सलीम मोटर रोकता हुआ बोला–अब कहो भाई। निकालूं पिस्तौल–

अमर ने उसका हाथ पकड़कर कहा–नहीं–नहीं, मैं इन्हें समझाए देता हूं।

'मुझे पुलिस के दो–चार आदमियों को साथ ले लेना था।'

'घबराओ मत, पहले मैं मरूंगा, फिर तुम्हारे ऊपर कोई हाथ उठाएगा।'

अमर ने तुरंत मोटर से सिर निकालकर कहा–बहनो और भाइयो, अब मुझे बिदा कीजिए। आप लोगों के सत्संग में मुझे जितना स्नेह और सुख मिला, उसे मैं कभी भूल नहीं सकता। मैं परदेशी मुसाफिर था। आपने मुझे स्थान दिया, आदर दिया, प्रेम दिया मुझसे भी जो कुछ सेवा हो सकी, वह मैंने की। अगर मुझसे कुछ भूल–चूक हुई हो, तो क्षमा करना। जिस काम का बीड़ा उठाया है, उसे छोड़ना मत, यही मेरी याचना है। सब काम ज्यों–का–त्यों होता रहे, यही सबसे बड़ा उपहार है, जो आप मुझे दे सकते हैं। प्यारे बालको, मैं जा रहा हूं लेकिन मेरा आशीर्वाद सदैव तुम्हारे साथ रहेगा।

काशी ने कहा–भैया, हम सब तुम्हारे साथ चलने को तैयार हैं।

अमर ने मुस्कराकर उत्तर दिया–नेवता तो मुझे मिला है, तुम लोग कैसे जाओगे–

किसी के पास इसका जवाब न था। भैया बात ही ऐसी करते हैं कि किसी से उसका जवाब नहीं बन पड़ता।

मुन्नी सबसे पीछे खड़ी थी, उसकी आंखें सजल थीं। इस दशा में अमर के सामने कैसे जाए– ह्दय में जिस दीपक को जलाए, वह अपने अंधेरे जीवन में प्रकाश का स्वप्न देख रही थी, वह दीपक कोई उसके ह्दय से निकाले लिए जाता है। वह सूना अंधकार क्या फिर वह सह सकेगी।

सहसा उसने उत्तोजित होकर कहा–इतने जने खड़े ताकते क्या हो उतार लो मोटर से जन–समूह में एक हलचल मची। एक ने दूसरे की ओर कैदियों की तरह देखा कोई बोला नहीं।

मुन्नी ने फिर ललकारा–खड़े ताकते क्या हो, तुम लोगों में कुछ दया है या नहीं जब पुलिस और फौज इलाके को खून से रंग दे, तभी–।

अमर ने मोटर से निकलकर कहा–मुन्नी, तुम बुद्धिमती होकर ऐसी बातें कर रही हो मेरे मुंह पर कालिख मत लगाओ।

मुन्नी उन्मुक्तों की भांति बोली–मैं बुद्धिमान् नहीं, मैं तो मूरख हूं, गंवारिन हूं। आदमी एक–एक पत्ती के लिए सिर कटा देता है, एक–एक बात पर जान देता है। क्या हम लोग खड़े ताकते रहें और तुम्हें कोई पकड़ ले जाए– तुमने कोई चोरी की है डाका मारा है–

कई आदमी उत्तोजित होकर मोटर की ओर बढ़े पर अमरकान्त की डांट सुनकर ठिठक गए–क्या करते हो पीछे हट जाओ। अगर मेरे इतने दिनों की सेवा और शिक्षा का यही फल है, तो मैं कहूंगा कि मेरा सारा परिश्रम धूल में मिल गया।

पांचवां अध्याय

एक

यह हमारा लखनऊ का सेंटल जेल शहर से बाहर खुली हुई जगह में है। सुखदा उसी जेल के जनाने वार्ड में एक वृक्ष के नीचे खड़ी बादलों की घुड़दौड़ देख रही है। बरसात बीत गई है। आकाश में बड़ी धूम से घेर–घार होता है पर छींटे पड़कर रह जाते हैं। दानी के दिल में अब भी दया है पर हाथ खाली है। जो कुछ था, लुटा चुका।

जब कोई अंदर आता है और सदर द्वार खुलता है, तो सुखदा द्वार के सामने आकर खड़ी हो जाती है। द्वार एक ही क्षण में बंद हो जाता है पर बाहर के संसार की उसी एक झलक के लिए वह कई–कई घंटे उस वृक्ष के नीचे खड़ी रहती है, जो द्वार के सामने है। उस मील–भर की चार–दीवारी के अंदर जैसे दम घुटता है। उसे यहां आए अभी पूरे दो महीने भी नहीं हुए, पर ऐसा जान पड़ता है, दुनिया में न जाने क्या–क्या परिवर्तन हो गए। पथिकों को राह चलते देखने में भी अब एक विचित्र आनंद था। बाहर का संसार कभी इतना मोहक नथा।

वह कभी–कभी सोचती है–उसने सफाई दी होती, तो शायद बरी हो जाती पर क्या मालूम था, चित्त की यह दशा होगी। वे भावनाएं, जो कभी भूलकर मन में न आती थीं, अब किसी रोगी की कुपथ्य–चेष्टाओं की भांति मन को उद्विग्न करती रहती थीं। झूला झूलने की उसे कभी इच्छा न होती थी पर आज बार–बार जी चाहता था–रस्सी हो, तो इसी वृक्ष में झूला डालकर झूले। अहाते में ग्वालों की लड़कियां भैंसें चराती हुई आम की उबाली हुई गुठलियां तोड़–तोड़कर खा रही हैं। सुखदा ने एक बार बचपन में एक गुठली चखी

थी। उस वक्त वह कसैली लगी थी। फिर उस अनुभव को उसने नहीं दुहराया पर इस समय उन गुठलियों पर उसका मन ललचा रहा है। उनकी कठोरता, उनका सोंधापन, उनकी सुगंध उसे कभी इतनी प्रिय न लगी थी। उसका चित्त कुछ अधिक कोमल हो गया है, जैसे पाल में पड़कर कोई फल अधिक रसीला, स्वादिष्ट, मधुर, मुलायम हो गया हो। मुन्ने को वह एक क्षण के लिए भी आंखों से ओझल न होने देती। वही उसके जीवन का आधार था। दिन में कई बार उसके लिए दूध, हलवा आदि पकाती। उसके साथ दौड़ती, खेलती, यहां तक कि जब वह बुआ या दादा के लिए रोता, तो खुद रोने लगती थी। अब उसे बार–बार अमर की याद आती है। उसकी गिरफ्तारी और सजा का सामाचार पाकर उन्होंने जो खत लिखा होगा, उसे पढ़ने के लिए उसका मन तड़प–तड़प कर रह जाता है।

लेडी मेटश्न ने आकर कहा–सुखदादेवी, तुम्हारे ससुर तुमसे मिलने आए हैं। तैयार हो जाओ साहब ने बीस मिनट का समय दिया है।

सुखदा ने चटपट मुन्ने का मुंह धोया, नए कपड़े पहनाए, जो कई दिन पहले जेल में सिले थे, और उसे गोद में लिए मेटश्न के साथ बाहर निकली, मानो पहले ही से तैयार बैठी हो।

मुलाकात का कमरा जेल के मधय में था और रास्ता बाहर ही से था। एक महीने के बाद जेल से बाहर निकलकर सुखदा को ऐसा उल्लास हो रहा था, मानो कोई रोगी शय्या से उठा हो। जी चाहता था, सामने के मैदान में खूब उछले और मुन्ना तो चिड़ियों के पीछे दौड़ रहा था।

लाला समरकान्त वहां पहले ही से बैठे हुए थे। मुन्ने को देखते ही गद्गद हो गए और गोद में उठाकर बार–बार उसका मुंह चूमने लगे। उसके लिए मिठाई, खिलौने, फल, कपड़ा, पूरा एक गट्ठर लाए थे। सुखदा भी श्रद्धा और भक्ति से पुलकित हो उठी उनके चरणों पर गिर पड़ी और रोने लगी इसलिए नहीं कि उस पर कोई विपत्ति पड़ी है, बल्कि रोने में ही आनंद आ रहा है।

समरकान्त ने आशीर्वाद देते हुए पूछा–यहां तुम्हें जिस बात का कष्ट हो, मेटश्न साहब से कहना। मुझ पर इनकी बड़ी कृपा है। मुन्ना अब शाम को रोज बाहर खेला करेगा और किसी बात की तकलीफ तो नहीं है–

सुखदा ने देखा, समरकान्त दुबले हो गए हैं। स्नेह से उसका हृदय जैसे झलक उठा। बोली–मैं तो यहां बड़े आराम से हूं पर आप क्यों इतने दुबले हो गए हैं–

'यह न पूछो, यह पूछो कि आप जीते कैसे हैं– नैना भी चली गई, अब घर भूतों का डेरा हो गया है। सुनता हूं लाला मनीराम अपने पिता से अलग होकर दूसरा विवाह करने जा रहे हैं। तुम्हारी माताजी तीर्थ–यात्रा करने चली गईं। शहर में आंदोलन चलाया जा रहा है। उस जमीन पर दिन–भर जनता की भीड़ लगी रहती है। कुछ लोग रात को वहां सोते हैं। एक दिन तो रातो–रात वहां सैंकडों झोंपड़े खड़े हो गए लेकिन दूसरे दिन पुलिस ने उन्हें जला दिया और कई चौधरियों को पकड़ लिया।'

सुखदा ने मन–ही–मन हर्षित होकर पूछा–यह लोगों ने क्या नादानी की वहां अब कोठियां बनने लगी होंगी–

समरकान्त बोले–हां ईंटें, चूना, सुर्खी तो जमा की गई थी लेकिन एक दिन रातों–रात सारा सामान उड़ गया। ईंटें बखेर दी गईं, चूना मिट्टी में मिला दिया गया। तब से वहां किसी को मजूर ही नहीं मिलते। न कोई बेलदार जाता है, न कारीगर। रात को पुलिस का पहरा रहता है। वही बुड़ियां पठानिन आजकल वहां सब कुछ कर–धार रही है। ऐसा संगठन कर लिया है कि आश्चर्य होता है।

जिस काम में वह असफल हुई, उसे वह खप्पट बुड़ियां सुचाई रूप से चला रही है इस विचार से उसके आत्माभिमान को चोट लगी। बोली–वह बुड़ियां तो चल–फिर भी न पाती थी।

'हां, वही बुड़ियां अच्छे–अच्छों के दांत खट्टे कर रही है। जनता को तो उसने ऐसे मुट्ठी में कर लिया है कि क्या कहूं– भीतर बैठे हुए कल घुमाने वाले शान्ति बाबू हैं।'

सुखदा ने आज तक उनसे या किसी से, अमरकान्त के विषय में कुछ न पूछा था पर इस वक्त वह मन को न रोक सकी–हरिद्वार से कोई पत्र आया था–

लाला समरकान्त की मुद्रा कठोर हो गई। बोले–हां, आया था। उसी शोहदे सलीम का खत था। वही उस इलाके का हाकिम है। उसने भी पकड़–धकड़ शुरू कर दी है। उसने खुद लालाजी को गिरफ्तार किया। यह आपके मित्रों का हाल है। अब आंखें खुली होंगी। मेरा क्या बिगड़ा– अब ठोकरें खा रहे हैं। अब जेल में चक्की पीस रहे होंगे। गए थे गरीबों की सेवा करने। यह उसी का उपहार है। मैं तो ऐसे मित्र को गोली मार देता। गिरफ्तार तक हुए पर मुझे पत्र न लिखा। उसके हिसाब से तो मैं मर गया मगर बुड्ढा अभी मरने का नाम नहीं लेता, चौन से खाता है और सोता है। किसी के मनाने से नहीं मरा जाता। जरा यह मुठमरदी देखो कि घर में किसी को खबर तक न

दी। मैं दुश्मन था, नैना तो दुश्मन न थी, शान्तिकुमार तो दुश्मन न थे। यहां से कोई जाकर मुकदमे की पैरवी करता, तो ए, बी. का दर्जा तो मिल जाता। नहीं, मामूली कैदियों की तरह पड़े हुए हैं आप रोएंगे, मेरा क्या बिगड़ता है।

सुखदा कातर कंठ से बोली–आप अब क्यों नहीं चले जाते–

समरकान्त ने नाक सिकोड़कर कहा–मैं क्यों जाऊं, अपने कर्मों का फल भोगे। वह लड़की जो थी, सकीना, उसकी शादी की बातचीत उसी दुष्ट सलीम से हो रही है, जिसने लालाजी को गिरफ्तार किया है। अब आंखें खुली होंगी।

सुखदा ने सहृदयता से भरे हुए स्वर में कहा–आप तो उन्हें कोस रहे हैं, दादा वास्तव में दोष उनका न था। सरासर मेरा अपराध था। उनका–सा तपस्वी पुरुष मुझ–जैसी विलासिनी के साथ कैसे प्रसन्न रह सकता था बल्कि यों कहो कि दोष न मेरा था, न आपका, न उनका, सारा विष लक्ष्मी ने बोया। आपके घर में उनके लिए स्थान न था। आप उनसे बराबर खिंचे रहते थे। मैं भी उसी जलवायु में पली थी। उन्हें न पहचान सकी। वह अच्छा या बुरा जो कुछ करते थे, घर में उसका विरोध होता था। बात–बात पर उनका अपमान किया जाता था। ऐसी दशा में कोई भी संतुष्ट न रह सकता था। मैंने यहां एकांत में इस प्रश्न पर खूब विचार किया है और मुझे अपना दोष स्वीकार करने में लेशमात्र भी संकोच नहीं है। आप एक क्षण भी यहां न ठहरें। वहां जाकर अधिकारियों से मिलें, सलीम से मिलें और उनके लिए जो कुछ हो सके, करें। हमने उनकी विशाल तपस्वी आत्मा को भोग के बंधनो से बंधकर रखना चाहा था। आकाश में उड़ने वाले पक्षी को पिजड़े में बंद करना चाहते थे। जब पक्षी पिंजड़े को तोड़कर उड़ गया, तो मैंने समझा, मैं अभागिनी हूं। आज मुझे मालूम हो रहा है, वह मेरा परम सौभाग्य था।

समरकान्त एक क्षण तक चकित नेत्रों से सुखदा की ओर ताकते रहे, मानो अपने कानों पर विश्वास न आ रहा हो। इस शीतल क्षमा ने जैसे उनके मुरझाए हुए पुत्र–स्नेह को हरा कर दिया। बोले–इसकी तो मैंने खूब जांच की, बात कुछ नहीं थी। उस पर क्रोध था, उसी क्रोध में जो कुछ मुंह में आ गया, बक गया। यह ऐब उसमें कभी न था लेकिन उस वक्त मैं भी अंधा हो रहा था। फिर मैं कहता हूं, मिथ्या नहीं, सत्य ही सही, सोलहों आने सत्य सही, तो क्या संसार में जितने ऐसे मनुष्य हैं, उनकी गरदन काट दी जाती है– मैं बड़े–बड़े व्यभिचारियों के सामने मस्तक नवाता हूं। तो फिर अपने ही घर में और उन्हीं के ऊपर जिनसे किसी प्रतिकार की शंका नहीं, धर्म और सदाचार का सारा भार लाद दिया जाय– मनुष्य पर जब प्रेम का बंधन नहीं होता तभी वह व्यभिचार

करने लगता है। भिक्षुक द्वार–द्वार इसीलिए जाता है कि एक द्वार से उसकी क्षुधा–तृप्ति नहीं होती। अगर इसे दोष भी मान लूं, तो ईश्वर ने क्यों निर्दोष संसार नहीं बनाया– जो कहो कि ईश्वर की इच्छा ऐसी नहीं है, तो मैं पूछूंगा, जब सब ईश्वर के अधीन है, तो वह मन को ऐसा क्यों बना देता है कि उसे किसी टूटी झोंपड़ी की भांति बहुत–सी थूनियों से संभलना पड़े। यहां तो ऐसा ही है जैसे किसी रोगी से कहा जाय कि तू अच्छा हो जा। अगर रोगी में सामर्थ्य होती, तो वह बीमार ही क्यों पड़ता–

एक ही सांस में अपने ह्रदय का सारा मालिन्य उंडेल देने के बाद लालाजी दम लेने के लिए रूक गए। जो कुछ इधर–उधर लगा–चिपटा रह गया हो, शायद उसे भी खुरचकर निकाल देने का प्रयत्न कर रहे थे।

सुखदा ने पूछा–तो आप वहां कब जा रहे हैं–

लालाजी ने तत्परता से कहा–आज ही, इधर ही से चला जाऊंगा। सुना है, वहां जोरों से दमन हो रहा है। अब तो वहां का हाल समाचार–पत्रों में भी छपने लगा। कई दिन हुए, मुन्नी नाम की कोई स्त्री भी कई आदमियों के साथ गिरफ्तार हुई है। कुछ इसी तरह की हलचल सारे प्रांत, बल्कि सारे देश में मची हुई है। सभी जगह पकड़–धकड़ हो रही है।

बालक कमरे के बाहर निकल गया था। लालाजी ने उसे पुकारा, तो वह सड़क की ओर भागा। समरकान्त भी उसके पीछे दौड़े। बालक ने समझा, खेल हो रहा है। और तेज दौड़ा। ढाई–तीन साल के बालक की तेजी ही क्या, किन्तु समरकान्त जैसे स्थूल आदमी के लिए पूरी कसरत थी। बड़ी मुश्किल से उसे पकड़ा।

एक मिनट के बाद कुछ इस भाव से बोले, जैसे कोई सारगार्भित कथन हो–मैं तो सोचता हूं, जो लोग जाति–हित के लिए अपनी जान होम करने को हरदम तैयार रहते हैं, उनकी बुराइयों पर निगाह ही न डालनी चाहिए।

सुखदा ने विरोध किया–यह न कहिए, दादा ऐसे मनुष्यों का चरित्र आदर्श होना चाहिए नहीं तो उनके परोपकार में भी स्वार्थ और वासना की गंध आने लगेगी।

समरकान्त ने तत्वज्ञान की बात कही–स्वार्थ मैं उसी को कहता हूं, जिसके मिलने से चित्त को हर्ष और न मिलने से क्षोभ हो। ऐसा प्राणी, जिसे हर्ष और क्षोभ हो ही नहीं, मनुष्य नहीं, देवता भी नहीं, जड़ है।

सुखदा मुस्कराई–तो संसार में कोई निस्वार्थ हो ही नहीं सकता–

'असंभव स्वार्थ छोटा हो, तो स्वार्थ है बड़ा हो, तो उपकार है। मेरा तो विचार है, ईश्वर–भक्ति भी स्वार्थ है।'

मुलाकात का समय कब का गुजर चुका था। मेटश्न अब और रिआयत न कर सकती थी। समरकान्त ने बालक को प्यार किया, बहू को आशीर्वाद दिया और बाहर निकले।

बहुत दिनों के बाद आज उन्हें अपने भीतर आनंद और प्रकाश का अनुभव हुआ, मानो चन्द्रदेव के मुख से मेघों का आवरण हट गया हो।

दो

सुखदा अपने कमरे में पहुंची, तो देखा–एक युवती कैदियों के कपड़े पहने उसके कमरे की सफाई कर रही है। एक चौकीदारिन बीच–बीच में उसे डांटती जाती है। चौकीदारिन ने कैदिन की पीठ पर लात मारकर कहा–रांड, तुझे झाडू लगाना भी नहीं आता गर्द क्यों उड़ाती है– हाथ दबाकर लगा।

कैदिन ने झाडू फेंक दी और तमतमाते हुए मुख से बोली–मैं यहां किसी की टहल करने नहीं आई हूं।

'तब क्या रानी बनकर आई है?'

'हां, रानी बनकर आई हूं। किसी की चाकरी करना मेरा काम नहीं है।'

'तू झाडू लगाएगी कि नहीं?'

'भलमनसी से कहो, तो मैं तुम्हारे भंगी के घर में भी झाडू लगा दूंगी लेकिन मार का भय दिखाकर तुम मुझसे राजा के घर में भी झाडू नहीं लगवा सकतीं। इतना समझ रखो।'

'तू न लगाएगी झाडू?'

'नहीं।'

चौकीदारिन ने कैदिन के केश पकड़ लिए और खींचती हुई कमरे के बाहर ले चली। रह–रहकर गालों पर तमाचे भी लगाती जाती थी।

'चल जेलर साहब के पास।'

'हां, ले चलो। मैं यही उनसे भी कहूंगी। मार–गाली खाने नहीं आई हूं।'

सुखदा के लगातार लिखा–पढ़ी करने पर यह टहलनी दी गई थी पर यह कांड देखकर सुखदा का मन क्षुब्धा हो उठा। इस कमरे में कदम रखना भी उसे बुरा लग रहा था।

कैदिन ने उसकी ओर सजल आंखों से देखकर कहा–तुम गवाह रहना। इस चौकीदारिन ने मुझे कितना मारा है।

सुखदा ने समीप जाकर चौकीदारिन को हटाया और कैदिन का हाथ पकड़कर कमरे में ले गई।

चौकीदारिन ने धमकाकर कहा–रोज सबेरे यहां आ जाया कर। जो काम यह कहें, वह किया कर। नहीं डंडे पड़ेंगे।

कैदिन क्रोध से कांप रही थी–मैं किसी की लौंडी नहीं हूं और न यह काम करूंगी। किसी रानी–महारानी की टहल करने नहीं आई। जेल में सब बराबर हैं।

सुखदा ने देखा, युवती में आत्म–सम्मान की कमी नहीं। लज्जित होकर बोली–यहां कोई रानी–महारानी नहीं है बहन, मेरा जी अकेले घबराया करता था, इसलिए तुम्हें बुला लिया। हम दोनों यहां बहनों की तरह रहेंगी। क्या नाम है तुम्हारा–

युवती की कठोर मुद्रा नर्म पड़ गई। बोली–मेरा नाम मुन्नी है। हरिद्वार से आई हूं।

सुखदा चौंक पड़ी। लाला समरकान्त ने यही नाम तो लिया था। पूछा–वहां किस अपराध में सजा हुई–

'अपराध क्या था– सरकार जमीन का लगान नहीं कम करती थी। चार आने की छूट हुई। जिंस का दाम आधा भी नहीं उतरा। हम किसके घर से ला के देते– इस बात पर हमने फरियाद की। बस, सरकार ने सजा देना शुरू कर दिया।'

मुन्नी को सुखदा अदालत में कई बार देख चुकी थी। तब से उसकी सूरत बहुत कुछ बदल गई थी। पूछा–तुम बाबू अमरकान्त को जानती हो– वह भी इसी मुआमले में गिरफ्तार हुए हैं–

मुन्नी प्रसन्न हो गई–जानती क्यों नहीं, वह तो मेरे ही घर में रहते थे। तुम उन्हें कैसे जानती हो– वही तो हमारे अगुआ हैं।

सुखदा ने कहा–मैं भी काशी की रहने वाली हूं। उसी मुहल्ले में उनका भी घर है। तुम क्या ब्राह्मणी हो–

'हूं तो ठकुरानी, पर अब कुछ नहीं हूं। जात–पांत, पूत–भतार सबको खो बैठी।'

'अमर बाबू कभी अपने घर की बातचीत नहीं करते थे?'

'कभी नहीं। न कभी आना न जाना न चिट्ठी, न पत्तार।'

सुखदा ने कनखियों से देखकर कहा—मगर वह तो बड़े रसिक आदमी हैं। वहां गांव में किसी पर डोरे नहीं डाले—

मुन्नी ने जीभ दांतों तले दबाई—कभी नहीं बहूजी, कभी नहीं। मैंने तो उन्हें कभी किसी मेहरिया की ओर ताकते या हंसते नहीं देखा। न जाने किस बात पर घरवाली से रूठ गए। तुम तो जानती होगी—

सुखदा ने मुस्कराते हुए कहा—रूठ क्या गए, स्त्री को छोड़ दिया। छिपकर घर से भाग गए। बेचारी औरत घर में बैठी हुई है। तुमको मालूम न होगा उन्होंने जरूर कहीं—न—कहीं दिल लगाया होगा।

मुन्नी ने दाहिने हाथ को सांप के फन की भांति हिलाते हुए कहा—ऐसी बात होती, तो गांव में छिपी न रहती, बहूजी मैं तो रोज ही दो—चार बार उनके पास जाती थी। कभी सिर ऊपर न उठाते थे। फिर उस देहात में ऐसी थी ही कौन, जिस पर उनका मन चलता। न कोई पढ़ी—लिखी, न गुन, न सहूर।

सुखदा ने नब्ज टटोली—मर्द गुन—सहूर, पढ़ना—लिखना नहीं देखते। वह तो रूप—रंग देखते हैं और वह तुम्हें भगवान् ने दिया ही है। जवान भी हो।

मुन्नी ने मुंह फेरकर कहा—तुम तो गाली देती हो, बहूजी मेरी ओर भला वह क्या देखते, जो उनके पांव की जूतियों के बराबर नहीं लेकिन तुम कौन हो बहूजी, तुम यहां कैसे आईं—

'जैसे तुम आईं, वैसे ही मैं भी आई।'

'तो यहां भी वही हलचल है?'

'हां, कुछ उसी तरह की है।'

मुन्नी को यह देखकर आश्चर्य हुआ कि ऐसी विदुषी देवियां भी जेल में भेजी गई हैं। भला इन्हें किस बात का दुरूख होगा—

उसने डरते—डरते पूछा—तुम्हारे स्वामी भी सजा पा गए होंगे—

'हां, तभी तो मैं आई।'

मुन्नी ने छत की ओर देखकर आशीर्वाद दिया—भगवान् तुम्हारा मनोरथ पूरा करे, बहूजी गद्दी—मसनद लगाने वाली रानियां जब तपस्या करने लगीं, तो भगवान् वरदान भी जल्दी ही देंगे। कितने दिन की सजा हुई है— मुझे तो छरू महीने की है।

सुखदा ने अपनी सजा की मियाद बताकर कहा–तुम्हारे जिले में बड़ी सख्तियां हो रही होंगी। तुम्हारा क्या विचार है, लोग सख्ती से दब जाएंगे–

मुन्नी ने मानो क्षमा–याचना की–मेरे सामने तो लोग यही कहते थे कि चाहे फांसी पर चढ़ जाएं, पर आधो से बेसी लगान न देंगे लेकिन दिल से सोचो, जब बैल बधिए छीने जाने लगेंगे, सिपाही घरों में घुसेंगे, मरदों पर डंडे और गोलियों की मार पड़ेगी, तो आदमी कहां तक सहेगा– मुझे पकड़ने के लिए तो पूरी फौज गई थी। पचास आदमियों से कम न होंगे। गोली चलते–चलते बची। हजारों आदमी जमा हो गए। कितना समझाती थी–भाइयो, अपने–अपने घर जाओ, मुझे जाने दो लेकिन कौन सुनता है– आखिर जब मैंने कसम दिलाई, तो लोग लौटे नहीं, उसी दिन दस–पांच की जान जाती। न जाने भगवान् कहां सोए हैं कि इतना अन्याय देखते हैं और नहीं बोलते। साल में छरू महीने एक जून खाकर बेचारे दिन काटते हैं, चीथड़े पहनते हैं, लेकिन सरकार को देखो, तो उन्हीं की गरदन पर सवार हाकिमों को तो अपने लिए बंगला चाहिए, मोटर चाहिए, हर नियामत खाने को चाहिए, सैर–तमाशा चाहिए, पर गरीबों का इतना सुख भी नहीं देखा जाता जिसे देखो, गरीबों ही का रक्त चूसने को तैयार है। हम जमा करने को नहीं मांगते, न हमें भोग–विलास की इच्छा है, लेकिन पेट को रोटी और तन ढांकने को कपड़ा तो चाहिए। साल–भर खाने–पहनने को छोड़ दो, गृहस्थी का जो कुछ खरच पड़े वह दे दो। बाकी जितना बचे, उठा ले जाओ। मुर्दा गरीबों की कौन सुनता है–

सुखदा ने देखा, इस गंवारिन के हृदय में कितनी सहानुभूति, कितनी दया, कितनी जागृति भरी हुई है। अमर के त्याग और सेवा की उसने जिन शब्दों में सराहना की, उसने जैसे सुखदा के अंतरूकरण की सारी मलिनताओं को धोकर निर्मल कर दिया, जैसे उसके मन में प्रकाश आ गया हो, और उसकी सारी शंकाएं और चिंताएं अंधकार की भांति मिट गई हों। अमरकान्त का कल्पना–चित्र उसकी आंखों के सामने आ खड़ा हुआ–कैदियों का जांघिया–कंटोप पहने, बड़े–बड़े बाल बढ़ाए, मुख मलिन, कैदियों के बीच में चक्की पीसता हुआ। वह भयभीत होकर कांप उठी। उसका हृदय कभी इतना कोमल न था।

मेटश्न ने आकर कहा–अब तो आपको नौकरानी मिल गई। इससे खूब काम लो।

सुखदा धीमे स्वर में बोली–मुझे अब नौकरानी की इच्छा नहीं है मेमसाहब, मैं यहां रहना भी नहीं चाहती। आप मुझे मामूली कैदियों में भेज दीजिए।

मेटश्न छोटे कद की ऐंग्लो–इंडियन महिला थी। चौड़ा मुंह, छोटी–छोटी आंखें, तराशे हुए बाल, घुटनों के ऊपर तक का स्कर्ट पहने हुए। विस्मय से बोली–यह क्या कहती हो, सुखदादेवी– नौकरानी मिल गया और जिस चीज का तकलीफ हो हमसे कहो, हम जेलर साहब से कहेगा।

सुखदा ने नम्रता से कहा–आपकी इस कृपा के लिए मैं आपको धन्यवाद देती हूं। मैं अब किसी तरह की रियायत नहीं चाहती। मैं चाहती हूं कि मुझे मामूली कैदियों की तरह रखा जाय।

'नीच औरतों के साथ रहना पड़ेगा। खाना भी वही मिलेगा।'

'यही तो मैं चाहती हूं।'

'काम भी वही करना पड़ेगा। शायद चक्की पीसने का काम दे दें।'

'कोई हरज नहीं।'

'घर के आदमियों से तीसरे महीने मुलाकात हो सकेगी।'

'मालूम है।'

मेटश्न की लाला समरकान्त ने खूब पूजा की थी। इस शिकार के हाथ से निकल जाने का दुरूख हो रहा था। कुछ देर समझाती रही। जब सुखदा ने अपनी राय न बदली, तो पछताती हुई चली गई।

मुन्नी ने पूछा–मेम साहब क्या कहती थी–

सुखदा ने मुन्नी को स्नेह–भरी आंखों से देखा–अब मैं तुम्हारे ही साथ रहूंगी, मुन्नी।

मुन्नी ने छाती पर हाथ रखकर कहा–यह क्या करती हो, बहू– वहां तुमसे न रहा जाएगा।

सुखदा ने प्रसन्न मुख से कहा–जहां तुम रह सकती हो, वहां मैं भी रह सकती हूं।

एक घंटे के बाद जब सुखदा यहां से मुन्नी के साथ चली, तो उसका मन आशा और भय से कांप रहा था, जैसे कोई बालक परीक्षा में सफल होकर अगली कक्षा में गया हो।

तीन

पुलिस ने उस पहाड़ी इलाके का घेरा डाल रखा था। सिपाही और सवार चौबीसों घंटे घूमते रहते थे। पांच आदमियों से ज्यादा एक जगह जमा न हो

सकते थे। शाम को आठ बजे के बाद कोई घर से निकल न सकता था। पुलिस को इत्तिला दिए बगैर घर में मेहमान को ठहराने की भी मनाही थी। फौजी कानून जारी कर दिया गया था। कितने ही घर जला दिए गए थे और उनके रहने वाले हबूड़ों की भांति वृक्षों के नीचे बाल–बच्चों को लिए पड़े थे। पाठशाला में आग लगा दी गई थी और उसकी आधी–आधी काली दीवारें मानो केश खोले मातम कर रही थीं। स्वामी आत्मानन्द बांस की छतरी लगाए अब भी वहां डटे हुए थे। जरा–सा मौका पाते ही इधर–उधर से दस–बीस आदमी आकर जमा हो जाते पर सवारों को आते देखा और गायब।

सहसा लाला समरकान्त एक गट्ठर पीठ पर लादे मदरसे के सामने आकर खड़े हो गए। स्वामी ने दौड़कर उनका बिस्तर ले लिया और खाट की फिक्र में दौड़े। गांव–भर में बिजली की तरह खबर दौड़ गई–भैया के बाप आए हैं। हैं तो वृद्ध मगर अभी टनमन हैं। सेठ–साहूकार से लगते हैं। एक क्षण में बहुत से आदमियों ने आकर घेर लिया। किसी के सिर में पट्टी बंधी थी, किसी के हाथ में। कई लंगड़ा रहे थे। शाम हो गई और आज कोई विशेष खटका न देखकर और सारे इलाके में डंडे के बल से शांति स्थापित करके पुलिस विश्राम कर रही थी। बेचारे रात–दिन दौड़ते–दौड़ते अधमरे हो गए थे।

गूदड़ ने लाठी टेकते हुए आकर समरकान्त के चरण छुए और बोले–अमर भैया का समाचार तो आपको मिला होगा। आजकल तो पुलिस का धावा है। हाकिम कहता है–बारह आने लेंगे, हम कहते हैं हमारे पास है ही नहीं, दें कहां से– बहुत–से लोग तो गांव छोड़कर भाग गए। जो हैं, उनकी दसा आप देख ही रहे हैं। मुन्नी बहू को पकड़कर जेल में डाल दिया। आप ऐसे समय में आए कि आपकी कुछ खातिर भी नहीं कर सकते।

समरकान्त मदरसे के चबूतरे पर बैठ गए और सिर पर हाथ रखकर सोचने लगे–इन गरीबों की क्या सहायता करें– क्रोध की एक ज्वाला–सी उठकर रोम–रोम में व्याप्त हो गई, पूछा–यहां कोई अफसर भी तो होगा–

गूदड़ ने कहा–हां, अफसर तो एक नहीं, पच्चीस हैं जी। सबसे बड़ा अफसर तो वही मियांजी हैं, जो अमर भैया के दोस्त हैं।

'तुम लोगों ने उस लगंगे से पूछा नहीं–मारपीट क्यों करते हो, क्या यह भी कानून है?'

गूदड़ ने सलोनी की मड़ैया की ओर देखकर कहा–भैया, कहते तो सब कुछ हैं, जब कोई सुने सलीम साहब ने खुद अपने हाथों से हंटर मारे। उनकी बेदर्दी देखकर पुलिस वाले भी दांतों तले उंगली दबाते थे। सलोनी मेरी भावज

लगती है। उसने उनके मुंह पर थूक दिया था। यह उसे न करना चाहिए था। पागलपन था और क्या– मियां साहब आग हो गए और बुढ़ियां को इतने हंटर जमाए कि भगवान् ही बचाए तो बचे। मुर्दा वह भी है अपनी धुन की पक्की, हरेक हंटर पर गाली देती थी। जब बेदम होकर गिर पड़ी, तब जाकर उसका मुंह बंद हुआ। भैया उसे काकी–काकी करते रहते थे। कहीं से आवें, सबसे पहले काकी के पास जाते थे। उठने लायक होती तो जरूर–से–जरूर आती।

आत्मानन्द ने चिढ़कर कहा–अरे तो अब रहने भी दे, क्या सब आज ही कह डालोगे– पानी मंगवाओ, आप हाथ–मुंह धोएं, जरा आराम करने दो, थके–मांदे आ रहे हैं–वह देखो, सलोनी को भी खबर मिल गई, लाठी टेकती चली आ रही है।

सलोनी ने पास आकर कहा–कहां हो देवरजी, सावन में आते तो तुम्हारे साथ झूला झूलती, चले हो कातिक में जिसका ऐसा सरदार और ऐसा बेटा, उसे किसका डर और किसकी चिंता तुम्हें देखकर सारा दुरूख भूल गई, देवरजी।

समरकान्त ने देखा–सलोनी की सारी देह सूज उठी है और साड़ी पर लहू के दाग सूखकर कत्थई हो गए हैं। मुंह सूजा हुआ है। इस मुरदे पर इतना क्रोध उस पर विद्वान् बनता है उनकी आंखों में खून उतर आया। हिंसा–भावना मन में प्रचंड हो उठी। निर्बल क्रोध और चाहे कुछ न कर सके, भगवान् की खबर जरूर लेता है। तुम अंतर्यामी हो, सर्वशक्तिमान हो, दीनों के रक्षक हो और तुम्हारी आंखों के सामने यह अंधेर इस जगत का नियंता कोई नहीं है। कोई दयामय भगवान् सृष्टि का कर्ता होता, तो यह अत्याचार न होता अच्छे सर्वशक्तिमान हो। क्यों नरपिशाचों के हृदय में नहीं पैठ जाते, या वहां तुम्हारी पहुंच नहीं है– कहते हैं, यह सब भगवान् की लीला है। अच्छी लीला है अगर तुम्हें इस व्यापार की खबर नहीं है, तो फिर सर्वव्यापी क्यों कहलाते हो–

समरकान्त धार्मिक प्रवृत्ति के आदमी थे। धर्म–ग्रंथों का अधययन किया था। भगवद्गीता का नित्य पाठ किया करते थे, पर इस समय वह सारा धर्मज्ञान उन्हें पाखंड–सा प्रतीत हुआ।

वह उसी तरह उठ खड़े हुए और पूछा–सलीम तो सदर में होगा–

आत्मानन्द ने कहा–आजकल तो यहीं पड़ाव है। डाक बंगले में ठहरे हुए हैं।

'मैं जरा उनसे मिलूंगा।'

'अभी वह क्रोध में हैं, आप मिलकर क्या कीजिएगा। आपको भी अपशब्द कह बैठेंगे।'

'यही देखने तो जाता हूं कि मनुष्य की पशुता किस सीमा तक जा सकती है।'

'तो चलिए, मैं भी आपके साथ चलता हूं।'

गूदड़ बोल उठे–नहीं–नहीं, तुम न जइयो, स्वामीजी भैया, यह हैं तो संन्यासी और दया के अवतार, मुर्दा क्रोध में भी दुर्वासा मुनि से कम नहीं हैं। जब हाकिम साहब सलोनी को मार रहे थे, तब चार आदमी इन्हें पकड़े हुए थे, नहीं तो उस बखत मियां का खून चूस लेते, चाहे पीछे से फांसी हो जाती। गांव भर की मरहम–पट्टी इन्हीं के सुपुर्द है।

सलोनी ने समरकान्त का हाथ पकड़कर कहा–मैं चलूंगी तुम्हारे साथ देवरजी। उसे दिखा दूंगी कि बुड़ियां तेरी छाती पर मूंग दलने को बैठी हुई है तू मारनहार है, तो कोई तुझसे बड़ा राखनहार भी है। जब तक उसका हुकम न होगा, तू क्या मार सकेगा।

भगवान् में उसकी यह अपार निष्ठा देखकर समरकान्त की आंखें सजल हो गईं, सोचा –मुझसे तो ये मूर्ख ही अच्छे जो इतनी पीड़ा और दुरूख सहकर भी तुम्हारा ही नाम रटते हैं। बोले–नहीं भाभी, मुझे अकेले जाने दो। मैं अभी उनसे दो–दो बातें करके लौट आता हूं।

सलोनी लाठी संभाल रही थी कि समरकान्त चल पड़े। तेजा और दुरजन आगे–आगे डाक्र बंगले का रास्ता दिखाते हुए चले।

तेजा ने पूछा–दादा, जब अमर भैया छोटे–से थे, तो बड़े शैतान थे न–

समरकान्त ने इस प्रश्न का आशय न समझकर कहा–नहीं तो, वह तो लड़कपन ही से बड़ा सुशील था।

दुरजन ताली बजाकर बोला–अब कहो तेजू, हारे कि नहीं– दादा, हमारा–इनका यह झगड़ा है कि यह कहते हैं, जो लड़के बचपन में बड़े शैतान होते हैं, वही बड़े होकर सुशील हो जाते हैं, और मैं कहता हूं, जो लड़कपन में सुशील होते हैं, वही बड़े होकर भी सुशील रहते हैं। जो बात आदमी में है नहीं वह बीच में कहां से आ जाएगी–

तेजा ने शंका की–लड़के में तो अकल भी नहीं होती, जवान होने पर कहां से आ जाती है– अखुवे में तो खाली दो दल होते हैं, फिर उनमें डाल–पात कहां से आ जाते हैं– यह कोई बात नहीं। मैं ऐसे कितने ही नामी आदमियों के

उदाहरण दे सकता हूं, जो बचपन में बड़े पाजी थे, पर आगे चलकर महात्मा हो गए।

समरकान्त को बालकों के इस तर्क में बड़ा आनंद आया। मधयस्थ बनकर दोनों ओर कुछ सहारा देते जाते थे। रास्ते में एक जगह कीचड़ भरा हुआ था। समरकान्त के जूते कीचड़ में फंसकर पांव से निकल गए। इस पर बड़ी हंसी हुई।

सामने से पांच सवार आते दिखाई दिए। तेजा ने एक पत्थर उठाकर एक सवार पर निशाना मारा। उसकी पगड़ी जमीन पर गिर पड़ी। वह तो घोड़े से उतरकर पगड़ी उठाने लगा, बाकी चारों घोड़े दौड़ाते हुए समरकान्त के पास आ पहुंचे।

तेजा दौड़कर एक पेड़ पर चढ़ गया। दो सवार उसके पीछे दौड़े और नीचे से गालियां देने लगे। बाकी तीन सवारों ने समरकान्त को घेर लिया और एक ने हंटर निकालकर ऊपर उठाया ही था कि एकाएक चौंक पड़ा और बोला–अरे आप हैं सेठजी आप यहां कहां–

सेठजी ने सलीम को पहचानकर कहा–हां–हां, चला दो हंटर, रूक क्यों गए– अपनी कारगुजारी दिखाने का ऐसा मौका फिर कहां मिलेगा– हाकिम होकर गरीबों पर हंटर न चलाया, तो हाकिमी किस काम की–

सलीम लज्जित हो गया–आप इन लौंडों की शरारत देख रहे हैं, फिर भी मुझी को कसूरवार ठहराते हैं। उसने ऐसा पत्थर मारा कि इन दारोगाजी की पगड़ी गिर गई। खैरियत हुई कि आंख में न लगा।

समरकान्त आवेश में औचित्य को भूलकर बोले–ठीक तो है, जब उस लौंडे ने पत्थर चलाया, जो अभी नादान है, तो फिर हमारे हाकिम साहब जो विद्या के सफर हैं, क्या हंटर भी न चलाएं – कह दो दोनों सवार पेड़ पर चढ़ जाएं, लौंडे को ढकेल दें, नीचे गिर पड़े। मर जाएगा, तो क्या हुआ, हाकिम से बेअदबी करने की सजा तो पा जाएगा।

सलीम ने सफाई दी–आप तो अभी आए हैं, आपको क्या खबर यहां के लोग कितने मुफसिद हैं– एक बुड़ियां ने मेरे मुंह पर थूक दिया, मैंने जब्त किया, वरना सारा गांव जेल में होता।

समरकान्त यह बमगोला खाकर भी परास्त न हुए–तुम्हारे जब्त की बानगी देखे आ रहा हूं बेटा, अब मुंह न खुलवाओ। वह अगर जाहिल बेसमझ औरत थी, तो तुम्हीं ने आलिम–गाजिल होकर कोन–सी शराफत की– उसकी सारी देह

लहू–लुहान हो रही है। शायद बचेगी भी नहीं। कुछ याद है कितने आदमियों के अंग–भंग हुए– सब तुम्हारे नाम की दुआएं दे रहे हैं। अगर उनसे रुपये न वसूल होते थे, तो बेदखल कर सकते थे, उनकी फसल कुर्क कर सकते थे। मार–पीट का कानून कहां से निकला–

'बेदखली से क्या नतीजा, जमीन का यहां कौन खरीददार है– आखिर सरकारी रकम कैसे वसूल की जाए?'

'तो मार डालो सारे गांव को, देखो कितने रुपये वसूल होते हैं। तुमसे मुझे ऐसी आशा न थी, मगर शायद हुकूमत में कुछ नशा होता है।'

'आपने अभी इन लोगों की बदमाशी नहीं देखी। मेरे साथ आइए, तो मैं सारी दास्तान सुनाऊं आप इस वक्त आ कहां से रहे हैं?'

समरकान्त ने अपने लखनऊ आने और सुखदा से मिलने का हाल कहा। फिर मतलब की बात छेड़ी–अमर तो यहीं होगा– सुना, तीसरे दरजे में रखा गया है।

अंधेरा ज्यादा हो गया था। कुछ ठंड भी पड़ने लगी थी। चार सवार तो गांव की तरफ चले गए, सलीम घोड़े की रास थामे हुए पांव–पांव समरकान्त के साथ डाक बंगले चला।

कुछ दूर चलने के बाद समरकान्त बोले–तुमने दोस्त के साथ खूब दोस्ती निभाई। जेल भेज दिया, अच्छा किया, मगर कम–से–कम उसे कोई अच्छा दरजा तो दिला देते। मगर हाकिम ठहरे, अपने दोस्त की सिफारिश कैसे करते–

सलीम ने व्यथित कंठ से कहा–आप तो लालाजी, मुझी पर सारा गुस्सा उतार रहे हैं। मैंने तो दूसरा दरजा दिला दिया था मगर अमर खुद मामूली कैदियों के साथ रहने पर जिद करने लगे, तो मैं क्या करता– मेरी बदनसीबी है कि यहां आते ही मुझे वह सब कुछ करना पड़ा, जिससे मुझे नफरत थी।

डाक बंगले पहुंचकर सेठजी एक आरामकुरसी पर लेट गए और बोले–तो मेरा यहां आना व्यर्थ हुआ। जब वह अपनी खुशी से तीसरे दरजे में है, तो लाचारी है। मुलाकात हो जाएगी–

सलीम ने उत्तर दिया–मैं आपके साथ चलूंगा। मुलाकात की तारीख तो अभी नहीं आई है, मगर जेल वाले शायद मान जाएं। हां, अंदेशा अमर की तरफ से है। वह किसी किस्म की रिआयत नहीं चाहते।

उसने जरा मुस्कराकर कहा–अब तो आप भी इन कामों में शरीक होने लगे–

सेठजी ने नम्रता से कहा–अब मैं इस उम्र में क्या काम करूंगा। बूढ़े दिल में जवानी का जोश कहां से आए– बहू जेल में है, लड़का जेल में है, शायद लड़की भी जेल की तैयारी कर रही है और मैं चौन से खाता–पीता हूं। आराम से सोता हूं। मेरी औलाद मेरे पापों का प्रायश्चित कर रही है, मैंने गरीबों का कितना खून चूसा है, कितने घर तबाह किए हैं। उसकी याद करके खुद शर्मिंदा हो जाता हूं। अगर जवानी में समझ आ गई होती, तो कुछ अपना सुधार करता। अब क्या करूंगा– बाप संतान का गुरू होता है। उसी के पीछे लड़के चलते हैं। मुझे अपने लड़कों के पीछे चलना पड़ा। मैं धर्म की असलियत को न समझकर धर्म के स्वांग को धर्म समझे हुए था। यही मेरी जिंदगी की सबसे बड़ी भूल थी। मुझे तो ऐसा मालूम होता है कि दुनिया का कैंडा ही बिगड़ा हुआ है। जब तक हमें जायदाद पैदा करने की धुन रहेगी, हम धर्म से कोसों दूर रहेंगे। ईश्वर ने संसार को क्यों इस ढंग पर लगाया, यह मेरी समझ में नहीं आता। दुनिया को जायदाद के मोह–बंधन से छुड़ाना पड़ेगा, तभी आदमी आदमी होगा, तभी दुनिया से पाप का नाश होगा।

सलीम ऐसी ऊंची बातों में न पड़ना चाहता था। उसने सोचा–जब मैं भी इनकी तरह जिंदगी के सुख भोग लूंगा तो मरते–समय फिलासफर बन जाऊंगा। दोनों कई मिनट तक चुपचाप बैठे रहे। फिर लालाजी स्नेह से भरे स्वर में बोले–नौकर हो जाने पर आदमी को मालिक का हुक्म मानना ही पड़ता है। इसकी मैं बुराई नहीं करता। हां, एक बात कहूंगा। जिन पर तुमने जुल्म किया है, चलकर उनके आंसू पोंछ दो। यह गरीब आदमी थोड़ी–सी भलमनसी से काबू में आ जाते हैं। सरकार की नीति तो तुम नहीं बदल सकते, लेकिन इतना तो कर सकते हो कि किसी पर बेजा सख्ती न करो।

सलीम ने शरमाते हुए कहा–लोगों की गुस्ताखी पर गुस्सा आ जाता है, वरना मैं तो खुद नहीं चाहता कि किसी पर सख्ती करूं। फिर सिर पर कितनी बड़ी जिम्मेदारी है। लगान न वसूल हुआ, तो मैं कितना नालायक समझा जाऊंगा–

समरकान्त ने तेज होकर कहा–तो बेटा, लगान तो न वसूल होगा, हां आदमियों के खून से हाथ रंग सकते हो।

'यही तो देखना है।'

'देख लेना। मैंने भी इसी दुनिया में बाल सफेद किए हैं। हमारे किसान अफ़सरों की सूरत से कांपते थे, लेकिन जमाना बदल रहा है। अब उन्हें भी मान–अपमान का खयाल होता है। तुम मुर्ति में बदनामी उठा रहे हो।'

'अपना फर्ज अदा करना बदनामी है, तो मुझे उसकी परवाह नहीं।'

समरकान्त ने अफसरी के इस अभिमान पर हंसकर कहा–फर्ज में थोड़ी–सी मिठास मिला देने से किसी का कुछ नहीं बिगड़ता, हां, बन बहुत कुछ जाता है, यह बेचारे किसान ऐसे गरीब हैं कि थोड़ी–सी हमदर्दी करके उन्हें अपना गुलाम बना सकते हो। हुकूमत वह बहुत झेल चुके। अब भलमनसी का बरताब चाहते हैं। जिस औरत को तुमने हंटरों से मारा, उसे एक बार माता कहकर उसकी गरदन काट सकते थे। यह मत समझो कि तुम उन पर हुकूमत करने आए हो। यह समझो कि उनकी सेवा करने आए हो मान लिया, तुम्हें तलब सरकार से मिलती है, लेकिन आती तो है इन्हीं की गांठ से। कोई मूर्ख हो तो उसे समझाऊं। तुम भगवान् की कृपा से आप ही विद्वान् हो। तुम्हें क्या समझाऊं– तुम पुलिस वालों की बातों में आ गए। यही बात है न–

सलीम भला यह कैसे स्वीकार करता–

लेकिन समरकान्त अड़े रहे–मैं इसे नहीं मान सकता। तुम तो किसी से नजर नहीं लेना चाहते, लेकिन जिन लोगों की रोटियां नोच–खसोट पर चलती हैं उन्होंने जरूर तुम्हें भरा होगा। तुम्हारा चेहरा कहे देता है कि तुम्हें गरीबों पर जुल्म करने का अफसोस है। मैं यह तो नहीं चाहता कि आठ आने से एक पाई भी ज्यादा वसूल करो, लेकिन दिलजोई के साथ तुम बेशी भी वसूल कर सकते हो। जो भूखों मरते हैं चिथड़े पहनकर और पुआल में सोकर दिन काटते हैं उनसे एक पैसा भी दबाकर लेना अन्याय है। जब हम और तुम दो–चार घंटे आराम से काम करके आराम से रहना चाहते हैं, जायदादें बनाना चाहते हैं, शौक की चीजें जमा करते हैं, तो क्या यह अन्याय नहीं है कि जो लोग स्त्री–बच्चों समेत अठारह घंटे रोज काम करें, वह रोटी–कपड़े को तरसें– बेचारे गरीब हैं, बेजबान हैं, अपने को संगठित नहीं कर सकते, इसलिए सभी छोटे–बड़े उन पर रोब जमाते हैं। मगर तुम जैसे सहृदय और विद्वान् लोग भी वही करने लगें, जो मामूली अमले करते हैं, तो अफसोस होता है। अपने साथ किसी को मत लो, मेरे साथ चलो। मैं जिम्मा लेता हूं कि कोई तुमसे गुस्ताखी न करेगा। उनके जख्म पर मरहम रख दो, मैं इतना ही चाहता हूं। जब तक जिएंगे, बेचारे तुम्हें याद करेंगे। सद्भाव में सम्मोहन का–सा असर होता है।

सलीम का हृदय अभी इतना काला न हुआ था कि उस पर कोई रंग ही न चढ़ता। सकुचाता हुआ बोला–मेरी तरफ से आप ही को कहना पड़ेगा।

'हां–हां, यह सब मैं कह दूंगा, लेकिन ऐसा न हो, मैं उधर चलूं, इधर तुम हंटरबाजी शुरू करो।'

'अब ज्यादा शर्मिंदा न कीजिए।'

'तुम यह तजवीज क्यों नहीं करते कि असामियों की हालत की जांच की जाय। आंखें बंद करके हुक्म मानना तुम्हारा काम नहीं। पहले अपना इत्मीनान तो कर लो कि तुम बेइंसाफी तो नहीं कर रहे हो– तुम खुद ऐसी रिपोर्ट क्यों नहीं लिखते– मुमकिन है हुक्कम इसे पसंद न करें, लेकिन हक के लिए कुछ नुकसान उठाना पड़े, तो क्या चिंता?'

सलीम को यह बातें न्याय–संगत जान पड़ीं। खूंटे की पतली नोक जमीन के अंदर पहुंच चुकी थी। बोला–इस बुजुर्गाना सलाह के लिए आपका एहसानमंद हूं और उस पर अमल करने की कोशिश करूंगा।

भोजन का समय आ गया था। सलीम ने पूछा–आपके लिए क्या खाना बनवाऊं–

'जो चाहे बनवाओ, पर इतना याद रखो कि मैं हिन्दू हूं और पुराने जमाने का आदमी हूं। अभी तक छूत–छात को मानता हूं।'

'आप छूत–छात को अच्छा समझते हैं?'

'अच्छा तो नहीं समझता पर मानता हूं।'

'तब मानते ही क्यों हैं?'

'इसलिए कि संस्कारों को मिटाना मुश्किल है। अगर जरूरत पड़े, तो मैं तुम्हारा मल उठाकर फेंक दूंगा लेकिन तुम्हारी थाली में मुझसे न खाया जाएगा।'

'मैं तो आज आपको अपने साथ बैठाकर खिलाऊंगा।'

'तुम प्याज, मांस, अंडे खाते हो। मुझसे तो उन बरतनों में खाया ही न जाएगा।'

'आप यह सब कुछ न खाइएगा मगर मेरे साथ बैठना पड़ेगा। मैं रोज साबुन लगाकर नहाता हूं।'

'बरतनों को खूब साफ करा लेना।'

'आपका खाना हिन्दू बनाएगा, साहब बस, एक मेज पर बैठकर खा लेना।'

'अच्छा खा लूंगा, भाई मैं दूध और घी खूब खाता हूं।'

सेठजी तो संध्योपासन करने बैठे, फिर पाठ करने लगे। इधर सलीम के साथ के एक हिन्दू कांस्टेबल ने पूरी, कचौरी, हलवा, खीर पकाई। दही पहले ही से रखा हुआ था। सलीम खुद आज यही भोजन करेगा। सेठजी संध्या करके लौटे, तो देखा दो कंबल बिछे हुए हैं और थालियां रखी हुई हैं।

सेठजी ने खुश होकर कहा–यह तुमने बहुत अच्छा इन्तजाम किया।

सलीम ने हंसकर कहा–मैंने सोचा, आपका धर्म क्यों लूं, नहीं एक ही कंबल रखता।

'अगर यह खयाल है, तो तुम मेरे कंबल पर आ जाओ। नहीं, मैं ही आता हूं।'

वह थाली उठाकर सलीम के कंबल पर आ बैठे। अपने विचार में आज उन्होंने अपने जीवन का सबसे महान् त्याग किया। सारी संपत्ति दान देकर भी उनका हृदय इतना गौरवान्वित न होता।

सलीम ने चुटकी ली–अब तो आप मुसलमान हो गए।

सेठजी बोले–मैं मुसलमान नहीं हुआ। तुम हिन्दू हो गए।

चार

प्रातरूकाल समरकान्त और सलीम डाकबंगले से गांव की ओर चले। पहाड़ियों से नीली भाप उठ रही थी और प्रकाश का हृदय जैसे किसी अव्यक्त वेदना से भारी हो रहा था। चारों ओर सन्नाटा था। पृथ्वी किसी रोगी की भांति कोहरे के नीचे पड़ी सिहर रही थी। कुछ लोग बंदरों की भांति छप्परों पर बैठे उसकी मरम्मत कर रहे थे और कहीं–कहीं स्त्रियां गोबर पाथ रही थीं। दोनों आदमी पहले सलोनी के घर गए।

सलोनी को ज्वर चढ़ा हुआ था और सारी देह फोड़े की भांति दुख रही थी मगर उसे गाने की धुन सवार थी–

सन्तो देखत जग बौराना।

सांच कहो तो मारन धावे, झूठ जगत पतिआना, सन्तो देखत...

मनोव्यथा जब असह्य और अपार हो जाती है जब उसे कहीं त्राण नहीं मिलता जब वह रूदन और क्रंदन की गोद में भी आश्रय नहीं पाती, तो वह संगीत के चरणों पर जा गिरती है।

समरकान्त ने पुकारा–भाभी, जरा बाहर तो आओ।

सलोनी चटपट उठकर पके बालों को घूंघट से छिपाती, नवयौवना की भांति लजाती आकर खड़ी हो गई और पूछा–तुम कहां चले गए थे, देवरजी–

सहसा सलीम को देखकर वह एक पग पीछे हट गई और जैसे गाली दी–यह तो हाकिम है।

फिर सिंहनी की भांति झपटकर उसने सलीम को ऐसा धक्का दिया कि वह गिरते–गिरते बचा, और जब तक समरकान्त उसे हटाएं–हटाएं, सलीम की गरदन पकड़कर इस तरह दबाई, मानो घोंट देगी।

सेठजी ने उसे बल–पूर्वक हटाकर कहा–पगला गई है क्या, भाभी– अलग हट जा, सुनती नहीं–

सलोनी ने फटी–फटी प्रज्वलित आंखों से सलीम को घूरते हुए कहा–मार तो दिखा दूं, आज मेरा सरदार आ गया है सिर कुचलकर रख देगा।

समरकान्त ने तिरस्कार भरे स्वर में कहा–सरदार के मुंह में कालिख लगा रही हो और क्या– बूढ़ी हो गई, मरने के दिन आ गए और अभी लड़कपन नहीं गया। यही तुम्हारा धर्म है कि कोई हाकिम द्वार पर आए तो उसका अपमान करो।

सलोनी ने मन में कहा–यह लाला भी ठकुरसुहाती करते हैं। लड़का पकड़ गया है न, इसी से। फिर दुराग्रह से बोली–पूछो इसने सबको पीटा नहीं था–

सेठजी बिगड़कर बोले–तुम हाकिम होतीं और गांव वाले तुम्हें देखते ही लाठियां ले–लेकर निकल आते, तो तुम क्या करतीं– जब प्रजा लड़ने पर तैयार हो जाय, तो हाकिम क्या पूजा करे अमर होता तो वह लाठी लेकर न दौड़ता– गांव वालों को लाजिम था कि हाकिम के पास आकर अपना–अपना हाल कहते, अरज–विनती करते अदब से, नम्रता से। यह नहीं कि हाकिम को देखा और मारने दौड़े, मानो वह तुम्हारा दुश्मन है। मैं इन्हें समझा–बुझाकर लाया था कि मेल करा दूं, दिलों की सफाई हो जाय, और तुम उनसे लड़ने पर तैयार हो गईं।

यहां की हलचल सुनकर गांव के और कई आदमी जमा हो गए। पर किसी ने सलीम को सलाम नहीं किया। सबकी त्योरियां चढ़ी हुई थीं।

समरकान्त ने उन्हें संबोधित किया–तुम्हीं लोग सोचो। यह साहब तुम्हारे हाकिम हैं। जब रियाया हाकिम के साथ गुस्ताखी करती है, तो हाकिम को भी क्रोध आ जाय तो कोई ताज्जुब नहीं। यह बेचारे तो अपने को हाकिम समझते ही नहीं। लेकिन इज्जत तो सभी चाहते हैं, हाकिम हों या न हों। कोई आदमी अपनी बेइज्जती नहीं देख सकता। बोलो गूदड़, कुछ गलत कहता हूं–

गूदड़ ने सिर झुकाकर कहा–नहीं मालिक, सच ही कहते हो। मुर्दा वह तो बावली है। उसकी किसी बात का बुरा न मानो। सबके मुंह में कालिख लगा रही है और क्या।

'यह हमारे लड़के के बराबर हैं। अमर के साथ पढ़े, उन्हीं के साथ खेले। तुमने अपनी आंखों देखा कि अमर को गिरफ्तार करने यह अकेले आए थे। क्या समझकर क्या पुलिस को भेजकर न पकड़वा सकते थे– सिपाही हुक्म पाते ही आते और धक्के देकर बंध ले जाते। इनकी शराफत थी कि खुद आए और किसी पुलिस को साथ न लाए।

अमर ने भी यही किया, जो उसका धर्म था। अकेले आदमी को बेइज्जत करना चाहते, तो क्या मुश्किल था– अब तक जो कुछ हुआ, उसका इन्हें रंज हैं, हालांकि कसूर तुम लोगों का भी था– अब तुम भी पिछली बातों को भूल जाओ। इनकी तरफ से अब किसी तरह की सख्ती न होगी। इन्हें तुम्हारी जायदाद नीलाम करने का हुक्म मिलेगा, नीलाम करेंगे गिरफ्तार करने का हुक्म मिलेगा, गिरफ्तार करेंगे तुम्हें बुरा न लगना चाहिए। तुम धर्म की लड़ाई लड़ रहे हो। लड़ाई नहीं, यह तपस्या है। तपस्या में क्रोध और द्वेष आ जाता है, तो तपस्या भंग हो जाती है।'

स्वामीजी बोले–धर्म की रक्षा एक ओर से नहीं होती सरकार नीति बनाती है। उसे नीति की रक्षा करनी चाहिए। जब उसके कर्मचारी नीति को पैरों से कुचलते हैं, तो फिर जनता कैसे नीति की रक्षा कर सकती है–

समरकान्त ने फटकार बताई–आप संन्यासी होकर ऐसा कहते हैं, स्वामीजी आपको अपनी नीतिपरकता से अपने शासकों को नीति पर लाना है। यदि वह नीति पर ही होते, तो आपको यह तपस्या क्यों करनी पड़ती– आप अनीति पर अनीति से नहीं, नीति से विजय पा सकते हैं।

स्वामीजी का मुंह जरा–सा निकल आया। जबान बंद हो गई।

सलोनी का पीड़ित हृदय पक्षी के समान पिंजरे से निकलकर भी कोई आश्रय खोज रहा था। सज्जनता और सत्प्रेणा से भरा हुआ यह तिरस्कार उसके सामने जैसे दाने बिखेरने लगा। पक्षी ने दो–चार बार गरदन झुकाकर दानों को सतर्क नेत्रों से देखा, फिर अपने रक्षक को श्आ, आश करते सुना और पैर फैलाकर दानों पर उतर आया।

सलोनी आंखों में आंसू भरे, दोनों हाथ जोड़े, सलीम के सामने आकर बोली–सरकार, मुझसे बड़ी खता हो गई। माफी दीजिए। मुझे जूतों से पीटिए.।

सेठजी ने कहा–सरकार नहीं, बेटा कहो।

'बेटा, मुझसे बड़ा अपराध हुआ। मूरख हूं, बावली हूं। जो चाहे सजा दो।'

सलीम के युवा नेत्र भी सजल हो गए। हुकूमत का रोब और अधिकार का गर्व भूल गया। बोला—माताजी, मुझे शर्मिंदा न करो। यहां जितने लोग खड़े हैं, मैं उन सबसे और जो यहां नहीं हैं, उनसे भी अपनी खताओं की मुआफी चाहता हूं।

गूदड़ ने कहा—हम तुम्हारे गुलाम हैं भैया लेकिन मूरख जो ठहरे, आदमी पहचानते तो क्यों इतनी बातें होतीं—

स्वामीजी ने समरकान्त के कान में कहा—मुझे तो ऐसा जान पड़ता है कि दगा करेगा।

सेठजी ने आश्वासन दिया—कभी नहीं। नौकरी चाहे चली जाय पर तुम्हें सताएगा नहीं। शरीफ आदमी है।

'तो क्या हमें पूरा लगान देना पड़ेगा?'

'जब कुछ है ही नहीं, तो दोगे कहां से?'

स्वामीजी हटे तो सलीम ने आकर सेठजी के कान में कुछ कहा।

सेठजी मुस्कराकर बोले—यह साहब तुम लोगों के दवा—दारू के लिए एक सौ रुपये भेंट कर रहे हैं। मैं अपनी ओर से उसमें नौ सौ रुपये मिलाए देता हूं। स्वामीजी, डाक बंगले पर चलकर मुझसे रुपये ले लो।

गूदड़ ने कृतज्ञता को दबाते हुए कहा—भैयाश पर मुख से एक शब्द भी न निकला।

समरकान्त बोले—यह मत समझो कि यह मेरे रुपये हैं। मैं अपने बाप के घर से नहीं लाया। तुम्हीं से, तुम्हारा ही गला दबाकर लिए थे। वह तुम्हें लौटा रहा हूं।

गांव में जहां सियापा छाया हुआ था, वहां रौनक नजर आने लगी। जैसे कोई संगीत वायु में घुल गया हो।

पांच

अमरकान्त को जेल में रोज—रोज का समाचार किसी—न—किसी तरह मिल जाता था। जिस दिन मार—पीट और अग्निकांड की खबर मिली, उसके क्रोध का वारापार न रहा और जैसे आग बुझकर राख हो जाती है, थोड़ी देर के बाद क्रोध की जगह केवल नैराश्य रह गया। लोगों के रोने—पीटने की दर्द—भरी हाय—हाय जैसे मूर्तिमान होकर उसके सामने सिर पीट रही थी। जलते हुए घरों की लपटें जैसे उसे झुलसा डालती थीं। वह सारा भीषण दृश्य कल्पनातीत होकर सर्वनाश के समीप जा पहुंचा था और इसकी जिम्मेदारी किस पर थी—

रुपये तो यों भी वसूल किए जाते पर इतना अत्याचार तो न होता, कुछ रिआयत तो की जाती। सरकार इस विद्रोह के बाद किसी तरह भी नर्मी का बर्ताव न कर सकती थी, लेकिन रुपया न दे सकना तो किसी मनुष्य का दोष नहीं यह मंदी की बला कहां से आई, कौन जाने– यह तो ऐसा ही है कि आंधी में किसी का छप्पर उड़ जाए और सरकार उसे दंड दे। यह शासन किसके हित के लिए है– इसका उद्देश्य क्या है–

इन विचारों से तंग आकर उसने नैराश्य में मुंह छिपाया। अत्याचार हो रहा है। होने दो। मैं क्या करूं– कर ही क्या सकता हूं मैं कौन हूं– मुझसे मतलब– कमजोरों के भाग्य में जब तक मार खाना लिखा है, मार खाएंगे। मैं ही यहां क्या फूलों की सेज पर सोया हुआ हूं– अगर संसार के सारे प्राणी पशु हो जाएं, तो मैं क्या करूं– जो कुछ होगा, होगा। यह भी ईश्वर की लीला है वाह रे तेरी लीला अगर ऐसी ही लीलाओं में तुम्हें आंन्द आता है, तो तुम दयामय क्यों बनते हो– जबर्दस्त का ठेंगा सिर पर, क्या यह भी ईश्वरीय नियम है–

जब सामने कोई विकट समस्या आ जाती थी, तो उसका मन नास्तिकता की ओर झुक जाता था। सारा विश्व ऋंखला–हीन, अव्यवस्थित, रहस्यमय जान पड़ता था।

उसने बान बटना शुरू किया लेकिन आंखों के सामने एक दूसरा ही अभिनय हो रहा था–वही सलोनी है, सिर के बाल खुले हुए, अर्धनग्न। मार पड़ रही है। उसके रूदन की करूणाजनक ध्वनि कानों में आने लगी। फिर मुन्नी की मूर्ति सामने आ खड़ी हुई। उसे सिपाहियों ने गिरफ्तार कर लिया है और खींचे लिए जा रहे हैं। उसके मुंह से अनायास ही निकल गया–हाय–हाय, यह क्या करते हो फिर वह सचेत हो गया और बान बटने लगा।

रात को भी यह दृश्य आंखों में फिरा करते वही क्रंदन कानों में गूंजा करता। इस सारी विपत्ति का भार अपने सिर पर लेकर वह दबा जा रहा था। इस भार को हल्का करने के लिए उसके पास कोई साधन न था। ईश्वर का बहिष्कार करके उसने मानो नौका का परित्याग कर दिया था और अथाह जल में डूबा जा रहा था। कर्म–जिज्ञासा उसे किसी तिनके का सहारा न लेने देती थी। वह किधर जा रहा है और अपने साथ लाखों निस्सहाय प्राणियों को किधर लिए जा रहा है– इसका क्या अंत होगा– इस काली घटा में कहीं चांदी की झालर है वह चाहता था, कहीं से आवाज आए–बढ़े आओ बढ़े आओ यही सीधा रास्ता है पर चारों तरफ निविड़, सघन अंधकार था। कहीं से कोई आवाज नहीं आती, कहीं प्रकाश नहीं मिलता। जब वह स्वयं अंधकार में पड़ा हुआ है, स्वयं

नहीं जानता आगे स्वर्ग की शीतल छाया है, या विधवंस की भीषण ज्वाला, तो उसे क्या अधिकार है कि इतने प्राणियों की जान आफत में डाले। इसी मानसिक पराभव की दशा में उसके अंतरूकरण से निकला—ईश्वर, मुझे प्रकाश दो, मुझे उबारो। और वह रोने लगा।

सुबह का वक्त था, कैदियों की हाजिरी हो गई थी। अमर का मन कुछ शांत था। वह प्रचंड आवेग शांत हो गया था और आकाश में छाई हुई गर्द बैठ गई थी। चीजें साफ—साफ दिखाई देने लगी थीं। अमर मन में पिछली घटनाओं की आलोचना कर रहा था। कारण और कार्य के सूत्रों को मिलाने की चेष्टा करते हुए सहसा उसे एक ठोकर—सी लगी—नैना का वह पत्र और सुखदा की गिरफ्तारी। इसी से तो वह आवेश में आ गया था और समझौते का सुसाध्य मार्ग छोड़कर उस दुर्गम पथ की ओर झुक पड़ा था। इस ठोकर ने जैसे उसकी आंखें खोल दीं। मालूम हुआ, यह यश—लालसा का, व्यक्तिगत स्पर्धा का, सेवा के आवरण में छिपे हुए अहंकार का खेल था। इस अविचार और आवेश का परिणाम इसके सिवा और क्या होता—

अमर के समीप एक कैदी बैठा बान बट रहा था। अमर ने पूछा—तुम कैसे आए, भई—

उसने कौतूहल से देखकर कहा—श्पहले तुम बताओ।'

'मुझे तो नाम की धुन थी।'

'मुझे धन की धुन थी।'

उसी वक्त जेलर ने आकर अमर से कहा—तुम्हारा तबादला लखनऊ हो गया है। तुम्हारे बाप आए थे। तुमसे मिलना चाहते थे। तुम्हारी मुलाकात की तारीख न थी। साहब ने इंकार कर दिया।

अमर ने आश्चर्य से पूछा—मेरे पिताजी यहां आए थे—

'हां—हां, इसमें ताज्जुब की क्या बात है— मि. सलीम भी उनके साथ थे।'

'इलाके की कुछ नई खबर?'

'तुम्हारे बाप ने शायद सलीम साहब को समझाकर गांव वालों से मेल करा दिया है। शरीफ आदमी हैं, गांव वालों के इलाज वगैरह के लिए एक हजार रुपये दे दिए।'

अमर मुस्कराया।

'उन्हीं की कोशिश से तुम्हारा तबादला हो रहा है। लखनऊ में तुम्हारी बीवी भी आ गई हैं। शायद उन्हें छरू महीने की सजा हुई है।'

अमर खड़ा हो गया–सुखदा भी लखनऊ में है।

अमर को अपने मन में विलक्षण शांति का अनुभव हुआ। वह निराशा कहां गई– दुर्बलता कहां गई–

वह फिर बैठकर बान बटने लगा। उसके हाथों में आज गजब की फूर्ती है। ऐसा कायापलट ऐसा मंगलमय परिवर्तन क्या अब भी ईश्वर की दया में कोई संदेह हो सकता है– उसने कांटे बोए थे। वह सब फूल हो गए।

सुखदा आज जेल में है। जो भोग–विलास पर आसक्त थी, वह आज दीनों की सेवा में अपना जीवन सार्थक कर रही है। पिताजी, जो पैसों को दांत से पकड़ते थे वह आज परोपकार में रत हैं। कोई दैवी शक्ति नहीं है तो यह सब कुछ किसकी प्रेरणा से हो रहाहै।

उसने मन की संपूर्ण श्रद्धा से ईश्वर के चरणों में वंदना की। वह भार, जिसके बोझ से वह दबा जा रहा था, उसके सिर से उतर गया था। उसकी देह हल्की थी, मन हल्का था और आगे आने वाली ऊपर की चढ़ाई, मानो उसका स्वागत कर रही थी।

छह

अमरकान्त को लखनऊ जेल में आए आज तीसरा दिन है। यहां उसे चक्की का काम दिया गया है। जेल के अधिकारियों को मालूम है, वह धानी का पुत्र है, इसलिए उसे कठिन परिश्रम देकर भी उसके साथ कुछ रिआयत की जाती है।

एक छप्पर के नीचे चक्कियों की कतारें लगी हुई हैं। दो–दो कैदी हरेक चक्की के पास खड़े आटा पीस रहे हैं। शाम को आटे की तौल होगी। आटा कम निकला, तो दंड मिलेगा।

अमर ने अपने संगी से कहा–जरा ठहर जाओ भाई, दम ले लूं, मेरे हाथ नहीं चलते। क्या नाम है तुम्हारा– मैंने तो शायद तुम्हें कहीं देखा है।

संगी गठीला, काला, लाल आंखों वाला, कठोर आकृति का मनुष्य था, जो परिश्रम से थकना न जानता था। मुस्कराकर बोला–मैं वही काले खां हूं, एक बार तुम्हारे पास सोने के कड़े बेचने गया था। याद करो लेकिन तुम यहां

कैसे आ फंसे, मुझे यह ताज्जुब हो रहा है। परसों से ही पूछना चाहता था पर सोचता था, कहीं धोखा न हो रहा हो।

अमर ने अपनी कथा संक्षेप में कह सुनाई और पूछा–तुम कैसे आए–

काले खां हंसकर बोला–मेरी क्या पूछते हो लाला, यहां तो छरू महीने बाहर रहते हैं, तो छरू साल भीतर। अब तो यही आरजू है कि अल्लाह यहीं से बुला ले। मेरे लिए बाहर रहना मुसीबत है। सबको अच्छा–अच्छा पहनते, अच्छा–अच्छा खाते देखता हूं, तो हसद होता है, पर मिले कहां से– कोई हुनर आता नहीं, इलम है नहीं। चोरी न करूं, डाका न माईं, तो खाऊं क्या– यहां किसी से हसद नहीं होता, न किसी को अच्छा पहनते देखता हूं, न अच्छा खाते। सब अपने ही जैसे हैं, फिर डाह और जलन क्यों हो– इसीलिए अल्लाहताला से दुआ करता हूं कि यहीं से बुला ले। छूटने की आरजू नहीं है। तुम्हारे हाथ दुख गए हों तो रहने दो। मैं अकेला ही पीस डालूंगा। तुम्हें इन लोगों ने यह काम दिया ही क्यों– तुम्हारे भाई–बंद तो हम लोगों से अलग, आराम से रखे जाते हैं। तुम्हें यहां क्यों डाल दिया– हट जाओ।

अमर ने चक्की की मुठिया जोर से पकड़कर कहा–नहीं–नहीं, मैं थका नहीं हूं। दो–चार दिन में आदत पड़ जाएगी, तो तुम्हारे बराबर काम करूंगा।

काले खां ने उसे पीछे हटाते हुए कहा–मगर यह तो अच्छा नहीं लगता कि तुम मेरे साथ चक्की पीसो। तुमने जुर्म नहीं किया है। रिआया के पीछे सरकार से लड़े हो, तुम्हें मैं न पीसने दूंगा। मालूम होता है तुम्हारे लिए ही अल्लाह ने मुझे यहां भेजा है। वह तो बड़ा कारसाज आदमी है। उसकी कुदरत कुछ समझ में नहीं आती। आप ही आदमी से बुराई करवाता है आप ही उसे सजा देता है, और आप ही उसे मुआफ कर देता है।

अमर ने आपत्ति की–बुराई खुदा नहीं कराता, हम खुद करते हैं।

काले खां ने ऐसी निगाहों से उसकी ओर देखा, जो कह रही थी, तुम इस रहस्य को अभी नहीं समझ सकते–ना–ना, मैं यह नहीं मानूंगा। तुमने तो पढ़ा होगा, उसके हुक्म के बगैर एक पत्ता भी नहीं हिल सकता, बुराई कौन करेगा– सब कुछ वही करवाता है, और फिर माफ भी कर देता है। यह मैं मुंह से कह रहा हूं। जिस दिन मेरे ईमान में यह बात जम जाएगी, उसी दिन बुराई बंद हो जाएगी। तुम्हीं ने उस दिन मुझे वह नसीहत सिखाई थी। मैं तुम्हें अपना पीर समझता हूं। दो सौ की चीज तुमने तीस रुपये में न ली। उसी दिन मुझे मालूम हुआ, बदी क्या चीज है। अब सोचता हूं, अल्लाह को क्या मुंह दिखाऊंगा– जिंदगी में इतने गुनाह किए हैं कि जब उनकी याद आती है, तो रोंए खड़े हो

जाते हैं। अब तो उसी की रहीमी का भरोसा है। क्यों भैया, तुम्हारे मजहब में क्या लिखा है– अल्लाह गुनहगारों को मुआफ कर देता है–

काले खां की कठोर मुद्रा इस गहरी, सजीव, सरल भक्ति से प्रदीप्त हो उठी, आंखों में कोमल छटा उदय हो गई। और वाणी इतनी मर्मस्पर्शी, इतनी आर्द्र थी कि अमर का हृदय पुलकित हो उठा–सुनता तो हूं खां साहब, कि वह बड़ा दयालु है।

काले खां दूने वेग से चक्की घुमाता हुआ बोला–बड़ा दयालु है, भैया मां के पेट में बच्चे को भोजन पहुंचाता है। यह दुनिया ही उसकी रहीमी का आईना है। जिधर आंखें उठाओ, उसकी रहीमी के जलवे। इतने खूनी–डाकू यहां पड़े हुए हैं, उनके लिए भी आराम का सामान कर दिया। मौका देता है, बार–बार मौका देता है कि अब भी संभल जावें। उसका गूस्सा कौन सहेगा, भैया– जिस दिन उसे गुस्सा आवेगा, यह दुनिया जहन्नुम को चली जाएगी। हमारे–तुम्हारे ऊपर वह क्यों गुस्सा करेगा– हम चींटी को पैरों तले पड़ते देखकर किनारे से निकल जाते हैं। उसे कुचलते रहम आता है। जिस अल्लाह ने हमको बनाया, जो हमको पालता है, वह हमारे ऊपर कभी गुस्सा कर सकता है– कभी नहीं।

अमर को अपने अंदर आस्था की एक लहर–सी उठती हुई जान पड़ी। इतने अटल विश्वास और सरल श्रद्धा के साथ इस विषय पर उसने किसी को बातें करते न सुना था। बात वही थी, जो वह नित्य छोटे–बड़े के मुंह से सुना करता था, पर निष्ठा ने उन शब्दों में जान सी डाल दी थी।

जरा देर बाद वह फिर बोला–भैया, तुमसे चक्की चलवाना तो ऐसे ही है, जैसे कोई तलवार से चिड़िए को हलाल करे। तुम्हें अस्पताल में रखना चाहिए था, बीमारी में दवा से उतना फायदा नहीं होता, जितना मीठी बात से हो जाता है। मेरे सामने यहां कई कैदी बीमार हुए पर एक भी अच्छा न हुआ। बात क्या है– दवा कैदी के सिर पर पटक दी जाती है, वह चाहे पिए चाहे फेंक दे।

अमर को इस काली–कलूटी काया में स्वर्ण–जैसा हृदय चमकता दीख पड़ा। मुस्कराकर बोला–लेकिन दोनों काम साथ–साथ कैसे करूंगा–

'मैं अकेला चक्की चला लूंगा और पूरा आटा तुलवा दूंगा।'

'तब तो सारा सवाब तुम्हीं को मिलेगा।'

काले खां ने साधु–भाव से कहा–भैया, कोई काम सवाब समझकर नहीं करना चाहिए। दिल को ऐसा बना लो कि सवाब में उसे वही मजा आवे, जो गाने या खेलने में आता है। कोई काम इसलिए करना कि उससे नजात मिलेगी,

रोजगार है फिर मैं तुम्हें क्या समझाऊं तुम खुद इन बातों को मुझसे ज्यादा समझते हो। मैं तो मरीज की तीमारदारी करने के लायक ही नहीं हूं। मुझे बड़ी जल्दी गुस्सा आ जाता है। कितना चाहता हूं कि गुस्सा न आए पर जहां किसी ने दो–एक बार मेरी बातें न मानीं और मैं बिगड़ा।

वही डाकू, जिसे अमर ने एक दिन अधमता के पैरों के नीचे लोटते देखा था, आज देवत्व के पद पर पहुंच गया था। उसकी आत्मा से मानो एक प्रकाश–सा निकलकर अमर के अंतरूकरण को अवलोकित करने लगा।

उसने कहा–लेकिन यह तो बुरा मालूम होता है कि मेहनत का काम तुम करो और मैं...।

काले खां ने बात काटी–भैया, इन बातों में क्या रखा है– तुम्हारा काम इस चक्की से कहीं कठिन होगा। तुम्हें किसी के बात करने तक की मुहलत न मिलेगी। मैं रात को मीठी नींद सोऊंगा। तुम्हें रातें जाफकर काटनी पड़ेंगी। जान–जोखिम भी तो है। इस चक्की में क्या रखा है– यह काम तो गधा भी कर सकता है, लेकिन जो काम तुम करोगे, वह विरले कर सकते हैं।

सूर्यास्त हो रहा था। काले खां ने अपने पूरे गेहूं पीस डाले थे और दूसरे कैदियों के पास जा–जाकर देख रहा था, किसका कितना काम बाकी है। कई कैदियों के गेहूं अभी समाप्त नहीं हुए थे। जेल कर्मचारी आटा तौलने आ रहा होगा। इन बेचारों पर आफत आ जाएगी, मार पड़ने लगेगी। काले खां ने एक–एक चक्की के पास जाकर कैदियों की मदद करनी शुरू की। उसकी फुर्ती और मेहनत पर लोगों को विस्मय होता था। आधा घंटे में उसने फिसड्डियों की कमी पूरी कर दी। अमर अपनी चक्की के पास खड़ा सेवा के पुतले को श्रद्धा–भरी आंखों से देख रहा था, मानो दिव्य दर्शन कर रहा हो।

काले खां इधर से फुरसत पाकर नमाज पढ़ने लगा। वहीं बरामदे में उसने वजू किया, अपना कंबल जमीन पर बिछा दिया और नमाज शुरू की। उसी वक्त जेलर साहब चार वार्डरों के साथ आटा तुलवाने आ पहुंचे। कैदियों ने अपना–अपना आटा बोरियों में भरा और तराजू के पास आकर खड़ा हो गए। आटा तुलने लगा।

जेलर ने अमर से पूछा–तुम्हारा साथी कहां गया–

अमर ने बताया, नमाज पढ़ रहा है।

'उसे बुलाओ। पहले आटा तुलवा ले, फिर नमाज पढ़े। बड़ा नमाजी की दुम बना है। कहां गया है नमाज पढ़ने?'

अमर ने शेड के पीछे की तरफ इशारा करके कहा–उन्हें नमाज पढ़ने दें आप आटा तौल लें।

जेलर यह कब देख सकता था कि कोई कैदी उस वक्त नमाज पढ़ने जाय, जब जेल के साक्षात् प्रभु पधारे हों शेड के पीछे जाकर बोले–अबे ओ नमाजी के बच्चे, आटा क्यों नहीं तुलवाता– बचा, गेंहू चबा गए हो, तो नमाज का बहाना करने लगे। चल चटपट, वरना मारे हंटरों के चमड़ी उधोड़ दूंगा।

काले खां दूसरी ही दुनिया में था।

जेलर ने समीप जाकर अपनी छड़ी उसकी पीठ में चुभाते हुए कहा–बहरा हो गया है क्या बे– शामतें तो नहीं आई हैं–

काले खां नमाज में मग्न था। पीछे फिरकर भी न देखा।

जेलर ने झल्लाकर लात जमाई। कालें खां सिजदे के लिए झुका हुआ था। लात खाकर औंधो मुंह गिर पड़ा पर तुरंत संभलकर फिर सिजदे में झुक गया। जेलर को अब जिद पड़ गई कि उसकी नमाज बंद कर दे। संभव है काले खां को भी जिद पड़ गई हो कि नमाज पूरी किए बगैर न उठूंगा। वह तो सिजदे में था। जेलर ने उसे बूटदार ठोकरें जमानी शुरू कीं एक वार्डन ने लपककर दो गारद सिपाही बुला लिए। दूसरा जेलर साहब की कुमक पर दौड़ा। काले खां पर एक तरफ से ठोकरें पड़ रही थीं, दूसरी तरफ से लकड़ियां पर वह सिजदे से सिर न उठाता था। हां, प्रत्येक आघात पर उसके मुंह से श्अल्लाहो अकबर।श की दिल हिला देने वाली सदा निकल जाती थी। उधर आघातकारियों की उत्तेजना भी बढ़ती जाती थी। जेल का कैदी जेल के खुदा को सिजदा न करके अपने खुदा को सिजदा करे, इससे बड़ा जेलर साहब का क्या अपमान हो सकता था यहां तक कि काले खां के सिर से रूधिर बहने लगा। अमरकान्त उसकी रक्षा करने के लिए चला था कि एक वार्डन ने उसे मजबूती से पकड़ लिया। उधर बराबर आघात हो रहे थे और काले खां बराबर 'अल्लाहो अकबर' की सदा लगाए जाता था। आखिर वह आवाज क्षीण होते–होते एक बार बिलकुल बंद हो गई और कालें खां रक्त बहने से शिथिल हो गया। मगर चाहे किसी के कानों में आवाज न जाती हो, उसके होंठ अब भी खुल रहे थे और अब भी श्अल्लाहो अकबरश की अव्यक्त ध्वनि निकल रही थी।

जेलर ने खिसियाकर कहा–पड़ा रहने दो बदमाश को यहीं कल से इसे खड़ी बेड़ी दूंगा और तनहाई भी। अगर तब भी न सीधा हुआ, तो उलटी होगी। इसका नमाजीपन निकाल न दूं तो नाम नहीं।

एक मिनट में वार्डन, जेलर, सिपाही सब चले गए। कैदियों के भोजन का समय आया, सब–के–सब भोजन पर जा बैठे। मगर काले खां अभी वहीं औंधा पड़ा था। सिर और नाक तथा कानों से खून बह रहा था। अमरकान्त बैठा उसके घावों को पानी से धोरहा था और खून बंद करने का प्रयास कर रहा था। आत्मशक्ति के इस कल्पनातीत उदाहरण ने उसकी भौतिक बुद्धि को जैसे आक्रांत कर दिया। ऐसी परिस्थिति में क्या वह इस भांति निश्चल और संयमित बैठा रहता– शायद पहले ही आघात में उसने या तो प्रतिकार किया होता या नमाज छोड़कर अलग हो जाता। विज्ञान और नीति और देशानुराग की वेदी पर बलिदानों की कमी नहीं। पर यह निश्चल धैर्य ईश्वर–निष्ठा ही का प्रसाद है।

कैदी भोजन करके लौटे। काले खां अब भी वहीं पड़ा हुआ था। सभी ने उसे उठाकर बैरक में पहुंचाया और डॉक्टर को सूचना दी पर उन्होंने रात को कष्ट उठाने की जरूरत न समझी। वहां और कोई दवा भी न थी। गर्म पानी तक न मयस्सर हो सका।

उस बैरक के कैदियों ने रात बैठकर काटी। कई आदमी आमादा थे कि सुबह होते ही जेलर साहब की मरम्मत की जाय। यही न होगा, साल–साल भर की मियाद और बढ़ जाएगी। क्या परवाह अमरकान्त शांत प्रकृति का आदमी था, पर इस समय वह भी उन्हीं लोगों में मिला हुआ था। रात–भर उसके अंदर पशु और मनुष्य में द्वंद्व होता रहा। वह जानता था, आग आग से नहीं, पानी से शांत होती है। इंसान कितना ही हैवान हो जाय उसमें कुछ न कुछ आदमीयत रहती ही है। वह आदमीयत अगर जाग सकती है, तो ग्लानि से, या पश्चाताप से। अमर अकेला होता, तो वह अब भी विचलित न होता लेकिन सामूहिक आवेश ने उसे भी अस्थिर कर दिया। समूह के साथ हम कितने ही ऐसे अच्छे–बुरे काम कर जाते हैं, जो हम अकेले न कर सकते। और काले खां की दशा जितनी ही खराब होती जाती थी, उतनी ही प्रतिशोध की ज्वाला भी प्रचंड होती जाती थी।

एक डाके के कैदी ने कहा–खून पी जाऊंगा, खून उसने समझा क्या है यही न होगा, फांसी हो जाएगी–

अमरकान्त बोला–उस वक्त क्या समझे थे कि मारे ही डालता है।

चुपके–चुपके षडयंत्र रचा गया, आघातकारियों का चुनाव हुआ, उनका कार्य विधन निश्चय किया गया। सफाई की दलीलें सोच निकाली गईं।

सहसा एक ठिगने कैदी ने कहा–तुम लोग समझते हो, सवेरे तक उसे खबर न हो जाएगी–

अमर ने पूछा—खबर कैसे होगी— यहां ऐसा कौन है, जो उसे खबर दे दे—

ठिगने कैदी ने दाएं—बाएं आंखें घुमाकर कहा—खबर देने वाले न जाने कहां से निकल आते हैं, भैया— किसी के माथे पर तो कुछ लिखा नहीं, कौन जाने हमीं में से कोई जाकर इत्तिला कर दे— रोज ही तो लोगों को मुखबिर बनते देखते हो। वही लोग जो अगुआ होते हैं, अवसर पड़ने पर सरकारी गवाह बन जाते हैं। अगर कुछ करना है, तो अभी कर डालो। दिन को वारदात करोगे, सब—के—सब पकड़ लिए जाओगे। पांच—पांच साल की सजा ठुकजाएगी।

अमर ने संदेह के स्वर में पूछा—लेकिन इस वक्त तो वह अपने क्वार्टर में सो रहा होगा—

ठिगने कैदी ने राह बताई—यह हमारा काम है भैया, तुम क्या जानो—

सबों ने मुंह मोड़कर कनफुसकियों में बातें शुरू कीं। फिर पांचों आदमी खड़े हो गए।

ठिगने कैदी ने कहा—हममें से जो ठ्ठटे, उसे गऊ हत्या।

यह कहकर उसने बड़े जोर से हाय—हाय करना शुरू किया। और भी कई आदमी चीखने चिल्लाने लगे। एक क्षण में वार्डन ने द्वार पर आकर पूछा—तुम लोग क्यों शोर कर रहे हो— क्या बात है—

ठिगने कैदी ने कहा—बात क्या है, काले खां की हालत खराब है। जाकर जेलर साहब को बुला लाओ। चटपट।

वार्डन बोला—वाह बे चुपचाप पड़ा रह बड़ा नवाब का बेटा बना है।

'हम कहते हैं जाकर उन्हें भेज दो नहीं, ठीक नहीं होगा।'

काले खां ने आंखें खोलीं और क्षीण स्वर में बोला—क्यों चिल्लाते हो यारो, मैं अभी मरा नहीं हूं। जान पड़ता है, पीठ की हड्डी में चोट है।

ठिगने कैदी ने कहा—उसी का बदला चुकाने की तैयारी है पठान।

काले खां तिरस्कार के स्वर में बोला—किससे बदला चुकाओगे भाई, अल्लाह से— अल्लाह की यही मरजी है, तो उसमें दूसरा कौन दखल दे सकता है— अल्लाह की मर्जी के बिना कहीं एक पत्ती भी हिल सकती है— जरा मुझे पानी पिला दो। और देखो, जब मैं मर जाऊं, तो यहां जितने भाई हैं, सब मेरे लिए खुदा से दुआ करना। और दुनिया में मेरा कौन है—शायद तुम लोगों की दुआ से मेरी निजात हो जाय। अमर ने उसे गोद में संभालकर पानी पिलाना चाहा मगर घूंट कंठ के नीचे न उतरा। वह जोर से कराहकर फिर लेट गया।

ठिगने कैदी ने दांत पीसकर कहा–ऐसे बदमास की गरदन तो उलटी छुरी से काटनी चाहिए।

काले खां दीनभाव से रूक–रूककर बोला–क्यों मेरी नजात का द्वार बंद करते हो, भाई दुनिया तो बिगड़ गई क्या आकबत भी बिफाडना चाहते हो–अल्लाह से दुआ करो, सब पर रहम करे। जिंदगी में क्या कम गुनाह किए हैं कि मरने के पीछे पांव में बेड़ियां पड़ी रहें या अल्लाह, रहम कर।

इन शब्दों में मरने वाले की निर्मल आत्मा मानो व्याप्त हो गई थी। बातें वही थीं, तो रोज सुना करते थे, पर इस समय इनमें कुछ ऐसे द्रावक, कुछ ऐसी हिला देने वाली सिश्थी कि सभी जैसे उसमें नहा उठे। इस चुटकी भर राख ने जैसे उनके तापमय विकारों को शांत कर दिया।

प्रातरूकाल जब काले खां ने अपनी जीवन–लीला समाप्त कर दी तो ऐसा कोई कैदी न था, जिसकी आंखों से आंसू न निकल रहे हों पर औरों का रोना दुरूख का था, अमर का रोना सुख का था। औरों को किसी आत्मीय के खो देने का सदमा था, अमर को उसके और समीप हो जाने का अनुभव हो रहा था। अपने जीवन में उसने यही एक नवरत्न पाया था, जिसके सम्मुख वह श्रद्ध ा से सिर झुका सकता था और जिससे वियोग हो जाने पर उसे एक वरदान पा जाने का भान होता था।

इस प्रकाश–स्तंभ ने आज उसके जीवन को एक दूसरी ही धारा में डाल दिया जहां संशय की जगह विश्वास, और शंका की जगह सत्य मूर्तिमान हो गया था।

सात

लाला समरकान्त के चले जाने के बाद सलीम ने हर एक गांव का दौरा करके असामियों की आर्थिक दशा की जांच करनी शुरू की। अब उसे मालूम हुआ कि उनकी दशा उससे कहीं हीन है, जितनी वह समझे बैठा था। पैदावर का मूल्य लागत और लगान से कहीं कम था। खाने–कपड़े की भी गुंजाइश न थी, दूसरे खर्चों का क्या जिक्र– ऐसा कोई बिरला ही किसान था, जिसका सिर के नीचे न दबा हो। कॉलेज में उसने अर्थशास्त्र अवश्य पढ़ा था और जानता था कि यहां के किसानों की हालत खराब है, पर अब ज्ञात हुआ है कि पुस्तक–ज्ञान और प्रत्येक्ष व्यवहार में वही अंतर है, जो किसी मनुष्य और उसके चित्र में है। ज्यों–ज्यों असली हालत मालूम होती जाती थी उसे असामियों से सहानुभूति होती जाती थी। कितना अन्याय है कि जो बेचारे रोटियों को मुंहताज

हों, जिनके पास तन ढकने को केवल चीथड़े हों, जो बीमारी में एक पैसे की दवा भी न कर सकते हों। जिनके घरों में दीपक भी न जलते हों, उनसे पूरा लगान वसूल किया जाए। जब जिंस मंहगी थी, तब किसी तरह एक जून रोटियां मिल जाती थीं। इस मंदी में तो उनकी दशा वर्णनातीत हो गई है। जिनके लड़के पांच–छरू बरस की उम्र से मेहनत–मजूरी करने लगे, जो ईंधन के लिए हार में गोबर चुनते फिरें, उनसे पूरा लगान वसूल करना, मानो उनके मुंह से रोटी का टुकड़ा छीन लेना है, उनकी रक्त–हीन देह से खून चूसना है।

परिस्थिति का यथार्थ ज्ञान होते ही सलीम ने अपने कर्तव्य का निश्चय कर लिया। वह उन आदमियों में न था, जो स्वार्थ के लिए अफसरों के हर एक हुक्म की पाबंदी करते हैं। वह नौकरी करते हुए भी आत्मा की रक्षा करना चाहता था। कई दिन एकांत में बैठकर उसने विस्तार के साथ अपनी रिपोर्ट लिखी और मि. गजनवी के पास भेज दी। मि. गजनवी ने उसे तुरंत लिखा–आकर मुझसे मिल जाओ। सलीम उनसे मिलना न चाहता था। डरता था, कहीं यह मेरी रिपोर्ट को दबाने का प्रस्ताव न करें, लेकिन फिर सोचा–चलने में हर्ज ही क्या है–अगर मुझे कायल कर दें, तब तो कोई बात नहीं लेकिन अफसरों के भय से मैं अपनी रिपोर्ट को कभी न दबने दूंगा। उसी दिन वह संध्या समय सदर पहुंचा।

मि. गजनवी ने तपाक से हाथ बढ़ाते हुए कहा–मि. अमरकान्त के साथ तो तुमने दोस्ती का हक खूब अदा किया। वह खुद शायद इतनी मुफस्सिल रिपोर्ट न लिख सकते लेकिन तुम क्या समझते हो, सरकार को यह बातें मालूम नहीं–

सलीम ने कहा–मेरा तो ऐसा ही खयाल है। उसे जो रिपोर्ट मिलती है, वह खुशामदी अहलकारों से मिलती है, जो रिआया का खून करके भी सरकार का घर भरना चाहते हैं। मेरी रिपोर्ट वाकयात पर लिखी गई है।

दोनों अफसरों में बहस होने लगी। गजनवी कहता था–हमारा काम केवल अफसरों की आज्ञा मानना है। उन्होंने लगान वसूल करने की आज्ञा दी। हमें लगान वसूल करना चाहिए। प्रजा को कष्ट होता है तो हो, हमें इससे प्रयोजन नहीं। हमें खुद अपनी आमदनी का टैक्स देने में कष्ट होता है लेकिन मजबूर होकर देते हैं। कोई आदमी खुशी से टैक्स नहीं देता।

गजनवी इस आज्ञा का विरोध करना अनीति ही नहीं, अधर्म समझता था। केवल जाब्ते की पाबंदी से उसे संतोष न हो सकता था। वह इस हुक्म की तामील करने के लिए सब कुछ करने को तैयार था। सलीम का कहना था–हम सरकार के नौकर केवल इसलिए हैं कि प्रजा की सेवा कर सकें, उसे सुदशा की ओर ले जा सकें, उसकी उन्नति में सहायक हो सकें। यदि सरकार की

किसी आज्ञा से इन उद्देश्यों की पूर्ति में बाधा पड़ती है, तो हमें उस आज्ञा को कदापि न मानना चाहिए।

गजनवी ने मुंह लंबा करके कहा–मुझे खौफ है कि गवर्नमेंट तुम्हारा यहां से तबादला कर देगी।

'तबादला कर दे इसकी मुझे परवाह नहीं लेकिन मेरी रिपोर्ट पर गौर करने का वादा करे। अगर वह मुझे यहां से हटा कर मेरी रिपोर्ट को दाखिल दफ्तर करना चाहेगी, तो मैं इस्तीफा दे दूंगा।'

गजनवी ने विस्मय से उसके मुंह की ओर देखा।

'आप गवर्नमेंट की दिक्कतों का मुतलक अंदाजा नहीं कर रहे हैं। अगर वह इतनी आसानी से दबने लगे, तो आप समझते हैं, रिआया कितनी शेर हो जाएगी जरा–जरा–सी बात पर तूफान खड़े हो जाएंगे। और यह महज इस इलाके का मुआमला नहीं है, सारे मुल्क में यही तहरीक जारी है। अगर सरकार अस्सी फीसदी काश्तकारों के साथ रिआयत करे, तो उसके लिए मुल्क का इंतजाम करना दुश्वार हो जाएगा।'

सलीम ने प्रश्न किया–गवर्नमेंट रिआया के लिए है, रिआया गवर्नमेंट के लिए नहीं। काश्तकारों पर जुल्म करके, उन्हें भूखों मारकर अगर गवर्नमेंट जिंदा रहना चाहती है, तो कम–से–कम मैं अलग हो जाऊंगा। अगर मालियत में कमी आ रही है तो सरकार को अपना खर्च घटाना चाहिए, न कि रिआया पर सख्तियां की जाएं।

गजनवी ने बहुत ऊंच–नीच सुझाया लेकिन सलीम पर कोई असर न हुआ। उसे डंडों से लगान वसूल करना किसी तरह मंजूर न था। आखिर गजनवी ने मजबूर होकर उसकी रिपोर्ट ऊपर भेज दी, और एक ही सप्ताह के अंदर गवर्नमेंट ने उसे पृथक् कर दिया। ऐसे भयंकर विद्रोही पर वह कैसे विश्वास करती–

जिस दिन उसने नए अफसर को चार्ज दिया और इलाके से विदा होने लगा, उसके डेरे के चारों तरफ स्त्री–पुरुषों का एक मेला लग गया और सब उससे मिन्नतें करने लगे, आप इस दशा में हमें छोड़कर न जाएं। सलीम यही चाहता था। बाप के भय से घर न जा सकता था। फिर इन अनाथों से उसे स्नेह हो गया था। कुछ तो दया और कुछ अपने अपमान ने उसे उनका नेता बना दिया। वही अफसर जो कुछ दिन पहले अफसरी के मद से भरा हुआ आया था, जनता का सेवक बन बैठा। अत्याचार सहना अत्याचार करने से कहीं ज्यादा गौरव की बात मालूम हुई।

आंदोलन की बागडोर सलीम के हाथ में आते ही लोगों के हौसले बंध गए। जैसे पहले अमरकान्त आत्मानन्द के साथ गांव–गांव दौड़ा करता था, उसी तरह सलीम दौड़ने लगा। वही सलीम, जिसके खून के लोग प्यासे हो रहे थे, अब उस इलाके का मुकुटहीन राजा था। जनता उसके पसीने की जगह खून बहाने को तैयार थी।

संध्या हो गई थी। सलीम और आत्मानन्द दिन–भर काम करने के बाद लौटे थे कि एकाएक नए बंगाली सिविलियन मि. घोष पुलिस कर्मचारियों के साथ आ पहुंचे और गांव भर के मवेशियों की कुर्क करने की घोषणा कर दी। कुछ कसाई पहले ही से बुला लिए गए थे। वे सस्ता सौदा खरीदने को तैयार थे। दम–के–दम में कांस्टेबलों ने मवेशियों को खोल–खोलकर मदरसे के द्व ार पर जमा कर दिया। गूदड़, भोला, अलगू सभी चौधरी गिरफ्तार हो चुके थे। फसल की कुर्की तो पहले ही हो चुकी थी मगर फसल में अभी क्या रखा था– इसलिए अब अधिकारियों ने मवेशियों को कुर्क करने का निश्चय किया था। उन्हें विश्वास था कि किसान मवेशियों की कुर्की देखकर भयभीत हो जाएंगे, और चाहे उन्हें कर्ज लेना पड़े, या स्त्रियों के गहने बेचने पड़ें, वे जानवरों को बचाने के लिए सब कुछ करने को तैयार होंगे। जानवर किसान के दाहिने हाथ हैं।

किसानों ने यह घोषणा सुनी, तो छक्के छूट गए। वे समझे बैठे थे कि सरकार और जो चाहे करे, पर मवेशियों को कुर्क न करेगी। क्या वह किसानों की जड़ खोदकर फेंक देगी।

यह घोषणा सुनकर भी वे यही समझ रहे थे कि यह केवल धमकी है लेकिन जब मवेशी मदरसे के सामने जमा कर दिए गए और कसाइयों ने उनकी देखभाल शुरू की तो सभी पर जैसे वज्राघात हो गया। अब समस्या उस सीमा तक पहुंची थी, जब रक्त का आदान–प्रदान आरंभ हो जाता है।

चिराग जलते–जलते जानवरों का बाजार लग गया। अधिकारियों ने इरादा किया है कि सारी रकम एकजाई वसूल करें। गांव वाले आपस में लड़–भिड़कर अपने–अपने लगान का फैसला कर लेंगे। इसकी अधिकारियों को कोई चिंता नहीं है।

सलीम ने आकर मि. घोष से कहा–आपको मालूम है कि मवेशियों को कुर्क करने का आपको मजाज नहीं है–

मि. घोष ने उग्र भाव से जवाब दिया–यह नीति ऐसे अवसरों के लिए नहीं है। विशेष अवसरों के लिए विशेष नीति होती है। क्रांति की नीति, शांति की नीति से भिन्न होनी स्वाभाविक है।

अभी सलीम ने कुछ उत्तर न दिया था कि मालूम हुआ, अहीरों के मुहाल में लाठी चल गई। मि. घोष उधर लपके। सिपाहियों ने भी संगीनें चढ़ाईं और उनके पीछे चले। काशी, पयाग, आत्मानन्द सब उसी तरफ दौड़े। केवल सलीम यहां खड़ा रहा। जब एकांत हो गया, तो उसने कसाइयों के सरगना के पास जाकर सलाम–अलेक किया और बोला–क्यों भाई साहब, आपको मालूम है, आप लोग इन मवेशियों को खरीदकर यहां की गरीब रिआया के साथ कितनी बड़ी बेइंसाफी कर रहे हैं–

सरगना का नाम तेगमुहम्मद था। नाटे कद का गठीला आदमी था, पूरा पहलवान। ढीला कुर्ता, चारखाने की तहमद, गले में चांदी की तावीज, हाथ में माटा सोंटा। नम्रता से बोला –साहब, मैं तो माल खरीदने आया हूं। मुझे इससे क्या मतलब कि माल किसका है और कैसा है– चार पैसे का फायदा जहां होता है वहां आदमी जाता ही है।

'लेकिन यह तो सोचिए कि मवेशियों की कुर्की किस सबब से हो रही है–रिआया के साथ आपको हमदर्दी होनी चाहिए।'

तेगमुहम्मद पर कोई प्रभाव न हुआ–सरकार से जिसकी लड़ाई होगी, उसकी होगी। हमारी कोई लड़ाई नहीं है।

'तुम मुसलमान होकर ऐसी बातें करते हो, इसका मुझे अफसोस है। इस्लाम ने हमेशा मजलूमों की मदद की है। और तुम मजलूमों की गर्दन पर छुरी फेर रहे हो!'

'जब सरकार हमारी परवरिस कर रही है, तो हम उनके बदखाह नहीं बन सकते।'

'अगर सरकार तुम्हारी जायदाद छीनकर किसी गैर को दे दे, तो तुम्हें बुरा लगेगा, या नहीं?'

'सरकार से लड़ना हमारे मजहब के खिलाफ है।'

'यह क्यों नहीं कहते तुममें गैरत नहीं है?'

'आप तो मुसलमान हैं। क्या आपका फर्ज नहीं है कि बादशाह की मदद करें?'

'अगर मुसलमान होने का यह मतलब है कि गरीबों का खून किया जाए, तो मैं काफिर हूं।'

तेगमुहम्मद पढ़ा–लिखा आदमी था। वह वाद–विवाद करने पर तैयार हो गया। सलीम ने उसकी हंसी उड़ाने की चेष्टा की। पंथों को वह संसार

का कलंक समझता था, जिसने मनुष्य–जाति को विरोधी दलों में विभक्त करके एक–दूसरे का दुश्मन बना दिया है। तेगमुहम्मद रोजा–नमाज का पाबंद, दीनदार मुसलमान था। मजहब की तौहीन क्योंकर बर्दाश्त करता– उधर तो अहिराने में पुलिस और अहीरों में लाठियां चल रही थीं, इधर इन दोनों में हाथापाई की नौबत आ गई। कसाई पहलवान था। सलीम भी ठोकर चलाने और घूसेबाजी में मंजा हुआ, फुर्तीला, चुस्त। पहलवान साहब उसे अपनी पकड़ में लाकर दबोच बैठना चाहते थे। वह ठोकर–पर–ठोकर जमा रहा था। ताबड़–तोड़ ठोकरें पड़ीं तो पहलवान साहब गिर पड़े और लगे मात्भाषा में अपने मनोविकारों को प्रकट करने। उसके दोनों साथियों ने पहले दूर ही से तमाशा देखना उचित समझा था लेकिन जब तेगमुहम्मद गिर पड़ा, तो दोनों कमर कसकर पिल पड़े। यह दोनों अभी जवान पट्ठे थे, तेजी और चुस्ती में सलीम के बराबर थें। सलीम पीछे हटता जाता था और यह दोनों उसे ठेलते जाते थे। उसी वक्त सलोनी लाठी टेकती हुई अपनी गाय खोजने आ रही थी। पुलिस उसे उसके द्वार से खोल लाई थी। यहां यह संग्राम छिड़ा देखकर उसने अंचल सिर से उतार कर कमर में बांधा और लाठी संभालकर पीछे से दोनों कसाइयों को पीटने लगी। उनमें से एक ने पीछे फिरकर बुड़ियां को इतने जोर से धक्का दिया कि वह तीन–चार हाथ पर जा गिरी। इतनी देर में सलीम ने घात पाकर सामने के जवान को ऐसा घूंसा दिया कि उसकी नाक से खून जारी हो गया और वह सिर पकड़कर बैठ गया। अब केवल एक आदमी और रह गया। उसने अपने दो योद्वाओं की यह गति देखी तो पुलिस वालों से फरियाद करने भागा। तेगमुहम्मद की दोनों घुटनियां बेकार हो गई थीं। उठ न सकता था। मैदान खाली देखकर सलीम ने लपककर मवेशियों की रस्सियां खोल दीं और तालियां बजा–बजाकर उन्हें भगा दिया। बेचारे जानवर सहमे खड़े थे। आने वाली विपत्ति का उन्हें कुछ आभास हो रहा था। रस्सी खुली तो सब पूंछ उठा–उठाकर भागे और हार की तरफ निकल गए।

उसी वक्त आत्मानन्द बदहवास दौड़े आए और बोले–आप जरा अपना रिवाल्वर तो मुझे दीजिए।

सलीम ने हक्का–बक्का होकर पूछा–क्या माजरा है, कुछ कहो तो–

'पुलिस वालों ने कई आदमियों को मार डाला। अब नहीं रहा जाता, मैं इस घोष को मजा चखा देना चाहता हूं।'

'आप कुछ भंग तो नहीं खा गए हैं– भला यह रिवाल्वर चलाने का मौका है?'

'अगर यों न दोगे, तो मैं छीन लूंगा। इस दुष्ट ने गोलियां चलवाकर चार–पांच आदमियों की जान ले ली। दस–बारह आदमी बुरी तरह जख्मी हो गए हैं। कुछ इनको भी तो मजा चखाना चाहिए। मरना तो है ही।'

'मेरा रिवाल्वर इस काम के लिए नहीं है।'

आत्मानन्द यों भी उद्दंड आदमी थे। इस हत्याकांड ने उन्हें बिलकुल उन्मत्ता कर दिया था। बोले–निरपराधों का रक्त बहाकर आततायी चला जा रहा है, तुम कहते हो रिवाल्वर इस काम के लिए नहीं है फिर किस काम के लिए है– मैं तुम्हारे पैरों पड़ता हूं भैया, एक क्षण के लिए दे दो। दिल की लालसा पूरी कर लूं। कैसे–कैसे वीरों को मारा है इन हत्यारों ने कि देखकर मेरी आंखों में खून उतर आया।

सलीम बिना कुछ उत्तर दिए वेग से अहिराने की ओर चला गया। रास्ते में सभी द्वार बंद थे। कुत्तो भी कहीं भागकर जा छिपे थे। एकाएक एक घर का द्वार झोंके के साथ खुला और एक युवती सिर खोले, अस्त–व्यस्त कपड़े खून से तर, भयातुर हिरनी–सी आकर उसके पैरों से चिपट गई और सहमी हुई आंखों से द्वार की ओर ताकती हुई बोली–मालिक, यह सब सिपाही मुझे मारे डालते हैं।

सलीम ने तसल्ली दी–घबराओ नहीं। घबराओ नहीं। माजरा क्या है–

युवती ने डरते–डरते बताया कि घर में कई सिपाही घुस गए हैं। इसके आगे वह और कुछ न कह सकी।

'घर में कोई आदमी नहीं है?'

'वह तो भैंस चराने गए हैं।'

'तुम्हारे कहां चोट आई है?'

'मुझे चोट नहीं आई। मैंने दो आदमियों को मारा है।'

उसी वक्त दो कांस्टेबल बंदूकें लिए घर से निकल आए और युवती को सलीम के पास खड़ी देख दौड़कर उसके केश पकड़ लिए और उसे द्वार की ओर खींचने लगे।

सलीम ने रास्ता रोककर कहा–छोड़ दो उसके बाल, वरना अच्छा न होगा। मैं तुम दोनों को भूनकर रख दूं।

एक कांस्टेबल ने क्रोध–भरे स्वर में कहा–छोड़ कैसे दें– इसे ले जाएंगे साहब के पास। इसने हमारे दो आदमियों को गंडासे से जख्मी कर दिया। दोनों तड़प रहे हैं।

'तुम इसके घर में क्यों गए थे?'

'गए थे मवेशियों को खोलने। यह गंड़ासा लेकर टूट पड़ी।'

युवती ने टोका—झूठ बोलते हो। तुमने मेरी बांह नहीं पकड़ी थी—

सलीम ने लाल आंखों से सिपाही को देखा और धक्का देकर कहा—इसके बाल छोड़ दो।

'हम इसे साहब के पास ले जाएंगे।'

'तुम इसे नहीं ले जा सकते।'

सिपाहियों ने सलीम को हाकिम के रूप में देखा था। उसकी मातहती कर चुके थे। उस रोब का कुछ अंश उनके दिल पर बाकी था। उसके साथ जबर्दस्ती करने का साहस न हुआ। जाकर मि. घोष से फरियाद की। घोष बाबू सलीम से जलते थे। उनका खयाल था कि सलीम ही इस आंदोलन को चला रहा है और यदि उसे हटा दिया जाय, तो चाहे आंदोलन तुरंत शांत न हो जाय, पर उसकी जड़ टूट जाएगी, इसलिए सिपाहियों की रिपोर्ट सुनते ही तुरंत घोड़ा बढ़ाकर सलीम के पास आ पहुंचे और अंग्रेजी में कानून बघारने लगे। सलीम को भी अंग्रेजी बोलने का बहुत अच्छा अभ्यास था। दोनों में पहले कानूनी मुबाहसा हुआ, फिर धार्मिक तत्व निरूपण का नंबर आया, इसमें उतर कर दोनों दार्शनिक तर्क—वितर्क करने लगे, यहां तक कि अंत में व्यक्तिगत आक्षेपों की बौछार होने लगी। इसके एक ही क्षण बाद शब्द ने क्रिया का रूप धारण किया। मिस्टर घोष ने हंटर चलाया, जिसने सलीम के चेहरे पर एक नीली चौड़ी उभरी हुई रेखा छोड़ दी। आंखें बाल—बाल बच गईं। सलीम भी जामे से बाहर हो गया। घोष की टांग पकड़कर जोर से खींचा। साहब घोड़े से नीचे गिर पड़े। सलीम उनकी छाती पर चढ़ बैठा और नाक पर घूंसा मारा। घोष बाबू मूर्छित हो गए। सिपाहियों ने दूसरा घूंसा न पड़ने दिया। चार आदमियों ने दौड़कर सलीम को जकड़ लिया। चार आदमियों ने घोष को उठाया और होश में लाए।

अंधेरा हो गया था। आतंक ने सारे गांव को पिशाच की भांति छाप लिया था। लोग शोक से और आतंक के भाव से दबे, मरने वालों की लाशें उठा रहे थे। किसी के मुंह से रोने की आवाज न निकलती थी। जख्म ताजा था, इसलिए टीस न थी। रोना पराजय का लक्षण है, इन प्राणियों को विजय का गर्व था। रोकर अपनी दीनता प्रकट न करना चाहते थे। बच्चे भी जैसे रोना भूल गए थे।

मिस्टर घोष घोड़े पर सवार होकर डाक बंगले गए। सलीम एक सब—इंस्पेक्टर और कई कांस्टेबलों के साथ एक लारी पर सदर भेज दिया

गया। यह अहीरिन युवती भी उसी लारी पर भेजी गई थी। पहर रात जाते–जाते चारों अर्थियां गंगा की ओर चलीं। सलोनी लाठी टेकती हुई आगे–आगे गाती जाती थी–

सैंया मोरा रूठा जाय सखी री...

आठ

काले खां के आत्म–समर्पण ने अमरकान्त के जीवन को जैसे कोई आधार प्रदान कर दिया। अब तक उसके जीवन का कोई लक्ष्य न था, कोई आदर्श न था, कोई व्रत न था। इस मृत्यु ने उनकी आत्मा में प्रकाश–सा डाल दिया। काले खां की याद उसे एक क्षण के लिए भी न भूलती और किसी गुप्त शक्ति की भांति उसे शांति और बल देती थी। वह उसकी वसीयत इस तरह पूरी करना चाहता था कि काले खां की आत्मा को स्वर्ग में शांति मिले। घड़ी रात से उठकर कैदियों का हाल–चाल पूछना और उनके घरों पर पत्र लिखकर रोगियों के लिए

दवा–दारू का प्रबंध करना, उनकी शिकायतें सुनना और अधिकारियों से मिलकर शिकायतों को दूर करना, यह सब उसके काम थे। और इन कामों को वह इतनी विनय, इतनी नम्रता और सहृदयता से करता कि अमलों को भी उस पर संदेह की जगह विश्वास होता था। वह कैदियों का भी विश्वासपात्र था और अधिकारियों का भी।

अब तक वह एक प्रकार से उपयोगितावाद का उपासक था। इसी सिद्धांत को मन में, यद्यपि अज्ञात रूप से, रखकर वह अपने कर्तव्य का निश्चय करता था। तत्व–चिंतन का उसके जीवन में कोई स्थान न था। प्रत्यक्ष के नीचे जो अथाह गहराई है, वह उसके लिए कोई महत्तव न रखती थी। उसने समझ रखा था, वहां शून्य के सिवा और कुछ नहीं। काले खां की मृत्यु ने जैसे उसका हाथ पकड़कर बलपूर्वक उसे गहराई में डुबा दिया और उसमें डूबकर उसे अपना सारा जीवन किसी तृण के समान ऊपर तैरता हुआ दीख पड़ा, कभी लहरों के साथ आगे बढ़ता हुआ, कभी हवा के झोंकों से पीछे हटता हुआ कभी भंवर में पड़कर चक्कर खाता हुआ। उसमें स्थिरता न थी, संयम न था, इच्छा न थी। उसकी सेवा में भी दंभ था, प्रमाद था, द्वेष था। उसने दंभ में सुखदा की उपेक्षा की। उस विलासिनी के जीवन में जो सत्य था, उस तक पहुंचने का उद्योग न करके वह उसे त्याग बैठा। उद्योग करता भी क्या– तब उसे इस उद्योग का ज्ञान भी न था। प्रत्यक्ष ने उसी भीतर वाली आंखों पर परदा डालकर रखा था। प्रमाद में उसने सकीना से प्रेम का स्वांग किया। क्या उस उन्माद में लेशमात्र भी प्रेम की भावना थी–उस समय मालूम होता था, वह प्रेम में रत हो गया है,

अपना सर्वस्व उस पर अर्पण किए देता है पर आज उस प्रेम में लिप्सा के सिवा और उसे कुछ न दिखाई देता था। लिप्सा ही न थी, नीचता भी थी। उसने उस सरल रमणी की हीनावस्था से अपनी लिप्सा शांत करनी चाही थी। फिर मुन्नी उसके जीवन में आई, निराशाओं से भग्न, कामनाओं से भरी हुई। उस देवी से उसने कितना कपट व्यवहार किया यह सत्य है कि उसके व्यवहार में कामुकता न थी। वह इसी विचार से अपने मन को समझा लिया करता था लेकिन अब आत्म–निरीक्षण करने पर स्पष्ट ज्ञात हो रहा था कि उस विनोद में भी, उस अनुराग में भी कामुकता का समावेश था। तो क्या वह वास्तव में कामुक है– इसका जो उत्तर उसने स्वयं अपने अंतरूकरण से पाया, वह किसी तरह श्रेयस्कर न था। उसने सुखदा पर विलासिता का दोष लगाया पर वह स्वयं उससे कहीं कुत्सित, कहीं विषय–पूर्ण विलासिता में लिप्त था। उसके मन में प्रबल इच्छा हुई कि दोनों रमणियों के चरणों पर सिर रखकर रोए और कहे–देवियो, मैंने तुम्हारे साथ छल किया है, तुम्हें दगा दी है। मैं नीच हूं, अधम हूं, मुझे जो सजा चाहे दो, यह मस्तक तुम्हारे चरणों पर है।

पिता के प्रति भी अमरकान्त के मन में श्रद्धा का भाव उदय हुआ। जिसे उसने माया का दास और लोभ का कीड़ा समझ लिया था, जिसे यह किसी प्रकार के त्याग के अयोग्य समझता था, वह आज देवत्व के ऊंचे सिंहासन पर बैठा हुआ था। प्रत्यक्ष के नशे में उसने किसी न्यायी, दयालु ईश्वर की सत्ता को कभी स्वीकार न किया था पर इन चमत्कारों को देखकर अब उसमें विश्वास और निष्ठा का जैसे एक सफर–सा उमड़ पड़ा था। उसे अपने छोटे–छोटे व्यवहारों में भी ईश्वरीय इच्छा का आभास होता था। जीवन में अब एक नया उत्साह था। नई जागृति थी। हर्षमय आशा से उसका रोम–रोम स्पंदित होने लगा। भविष्य अब उसके लिए अंधकारमय न था। दैवी इच्छा में अंधकार कहां।

संध्या का समय था। अमरकान्त परेड में खड़ा था, उसने सलीम को आते देखा। सलीम के चरित्र में कायापलट हुआ था, उसकी उसे खबर मिल चुकी थी पर यहां तक नौबत पहुंच चुकी है, इसका उसे गुमान भी न था। वह दौड़कर सलीम के गले से लिपट गया। और बोला– तुम क्वूब आए दोस्त, अब मुझे यकीन आ गया कि ईश्वर हमारे साथ है। सुखदा भी तो यहीं है, जनाने जेल में। मुन्नी भी आ पहुंची। तुम्हारी कसर थी, वह भी पूरी हो गई। मैं दिल में समझ रहा था, तुम भी एक–न–एक दिन आओगे, पर इतनी जल्दी आओगे, यह उम्मीद न थी। वहां की ताजा खबरें सुनाओ। कोई हंगामा तो नहीं हुआ–

सलीम ने व्यंग्य से कहा–जी नहीं, जरा भी नहीं। हंगामे की कोई बात भी हो– लोग मजे से खा रहे हैं और गाग गा रहे हैं। आप यहां आराम से बैठे हुए हैं न–

उसने थोड़े–से शब्दों में वहां की सारी परिस्थिति कह सुनाई–मवेशियों का कुर्क किया जाना, कसाइयों का आना, अहीरों के मुहाल में गोलियों का चलना। घोष को पटककर मारने की कथा उसने विशेष रुचि से कही।

अमरकान्त का मुंह लटक गया–तुमने सरासर नादानी की।

'और आप क्या समझते थे, कोई पंचायत है, जहां शराब और हुक्के के साथ सारा फैसला हो जाएगा?'

'मगर फरियाद तो इस तरह नहीं की जाती?'

'हमने तो कोई रिआयत नहीं चाही थी।'

'रिआयत तो थी ही। जब तुमने एक शर्त पर जमीन ली, तो इंसाफ यह कहता है कि वह शर्त पूरी करो। पैदावार की शर्त पर किसानों ने जमीन नहीं जोती थी बल्कि सालाना लगान की शर्त पर। जमींदार या सरकार को पैदावार की कमी–बेशी से कोई सरोकार नहीं है।'

'जब पैदावार के महंगे हो जाने पर लगान बढ़ा दिया जाता है, तो कोई वजह नहीं कि पैदावार के सस्ते हो जाने पर घटा न दिया जाय। मंदी में तेजी का लगान वसूल करना सरासर बेइंसाफी है।'

'मगर लगान लाठी के जोर से तो नहीं बढ़ाया जाता, उसके लिए भी तो कानून है?'

सलीम को विस्मय हो रहा था, ऐसी भयानक परिस्थिति सुनकर भी अमर इतना शांत कैसे बैठा हुआ है– इसी दशा में उसने यह खबरें सुनी होतीं, तो शायद उसका खून खौल उठता और वह आपे से बाहर हो जाता। अवश्य ही अमर जेल में आकर दब गया है। ऐसी दशा में उसने उन तैयारियों को उससे छिपाना ही उचित समझा, जो आजकल दमन का मुकाबला करने के लिए की जा रही थीं।

अमर उसके जवाब की प्रतीक्षा कर रहा था। जब सलीम ने कोई जवाब न दिया, तो उसने पूछा–तो आजकल वहां कौन है– स्वामीजी हैं–

सलीम ने सकुचाते हुए कहा–स्वामीजी तो शायद पकड़े गए। मेरे बाद ही वहां सकीना पहुंच गई।

'अच्छा सकीना भी परदे से निकल आई– मुझे तो उससे ऐसी उम्मीद न थी।'

'तो क्या तुमने समझा था कि आग लगाकर तुम उसे एक दायरे के अंदर रोक लोगे?'

अमर ने चिंतित होकर कहा–मैंने तो यही समझा था कि हमने हिंसा भाव को लगाम दे दी है और वह काबू से बाहर नहीं हो सकता।

'आप आजादी चाहते हैं मगर उसकी कीमत नहीं देना चाहते।'

'आपने जिस चीज को आजादी की कीमत समझ रखा है, वह उसकी कीमत नहीं है। उसकी कीमत है–हक और सच्चाई पर जमे रहने की ताकत।'

सलीम उत्तोजित हो गया–यह फिजूल की बात है। जिस चीज की बुनियाद सब्र पर है, उस पर हक और इंसाफ का कोई असर नहीं पड़ सकता।

अमर ने पूछा–क्या तुम इसे तस्लीम नहीं करते कि दुनिया का इंतजाम हक और इंसाफ पर कायम है और हरेक इंसान के दिल की गहराइयों के अंदर वह तार मौजूद है, जो कुरबानियों से झंकार उठता है–

सलीम ने कहा–नहीं, मैं इसे तस्लीम नहीं करता। दुनिया का इंतजाम खुदगरजी और जोर पर कायम है और ऐसे बहुत कम इंसान हैं जिनके दिल की गहराइयों के अंदर वह तार मौजूद हो।

अमर ने मुस्कराकर कहा–तुम तो सरकार के खैरख्वाह नौकर थे। तुम जेल में कैसे आ गए–

सलीम हंसा–तुम्हारे इश्क में।

'दादा को किसका इश्क था?'

'अपने बेटे का।'

'और सुखदा को?'

'अपने शौहर का।'

'और सकीना को– और मुन्नी को– और इन सैकड़ों आदमियों को, जो तरह–तरह की सख्तियां झेल रहे हैं?'

'अच्छा मान लिया कि कुछ लोगों के दिल की गहराइयों के अंदर यह तार है मगर ऐसे आदमी कितने हैं?'

'मैं कहता हूं ऐसा कोई आदमी नहीं जिसके अंदर हमदर्दी का तार न हो। हां, किसी पर जल्द असर होता है, किसी पर देर में और कुछ ऐसे गरज के बंदे भी हैं जिन पर शायद कभी न हो।'

सलीम ने हारकर कहा–तो आखिर का तुम चाहते क्या हो– लगान हम दे नहीं सकते। वह लोग कहते हैं हम लेकर छोड़ेंगे। तो क्या करें– अपना सब कुछ कुर्क हो जाने दें– अगर हम कुछ कहते हैं, तो हमारे ऊपर गोलियां चलती हैं। नहीं बोलते, तो तबाह हो जाते हैं। फिर दूसरा कौन–सा रास्ता है– हम जितना ही दबते जाते हैं, उतना ही वह लोग शेर होते हैं। मरने वाला बेशक दिलों में रहम पैदा कर सकता है लेकिन मारने वाला खौफ पैदा कर सकता है, जो रहम से कहीं ज्यादा असर डालने वाली चीज है।

अमर ने इस प्रश्न पर महीनों विचार किया था। वह मानता था, संसार में पशुबल का प्रभुत्व है किंतु पशुबल को भी न्याय बल की शरण लेनी पड़ती है। आज बलवान–से–बलवान राष्टश में भी यह साहस नहीं है कि वह किसी निर्बल राष्टश पर खुल्लम–खुल्ला यह कहकर हमला करे कि शहम तुम्हारे ऊपर राज करना चाहते हैं इसलिए तुम हमारे अधीन हो जाओश। उसे अपने पक्ष को न्याय–संगत दिखाने के लिए कोई–न–कोई बहाना तलाश करना पड़ता है। बोला–अगर तुम्हारा खयाल है कि खून और कत्ल से किसी कौम की नजात हो सकती है, तो तुम सख्त गलती पर हो। मैं इसे नजात नहीं कहता कि एक जमाअत के हाथों से ताकत निकालकर दूसरे जमाअत के हाथों में आ जाय और वह भी तलवार के जोर से राज करे। मैं नजात उसे कहता हूं कि इंसान में इंसानियत आ जाय और इंसानियत की सब्र बेइंसाफी और खुदगरजी से दुश्मनी है।

सलीम को यह कथन तत्वहीन मालूम हुआ। मुंह बनाकर बोला–हुजूर को मालूम रहे कि दुनिया में फरिश्ते नहीं बसते, आदमी बसते हैं।

अमर ने शांत–शीतल ह्रदय से जवाब दिया–लेकिन क्या तुम देख नहीं रहे हो कि हमारी इंसानियत सदियों तक खून और कत्ल में डूबे रहने के बाद अब सच्चे रास्ते पर आ रही है– उसमें यह ताकत कहां से आई– उसमें खुद वह दैवी शक्ति मौजूद है। उसे कोई नष्ट नहीं कर सकता। बड़ी–से–बड़ी फौजी ताकत भी उसे कुचल नहीं सकती, जैसे सूखी जमीन में घास की जडे। पड़ी रहती हैं और ऐसा मालूम होता है कि जमीन साफ हो गई, लेकिन पानी के छींटे पड़ते ही वह जड़ें पनप उठती हैं, हरियाली से सारा मैदान लहराने लगता है, उसी तरह इस कलों और हथियारों और खुदगरजियों के जमाने में भी हममें

वह दैवी शक्ति छिपी हुई अपना काम कर रही है। अब वह जमाना आ गया है, जब हक की आवाज तलवार की झंकार या तोप की गरज से भी ज्यादा कारगर होगी। बड़ी–बड़ी कौमें अपनी–अपनी फौजी और जहाजी ताकतें घटा रही हैं। क्या तुम्हें इससे आने वाले जमाने का कुछ अंदाज नहीं होता– हम इसलिए गुलाम हैं कि हमने खुद गुलामी की बेड़ियां अपने पैरों में डाल ली हैं। जानते हो कि यह बेड़ी क्या है– आपस का भेद। जब तक हम इस बेड़ी को काटकर प्रेम न करना सीखेंगे, सेवा में ईश्वर का रूप न देखेंगे, हम गुलामी में पड़े रहेंगे। मैं यह नहीं कहता कि जब तक भारत का हरेक व्यक्ति इतना बेदार न हो जाएगा, तब तक हमारी नजात न होगी। ऐसा तो शायद कभी न हो पर कम–से–कम उन लोगों के अंदर तो यह रोशनी आनी ही चाहिए, जो कौम के सिपाही बनते हैं। पर हममें कितने ऐसे हैं, जिन्होंने अपने दिल को प्रेम से रोशन किया हो– हममें अब भी वही ऊंच–नीच का भाव है, वही स्वार्थ–लिप्सा है, वही अहंकार है।

बाहर ठंड पड़ने लगी थी। दोनों मित्र अपनी–अपनी कोठरियों में गए। सलीम जवाब देने के लिए उतावला हो रहा था पर वार्डन ने जल्दी की और उन्हें उठना पड़ा।

दरवाजा बंद हो गया, तो अमरकान्त ने एक लंबी सांस ली और फरियादी आंखों से छत की तरफ देखा। उसके सिर कितनी बड़ी जिम्मेदारी है। उसके हाथ कितने बेगुनाहों के खून से रंगे हुए हैं कितने यतीम बच्चे और अबला विधावाएं उसका दामन पकड़कर खींच रही हैं। उसने क्यों इतनी जल्दबाजी से काम किया– क्या किसानों की फरियाद के लिए यही एक साधन रह गया था– और किसी तरह फरियाद की आवाज नहीं उठाई जा सकती थी– क्या यह इलाज बीमारी से ज्यादा असाध्य नहीं है– इन प्रश्नों ने अमरकान्त को पथभ्रष्ट–सा कर दिया। इस मानसिक संकट में काले खां की प्रतिमा उसके सम्मुख आ खड़ी हुई। उसे आभास हुआ कि वह उससे कह रही है–ईश्वर की शरण में जा। वहीं तुझे प्रकाश मिलेगा।

अमरकान्त ने वहीं भूमि पर मस्तक रखकर शुद्ध अंतरूकरण से अपने कर्तव्य की जिज्ञासा की–भगवन्, मैं अंधकार में पड़ा हुआ हूं मुझे सीधा मार्ग दिखाइए।

और इस शांत, दीन प्रार्थना में उसको ऐसी शांति मिली, मानो उसके सामने कोई प्रकाश आ गया है और उसकी फैली हुई रोशनी में चिकना रास्ता साफ नजर आ रहा है।

नौ

पठानिन की गिरफ्तारी ने शहर में ऐसी हलचल मचा दी, जैसी किसी को आशा न थी। जीर्ण वृद्धावस्था में इस कठोर तपस्या ने मृतकों में भी जीवन डाल दिया, भीई और स्वार्थ–सेवियों को भी कर्मक्षेत्र में ला खड़ा किया। लेकिन ऐसे निर्लज्जों की अब भी कमी न थी, जो कहते थे–इसके लिए जीवन में अब क्या धारा है– मरना ही तो है। बाहर न मरी, जेल में मरी। हमें तो अभी बहुत दिन जीना है, बहुत कुछ करना है, हम आग में कैसे कूदें–

संध्या का समय है। मजदूर अपने–अपने काम छोड़कर, छोटे दूकानदार अपनी–अपनी दूकानें बंद करके घटना–स्थल की ओर भागे चले जा रहे हैं। पठानिन अब वहां नहीं है, जेल पहुंच गई होगी। हथियारबंद पुलिस का पहरा है, कोई जलसा नहीं हो सकता, कोई भाषण नहीं हो सकता, बहुत–से आदमियों का जमा होना भी खतरनाक है, पर इस समय कोई कुछ नहीं सोचता, किसी को कुछ दिखाई नहीं देता–सब किसी वेगमय प्रवाह में बहे जा रहे हैं। एक क्षण में सारा मैदान जन–समूह से भर गया।

सहसा लोगों ने देखा, एक आदमी ईंटों के एक ढेर पर खड़ा कुछ कह रहा है। चारों ओर से दौड़–दौड़कर लोग वहां जमा हो गए–जन–समूह का एक विराट् सफर उमड़ा हुआ था। यह आदमी कौन है– लाला समरकान्त जिनकी बहू जेल में है, जिनका लड़का जेल में है।

'अच्छा, यह लाला हैं भगवान् बुद्धि दे, तो इस तरह। पाप से जो कुछ कमाया, वह पुण्य में लुटा रहे हैं।'

'है बड़ा भागवान्।'

'भागवान् न होता, तो बुढ़ापे में इतना जस कैसे कमाता।'

'सुनो, सुनो।'

'वह दिन आएगा, जब इसी जगह गरीबों के घर बनेंगे और जहां हमारी माता गिरफ्तार हुई हैं, वहीं एक चौक बनेगा और उसके बीच में माता की प्रतिमा खड़ी की जाएगी। बोलो माता पठानिन की जय।'

दस हजार गलों से श्माता की जय।श की ध्वनि निकलती है, विकल, उत्ताप्त, गंभीर मानो गरीबों की हाय संसार में कोई आश्रय न पाकर आकाशवासियों से फरियाद कर रही है।

'सुनो, सुनो।'

'माता ने अपने बालकों के लिए प्राणों का उत्सर्ग कर दिया। हमारे और आपके भी बालक हैं। हम और आप अपने बालकों के लिए क्या करना चाहते हैं, आज इसका निश्चय करना होगा।'

शोर मचता है–हड़ताल, हड़ताल।

'हां, हड़ताल कीजिए मगर वह हड़ताल, एक या दो दिन की न होगी, वह उस वक्त तक रहेगी, जब तक हमारे नगर के विधाता हमारी आवाज न सुनेंगे। हम गरीब हैं, दीन हैं, दुखी हैं लेकिन बड़े आदमी अगर जरा शांतचित्त होकर ध्यान करेंगे, तो उन्हें मालूम हो जाएगा कि दीन–दुखी प्राणियों ही ने उन्हें बड़ा आदमी बना दिया है। ये बड़े–बड़े महल जान हथेली पर रखकर कौन बनाता है– इन कपड़े की मिलों में कौन काम करता है– प्रातरू काल द्व ार पर दूध और मक्खन लेकर कौन आवाज देता है– मिठाइयां और फल लेकर कौन बड़े आदमियों के नाश्ते के समय पहुंचता है– सफाई कौन करता है, कपड़े कौन धोता है– सबेरे अखबार और चिट्ठीयां लेकर कौन पहुंचता है– शहर के तीन–चौथाई आदमी एक–चौथाई के लिए अपना रक्त जला रहे हैं। इसका प्रसाद यही मिलता है कि उन्हें रहने के लिए स्थान नहीं एक बंगले के लिए कई बीघे जमीन चाहिए। हमारे बड़े आदमी साफ–सुथरी हवा और खुली हुई जगह चाहते हैं। उन्हें यह खबर नहीं है कि जहां असंख्य प्राणी दुर्गंधा और अंधकार में पड़े भंयकर रोगों से मर–मरकर रोग के कीड़े फैला रहे हों, वहां खुले हुए बंगले में रहकर भी वह सुरक्षित नहीं हैं यह किसकी जिम्मेदारी है कि शहर के छोटे–बड़े, अमीर–गरीब सभी आदमी स्वस्थ रह सकें– अगर म्युनिसिपैलिटी इस प्रधान कर्तव्य को नहीं पूरा कर सकती, तो उसे तोड़ देना चाहिए। रईसों और अमीरों की कोठियों के लिए, बगीचों के लिए, महलों के लिए, क्यों इतनी उदारता से जमीन दे दी जाती है– इसलिए कि हमारी म्युनिसिपैलिटी गरीबों की जान का कोई मूल्य नहीं समझती। उसे रुपये चाहिए, इसलिए कि बड़े–बड़े अधिकारियों को बड़ी–बड़ी तलब दी जाए। वह शहर को विशाल भवनों से अलंकृत कर देना चाहती है, उसे स्वर्ग की तरह सुंदर बना देना चाहती है पर जहां की अंधेरी दुर्गंधपूर्ण गलियों में जनता पड़ी कराह रही हो, वहां इन विशाल भवनों से क्या होगा– यह तो वही बात है कि कोई देह के कोढ़ को रेशमी वस्त्रों में छिपाकर इठलाता फिरे। सज्जनो अन्याय करना जितना बड़ा पाप है, उतना ही बड़ा अन्याय सहना भी है। आज निश्चय कर लो कि तुम यह दुर्दशा न सहोगे। यह महल और बंगले नगर की दुर्बल देह पर छाले हैं, मसवृद्धि हैं। इन मसवृद्धियों को काटकर फेंकना होगा। जिस जमीन पर हम खड़े हैं वहां कम–से–कम दो हजार छोटे–छोटे सुंदर घर बन सकते हैं, जिनमें

कम–से–कम दस हजार प्राणी आराम से रह सकते हैं। मगर यह सारी जमीन चार–पांच बंगलों के लिए बेची जा रही है। म्युनिसिपैलिटी को दस लाख रुपये मिल रहे हैं। इसे वह कैसे छोड़े– शहर के दस हजार मजदूरों की जान दस लाख के बराबर भी नहीं।'

एकाएक पीछे के आदमियों ने शोर मचाया–पुलिस पुलिस आ गई।

कुछ लोग भागे, कुछ लोग सिमटकर और आगे बढ़ आए।

लाला समरमकान्त बोले–भागो मत, भागे मत, पुलिस मुझे गिरफ्तार करेगी। मैं उसका अपराधी हूं और मैं ही क्यों, मेरा सारा घर उसका अपराधी है। मेरा लड़का जेल में है, मेरी बहू और पोता जेल में हैं। मेरे लिए अब जेल के सिवा और कहां ठिकाना है– मैं तो जाता हूं। (पुलिस से) वहीं ठहरिए साहब, मैं खुद आ रहा हूं। मैं तो जाता हूं, मगर यह कहे जाता हूं कि अगर लौटकर मैंने यहां गरीब भाइयों के घरों की पांतियां फूलों की भांति लहलहाती न देखी, तो यहीं मेरी चिता बनेगी।

लाला समरकान्त कूदकर ईंटों के टीले से नीचे आए और भीड़ को चीरते हुए जाकर पुलिस कप्तान के पास खड़े हो गए। लारी तैयार थी, कप्तान ने उन्हें लारी में बैठाया। लारी चल दी।

'लाला समरकान्त की जय!श की गहरी, हार्दिक वेदना से भरी हुई ध्वनि किसी बंधुए पशु की भांति तड़पती, छटपटाती ऊपर को उठी, मानो परवशता के बंधन को तोड़कर निकल जाना चाहती हो।

एक समूह लारी के पीछे दौड़ा अपने नेता को छुड़ाने के लिए नहीं, केवल श्रद्धा के आवेश में, मानो कोई प्रसाद, कोई आशीर्वाद पाने की सरल उमंग में। जब लारी गर्द में लुप्त हो गई, तो लोग लौट पड़े।

'यह कौन खड़ा बोल रहा है?'

'कोई औरत जान पड़ती है।'

'कोई भले घर की औरत है।'

'अरे यह तो वही हैं, लालाजी का समधि, रेणुकादेवी।'

'अच्छा जिन्होंने पाठशाले के नाम अपनी सारी जमा–जथा लिख दी।'

'सुनो सुनो!'

'प्यारे भाइयो, लाला समरकान्त जैसा योगी जिस सुख के लोभ से चलायमान हो गया, वह कोई बड़ा भारी सुख होगा फिर मैं तो औरत हूं, और

औरत लोभिन होती ही है। आपके शास्त्र–पुराण सब यही कहते हैं। फिर मैं उस लोभ को कैसे रोकूं– मैं धनवान् की बहू, धनवान की स्त्री, भोग–विलास में लिप्त रहने वाली, भजन–भाव में मगन रहने वाली, मैं क्या जानूं गरीबों को क्या कष्ट है, उन पर क्या बीतती है। लेकिन इस नगर ने मेरी लड़की छीन ली, मेरी जायदाद छीन ली, और अब मैं भी तुम लोगों ही की तरह गरीब हूं। अब मुझे इस विश्वनाथ की पुरी में एक झोंपडा बनवाने की लालसा है। आपको छोड़कर मैं और किसके पास मांगने जाऊं। यह नगर तुम्हारा है। इसकी एक–एक अंगुल जमीन तुम्हारी है। तुम्हीं इसके राजा हो। मगर सच्चे राजा की भांति तुम भी त्यागी हो। राजा हरिश्चन्द्र की भांति अपना सर्वस्व दूसरों को देकर, भिखारियों को अमीर बनाकर, तुम आज भिखारी हो गए हो। जानते हो वह छल से खोया हुआ राज्य तुमको कैसे मिलेगा– तुम डोम के हाथों बिक चुके। अब तुम्हें रोहितास और शैव्या को त्यागना पड़ेगा। तभी देवता तुम्हारे ऊपर प्रसन्न होंगे। मेरा मन कह रहा है कि देवताओं में तुम्हारा राज्य दिलाने की बातचीत हो रही है। आज नहीं तो कल तुम्हारा राज्य तुम्हारे अधिकार में आ जाएगा। उस वक्त मुझे भूल न जाना। मैं तुम्हारे दरबार में अपना प्रार्थना–पत्र पेश किए जा रही हूं।'

सहसा पीछे से शोर मचा फिर पुलिस आ गई।

'आने दो। उनका काम है अपराधियों को पकड़ना। हम अपराधी हैं। गिरफ्तार न कर लिए गए, तो आज नगर में डाका मारेंगे, चोरी करेंगे, या कोई षडयंत्र रचेंगे। मैं कहती हूं, कोई संस्था जो जनता पर न्यायबल से नहीं, पशुबल से शासन करती है, वह लुटेरों की संस्था है। जो गरीबों का हक लूटकर खुद मालदार हो रहे हैं, दूसरों के अधिकार छीनकर अधिकारी बने हुए हैं, वास्तव में वही लुटेरे हैं। भाइयो, मैं तो जाती हूं, मगर मेरा प्रार्थना–पत्र आपके सामने है। इस लुटेरी म्युनिसिपैलिटी को ऐसा सबक दो कि फिर उसे गरीबों को कुचलने का साहस न हो। जो तुम्हें रौंदे, उसके पांव में कांटे बनकर चुभ जाओ। कल से ऐसी हड़ताल करो कि धनियों और अधिकारियों को तुम्हारी शक्ति का अनुभव हो जाय, उन्हें विदित हो जाय कि तुम्हारे सहयोग के बिना वे न धन को भोग सकते हैं, न अधिकार को। उन्हें दिखा दो कि तुम्हीं उनके हाथ हो, तुम्हीं उनके पांव हो, तुम्हारे बगैर वे अपंग हैं।'

वह टीले से नीचे उतरकर पुलिस–कर्मचारियों की ओर चलीं तो सारा जन–समूह, हृदय में उमड़कर आंखों में रूक जाने वाले आंसुओं की भांति, उनकी ओर ताकता रह गया। बाहर निकलकर मर्यादा का उल्लंघन कैसे करें– वीरों के आंसू बाहर निकलकर सूखते नहीं, वृक्षों के रस की भांति भीतर ही

रहकर वृक्ष को पल्लवित और पुष्पित कर देते हैं। इतने बड़े समूह में एक कंठ से भी जयघोष नहीं निकला। क्रिया–शक्ति अंतर्मुखी हो गई थी मगर जब रेणुका मोटर में बैठ गईं और मोटर चली, तो श्रद्धा की वह लहर मर्यादाओं को तोड़कर एक पतली गहरी, वेगमयी धारा में निकल पड़ी।

एक बूढ़े आदमी ने डांटकर कहा–जय–जय बहुत कर चुके। अब घर जाकर आटा–दाल जमा कर लो। कल से लंबी हड़ताल करनी है।

दूसरे आदमी ने समर्थन किया–और क्या यह नहीं कि यहां तो गला फाड–फाड चिल्लाएं और सबेरा होते ही अपने–अपने काम पर चल दिए।

'अच्छा, यह कौन खड़ा हो गया?'

'वाह, इतना भी नहीं पहचानते– डॉक्टर साहब हैं।'

'डॉक्टर साहब भी आ गए– अब तो फतह है।'

'कैसे–कैसे शरीफ आदमी हमारी तरफ से लड़ रहे हैं– पूछो, इन बेचारों को क्या लेना है, जो अपना सुख–चौन छोड़कर, अपने बराबरवालों से दुश्मनी मोल लेकर, जान हथेली पर लिए तैयार हैं।'

'हमारे ऊपर अल्लाह का रहम है। इन डॉक्टर साहब ने पिछले दिनों जब प्लेग का रोग फैला था, गरीबों की ऐसी खिदमत की कि वाह जिनके पास अपने भाई–बंद तक न खड़े होते थे, वहां बेधाड़क चले जाते थे और दवा–दारू, रुपया–पैसा, सब तरह की मदद तैयार हमारे हाफिजजी तो कहते थे, यह अल्लाह का फरिश्ता है।'

'सुनो, सुनो, बकवास करने को रात–भर पड़ी है।'

'भाइयो पिछली बार जब हड़ताल की थी, उसका क्या नतीजा हुआ– अगर वैसी ही हड़ताल हुई, तो उससे अपना ही नुकसान होगा। हममें से कुछ चुन लिए जाएंगे, बाकी आदमी मतभेद हो जाने के कारण आपस में लड़ते रहेंगे और असली उद्देश्य की किसी को सुधा न रहेगी। सरगनों के हटते ही पुरानी अदावतें निकाली जाने लगेंगी, गड़े मुरदे उखाड़े जाने लगेंगे न कोई संगठन रह जाएगा, न कोई जिम्मेदारी। सभी पर आतंक छा जाएगा, इसलिए अपने दिल को टटोलकर देख लो। अगर उसमें कच्चापन हो, तो हड़ताल का विचार दिल से निकाल डालो। ऐसी हड़ताल से दुर्गंध और गंदगी में मरते जाना कहीं अच्छा है। अगर तुम्हें विश्वास है कि तुम्हारा दिल भीतर से मजबूत है उसमें हानि सहने की, भूखों मरने की, कष्ट झेलने की सामर्थ्य है, तो हड़ताल करो। प्रतिज्ञा कर लो कि जब तक हड़ताल रहेगी, तुम अदावतें भूल जाओगे नफे–नुकसान की

परवाह न करोगे। तुमने कबड्डी तो खेली ही होगी। कबड्डी में अक्सर ऐसा होता है कि एक तरफ से सब गुइयां मर जाते हैं केवल एक खिलाड़ी रह जाता है मगर वह एक खिलाड़ी भी उसी तरह कानून–कायदे से खेलता चला जाता है। उसे अंत तक आशा बनी रहती है कि वह अपने मरे गुइयों को जिला लेगा और सब–के–सब फिर पूरी शक्ति से बाजी जीतने का उद्योग करेंगे। हरेक खिलाड़ी का एक ही उद्देश्य होता है–पाला जीतना। इसके सिवा उस समय उसके मन में कोई भाव नहीं होता। किस गुइयां ने उसे कब गाली दी थी, कब उसका कनकौआ फाड डाला था, या कब उसको घूंसा मारकर भागा था, इसकी उसे जरा भी याद नहीं आती। उसी तरह इस समय तुम्हें अपना मन बनाना पड़ेगा। मैं यह दावा नहीं करता कि तुम्हारी जीत ही होगी। जीत भी हो सकती है, हार भी हो सकती है। जीत या हार से हमें प्रयोजन नहीं। भूखा बालक भूख से विकल होकर रोता है। वह यह नहीं सोचता कि रोने से उसे भोजन मिल ही जाएगा। संभव है मां के पास पैसे न हों, या उसका जी अच्छा न हो लेकिन बालक का स्वभाव है कि भूख लगने पर रोए इसी तरह हम भी रो रहे हैं। हम रोते–रोते थककर सो जाएंगे, या माता वात्सल्य से विवश होकर हमें भोजन दे देगी, यह कौन जानता है– हमारा किसी से बैर नहीं, हम तो समाज के सेवक हैं, हम बैर करना क्या जानें!'

उधर पुलिस कप्तान थानेदार को डांट रहा था–जल्द लारी मंगवाओ। तुम बोलता था, अब कोई आदमी नहीं है। अब यह कहां से निकल आया–

थानेदार ने मुंह लटकाकर कहा–हुजूर, यह डॉक्टर साहब तो आज पहली ही बार आए हैं। इनकी तरफ तो हमारा गुमान भी नहीं था। कहिए तो गिरफ्तार करके तांगे पर ले चलूं–

'तांगे पर सब आदमी तांगे को घेर लेगा हमें फायर करना पड़ेगा। जल्दी दौड़कर कोई टैक्सी लाओ।'

डॉक्टर शान्तिकुमार कह रहे थे रू

'हमारा किसी से बैर नहीं है। जिस समाज में गरीबों के लिए स्थान नहीं, वह उस घर की तरह है जिसकी बुनियाद न हो कोई हल्का–सा धक्का भी उसे जमीन पर गिरा सकता है। मैं अपने धनवान् और विद्वान् और सामर्थ्यवान् भाइयों से पूछता हूं, क्या यही न्याय है कि एक भाई तो बंगले में रहे, दूसरे को झोंपड़े भी नसीब न हों– क्या तुम्हें अपने ही जैसे मनुष्यों को इस दुर्दशा में देखकर शर्म नहीं आती– तुम कहोगे, हमने बुद्धि–बल से धन कमाया है, क्यों न उसका भोग करें– इस बुद्धि का नाम स्वार्थ–बुद्धि है, और जब समाज का

संचालन स्वार्थ–बुद्धि के हाथ में आ जाता है न्याय–बुद्धि गद्दी से उतार दी जाती है, तो समझ लो कि समाज में कोई विप्लव होने वाला है। गर्मी बढ़ जाती है, तो तुरंत ही आंधी आती है। मानवता हमेशा कुचली नहीं जा सकती। समता जीवन का तत्व है। यही एक दशा है, जो समाज को स्थिर रख सकती है। थोड़े–से धनवानों को हरगिज यह अधिकार नहीं है कि वे जनता की ईश्वरदत्ता वायु और प्रकाश का अपहरण करें। यह विशाल जनसमूह उसी अनधिकार, उसी अन्याय का रोषमय रूदन है। अगर धनवानों की आंखें अब भी नहीं खुलतीं, तो उन्हें पछताना पड़ेगा। यह जागृति का युग है। जागृति अन्याय को सहन नहीं कर सकती। जागे हुए आदमी के घर में चोर और डाकू की गति नहीं?'

इतने में टैक्सी आ गई। पुलिस कप्तान कई थानेदारों और कांस्टेबलों के साथ समूह की तरफ चला।

थानेदार ने पुकारकर कहा–डॉक्टर साहब, आपका भाषण तो समाप्त हो चुका होगा। अब चले आइए, हमें क्यों वहां आना पड़े–

शान्तिकुमार ने ईंट–मंच पर खड़े–खड़े कहा–मैं अपनी खुशी से तो गिरफ्तार होने न आऊंगा, आप जबरदस्ती गिरफ्तार कर सकते हैं। और फिर अपने भाषण का सिलसिला जारी कर दिया।

'हमारे धनवानों को किसका बल है– पुलिस का। हम पुलिस ही से पूछते हैं, अपने कांस्टेबल भाइयों से हमारा सवाल है, क्या तुम भी गरीब नहीं हो– क्या तुम और तुम्हारे बाल–बच्चे सड़े हुए, अंधेरे, दुर्गंधा और रोग से भरे हुए बिलों में नहीं रहते– लेकिन यह जमाने की खूबी है कि तुम अन्याय की रक्षा करने के लिए, अपने ही बाल–बच्चों का गला घोंटने के लिए तैयार खड़े हो?'

कप्तान ने भीड़ के अंदर जाकर शान्तिकुमार का हाथ पकड़ लिया और उन्हें साथ लिए हुए लौटा। सहसा नैना सामने से आकर खड़ी हो गई।

शान्तिकुमार ने चौंककर पूछा–तुम किधर से नैना– सेठजी और देवीजी तो चल दिए, अब मेरी बारी है।

नैना मुस्कराकर बोली–और आपके बाद मेरी।

'नहीं, कहीं ऐसा अनर्थ न करना। सब कुछ तुम्हारे ही ऊपर है।'

नैना ने कुछ जवाब न दिया। कप्तान डॉक्टर को लिए हुए आगे बढ़ गया। उधर सभा में शोर मचा हुआ था। अब उनका क्या कर्तव्य है, इसका निश्चय वह लोग न कर पाते थे। उनकी दशा पिघली हुई धातु की–सी थी। उसे जिस तरफ चाहे मोड़ सकते हैं। कोई भी चलता हुआ आदमी उनका नेता बनकर उन्हें जिस

तरफ चाहे ले जा सकता था–सबसे ज्यादा आसानी के साथ शांतिभंग की ओर। चित्त की उस दशा में, जो इन ताबड़तोड़ गिरफतारियों से शांतिपथ–विमुख हो रहा था, बहुत संभव था कि वे पुलिस पर जाकर पत्थर फेंकने लगते, या बाजार लूटने पर आमादा हो जाते। उसी वक्त नैना उनके सामने जाकर खड़ी हो गई। वह अपनी बग्घी पर सैर करने निकली थी। रास्ते में उसने लाला समरकान्त और रेणुकादेवी के पकड़े जाने की खबर सुनी। उसने तुरंत कोचवान को इस मैदान की ओर चलने को कहा, और दौड़ी चली आ रही थी। अब तक उसने अपने पति और ससुर की मर्यादा का पालन किया था। अपनी ओर से कोई ऐसा काम न करना चाहती थी कि ससुराल वालों का दिल दुखे, या उनके असंतोष का कारण हो। लेकिन यह खबर पाकर वह संयत न रह सकी। मनीराम जामे से बाहर हो जाएंगे, लाला धानीराम छाती पीटने लगेंगे, उसे गम नहीं। कोई उसे रोक ले, तो वह कदाचित आत्म–हत्या कर बैठे। वह स्वभाव से ही लज्जाशील थी। घर के एकांत में बैठकर वह चाहे भूखों मर जाती, लेकिन बाहर निकलकर किसी से सवाल करना उसके लिए असाध्य था। रोज जलसे होते थे लेकिन उसे कभी कुछ भाषण करने का साहस नहीं हुआ। यह नहीं कि उसके पास विचारों का अभाव था, अथवा वह अपने विचारों को व्यक्त न कर सकती थी। नहीं, केवल इसलिए कि जनता के सामने खड़े होने में उसे संकोच होता था। या यों कहो कि भीतर की पुकार कभी इतनी प्रबल न हुई कि मोह और आलस्य के बंधनो को तोड़ देती। बाज ऐसे जानवर भी होते हैं, जिनमें एक विशेष आसन होता है। उन्हें आप मार डालिए। पर आगे कदम न उठाएंगे। लेकिन उस मार्मिक स्थान पर उंगली रखते ही उनमें एक नया उत्साह, एक नया जीवन चमक उठता है। लाला समरकान्त की गिरफ्तारी ने नैना के हृदय में उसी मर्मस्थल को स्पर्श कर लिया। वह जीवन में पहली बार जनता के सामने खड़ी हुई, निशंक, निश्चल, एक नई प्रतिभा, एक नई प्रांजलता से आभासित। पूर्णिमा के रजत प्रकाश में ईंटों के टीले पर खड़ी जब उसने अपने कोमल किंतु गहरे कंठ–स्वर से जनता को संबोधित किया, तो जैसे सारी प्रकृति निरूस्तब्धा हो गई।

'सज्जनो, मैं लाला समरकान्त की बेटी और लाला धानीराम की बहू हूं। मेरा प्यारा भाई जेल में है, मेरी प्यारी भावज जेल में हैं, मेरा सोने–सा भतीजा जेल में है, मेरे पिताजी भी पहुंच गए।'

जनता की ओर से आवाज आई–रेणुकादेवी भी।

'हां, रेणुकादेवी भी, जो मेरी माता के तुल्य थीं। लड़की के लिए वही मैका है, जहां उसके मां–बाप, भाई–भावज रहें। और लड़की को मैका जितना प्यारा होता है, उतनी ससुराल नहीं होती। सज्जनो, इस जमीन के कई टुकड़े

मेरे ससुरजी ने खरीदे हैं। मुझे विश्वास है, मैं आग्रह करूं तो वह यहां अमीरों के बंगले न बनवाकर गरीबों के घर बनवा देंगे, लेकिन हमारा उद्देश्य यह नहीं है। हमारी लड़ाई इस बात पर है कि जिस नगर में आधो से ज्यादा आबादी गंदे बिलों में मर रही हो, उसे कोई अधिकार नहीं है कि महलों और बंगलों के लिए जमीन बेचे। आपने देखा था, यहां कई हरे–भरे गांव थे। म्युनिसिपैलिटी ने नगर निर्माण–संघ बनाया। गांव के किसानों की जमीन कौड़ियों के दाम छीन ली गई, और आज वही जमीन अशर्फियों के दाम बिक रही है इसलिए कि बड़े आदमियों के बंगले बनें। हम अपने नगर के विधाताओं से पूछते हैं, क्या अमीरों ही के जान होती है– गरीबों के जान नहीं होती– अमीरों ही को तंदुरूस्त रहना चाहिए– गरीबों को तंदुरूस्ती की जरूरत नहीं– अब जनता इस तरह मरने को तैयार नहीं है। अगर मरना ही है, तो इस मैदान में खुले आकाश के नीचे, चन्द्रमा के शीतल प्रकाश में मरना बिलों में मरने से कहीं अच्छा है लेकिन पहले हमें नगर–विधाताओं से एक बार और पूछ लेना है कि वह अब भी हमारा निवेदन स्वीकार करेंगे, या नहीं– अब भी सिद्धांत को मानेंगे, या नहीं– अगर उन्हें घमंड हो कि वे हथियार के जोर से गरीबों को कुचलकर उनकी आवाज बंद कर सकते हैं, तो यह उनकी भूल है। गरीबों का रक्त जहां गिरता है, वहां हरेक बूंद की जगह एक–एक आदमी उत्पन्न हो जाता है। अगर इस वक्त नगर–विधाताओं ने गरीबों की आवाज सुन ली तो उन्हें संत का यश मिलेगा, क्योंकि गरीब बहुत दिनों तक गरीब नहीं रहेंगे और वह जमाना दूर नहीं, जब गरीबों के हाथ में शक्ति होगी। विप्लव के जंतु को छेड़–छेड़कर न जगाओ। उसे जितना ही छेड़ोगे, उतना ही झल्लाएगा और वह उठकर जम्हाई लेगा और जोर से दहाड़ेगा, तो फिर तुम्हें भागने की राह न मिलेगी। हमें बोर्ड के मेंबरों को यही चेतावनी देनी है। इस वक्त बहुत ही अच्छा अवसर है। सभी भाई म्युनिसिपैलिटी के दफ्तर चलें। अब देर न करें, मेंबर अपने–अपने घर चले जाएंगे। हड़ताल में उपद्रव का भय है, इसलिए हड़ताल उसी हालत में करनी चाहिए, जब और किसी तरह काम न निकल सके।'

नैना ने झंडा उठा लिया और म्युनिसिपैलिटी के दफ्तर की ओर चली। उसके पीछे बीस–पच्चीस हजार आदमियों का एक सफर–सा उमड़ा हुआ चला और यह दल मेलों की भीड़ की तरह अऋंखलाल नहीं, फौज की कतारों की तरह ऋंखलाब' था। आठ–आठ आदमियों की असंख्य पंक्तियां गंभीर भाव से एक विचार, एक उद्देश्य, एक धारणा की आंतरिक शक्ति का अनुभव करती हुई चली जा रही थीं, और उनका तांता न टूटता था, मानो भूगर्भ से निकलती चली आती हों। सड़क के दोनों ओर छज्जों और छतों पर दर्शकों की भीड़ लगी हुई

थी। सभी चकित थे। उगरीह कितने आदमी हैं। अभी चले ही आ रहे हैं। तब नैना ने यह गीत शुरू कर दिया, जो इस समय बच्चे–बच्चे की जबान पर था–

हम भी मानव तनधारी हैं...'

कई हजार गलों का संयुक्त, सजीव और व्यापक स्वर गफन में गूंज उठा–

हम भी मानव तनधारी हैं।'

नैना ने उस पद की पूर्ति की–

क्यों हमको नीच समझते हो–'

कई हजार गलों ने साथ दिया–

क्यों हमको नीच समझते हो–'

नैना–क्यों अपने सच्चे दासों पर–

जनता–क्यों अपने सच्चे दासों पर–

नैना–इतना अन्याय बरतते हो।

जनता–इतना अन्याय बरतते हो।

उधर म्युनिसिपैलिटी बोर्ड में यही प्रश्न छिड़ा हुआ था।

हाफिज हलीम ने टेलीफौन का चोगा मेज पर रखते हुए कहा–डॉक्टर शान्तिकुमार भी गिरफ्तार हो गए।

मि. सेन ने निर्दयता से कहा–अब इस आंदोलन की जड़ कट गई। डॉक्टर साहब उसके प्राण थे।

पृं ओंकारनाथ ने चुटकी ली–उस ब्लाक पर अब बंगले न बनेंगे। शगुन कह रहे हैं।

सेन बाबू भी अपने लड़के के नाम से उस ब्लाक के एक भाग के खरीददार थे। जल उठे–अगर बोर्ड में अपने पास किए हुए प्रस्तावों पर स्थिर रहने की शक्ति नहीं है, तो उसे इस्तीफा देकर अलग हो जाना चाहिए।

मि. शफीक ने, जो यूनिवर्सिटी के प्रोफेसर और डॉ. शान्तिकुमार के मित्र थे, सेन को आड़े हाथों लिया–बोर्ड के फैसले खुदा के फैसले नहीं हैं। उस वक्त बेशक बोर्ड ने उस ब्लाक को छोटे–छोटे प्लाटों में नीलाम करने का फैसला किया था, लेकिन उसका नतीजा क्या हुआ– आप लोगों ने वहां जितना इमारती सामान जमा किया, उसका कहीं पता नहीं है। हजार आदमी से ज्यादा रोज रात को वहीं सोते हैं। मुझे यकीन है कि वहां काम करने के लिए मजदूर भी राजी न

होगा। मैं बोर्ड को खबरदार किए देता हूं कि अगर अपनी पालिसी बदल न दी, तो शहर पर बहुत बड़ी आफत आ जाएगी। सेठ समरकान्त और शान्तिकुमार का शरीक होना बतला रहा है कि यह तहरीक बच्चों का खेल नहीं है। उसकी जड़ बहुत गहरी पहुंच गई है और उसे उखाड़ फेंकना अब करीब–करीब गैरमुमकिन है। बोर्ड को अपना फैसला रप्र करना पड़ेगा। चाहे अभी करे या सौ–पचास जनों की नजर लेकर करे। अब तक का तरजबा तो यही कह रहा है कि बोर्ड की सख्तियों का बिलकुल असर नहीं हुआ बल्कि उल्टा ही असर हुआ। अब जो हड़ताल होगी, वह इतनी खौफनाक होगी कि उसके खयाल से रोंगटे खड़े होते हैं। बोर्ड अपने सिर पर बहुत बड़ी जिम्मेदारी ले रहा है।

मि. हामिदअली कपड़े की मिल के मैनेजर थे। उनकी मिल घाटे पर चल रही थी। डरते थे, कहीं लंबी हड़ताल हो गई, तो बधिया ही बैठ जाएगी। थे तो बेहद मोटे मगर बेहद मेहनती। बोले–हक को तस्लीम करने में बोर्ड को क्यों इतना पसोपेश हो रहा है, यह मेरी समझ में नहीं आता। शायद इसलिए कि उसके गईर को झुकना पड़ेगा। लेकिन हक के सामने झुकना कमजोरी नहीं, मजबूती है। अगर आज इसी मसले पर बोर्ड का नया इंतखाब हो, तो मैं दावे से कह सकता हूं कि बोर्ड का यह रिजोल्यूशन हर्गे गलत की तरह मिट जाएगा। बीस–पचीस हजार गरीब आदमियों की बेहतरी और भलाई के लिए अगर बोर्ड को दस–बारह लाख का नुकसान उठाना और दस–पांच मेंबरों की दिलशिकनी करनी पड़े तो उसे...

फिर टेलीफौन की घंटी बजी। हाफिज हलीम ने कान लगाकर सुना और बोले–पच्चीस हजार आदमियों की फौज हमारे ऊपर धावा करने आ रही है। लाला समरकान्त की साहबजादी और सेठ धानीराम साहब की बहू उसकी लीडर हैं। डी. एस. पी. ने हमारी राय पूछी है, और यह भी कहा है कि फायर किए बगैर जुलूस पीछे हटने वाला नहीं। मैं इस मुआमले में बोर्ड की राय जानना चाहता हूं। बेहतर है कि वोट ले लिए जायं, जाब्ते की पाबंदियों का मौका नहीं है, आप लोग हाथ उठाएं–गॉर–

बारह हाथ उठे।

'अगेंस्ट?'

दस हाथ उठे। लाला धानीराम निउटश्ल रहे।

'तो बोर्ड की राय है कि जुलूस को रोका जाय, चाहे फायर करना पड़े?'

सेन बोले–क्या अब भी कोई शक है–

फिर टेलीफौन की घंटी बजी। हाफिजजी ने कान लगाया। डी. एस. पी. कह रहा था– बड़ा गजब हो गया। अभी लाला मनीराम ने अपनी बीवी को गोली मार दी।

हाफिजजी ने पूछा–क्या बात हुई–

'अभी कुछ मालूम नहीं। शायद मिस्टर मनीराम गुस्से में भरे हुए जुलूस के सामने आए और अपनी बीवी को वहां से हट जाने को कहा। लेडी ने इंकार किया। इस पर कुछ कहा–सुनी हुई। मिस्टर मनीराम के हाथ में पिस्तौल थी। फौरन शूट कर दिया। अगर वह भाग न जायं, तो धाज्जियां उड़ जायं। जुलूस अपने लीडर की लाश उठाए फिर म्युनिसिपल बोर्ड की तरफ जा रहा है।'

हाफिजजी ने मेंबरों को यह खबर सुनाई, तो सारे बोर्ड में सनसनी दौड़ गई। मानो किसी जादू से सारी सभा पाषाण हो गई हो।

सहसा लाला धानीराम खड़े होकर भर्राई हुई आवाज में बोले–सज्जनो, जिस भवन को एक–एक कंकड़ जोड़–जोड़कर पचास साल से बना रहा था, वह आज एक क्षण में ढह गया, ऐसा ढह गया है कि उसकी नींव का पता नहीं। अच्छे–से–अच्छे मसाले दिए, अच्छे–से–अच्छे कारीगर लगाए, अच्छे–से–अच्छे नक्शे बनवाए, भवन तैयार हो गया था, केवल कलश बाकी था। उसी वक्त एक तूफान आता है और उस विशाल भवन को इस तरह उड़ा ले जाता है, मानो ठ्ठस का ढेर हो। मालूम हुआ कि वह भवन केवल मेरे जीवन का एक स्वप्न था। सुनहरा स्वप्न कहिए, चाहे काला स्वप्न कहिए पर था स्वप्न ही। वह स्वप्न भंग हो गया–भंग हो गया।

यह कहते हुए वह द्वार की ओर चले।

हाफिज हलीम ने शोक के साथ कहा–सेठजी, मुझे और मैं उम्मीद करता हूं कि बोर्ड को आपसे कमाल की हमदर्दी है।

सेठजी ने पीछे फिरकर कहा–अगर बोर्ड को मेरे साथ हमदर्दी है, तो इसी वक्त मुझे यह अख्तियार दीजिए कि जाकर लोगों से कह दूं, बोर्ड ने तुम्हें वह जमीन दे दी, वरना यह आग कितने ही घरों को भस्म कर देगी, कितनों ही के स्वप्नों को भंग कर देगी।

बोर्ड के कई मेंबर बोले–चलिए, हम लोग भी आपके साथ चलते हैं।

बोर्ड के बीस सभासद उठ खड़े हुए। सेन ने देखा कि यहां कुल चार आदमी रहे जाते हैं तो वह भी उठ पड़े, और उनके साथ उनके तीनों मित्र भी उठे। अंत में हाफिज हलीम का नंबर आया।

जुलूस उधर से नैना की अर्थी लिए चला आ रहा है। एक शहर में इतने आदमी कहां से आ गए– मीलों लंबी घनी कतार है शांत, गंभीर, संगठित जो मर मिटना चाहती है। नैना के बलिदान ने उन्हें अजेय, अभे? बना दिया है।

उसी वक्त बोर्ड के पचीसों मेंबरों ने सामने आकर अर्थी पर फूल बरसाए और हाफिज सलीम ने आगे बढ़कर, ऊंचे स्वर में कहा–भाइयो आप म्युनिसिपैलिटी के मेंबरों के पास जा रहे हैं, मेंबर खुद आपका इस्तिकबाल करने आए हैं। बोर्ड ने आज इत्तिफाक राय से पूरा प्लाट आप लोगों को देना मंजूर कर लिया। मैं इस पर बोर्ड को मुबारकबाद देता हूं, और आपको भी। आज बोर्ड ने तस्लीम कर लिया कि गरीब की सेहत, आराम और जरूरत को वह अमीरों के शौक, तकल्लुफ और हविस से ज्यादा लिहाज के काबिल समझता है। उसने तस्लीम कर लिया कि गरीबों का उस पर उससे कहीं ज्यादा हक है, जितना अमीरों का। हमने तस्लीम कर लिया कि बोर्ड रुपये की निस्बत रिआया की जान की ज्यादा कद्र करती है। उसने तस्लीम कर लिया कि शहर की जीनत बड़ी–बड़ी कोंठियों और बंगलों से नहीं, छोटे–छोटे आरामदेह मकानों से है, जिनमें मजदूर और थोड़ी आमदनी के लोग रह सकें। मैं खुद उन आदमियों में हूं जो इस वसूल की तस्लीम न करते थे। बोर्ड का बड़ा हिस्सा मेरे ही खयाल के आदमियों का था लेकिन आपकी कुरबानियों ने और आपके लीडरों की जांबाजियों ने बोर्ड पर फतह पाई और आज मैं उस फतह पर आपको मुबारकबाद देता हूं, और इस फतह का सेहरा उस देवी के सिर है, जिसका जनाजा आपके कंधो पर है। लाला समरकान्त मेरे पुराने रफीक हैं। उनका सपूत बेटा मेरे लड़के का दिली दोस्त है। अमरकान्त जैसा शरीफ नौजवान मेरी नजर से नहीं गुजरा। उसी की सोहबत का असर है कि आज मेरा लड़का सिविल सर्विस छोड़कर जेल में बैठा हुआ है। नैनादेवी के दिल में जो कशमकश हो रही थी, उसका अंदाजा हम और आप नहीं कर सकते। एक तरफ बाप और भाई और भावज जेल में कैद, दूसरी तरफ शौहर और ससुर मिलकियत और जायदाद की धुन में मस्त। लाला धानीराम मुझे मुआफ करेंगे। मैं उन पर फिकरा नहीं कसता। जिस हालत में वह गिरफ्तार थे, उसी हालत में हम, आप और सारी दुनिया गिरफ्तार है। उनके दिल पर इस वक्त एक ऐसे गम की चोट है, जिससे ज्यादा दिलशिकन कोई सदमा नहीं हो सकता। हमको, और मैं यकीन करता हूं, आपको भी उनसे कमाल की हमदर्दी है। हम सब उनके गम में शरीक हैं। नैनादेवी के दिल में मैका और ससुराल की यह लड़ाई शायद इस तहरीक के शुरू होते ही शुरू हुई और आज उसका यह हसरतनाक अंजाम हुआ। मुझे यकीन है कि उनकी इस पाक कुरबानी की यादगार हमारे शहर में उस वक्त तक कायम रहेगी, जब तक

इसका वजूद कायम रहेगा मैं बुतपरस्त नहीं हूं, लेकिन सबसे पहले मैं तजवीज करूंगा कि उस प्लाट पर जो मोहल्ला आबाद हो, उसके बीचों–बीच इस देवी की यादगार नस्ब की जाय, ताकि आने वाली नसलें उसकी शानदार कुरबानी की याद ताजा करती रहें–

दोस्तो, मैं इस वक्त आपके सामने कोई तकरीर नहीं करता हूं। यह न तकरीर करने का मौका है, न सुनने का। रोशनी के साथ तारीकी है, जीत के साथ हार, और खुशी के साथ गम। तारीकी और रोशनी का मेल सुहानी सुबह होती है, और जीत और हार का मेल सुलह। यह खुशी और गम का मेल एक नए दौर की आवाज है और खुदा से हमारी दुआ है कि यह दौर हमेशा कायम रहे, हममें ऐसे ही हक पर जान देने वाली पाक ईहें पैदा होती रहें क्योंकि दुनिया ऐसी ही ईहों की हस्ती से कायम है। आपसे हमारी गुजारिश है कि इस जीत के बाद हारने वालों के साथ वही बर्ताव कीजिए, जो बहादुर दुश्मन के साथ किया जाना चाहिए। हमारी इस पाक सरजमीन में हारे हुए दुश्मनों को दोस्त समझा जाता था। लड़ाई खत्म होते ही हम रंजिश और गुस्से को दिल से निकाल डालते थे और दिल खोलकर दुश्मन से गले मिल जाते थे। आइए, हम और आप गले मिलकर उस देवी की देह को खुश करें, जो हमारी सच्ची रहनुमा, तारीकी में सुबह का पैगाम लाने वाली सुद्दी थी। खुदा हमें तौफीक दे कि इस सच्चे शहीद से हम हकपरस्ती और खिदमत का सबक हासिल करें।

हाफिजजी के चुप होते ही श्नैनादेवी की जयश की ऐसी श्रद्धा में डूबी हुई ध्वनि उठी कि आकाश तक हिल उठा। फिर हाफिज हलीम की भी जय–जयकार हुई और जुलूस गंगा की तरफ रवाना हो गया। बोर्ड के सभी मेंबर जुलूस के साथ थे। सिर्फ हाफिज म्युनिसिपैलिटी के दफ्तर में जा बैठे और पुलिस के अधिकारियों से कैदियों की रिहाई के लिए परामर्श करने लगे।

जिस संग्राम को छरू महीने पहले एक देवी ने आरंभ किया था, उसे आज एक दूसरी देवी ने अपने प्राणों की बलि देकर अंत कर दिया।

दस

इधर सकीना जनाने जेल में पहुंची, उधर सुखदा, पठानिन और रेणुका की रिहाई का परवाना भी आ गया। उसके साथ ही नैना की हत्या का संवाद भी पहुंचा। सुखदा सिर झुकाए मूर्तिवत् बैठी रह गई, मानो अचेत हो गई हो। कितनी महंगी विजय थी।

रेणुका ने लंबी सांस लेकर कहा–दुनिया में ऐसे–ऐसे आदमी पड़े हुए हैं, जो स्वार्थ के लिए स्त्री की हत्या कर सकते हैं।

सुखदा आवेश में आकर बोली—नैना की उसने हत्या नहीं की अम्मां, यह विजय उस देवी के प्राणों का वरदान है।

पठानिन ने आंसू पोंछते हुए कहा—मुझे तो यही रोना आता है कि भैया को दुरूख होगा। भाई—बहन में इतनी मोहब्बत मैंने नहीं देखी।

जेलर ने आकर सूचना दी—आप लोग तैयार हो जाएं। शाम की गाड़ी से सुखदा, रेणुका और पठानिन, इन महिलाओं को जाना है। देखिए हम लोगों से जो खता हुई हो, उसे मुआफ कीजिएगा।

किसी ने इसका जवाब न दिया, मानो किसी ने सुना ही नहीं। घर जाने में अब आनंद न था। विजय का आनंद भी इस शोक में डूब गया था।

सकीना ने सुखदा के कान में कहा—जाने के पहले बाबूजी से मिल लीजिएगा। यह खबर सुनकर न जाने दुश्मनों पर क्या गुजरे— मुझे डर लग रहा है।

बालक रेणुकान्त सामने सहन में कीचड़ से फिसलकर गिर गया था और पैरों से जमीन को इस शरारत की सजा दे रहा था। साथ—ही—साथ रोता भी जाता था। सकीना और सुखदा दोनों उसे उठाने दौड़ीं, और वृक्ष के नीचे खड़ी होकर उसे चुप कराने लगीं।

सकीना कल सुबह आई थी पर अब तक सुखदा और उसमें मामूली शिष्टाचार के सिवा और बात न हुई थी। सकीना उससे बातें करते झेंपती थी कि कहीं वह गुप्त प्रसंग न उठ खड़ा हो। और सुखदा इस तरह उससे आंखें चुराती थी, मानो अभी उसकी तपस्या उस कलंक को धोने के लिए काफी नहीं हुई।

सकीना की सलाह में जो सहृदयता भरी हुई थी, उसने सुखदा को पराभूत कर दिया। बोली—हां, विचार तो है। तुम्हारा कोई संदेशा कहना है—

सकीना ने आंखों में आंसू भरकर कहा—मैं क्या संदेशा कहूंगी बहूजी— आप इतना ही कह दीजिएगा—नैनादेवी चली गईं, पर जब तक सकीना जिंदा है, आप उसे नैना ही समझते रहिए।

सुखदा ने निर्दय मुस्कान के साथ कहा—उनका तो तुमसे दूसरा रिश्ता हो चुका है।

सकीना ने जैसे इस वार को काटा—तब उन्हें औरत की जरूरत थी, आज बहन की जरूरत है।

सुखदा तीव्र स्वर में बोली—मैं तो तब भी जिंदा थी।

सकीना ने देखा, जिस अवसर से वह कांपती रहती थी, वह सिर पर आ ही पहुंचा। अब उसे अपनी सफाई देने के सिवा और कोई मार्ग न था।

उसने पूछा–मैं कुछ कहूं, बुरा तो न मानिएगा–

'बिलकुल नहीं।'

'तो सुनिए–तब आपने उन्हें घर से निकाल दिया था। आप पूरब जाती थीं, वह पश्चिम जाते थे। अब आप और वह एक दिल हैं, एक जान हैं। जिन बातों की उनकी निगाह में सबसे ज्यादा कद्र थी, वह आपने सब पूरी कर दिखाईं। वह जो आपको पा जाएं, तो आपके कदमों का बोसा ले लें।'

सुखदा को इस कथन में वही आनंद आया, जो एक कवि को दूसरे कवि की दाद पाकर आता है, उसके दिल में जो संशय था वह जैसे आप–ही–आप उसके हृदय से टपक पड़ा–यह तो तुम्हारा खयाल है सकीना उनके दिल में क्या है, यह कौन जानता है– मरदों पर विश्वास करना मैंने छोड़ दिया। अब वह चाहे मेरी कुछ इज्जत करने लगें–इज्जत तो तब भी कम न करते थे, लेकिन तुम्हें वह दिल से निकाल सकते हैं, इसमें मुझे शक है। तुम्हारी शादी मियां सलीम से हो जाएगी, लेकिन दिल में वह तुम्हारी उपासना करते रहेंगे।

सकीना की मुद्रा गंभीर हो गई। नहीं, वह भयभीत हो गई। जैसे कोई शत्रु उसे दम देकर उसके गले में फंदा डालने जा रहा हो। उसने मानो गले को बचाकर कहा–तुम उनके साथ फिर अन्याय कर रही हो बहनजी वह उन आदमियों में नहीं हैं, जो दुनिया के डर से कोई काम करे। उन्होंने खुद सलीम से मेरी खत–किताबत करवाई। मैं उनकी मंशा समझ गई। मुझे मालूम हो गया, तुमने अपने रूठे हुए देवता को मना लिया। मैं दिल में कांपी जा रही थी कि मुझ जैसी गंवारिन उन्हें कैसे खुश रख सकेगी। मेरी हालत उस कंगले की–सी हो रही थी जो खजाना पाकर बौखला गया हो कि अपनी झोंपड़ी में उसे कहां रखे, कैसे उसकी हिफाजत करे– उनकी यह मंशा समझकर मेरे दिल का बोझ हल्का हो गया। देवता तो पूजा करने की चीज है वह हमारे घर में आ जाय, तो उसे कहां बैठाएं, कहां सुलाएं, क्या खिलाएं– मंदिर में जाकर हम एक क्षण के लिए कितने दीनदार, कितने परहेजगार बन जाते हैं। हमारे घर में आकर यदि देवता हमारा असली रूप देखे, तो शायद हमसे नफरत करने लगे। सलीम को मैं संभाल सकती हूं। वह इसी दुनिया के आदमी हैं, और मैं उन्हें समझा सकती हूं।

उसी वक्त जनाने वार्ड के द्वार खुले और तीन कैदी अंदर दाखिल हुए। तीनों ने घुटनों तक जांघिए और आधी बांह के ऊंचे कुरते पहने हुए थे। एक के कंधो पर बांस की सीढ़ी थी, एक के सिर पर चूने का बोरा। तीसरा चूने

की हांडियां, कूंची और बाल्टियां लिए हुए था। आज से जनाने जेल की पुताई होगी। सालाना सफाई और मरम्मत के दिन आ गए हैं।

सकीना ने कैदियों को देखते ही उछलकर कहा–वह तो जैसे बाबूजी हैं, डोल और रस्सी लिए हुए, तो सलीम सीढ़ी उठाए हुए हैं।

यह कहते हुए उसने बालक को गोद में उठा लिया और उसे भींच–भींचकर प्यार करती हुई द्वार की ओर लपकी। बार–बार उसका मुंह चूमती और कहती जाती थी–चलो, तुम्हारे बाबूजी आए हैं।

सुखदा भी आ रही थी, पर मंद गति से उसे रोना आ रहा था। आज इतने दिनों के बाद मुलाकात हुई तो इस दशा में।

सहसा मुन्नी एक ओर से दौड़ती हुई आई और अमर के हाथ से डोल और रस्सी छीनती हुई बोली–अरे यह तुम्हारा क्या हाल है लाला, आधो भी नहीं रहे, चलो आराम से बैठो, मैं पानी खींच देती हूं।

अमर ने डोल को मजबूती से पकड़कर कहा–नहीं–नहीं, तुमसे न बनेगा। छोड़ दो डोल। जेलर देखेगा, तो मेरे ऊपर डांट पड़ेगी।

मुन्नी ने डोल छीनकर कहा–मैं जेलर को जवाब दे लूंगी। ऐसे ही थे तुम वहां–

एक तरफ से सकीना और सुखदा दूसरी तरफ से पठानिन और रेणुका आ पहुंचीं पर किसी के मुंह से बात न निकलती थी। सबों की आंखें सजल थीं और गले भरे हुए। चली थीं हर्ष के आवेश में पर हर पग के साथ मानो जल गहरा होते–होते अंत को सिरों पर आ पहुंचा।

अमर इन देवियों को देखकर विस्मय–भरे गर्व से फूल उठा। उनके सामने वह कितना तुच्छ था, कितना नगण्य। किन शब्दों में उनकी स्तुति करे, उनकी भेंट क्या चढ़ाए– उसके आशावादी नेत्रों में भी राष्ट्श का भविष्य कभी इतना उज्ज्वल न था। उनके सिर से पांव तक स्वदेशाभिमान की एक बिजली–सी दौड़ गई। भक्ति के आंसू आंखों में छलक आए।

औरों की जेल–यात्रा का समाचार तो वह सुन चुका था पर रेणुका को वहां देखकर वह जैसे उन्मत्ता होकर उनके चरणों पर गिर पड़ा।

रेणुका ने उसके सिर पर हाथ रखकर आशीर्वाद देते हुए कहा–आज चलते–चलते तुमसे खूब भेंट हो गई बेटा ईश्वर तुम्हारी मनोकामना सफल करे। मुझे तो आए आज पांचवां दिन है, पर हमारी रिहाई का हुक्म आ गया। नैना ने हमें मुक्त कर दिया।

अमर ने धड़कते हुए हृदय से कहा–तो क्या वह भी यहां आई है–उसके घर वाले तो बहुत बिगड़े होंगे–

सभी देवियां रो पड़ीं। इस प्रश्न ने जैसे उनके हृदय को मसोस दिया। अमर ने चकित नेत्रों से हरेक के मुंह की ओर देखा। एक अनिष्ट शंका से उसकी सारी देह थरथरा उठी। इन चेहरों पर विजय की दीप्ति नहीं, शोक की छाया अंकित थी। अधीर होकर बोला–कहां है नैना, यहां क्यों नहीं आती–उसका जी अच्छा नहीं है क्या–

रेणुका ने हृदय को संभालकर कहा–नैना को आकर चौक में देखना बेटा, जहां उसकी मूर्ति स्थापित होगी। नैना आज तुम्हारे नगर की रानी है। हरेक हृदय में तुम उसे श्रद्धा के सिंहासन पर बैठी पाओगे।

अमर पर जैसे वज्रपात हो गया। वह वहीं भूमि पर बैठ गया और दोनों हाथों से मुंह ढांपकर ठ्ठक–ठ्ठटकर रोने लगा। उसे जान पड़ा, अब संसार में उसका रहना वृथा है। नैना स्वर्ग की विभूतियों से जगमगाती, मानो उसे खड़ी बुला रही थी।

रेणुका ने उसके सिर पर हाथ रखकर कहा–बेटा, क्यों उसके लिए रोते हो, वह मरी नहीं, अमर हो गई उसी के प्राणों से इस यज्ञ की पूर्णाहुति हुई है।

सलीम ने गला साफ करके पूछा–बात क्या हुई– क्या कोई गोली लग गई–

रेणुका ने इस भाव का तिरस्कार करके कहा–नहीं भैया, गोली क्या चलती, किसी से लड़ाई थी– जिस वक्त वह मैदान से जुलूस के साथ म्युनिसिपैलिटी के दफ्तर की ओर चली, तो एक लाख आदमी से कम न थे। उसी वक्त मनीराम ने आकर उस पर गोली चला दी। वहीं गिर पड़ी। कुछ मुंह से न कह पाई। रात–दिन भैया ही में उसके प्राण लगे रहते थे। वह तो स्वर्ग गई हां, हम लोगों को रोने के लिए छोड़ गई।

अमर को ज्यों–ज्यों नैना के जीवन की बातें याद आती थीं, उसके मन में जैसे विषाद का एक नया सोता खुल जाता था। हाय उस देवी के साथ उसने एक भी कर्तव्य का पालन न किया। यह सोच–सोचकर उसका जी कचोट उठता था। वह अगर घर छोड़कर न भागा होता, तो लालाजी क्यों उसे लोभी मनीराम के गले बंध देते और क्यों उसका यह करूणाजनक अंत होता।

लेकिन सहसा इस शोक–सफर में डूबते हुए उसे ईश्वरीय विधन की नौका–सी मिल गई। ईश्वरीय प्रेरणा के बिना किसी में सेवा का ऐसा अनुराग

कैसे आ सकता है– जीवन का इससे शुभ उपयोग और क्या हो सकता है– गृहस्थी के संचय में स्वार्थ की उपासना में, तो सारी दुनिया मरती है। परोपकार के लिए मरने का सौभाग्य तो संस्कार वालों ही को प्राप्त है। अमर की शोक–मग्न आत्मा ने अपने चारों ओर ईश्वरीय दया का चमत्कार देखा–व्यापक, असीम, अनंत।

सलीम ने फिर पूछा–बेचारे लालाजी को तो बड़ा रंज हुआ होगा–

रेणुका ने गर्व से कहा–वह तो पहले ही गिरफ्तार हो चुके थे बेटा, और शान्तिकुमार भी।

अमर को जान पड़ा, उसकी आंखों की ज्योति दुगुनी हो गई है, उसकी भुजाओं में चौगुना बल आ गया है, उसने वहीं ईश्वर के चरणों में सिर झुका दिया और अब उसकी आंखों से जो मोती गिरे, वह विषाद के नहीं, उल्लास और गर्व के थे। उसके हृदय में ईश्वर की ऐसी निष्ठा का उदय हुआ, मानो वह कुछ नहीं है, जो कुछ है, ईश्वर की इच्छा है जो कुछ करता है, वही करता है वही मंगल–मूल और सिश्यिों का दाता है। सकीना और मुन्नी दोनों उसके सामने खड़ी थीं। उनकी छवि को देखकर उसके मन में वासना की जो आंधी–सी चलने लगती थी, उसी छवि में आज उसने निर्मल प्रेम के दर्शन पाए, जो आत्मा के विकारों को शांत कर देता है, उसे सत्य के प्रकाश से भर देता है। उसमें लालासा की जगह उत्सर्ग, भोग की जगह तप का संस्कार भर देता है। उसे ऐसा आभास हुआ, मानो वह उपासक है और ये रमणियां उसकी उपास्य देवियां हैं। उनके पदरज को माथे पर लगाना ही मानो उसके जीवन की सार्थकता है।

रेणुका ने बालक को सकीना की गोद से लेकर अमर की ओर उठाते हुए कहा–यही तेरे बाबूजी हैं, बेटा, इनके पास जा।

बालक ने अमरकान्त का वह कैदियों का बाना देखा, तो चिल्लाकर रेणुका से चिपट गया फिर उसकी गोद में मुंह छिपाए कनखियों से उसे देखने लगा, मानो मेल तो करना चाहता है, पर भय तो यह है कि कहीं यह सिपाही उसे पकड़ न लें, क्योंकि इस भेस के आदमी को अपना बाबूजी समझने में उसके मन को संदेह हो रहा था।

सुखदा को बालक पर क्रोध आया। कितना डरपोक है, मानो इसे वह खा जाते। इच्छा हो रही थी कि यह भीड़ टल जाए, तो एकांत में अमर से मन की दो–चार बातें कर ले। फिर न जाने कब भेंट हो।

अमर ने सुखदा की ओर ताकते हुए कहा–आप लोग इस मैदान में भी हमसे बाजी ले गईं। आप लोगों ने जिस काम का बीड़ा उठाया, उसे पूरा कर

दिखाया। हम तो अभी जहां खड़े थे, वहीं खड़े हैं। सफलता के दर्शन होंगे भी या नहीं, कौन जाने– जो थोड़ा–बहुत आंदोलन यहां हुआ है, उसका गौरव भी मुन्नी बहन और सकीना बहन को है। इन दोनों बहनों के हृदय में देश के लिए जो अनुराग और कर्तव्य के लिए जो उत्सर्ग है, उसने हमारा मस्तक ऊंचा कर दिया। सुखदा ने जो कुछ किया, वह तो आप लोग मुझसे ज्यादा जानती हैं। आज लगभग तीन साल हुए, मैं विद्रोह करके घर से भागा था। मैं समझता था, इनके साथ मेरा जीवन नष्ट हो जाएगा पर आज मैं इनके चरणों की धूल माथे पर लगाकर अपने को धन्य समझूंगा। मैं सभी माताओं और बहनों के सामने उनसे क्षमा मांगता हूं।

सलीम ने मुस्कराकर कहा–यों जबानी नहीं, कान पकड़कर एक लाख मरतबा उठो–बैठो।

अमर ने कनखियों से देखा और बोला–अब तुम मैजिस्ट्रेट नहीं हो भाई, भूलो मत। ऐसी सजाएं अब नहीं दे सकते।

सलीम ने फिर शरारत की। सकीना से बोला–तुम चुपचाप क्यों खड़ी हो सकीना– तुम्हें भी तो इनसे कुछ कहना है, या मौका तलाश कर रही हो–

फिर अमर से बोला–आप अपने कौल से फिर नहीं सकते जनाब जो वादे किए हैं, वह पूरे करने पड़ेंगे।

सकीना का चेहरा मारे शर्म के लाल हो गया। जी चाहता था जाकर सलीम के चुटकी काट ले उसके मुख पर आनंद और विजय का ऐसा रंग था जो छिपाए न छिपता था। मानो उसके मुख पर बहुत दिनों से जो कालिमा लगी हुई थी, वह आज धुल गई हो, और संसार के सामने अपनी निष्कंलकता का ढिंढोरा पीटना चाहती हो। उसने पठानिन को ऐसी आंखों से देखा, जो तिरस्कार भरे शब्दों में कह रही थीं–अब तुम्हें मालूम हुआ, तुमने कितना घोर अनर्थ किया था अपनी आंखों में वह कभी इतनी ऊंची न उठी थी। जीवन में उसे इतनी श्रद्धा और इतना सम्मान मिलेगा, इसकी तो उसने कभी कल्पना न की थी।

सुखदा के मुख पर भी कुछ कम गर्व और आनंद की झलक न थी। वहां जो कठोरता और गरिमा छाई रहती थी, उसकी जगह जैसे माधुर्य खिल उठा है। आज उसे कोई ऐसी विभूति मिल गई है, जिसकी कामना अप्रत्यक्ष होकर भी उसके जीवन में एक रिक्ति, एक अपूर्णता की सूचना देती रहती थी। आज उस रिक्ति में जैसे माधुर्य भर गया है, वह अपूर्णता जैसे पल्लवित हो गई है। आज उसने पुरुष के प्रेम में अपने नारीत्व को पाया है। उसके हृदय से लिपटकर

अपने को खो देने के लिए आज उसके प्राण कितने व्याकुल हो रहे हैं। आज उसकी तपस्या मानो फलीभूत हो गई है।

रही मुन्नी, वह अलग विरक्त भाव से सिर झुकाए खड़ी थी। उसके जीवन की सूनी मुंडेर पर एक पक्षी न जाने कहां से उड़ता हुआ आकर बैठ गया था। उसे देखकर वह अंचल में दाना भरे आ आ कहती, पांव दबाती हुई उसे पकड़ लेने के लिए लपककर चली। उसने दाना जमीन पर बिखेर दिया। पक्षी ने दाना चुगा, उसे विश्वास भरी आंखों से देखा, मानो पूछ रहा हो–तुम मुझे स्नेह से पालोगी या चार दिन मन बहलाकर फिर पर काटकर निराधार छोड़ दोगी लेकिन उसने ज्योंही पक्षी को पकड़ंने के लिए हाथ बढ़ाया, पक्षी उड़ गया और तब दूर की एक डाली पर बैठा हुआ उसे कपट भरी आंखों से देख रहा था, मानो कह रहा हो–मैं आकाशगामी हूं, तुम्हारे पिंजरे में मेरे लिए सूखे दाने और कुल्हिया में पानी के सिवा और क्या था।

सलीम ने नांद में चूना डाल दिया। सकीना और मुन्नी ने एक–एक डोल उठा लिया और पानी खींचने चलीं।

अमर ने कहा–बाल्टी मुझे दे दो, मैं भरे लाता हूं।

मुन्नी बोली–तुम पानी भरोगे और हम बैठे देखेंगे–

अमर ने हंसकर कहा–और क्या, तुम पानी भरोगी, और मैं तमाशा देखूंगा–

मुन्नी बाल्टी लेकर भागी। सकीना भी उसके पीछे दौड़ी।

रेणुका जमाई के लिए कुछ जलपान बना लाने चली गई थी। यहां जेल में बेचारे को रोटी–दाल के सिवा और क्या मिलता है। वह चाहती थी, सैकड़ों चीजें बनाकर विधिपूर्वक जमाई को खिलाएं। जेल में भी रेणुका को घर के सभी सुख प्राप्त थे। लेडी जेलर, चौकीदारिनें और अन्य कर्मचारी सभी उनके गुलाम थे। पठानिन खड़ी–खड़ी थक जाने के कारण जाकर लेट रही थी। मुन्नी और सकीना पानी भरने चली गईं। सलीम को भी सकीना से बहुत–सी बातें कहनी थीं। वह भी बंबे की तरफ चला। यहां केवल अमर और सुखदा रह गए।

अमर ने सुखदा के समीप आकर बालक को गले लगाते हुए कहा–यह जेल तो मेरे लिए स्वर्ग हो गया सुखदा जितनी तपस्या की थी, उससे कहीं बढ़कर वरदान पाया। अगर हृदय दिखाना संभव होता, तो दिखाता कि मुझे तुम्हारी कितनी याद आती थी। बार–बार अपनी गलतियों पर पछताता था।

सुखदा ने बात काटी–अच्छा, अब तुमने बातें बनाने की कला भी सीख ली। तुम्हारे हृदय का हाल कुछ मुझे भी मालूम है। उसमें नीचे से ऊपर तक

क्रोध–ही–क्रोध है। क्षमा या दया का कहीं नाम भी नहीं। मैं विलासिनी सही पर उस अपराध का इतना कठोर दंड यह जानते थे कि वह मेरा दोष नहीं मेरे संस्कारों का दोष था।

अमर ने लज्जित होकर कहा–यह तुम्हारा अन्याय है सुखदा।

सुखदा ने उसकी ठोड़ी को ऊपर उठाते हुए कहा–मेरी ओर देखो। मेरा ही अन्याय है तुम न्याय के पुतले हो– ठीक है। तुमने सैकड़ों पत्र भेजे, मैंने एक का भी जवाब न दिया, क्यों– मैं कहती हूं, तुम्हें इतना क्रोध आया कैसे– आदमी को जानवरों से भी प्रीति हो जाती है। मैं तो फिर भी आदमी थी। रूठकर ऐसा भुला दिया मानो मैं मर गई।

अमर इस आक्षेप का कोई जवाब न दे सकने पर भी बोला–तुमने भी तो पत्र नहीं लिखा और मैं लिखता भी तो तुम जवाब देतीं– दिल से कहना।

'तो तुम मुझे सबक देना चाहते थे?'

अमरकान्त ने जल्दी से आक्षेप को दूर किया–नहीं, यह बात नहीं है सुखदा हजारों बार इच्छा हुई कि तुम्हें पत्र लिखूं, लेकिन–

सुखदा ने वाक्य को पूरा किया–लेकिन भय यही था कि शायद मैं तुम्हारे पत्रों को हाथ न लगाती। अगर नारी–हृदय का तुम्हें यही ज्ञान है, तो मैं कहूंगी, तुमने उसे बिलकुल नहीं समझा।

अमर ने अपनी हार स्वीकार की–तो मैंने यह दावा कब किया था कि मैं नारी–हृदय का पारखी हूं–

वह यह दावा न करे लेकिन सुखदा ने तो धारणा कर ली थी कि उसे यह दावा है। मीठे तिरस्कार के स्वर में बोली–पुरुष की बहादुरी तो इसमें नहीं है कि स्त्री को अपने पैरों पर गिराए। मैंने अगर तुम्हें पत्र न लिखा, तो इसका यह कारण था कि मैं समझती थी, तुमने मेरे साथ अन्याय किया है, मेरा अपमान किया है लेकिन इन बातों को जाने दो। यह बताओ, जीत किसकी हुई, मेरी या तुम्हारी–

अमर ने कहा–मेरी।

'और मैं कहती हूं–मेरी।'

'कैसे?'

'तुमने विद्रोह किया था, मैंने दमन से ठीक कर दिया।'

'नहीं, तुमने मेरी मांगें पूरी कर दीं।'

उसी वक्त सेठ धानीराम जेल के अधिकारियों और कर्मचारियों के साथ अंदर दाखिल हुए। लोग कौतूहल से उन लोगों की ओर देखने लगे। सेठ इतने दुर्बल हो गए थे कि बड़ी मुश्किल से लकड़ी के सहारे चल रहे थे। पग–पग पर खांसते भी जाते थे।

अमर ने आगे बढ़कर सेठजी को प्रणाम किया। उन्हें देखते ही उसके मन में उनकी ओर से जो गुबार था, वह जैसे धुल गया।

सेठजी ने उसे आशीर्वाद देकर कहा–मुझे यहां देखकर तुम्हें आश्चर्य हो रहा होगा बेटा, समझते होगे, बुड्ढा अभी तक जीता जा रहा है, इसे मौत क्यों नहीं आती– यह मेरा दुर्भाग्य है कि मुझे संसार ने सदा अविश्वास की आंखों से देखा। मैंने जो कुछ किया, उस पर स्वार्थ का आक्षेप लगा। मुझमें भी कुछ सच्चाई है, कुछ मनुष्यता है, इसे किसी ने कभी स्वीकार नहीं किया। संसार की आंखों में मैं कोरा पशु हूं, इसलिए कि मैं समझता हूं, हरेक काम का समय होता है। कच्चा फल पाल में डाल देने से पकता नहीं। तभी पकता है जब पकने के लायक हो जाता है। जब मैं अपने चारों ओर फैले हुए अंधकार को देखता हूं, तो मुझे सूर्योदय के सिवाय उसके हटाने का कोई दूसरा उपाय नहीं सूझता। किसी दफ्तर में जाओ, बिना रिश्वत के काम नहीं चल सकता। किसी घर में जाओ, वहां द्वेष का राज्य देखोगे। स्वार्थ, अज्ञान, आलस्य ने हमें जकड़ रखा है। उसे ईश्वर की इच्छा ही दूर कर सकती है। हम अपनी पुरानी संस्कृति को भूल बैठे हैं। वह आत्म–प्रधान संस्कृति थी। जब तक ईश्वर की दया न होगी, उसका पुनर्विकास न होगा और जब तक उसका पुनर्विकास न होगा, हम लोग कुछ नहीं कर सकते। इस प्रकार के आंदोलनों में मेरा विश्वास नहीं है। इनसे प्रेम की जगह द्वेष बढ़ता है। जब तक रोग का ठीक निदान न होगा, उसकी ठीक औषधी न होगी, केवल बाहरी टीम–टाम से रोग का नाश न होगा।

अमर ने इस प्रलाप पर उपेक्षा–भाव से मुस्कराकर कहा–तो फिर हम लोग उस शुभ समय के इंतजार में हाथ–पर–हाथ धारे बैठे रहें–

एक वार्डन दौड़कर कई कुर्सियां लाया। सेठजी और जेल के दो अधिकारी बैठे। सेठजी ने पान निकालकर खाया, और इतनी देर में इस प्रश्न का जवाब भी सोचते जाते थे। तब प्रसन्न मुख होकर बोले–नहीं, यह मैं नहीं कहता। यह आलसियों और अकर्मण्यों का काम है। हमें प्रजा में जागृति और संस्कार उत्पन्न करने की चेष्टा करते रहना चाहिए। मैं इसे कभी नहीं मान सकता कि आज आधी मालगुजारी होते ही प्रजा सुख के शिखर पर पहुंच जाएगी। उसमें सामाजिक और मानसिक ऐसे कितने ही दोष हैं कि आधी तो क्या, पूरी

मालगुजारी भी छोड़ दी जाय, तब भी उसकी दशा में कोई अंतर न होगा। फिर मैं यह भी स्वीकार न करूंगा कि फरियाद करने की जो विधि सोची गई और जिसका व्यवहार किया गया, उनके सिवा कोई दूसरी विधि न थी।

अमर ने उत्तोजित होकर कहा—हमने अंत तक हाथ—पांव जोड़े, आखिर मजबूर होकर हमें यह आंदोलन शुरू करना पड़ा।

लेकिन एक ही क्षण में वह नम्र होकर बोला—संभव है, हमसे गलती हुई हो, लेकिन उस वक्त हमें यही सूझ पड़ा।

सेठजी ने शांतिपूर्वक कहा—हां, गलती हुई और बहुत बड़ी गलती हुई। सैकड़ों घर बरबाद हो जाने के सिवा और कोई नतीजा न निकला। इस विषय पर गवर्नर साहब से मेरी बातचीत हुई है और वह भी यही कहते हैं कि ऐसे जटिल मुआमले में विचार से काम नहीं लिया गया। तुम तो जानते हो, उनसे मेरी कितनी बेतकल्लुफी है। नैना की मृत्यु पर उन्होंने मातमपुरसी का तार दिया था। तुम्हें शायद मालूम न हो, गवर्नर साहब ने खुद उस इलाके का दौरा किया और वहां के निवासियों से मिले। पहले तो कोई उनके पास आता ही न था। साहब बहुत हंस रहे थे कि ऐसी सूखी अकड़ कहीं नहीं देखी। देह पर साबित कपड़े नहीं लेकिन मिजाज यह है कि हमें किसी से कुछ नहीं कहना है। बड़ी मुश्किल से थोड़े—से आदमी जमा हुए। जज साहब ने उन्हें तसल्ली दी और कहा—तुम लोग डरो मत, हम तुम्हारे साथ अन्याय नहीं करना चाहते, तब बेचारे रोने लगे। साहब इस झगड़े को जल्द तय कर देना चाहते हैं। और इसलिए उनकी आज्ञा है कि सारे कैदी छोड़ दिए जाएं और एक कमेटी करके निश्चय कर लिया जाय कि हमें क्या करना है— उस कमेटी में तुम और तुम्हारे दोस्त मियां सलीम तो होंगे ही, तीन आदमियों को चुनने का तुम्हें और अधिकार होगा। सरकार की ओर से केवल दो आदमी होंगे। बस, मैं यही सूचना देने आया हूं। मुझे आशा है, तुम्हें इसमें कोई आपत्ति न होगी।

सकीना और मुन्नी में कनफुसकियां होने लगीं। सलीम के चेहरे पर रौनक आ गई, पर अमर उसी तरह शांत, विचारों में मग्न खड़ा रहा।

सलीम ने उत्सुकता से पूछा—हमें अख्तियार होगा जिसे चाहें चुनें—

'पूरा।'

'उस कमेटी का फैसला नातिक होगा?'

सेठजी ने हिचकिचाकर कहा—मेरा तो ऐसा खयाल है।

'हमें आपके खयाल की जरूरत नहीं। हमें इसकी तहरीर मिलनी चाहिए।'

'और तहरीर न मिले।'

'तो हमें मुआइदा मंजूर नहीं।'

'नतीजा यह होगा, कि यहीं पड़े रहोगे और रिआया तबाह होती रहेगी।'

'जो कुछ भी हो।'

'तुम्हें तो कोई खास तकलीफ नहीं है लेकिन गरीबों पर क्या बीत रही है, वह सोचो।'

'खूब सोच लिया है।'

'नहीं सोचा।'

'बिलकुल नहीं सोचा।'

'खूब अच्छी तरह सोच लिया है।'

'सोचते तो ऐसा न कहते।'

'सोचा है इसीलिए ऐसा कह रहा हूं।'

अमर ने कठोर स्वर में कहा–क्या कह रहे हो सलीम क्यों हुज्जत कर रहे हो– इससे फायदा–

सलीम ने तेज होकर कहा–मैं हुज्जत कर रहा हूं– वाह री आपकी समझ सेठजी मालदार हैं, हुक्कमरस हैं, इसलिए वह हुज्जत नहीं करते। मैं गरीब हूं, कैदी हूं इसलिए हुज्जत करता हूं–

'सेठजी बुजुर्ग हैं।'

'यह आज ही सुना कि हुज्जत करना बुजुर्गी की निशानी है।'

अमर अपनी हंसी को रोक न सका–यह शायरी नहीं है भाईजान, कि जो मुंह में आया बक गए। ऐसे मुआमले हैं, जिन पर लाखों आदमियों की जिंदगी बनती–बिगड़ती है। पूज्य सेठजी ने इस समस्या को सुलझाने में हमारी मदद की, जैसा उनका धर्म था और इसके लिए हमें उनका मशकूर होना चाहिए। हम इसके सिवा और क्या चाहते हैं कि गरीब किसानों के साथ इंसाफ किया जाय, और जब उस उद्देश्य को करने के इरादे से एक ऐसी कमेटी बनाई जा रही है, जिससे यह आशा नहीं कि जा सकती कि वह किसान के साथ अन्याय करे, तो हमारा धर्म है कि उसका स्वागत करें।

सेठजी ने मुग्ध होकर कहा–कितनी सुंदर विवेचना है। वाह लाट साहब ने खुद तुम्हारी तारीफ की।

जेल के द्वार पर मोटर का हार्न सुनाई दिया। जेलर ने कहा–लीजिए, देवियों के लिए मोटर आ गई। आइए, हम लोग चलें। देवियों को अपनी–अपनी तैयारियां करने दें। बहनो, मुझसे जो कुछ खता हुई हो, उसे मुआफ कीजिएगा। मेरी नीयत आपको तकलीफ देने की न थी हां, सरकारी नियमों से मजबूर था।

सब–के–सब एक ही लारी में जायं, यह तय हुआ। रेणुकादेवी का आग्रह था। महिलाएं अपनी तैयारियां करने लगीं। अमर और सलीम के कपड़े भी यहीं मंगवा लिए गए। आधो घंटे में सब–के–सब जेल से निकले।

सहसा एक दूसरी मोटर आ पहुंची और उस पर से लाला समरकान्त, हाफिज हलीम, डॉ. शान्तिकुमार और स्वामी आत्मानन्द उतर पड़े। अमर दौड़कर पिता के चरणों पर गिर पड़ा। पिता के प्रति आज उसके हृदय में असीम श्रद्ध ा थी। नैना मानो आंखों में आंसू भरे उससे कह रही थी–भैया, दादा को कभी दुरूखी न करना, उनकी रीति–नीति तुम्हें बुरी भी लगे, तो भी मुंह मत खोलना। वह उनके चरणों को आंसुओं से धोरहा था और सेठजी उसके ऊपर मोतियों की वर्षा कर रहे थे।

सलीम भी पिता के गले से लिपट गया। हाफिजजी ने आशीर्वाद देकर कहा–खुदा का लाख–लाख शुक्र है कि तुम्हारी कुरबानियां सुफल हुईं। कहां है सकीना, उसे भी देखकर कलेजा ठंडा कर लूं।

सकीना सिर झुकाए आई और उन्हें सलाम करके खड़ी हो गई। हाफिजजी ने उसे एक नजर देखकर समरकान्त से कहा–सलीम का इंतिखाब तो बुरा नहीं मालूम होता।

समरकान्त मुस्कराकर बोले–सूरत के साथ दहेज में देवियों के जौहर भी हैं।

आनंद के अवसर पर हम अपने दुरूखों को भूल जाते हैं। हाफिजजी को सलीम के सिविल सर्विस से अलग होने का, समरकान्त को नैना की मृत्यु का और सेठ धानीराम को पुत्र–शोक का रंज कुछ कम न था, पर इस समय सभी प्रसन्न थे। किसी संग्राम में विजय पाने के बाद योद्धागण मरने वाले के नाम को रोने नहीं बैठते। उस वक्त तो सभी उत्सव मनाते हैं, शादियाने बजते हैं, महफिलें जमती हैं, बधाइयां दी जाती हैं। रोने के लिए हम एकांत ढूंढते हैं, हसंने के लिए अनेकांत।

सब प्रसन्न थे। केवल अमरकान्त मन मारे हुए उदास था।

सब लोग स्टेशन पर पहुंचे, तो सुखदा ने उससे पूछा–तुम उदास क्यों हो–

अमर ने जैसे जाफकर कहा–मैं उदास तो नहीं हूं।

'उदासी भी कहीं छिपाने से छिपती है?'

अमर ने गंभीर स्वर में कहा–उदास नहीं हूं, केवल यह सोच रहा हूं कि मेरे हाथों इतनी जान–माल की क्षति अकारण ही हुई। जिस नीति से अब काम लिया गया, क्या उसी नीति से तब काम न लिया जा सकता था– उस जिम्मेदारी का भार मुझे दबाए डालता है।

सुखदा ने शांत–कोमल स्वर में कहा–मैं तो समझती हूं, जो कुछ हुआ, अच्छा ही हुआ। जो काम अच्छी नीयत से किया जाता है, वह ईश्वरार्थ होता है। नतीजा कुछ भी हो। यज्ञ का अगर कुछ फल न मिले तो यज्ञ का पुण्य तो मिलता ही है लेकिन मैं तो इस निर्णय को विजय समझती हूं, ऐसी विजय तो अभूतपूर्व है। हमें जो कुछ बलिदान करना पड़ा, वह उस जागृति के देखते हुए कुछ भी नहीं है, जो जनता में अंकुरित हो गई है। क्या तुम समझते हो, इन बलिदानों के बिना यह जागृति आ सकती थी, और क्या इस जागृति के बिना यह समझौता हो सकता था– मुझे इसमें ईश्वर का हाथ साफ नजर आ रहा है।

अमर ने श्रद्धा–भरी आंखों से सुखदा को देखा। उसे ऐसा जान पड़ा कि स्वयं ईश्वर इसके मन में बैठे बोल रहे हैं। वह क्षोभ और ग्लानि निष्ठा के रूप में प्रज्वलित हो उठी, जैसे कूड़े–करकट का ढेर आग की चिनगारी पड़ते ही तेज और प्रकाश की राशि बन जाता है। ऐसी प्रकाशमय शांति उसे कभी न मिली थी।

उसने प्रेम से–गद्गद कंठ से कहा–सुखदा, तुम वास्तव में मेरे जीवन का दीपक हो।

उसी वक्त लाला समरकान्त बालक को कंधो पर बिठाए हुए आकर बोले–अभी तो काशी ही चलने का विचार है न?

अमर ने कहा–मुझे तो अभी हरिद्वार जाना है।

सुखदा बोली–तो सब वहीं चलेंगे।

अमरकान्त ने कुछ हताश होकर कहा–अच्छी बात है। तो जरा मैं बाजार से सलोनी के लिए साड़ियां लेता आऊं–

सुखदा ने मुस्कराकर कहा–सलोनी के लिए ही क्यों– मुन्नी भी तो है।

मुन्नी इधर ही आ रही थी। अपना नाम सुनकर जिज्ञासा–भाव से बोली–क्या मुझे कुछ कहती हो बहूजी–

सुखदा ने उसकी गरदन में हाथ डालकर कहा–मैं कह रही थी कि अब मुन्नीदेवी भी हमारे साथ काशी रहेंगी।

मुन्नी ने चौंककर कहा–तो क्या तुम लोग काशी जा रहे हो–

सुखदा हंसी–और तुमने क्या समझा था–

'मैं तो अपने गांव जाऊंगी।'

'हमारे साथ न रहोगी?'

'तो क्या लाला भी काशी जा रहे हैं?'

'और क्या– तुम्हारी क्या इच्छा है?'

मुन्नी का मुंह लटक गया।

'कुछ नहीं, यों ही पूछती थी।'

अमर ने उसे आश्वासन दिया–नहीं मुन्नी, यह तुम्हें चिढ़ा रही हैं। हम सब हरिद्वार चल रहे हैं।

मुन्नी खिल उठी।

'तब तो बड़ा आनंद आएगा। सलोनी काकी मूसलों ढोल बजाएगी।'

अमर ने पूछा–अच्छा, तुम इस फैसले का मतलब समझ गईं–

'समझी क्यों नहीं– पांच आदमियों की कमेटी बनेगी। वह जो कुछ करेगी उसे सरकार मान लेगी। तुम और सलीम दोनों कमेटी में रहोगे। इससे अच्छा और क्या होगा?'

'बाकी तीन आदमियों को भी हमीं चुनेंगे।'

'तब तो और भी अच्छा हुआ।'

'गवर्नर साहब की सज्जनता और सहृदयता है।'

'तो लोग उन्हें व्यर्थ बदनाम कर रहे थे?'

'बिलकुल व्यर्थ।'

'इतने दिनों के बाद हम फिर अपने गांव में पहुंचेंगे। और लोग भी छूट आए होंगे?'

'आशा है। जो न आए होंगे, उनके लिए लिखा–पढ़ी करेंगे।'

'अच्छा, उन तीन आदमियों में कौन–कौन रहेगा?'

'और कोई रहे या न रहे, तुम अवश्य रहोगी।'

'देखती हो बहूजी, यह मुझे इसी तरह छेड़ा करते हैं।'

यह कहते–कहते उसने मुंह फेर लिया। आंखों में आंसू भर आए थे।